L'HIVER INDIEN

Frédéric Roux, artiste et écrivain, a publié aux éditions Grasset : *Mike Tyson, un cauchemar américain* (1999), *Ring* (2004), *Et mon fils avec moi n'apprendra qu'à pleurer* (2005).

FRÉDÉRIC ROUX

L'Hiver indien

ROMAN

GRASSET

ISBN : 978-2-253-12640-9 – 1re publication LGF

Ce livre est dédié aux espèces en voie de disparition, à la mémoire de Marcel Cerdan et à celle de Martin Kippenberger.

We all dream of being a child again. Even the worst of us. Perhaps, the worst most of all.

in La Horde sauvage.

Du vrai et du faux, on ne pourra rien décider puisqu'il s'agit d'un roman.

L'auteur.

All my dreams are true, everything I wrote about is fake.

Lloyd « Red Dog » Hefner.

All I try to do it's to tell the truth as I see it. If it's right or wrong, I don't know... It's true or it isn't true... If I can tell the truth as I see it, then I have completed what I'm after and beauty has to take care of itself.

Fred Zinnemann.

Some would try for fame and glory
Others just like to watch the world.

Robert Johnston.

Print the legend.

in L'homme qui tua Liberty Valance.

Cette qualité royale, la force.

Paul Claudel
(à propos de Georges Bernanos).

Un

A reservation is a worthless piece of land surrounded by scoundrels.

General Philip Sheridan.

La balle a pénétré entre deux côtes et explosé son cœur.

Teddy est mort avant que son crâne touche terre.

Le crime était parfait.

Comme rien ne pressait, Percy Gorch a ouvert une boîte de Coors et il l'a bue, assis au pied d'un cèdre rouge, les fesses au frais sur les fougères, le canon tiède de la carabine contre sa joue.

Lorsque l'écho de la détonation n'a plus été qu'un souvenir, l'activité a repris sur les pentes de Cheeka Peak, les piverts ont redoublé de vacarme, les écureuils ont recommencé à se poursuivre sur les troncs écroulés en poussant les petits cris qui lui avaient toujours fait penser à l'alarme d'un réveil à affichage numérique. Percy avait commencé à tuer des écureuils alors qu'il avait huit ans et il y en avait toujours autant, vifs comme l'éclair, qui sautaient d'un arbre à l'autre. C'était le premier animal qu'il ait jamais tué après que son père lui eut fait cadeau d'une carabine.

Lorsqu'il était revenu en tenant la petite bête par la queue, son père lui avait dit qu'il allait lui montrer comment la dépecer et préparer sa peau, les prochaines fois, il faudrait qu'il se débrouille tout seul.

Et c'est ce qu'il avait fait.

A cette époque, il était attentif, il n'avait presque pas abîmé sa fourrure, son père ne lui avait rien dit, mais il avait bien vu le résultat. Très vite ses mains avaient cessé de savoir ce qu'elles faisaient, elles travaillaient toutes seules, c'est-à-dire bien. Jeune, il s'était fait un tas d'argent avec les peaux. Quand il avait voulu s'acheter quelque chose avec les pièces qu'il rangeait dans un mouchoir caché sous une lame de plancher disjointe pour ne pas que son frère le trouve, son père lui avait conseillé d'acheter un bon couteau qui lui ferait de l'usage toute sa vie et une pierre pour tenir la lame affûtée, au lieu de la lunette de visée dont il n'aurait pas besoin avant que sa vue décline.

Et c'est ce qu'il avait fait.

Souvent, les mains dans les poches, il regardait les écureuils aller et venir en souriant bêtement. Regarder les écureuils est une fête. Une petite fête, mais une fête tout de même. De celles qui permettent de ne plus penser à rien, et il n'aimait pas penser. Il avait du mal à le faire. Il aimait regarder les animaux. Il pouvait les regarder aller et venir pendant des heures et, quelquefois, il les tuait.

Comme il avait tué Teddy.

En 1909, parce qu'il aimait chasser l'ours, mais aussi le daim, Theodore Roosevelt les avait classés espèces protégées dans les Territoires du nord-ouest. C'est pour ça que Percy appelait tous les daims : Teddy.

Son Dodge Ram 3500, surélevé pour la frime par des roues de 37 pouces, était garé en contrebas sur un chemin de cerf bordé de pins Douglas. De profil, du côté gauche, ça pouvait aller : un vieux pick-up pour la chasse, le vernis de la peinture n'était plus qu'un souvenir, la rouille faisait des auréoles sur le capot, le bas des portières commençait à boursoufler sous l'effet de la corrosion. De face, on aurait dit une mouette avec une aile cassée, du côté droit, c'était pire. Une nuit, Percy s'était enfilé un fossé sur cent mètres avant de se réveiller, moteur calé, radiateur crevé, l'impression d'avoir fait une connerie que l'on aurait pu éviter, le sang qui cogne aux tempes et le fou rire qui vous prend malgré tout. Il avait toujours prétendu que sa sortie de route était consécutive à un brusque coup de volant donné pour éviter un lapin, due en somme à des réflexes trop bien aiguisés, son frère soutenait qu'il s'était endormi et que le lapin était sorti tout droit de son imagination. Percy avait attendu en écoutant la musique pourrie diffusée la nuit à la radio et le froid avait fini par l'anesthésier. Au petit matin, les émissions religieuses l'avaient réveillé… « Repentez-vous ou le Seigneur notre Dieu vous étendra d'un seul uppercut, et du gauche encore ! », il avait écouté ces menaces à la mords-moi-le-nœud et des gospels jusqu'à n'en plus finir avant que la voix de Sister Rosetta Tharpe devienne inaudible et que la batterie soit vide. Un bon souvenir pourtant, surtout la fête dont il revenait, de la bière, du vin, des filles sympas et une herbe du tonnerre. Et, ensuite, le plaisir d'être vivant et de pouvoir recommencer lorsque ça vous chanterait. Le volant lui avait enfoncé deux côtes flottantes, le temps qu'elles se remettent en place, il avait eu un mal de chien surtout quand il toussait ou quand son frère le faisait rire en imitant le lapin. Il n'avait jamais fait réparer l'aile du Dodge, il s'était contenté de cogner dessus comme un sourd avec un marteau pour qu'elle ne frotte pas contre le pneu lorsqu'il manœuvrait à l'arrêt. Ça lui avait semblé bien suffisant, un tas de choses continuaient à fonctionner alors même qu'elles ne ressemblaient plus à rien.

A quoi bon se faire du souci à ce propos ?

Il a fait basculer le daim sur la plate-forme comme il l'aurait fait d'un sac de ciment et il l'a recouvert avec une bâche.

L'habitacle de son pick-up sentait la fourrure mouillée, le sang, la bière éventée et la résine ; il aurait fallu qu'il change les balais d'essuie-glace, ils avaient du mal à repousser la pluie qui tombait comme toujours en cette saison, mais il y voyait suffisamment pour rentrer à Neah Bay ; Percy aurait pu rentrer là où il était né les yeux fermés après avoir vidé un casier de bières.

Il a branché le lecteur de cassettes et tourné le bouton du volume à fond, Redbone chantait *Come And Get Your Love* sur l'une de ses vieilles Memorex. Il marquait le rythme en frappant en cadence sur les branches en plastique du volant.

Peter DePoe, le batteur de Redbone, qui avait eu son heure de gloire dans les années 70, était né à Neah Bay où il avait inventé le « King Kong Beat » en jouant du tambour de cérémonie. C'était le dernier type dont la réserve pouvait se vanter (en réalité, Last Walkin' Bear n'était pas makah, tous ses ancêtres étaient cheyennes). Depuis ce temps-là, tous ceux qui en étaient partis étaient restés aussi anonymes que tous ceux qui n'en avaient pas bougé.

Les Indiens avaient perdu, tout le monde était d'accord à ce sujet, et depuis longtemps encore, mais personne ne savait qu'il y avait des Indiens à Neah Bay. C'est ainsi, même chez les perdants, il y en a qui perdent davantage que les autres. Il n'y en avait que pour les Sioux Oglalas et les Navajos. Pas de palominos, pas de plumes d'aigle sur la tête, pas de casinos ni de wigwams, pas d'igloos, de phoques et de raquettes non plus, ils étaient oubliés de tous. Personne ne s'intéressait à eux, eux-mêmes, il faut bien le reconnaître, ne s'intéressaient pas tellement à ce qu'ils avaient été et à ce qu'ils étaient devenus. Lui pas davantage. La seule chose qui le préoccupait, c'était de savoir si son pick-up allait tenir le coup jusqu'à ce qu'il ait suffisamment d'argent pour acheter une bonne occasion, et comment il pourrait gagner cet argent sans risquer de rejoindre son frère.

Ce qui était sûr, c'est qu'une fois qu'il aurait cet argent, il achèterait un Nissan Patrol, un Nissan Patrol ne lui procurerait jamais autant d'ennuis qu'un Dodge.

Depuis qu'il était enfant, Percy n'aimait pas l'eau. Ni la pêche ni le poisson. Ni la pluie qui tombait tous les jours, six mois par an. Il avait toujours refusé d'apprendre à nager. De toutes les manières, quand on habitait Neah Bay, on savait nager aussitôt que l'on savait marcher, pour savoir nager, il suffisait juste de mettre un pied devant l'autre et de recommencer. Il pleuvait tellement et tellement souvent que tous ceux qui vivaient là étaient en réalité des poissons et Neah Bay l'aquarium où ils flottaient. Quelquefois, pour certains, le ventre en l'air, surtout lorsqu'ils avaient bu. Et lui et ses copains buvaient autant qu'il pouvait tomber d'eau sur leur patelin, puisqu'il n'y avait rien d'autre à faire de plus passionnant sinon regarder la pluie tomber ou faire un tour sur les quais voir les chalutiers revenir, les cales bourrées jusqu'à la gueule de poulpes et de flétans, en espérant embarquer un jour.

Les femmes, les enfants dont elles accouchent, les rêves et tout ce qui va avec étaient derrière lui. Si les choses avaient dû lui sourire, elles lui auraient déjà souri. Avant. Quand il avait un avenir, un avenir qu'il aurait pu envisager autrement que défoncé ou fin saoul, un avenir où il aurait fait des projets au lieu de camoufler ce qu'il avait à camoufler et de réparer comme ça venait tout ce qui dans sa vie marchait de travers.

Il aurait fallu que Percy achète cinquante kilos de peinture et qu'il repeigne sa bicoque, il aurait fallu qu'il redresse la boîte aux lettres, il aurait fallu qu'il s'occupe de ce qui tenait lieu de pelouse, de la porte du garage, qu'il cloue de la toile goudronnée là où le toit donnait des signes de fatigue, qu'il enlève aussi les cartons d'emballage Panasonic qui remplaçaient les vitres qui manquaient. Il aurait fallu que Percy s'occupe de tant et tant de choses qu'il ne savait pas par laquelle commencer et qu'il avait fini par décider de ne plus s'occuper de rien et de juste faire attention à ne pas passer le talon biseauté de ses bottes au travers des planches vermoulues du perron où deux fauteuils achevaient de pourrir, le crin et les ressorts à l'air comme un animal écrasé montre ses tripes. Même lorsqu'il y avait du soleil, cela faisait une paye qu'il ne s'était pas installé là pour regarder les gens aller et venir dans leur Mercury Cougar ou leur Pontiac Grand Am, il préférait rester à l'intérieur, la télé branchée sans le son.

Percy est allé suspendre le daim à la poutre du garage faite pour ça, il l'a écorché et il l'a vidé, il le découperait demain.

La porte d'entrée était entrebâillée. Il croyait se rappeler l'avoir refermée en partant, mais il oubliait souvent de le faire, cela n'avait, de toute façon, aucune importance. Personne n'aurait pensé le cambrioler, il n'y avait rien à voler, rien surtout dont il n'aurait pu se passer.

L'intérieur de sa baraque commençait pour de bon à ressembler à celui d'un conteneur d'ordures. Depuis quelques jours, il réfléchissait à l'éventualité de trouver une femme pour remettre à l'endroit tout ce qui était cul par-dessus tête. Avec la chance qu'il avait, il risquait de tomber sur une souillon incapable de passer l'aspirateur ou de finir quoi que ce soit d'utile, le genre qui partirait sans rien nettoyer ni repasser une seule chemise et en laissant traîner une culotte suspecte sous le canapé en guise de cadeau d'adieu à moins que ce ne soit, comme la dernière fois, un tampon enroulé dans du papier toilettes pour attirer les mouches, mais le jeu en valait la chandelle.

Un peu d'exercice ne lui ferait pas de mal.

Il s'est promis de trouver une chemise propre pour partir à la recherche de la souillon adéquate.

Demain peut-être, s'il trouvait le temps, ou bien après-demain…

Il a dégagé, comme la lame d'un bull l'aurait fait, un coin de la table du salon, repoussant avec son avant-bras un cendrier qui débordait de mégots et des sachets froissés de Cracker Jack et de Tater Tots, une assiette creuse où les reliefs d'une pizza à la viande hachée achevaient de sécher, le carton de la pizza et un vieux numéro de *House & Country* venu d'on ne sait où, avant d'aller se servir une bière. Il ne se rappelait pas avoir éteint la télé non plus et pourtant elle était éteinte, il l'a rallumée, Dolly Parton et son chignon comme le château de la Belle au bois dormant essayait sans y parvenir de faire remuer ses seins coincés dans une robe en cuir fendue jusqu'au col du fémur, sa panoplie cocasse ne l'empêchait pas de jodler comme une folle. S'il fallait croire ce qu'elle disait, un type au bal l'avait embrassée, en toute logique, elle avait déduit qu'elle allait se marier avec lui la semaine d'après.

Il a secoué la tête…

— Connasse !

Une bande de bouseux blancs, les yeux exorbités, attendait que les seins de Dolly s'envolent comme la petite hirondelle à moins que, comme Lee Hazlewood, ils ne se soient imaginés à la place de sa guitare.

— Connards ! il a marmonné en zappant jusqu'à ce qu'il trouve ce qu'il cherchait : le canal 19, la chaîne de téléachat… un pédiluve en plastique bleu censé supprimer les cors au pied pour 19 dollars 99 seulement, une bague avec un zircon d'un demi-carat, 31 dollars 99. Des affaires en pagaille !

Dans le réduit qui lui servait de salle de bains, il a lavé ses mains où le sang avait séché et il s'est repeigné.

Un ronflement en provenance de la chambre l'a fait sursauter. Percy s'est retourné brusquement, sans pouvoir s'empêcher de jeter un dernier coup d'œil sur son profil dans le miroir de l'armoire à pharmacie. Lors de son grand retour en cuir noir, Elvis en 68 aurait donné la moitié de Graceland et rajouté trois ou quatre Cadillac décapotables pour des cheveux comme les siens avec des reflets aussi bleus que les plumes d'un canard.

Des reflets *naturels*.

— Connard ! il a marmonné encore tout en regrettant de ne pas avoir davantage de vocabulaire.

Il n'avait jamais rien écouté à l'école. Un jour ou l'autre la négligence se paye, il n'y voyait rien à redire. Percy n'était pas du genre à se plaindre.

Le type était étendu en travers de son lit, il avait gardé son caleçon en jersey gris, il avait repoussé les draps et la couverture en patchwork, il ronflait doucement comme les femmes ronflent, ou les climatiseurs mal réglés. La première chose que l'on remarquait, c'était la largeur inhabituelle de son dos, ça aurait pu être celui d'un ours s'il n'avait pas été recouvert de tatouages, une espèce de damier pourpre et jaune comme un plateau d'échecs déformé sur lequel était inscrite en gothique une phrase où il était question de liberté, de dignité et du respect dû à la Vierge de Guadalupe. Dans la pénombre de la chambre, on distinguait mal, mais les jambes de l'intrus semblaient être, elles aussi, recouvertes de tatouages. Percy n'avait jamais vu de tatouages maoris, mais il lui semblait que ça y ressemblait ou alors à des feuilles de palmier, des griffes d'ours, des vagues stylisées, cette mode des motifs abstraits venait juste d'atteindre les jeunes branleurs de la réserve qui les exhibaient volontiers comme preuve de leur attachement à une culture qu'ils ignoraient.

Même endormi, sans défense, le corps de son visiteur aurait semblé menaçant à n'importe qui, mais l'idée d'aller chercher le Smith & Wesson 60 Small Hunter rangé dans le tiroir de l'armoire à pharmacie qu'il aurait pu atteindre rien qu'en tendant le bras ne lui a pas traversé l'esprit, il s'est contenté de regarder les épaules tombantes du type bouger au rythme de sa respiration. Lorsqu'il s'est tourné, malgré le visage nouveau qui était le sien, les traits soulignés par les tatouages, il a compris pourquoi son corps lui avait tout de suite semblé familier.

Ce type-là, il le connaissait depuis toujours.

Ils avaient joué ensemble dans cette chambre des après-midi entières à se battre comme de jeunes chiens. Quelquefois, cela suffisait pour que les choses s'arrangent entre eux, ils manquaient se tuer et puis ensuite, couverts de sang, ils échangeaient deux ou trois phrases, pas très intelligentes d'ordinaire, plutôt stupides même, mais quelquefois, comme les coups échangés n'avaient pas été à la hauteur de l'affection qu'ils se portaient, c'est-à-dire ni assez nombreux ni assez violents, l'affaire engendrait une frustration et la rancune prenait naissance.

Percy s'est assis sur le bord de son lit avant de s'étendre dans le petit espace laissé libre par le corps de son frère, un espace tout juste suffisant pour qu'il cale sa carcasse, et encore, de travers.

— Pousse-toi, il a grogné en direction de la forme endormie.

— Ça va…

— Qu'est-ce que tu fous là ?

— Je dors, a marmonné Stud.

— J'entends.

— M'emmerde pas ! Bonne nuit… à demain, a fait le colosse d'une voix enrouée, en se retournant et en ramenant la couverture à lui.

Lorsque les ronflements de Stud ont repris, Percy a souri dans l'obscurité qui avait gagné la chambre en secouant la tête. Il a fermé les yeux en priant que tout soit encore là demain matin.

Qu'il n'ait pas rêvé.

Lorsque la ligne blanche du petit matin s'est tracée, rendant les rideaux en face du lit phosphorescents comme un écran de télévision juste avant de s'éteindre pour de bon, le bras de Stud l'entourait.

Tendre et affectueux.

Comme s'il avait été sa femme.

Curieux comme le simple fait de se réveiller à côté de quelqu'un qui dort peut tirer l'autre de son sommeil… Stud a ouvert les yeux à son tour, il a passé ses mains ouvertes sur son crâne rasé, secoué ses index dans ses oreilles pour les nettoyer, reniflé un bon coup. Sa toilette était faite.

N'importe qui l'aurait trouvé effrayant, cent cinquante kilos et maintenant tatoué de la tête aux pieds.

— T'es revenu…

— Ton œil, frère, est perçant comme celui du faucon dans la prairie.

— Ta gueule !

Stud lui a décoché une bourrade et Percy a dégringolé du lit en entraînant la couverture avec lui, Stud avait la main droite plongée dans son caleçon.

— Pourquoi ils t'ont relâché, branleur ?

— Bonne conduite mon frère, bonne conduite, le Visage pâle sait trier le bon grain de l'ivraie.

— Ta gueule !

— J'ai faim, lui a fait Stud en s'asseyant sur le bord du lit tout en continuant de se gratter énergiquement l'entrejambe. Je te raconterai, mais fais-moi à manger… par pitié ! Des œufs, du miel… n'importe quoi, j'ai faim !

— Ta gueule, a répété Percy en se rendant compte que cela faisait trois fois qu'il intimait à son frère l'ordre de se taire au lieu de lui dire qu'il était heureux comme un enfant à Noël et que, plus ça irait, moins il pourrait lui dire ce qu'il ressentait vraiment.

A force de passer du temps seul, il finirait par ne plus savoir parler du tout.

Il a ouvert la porte du frigo, il lui restait des œufs, deux côtelettes de porc, quelques tranches de bacon, une barquette de salade de pommes de terre nageant dans la mayonnaise et une demi-boîte d'ananas Libby's. Il a nettoyé la poêle en tôle qui traînait dans l'évier au sommet d'une pile instable d'assiettes grasses et mis la table.

— Tu veux prendre une douche ? il a demandé à son frère qui furetait dans tous les coins, une main dans son caleçon.

— L'Indien est propre, frère, il s'est lavé hier.

— T'as chopé des morpions, c'est ça ?
— Pourquoi tu dis ça ?
— T'arrêtes pas de te gratter les couilles.
— Passe trois ans en prison, tu vas voir si tu te grattes pas les couilles.
— J'sais pas si t'es propre, mais t'es bien décoré.
Quatre ou cinq fois, les doigts de Stud ont volé de haut en bas et de gauche à droite comme Eli Wallach lorsqu'il se signe dans *Le Bon, la Brute et le Truand*.
— Tout ça, tu veux dire ?
— Y en a beaucoup.
— Tu trouves ? L'ennui, frère... les longues soirées d'hiver... faut bien que les artistes travaillent, le type qui m'a fait ça n'avait plus un pouce de libre, fallait bien le sortir de l'embarras !
— T'es devenu serviable ?
— En quelque sorte...
Quand Stud avait été condamné à six ans de prison, il avait fait promettre à son frère de ne jamais mettre les pieds au pénitencier, ni lui ni un autre.
C'était son affaire, il voulait que personne ne se mêle de ça, pas même Percy.
Surtout pas son frère.
Tout le temps qu'il serait enfermé, il voulait que personne ne le voie. Il ne voulait pas être un animal au zoo, il ne voulait pas de pitié. Pas plus qu'il n'avait voulu s'excuser auprès de la juge. Son avocat, qui aurait dû être à la retraite depuis longtemps, avait pourtant insisté : « Vous vous excusez, vous prenez un an ou deux de moins... réfléchissez », lui avait-il soufflé à l'oreille (il puait le rye de mauvaise qualité à plein nez). Il n'en avait rien fait, il n'avait même pas dit qu'il n'avait rien à dire, il n'avait rien dit du tout. Le mec l'avait insulté, il était mal tombé, c'était un accident, il

y avait des fauteuils avec tout ce qu'il fallait d'électronique pour des types dans son genre, des types qui ne provoqueraient désormais plus personne, des types qui auraient mieux fait de savoir à qui ils s'adressaient, qui auraient mieux fait d'apprendre à tourner sept fois leur langue dans leur bouche ou, encore mieux, à fermer leur grande gueule et à ne pas lui adresser la parole.

Il n'était pas fier de ce qu'il avait fait, il n'y avait pas de quoi, le combat était inégal, ils ne tenaient pas plus sur leurs jambes l'un que l'autre, mais le type devait bien peser trente kilos de moins que lui ; pour Stud ça ne changeait pas grand-chose, ivre ou pas, il n'y avait pas grand monde qui pouvait lui tenir tête. Il n'aurait pas été ivre, le type serait sûrement mort et il n'en serait pas fier davantage ni honteux, il n'était pas fier non plus de ce qui lui arrivait, c'était comme ça, comme le soleil se lève tous les jours et comme le bruit de la graisse dans la poêle Wagner le matin rend l'homme joyeux. Il avait juste pensé que, lorsqu'il sortirait, il reprendrait les choses là où il les avait laissées. A leur place.

C'était comme ça qu'il voyait la vie. Il y avait de cela trois ans lorsqu'il ne pesait guère plus de cent kilos.

— Pourquoi t'as pas prévenu ? a demandé Percy en faisant glisser les œufs brouillés de la poêle en ferraille où la graisse chantait encore, je serais venu te chercher avec le Dodge.

— T'aurais impressionné tout le monde avec ton Dodge, putain, les mecs, ils se seraient dit, Stud c'est un caïd ! Pourquoi je t'aurais emmerdé avec ça ?

— Ça m'emmerdait pas, j'suis ton frère, putain ! Non ?

— Que tu crois ! Je veux dire, tu crois que ça ne t'aurait pas emmerdé, mais ça t'aurait emmerdé, j'en suis sûr…

Ils se sont tus, penchés sur leur assiette, le temps d'engloutir les œufs brouillés, les côtelettes et les tranches de bacon et de vider la cafetière en émail bleu. Quand ils ont eu tout nettoyé, en équilibre sur sa chaise, Percy s'est retourné vers le frigo, il aurait fallu flanquer le Kelvinator en l'air comme le reste depuis longtemps, la porte ne tenait plus que par une charnière, le joint était foutu et le modèle n'était plus disponible depuis le milieu des années 50, les taquets des clayettes avaient été remplacés par des chevilles en bois, mais le moteur qui faisait autant de bruit qu'un groupe électrogène était increvable et le freezer marchait du tonnerre de Dieu, toutes les semaines il fallait briser au marteau les stalactites qui empêchaient la porte de se fermer.

— Tu veux une bière ? Il m'en reste un pack presque entier.

— Je bois plus, lui a répondu Stud.

— Ça va bien ?

— Très bien. Tout va très bien, il y a juste que j'ai arrêté de boire.

— Comment t'as fait ? lui a demandé Percy en tirant sur la languette de sa première canette de la journée.

— C'est plus facile en prison… Tu peux trouver tout ce que tu veux en prison, surtout ce genre de trucs, mais c'est plus facile. Tout ce que tu peux trouver en prison plus facilement que dehors, c'est tout ce qu'il faut pas prendre… en prison ou dehors. C'est ce que j'ai appris. Ce que je veux dire, c'est ça, c'est plus facile de réfléchir en prison… d'apprendre.

— Apprendre quoi ?

— Que tout ce qu'ils veulent c'est que tu reprennes des trucs qui vont leur permettre de t'y coller de nouveau. Encore et encore, jusqu'à la fin des temps. Y a que la première fois qui compte, après, ça va tout seul, c'est comme la chaîne. Faut juste commencer à plus penser à ce que tu fais, une fois que t'y penses plus, tu peux continuer jusqu'à ce que ton corps dise qu'il n'en peut plus, si tu penses trois secondes, juste trois secondes que tu vas faire que ça, soulever, poser, soulever, poser, tu vas voir le contremaître et tu lui dis que t'es pas fait pour ce genre de boulot et tu te casses.

— Dans deux ou trois jours, j'te connais, t'auras changé d'avis.

— Tu connais rien… personne, moi pas plus qu'un autre. Si ça se trouve, dans deux ou trois jours, c'est peut-être toi qui auras changé d'avis.

— T'es devenu AA ?

— Je suis rien devenu du tout, je bois plus, c'est tout, mais si j'étais sûr qu'il fallait que je t'amène aux AA pour que tu arrêtes de picoler, je t'amènerais chez eux à coups de pied dans le cul… je suis pas sûr du succès, alors si tu veux continuer, continue ! La seule chose, c'est que tu me fous la paix avec ça, OK ? Tu me demandes pas toutes les cinq minutes si je veux une bière. OK ?

— Pas de problème, tu fais ce que tu veux.

— J'en sais rien… je crois pas être libre ou une connerie dans ce genre, je bois plus, c'est tout.

L'alcool était une affaire de famille. Quand on avait retrouvé leur mère ivre morte dans un terrain vague, la raideur cadavérique avait déjà fait son travail depuis un bon moment. La police ne s'était pas préoccupée outre mesure des marques mauves qu'elle présentait sur tout le corps. Elles étaient peut-être consécutives à sa chute ou alors à des chutes antérieures, dans son cas, une Indienne alcoolique, cela ne leur avait pas semblé d'une grande importance. Ce qui les avait frappés, c'est que les deux pans du foulard noué autour de son cou ressemblaient aux oreilles des lapins dans les dessins animés, suffisamment impressionnés pour qu'ils le racontent le soir à leurs femmes qui leur avaient demandé s'ils n'avaient pas honte de dire des choses pareilles, avant de leur dire de se taire. Les flics avaient l'habitude de ramasser leur mère trois ou quatre fois par semaine, et, pour ne pas déranger, de la déposer sur le perron de la maison où elle était censée vivre et qu'elle n'avait de cesse d'abandonner. Ce jour-là, il a fallu qu'ils prennent la peine de frapper à la porte. La dernière fois qu'elle avait été vue vivante, elle dansait autour d'une bouteille vide.

L'essentiel de l'enquête avait consisté à s'interroger sur les raisons de cette chorégraphie absurde. « Chez nous, c'est un rituel », avait fini par répondre leur père lorsque les policiers lui avaient demandé avec insistance si c'était l'habitude de sa femme de danser avec des bouteilles vides. En réalité, il s'était retenu pour ne pas leur dire que le genre de danse dont elle était virtuose s'effectuait, d'ordinaire, avec des bouteilles pleines, de ce côté-là, elle ne craignait pas grand monde, Cyd Charisse et Ginger Rogers auraient toujours pu s'accrocher ! En revanche, elle n'était pas née de la dernière pluie et elle n'avait jamais été assez stupide pour penser que danser autour d'une bouteille vide allait la remplir.

Il avait bien fallu conclure à un décès par cause naturelle : coma éthylique. Quand les flics avaient marqué ça, ils ne devaient pas être très loin de la vérité, si la vérité était différente, de toutes les façons, elle n'était pas beaucoup plus intéressante.

Lorsque Percy avait retrouvé leur père suspendu au bout d'une corde, son corps ne remuait plus depuis un bon moment et la corde traçait une verticale parfaite.

Il lui avait semblé que le corps de son père était celui d'un autre qu'il ne connaissait pas, mais qu'il avait déjà vu. Juste une image venue d'un film oublié, d'un cauchemar, quelque chose qu'il s'était préparé à voir tout ce temps-là et qui le laissait étrangement atone. Il se regardait regarder, il n'avait pas peur non plus. Stud travaillait sur le *Pretty-Lynn*, un petit chalutier qui rentrait au port en fin d'après-midi. Percy l'avait attendu, assis sur le ponton, les jambes ballantes, tout le temps qu'il avait fallu. L'adolescent qu'il était à cette époque n'avait pensé qu'à une seule chose, prévenir son frère.

Epouvanté de ce qu'il allait falloir lui *dire*.

Epouvanté à l'idée de ce qu'il allait *revoir*.

La langue du pendu avait noirci, ses yeux semblaient vouloir s'évader de leurs orbites comme ceux des écrevisses, mais il n'était guère plus effrayant que dans son souvenir.

Stud avait dépendu leur père et prévenu la police. L'un des deux flics avait soulevé l'idée que leur père n'ait pas supporté son veuvage. A l'époque, les flics du coin faisaient tous dans la psychologie. Les deux frères avaient évité de le contrarier, ils n'aimaient pas discuter avec les flics ni avec les travailleurs sociaux et, surtout, ils étaient heureux de se retrouver sans plus personne pour les déranger. Leur père leur avait appris les deux ou trois choses qu'il savait, ils se souvenaient, aussi, de deux ou trois bons moments qu'ils avaient passés tous ensemble, le reste ne valait pas un seul regret.

De toutes les manières, la joie d'être ensemble leur a tout fait oublier.

Ils avaient vécu heureux tout ce temps-là, jusqu'à ce que Stud secoue un peu trop un type qui lui avait, soi-disant, manqué de respect, soi-disant, parce que Percy ne gardait aucun souvenir de cette soirée, ceux de Stud étaient plutôt confus mais, même dessaoulé, il n'en démordrait pas, à un moment ou à un autre, le type lui avait manqué de respect. C'était peut-être lui qui se souvenait le mieux de ce qui s'était passé, mais il ne pouvait rien dire, pour faire bonne mesure, Stud lui avait brisé les cordes vocales.

Percy avait appris à marcher droit en s'accrochant aux pantalons de son frère et Stud n'avait jamais montré le moindre signe d'agacement comme on peut en avoir envers un labrador trop collant, un ivrogne qui ne veut pas vous lâcher la grappe ou un petit frère qui veut se mêler d'affaires qui ne le regardent pas, des affaires de grands. Et Percy s'était retrouvé très tôt mêlé à des affaires qui n'étaient pas de son âge. Lorsqu'il lui arrivait de se retrouver seul, il y avait toujours quelqu'un pour lui demander comment Stud avait bien pu réussir à se débarrasser de lui. Les copains de Stud l'appelaient « Shadow ». C'était bien ça, Percy était l'ombre de Stud et lorsque Stud avait été faire un petit tour en prison, Percy avait vécu comme une ombre, aussi silencieux et absent qu'une ombre. Quand le sujet venait sur le tapis, Howard, le type qui les connaissait le mieux, disait : « Le corps de Stud est en prison, mais l'esprit de Percy est en prison aussi ! »

Howard avait raison, Percy s'était traîné trois ans, maigre et méfiant comme un chat errant, il venait juste de récupérer son deuxième corps, celui de Stud. Cet attachement de l'un à l'autre semblait d'autant plus bizarre que les deux frères étaient aussi différents qu'il est possible de l'être. Avant d'atterrir en prison, Stud était grand et déjà gros, il aimait rire trop fort, boire comme un trou, danser et parler à n'importe qui jusqu'au lever du soleil, Percy était beaucoup plus petit, il semblait malingre comparé à son frère et, comme tous les séducteurs, il était timide. D'ordinaire, c'était pourtant Percy qui faisait les conneries et son frère aîné qui était chargé d'arranger le coup. A part quelques bagarres inévitables lorsqu'il est tard, que tout le monde est ivre et que le plus con de la bande veut faire le malin en allant chercher des poux sur la tête du plus costaud, Stud se tenait plutôt à carreau, il n'avait jamais touché à la drogue, si l'on estime que l'herbe et l'alcool à haute dose n'en sont pas, et toujours vaguement respecté la propriété d'autrui. On aurait dit que son gabarit hors norme et la force qui allait avec le tenaient à l'abri du bon côté de la frontière. Percy était son exact contraire, s'il ne ramenait pas chez lui quelque chose qui ne lui appartenait pas, il avait l'impression d'avoir oublié quelque chose… sa journée était fichue. La propriété ne l'intéressait pas outre mesure, il pouvait faire cadeau à n'importe qui de ce qu'il venait de voler, mais il nourrissait une passion authentique pour la reprise individuelle.

L'une des dernières opinions à leur propos, la plus courante, c'était que, contrairement à ce que l'on aurait pu penser de prime abord, l'intellectuel de la bande, c'était Stud. Percy, le plus joli garçon des deux, celui avec qui toutes les filles de la réserve et des alentours rêvaient de coucher, traînait la réputation gênante de ne pas avoir inventé la poudre. C'était, peut-être, juste de la jalousie, tout au moins un certain manque d'objectivité de la part de types qui avaient moins de succès avec les filles. Un témoin objectif, mettons un vieillard célibataire ou veuf et sans descendance en âge d'avoir des relations sexuelles, n'aurait pas pu réellement trancher, Percy ne disait pas grand-chose. Comme souvent, c'était encore Howard qui avait exprimé l'avis le plus pertinent à ce propos : « Si ça se trouve Marlon

Brando est con comme une carpe… ça ne l'empêche pas de sauter tout ce qui bouge… et tout ce qui bouge d'avoir raison de se faire sauter par Marlon Brando ! » L'hypothèse d'Howard avait déclenché une salve d'applaudissements et une tournée générale avant que la conversation ne s'enlise sur les mérites réciproques de Brando et de James Dean et qu'Howard, encore lui, ne mette fin à la polémique en révélant à l'assistance médusée que si Brando était, peut-être, con comme une carpe (mouvements divers), Jimmy était, à coup sûr, pédé comme un phoque (silence consterné), tout cela avant de lâcher la rampe alors que son verre était encore plein, ce qui constituait une exception aux règles en usage d'ordinaire.

Quoi qu'il en soit, Percy sautait tout ce qui bougeait, surtout ce qui bougeait dans son périmètre immédiat en lui jetant des regards énamourés. Il faut bien reconnaître aussi qu'il n'y avait jamais eu une quelconque réclamation déposée à son encontre par les intéressées, qu'une fois passées à la casserole, elles semblaient plutôt enclines à remettre le couvert, ce qui n'arrangeait pas les affaires du plus jeune des deux frères Gorch avec un tas de types nés pour perdre, à moins qu'ils n'aient eu des problèmes avec leur queue.

Comme Percy n'avait pas plus le sens de la propriété à ce sujet qu'à tous les autres, souvent Stud avait été obligé d'arranger le coup avec des maris (père, fils, frère) qui n'appréciaient pas la plaisanterie ni que Percy saute leur femme (mère, fille, sœur) sur le canapé du salon, la télé avec le son poussé à fond, pour couvrir les hurlements de la squaw consentante ô combien ! à ce qu'elle aurait ultérieurement l'aplomb de qualifier de « viol ».

« Arranger le coup » pour Stud voulait dire, dans un premier temps, essayer de persuader un type d'ordinaire très énervé, quelquefois armé, de laisser tomber les poursuites immédiates et les représailles à venir ; ensuite, s'il ne comprenait pas et continuait à proférer les pires menaces tout en faisant des moulinets avec un .45 chargé au risque de provoquer un accident, le menacer de l'assommer et, en dernier lieu, l'assommer pour de bon tout en regrettant de ne pas avoir commencé par là puisque dans ce genre de situation, en règle générale, ce genre de type ne comprend que la violence.

La suite donnait lieu à d'interminables controverses entre Stud et Percy.

Le premier reprochait au second le goût pervers qu'il avait pour les femmes mariées, ce à quoi Percy rétorquait qu'il n'avait, pour sa part, aucun goût particulier pour les femmes mariées, qu'il préférait même les toutes jeunes filles et peut-être même les adolescentes à peine pubères, mais que c'étaient les femmes mariées qui nourrissaient un goût pervers pour le joli garçon à la peau douce qu'il était.

Il en profitait de son côté pour reprocher à son frère la propension qu'il avait à boire jusqu'à tomber, ce à quoi Stud objectait que se saouler à moitié n'avait aucun sens, lui, au moins, n'entraînait personne dans ses travers, ce qui n'était vrai qu'en partie puisque avant de s'écrouler, ce qui survenait brutalement et de préférence n'importe où (petit chelem, il glissait du tabouret, grand chelem, il en tombait raide), il pouvait lui arriver d'occasionner des dégâts considérables dans les établissements qu'il fréquentait, sans parler de ceux qu'il causait aux ivrognes querelleurs assez imprudents pour lui chercher des noises au moment où il n'aurait pas fallu le faire.

L'un finissait par menacer l'autre de ne pas le tirer du prochain traquenard dans lequel sa queue l'aurait fourré, l'autre par affirmer que la prochaine fois que son frère cuverait son whisky sous une congère, il le laisserait crever sur place, tout en sachant tous les deux qu'ils démarreraient au quart dc tour aussitôt que l'un d'entre eux serait en danger de se faire égratigner ou d'attraper la moindre gelure.

A force que Percy baise les femmes et que Stud cogne les hommes, les deux frères avaient fini par traîner une sale réputation, dans des secteurs différents certes, mais qui finissaient néanmoins par impliquer les mêmes personnes puisque le territoire au sein duquel ils sévissaient n'était pas très étendu. C'est dire que tout le monde avait vu d'un bon œil Stud partir pour la prison d'Etat ; pour ce qui était de fêter son retour, on pouvait nourrir quelques doutes.

— Ça va faire plaisir à tout le monde de te revoir, lui a dit Percy. Ils vont te payer la tournée, a-t-il rajouté, heureux à l'avance des bagarres qu'ils allaient déclencher.

— Je bois plus.

— Tu peux pas leur faire ça...

— Je vais me gêner ! J'ai des idées.

— Pour qui ?

— Pour moi... pour toi, pour tout le monde, j'ai des idées ! On va en parler, mais j'aimerais voir l'océan.

— Dis d'abord, l'océan va pas bouger.

— L'océan, c'est l'idée.

— Qu'est-ce que tu racontes ?

— C'est pas clair ?

— Tu débloques !

— C'est mes nouveaux chakras... l'abstinence décrasse les chakras ! Habille-toi, on va voir les vagues. Fais chauffer ton Dodge à la con.

— J'vais acheter un japonais.

— Tu fais bien, achète un Patrol.

— Toi aussi t'es Nissan ?

— Je suis rien du tout, je m'en fous ! Je trouve juste qu'un Nissan t'irait bien, tous les types de ta taille ont un Patrol.

— Ta gueule !

Dès que Stud avait su conduire, les balades en voiture avaient été l'un des plaisirs préférés des deux frères, le moyen de se retrouver hors de la vue de leurs parents, hors de portée de leurs hurlements, celui de pouvoir fumer leurs premières cigarettes et de boire de la bière, bien que sur ces deux points précis leur père et leur mère aient été plutôt du genre tolérant, mais, surtout, le plaisir simple de rouler sans aucun but, de regarder la route défiler avec les nuages, de découvrir de nouveaux endroits où s'installer en buvant une bière même tiède et en fumant les dernières cigarettes d'un paquet souple un peu vidées de leur tabac. Regarder le soleil se lever, le soleil se coucher, les arcs-en-ciel qu'il faisait dans la bruine en suspension, la lune, l'océan à perte de vue, la forêt, les aigles chauves planer.

Ils braillaient à tue-tête les tubes country qui passaient à la radio du coin : *I Still Miss Someone, Give my Love to Rose, Ring of Fire, I Fall to Pieces, Whiskey River, Green, Green Grass of Home, My Heroes Have Always Been Cowboys*. Stud avait longtemps nourri une passion perverse pour Johnny Cash, Loretta Lynn, Patsy Cline, Merle Haggard et pour Porter Wagoner. Ou bien ils se taisaient pendant des heures, juste heureux d'être tous les deux.

Ensemble.

Juste jeunes et vivants avec cette force en eux qui ne demandait qu'à gicler entre les doigts, et il faut reconnaître qu'elle le faisait souvent.

Aussitôt que Percy avait eu les jambes assez longues pour atteindre les pédales, Stud lui avait laissé la place, il préférait rester assis et regarder le paysage défiler, les pieds sur le tableau de bord où s'alignaient les boîtes de Budweiser et les paquets de clopes cabossés. Il n'avait jamais aimé conduire, ça nuisait à sa concentration, à l'époque, il disait : « Ça nuit à ma distraction. » Ce qu'il préférait dans ces longues virées, c'était l'hébétude bienveillante provoquée par la bière et le bourdonnement régulier du moteur, il avait d'abord de plus en plus de mal à garder les paupières ouvertes et puis arrivait un moment où il s'endormait tandis que Percy s'enfonçait dans la forêt.

Quelquefois, il se réveillait juste pour apercevoir une biche qui passait dans la lueur des phares avant de disparaître dans la nuit ou un hibou frôler le toit en montrant le dessous de ses ailes. Il souriait, il baissait le volume de l'autoradio que Percy avait relevé en douce et il se rendormait. Il se méfiait de beaucoup de choses, il n'avait pas confiance en grand monde, mais il avait confiance en Percy, et qu'il le conduise pendant des heures, loin de chez eux dans la lueur des cadrans comme une veilleuse verte, et l'éclat des phares des voitures qu'ils croisaient de temps à autre.

Quelquefois, lorsqu'il était tard et que l'aiguille de la jauge oscillait dangereusement vers la gauche, ils se garaient sur un chemin de traverse ou une voie d'incendie. Avant de s'endormir, ils restaient immobiles dans les bruits de la nuit à fumer des cigarettes jusqu'à ce que l'intérieur de la voiture ne soit plus qu'un nuage de fumée. Le matin, la gorge sèche, ils rentraient doucement à Neah Bay, leurs cheveux et leurs vêtements imprégnés de l'odeur du tabac comme s'ils avaient passé la nuit à traîner en boîte.

Même quand Stud avait pris ses premiers boulots, même quand Percy avait commencé à se faire poursuivre par des femmes d'âge mûr dans le but de se faire rattraper, même quand leur mère était morte et puis leur père, ils avaient gardé le goût pour ces virées sans but.

Tous les deux.

Souvent sans rien dire.

Ce matin-là, ils ont roulé un bon moment, Percy tenait le volant du bout des doigts de sa seule main gauche, Stud rêvassait, Skip James se lamentait, le diable avait eu sa femme… *Devil Got my Woman.*

— Elle demandait que ça, a laissé tomber Stud en guise de commentaire.

Il avait cessé de pleuvoir, au-dessus des vagues grises le ciel était bleu pâle avec juste quelques nuages étroits qui traînaient, les pneus du pick-up faisaient un petit bruit régulier derrière la basse continue du V8. Ils ont roulé une heure avant que Percy se gare.

Ils n'avaient pas échangé trois phrases, peut-être pas même deux.

Stud a balancé sa casquette de base-ball sur la plateforme avant, il s'est redressé du siège sur lequel il était avachi tout le temps qu'ils roulaient, il s'est tourné vers son frère et il lui a demandé :

— Qu'est-ce que tu fais là ?

— T'es malade ou quoi ? J'regarde le Pacifique avec toi…

— Putain, Percy, te fais pas plus con que t'es, c'est pas ce que je te demande !

— Qu'est-ce que tu me demandes ?

— Qu'est-ce que tu fais de ta putain d'existence ? Qu'est-ce que tu comptes faire de ta putain de vie ? Aller chercher ton chèque tous les mois et te bourrer la gueule…

— T'es malade ? Qu'est-ce que tu veux que j'fasse d'autre ? Qu'est-ce que tu veux qui m'arrive ? Le seul truc qui m'plairait, le seul truc à ma portée, c'est d'attraper une pute un peu plus riche que les autres... voilà !

— C'est tout ?

— Qu'est-ce que tu veux de plus... Tu m'emmerdes avec tes questions à la con... Qu'est-ce que tu fous là ?

— Je réfléchis, c'est tout ! C'est la seule différence.

— C'est ça mon pote, réfléchis, quand t'auras fini, fais-moi signe.

— Ce que je sais, c'est ce que je veux pas et ce que je veux pas, c'est ce qu'on fait là, ici, en ce moment.

— C'est quoi le problème ?

— Ailleurs, c'est pareil ! Du pareil au même si on fait la même chose ! Ce que je veux pas, c'est repartir pour un tour... me saouler la gueule et retourner en prison demain ou après-demain parce que le type est une petite nature ou qu'il est trop bourré. Ce que je veux c'est faire quelque chose et ici de préférence. Ici, tu comprends ça ? Avant nous... les vieux, ils faisaient quoi ?

— Se saoulaient la gueule, se tapaient dessus et à la fin, ils se pendaient ou alors ils se flanquaient une balle dans la tête ou alors on les retrouvait crevés là où ils avaient crevé. T'as oublié comment ça se passait ?

— J'ai pas oublié, j'oublie rien. Je parle pas de nos parents, je parle des parents des parents de nos parents...

— La même chose, qu'est-ce que tu veux fabriquer ici ?

— Réfléchis ! Avant toute cette merde, on faisait quoi ?

— J'sais pas… j't'assure Stud, j'en sais rien. Fous-moi la paix !
— Avant, on pêchait la baleine.
— Et alors ?
— Et alors, pourquoi on a arrêté ?
— J'en sais rien… parce que ça servait plus à rien !
— Qui t'a dit que ça servait à rien ? Les Visages pâles, mon frère, les Visages pâles. En tous les cas, ce qui est sûr, c'est qu'il y avait un truc à quoi ça servait, ça servait à ce qu'on soit autre chose que des épaves… Depuis qu'on chasse plus la baleine on est devenus des épaves. Voilà !
— C'est ça ton idée ?
— Si je dois devenir une épave, si je dois retourner là d'où je viens, je préfère arrêter les frais tout de suite. L'idée, c'est de plus être des épaves… si pour ça je dois chasser la baleine, je chasserai la baleine et tu chasseras la baleine avec moi.
— T'es dingue !
— Je préfère être dingue que le reste.
— File-moi une clope.
Percy a allumé sa cigarette, il a inhalé à fond la première bouffée jusqu'à ce que ses bronches le brûlent. Ils se sont tus un bon moment et puis Percy a repris.
— Comment tu comptes t'y prendre ? T'as pris des cours pour chasser la baleine ?
— Le problème est pas là !
— Putain, Stud ! Tu trouves ? Tu trouves que c'est pas ça le problème. Ça fait combien à ton avis que les Makahs ont arrêté les frais ?
— C'est la première fois que tu emploies le mot…
— Quel mot ?
— Makah ! C'est la première fois de ta putain de vie que tu dis ce que tu es. C'est la première fois que tu dis

que tu es indien. Makah… et c'est juste parce qu'on a parlé de baleine.

— T'as fait des études en prison ou quoi ? Tu t'emmerdais, alors t'as lu des bouquins sur Wounded Knee ? Depuis que t'es revenu, tu me parles comme un putain d'éducateur de mes deux… tu me parles de mes racines et moi, comme un con, j'te réponds. Tu veux que j'te dise… j'en ai rien à foutre de mes racines !

— OK ! T'en as rien à foutre, mettons, mettons que t'en aies rien à foutre… et encore, c'est à voir. Les Visages pâles n'en ont rien à foutre non plus, n'empêche que pour eux t'es qu'un con d'Indien qui sera mort dans vingt ans pas plus avec le foie explosé, une merde !

— Et si j'chasse la baleine, j'suis mort quand ? J'suis mort à peine la baleine me voit.

— Ça change tout.

— Ça change quoi ? Ça change rien, j'suis mort, c'est tout !

— Que tu meures bourré ou que tu meures debout, ça change rien pour toi ? Va te faire foutre ! T'es qu'une merde d'Indien… Démarre !

— J'démarre si j'veux et si j'veux faire des conneries avec un con d'Indien qui veut retrouver ses racines à la con, j'fais des conneries avec lui. Seulement, j'crois pas en ces boniments. C'est même pas que j'y crois pas, ça m'emmerde, c'est tout !

— OK !

— T'as pas répondu, j'te fais remarquer… Ça fait combien de temps qu'on a arrêté les frais ?

— Un bon moment, je suppose. Je sais pas… cent ans peut-être.

— A Neah Bay, y a personne qui a fait ça et qui soit encore vivant, y a même personne pour s'en souvenir.

— Ecoute, y a eu des gens pour le faire, y a pas de raison qu'on puisse pas recommencer.

— Les Sioux chassent plus le bison, même en hélicoptère et avec un bazooka, ils seraient pas foutus d'en tuer un à trois mètres.

— Les Sioux c'est les Sioux…

— On sait pas plus ramer qu'ils savent monter à cheval.

— On apprendra.

— Apprendre ? On est pas vraiment doués pour apprendre… ça se saurait si on était doués, et savoir… savoir, on sait plus rien. On a tout oublié.

— On a pas oublié de venir nous chercher pour se farcir la Corée, le Vietnam, la guerre du Golfe…

— C'est les autres qu'ont pas oublié… c'est difficile d'oublier à quel point on est cons… nous, on a juste oublié de savoir dire non.

— Tu sais conduire, tu sais chasser, tu sais te servir d'une télécommande… tu sais pas rien ! Y en a plein le cul de ces histoires, c'est dans nos têtes… rien que dans nos têtes… On sait rien, on saura jamais rien ! On en sait toujours assez pour aller se faire tuer, rentrer avec un drapeau sur le ventre et la fanfare pour faire pleurer.

— Se faire tuer par une baleine ou par un Arabe, ça fait une différence.

— Tu préfères quoi ?

— Qu'est-ce que tu veux que j'te réponde ? C'est pas possible… j'me suis jamais posé la question… J'ai pas envie de répondre à une question à la con… une question à la con, c'est une question à la con, y a pas de réponse.

Percy sentait monter le malaise en lui le long de sa gorge comme une envie de vomir, comme lorsque l'on est enfant et que l'on ne sait quoi répondre aux adultes qui vous ont coincé, la seule solution envisageable étant d'éclater en sanglots, le seul truc pour s'en tirer, de se perdre une fois pour toutes. Il n'était, peut-être, pas aussi stupide qu'il en avait la réputation, mais aussitôt que la conversation devenait abstraite, il paniquait, il avait l'impression de redevenir enfant, d'être en classe, en face de son institutrice qui l'interrogeait sur quelque chose qu'il n'avait, évidemment, pas appris.

Quand sa maîtresse lui tendait la craie après lui avoir demandé de venir au tableau.

— Ecris le mot !

Il était incapable de savoir comment il s'écrivait, il ne savait même pas de quel mot il s'agissait.

Les autres élèves riaient dans son dos.

Une fois, il s'était évanoui.

De honte.

Il n'avait pas envie de pleurer devant son frère, ça lui était déjà suffisamment arrivé. Il s'est penché vers le tableau de bord jusqu'à ce que son front touche le volant refroidi, et il a tourné la clé de contact.

Il n'avait trouvé que ça pour s'échapper.

Le grondement du V8 a rempli son rôle à la perfection, Percy n'a plus pensé qu'à stabiliser l'aiguille du compte-tours aux alentours de 2 500 tours/minute et à se concentrer sur les trajectoires du pick-up sans penser à ce qui venait de s'insinuer dans sa vie comme un serpent entre deux roches. Jusqu'ici les événements avaient toujours choisi à sa place, désormais, il lui fallait choisir. L'air de rien, comme un malaise qu'il n'avait jamais éprouvé, l'angoisse s'était installée à l'abri des plis de sa conscience.

Rien ne serait jamais plus comme avant.

Chasser la baleine ou ne pas chasser la baleine, il s'en moquait, il aurait aussi bien pu chasser le dragon et sans plus de chance de réussite, l'adversaire n'était pas le problème ni le sort qui serait le sien, le problème était qu'il lui fallait choisir et, accessoirement, endosser un costume qui ne lui allait pas, continuer sa vie avec son frère qu'il aimait sans le lui dire ou bien l'abandonner en le lui disant.

Sans compter qu'une baleine mesure vingt mètres, au bas mot. Et pèse trente tonnes.

Tout ce qu'il voulait, pour l'instant, c'était boire une bière fraîche.

Stud et Percy longeaient la côte, Tony Joe White chantait *Mama Don't Let Your Cowboys Grow Up to Be Babies*, Percy fixait la route plus attentivement que nécessaire puisque, en réalité, il aurait pu conduire les yeux fermés ; Stud faisait semblant de s'intéresser au graphisme des pancartes des baraques où l'on proposait trois saucisses pour le prix de deux et du café à volonté. Chacun d'entre eux, muré dans un silence buté, perdu dans ses pensées, à peu près certain d'avoir raison et de devoir, pourtant, abdiquer. Chaque fois qu'ils passaient devant une baraque, le son du V8 variait d'une demi-octave et ils avaient la nostalgie d'une serveuse au grand cœur et à la poitrine avantageuse qui les aurait écoutés, celle qui les attendait dans le bar qu'ils voyaient disparaître dans les rétros du Dodge, celle qui n'existait pas. Et qui ressemblait à Dolly Parton.

— Combien tu crois ? Combien tu crois qu'il faudra être ? Dans le bateau, j'parle…

— Je sais pas, j'ai pas réfléchi… quatre ou cinq, mettons sept, comme les mercenaires… ça ferait une bonne base, les sept mercenaires !

— Moi, j'suis James Coburn, celui que j'préfère c'est James Coburn.

— T'es trop petit pour faire James Coburn !

— Je m'en branle ! J'choisis qui je veux !

— Tu pourrais faire le plus jeune, c'est le seul qui se tape une fille, non ? Ça te va mieux.

— J'm'en fous !

— C'est l'un des seuls à s'en sortir vivant, je te signale. James Coburn, il y passe…

— Coburn, c'est celui qui a la chemise bleue ou la chemise rose ?

— Coburn, c'est la bleue, la rose, c'est McQueen, je crois… je suis même sûr, McQueen la rose, Coburn la bleue et Yul Brynner tout en noir.

— C'est celui-là que j'veux être… celui avec la chemise rose.

Et il a démarré le V8.

I was born where there were no enclosures.

Geronimo.

Deux

Loaded down with lesson that he carried
Home from Viet Nam to Wounded Knee
Johnny Lobo burned a flag he knew had
[been dishonored
Paid the price for thinking he was free.

Kris Kristofferson.

Personne n'aurait imaginé qu'il écrivait, mais il écrivait
en secret
de la poésie
le pire des genres
il serait mort de honte…
si quelqu'un l'avait appris !

Tout le monde croyait qu'il n'était qu'un ivrogne comme les autres qui pouvait en sortir une bonne de temps en temps et à qui l'on offrait à boire pour qu'il continue à en sortir de meilleures.

Jusqu'au bout de la nuit.

A Khe Sanh, un jour, il était tombé sur un recueil de poésie japonaise, les premières pages étaient collées ensemble, elles s'étaient déchirées lorsqu'il avait essayé de les séparer. Le bouquin avait dû séjourner une éternité dans un endroit très humide, mais les pages du milieu avaient été épargnées et il avait été ébloui par ce qu'il avait lu. Par les quelques poèmes intacts qui tombaient à chaque fois comme les cailloux dans l'eau, avec exactitude, à l'endroit juste où ils le doivent et la surface de l'eau se referme, et l'onde qu'ils font en disparaissant disparaît à son tour.

Il les avait appris par cœur, il se les récitait encore aujourd'hui, le matin, quand il restait à plat dos les yeux chassieux à regarder le plafond avec ces remontées aigres venues de l'estomac, une bave blanche aux commissures des lèvres ; le soir, bouche bée, les tempes qui battaient, les veines gonflées par l'alcool. Hébété à chaque fois, mais à chaque fois il lui semblait que la musique délicate des poèmes dépliait son esprit comme les pétales du pavot se déplient au ralenti, le pavot le sauvait des cauchemars et des souvenirs qui le hantaient.

De l'odeur des forêts qui brûlent, des marécages et des corps noircis.

Il avait essayé d'expliquer à son fils que les guerres aujourd'hui n'avaient plus d'odeur, c'étaient juste des images.

Ils s'étaient engueulés.

Et Dale avait fini par foutre le camp sans essayer de comprendre ce qu'il voulait dire. Bien sûr, Howard se doutait que le pétrole qui brûlait en s'échappant des pipelines sentait quelque chose, mais c'était une odeur *naturelle* et ce qui comptait plus qu'elle, c'étaient les panaches de fumée noire qui montaient vers le ciel et les flammes que l'on voyait à leur base qui étaient faites pour être regardées à la télévision. Ce dont il parlait n'avait jamais été télévisé, ce dont il parlait était enfoui au fond des corps des vétérans, au plus près de ce que l'on pouvait appeler leur âme ou du moins ce qu'il en restait.

Howard savait qu'il était dans le vrai puisque, parfois, les mots qu'il employait tombaient juste, se dépliaient dans le bon ordre, un ordre qu'il n'avait pas davantage voulu que les fleurs ne veulent que leurs pétales se déplient dans l'ordre où ils se déplient, Dale était comme tout le monde, il s'arrêtait à la seule réalité qui existait, celle que l'on pouvait voir à la télévision. Aux yeux d'Howard, la seule réalité existante, la seule qui avait une valeur, c'était celle des mots dans les livres qu'il trouvait réussis et des phrases qui, parfois, lui traversaient le crâne, qui venaient toutes seules comme un court-circuit, un orgasme qui n'aurait rien eu de sexuel.

C'était le genre de chose qu'il avait renoncé à essayer de faire comprendre à quiconque, le secret qu'il ne partageait avec personne. Il camouflait même être traversé, ne serait-ce qu'un seul instant, par ce genre de préoccupation.

Sinon personne ne lui aurait offert à boire puisque personne n'aurait compris ce qu'il pouvait bien vouloir dire.

Et il avait soif de mauvais alcool autant que de bonne poésie.

C'était la poésie qui l'avait fait revenir du Viêtnam sain d'esprit, il en était persuadé, sans elle il n'aurait rien oublié alors que, pour survivre, il faut mentir. Il était parti alors que tout ce qu'il savait aurait pu tenir au dos de la pochette d'un 33 tours d'Eddie Cochran. Il avait de bonnes joues et le duvet qui va avec, un jeune chien qui veut jouer à tout prix, qui revient se faire flanquer des coups de pied par ceux qui ne veulent pas jouer avec lui, capable de se faire tuer en jappant de joie. Il sifflotait en patrouille, il admirait les couchers de soleil avec les ombres des branches qui dansaient, il jonglait avec les grenades (jusqu'à ce que son avant-bras soit criblé des éclats de l'une d'entre elles), il croyait que la guerre était amusante comme elle est amusante au cinéma ou à la télévision. Très longtemps, il n'avait pas fait la différence entre ce qu'il vivait et les films qu'adolescent il avait aimés, il en tirait le même plaisir.

Et le pire c'est que, en réalité, la guerre était amusante, mais aussi terrifiante et instructive.

C'est à la guerre qu'il avait appris tout ce qu'il savait, compris ce qu'il n'avait jamais pu se mettre dans la tête auparavant. Pour tout oublier ensuite. Ce que l'on se croyait forcé d'apprendre qui allait avec l'aventure et la liberté de faire tout ce qui est interdit en temps de paix, le courage et la lâcheté, la terreur et tout ce qui venait avec, comme un filet ramène les poissons et les trésors, mais aussi les débris et les ordures ; ce qui était mystérieux, qui vous était donné en prime et encore pas à tous : l'ennui, le désespoir, l'angoisse, la nostalgie et le besoin d'aimer quelqu'un. Même si ce n'était, dans un portefeuille moisi, qu'une photographie aux pliures mal placées dont on savait bien que le modèle en trois dimensions se faisait baiser par ceux qui étaient restés au pays.

Lui, comme les autres, avait cru qu'ils ne feraient, une fois revenus, qu'une bouchée des petits merdeux qui défilaient en scandant « Paix au Viêtnam ! ». En réalité, les petits merdeux écouteraient leurs histoires d'anciens combattants d'un air blasé, le bras posé sur les épaules des filles. Ils ne feraient attention ni à eux ni à leurs médailles et pas davantage aux histoires de guerre qu'ils inventaient au fur et à mesure de leur déception, puisque celles qu'ils avaient vécues n'avaient aucun intérêt, la mort étant encore moins racontable que le reste. Les belles histoires dont ils étaient les héros, pendant que ceux qui n'étaient pas partis, leurs hanches touchant celles des filles, finissaient leur joint avant de leur tourner le dos et qu'ils n'aient plus qu'à regarder s'éloigner les jolis culs qu'ils ne baiseraient jamais plus !

Lorsqu'il était revenu du Viêtnam, Howard avait ramené un nombre considérable de décorations (Combat Infantryman's Badge, Army Commendation Medal, Good Conduct Medal, Vietnam Campaign Medal, Bronze Star, Silver Star et même le Purple Heart) et une femme enceinte jusqu'aux yeux. Deux ans plus tard, elle avait été retrouvée la carotide ouverte sur une aire d'autoroute où, d'après ce qu'avaient déclaré à Howard les policiers chargés de l'enquête, elle se prostituait occasionnellement depuis un bon bout de temps.

En sortant de chez les flics, Howard avait confié Dale à sa grand-mère, il avait descendu le drapeau qui flottait en haut d'un mât au centre de la pelouse tondue par ses soins tous les samedis en début d'après-midi, il l'avait soigneusement plié, enfourné dans le four à micro-ondes, avait tourné tous les boutons à fond, été chercher un jerrycan d'essence dans le garage et mis le feu à la maison où ils avaient vécu.

Ensuite, il avait attelé sa caravane Airstream à son Chevrolet El Camino et roulé, au hasard, en direction de nulle part en évitant les grosses agglomérations. Après avoir navigué de droite et de gauche, il avait fini par échouer dans le nord de la Californie, pas très loin de la frontière avec le Nevada, là où s'étaient déjà échoués quelques marginaux dans son genre. Dans cette ancienne base militaire désaffectée s'entassaient quatre ou cinq caravanes déglinguées occupées par une bande de hippies, la cervelle carbonisée par l'acide, dont le plus sensé sculptait des enjoliveurs et des pots d'échappement et le plus cinglé se baladait toute la journée à cheval sur des toilettes à roulettes qu'il garnissait régulièrement de foin pour, soi-disant, fertiliser (sans succès) le sol. Georgia, une bibliothécaire de Denver à la retraite, complétait le tableau.

Il n'avait plus bougé de là jusqu'à la fin des années 80. La bibliothécaire, une vieille dame aux cheveux violets, presque aveugle à force d'être myope, lui avait prêté tous ses livres, avant de repartir terminer sa vie chez sa fille qui habitait Traverse City dans le Michigan, lorsqu'elle était devenue aveugle pour de bon.

Entre-temps, Howard s'était pris de passion pour la littérature russe, surtout Dostoïevski, surtout *Les Possédés*, surtout Nicolaï Vsevolodovitch Stavroguine.

Il avait survécu là quelques années, en plein milieu d'une poêle à frire, sans eau ni électricité, sous un soleil de plomb, sans une seule goutte de pluie des mois durant, en touchant son chèque de l'assistance publique, en vendant aux rares touristes de passage les tableaux inspirés par les jaquettes des concerts de Santana et de Los Lobos au Fillmore, qu'il peignait à l'encre phosphorescente sur du velours noir, et en rendant de menus services aux retraités qui, peu à peu, s'étaient agglutinés à leur communauté hétéroclite.

Quand sa mère avait été hospitalisée pour une attaque cérébrale qui l'avait laissée paralysée du côté droit, il avait repris le chemin de Neah Bay, sa Chevrolet n'aurait, de toutes les manières, pas pu aller beaucoup plus loin, c'était déjà bien beau qu'elle ait pu atteindre les frontières de l'Etat. Tous ceux qui l'avaient connu autrefois avaient été surpris par sa maigreur stupéfiante, sa connaissance de la littérature russe et les aphorismes étranges qu'il proférait d'une voix de basse à intervalles plus ou moins réguliers dans les bars avant de s'effondrer ivre mort.

Quand Dale était parti pour la guerre du Golfe, il lui avait fait promettre de ne pas ramener une épouse arabe, son fils lui avait répondu que, vingt ans ou presque après l'avoir abandonné, son père pouvait se torcher le cul avec ses conseils à la con. La conversation entre le père et le fils s'était envenimée jusqu'à ce qu'Howard y mette fin en déclarant solennellement : « Le problème avec ceux qui ont toujours raison, c'est qu'ils n'ont jamais tort ! », avant de conclure : « En ce qui me concerne, je préfère avoir tort ! », pour ensuite tourner le dos à son fils en uniforme. Bouche bée, les bras ballants comme souvent les interlocuteurs d'Howard qui n'arrivaient jamais à se décider : était-il un sage, un ivrogne, un chaman, un poète, un gourou, un dingue ou tout ça à la fois ?

Depuis que Dale était revenu de Koweït City, aussi couvert de décorations que son père à son retour de Saigon, leurs rapports ne s'étaient pas améliorés pour autant. Après avoir confronté leurs expériences respectives, les deux anciens combattants qui partageaient la même baraque Quonset en tôle ondulée rachetée aux surplus de l'armée avaient fini par ne plus s'adresser la parole. Pas très disposé à voir la situation s'éterniser et son père perpétuellement mettre en doute la réalité même de la guerre du Golfe (« La guerre du Golfe n'a pas eu lieu ! », avait-il l'habitude d'affirmer d'un ton péremptoire lorsque le sujet venait sur le tapis) comparée à celle du Viêtnam où, il est vrai, Howard avait servi plusieurs années, Dale était parti travailler dans la réfrigération du côté de Portland, non sans avoir auparavant fait admirer ses galons aux quatre coins de la réserve, ce que son père avait toujours évité de faire. Howard avait décrété : « Celui qui ne supporte plus les flammes du désert aime croire que son salut viendra de l'ombre… », et ses copains l'avaient applaudi, juste avant de donner tous les torts dans l'affaire à Dale qui ne comprendrait jamais rien à la métaphysique de comptoir puisqu'il ne buvait pas.

Quand ils étaient partis au Viêtnam, la plupart d'entre eux étaient encore des enfants qui se rattrapaient à ce qu'ils pouvaient, une photo, une petite pute jaune, quelqu'un dont on savait qu'il ne vous aimait pas beaucoup en réalité, ou bien pour des raisons merdiques : l'argent qu'il croyait que vous aviez alors que vous étiez fauché, la supériorité qui ne tenait qu'aux armes que vous trimbaliez qui vous empêchaient de danser comme vous saviez le faire, la force qu'elles vous conféraient et dont vous seriez débarrassés, un jour ou l'autre. A ce moment-là vous apparaîtriez aussi étranger à ceux qui vous admiraient qu'un type qui a toujours porté la moustache et qui vient de la raser… l'espace nu inquiétant entre la racine du nez et la lèvre supérieure, obscène comme le pubis d'une star du X.

Howard n'avait pas de fille qui l'attendait au pays, pas de photos dans son portefeuille, mais il avait ramené Bao. Enceinte de quatre mois lorsqu'ils s'étaient mariés, mais si mince que ça ne se voyait presque pas, son ventre pointait juste un peu vers l'avant, les invités qui n'étaient pas au courant avaient cru que c'était sa façon de se tenir. Dale ne marchait pas depuis très longtemps quand sa mère avait été découverte vidée de son sang sur une aire d'autoroute.

Quand il avait trouvé le recueil de poésie japonaise, la couverture manquait. Il s'était longtemps demandé qui pouvait bien être le type de sa compagnie qui lisait de la poésie japonaise plutôt que *Play-Boy* ou *Penthouse*. Presque tous, lorsqu'ils revenaient de mission, écoutaient Janis Joplin, les Doors ou le Grateful Dead jusqu'à ce que leurs oreilles soient douloureuses. La seule chose qui l'intéressait, c'était que la force de quelques mots écrits puisse le rendre sourd au vacarme du rock, à celui des pales d'hélico, des balles traçantes, des tirs de mortier, de tout le boxon dans lequel ils baignaient et qui était fait pour les distraire du silence puisque le silence c'était, presque toujours, le danger.

Les Viets ne faisaient pas de bruit, ils filaient comme des ombres, il y avait des unités que l'on avait, soi-disant, anéanties et brûlées au napalm pour plus de sécurité et que l'on retrouvait intactes un mois après, et eux, ils semaient un bordel de tous les diables même lorsqu'ils voulaient passer inaperçus ; ils ne savaient pas se taire et le monde qu'ils trimbalaient avec eux non plus.

Avant que l'un d'entre eux tombe à la renverse ou saute sur une mine, il y avait toujours un silence étrange, la lumière qui changeait comme une ampoule avant de griller, le soleil qui leur giclait en plein dans la gueule et, ensuite, le type qui braillait, tenant sa jambe à deux mains et le sang qui forçait le passage entre ses jointures nouées ou alors le type restait étendu, les paupières à demi closes et les nuages brouillaient alors le blanc de ses yeux jusqu'à ce qu'il meure pour de bon. Howard ne pouvait plus regarder personne dormir, le visage des morts qu'il avait vus se superposait à celui des dormeurs, il fermait ses yeux, il pressait ses mains serrées entre ses cuisses et il tremblait jusqu'à ce que le sommeil le prenne. Il préférait regarder les morts plutôt que ceux qui allaient mourir. Il préférait être mort.

Ils avaient tous un gri-gri, une médaille, une lettre, un ruban, une peluche, un badge qu'ils exhibaient à la vue de tous jusqu'à ce que plus personne ne le remarque ou un truc dont ils avaient honte, et qu'ils planquaient. Sam

Erikson, qui venait du Minnesota et mesurait pas loin de deux mètres, se trimbalait avec la culotte de sa petite amie dans la poche. Le soir il ne pouvait s'endormir qu'en respirant son odeur comme un enfant bave sur son nounours, moyennant quoi il s'endormait comme un bébé alors que d'autres se grattaient jusqu'au sang au travers de la jambe de leur pantalon avant de trouver le sommeil et que d'autrcs plcuraient dans leurs rêves. A cause de cette manie, tout le monde l'appelait Teddy.

Perdre leur nom, c'était l'une des premières choses qui leur arrivait dans l'armée, Howard c'était « Makah », Sam Erikson, « Teddy », et Ronnie Lipner, « Lips », tout ça parce que Howard était indien, que Sam Erikson dormait avec la culotte de sa fiancée roulée en boule dans sa main repliée sur son visage et que Ronnie était noir, avec des lèvres épaisses comme des steaks, hilare comme une caricature de nègre. Lips n'arrêtait pas de plaisanter et de rigoler, il n'appelait pas Teddy, « Teddy », mais « Branleur », il n'arrêtait pas d'emmerder le géant rouquin au sujet de son innocente manie.

Ils faisaient un drôle de couple, comme la guerre peut en produire. Sam « Teddy » Erikson, fils et petit-fils de fermiers suédois, venait du fond d'un champ de maïs, ne savait pas grand-chose sinon que l'église est derrière la grange, au bout du chemin de terre, et qu'il ne faut pas déconner si l'on ne veut pas être privé de patates. Toutes les plaisanteries que l'on pouvait faire à son propos lui passaient au-dessus du casque, il avait autant d'humour qu'un tracteur, il était l'Américain typique, grand, fort et un peu lourd comme le voit l'intellectuel juif new-yorkais, avec ses qualités aussi et les vertus morales qui vont avec. Lips venait du ghetto, savait à peu près tout ce qu'il faut savoir pour survivre, tordu et pervers, menteur comme un vendeur de voitures d'occasion, il avait tous les défauts et pratiquait tous les vices.

La première question que posaient les nouveaux venus aux anciens à leur propos était bien sûr : « Qu'est-ce qu'ils foutent ensemble ? » Ceux qui les connaissaient depuis le début de la guerre n'avaient pas de réponse à leur apporter sinon qu'en définitive ce genre de couple bancal est plus encourageant pour l'humanité que la bonne vieille formule qui voudrait que « ceux qui se ressemblent s'assemblent ».

Un jour, Lips a réussi à dérober le fameux gri-gri de son copain, il l'a nettoyé au savon puis soigneusement repassé avant de le remettre en place. Lorsqu'il s'en est rendu compte, Sam a promis de faire subir de tels sévices à l'auteur de la plaisanterie que Lips ne s'en est pas vanté. Sam a écrit à sa copine qu'elle lui renvoie une culotte par retour du courrier. Trois jours après, il était évacué en hélicoptère le dos farci d'éclats de mortier. Dans l'hélico, Lips lui tenait la main en se mordant la langue pour ne pas lui avouer que c'était lui qui avait tiré l'obus qui le faisait souffrir. Lorsque Sam était rentré en chaise roulante dans le Minnesota – preuve que, parfois, les choses finissent bien –, sa fiancée l'attendait à l'aéroport.

— J'espère qu'elle avait pas mis de culotte ! avait dit Lips quand il l'avait appris.

Lorsque l'on trouve quelque chose qui nous plaît, souvent on retombe quelque temps plus tard sur un deuxième truc du même acabit, après c'est à vous de savoir si vous commencez une collection ou s'il vaut mieux en rester là. En ce qui concerne Howard, le hasard a fait son boulot. Il n'avait jamais rien collectionné, mais il a trouvé un deuxième bouquin, un recueil d'histoires zen abandonné par son propriétaire. A l'inverse de son recueil de poésie, il était si neuf que l'on pouvait se demander s'il avait jamais été ouvert. A son retour, les deux bouquins partaient en lambeaux. Howard ne comprenait pas toujours de quoi il était question dans ces petits contes bouddhistes, ni la morale que l'on pouvait en tirer, mais c'est là, sans doute, qu'il avait trouvé l'inspiration et la forme sibylline des phrases qui déclencheraient l'enthousiasme des foules dans les bars de Neah Bay.

Après la mort de Bao il avait voulu en avoir le cœur net, au Viêtnam comme à Neah Bay, le brouillard noyait tout, c'est pour cette raison qu'il était parti vers le Sud, qu'il s'était arrêté en plein milieu du désert. Il lui avait semblé qu'il avait besoin de ce changement de point de vue, d'une lumière aveuglante pour voir plus clairement en lui, un endroit sans ombres pour oublier les ombres qui le hantaient. Dostoïevski était venu tout assombrir, mais lui avait donné le goût de la prose.

Georgia avait bien vingt ou trente kilos de trop autour des hanches, quand elle mettait une blouse sans manches, on pouvait se rendre compte qu'elle avait les bras aussi épais que ceux de George Foreman. S'il fallait pousser une bagnole dont la batterie donnait des signes de fatigue, elle n'était pas la dernière à s'arc-bouter contre la malle ni la moins efficace. Howard était toujours étonné de la vigueur de la vieille femme (qui n'était pas si âgée que cela, elle ne lui paraissait vieille qu'à la mesure de sa propre jeunesse), lorsqu'il lui en faisait part, Georgia lui répondait en riant : « Je suis une fausse grosse, Howard, tout ce que tu crois être de la cellulite, c'est rien que du muscle ! » Elle riait toujours quand la bagnole était repartie dans un nuage de poussière après les deux, trois hoquets réglementaires et même souvent lorsqu'elle avait échoué, que c'était aux mécaniciens de la bande de se demander si ce n'était pas plutôt l'arrivée d'essence.

Elle avait du diabète, elle portait en permanence des lunettes aux montures en celluloïd transparent avec des verres épais d'un pouce, au travers desquels ses yeux semblaient de la taille d'une boule de billard et d'une couleur aussi artificielle. Howard avait souvent pensé qu'il n'y manquait que les chiffres, mais il n'avait jamais osé le lui dire. En réalité, il la trouvait très séduisante et malgré l'écart d'âge entre eux, elle avait trois enfants plus vieux que lui de trois maris différents, il se serait bien laissé tenter. Il aimait la texture de sa peau très blanche et élastique (elle rebondissait), mais, là encore, il n'avait jamais osé. Il avait beau ne pas avoir beaucoup d'expérience à ce sujet, il était persuadé que Georgia était un bon coup. Elle lui avait montré des photos d'elle jeune fille, elle n'était pas beaucoup moins grosse que maintenant, mais elle avait quelque chose dans l'expression qui semblait vouloir dire qu'il ne fallait pas lui en promettre. Les hommes le savent, ils le sentent, et puis, surtout, ils sont prêts à prendre le plaisir qu'ils ont envie de prendre avec les filles qu'ils pensent capables de le leur procurer. Ils se font, à ce sujet, autant de cinéma que les femmes.

Malgré ses lunettes formidables, quand Georgia lisait, elle plaçait le bouquin si près de son visage et l'empoignait avec une telle énergie que l'on aurait dit qu'elle voulait se battre avec lui. Elle portait ses cheveux teints en violet réunis en un chignon d'une forme surannée de la taille d'un essaim de guêpes, lorsqu'elle les défaisait pour les brosser, ils lui tombaient jusqu'aux genoux. L'édifice qui tenait à l'aide d'une douzaine d'épingles et de peignes du même celluloïd que la monture de ses lunettes finissait toujours par s'écrouler quand elle faisait un effort, elle remontait alors les mèches défaites avec son avant-bras gauche comme un paysan s'essuie le front à la pause et restaurait l'affaire tant bien que mal.

Sa caravane était envahie par les livres, ils formaient un échafaudage aussi baroque que son chignon et en apparence aussi fragile. Il fallait se faufiler entre des colonnes torses sans effleurer la moindre des briques dont elles étaient bâties sous peine de ne pouvoir atteindre les quelques lieux stratégiques laissés libres. Son lit lui-même était envahi en partie par les livres qu'elle était en train de relire et ceux qu'elle ne prêtait sous aucun prétexte. Au moindre séisme, il lui fallait une semaine complète pour reconstruire un dédale fonctionnel. Ce qui semblait à tout le monde plus étonnant que le reste, c'est qu'elle était capable en un tour de main de retrouver n'importe quel titre dans cet invraisemblable labyrinthe. Lorsque Howard s'en étonnait, elle riait comme une jeune fille.

— Quand on est aveugle, Howard, il faut être intelligent.

— Ça risque pas de m'arriver, Georgia, j'y vois à travers les murs.

— Ferme les yeux alors ou prends ton mal en patience, ta vue finira bien par baisser.

Vingt ans plus tard, sa vue n'avait toujours pas baissé d'un seul dixième, mais il savait qu'il était un peu moins ignorant qu'il aurait dû l'être parce que Georgia lui avait prêté des livres et qu'ils en avaient discuté des nuits entières. Il lui posait les questions stupides de quelqu'un qui n'a lu que deux livres dans sa vie dont le Manuel du Castor junior, mais elle ne lui en faisait jamais la remarque. Lorsqu'il lui demandait les raisons de sa patience, elle lui répondait qu'elle avait appris à lire à des centaines d'enfants qui n'en avaient pas envie.

— Tu as de l'avance sur eux, Howard, tu sais lire et puis tu aimes ça, Howard, donc…

— Donc quoi ?

— Donc tu ne peux pas être stupide. C'est impossible de poser des questions stupides à propos de ce qu'on aime… mais on ne comprend jamais rien à ce que l'on aime. Tu veux un Coca ?

— Georgia… arrête avec ça.

— En revanche, Howard, on peut être tout à fait stupide lorsqu'on ne sait pas pourquoi l'on boit.

— Je le sais.

— Et alors ?

— Je bois parce que j'aime ça.

— Excellente raison, Howard, je suppose qu'il n'en est aucune de meilleure, je suppose qu'Hemingway aurait dit la même chose et Fitzgerald aussi. Fais-moi penser à te prêter *Le soleil se lève aussi*, ça devrait te plaire. D'après les souvenirs que j'en ai, ils baignent dans le vin rouge les trois quarts du livre et ça ne les rend pas plus heureux pour autant. Tout à fait recommandé pour quelqu'un qui voit la littérature comme un miroir où il se trouve beau…

C'est comme ça qu'il avait lu un tas de livres écrits par un tas de types qui, d'après elle, buvaient autant, sinon plus que lui, mais qui se débrouillaient avec l'alcool comme la bibliothécaire à la retraite avec son diabète et ses piles de livres en équilibre instable.

Quand il lui avait montré le premier poème qu'il avait osé écrire, c'était comme s'il lui avait fait sa déclaration. Tout le temps qu'elle réfléchissait, il s'est demandé s'il n'aurait pas mieux fait de lui proposer de coucher avec elle, il n'aurait risqué, après tout, que de prendre une baffe. Après s'être tue longtemps, elle lui avait dit qu'elle ne savait pas si c'était lui qui avait du talent ou bien l'alcool qu'il buvait, mais, après tout, ce n'était pas important de décider, ce qu'il fallait maintenant, c'est qu'il le retienne, qu'il n'en ait pas peur.

— D'après moi, je parle sans savoir, Howard, je n'en ai jamais eu, c'est le genre de truc qui ne demande qu'à s'envoler.

Maintenant que Georgia était partie finir sa vie chez l'une de ses filles, maintenant qu'il était retourné vivre à Neah Bay, Howard ne pouvait pas savoir s'il lui restait un tant soit peu de talent malgré les hectolitres d'alcool dans lesquels il essayait de le noyer, mais ce qu'il savait, c'est qu'il en avait peur. Suffisamment, en tous les cas, pour le tenir secret, ne jamais avoir osé montrer à quiconque ce qu'il écrivait. Elle était la seule personne en qui il avait eu assez confiance pour le faire. Il avait toujours pensé que c'était à cause de l'attirance physique mystérieuse qu'il avait pour elle, parce qu'il aurait aimé rebondir sur son ventre, se perdre dans les plis et les replis de son corps, peut-être pas pour la baiser, juste pour se battre avec elle comme les jeunes animaux jouent, et les enfants.

Il ne comprenait pas toujours tout ce qu'elle lui disait, il se souvenait de phrases qui lui paraissaient mystérieuses. Lorsqu'il se tournait et se retournait dans son lit, il lui arrivait de se demander ce que Georgia avait bien voulu dire, mais ce qu'il savait, c'est que tout ce qu'elle lui avait donné, elle le lui avait donné pour qu'il devienne libre.

C'était loin d'être le cas.

Au début de leur histoire, Howard avait eu quelques difficultés avec le corps de Bao qui aurait pu être celui d'un jeune garçon, elle portait les cheveux très longs, quand elle enlevait les baguettes en ivoire qui les retenaient en chignon, ils faisaient un rideau épais qui lui tombait jusqu'aux reins, elle n'avait pas beaucoup de hanches ni de fesses et presque pas de seins, elle était si légère qu'il avait toujours peur de l'étouffer ou de lui faire mal alors même qu'il n'était pas très épais. Dans ces moments-là, elle était plus violente que lui.

Il aurait pu rentrer seul aux Etats-Unis comme tout un tas de salopards qui avaient abandonné femmes et enfants sur place, mais il avait tenu à revenir avec elle. Une fois installés à Forks où il avait trouvé du travail, le caractère de la jeune fille avait changé du tout au tout, elle était devenue capricieuse, exigeante, dure. Il avait mis ça sur le compte de la grossesse, mais à la naissance de Dale, les choses avaient empiré, elle reprochait en permanence à Howard de ne pas être assez riche, de ne pas pouvoir lui acheter tout ce qu'elle désirait et s'il avait fallu l'écouter, tout l'or de Fort Knox n'aurait pas suffi à la satisfaire.

Après qu'elle eut été retrouvée morte, il s'était longtemps demandé si elle n'avait pas été, pour lui, le prix à payer pour tous les jeunes gens qu'il avait tués alors qu'au sein de la guerre régnait la paix. Déjà de son vivant, ses pensées étaient embrouillées, des fois, il lui arrivait de croire que la présence de Bao était le moyen de ne jamais oublier les vies qu'il avait prises, d'autres fois que le corps de Bao contenait l'âme des jeunes gens, qu'ils étaient *toujours* vivants en elle. Lorsque ces questions lui traversaient l'esprit, il finissait par boire plus que de raison pour ne plus y penser ou il prenait des somnifères pour les enfouir dans ses rêves.

Les types du gouvernement avaient flanqué sa vie en l'air et celle de dizaines de milliers de types comme lui pour une guerre dont il n'avait, en réalité, rien à faire, tout ça pour s'avouer qu'il aurait mieux valu qu'ils restent chez eux avec les petits malins pacifistes, à boire du vin et à fumer des pétards en écoutant Ten Years After et de laisser les Viets s'étriper entre eux puisqu'ils en avaient envie. Pas une excuse à leur égard, le GI Bill, des rubans de toutes les couleurs et le droit de courir sur les écrans d'Hollywood en tirant des rafales à tout bout de champ pour servir d'exemple aux prochains. Leurs congrès d'anciens combattants ressemblaient à des concentrations de Hell's Angels, les mêmes cheveux graisseux, les mêmes tee-shirts aux armes du Blue Öyster Cult ou de Motörhead moulés sur des bedaines de buveurs de bière à la chaîne, les mêmes moustaches trop longues, les jeans sales, les gilets en cuir, les bagues en argent, sauf que quand le congrès était fini, ils retournaient dans la rue vendre des briquets et des marionnettes de Muhammad Ali achetés chez des grossistes chinois.

Quand il avait été convoqué à la morgue pour reconnaître son corps, il n'avait pas été réellement surpris, il s'attendait à quelque chose dans ce genre. Des morts, il en avait vu des tas et dans de drôles d'états encore, mais quand l'employé avait soulevé le drap qui la recouvrait, il était resté interdit à tel point que le type de la morgue, le voyant si pâle que l'on aurait dit qu'il était vidé de son sang, lui avait demandé s'il ne voulait pas s'asseoir. Debout, tremblant des pieds à la tête, il n'avait pas pu articuler une seule parole, elle ressemblait tellement à tous ces jeunes gens dont il ne connaissait pas les noms qu'il n'avait pas pu prononcer le sien, il s'était contenté de hocher la tête, son geste avait eu l'air de suffire à l'employé.

Revenu du Nevada, il s'était abonné au coin du comptoir d'à peu près tous les bars aux alentours de Clallam

Bay. Il ne mangeait presque rien, mais il buvait davantage encore que dans le souvenir de ceux qui l'avaient connu vingt ans auparavant, qui l'avaient pourtant décrit comme un phénomène à ceux qui ne l'avaient pas connu. La légende vivante ne devait guère peser plus de cinquante kilos pour beaucoup moins d'un mètre soixante-dix, le genre d'alcoolique sec comme un coup de trique, les paupières pas très nettes à demi closes sur des yeux injectés de sang, qui oscille dangereusement sur son siège pour peu qu'il ne s'accroche pas à la barre du comptoir et à qui il ne faut pas adresser la parole. Dont il ne faut pas même croiser le regard.

Il aimait bien boire avec les frères Gorch, Stud et Percy. Ils ne lui demandaient jamais de raconter des histoires d'anciens combattants : « Et alors ? C'était comment ? Aussi dur que dans *Apocalypse Now* ? » ou pire encore si les Vietnamiennes avaient la chatte aussi étroite qu'elles en avaient la réputation : « Elles l'ont en travers soi-disant, c'est pas des conneries, hein Howard ? Tu dois savoir, toi ? T'étais bien placé !

— Font des trucs dingues avec, non ? Des ronds de fumée, des trucs comme ça, de la peinture abstraite même ! Sans compter les lames de rasoir qu'elles se fourrent à l'intérieur avec des ficelles pour les accrocher. Elles te pèlent le gland en un tournemain... comme les légumes des restos chinois... C'est des artistes, faut reconnaître ! »

Les frères Gorch n'étaient pas réputés pour leur délicatesse, mais ils avaient d'autres sujets de préoccupation que le Viêtnam et les acrobaties vaginales des Vietnamiennes, Stud n'arrêtait pas de sortir des vannes et Percy sautait toutes les filles qui passaient à sa portée. Dans son cas, il aurait été plus juste de dire qu'il se faisait sauter par toutes les filles qui en avaient envie, c'est-à-dire à peu près toutes les poulettes nubiles du voisinage. Lui ne faisait aucun effort, sinon celui d'attendre, la mèche de devant soigneusement décoiffée au gel, une bague navajo à chaque doigt ou presque. Ça ne manquait pas, à peine avait-il baissé ses lunettes d'aviateur, la plus curieuse, à moins que ce ne soit la plus audacieuse, se pointait pour lui payer un verre. A la fin de la soirée, il relevait les filets, il n'avait plus qu'à prendre la tangente avec celle qui lui plaisait le mieux. Il donnait le signal du départ en replaçant ses lunettes d'aviateur en serre-tête, c'était aussi le signe que les emmerdements à venir étaient pour ceux qui restaient. Percy l'amusait, mais il aimait beaucoup Stud, le géant était le genre d'ivrogne aussi gai ivre qu'à jeun, ce qui est, l'air de rien, une espèce assez rare, l'ivrogne ayant d'ordinaire le fond querelleur ou, pire encore, mélancolique.

La vie d'Howard était tout sauf joyeuse, mais comme tous les gens désespérés il aimait la gaieté, il savait la débusquer jusqu'où personne n'aurait eu l'idée d'aller la chercher, il aimait donc Stud parce qu'il était gai et Percy parce que son pouvoir de séduction l'entraînait dans des histoires impossibles qui finissaient souvent mal, mais qui faisaient rire Howard lorsqu'il les lui racontait en se plaignant de leur dénouement dramatique. De tous les enfants perdus de Neah Bay qu'il voyait défiler là où se tenaient des conversations sans fin sur des sujets à propos desquels personne ne pouvait tomber d'accord, ils étaient ses préférés. Il aurait aimé pouvoir les aider, mais il était bien assez occupé avec ses cauchemars planant dans la demi-conscience où il était perpétuellement plongé comme des rapaces à l'aplomb d'une carcasse.

Et ses velléités d'écriture pour tout arranger.

Ses secrets.

Il avait été sincèrement chagriné pour Percy lorsque Stud avait été condamné, il l'avait vu se transformer, se laisser aller sur la pente. Il ne portait plus de lunettes noires dans l'obscurité, il n'avait plus autant de bagues aux doigts, il oubliait de peigner ses cheveux bleus, il ne relevait plus les manches de son tee-shirt pour montrer ses petits biceps. Les filles, même les plus laides, se méfiaient de lui depuis que l'une d'entre elles (peut-être deux) était revenue en ville avec des marques sur le visage. En trois ans, pas plus, il avait changé du tout au tout ; sans qu'il y ait besoin d'une guerre. Il avait suffi de le séparer de son frère puisqu'il est des gens plus fragiles que d'autres.

Howard avait été d'autant plus surpris de voir débarquer Percy un soir au Blue Parrot, un bracelet en argent et en turquoise au poignet, les cheveux soigneusement ratissés sur les tempes. Avant que le jeune homme ne vienne le saluer, il avait déjà compris ce qui s'était passé : Percy n'était plus seul.

— Stud est revenu ?

— Comment tu sais ?

— Une idée comme ça… tu connais le bon vieil Howard, toujours une oreille qui traîne, toujours l'œil aux aguets… je déconne, Shadow. Tu bois quelque chose ?

— Une bière.

— Les Ray Ban peut-être… ça faisait un moment que t'avais pas mis des lunettes noires pour y voir dans l'obscurité, a fini par lâcher Howard après avoir fait tourner son verre à la hauteur de ses yeux comme s'il avait cherché quelque chose. Les aveugles verront, c'est dans la Bible ! On n'y voit jamais mieux que dans la plus parfaite obscurité, c'est de la poésie… pas de la meilleure… on fait ce qu'on peut.

— Fais pas chier ! On t'a cherché…

— Tu m'as trouvé, c'est bon. Où est ton frère ?

— J'l'ai laissé à la maison, j'suis venu faire des courses au Mini Mart.

— C'est une bonne idée. Vous me cherchez pourquoi ?

— C'est compliqué.

— Je me doute… un truc simple m'aurait étonné de la part d'une créature aussi complexe que toi.

— Tu te fous de ma gueule ?

— C'est pas mon genre, Shadow… de toutes les manières, la simplicité est la pire des complexités, c'est le Dalaï Lama qui l'a dit. Rimpoche Rimpoche le Grand… le Dale Carnegie tibétain si tu vois le tableau. Fais gaffe, Shadow, le Tibétain a déjà envoûté Richard Gere…

— Que ce connard aille se faire foutre !

— Que le Bouddha et tous les dieux d'Israël t'entendent ! C'est pas les dieux qui sont terribles, ce sont les hommes qui croient en eux… je te fais remarquer que tu m'as toujours pas dit pourquoi vous me cherchiez ?

— C'est compliqué, j'te dis.

— Tant que ça ?

— J'aimerais autant que ce soit Stud qui t'en parle.

— Va faire tes courses et rappliquez, je bouge pas d'ici jusqu'à la fermeture, après, tu connais le circuit. Vous me rejoignez quand ça vous chante… c'est ma tournée !

— J'veux bien, mais Stud, ça va pas être possible.

— Il est en cavale ? a demandé Howard en baissant d'un ton.

— C'est pas ça…

— C'est quoi, alors ?

— Il boit plus.

— C'est pas vrai? C'est pas une tare, il prend un thé, un Coca, il préfère le Pepsi… où est le problème? Il est pas obligé de boire de l'alcool… pas vrai? Il y a de tout ici, il a fait, en prenant le barman à témoin.

— On aime pas trop les buveurs de thé par ici… à vrai dire, y a surtout de la bière, mais pour Stud on va faire une exception, a grommelé le barman qui se souvenait des dégâts occasionnés à son établissement par un Stud sous l'emprise de l'alcool.

— Depuis quand il boit plus? a demandé Howard.

— Pas longtemps, mais j'préfère pas qu'il traîne dans les bars.

— Tu crains les affres de la tentation pour le pécheur repenti, c'est ça? Va faire tes putains de courses et viens me chercher, je vais pas me priver du plaisir de voir ton frangin sous prétexte qu'il boit plus.

— Tu bouges pas, hein? J'en ai pour une heure ou deux, pas plus.

— Shadow!

— Quoi?

— Oublie pas la bière.

— OK!

— Shadow!

— Quoi?

— Et prends une bouteille de bourbon, je sens que je vais en avoir besoin.

— J'prévois large, j'en prends deux.

Percy est sorti en faisant résonner les talons de ses bottes, il n'a pas pu entendre Howard qui marmonnait : « La prudence est la mère de toutes les sécurités… sans compter que l'intempérant ne regarde pas à la dépense », tout en faisant signe au barman que le temps était venu de remplir son verre à nouveau.

Quand Stud avait parlé à son frère de ce qu'il voulait qu'ils fassent ensemble, Percy lui avait demandé : « Ça t'emmerde si on passe voir Howard ? » Il avait besoin de retrouver quelqu'un qui lui dirait ce qu'il attendait même si ce qu'il disait était surprenant, comme l'on reprend pied quand le souffle commence à vous manquer, comme l'on retrouve un objet auquel on est attaché, une sensation familière, une marque de bière qui vous convient, quelque chose qui vous remet les idées en place.

— Non, pourquoi ?

— J'sais pas… Il est bizarre.

— C'est son intérêt, non ? Il est moins con que la moyenne… plus bizarre, mais moins con.

— On pourrait lui demander ce qu'il en pense.

— Ce qu'il en pense de quoi ?

— Des baleines.

— Pourquoi pas ?

Howard n'était pas chez lui, ils avaient fait un boucan d'enfer en cognant sur les tôles de sa bicoque, mais personne ne leur avait répondu, ils avaient fait le tour du terrain où son bois de chauffage séchait sous des bâches rapiécées, puis essayé de regarder par le portail de son hangar mal fermé par une chaîne rouillée.

Personne.

Howard avait, peut-être, récupéré un exemplaire de *Guerre et Paix* et il relisait ses scènes préférées pour la quatre ou cinquième fois ou alors il expliquait la fin de la vie de Tolstoï à une bande de poivrots qui l'avaient trouvé marrant, mais qui n'arrêtaient pas pour cela de l'interrompre : pourquoi il s'intéressait à un putain de communiste ? juste avant de soupçonner Howard d'être lui-même un dangereux bolchevik et de se promettre de ne plus jamais lui offrir à boire avant de le rouer de coups, comme ça lui était déjà arrivé plusieurs fois. L'anticommunisme est une idéologie assez commune chez les poivrots de l'Etat de Washington.

Avec Howard tout était possible, même qu'il soit reparti dans le désert. Cela ne semblait pas le cas, son Airstream reposait sous un abri de fortune, couverte de poussière, les quatre pneus à moitié dégonflés.

Les deux frères l'avaient attendu en vain, assis dans le Dodge, les portières ouvertes, les jambes ballantes, se tournant le dos en fumant leurs dernières cigarettes. Au bout de deux heures, Percy était descendu du pick-up, il avait fait quelques assouplissements, les mains posées à plat sur les reins. Quand il était remonté sur le siège du conducteur, il avait fait craquer ses phalanges les unes après les autres et il avait démarré.

Quand Percy était revenu au Blue Parrot, le vétéran avait déjà commencé, depuis un bon moment, à tenir des discours prophétiques à la clientèle des habitués sous la pendule publicitaire Coca Cola.

Dans la cabine du Dodge, il y avait la même gêne palpable entre eux, celle qu'il y a toujours entre un père qui a trop bu et son fils qui le ramène à la maison.

Quelque chose qui n'est pas à sa place.

Percy savait que ce n'était pas seulement la guerre qui avait fait d'Howard ce qu'il était devenu, c'était aussi sa volonté, la guerre, il s'en servait comme d'un alibi. Ils avaient tous un alibi qui leur permettait de supporter ce qu'ils avaient toujours été dans le fond et que leurs ancêtres depuis plusieurs générations avaient été avant eux : des ombres sur une terre dont ils avaient été chassés par ceux qui n'avaient qu'une idée, la détruire. En réalité, ils n'avaient pas été chassés seulement de leur terre, la terre n'appartient à personne, ils avaient été chassés d'eux-mêmes. Ils n'étaient plus en guerre, mais ils n'étaient pas en paix pour autant. Les meilleurs d'entre eux n'étaient que des souvenirs, du folklore, des figurants pour un film mélancolique, le refrain d'une chanson de Marty Stuart.

Un air de mandoline dans les Black Hills.

Howard n'aimait pas être vu dans l'état où il était en dehors des endroits prévus à cet effet, pour tout arranger, Percy avait plus ou moins l'âge de Dale. Le jeune homme n'était peut-être pas très malin mais il marchait du bon côté, celui de la morale. Il se retrouvait le fils d'un gamin dont il aurait pu être le père, Howard n'aimait pas ça, d'autant plus qu'il pensait que les vieux n'ont pas raison sous le seul prétexte qu'ils sont vieux.

Alors qu'il n'avait pas l'intention d'être brusque, il a demandé brutalement au jeune homme :

— Pourquoi t'as arrêté les filles ?

— J'ai pas arrêté… pas vraiment, j'ai ralenti, c'est tout, lui a répondu Percy, interloqué par la question et par la façon dont Howard la lui avait posée.

Howard n'avait pas pour habitude d'être maladroit, il ne faut pas l'être quand on passe sa vie dans les bars, mais en la circonstance, il s'est enfoncé encore davantage :

— Ou peut-être que c'est les filles qui ont arrêté, c'est ça ?

— J'sais pas… j'crois pas. C'est un peu comme le sport, quand t'as quinze balais, suffit que tu voies une balle pour courir après. Après, ça se tasse, j'ai l'impression. T'as plus envie pareil.

— T'as quel âge ?

— Vingt-cinq.

— Tu veux me dire qu'à vingt-cinq ans, tu bandes plus, c'est ça ?

— Non ! Pas de problème, ça va ! J'sais pas…

Howard n'avait pas vraiment envie d'être désagréable avec Percy, mais le jeune homme l'énervait, son attitude lui rappelait trop l'indécision de Dale… « J'en sais rien », « J'sais pas », quand ce n'était pas carrément : « Qu'est-ce que tu veux que je te dise ? » « Je veux pas que tu me dises ce que je veux entendre, je veux que tu me parles », avait-il l'habitude de lui répondre, et Dale, à chaque fois, lui tournait le dos avant de disparaître, la dernière fois pour ne plus revenir.

— Putain, Shadow ! ça t'est arrivé une fois de savoir quelque chose… ça t'est arrivé une fois dans ta putain de vie de réfléchir à autre chose qu'à où peuvent bien être les clignotants ?

Percy s'est levé sur la pédale de frein, le Dodge a zigzagué, l'une de ses roues arrière s'est soulevée, l'autre a mordu sur le bas-côté boueux, le pick-up s'est mis en travers de la route avant de se rétablir dans l'odeur du caoutchouc brûlé. Le jeune homme hurlait en frappant sur le volant de ses deux mains ouvertes.

— Bordel ! J'en ai marre ! Qu'est-ce qui vous prend ? C'est vous qui êtes malades et c'est moi que vous faites chier… Pourquoi ? Pourquoi ? Pourquoi ? Et pourquoi vous m'emmerdez à moi à me poser des questions à la con, vous le savez ?

— Les questions des vieillards sont laides, Shadow, mais la colère des jeunes gens est belle. Démarre !

Comme il ne pouvait pas en rester là ni s'avouer battu, il a rajouté en souriant : « Oublie pas le clignotant ! » Percy lui a souri en retour avant de redémarrer le V8 calé. Ils se sont tus le restant du trajet, gênés de s'être sentis si proches.

Dans le salon des frères Gorch, Stud regardait la retransmission d'un match de hockey sur un vieux poste de télévision dont l'écran était traversé par un arc-en-ciel qui apparaissait en haut à gauche avant de disparaître en bas à droite. Howard ne se rappelait pas le géant aussi impressionnant, il n'y avait pas que les tatouages qui rendaient son visage effrayant, quelque chose s'était éteint au fond de ses yeux, il parlait en détachant chacun des mots et en laissant des blancs entre chacune de ses phrases. Howard s'est demandé un moment s'il se risquait à lui glisser une remarque à propos des tatouages sur son visage, du genre : « T'as fait un détour par les Samoa ou quoi ? », mais comme il avait déjà déclenché la colère de son frère dans le pick-up, il s'est abstenu. Auparavant, il n'avait jamais eu peur de Stud, même lorsqu'il cassait tout ce qui lui tombait sous la main, maintenant il ne pouvait pas s'empêcher de nourrir une vague appréhension comme chacun en a devant un type qui peut vous broyer entre ses mains aussi facilement qu'une boîte d'allumettes.

— T'as faim ? lui a demandé le géant après qu'ils eurent échangé d'un air gêné les deux ou trois banalités d'usage.

— Tu as oublié ?

— Oublié quoi ?

— Que je suis une espèce de sâdhu. De fakir si tu préfères. J'ai fait un vœu, je mange rien, en revanche, faut que je boive… pour compenser.

— T'étais au même régime quand je suis parti.

— C'est l'un ou c'est l'autre, sinon le toubib n'est pas content.

— Ça te réussit.

— Tant que j'explique pas l'affaire au toubib, ça va ! Les matins sont parfois difficiles… faut avouer ! Suffit de se lever le plus tard possible…

— Ou de pas se coucher.

— C'est plus de mon âge.

— Bière ou bourbon ? lui a demandé Percy qui tenait une canette dans une main et une bouteille de bourbon dans l'autre.

— Un fond de bourbon, avec des glaçons si c'est pas trop demander, lui a répondu Howard avant de s'asseoir sur le canapé, il a tapoté la couverture usée qui le recouvrait pour que le géant s'assoie à côté de lui. Il détestait que les autres lui posent des questions, mais il adorait en poser aux autres.

— Alors, c'était comment ?

— Comment quoi ?

— Comment… d'où tu viens, c'était comment ?

Percy est sorti de la cuisine à ce moment-là, il buvait une Coors Light à même la canette, il a passé son verre à Howard et il s'est assis en tailleur sur le tapis en face du canapé. Il a repoussé ses cheveux derrière ses oreilles comme s'il les portait encore très longs et il s'est tu. Stud a embrayé sans se faire prier. Il faudrait qu'il en passe par là, d'une manière ou d'une autre, alors autant que ce soit avec deux types qu'il aimait bien.

— On est tous habillés en orange… très joli, ça fait ressortir le teint ! Tous pareils… J'ai été affecté aux cuisines… c'est pas le pire à part l'été où c'est l'enfer… t'es gras du matin au soir, tu pues le rata, mais tu peux bricoler des trucs avec le manche des louches… les fourchettes… ça peut toujours servir. Et puis, je me suis embrouillé avec un type à la plonge… ça s'est mal fini… Ils m'ont mis à l'abri une semaine à la bibliothèque et puis, ils m'ont oublié, je m'y suis trouvé bien… pousser les chariots, classer les fiches, ranger les bouquins, nettoyer les couvertures… des trucs dans le genre… j'avais pas mal de temps… je me suis tenu au courant, et puis j'ai poussé de la fonte dans la cour avec les gros, quarante types d'un quintal dans un espace grand comme ça. C'est à peu près tout... Quand t'as compris qu'il faut que ton corps fonctionne, que ton esprit fonctionne, que sinon t'es mort, c'est bon, t'as compris ce qu'il y a à comprendre. Y a rien d'autre à comprendre. C'est pas compliqué, mais faut pas que tu t'entêtes à pas comprendre ce qu'il y a à comprendre sinon t'es foutu ! Si tu te sers de rien, une fois dehors, plus rien marche, autant revenir là d'où tu viens, t'y reviendras, peut-être sans faire exprès ! Tu peux juste te préserver... faut trouver une idée fixe, si t'en as pas, tu l'inventes, ou alors tu deviens dingue. J'ai vu des types se débrancher les uns après les autres... Ceux qui sont seuls dans leur coin... deux ans plus tard, tu les retrouves à genoux dans les couloirs à supplier que le plus fumier de la section veuille bien les enculer à sec... C'est comme ça ! Personne peut vivre sans personne. T'es mort sinon, t'es mort ! C'est ça qui est bizarre... T'es tout seul, toujours, et t'es jamais tout seul... Y a du bruit tout le temps, tu peux pas te coller dans un coin sans rien faire, tu peux pas penser à autre chose, t'as toujours quelqu'un pour venir te casser les couilles, te réclamer une clope... qui veut que tu lui racontes ta vie ou qui veut te raconter la sienne. Même la nuit, c'est le bordel, tu dors d'un œil, tu rêves pas... on te laisse pas le temps, le temps est pas à toi, il est à tout le monde. C'est pas les gardiens qui te font chier, c'est tes petits copains... ils peuvent pas s'empêcher de t'emmerder, de te coller dans des coups pourris, de te promettre le paradis sur terre. Tu fais des trucs que t'as pas envie de faire juste pour être peinard cinq minutes et t'es jamais peinard et t'es sûr que le truc que t'as fait pour être peinard va t'empêcher d'être peinard pour un bon bout de temps, mais tu le fais quand même pour être peinard tout de suite. Dans un mois, dans un an, ça veut rien dire… Tu peux pas imaginer le grésillement d'un Walkman la nuit quand t'as envie de dormir… tu pourrais étrangler le mec… tu lui demandes de baisser son bordel, il te répond d'aller te faire mettre… t'en déranges un qui se branle et qui était presque au bout de son affaire, t'en as réveillé un autre qui faisait un cauchemar et qui se met à réclamer sa mère… dix minutes après, les matons s'en mêlent… c'est plié pour une heure ou deux à cause d'un connard et son Walkman qui se flingue le tympan avec Metallica, Public Enemy et toi qui lui as demandé de baisser son boxon. La bibliothèque, c'était le seul endroit où je pouvais rester peinard une heure ou deux sans personne sur mon dos pour me faire chier. J'suis devenu un intellectuel, j'te jure ! Juste pour être peinard. Voilà !

Quand Stud a eu fini, le silence s'est installé entre eux, il a duré un bon moment avant qu'Howard dise : « Je reprendrais bien un bourbon, Shadow… s'il te plaît ! » Percy s'est levé comme un chat, il est revenu le carton de Coors Light suspendu à son index gauche replié comme un crochet, le verre d'Howard plein à ras bord dans la main droite. L'arc-en-ciel continuait à tournoyer sur l'écran qui était passé au vert.

Stud s'est raclé la gorge et il a repris après une longue pause.

— C'est du baratin, la vérité vraie, c'est qu'il y a les Noirs, les chicanos, les bikers, les perpettes… et que si t'as personne pour te protéger, ils te rasent les jambes et ils t'enculent. C'est simple ! Tout le monde peut comprendre en cinq minutes…

Un silence gêné s'est installé dans le salon où les ombres avaient gagné, comme si quelque chose qui ne devait pas être dit avait été dit.

— Y a pas d'Indiens ? a demandé Percy qui se doutait de la réponse, mais qui n'y tenait plus.

— Je t'ai pas dit, il y a les Nez-Percés, les Sioux, les Cherokees, les Makahs…

— Ça pourrait…

— D'après toi, je suis noir ? l'a interrompu Stud.

— Non.

— Je suis chicano ?

— Non.

— Tu m'as déjà vu sur une moto ?

— Non.

— J'ai pris perpette ?

— Non.

— Alors, ça pourrait ?

— Non.

La nuit les a enveloppés.

Trois Indiens ensemble.

Et le silence.

Stud a ouvert une bière.

Besides all those whaling details, Moby Dick is about someone who's looking for something so huge, something they've wanted all their life, yet they know when they find it, it will kill them.

Laurie Anderson.

Trois

We have sat on the river bank and caught catfish with pin hooks. The time has come to harpoon a whale.

John Hope.

Nathan Brittles mesurait presque deux mètres, pas tout à fait assez grand pour jouer pivot en NBA, mais trop grand pour ne pas avoir mal aux reins après une journée passée à patrouiller dans la Ford bleu et blanc de la Police tribale. Avant d'avoir des problèmes aux ligaments croisés du genou, il avait été le meilleur ailier junior de tout l'Etat de Washington, une moyenne de trente points par match, le genre de joueur pour lequel on invente deux ou trois matières dans la seule optique de lui faire intégrer l'Université et qu'il soit ensuite engagé par une équipe professionnelle. Il avait été l'espoir de la réserve, les enfants le suivaient dans la rue en hurlant son nom, les femmes priaient pour qu'il ne se mette pas à boire comme les espoirs précédents, saccageant leurs rêves une fois encore, mais Nathan Brittles n'aimait pas l'alcool ni ses effets.

Nathan Brittles était sobre.

Il était le seul Indien du campus et, comme par hasard, le seul à y étudier le « pow-wow » et la « danse tribale », si l'on exceptait une lesbienne quinquagénaire qui faisait un mémoire sur le chamanisme et ne comprenait pas que Nathan soit si manche et n'ait jamais entendu parler de Carlos Castaneda. Il avait supporté comme un brave que sa chambre soit minuscule et, surtout, que personne ne veuille la partager avec lui, ces inconvénients étant de peu d'importance si l'on est persuadé d'être, un jour ou l'autre, drafté par les Sonics.

Deux ans plus tard, il était revenu se morfondre avec ses copains moins doués, il ne serait jamais le nouveau Spencer Haywood, il ne jouerait jamais avec Scottie Pippen. Les femmes de la réserve avaient eu beau prier pour qu'il se rétablisse, Nathan Brittles était trop lourd : plus de cent trente kilos, ses muscles étaient trop forts pour ses tendons. Il avait été opéré deux fois du côté droit avant que le côté gauche ne cède, il se traînait en boitant sur les terrains comme une âme en peine et il avait préféré arrêter les frais avant que le coach ne le prenne à part.

Il avait été pompiste à Port Townsend, gardien de parking à Bremerton puis responsable d'une station de lavage de poids lourds à Salem dans l'Oregon avant d'être engagé dans la Police tribale où sa taille et sa réputation d'ex-future-star de la NBA faisaient merveille parmi les jeunes générations (Air Jordan, Walkman, Eminem). Pas très brillant, mais il ne savait rien faire si ce n'est enfiler les paniers à trois points. A l'inverse de beaucoup de sportifs, il ne radotait pas à propos de la gloire qui l'avait effleuré, comme il avait été bon dribbleur, il réussissait, la plupart du temps, à éviter le sujet, il n'évoquait ses souvenirs que lorsqu'il y était contraint, dans le seul but de ne pas vexer ses interlocuteurs. Il ne nourrissait aucune frustration et n'accusait rien ni personne ; s'il fallait le croire, la faiblesse de ses tendons était la seule responsable de sa carrière avortée. Ses anciens admirateurs ne pouvaient pas obtenir grand-chose de plus de Nathan Brittles, comme il refusait aussi de boire avec eux, ils avaient fini par se détourner de lui.

Nathan Brittles n'était pas intéressant.

Il ne regardait pas les matchs à la télé sauf, quelquefois, la finale de la Conférence. De temps en temps, pour vérifier si son adresse était restée intacte, il posait sa casquette sur le capot de sa voiture de patrouille, retroussait les manches de sa chemise d'uniforme et plantait deux ou trois paniers à des adolescents qui jouaient contre la porte du garage de leurs parents avant de se rasseoir dans la Ford et de redémarrer.

Il avait deux filles paresseuses qui n'aimaient pas le sport, ce qui l'arrangeait, il aurait détesté hurler sur les gradins avec les autres parents ; pour preuve de la légitime admiration que l'on se doit de porter à ses enfants, il se contentait de hocher la tête en regardant sa progéniture, encouragée par leur mère, gigoter en imitant Britney Spears devant le miroir du salon. Il aimait bien sa femme et ses enfants, il était bienveillant au-delà du raisonnable, mais il se doutait bien qu'avec leurs culs bas et lourds, Kate et Rebecca pouvaient faire une croix sur une carrière dans le R'n'B. Rien ne lui était plus éloigné que l'affirmation de soi et la vengeance par personnes interposées.

Nathan Brittles était un sage.

Nathan Brittles était légèrement handicapé, il avait les pieds plats depuis que sa voûte plantaire s'était affaissée sous son poids, un vague déséquilibre hormonal qui n'avait pas été diagnostiqué jusqu'à présent, mais c'était un bon flic.

Sa placidité peu commune et son manque d'ambition ne l'empêchaient pas de faire son métier aussi bien qu'il le pouvait, son seul souci était de dissimuler le plus longtemps possible à ses supérieurs les terribles lombalgies dont il souffrait lorsqu'il était resté assis trois ou quatre heures au volant de sa voiture de patrouille. Il avait encore des douleurs aux genoux, le toubib lui avait dit que le mieux serait qu'il maigrisse un peu, mais il avait beau faire des efforts, dont celui de se peser tous les matins, il n'y arrivait pas. Il ne faisait aucun exercice et il mangeait comme quatre, certains matins, il mettait une heure avant de dérouiller ses articulations et pouvoir marcher normalement. Sa hantise était de finir paralysé dans un fauteuil, son plaisir, de se rendre utile à la communauté.

Lors de ses interventions, il ne s'était jamais senti en danger, il n'avait jamais perdu son sang-froid, il n'avait jamais eu à sortir son arme ni même à menacer qui que ce soit. Sa taille et sa réputation y étaient, sans doute, pour quelque chose, la chance aussi, mais, surtout, le taux de criminalité au sein de la réserve n'était pas très élevé. Le problème le plus grave qu'il avait à gérer concernait l'odeur de la Ford le lendemain des arrestations du week-end, les ivrognes ayant une nette tendance à vomir sur la banquette arrière de sa voiture avant que Nathan ne les colle en cellule de dégrisement. Certains d'entre eux, dont d'ailleurs des membres de sa propre famille, d'une particulière mauvaise foi, avaient incriminé sa façon de conduire trop brutale pour des organismes fragilisés par l'absorption excessive de spiritueux.

Le boulot de Nathan ne sortait pas d'une routine de bon aloi. Sans cesser d'être attentif, pour peu que ses douleurs le laissent tranquille, il lui arrivait de penser qu'il s'était trouvé une bonne planque et que, si ses genoux tenaient le coup, il pourrait payer une liposuccion à Kate et à Rebecca et négocier une réduction pour celle de sa femme.

Pour toutes ces raisons et de son avis même, Nathan resta interdit quelques secondes de trop lorsqu'il vit déboucher les trois types. Il ne faisait pas très froid cette année-là, mais Kate et Rebecca avaient mis leurs seins et leurs cuisses à l'abri depuis un bon moment, et les trois types qui se dirigeaient tout droit vers la Marina étaient nus comme des vers.

A vrai dire, il resta interloqué plus qu'il n'aurait dû et il se le reprocha par la suite jusqu'à s'en rendre malade. Si la situation, au lieu d'être juste insolite, avait été dangereuse, il n'aurait pas réagi davantage et les conséquences auraient pu être dramatiques. Il ne se le pardonnerait jamais. Après avoir freiné brutalement (les traces de pneus mirent trois semaines à s'effacer) et garé sa voiture sur le bas-côté, il était resté, bouche bée, les coudes appuyés sur le volant à contempler le spectacle comme un crétin, et les trois types en avaient profité pour le dépasser sans lui jeter un seul coup d'œil.

Ils se fouettaient le dos avec un bouquet de branches de thuya tout en psalmodiant ce que le policier crut identifier dans un premier temps comme un chant traditionnel sioux, mais Nathan Brittles, s'il connaissait par cœur le répertoire de Kylie Minogue (« In my imagination/ There's no complication/I should be so happy ») et celui de Britney Spears, n'y connaissait pas grand-chose en chant traditionnel. En revanche, avant de reprendre ses esprits, il eut le temps de reconnaître Howard Sykes, un habitué de sa banquette arrière, dont il devait admettre qu'il ne s'était jamais plaint de sa façon de conduire, et ce qu'il lui semblait être les deux frères Gorch. Bien qu'il ne l'ait jamais vu à poil, il avait reconnu sans hésiter Percy, le Travolta local, en revanche il croyait se souvenir que Stud aurait dû être en prison à cette époque ; en tous les cas, celui qu'il supposait être l'aîné des

Gorch était recouvert de tatouages des pieds à la tête, ce qui rendait son identification difficile, mais son aspect moins obscène que celui des deux autres.

Nathan Brittles a fait demi-tour, ce qui lui a permis de contempler le côté pile des trois individus, ils avaient le dos couvert d'égratignures où le sang commençait à perler. Le temps de les rattraper, il a tenté de déchiffrer les inscriptions sur les deltoïdes du plus costaud comme s'il s'était agi d'un panneau publicitaire dont les slogans en caractères gothiques semblaient concerner le nécessaire respect que l'on devait porter à son propriétaire ainsi qu'à l'humanité dans son ensemble, et l'obligation pour voir ses vœux exaucés de prier la Vierge de Guadalupe.

Arrivé à leur niveau, il leur a fait signe de s'arrêter.

Sans résultat.

Le trio, les yeux perdus dans le vague, marchait suivant une ligne à peu près droite. De temps à autre, ils esquissaient un pas de danse, ce qui avait pour effet de briser leur bel alignement. Ils ne cessaient pas pour autant de psalmodier ce qu'ils déclareraient ultérieurement être le chant des ancêtres prêts à affronter la-créature-la-plus-monstrueuse-de-la-création-mais-par-le-fait-même-la-plus-proche-de-la-divinité.

Tout en roulant à leurs côtés, Nathan s'était mis en relation par radio avec le central. Si l'on réécoutait les enregistrements, on pourrait se rendre compte qu'à ce moment précis Nathan n'est pas affolé, loin de là, le ton de sa voix laisse même percer un certain amusement. A l'interrogation d'Amy, la standardiste de permanence : « Nus… complètement nus ? », Nathan répond en riant franchement : « Quand je dis à poil, Amy, c'est à poil ! Complètement à poil ! Avec les couilles qui pendent et la bite avec si tu veux des détails ! A poil, je te dis ! »

Amy était le genre de fille un peu forte au physique ingrat avec une coupe de cheveux étrange, mais pas trop. Sa chambre, tapissée d'affiches de vedettes de seconde catégorie et de chanteurs de boys band, ressemblait à celle d'une adolescente, son lit était encombré de peluches géantes capables de vous coller des cauchemars. Elle avait gardé toutes les poupées qu'on lui avait offertes et rien ne pouvait lui faire davantage plaisir que de s'en voir offrir d'autres. Elle était serviable à l'excès, capable de vous faire une petite branlette si vous lui demandiez poliment et même de vous tailler une pipe si vous ne lui étiez pas antipathique. Ce genre d'activités semblait d'ailleurs constituer l'essentiel de sa vie sentimentale, à tel point que les bénéficiaires de ses faveurs culpabilisaient parfois de ne pas avoir le cœur de la baiser.

— Tu veux que je t'envoie des renforts ? elle lui a demandé.

— Ça devrait aller, envoie quand même une autre voiture avec des couvertures, j'ai pas envie de me trimbaler en ville ces trois énergumènes à poil sur la banquette arrière, ça va ressembler à un char de la Gay Pride.

— Ça te ferait les pieds, Nathan Brittles, tu as toujours été homophobe.

— Franchement... Amy, c'est pas ces trois-là qui vont me faire changer d'avis.

— OK ! T'es sûr que ça va aller ?

— Pas de problème, Amy, ils sont faits, c'est tout.

— Nathan, c'est la première fois que j'entends un truc pareil.

— Amy, c'est la première fois que je *vois* un truc pareil. Si ça t'intéresse, je t'appelle aussitôt qu'on arrive.

— Ça va, Nathan, j'ai déjà vu un type à poil. J'ai quatre frères, je sais à peu près comment c'est fait. On les connaît ?

— Evidemment ! Il y a ce bon vieil Howard et les deux frères Gorch pour compléter le tableau. Percy, c'est sûr, l'autre, je crois que c'est Stud… enfin, je suis pas sûr, il est couvert de tatouages, une vraie bande dessinée.

— Tu peux te le garder, t'auras de la lecture. Percy est à poil aussi, t'es sûr ?

— Certain. Alors, je t'appelle ou je t'appelle pas ?

— Appelle… appelle, Nathan, et plutôt deux fois qu'une.

Tout en restant en liaison avec le standard, Nathan avait dépassé le trio infernal, accéléré pour prendre un peu d'avance, allumé son gyrophare, enclenché la sirène et garé son véhicule à cheval sur le bas-côté, moteur coupé. Il est descendu de la Ford en faisant attention de ne pas le faire brutalement pour ne pas réveiller ses douleurs, et il s'est planté au milieu de la route, le bras gauche levé, la main droite posée sur l'étui de son .357 Magnum en se disant qu'à tous les quatre, ils devaient faire un joli tableau, qu'aucun instructeur d'aucune école de police, aussi tordu soit-il, n'aurait pu prévoir une situation de ce genre.

Et ça tombait sur lui…

Les trois types formaient un échantillon anatomique intéressant : l'ancêtre n'avait plus que la peau sur les os, à tel point que l'on aurait pu s'en servir de planche d'anatomie ; Percy avait le corps typique des Indiens, sans beaucoup de formes, glabre et recouvert d'une douce couche de graisse ; Stud, puisque c'était bien lui, avait dû profiter de son séjour en prison pour faire de la gonflette, il avait des muscles dans tous les sens.

Nathan ne se rappelait pas en avoir jamais vu autant. Il n'a pas pu s'empêcher de jeter un coup d'œil à leurs entrejambes, anatomiquement, ils étaient assez homogènes avec, peut-être, un léger avantage à Percy qui était le moins grand des trois, ce qui pouvait expliquer bien des choses. Ce qu'il voyait a confirmé les observations que Nathan avait déjà pu faire dans les vestiaires : il n'y a pas de rapport direct entre la stature et le reste !

Les trois types avaient ralenti, mais ils continuaient d'avancer. Nathan a jugé qu'il avait le temps d'arrêter la sirène dont le seul effet avait été de faire se précipiter sur le pas de leur porte les habitants des maisons les plus proches. Si ça continuait, cette affaire allait ressembler à un show de Las Vegas et il craignait surtout que des enfants puissent voir ce qu'ils n'avaient pas à voir : l'appareil génital de Liberace et celui de Dean Martin ! Le temps qu'il tâtonne pour trouver la bonne commande, le trio infernal qui avait repris son rythme de croisière était presque arrivé à sa hauteur. Il a levé ses deux bras comme un pivot qui défend plutôt que comme un flic qui va procéder à une arrestation.

« Stop ! », a-t-il hurlé en désespoir de cause.

Howard et les deux frères Gorch se sont immobilisés en le fixant d'un air hébété.

Depuis le début de l'opération, Nathan Brittles se rendait bien compte qu'il était déstabilisé, au lieu de réagir comme d'ordinaire, il ne trouvait rien de mieux que comparer la bite des trois types qu'il devait arrêter. Qu'est-ce qu'il pouvait bien en avoir à foutre ? Lorsqu'au lieu de suivre la procédure légale qu'il avait répétée des centaines de fois, il s'est entendu demander aux trois énergumènes : « Vous avez pas peur d'attraper froid ? », il a compris qu'il avait perdu les pédales et le contrôle des opérations. Par la même occasion, il a ressenti une vive douleur dans le bas des reins, ensuite il s'est demandé si Stud, outre sa terrible réputation de bagarreur, n'était pas plus costaud que lui.

Pour couronner le tout, pour la première fois de sa carrière, il a eu peur.

La radio grésillait dans son dos. Si ça tournait vraiment mal, la cavalerie lui sauverait la mise. Et Nathan s'est surpris à prier qu'elle se dépêche.

— Pourquoi on aurait froid? lui a répondu Stud d'une voix calme.

— Il fait bon pour la saison, a complété Percy.

— L'été indien, sans doute! a marmonné Nathan qui s'est aperçu par la même occasion qu'il transpirait sans raison.

— Quelque chose est en train d'arriver et tu ne sais pas ce que c'est... pas vrai, Nathan? lui a demandé Howard en imitant la voix nasillarde de Bob Dylan.

— Vous avez des papiers prouvant votre identité? l'a interrompu le policier, tout en se rendant compte au fur et à mesure qu'il formulait sa demande qu'il venait d'en sortir une encore meilleure que les précédentes.

— J'ai toujours mon livret militaire au fond du trou du cul, lui a répondu Howard. Viens le chercher, il a rajouté en lui tournant le dos et en se penchant en avant, joignant le geste à la parole avant que Nathan ne l'en empêche.

— Retourne-toi, Howard, c'est un ordre, il a glapi non sans avoir eu la vision complète de ce dont il avait été menacé.

— Ça y est! Tu m'as reconnu? a ricané Howard, la tête toujours entre les jambes.

Pendant ce temps, les deux frères Gorch continuaient à se flageller tout en sautillant sur place.

— Qu'est-ce que vous foutez à poil, nom de Dieu ? Je veux dire… dans cette tenue.

— On se purifie, ont-ils répondu en chœur.

— Vous vous purifiez ?

— C'est juste, a dit Stud.

— Vous vous purifiez ?

— C'est tout à fait ça, a répondu Percy.

— Vous vous purifiez ?

— T'es sourd, Nathan, en plus d'être aveugle ? On se purifie, on te dit et on te répète. Ça se voit pas ?

— Pas vraiment ! Tout ce que je vois, c'est que vous êtes saouls comme des gorets, ce que je vois aussi, c'est que vous êtes à poil ! C'est interdit… a-t-il lâché en désespoir de cause.

— L'homme est attentif, a lentement articulé Stud à l'intention de son frère, après qu'ils eurent observé un long silence tous les trois, silence que Nathan a mis sur le compte de l'inanité de sa remarque.

— Celui qui voit seulement ce que tout le monde voit est le pire des aveugles, a conclu sentencieusement Howard, avant de rajouter : « On ne voit bien qu'avec son cœur », qu'il savait être une phrase d'un écrivain français dont il avait oublié le nom, Albert Camus peut-être.

— Vous êtes pas à poil peut-être ? a tenté de *négocier* Nathan pour qu'ils cessent de l'ignorer. Il ne voyait pas d'autres moyens que ces questions imbéciles pour se rappeler à leur existence, les ramener à la réalité et tenter de leur faire retrouver le sens commun.

— Le vulgaire ne croit que ce qu'il voit, a fini par laisser tomber Howard d'une voix dédaigneuse comme s'il avait lu dans ses pensées.

— Pourquoi vous faites ça ?

— A vrai dire… j'me souviens pas très bien ! lui a répondu Percy.

— Pour se purifier, c'est pas compliqué… pour se purifier ! a gueulé Stud.

— J'me sens innocent comme l'agneau qui vient de naître ! a insisté Percy.

— Ce que je regrette, c'est la toison de mon frère l'agneau, a rajouté Howard en chevrotant, je commence à me les geler sérieux. Ecoute, Nathan… c'est compliqué, on veut bien t'cxpliquer tout ce que tu veux, mais paie-nous un coup à boire, tu veux ?

— Je vous paye rien du tout, mais vous embarquez dans la bagnole sans faire d'histoires, a proposé Nathan en poussant un soupir de soulagement.

— Pourquoi on ferait des histoires ? lui a demandé Percy.

— On a changé, lui a dit Stud.

Ils sont passés tous les trois devant lui, pour s'installer sur la banquette arrière de la Ford, sans esquisser le moindre geste suspect.

Pour se prouver à lui-même Dieu sait quoi à propos de son courage, Nathan a décidé de ne pas attendre la voiture de renfort et de ramener seul les trois énergumènes, il a prévenu Amy par radio, la jeune fille s'est contentée de pousser de petits couinements d'excitation en guise de réponse tout en tirant sur sa tresse rose fluo. Durant tout le trajet, Nathan a transpiré à grosses gouttes, Stud avait posé ses mains aussi épaisses qu'un T-bone steak sur le dossier de son siège, Nathan, sans cesser de les fixer du coin de l'œil, a évité de lui demander de les poser sur ses genoux de peur de lui donner l'idée de s'en servir. Si le colosse avait été pris de démence, il l'aurait étranglé comme un lapin.

En réalité, les mains de Stud sont sagement restées en place sur le dossier du siège jusqu'à ce que Nathan gare la voiture, le seul problème c'est qu'il allait falloir une fois encore qu'il désinfecte la banquette arrière de la Ford.

Percy avait vomi.

Le matin de ces événements, lorsque le jeune Gorch s'était réveillé, dérangé par la chaleur, le temps était au beau et le soleil déjà haut, il traversait les rideaux en Nylon du salon qui paraissaient phosphorescents. A l'arrière-plan, l'écran du poste de télévision était parcouru de formes molles qui remuaient au ralenti comme les bulles de paraffine d'une lampe Lava, les haut-parleurs crachotaient un murmure électrique inquiétant. Recroquevillé sur le canapé, Percy transpirait dans ses vêtements de la veille, il avait le torticolis, une terrible migraine et une soif du tonnerre...

Boire donne soif ! C'est sans fin.

Un nombre invraisemblable de canettes parsemait le tapis comme si elles avaient été posées là *exprès*. Il en a cherché une intacte parmi tous les cadavres, sans succès. Pas une goutte. Il s'est dirigé vers le frigo dont la porte pendait lamentablement dans l'intention de refaire le niveau, il était vide à l'exception d'un carton de lait de soja entamé. Percy s'en est servi un verre et il a fait passer le goût en buvant longuement au robinet de l'évier. Il a allumé le gaz sous la bouilloire et pendant que l'eau chauffait, il a rafistolé comme il a pu la porte du frigo.

Un bon café rétablirait peut-être le monde sur ses bases. Il en avait bien besoin, malgré son mal de tête, il se souvenait avoir perdu quelques certitudes à son propos : son frère et Superman, ça faisait deux, sans compter ce qu'il lui avait raconté sur ce qui s'était passé en prison, c'était le roi des promesses d'ivrogne, le jeudi, il lui faisait des sermons sur l'abstinence, le vendredi il n'avait rien de plus pressé que de se saouler la gueule.

Pour arranger leurs affaires, Howard avait trouvé leur projet de chasse à la baleine tout à fait génial et, pire encore, il voulait s'y associer.

Stud, nu comme un ver, ronflait sur le lit, bras en croix, jambes écartées. Percy ne se rappelait plus ce que Howard avait pu devenir, mais il a fini par le retrouver dormant assis contre la roue de secours du Dodge, enroulé dans la vieille couverture qui traînait à l'arrière du pick-up, celle que Percy utilisait pour se glisser sous le carter et faire les vidanges. Howard souriait dans son sommeil.

Ils rêvaient.

Sans doute qu'il n'aurait pas fallu les réveiller, pourtant Percy a secoué son frère et le vétéran jusqu'à ce qu'ils soient en état d'articuler une phrase sensée. Vu la suite des événements, ce ne fut pas réellement le cas puisque, tout en enfilant son jean, Stud bredouilla : « Maintenant, il faut se purifier ! »

Assis en tailleur sur le canapé, enroulé dans la vieille couverture qui sentait le cambouis et le chien mouillé, il ne manquait plus à Howard que de fumer le calumet de la paix pour décrocher le rôle du sorcier dans une série télévisée des années 50.

— Il faut en parler au Conseil tribal, a marmonné Howard en soufflant sur le mug de café que lui avait apporté Percy.

Sans se soucier de ce dernier qui avait l'impression, non seulement de ne pas avoir voix au chapitre, mais, surtout, d'être le plus raisonnable de la bande, les deux compères ont repris leur conversation de la veille comme si rien ne s'était passé entre-temps, comme s'ils avaient été encore ivres morts.

— Maintenant, Stud, tu vas m'expliquer comment tu comptes faire pour te purifier… ça m'intéresse.

— Je t'expliquerai quand tu auras persuadé le Conseil tribal de s'intéresser à notre projet.

— J'suis p't' être pas le mieux placé mais, au moins, je vais pas leur foutre les jetons !

— Qu'est-ce que tu veux dire par là ?

— Putain, Stud ! regarde-toi dans la glace, tu ressembles à Queequeg.

— C'est qui ?

— Le sauvage de *Moby Dick.*

— C'est quoi ?

— Un film… avec Gregory Peck.

— Pas vu.

— C'est un livre aussi.

— Pas lu.

— Ça m'étonne pas… ça se passe pas ici, ça se passe pas maintenant… ça m'étonnerait que les membres du Conseil l'aient lu.

— Pas besoin… ce sont des guerriers ou pas ? Ils en ont vu d'autres, fais-moi confiance. Ça va leur plaire, j'suis sûr que ça va leur plaire… ça tient la route, merde ! Tu l'as dit toi-même.

— J'étais déjà bourré avant de mettre les pieds ici… l'homme qui boit comme un trou est un terrible optimiste !

— Tu te dégonfles, c'est ça… tu te dégonfles ? lui a demandé Percy en lui resservant du café.

— Me dégonfler, moi ? Tu m'as regardé ? Tu m'as bien regardé, pied tendre ? J'ai fait la guerre, fiston !

— T'étais jeune à l'époque… en pleine forme.

— Tu crois que ce n'est plus le cas, c'est ça ? lui a demandé Howard en remontant les manches de sa chemise pour exhiber ce qui lui restait de biceps.

Howard avait le même genre de corps qu'Iggy Pop, ses tendons saillaient, comme des cordes de violon, sous une peau plus fine qu'une feuille de papier à cigarette, on pouvait sans peine suivre le trajet de ses veines qui décrivaient leurs méandres comme les fleuves sur une carte de géographie en relief. Les muscles d'Howard étaient impressionnants, comme tétanisés en permanence par l'alcool qui circulait dans son sang.

— C'est pas le problème, a dit Stud, une baleine ça fait trente tonnes, c'est long comme un autobus, on va pas l'arrêter avec nos biceps… faut compter sur autre chose.

— Justement… sur quoi on peut bien compter? a demandé son frère comme s'il se parlait à lui-même.

— La détermination de chacun d'entre nous, la volonté de tous, la solidarité.

— Tu parles comme un politicien, a répliqué Percy.

— Le genre de truc qui se mesure pas, a précisé Howard qui s'était rhabillé.

— Le genre de truc qui se voit pas !

— Comme le gaz, comme l'air. L'air, tu le vois pas, mais tu le respires, le parfum, tu le vois pas, mais tu le sens. Ce qui échappe aux cinq sens peut exister en dehors des cinq sens…

— Les fantômes !

— L'âme… les esprits…

— On va chasser la baleine avec l'âme… avec les esprits, l'air, le parfum… le vent ! On est bien barrés, a grommelé Percy.

— On va la chasser avec tout ce qui est en notre pouvoir pour la chasser, a répondu Stud à son frère du ton qui indiquait que la conversation était terminée, que ses objections, désormais, il pouvait se les garder s'il voulait continuer avec eux.

— Et les esprits aussi, peut-être, s'ils sont avec nous, a rajouté Howard pour que Percy cesse de les emmerder avec son pragmatisme crétin.

Le soleil dans la cour faisait luire les pièces détachées couvertes de rouille par endroits, les enjoliveurs et les pare-chocs entassés comme s'ils avaient été des bijoux disséminés dans l'herbe, une légère brise venait de l'océan, il ferait beau toute la journée, les ordures resteraient des joyaux jusqu'à ce que la pluie vienne et rince l'acide des batteries pour qu'il empoisonne la terre. C'était un temps qui inspirait confiance, le genre de fin de matinée où l'on se dit que tout est possible, où l'on prend des résolutions que l'on pense pouvoir tenir pour peu que l'horoscope vous soit favorable.

Le théâtre idéal pour les promesses d'ivrogne…

Ils avaient été repoussés jusqu'au bord du Pacifique, ils avaient vendu une bonne partie de l'Etat de Washington pour le prix d'une Buick Regal avec la transmission bousillée, s'ils faisaient un pas en arrière, ils disparaissaient dans l'océan. Personne n'entendrait plus parler d'eux sur cette terre qui leur appartenait, excepté dans les musées d'ethnographie où l'on déplorerait que les rares survivants ne puissent éclairer quelques points de détail.

Le silence est tombé entre eux comme la poussière aurait pu le faire ou bien la foudre, on les aurait retrouvés, un an plus tard, pétrifiés sur place.

Ils réfléchissaient à tout cela, chacun enfermé dans les rêves que chacun avait abandonnés depuis longtemps. Le rêve le plus fou était, peut-être, la seule solution, ce serait, en tous les cas, la dernière. Les générations suivantes n'auraient plus qu'à se diluer dans l'alcool ou pire encore dans l'oubli. La prophétie de Custer se réaliserait au-delà même du désir qu'elle exprimait, les prochains Indiens qui naîtraient seraient déjà des Indiens morts.

Ils n'avaient rien à boire, ils avaient tout bu; ils n'avaient rien à fumer, ils avaient fumé le dernier mégot jusqu'au filtre ; ils n'avaient rien à manger, le frigo était vide. Ils avaient soif, ils avaient faim, ils auraient donné n'importe quoi pour un paquet de Marlboro. Il aurait fallu qu'ils aillent en ville pour faire le plein de bière et de cigarettes, mais Stud a dit : « Il faut se purifier ! »

— Faudrait que je me purifie aussi, l'a approuvé Howard, j'en ai sacrément besoin.

— Le mieux serait de pas boire, a répondu Stud.

— Pas boire ou plus boire, telle est la question ? a précisé Howard.

— Arrêter l'alcool… c'est sûr !

— Putain !

— On peut pas chasser la baleine bourrés… la baleine renversera le canot, on crèvera de froid.

— C'est gai !

— Putain !

— Bonjour, je m'appelle Howard et je suis alcoolique !

— Bonjour, j'm'appelle Percy, j'sais pas si je suis alcoolo, mais j'aime boire… surtout de la bière, et j'déteste pas être bourré non plus.

Howard et Percy ont entamé un quadrille bouffon en faisant résonner leurs talons sur le plancher, la poussière soulevée dansait dans les rais de soleil.

— Fermez vos gueules, leur a fait Stud.

— J'aime bien boire, mais pas tant que ça, ce que j'préfère, c'est être bourré, a précisé Percy à l'intention d'Howard.

— Ferme ta gueule ! a répété son frère à son intention.

— La perspective est pas marrante, Stud… tu pourrais le reconnaître… se purifier, on veut bien… comme ça… l'idée est séduisante… si ce sont que des mots, elle l'est encore davantage, mais plus boire, c'est différent… je me souviens pas d'une seule journée où j'aie pas bu. On est des poivrots ontologiques, faut bien le reconnaître…

Stud lui a coupé la parole, sans attendre que Percy demande ce que pouvait bien vouloir dire « ontologique ».

— Ecoute, Howard, j'ai arrêté de boire trois ans… tu m'as connu, il y a trois ans, je buvais autant que n'importe qui… Y a pas de raison, si j'ai réussi à tenir trois ans, je peux tenir encore.

— Je te ferai remarquer que pas plus tard qu'hier soir…

— Ça va ! Je sais. Je dis pas qu'on boira plus jamais… je dis que tant que notre affaire est pas faite, il faut pas boire et qu'il faut se purifier…

— Je vais te dire, moi, ce qu'il y a de plus terrible…

— Quoi ?

— Petit un, c'est qu'il faut jamais dire jamais, petit deux, c'est que j'aime la couleur du bourbon et que j'aime aussi son goût.

— Et ce que tu es devenu, tu aimes ce que tu es devenu ?

— Pas vraiment, Stud, mais boire me fait devenir un autre… quelqu'un qui se pose pas ce genre de questions… pas se poser la question, c'est la bonne réponse à toutes les questions dont on connaît pas la réponse !

Howard et Stud auraient cette discussion des centaines de fois, ils déploieraient à cette occasion des trésors de dialectique, ils s'y révéleraient aussi byzantins que des rabbins à propos d'un point épineux de la Torah ; suivant l'état dans lequel ils seraient, ils montreraient plus ou moins d'indulgence envers leur interlocuteur-pauvre-pécheur, ils le condamneraient ou l'absoudraient de manière plus ou moins radicale, changeant volontiers de rôle et n'hésitant pas à emprunter à l'autre les arguments de mauvaise foi tirés par les tresses qui les faisaient ricaner la veille.

A chaque fois, Percy les écouterait en se disant qu'il était peut-être incapable de produire des arguments planant à cette altitude, mais qu'il buvait moins qu'eux, qu'il était capable de s'arrêter plus longtemps et qu'il n'en faisait pas tout un plat. Si l'on voulait ne plus boire, il ne fallait pas en parler, il fallait le faire. Le reste, c'était de la branlette dont il n'était pas un féroce partisan. Pas assez d'imagination.

D'imagination pourtant, aucun d'entre eux n'en manquerait ce matin-là. Après d'interminables palabres, ils finiraient par tomber d'accord sur le fait qu'une purification qui ne se voyait pas n'était pas une vraie purification. Qu'il fallait non seulement que sa manifestation soit la plus voyante possible, mais qu'en plus elle soit visible de tous. Il serait bien temps ensuite de donner un sens à leur choix, fût-il saugrenu.

Hormis qu'ils avaient auparavant retrouvé un fond de bourbon oublié qui facilita grandement leur passage à l'acte, c'est sans doute pour cette raison : faire quelque chose à tout prix même si c'était n'importe quoi, que leur décision fut si mal comprise, par Nathan Brittles tout d'abord et par tous les autres ensuite, qui tombèrent d'accord pour assimiler leur purification rituelle à une manifestation d'exhibitionnisme pur et simple. Si l'on excepte Amy qui avait été enchantée de voir Percy sortir de la voiture de patrouille en camouflant de façon maladroite son sexe en semi-érection, ils firent l'unanimité contre eux. Ce qui ne les arrangeait pas et n'arrangeait pas non plus le Conseil tribal : l'acte de fondation du projet d'Howard et des frères Gorch était un crime aux yeux de tous et le Conseil tribal ne pouvait que le condamner alors que le projet lui-même intéressait ses membres. Ils en avaient parlé entre eux et l'idée avait fait son chemin, certains se montraient même enthousiastes.

Sagement, Cliff Tsekauwtl, le président du Conseil tribal, a laissé passer une semaine avant de convoquer les trois délinquants, le temps que les esprits échauffés se calment un peu. L'entrevue a eu lieu dans la salle des délibérations du Conseil en présence de tous ses membres, convoqués pour l'occasion.

Après qu'ils se furent tous recueillis autour de la table de réunion, Cliff Tsekauwtl a ouvert la séance en expliquant que son objet était le projet d'Howard et des frères Gorch, et seulement leur projet ; à l'exclusion de la manière inexcusable dont ledit projet avait fait irruption sur la scène publique, qui serait ultérieurement condamnée comme elle devait l'être. Tout le monde a bien compris que le jugement était remis à plus tard et que si une condamnation était prononcée, elle ne serait jamais suivie d'effet. Il a ensuite demandé à Howard, qu'en raison de son âge et malgré sa réputation désastreuse (pas plus désastreuse, il est vrai, que celle des Gorch) le Conseil considérait comme le porte-parole désigné du trio, de leur expliquer en quoi consistait leur entreprise.

Howard avait l'habitude de tenir ses interlocuteurs en haleine dans un bar. Passé minuit, il était un virtuose incontesté de ce genre de sport qu'il pratiquait depuis une vingtaine d'années, mais c'était une autre histoire d'expliquer clairement leurs intentions en plein jour devant une douzaine de personnes à jeun et dont la moitié lui était hostile ; cela sans compter qu'en vue de l'affaire, il s'était mis au régime sec depuis deux jours.

Si ses mains tremblaient, ce n'était pas seulement sous l'effet du trac, il aurait tout donné pour un verre de bourbon ou même une bière.

Lorsqu'il a eu fini son petit exposé, il avait la bouche sèche et les mains moites, il a tourné les yeux vers ses acolytes qu'il avait évité de regarder jusque-là, Stud avait l'air égaré, Percy, les mains jointes coincées entre ses jambes, fixait obstinément ses bottes, les jointures de ses doigts étaient blanches. Howard se rendait bien compte que, exposé comme il l'avait fait, leur projet non seulement ne tenait pas la route, mais apparaissait clairement comme un délire éthylique caractérisé passible de prison ferme.

Cliff Tsekauwtl lui a sauvé la mise en lui demandant :

— Si je comprends bien, Howard, vous voulez chasser la baleine, c'est bien ça ?

— Ben oui, lui a répondu Stud qui avait décidé de prendre les choses en main.

— Je peux juste vous demander comment vous comptez vous y prendre ?

— Ben, comme nos ancêtres s'y prenaient.

— Et vous savez comment nos ancêtres s'y prenaient ?

— Ben non, mais ça doit pas être sorcier… si nos ancêtres y sont arrivés, y a pas de raison qu'on n'y arrive pas… on devrait y arriver, on est pas plus stupides qu'eux.

— Ce n'est pas ce que je voulais dire, Stud, mais vous êtes au courant, tous les trois, je suppose, que l'époque a changé ?

— Evidemment ! Je vois pas le problème… au contraire, à la rigueur c'est plus facile aujourd'hui avec les progrès et tout ça…

— Vous comptez vous servir d'un ordinateur portable ?

— Je dis pas ça, je dis qu'on a maintenant des moyens qu'on avait pas avant, c'est tout… et puis, de toute façon, si on ne sait pas, on peut se renseigner, sur Internet pourquoi pas ? J'en sais rien, je sais pas comment ça marche… on peut se renseigner quand même, non ?

— Il vaudrait mieux, dans votre cas, il vaudrait mieux. Tout ce que je veux vous faire comprendre, c'est que, pour l'instant, vous exprimez une volonté, rien de plus.

— C'est déjà pas mal ! Jusqu'à preuve du contraire, personne d'autre l'a fait.

Quand le trio infernal eut quitté la salle, Cliff Tsekauwtl a hoché la tête en silence, il s'est pincé le bout du nez à plusieurs reprises, signes qu'il était plongé dans la plus profonde des perplexités. Il avait été élu à la tête du Conseil tribal pour trois ans parce qu'il était réputé pour son calme et son bon sens, il n'avait jamais de sa vie pris de décision extrémiste ni proclamé une conviction radicale ; il était le partisan résolu d'une politique du juste milieu. Il n'était pas non plus réputé pour son humour, mais il lui arrivait de sourire dans le vague d'un air entendu, c'était, en général, juste avant de se montrer d'une indulgence étonnante pour des comportements qui d'ordinaire déclenchaient les colères froides dont il était coutumier et que chacun redoutait. « Quelquefois, il a des coups de lune », disait à ce propos William Zandt, son copain d'enfance qui siégeait à ses côtés en tant que porte-parole du Conseil tribal. On pouvait cependant rarement qualifier ses « coups de lune » de coups de folie, encore moins lui reprocher de se montrer complaisant envers ceux qui les provoquaient. Lorsqu'on lui faisait remarquer ses sautes d'humeur, il avait l'habitude de répondre : « On est encore indiens, non ? »

Quand il a eu cessé de se pincer le bout du nez, Cliff Tsekauwtl a posé ses lunettes, il a rectifié leur position plusieurs fois jusqu'à ce qu'elles soient parfaitement parallèles au bord de la table, il s'est raclé la gorge et il a dit :

— Je sais pas ce que vous en pensez, mais je crois que c'est le moment d'être indien.

— Qu'est-ce que tu veux dire par là ? lui a demandé William Zandt qui avait parfaitement compris ce dont il était question.

— Tu m'as très bien compris, William, si l'on raisonne comme il faut raisonner, ces trois types sont cinglés, il faut les coller en taule, ce serait même plus prudent de les interner, mais on est encore indiens, non ? J'ai aucune confiance en ces types et je choisis néanmoins de leur faire confiance.

— A ces types qui se baladent à poil ? lui a demandé Hank Hazzle, qui se voyait bien succéder à Cliff Tsekauwtl aux prochaines élections.

— J'ai pas eu l'honneur ni l'avantage d'assister à la chose, mais, d'après ce qu'on m'en a rapporté, effectivement, c'est bien eux.

— Je te signale qu'Howard est connu comme le loup blanc, c'est un terrible ivrogne…

— C'est aussi un authentique héros, a tenu à préciser William Zandt.

— C'était un héros, maintenant, c'est un ivrogne ! Quant à l'aîné des Gorch, celui qui est tatoué de la tête aux pieds, il sort juste de prison pour coups et blessures. Il a envoyé un type à l'hôpital… qui est sur une chaise roulante depuis, et le plus jeune, vaut pas beaucoup mieux… Sauf ton respect, Cliff, il baise tout ce qu'il peut baiser, c'est-à-dire qu'à part un ours, il peut baiser n'importe quoi !

— Je suis d'accord avec toi, Hank, je suis persuadé qu'ils valent pas la corde pour les pendre, mais… on est chrétiens aussi, non ?

— Sans nul doute, l'a approuvé William Zandt.

— Comme Indien, leur folie me plaît, comme chrétien, je crois en la rédemption et qu'il n'y a pas de raison que ces types n'y aient pas droit et comme membre du Conseil, je pense que c'est une bonne chose que ces types, au lieu de boire, de s'empiffrer et de baiser les ourses, veuillent remettre une tradition au goût du jour… la seule chose à laquelle je suis personnellement opposé c'est le genre de purification auquel ils se livrent. La prochaine fois qu'ils se baladent à poil, on les coffre !

— La première fois qu'ils vont sur l'eau, la moindre vague, ils se noient, a prédit Hank Hazzle.

— Tant mieux, on sera débarrassés, a tenté de conclure Phil Brown qui n'avait pas apprécié que Percy ait une liaison avec sa fille aînée et la laisse tomber quand elle lui avait annoncé qu'elle avait une semaine de retard, Jenny avait pleuré toutes les larmes de son corps avant de faire une fausse couche.

— Reste le problème de la chasse à la baleine, a dit William Zandt.

— Parlons plus du problème, parlons de l'idée… il faut reconnaître que c'est cette bande de dingues qui a eu l'idée, c'est pas parce qu'ils sont pas fiables, qu'ils vont peut-être se noyer à leur première tentative, que c'est une mauvaise idée ou une bonne idée… c'est une idée, point à la ligne. Cliff la trouve bonne, j'ai tendance à la trouver bonne aussi, et vous, comment vous la trouvez ?

— A vrai dire, pourquoi pas ? Je suis d'accord moi aussi, a dit John Kalchote.

Tout le monde respectait John Kalchote au sein du Conseil, et pas seulement parce qu'il en était le membre le plus âgé, en revanche certains déploraient la longueur de ses interventions et avaient des difficultés à suivre les méandres de sa pensée, il était parfois arrivé que John Kalchote continue à parler tout seul alors que les autres membres étaient sortis fumer une cigarette dans le couloir.

— Ce qui m'ennuie… m'ennuie énormément, a continué John Kalchote, c'est que notre culture soit représentée par ces trois fumistes. Je sais bien, Cliff, qu'un peu de folie est nécessaire, mais je crains que pour recommencer à chasser la baleine la folie soit pas suffisante. Je sais pas, mais j'ai comme l'impression qu'un tas de gens vont pas être d'accord… avec ces trois fumistes ou sans eux… J'ai l'impression que personne va être favorable à notre réveil… si on se réveille… si on décide de se réveiller. J'ai l'impression qu'un peu de folklore dérange personne, mais j'ai l'impression que personne veut réellement de la vraie culture indienne, de la culture indienne vivante… surtout ceux qui n'ont pas de culture.

— Tu parles de qui ? l'a interrompu Hank Hazzle.

— Tu sais bien de qui je parle, Hank.

A cet instant précis, la discussion risquait de tourner à l'affrontement entre les deux ailes extrêmes du Conseil dont les opinions étaient irréconciliables depuis Christophe Colomb.

John Kalchote était attaché à la tradition, à la perpétuation d'une culture indienne radicalement différente de la culture des Blancs lorsqu'elle ne lui était pas opposée. Hank Hazzle pensait que la tradition était un souvenir, l'occasion de se faire photographier par des touristes dans des postures ridicules, de leur fourguer de la camelote prétendument artisanale et de profiter des subventions que l'on peut obtenir en culpabilisant l'homme blanc, mais qu'il fallait accepter le progrès pour pouvoir en profiter, même s'il fallait pour cela accepter des valeurs qui n'étaient pas les vôtres.

John Kalchote n'hésitait pas à employer des mots comme « génocide », il avait été l'un des cinq cents Indiens qui avaient fondé le National Indian Youth Council en 1961, participé aux manifestations violentes contre la réglementation de la pêche sur la Nisqually River en 1968, soutenu l'occupation d'Alcatraz l'année suivante et manifesté à Wounded Knee en 1973. Il disait d'Hank Hazzle que ce qu'il y avait de plus indien en lui c'était son 4 × 4 : une Jeep Grand Cherokee aux vitres noires et aux sièges en cuir, et il est vrai que pour Hank Hazzle la culture indienne n'allait pas beaucoup plus loin que les vestes à franges qu'il arborait en toutes saisons. Il était rare qu'une séance du Conseil tribal ne voie pas entre les deux hommes une passe d'armes pouvant se prolonger jusque tard dans la nuit, au grand dam de Phil Brown qui, depuis que sa fille s'était faite enceinter par Percy Gorch, ne lâchait plus les jeunes gens des yeux à partir du coucher du soleil. Il était rarissime que l'un des deux hommes écoute son interlocuteur et, bien évidemment, reconnaisse une quelconque validité à la position de son adversaire.

John Kalchote méprisait Hank Hazzle et le traitait régulièrement de « redbone », ce qui était pour lui la pire injure possible.

Hank Hazzle pensait que John Kalchote était gaga et, sans souhaiter sa mort, priait pour que son grand âge l'empêche de siéger au prochain Conseil tribal dont il serait le président.

Cliff Tsekauwtl n'était pas décidé à voir les deux hommes repartir dans le genre d'affrontement dont personne ne se rappellerait l'enjeu lorsqu'ils en auraient terminé, il leur a coupé la parole :

— On parle pas de ceux qui auraient une culture et de ceux qui en ont soi-disant pas, on examine une proposition pour savoir si tout le monde est d'accord pour la trouver intéressante. Il y aura ensuite suffisamment de raisons d'en discuter entre nous. Contentons-nous d'examiner ce point précis. Tu peux nous expliquer, sans t'énerver, s'il te plaît, pourquoi tu es contre cette idée ? a-t-il rajouté en direction d'Hank Hazzle.

— Ça rime à quoi cette affaire ? Franchement ? Personne chasse plus le bison avec des flèches… A quoi ça rime de chasser la baleine ? Personne ici a chassé la baleine… Personne a même l'idée de comment on fait, personne a l'idée de quel goût ça a.

— Tu trouves que ce sont des raisons suffisantes ? C'est pas parce qu'on a arrêté quelque chose depuis je sais pas combien de temps que c'est une raison de pas recommencer.

— OK, Cliff, mettons ! Mettons qu'on recommence, mettons que ces bras cassés tuent une baleine, ce dont je les crois tout à fait incapables, j'irais pas à la pêche à la truite avec eux de peur qu'ils m'éborgnent… OK ! On en fait quoi ? On en fait quoi de cette putain de baleine ? Des hamburgers ? La seule chose que je vois, c'est qu'on va se mettre tout le monde à dos.

— C'est ton problème, tu as peur, l'a interrompu John Kalchote. On a le droit de le faire, le droit ! Pourquoi on devrait renoncer à exercer nos droits ? Pourquoi on devrait toujours renoncer ?

— Encore faut-il que ce droit soit applicable, je te fais remarquer, John. Tout le monde ici sait que si on recommence, on cherche la merde et qu'on va la trouver. Tout ce que je vois, c'est qu'on va foutre la merde. On est tranquilles dans notre coin, tout marche à peu près, et on va foutre le bordel parce que trois nudistes alcoolos ont eu une illumination ? Ça me fait pas peur que tu dises que j'ai peur... je te le dis franchement John, j'ai pas peur de grand-chose, contrairement à ce que tu crois, mais ça me ferait peur de chasser la baleine plus que de chasser l'ours à mains nues, et ça me fait encore plus peur que ces trois pochards veuillent la chasser.

Quand Hank Hazzle s'est tu, l'affaire semblait entendue, la nuit était tombée entre-temps, l'attention des membres du Conseil avait faibli, certains parlaient d'autre chose dans leur coin, Phil Brown s'était rhabillé et avait allumé une cigarette. Cliff Tsekauwtl a senti qu'il était temps de mettre fin à la réunion ; avant qu'ils ne se séparent, par acquit de conscience, il a demandé un vote à main levée dont le résultat l'a surpris : une majorité était favorable à la reprise de la chasse, mais ceux qui la composaient semblaient moins déterminés que Hank Hazzle et ses partisans.

Lorsqu'ils ont eu éteint les néons et refermé la porte derrière eux, les discussions ont continué jusque tard dans la nuit. Cela faisait bien longtemps qu'ils ne s'étaient pas empoignés avec autant de violence à propos d'un quelconque sujet, et tout cela par la faute de trois types qui avaient confondu purification et exhibition.

Le lendemain, tout Neah Bay ne parlait que de ça, on allait manger de la baleine, et dans pas longtemps encore.

Après leur intervention au Conseil tribal, Howard et les frères Gorch s'étaient réfugiés au Blue Parrot où ils avaient commandé trois Pepsi. Leur détermination avait encore grandi, il leur semblait évident que le projet prenait forme, l'entêtement de Stud avait eu raison des préventions du Conseil, désormais, ils iraient jusqu'au bout. Et, pour cela, il leur fallait maintenant trouver quatre ou cinq partenaires. Ils ont fait le tour de leurs amis et de leurs connaissances, ils n'avaient pas confiance en grand monde, pas plus qu'ils ne pouvaient compter sur grand monde pour leur faire confiance. Ceux sur lesquels ils tombaient d'accord se comptaient tout juste sur les doigts d'une seule main.

L'immensité de la tâche à accomplir leur est apparue petit à petit comme l'océan qui se retire découvre les récifs.

Vers minuit leur détermination avait faibli, Howard et Percy ont commandé une bière et Stud un autre Pepsi. A une heure du matin, Howard a commandé un bourbon, Percy une autre bière et Stud aussi. Le barman a fini par les mettre à la porte. Ils ont grimpé dans le Dodge et pris la direction de Cape Flattery, Percy était au volant, Stud et Howard s'étaient lancés dans une imitation approximative de Bugs Bunny. Percy, vexé, conduisait si doucement que, s'ils avaient voulu, ils auraient pu le suivre à pied. Stud disait : « Si tu veux, on descend et on pousse », Howard ajoutait : « La route est lente, mais le buffle est patient », ils riaient bêtement. Chaque fois que les nuages recouvraient la lune, chaque fois qu'un animal fuyait devant les phares qui faisaient danser la bruine, il freinait aussitôt. Lorsqu'il s'était habitué à l'obscurité, que les yeux phosphorescents de l'animal avaient disparu dans le fossé où stagnait une eau noire, il redémarrait dans la lueur fluorescente des cadrans du Dodge. De chaque côté du sentier, les fûts des cèdres rouges faisaient comme une voûte, la forêt se refermait autour d'eux, et son silence.

Ils s'y sentaient à l'abri.

Tous les trois ensemble.

Au petit matin, ils regardaient les vagues déferler à l'ouest de l'ouest.

Fin saouls, au bord de l'Amérique.

Derrière eux, les cèdres étaient noirs, au-dessus de leurs têtes, les nuages défilaient si vite à leur rencontre qu'ils ne pouvaient y reconnaître les formes que, d'ordinaire, on croit y distinguer... un dragon, une forêt de cryptomères au bord d'une falaise, une avalanche, une meute de loups, des grottes au flanc d'une pente, un dragon encore et le surfeur d'argent.

Plus loin, il n'y avait rien.

L'océan.

Les baleines.

Et la menace dont ils étaient conscients, qu'ils ne pouvaient pas même imaginer.

— On est dans la merde ! a fini par laisser tomber Howard.

Percy a allumé sa dernière cigarette.

Stud a hoché la tête.

Il fallait qu'ils y aillent, mais ils ne savaient pas jusqu'où ils auraient ce courage.

Follow your paths my child, follow your paths my child, and you will become a nation.

Chant lakota.

Quatre

When they first met she couldn't forget
Times only purpose was from them together
They talked together and were gentle
They laid together and were flame
She told him her dreams
Trusting him with her prayers
She needed a friend she needed a man
Inside her head going around
And around and around.

John Trudell.

Lorsque Charlene lui a confié qu'elle avait repéré une bombe, Frances l'a tout de suite crue.

En jolis garçons, Charlene en connaissait un rayon et, toujours d'après Charlene, on ne pouvait pas le rater : il passait des heures à scruter l'océan sur la terrasse aménagée du Prince of Whales.

Avec ses jumelles collées sur le nez en permanence, il n'était pas facile de se rendre compte qu'il était joli garçon, mais Charlene avait un œil redoutable et la patience qui va avec : lorsqu'il laissait tomber ses jumelles pour allumer une cigarette, ça sautait aux yeux, il était un peu petit, mais c'était une bombe. Charlene trouvait qu'il ressemblait à Sean Penn, Frances à Johnny Depp, elles ont fait semblant de se disputer avant de tomber d'accord… c'était un subtil mélange des deux !

Si Charlene l'avait aperçu la première, pour la suite des opérations, il valait mieux se passer de ses services. Bien sûr, elle n'avait pas inventé le Wonderbra, mais c'était uniquement parce qu'elle n'en avait pas besoin et, alors qu'elle était ennuyeuse à mourir, la plupart des hommes avaient l'air fascinés par sa conversation. Ils pouvaient fixer ses petites dents, le bout de sa langue qui faisait des bulles de salive charmantes et ses lèvres confortables comme s'il s'agissait de curiosités de la nature méritant une étude approfondie ; comme ils avaient le même air béat et la même tendance à laisser leur mâchoire inférieure s'affaisser lorsqu'elle leur tournait le dos, Frances évitait de s'encombrer de sa présence lorsqu'elle voulait savoir jusqu'où un type avait l'intention d'aller avec sa petite personne. De toutes les manières, depuis qu'elle avait dépassé trente ans, elle évitait de côtoyer les filles plus jeunes, leur présence pouvant provoquer un léger état dépressif. Que son premier mari l'ait quittée pour une fille à peine pubère sous le fallacieux prétexte qu'elle ne voulait pas d'enfant et que la donzelle ne rêvait que d'en avoir un était peut-être pour quelque chose dans ce syndrome bénin. En revanche, elle ne s'encombrait pas de précautions lorsqu'il s'agissait de faire connaissance avec un type qui lui plaisait. Elle savait que, passé la première réaction de méfiance, les hommes avaient tendance à oublier ce sans-gêne. Il leur arrivait même – leur prétention est insondable – de mettre ça sur le compte de leur incroyable magnétisme et de croire qu'ils avaient provoqué la rencontre alors qu'ils n'y étaient pour rien.

Frances n'a pas perdu de temps, elle a enfilé une robe qui mettait en valeur ses jambes minces et le reste qui l'était moins et elle s'est parfumée avec ce qu'elle avait de plus cher avant de grimper jusqu'au promontoire du Prince of Whales, bien décidée à faire connaissance coûte que coûte avec Johnny Depp. Lorsqu'une fille dans le genre de Charlene est sur le coup, il est toujours préférable de jouer les blancs.

Assis sur l'un des bancs en teck du Prince of Whales, le joli garçon fumait tout en continuant de fixer l'océan d'un air préoccupé, ses paupières faisaient une fente si étroite qu'il était impossible de savoir de quelle couleur étaient ses yeux. Elle s'est assise à côté de lui, elle est restée silencieuse un moment au cas où il aurait voulu prendre l'initiative, mais quand il a écrasé sa cigarette et fait mine de se lever, elle lui a demandé : « Les baleines ne sont pas au rendez-vous ? »

Percy Gorch était habitué à ce que les filles fassent le premier pas, il n'a donc pas été étonné outre mesure lorsque celle qui s'était assise à sa droite lui a adressé la parole, il se doutait bien qu'elle le ferait à un moment ou à un autre, il s'était levé pour le vérifier, la seule chose qui l'a surpris, c'est qu'elle lui parle de baleines.

Cela faisait presque une semaine qu'il fixait l'océan dans le but de comprendre leur manège, de savoir jusqu'où il pouvait leur arriver d'approcher du rivage pour se nourrir, si elles franchissaient la barre de temps à autre, à quelle vitesse elles nageaient, combien de temps elles restaient immobiles, si elles nageaient en groupe et à partir de combien d'individus on pouvait parler de groupe, à quelle distance elles nageaient les unes des autres, s'il y en avait qui nageaient seules, ce que pouvait bien signifier le jet qu'elles lâchaient de temps à autre, à quels intervalles elles le faisaient, combien de temps elles pouvaient rester en plongée. Il avait choisi ce coin puisque, soi-disant, c'était l'endroit de la côte où les baleines grises étaient les plus nombreuses et où elles étaient le plus facilement observables, tous les dépliants touristiques s'accordaient à ce sujet. Avant qu'il ne parte en repérage, Howard lui avait dit : « Tu vas voir, ils ont transformé l'océan en aquarium », et il avait raison. Les gens des motels alentour et les organisateurs des croisières spécialisées ne proposaient pas encore de faire sauter les baleines grises au travers d'un cerceau comme les dauphins dans les parcs d'attractions, mais ils n'en étaient pas loin et, s'ils avaient pu le faire, ils ne se seraient pas gênés.

En dehors de la réserve, Percy était toujours surpris : rien n'était différent, mais tout allait plus vite, l'horizon était bouché par les choses jusqu'à ce que l'on ne puisse plus les distinguer. Ces différences ne tenaient pas seulement à ce que les Indiens étaient pauvres, mais aussi à ce qu'ils étaient lents ; dans le fond, tout ce qui se passait dans le monde tel qu'il était ne les intéressait pas puisque ce n'était pas leur monde, qu'ils ne vivaient plus dans le monde. C'est aussi pour cela qu'ils préféraient rester enfermés ensemble à ne rien faire et que ceux qui en étaient partis revenaient, un jour ou l'autre, perdre leur temps dans la réserve ; c'était leur espace, c'était leur temps, même s'ils étaient pollués par ceux des Blancs. La fille à côté de lui, par exemple, n'avait pas de temps à perdre, elle était du genre : « Tu me plais, mais j'ai un tas d'autres choses à fabriquer aussi intéressantes, alors... allons-y, dépêchons-nous ! »

Il croyait se souvenir que James Brown disait que les Blancs dansaient trop vite pour danser aussi bien que lui.

Frances était impatiente, Percy ne connaissait pas l'impatience.

Elle dansait trop vite.
Elle courait.
Comme le gibier.

Elle n'était plus très jeune, mais encore très jolie, il avait vu ses jambes au travers de sa jupe lorsqu'elle avait marché vers lui avant de s'asseoir sur le banc. Elle avait dû faire du sport adolescente, à moins qu'elle n'ait continué à entretenir son corps, elle avait les jambes bien dessinées d'une ancienne danseuse ou d'une fille qui court sur un tapis deux heures par jour avant sa séance de cardio step. Elle avait les bras fermes au-dessus du coude, des genoux sans défaut, lisses comme des galets, et de jolies épaules rondes, il avait pu s'en rendre compte quand elle s'était assise si près de lui qu'il s'en serait fallu de peu qu'ils ne se touchent. Il s'était rendu compte aussi qu'elle ne s'était pas installée à côté de lui innocemment, à son odeur qu'elle croyait cacher derrière son parfum. Il s'était levé juste pour vérifier ce que son instinct de chasseur lui avait appris : il l'aurait. Sa question sur les baleines était un moyen comme un autre pour faire connaissance. Manque de chance, c'était le seul sujet de conversation que Stud et Howard lui avaient demandé de ne pas aborder, a fortiori avec une femme, ce qui avait pour effet de rendre la question moins innocente qu'elle n'en avait l'air. Il a bredouillé une réponse si embarrassée que Frances s'est demandé s'il n'était pas stupide. Cela aurait bien été sa chance, déjà, lorsqu'il s'était tourné dans sa direction, elle avait pu se rendre compte qu'il était indien, peut-être pas pure race, mais indien tout de même. Sa mère avait toute une étagère de sa bibliothèque les concernant en plus du *Yi-King*, du *Livre des morts tibétains*, de *Libres Enfants de Summerhill*, de *Siddartha*, du *Loup des steppes* d'Hermann Hesse, de *Howl* d'Allen Ginsberg, d'une anthologie illustrée de poèmes japonais dans une édition bilingue, d'un manuel de tantrisme, de l'œuvre complète d'Ivan Illich et de celle de Carlos Castaneda.

Frances avait quinze ans lorsqu'elles avaient fait ensemble un voyage dans le Sud, elles avaient parcouru l'Arizona et le Nouveau-Mexique à la recherche des Indiens mystiques que sa mère avait imaginé trouver sans peine et dont elle avait pensé qu'ils allaient l'initier à des pratiques qui transformeraient sa vie de fond en comble. Un Navajo plus malin que ses congénères lui avait vendu des graines soi-disant hallucinogènes qui, à l'usage, s'étaient plutôt révélées laxatives, une couverture traditionnelle auréolée de graisse, une poupée Kachina moisie et trois colliers en turquoise synthétique. Sa mère avait embarqué tout ce fourbi puant pour touristes crédules dans la malle de leur Pontiac, elle avait décoré le mur du fond de sa chambre une dizaine d'années avec la couverture qui pourrissait et la poupée qui tombait en morceaux jusqu'à ce qu'un prof d'université, avec lequel elle avait bien failli se marier avant qu'il ne lui avoue son homosexualité militante, lui montre les étiquettes dissimulées sur lesquelles leur provenance frauduleuse (« Made in Mexico ») était clairement indiquée.

Quand elles s'arrêtaient dans le désert pour laisser refroidir le moteur de leur Pontiac Catalina, les fossés étaient remplis à ras bord de canettes de bière et d'emballages de saloperies alimentaires, de bidons d'essence rouillés, de vieux pneus, de planches et de bouteilles de ketchup de marques inconnues. Quelquefois, des carcasses de voitures qui dataient de la Grande Dépression finissaient de se décomposer en plein milieu de nulle part. Ça et puis le reste : l'air chaud chargé de sable qui vous desséchait jusqu'aux gencives et vous brûlait les bronches, les buissons d'épineux qui rebondissaient entre les rochers où les serpents se lovaient, le bleu du ciel si bleu qu'il vous faisait mal aux yeux, lui avaient fait apparaître le désert comme l'enfer sur terre et ses habitants comme des damnés.

Pour terminer leur périple avant de rentrer à Spokane où elles vivaient à l'époque, elles avaient visité le studio Sun à Memphis, écrit leurs noms à la craie sur le mur d'enceinte de Graceland et acheté une robe et un châle en dentelle noire dans le quartier français de La Nouvelle-Orléans, oripeaux que sa mère avait revêtus toutes les veilles de Noël jusqu'à ce que les coutures de la robe cèdent.

L'année suivante, Frances avait refusé de l'accompagner se recueillir à Paris sur la tombe de Jim Morrison, elle avait profité de son absence pour perdre son pucelage avec un copain de lycée sur le canapé du salon, la télé allumée. Elle avait trouvé ça intéressant. Sa mère était revenue flanquée d'un étudiant italien de vingt ans plus jeune qu'elle, qui essayait de peloter Frances quand ils se croisaient dans les escaliers, piquait des colères formidables chaque fois qu'ils passaient à table puisque les pâtes étaient toujours trop cuites à son goût et avait fini par ficher le camp sous prétexte qu'il en avait marre de bouffer de la merde. Alors qu'il ne s'était pas installé aux fourneaux une seule fois lorsqu'il était avec elles, il avait ouvert une pizzeria au fin fond du Minnesota avec leurs économies planquées dans le compartiment congélateur du Frigidaire.

De ce périple foireux dans le Sud, Frances se rappelait surtout que tous les Indiens qu'elles avaient croisés étaient des clochards éthyliques, les seuls qu'elles avaient aperçus qui n'étaient ni sales ni saouls vendaient des poteries sous les arcades d'une place à Santa Fe. Couverts de poussière, ils ressemblaient à des figurants plantés là par le syndicat d'initiative local, ce qu'ils étaient plus ou moins, sauf que c'était la chambre de commerce qui les avait engagés pour la saison ; l'automne, elle les congédiait afin qu'ils puissent confire dans l'alcool tout l'hiver, ce qui leur procurait le magnifique teint rouge brique et les rides profondes comme des canyons sur lesquels s'extasiaient les vieilles hippies.

La mère de Frances n'était pas redescendue sur terre depuis Woodstock. Elle n'avait jamais plané bien haut non plus, elle se maintenait en lévitation, comme si elle avait été montée sur coussin d'air, à quelques centimètres du sol : la pire distance que l'on puisse concevoir, trop médiocre pour qu'il ne lui reste pas quelques velléités éducatives, trop grande pour qu'elle applique les principes qu'une mère doit à sa progéniture. La seule chose qu'elle avait réussi à obtenir de Frances, c'est qu'elle soit parcourue de tremblements incoercibles lorsqu'elle entendait l'intro d'*In-A-Gadda-Da-Vida* d'Iron Butterfly que sa mère écoutait en boucle longtemps après s'être rendu compte que l'Indien de Tacos était un arnaqueur de première bourre.

Pour se protéger des goûts musicaux de sa mère, de ses connaissances approximatives et de ses rituels incertains, Frances s'était intéressée aux chiffres dès son plus jeune âge, elle avait fait des études de mathématiques appliquées à l'université puis était devenue spécialiste des programmes informatiques de comptabilité. Elle travaillait désormais en free lance, ce qui lui permettait de mener une vie bien plus alternative que sa mère, toujours entre deux amants, deux boulots minables et deux plans pourris, il lui suffisait de travailler un trimestre pour bien vivre toute l'année. Et pour cela, excepté ses connaissances, elle n'avait besoin que d'un téléphone cellulaire et des ordinateurs de son client.

A l'inverse de sa mère, elle n'avait aucun préjugé favorable à l'égard des minorités ethniques, elle s'en méfiait alors même que son père était natif du Pendjab. Sa mère, comme les autres fêlées de son espèce, avait fait le pèlerinage obligatoire à Katmandou, comme elle était trop fauchée dans les années 60, ellc l'avait fait dix ans plus tard alors que l'Himalaya commençait à crouler sous les canettes de Sprite. Frances devait au faux sâdhu que sa mère avait ramené dans ses bagages avec différentes babioles empestant le patchouli ses yeux noirs, ses cheveux épais, un joli teint mat été comme hiver et le goût des vêtements de couleurs vives.

La barbe presque bleue de son père la fascinait et les serpents qu'il dressait aussi. Il exerçait sa profession de « fakir » qui consistait à avaler des sabres, charmer des serpents et gigoter sur une planche à clous dans des cabarets miteux de Basse-Californie. Lorsqu'il ne trouvait pas d'engagement, il donnait des cours de sexualité védique à des ménagères sur le retour. C'est d'ailleurs à ce propos que les choses s'étaient gâtées avec la mère de Frances et que le couple avait fini par se séparer. Alors qu'elle lui avait demandé à plusieurs reprises de cesser cette activité d'appoint, elle l'avait surpris en train d'initier leurs voisines sur la table basse du salon dans des vapeurs d'encens. Quand sa mère avait demandé au fakir d'envisager une reconversion, il était parti sans demander son reste, emportant ses najas, ses kriss et sa planche à clous, laissant sa mère à jamais nostalgique de ses dons védiques, et Frances seule.

Pour toutes ces raisons, si l'Indien se révélait trop abruti, Frances n'aurait aucun scrupule à trouver une excuse qui n'en était pas une pour arrêter les frais. Charlène qui, par force, était moins regardante question QI, ne demanderait pas mieux que de prendre le relais.

— Vous êtes quoi ? elle lui a demandé.

— Quoi, quoi ? lui a répondu Percy.

— De quelle tribu, je veux dire ? a précisé Frances, désormais plus qu'à demi persuadée que sa première impression était la bonne : il était beau comme un dieu, mais con comme un chien de chasse.

— Makah.

— Ça vient d'où ?

— De Neah Bay.

— C'est où ?

— En face de Vancouver, au-dessus de la réserve des Ozettes… les Indiens Ozettes, vous connaissez ?

— Non, pas vraiment. Pas davantage que les Makahs, je veux dire.

— Z'avez pas vraiment l'air spécialiste des Indiens.

— Des Indiens, non… plutôt des logiciels informatiques, si vous voyez.

— J'suis pas spécialiste non plus… de l'informatique, j'veux dire. Et vous, vous êtes quoi ?

— Quoi ?

— Oui, de quelle tribu, j'veux dire ?

— Ah, non. (Elle a ri de sa méprise. D'ordinaire, les gens croyaient qu'elle était mexicaine.) Je ne suis pas indienne, a-t-elle continué.

— Métisse ?

— Oui, enfin… métisse, mais pas d'Indien… enfin, je veux dire pas d'Amérindien…

— Faudrait savoir !

— Mon père était indien, mais du Pendjab.

— De quelle tribu ?

Avec tout le sérieux dont elle était capable, elle a failli lui répondre qu'il se trompait, juste avant de se rendre compte que les yeux noirs du jeune homme brillaient d'un éclat particulier… il n'y avait aucun doute possible : il se foutait d'elle. C'était souvent ce qui arrivait avec Percy, juste au moment où l'on allait conclure qu'il était stupide, quelque chose faisait que les interrogations à son propos restaient ouvertes : « S'il est stupide, comment se fait-il qu'il ne le soit pas toujours ? » que les mâles avaient tendance à formuler autrement : « Il est con ou il fait semblant ? »

Elle a éclaté de rire, il a souri, hormis une couronne en or sur une incisive, il avait des dents parfaites. Elle a pensé qu'ils menaient une conversation idiote, qu'elle n'avait pas été très brillante, avant de se reprocher de lui avoir regardé la bouche pour se rendre compte si l'alcool n'avait pas fait ses dégâts habituels tout comme un maquignon regarde celle d'un cheval ou, pire encore, comme les marchands d'esclaves devaient jauger la marchandise. Et pourquoi donc (il n'aurait plus manqué que ça !) ne lui avait-elle pas carrément retroussé les lèvres pour examiner ses gencives ?

Ils ont parlé de tout et de rien, mais surtout de n'importe quoi comme deux jeunes gens qui font connaissance en se méfiant l'un de l'autre. Quand ils se sont séparés, elle ne savait pas grand-chose à son propos sinon la tribu à laquelle il appartenait : les Makahs, son âge : vingt-cinq ans, son nom et son prénom : Percy Gorch, et le plus important : il rentrait dans sa réserve à la fin de la semaine. On était mercredi, ils n'avaient pas beaucoup de temps devant eux.

Il s'était montré plutôt évasif sur ses activités, il lui avait été impossible de savoir ce qu'il pouvait bien fabriquer avec ses jumelles et son Caméscope et s'il comptait revenir. En revanche, il savait à peu près tout d'elle, surtout ce qu'il voulait savoir, elle lui avait déclenché une superbe érection lorsqu'elle avait effleuré son genou par mégarde. Ils se sont séparés sans manifester le désir de se revoir, elle avait des doutes à son propos, il se méfiait d'elle, mais le hasard qui fait, parfois, bien les choses a voulu qu'ils se retrouvent le soir au Sherwood Loundge. Il s'ennuyait dans sa chambre de motel, elle parlait de lui avec Charlene qui voulait tout savoir à son propos. C'est comme ça qu'ils se sont retrouvés tous les trois à siroter des cocktails fluorescents serrés les uns contre les autres dans un box lambrissé de faux acajou.

Frances a tout d'abord pensé que Charlene lui plairait davantage qu'elle avec son regard de crétine myope et sa poitrine siliconée de frais posée sur le rebord de la table, sur ses avant-bras nus repliés (les deux demi-sphères d'une énergie indécente lui remontaient presque jusqu'au menton), mais elle s'est trompée. Il était chasseur, le gibier qui entre tout droit dans le sac ne l'intéressait pas. Il aimait le danger aussi. C'est ce qui a plu à Frances, sans parler de la peau de sa nuque qui avait l'air tendre et douce et de ses cheveux trop longs aussi bleus que la barbe de son père. De temps en temps, il rabattait au-dessus de son oreille droite une mèche épaisse comme une aile de corbeau et avec les mêmes reflets, tout comme une fille l'aurait fait. Une bague en argent trop grosse brillait à son annulaire. Il était gai et détendu, plus tard, dans la chambre du Prince of Whales, il s'est révélé un amant attentionné, lorsqu'elle avait été nue, il l'avait applaudie et, attentif, il avait attendu qu'elle jouisse pour jouir à son tour. Il était presque imberbe, sa peau était bien douce comme celle d'une fille et le contraste entre cette douceur, cette mollesse presque et la force que l'on sentait courir par en dessous était troublant.

Troublé, il l'était pour sa part puisque Frances était la seule Blanche avec laquelle il ait jamais couché, la première diplômée de l'université avec laquelle il avait l'occasion de parler en fumant après avoir fait l'amour. Les mille et une précédentes ne brillaient pas vraiment par l'éclat de leur conversation, il leur fallait un sexe qui ne rechigne pas à la tâche, assurer, ne pas leur en promettre, les confidences sur l'oreiller, elles s'en moquaient, elles le connaissaient depuis toujours et lui aussi, il y en avait parmi elles qui l'avaient tenu dans leurs bras quand il pissait encore au lit, d'autres qui l'avaient battu après qu'il leur eut chapardé une bricole. Ils continuaient ensuite une conversation banale qui ne s'était jamais vraiment interrompue sinon pour haleter un peu, ça n'allait jamais chercher très loin, ce qui lui convenait très bien, il n'aurait su quoi leur dire d'autre et il était vigoureux.

C'était tout ce qu'elles demandaient.

Frances était d'un autre genre, elle ne fumait pas, elle buvait peu et elle était curieuse. Cette curiosité était la seule chose héritée de sa mère, mais elle n'était pas naïve comme elle, qui continuait de se faire arnaquer à presque soixante ans. Frances ne croyait pas tout ce qu'on lui disait, mais elle aimait savoir le pourquoi et le comment des choses, elle parlait fort et beaucoup et presque toujours sur le mode interrogatif. Autant dire qu'avec Percy, elle était mal tombée, il n'était pas loquace et il n'avait pas grand-chose à dire non plus parce qu'il ne savait pas grand-chose. Tout ce qu'il savait, c'était son corps qui le savait. Guetter, rester assis une heure sur les talons en fixant l'entrée d'un terrier, savoir distinguer le vol des rapaces, imiter le geai, suivre une piste, relever des traces, se confondre avec les broussailles, pouvoir oublier de manger et de boire, ne pas avoir froid, ne pas être dérangé par la pluie ni la chaleur, trouver les chemins qu'empruntent les bêtes, s'y couler, savoir par où elles sont passées, où elles vont passer et quand, le vent, le son, les odeurs, les signes, ne pas faire de bruit, renifler, retenir sa respiration, prendre un petit déjeuner de coyote : ouvrir un œil, pisser un coup et cavaler, ne pas se laver une semaine et ne pas être sale, se taire, viser. Raisonner avec les yeux, penser avec ses sens, parler avec ses gestes, c'était ce qu'il avait appris par expérience depuis son enfance de petit sauvage dans la forêt.

C'était pour cela que son frère et Howard lui avaient confié cette mission bizarre : comprendre à leurs mouvements quelle espèce de gibier seraient les baleines, ce qu'il savait d'instinct des forêts et des animaux qui y vivaient, il allait falloir qu'il l'apprenne de l'océan : évaluer, mesurer, jauger les distances, les profondeurs, les vitesses, les trajectoires, les tempéraments, les situations, les comportements puisqu'aucun de leurs ancêtres ne pouvait le leur apprendre.

C'était, aussi, parce qu'ils le jugeaient incapable de faire autre chose que ce qu'il savait déjà faire qu'ils l'avaient envoyé s'user les yeux sur la surface du Pacifique comme une tôle en étain. La condescendance avec laquelle il était habituel que l'on considère Percy, le léger complexe de supériorité que des types pas très malins eux-mêmes nourrissaient à son endroit n'avaient pour seule raison que le préjugé d'ordinaire à l'usage des jolies filles : trop joli garçon pour ne pas être juste qu'un joli garçon. Pour aggraver son cas, il ne se vantait jamais de ses bonnes fortunes et passait donc pour un terrible vaniteux.

Depuis qu'il était parti, Stud et Howard parlaient de lui pour ne pas parler d'eux-mêmes ni du projet qu'ils avaient initié ensemble, dont ils ne savaient plus très bien que penser. Howard avait emprunté quelques livres au Centre culturel et pris rendez-vous avec la conservatrice du Musée. Après tout, c'était lui qui avait hérité du rôle de l'intellectuel, un peu comme tout le monde dans cette affaire avait hérité d'un rôle qu'il n'avait choisi qu'à moitié, c'était donc à lui de bosser l'histoire et la théorie. Stud, pour sa part, s'était enfermé une semaine complète sans toucher une seule goutte d'alcool, il se mordait l'intérieur des joues jusqu'au sang pour ne pas se frapper la tête contre les murs, il avait en permanence un caillou sous la langue pour tromper sa soif. S'il y avait une chose qu'il voulait réussir à toute force, c'était celle-là : il arrêterait de boire quoi qu'il puisse lui en coûter. Il avait fini par penser que la réussite de tout ce qu'il adviendrait dépendait de cela. Cliff Tsekauwtl, qu'il avait croisé après avoir terminé sa cure de désintoxication sauvage, avait essayé de le rassurer.

— C'est l'affaire de toute une équipe, Stud, bientôt, je l'espère, l'affaire de toute une communauté…

— N'empêche !

— Te préoccupe pas de toi, préoccupe-toi de ceux avec qui tu veux ramer.

— Je rame pas, je harponne.

— Peu importe ! De mon côté, c'est pas si facile… la plupart des types auxquels j'ai pensé ont même pas l'idée d'arrêter de boire. T'es en avance sur le programme, tu peux me croire !

— C'est pas une raison.

— Bien sûr que non, c'est pas une raison. C'est déjà un progrès qu'on puisse parler tous les deux, non ?

— On se parle pas… on discute.

— C'est un début… c'est le début, je suis sûr que c'est que le début de l'affaire, je suis sûr qu'on s'est lancés dans une histoire qui va durer des années, crois-moi. Un combat de longue haleine… crois-moi. Alors, t'as encore un bon moment pour arrêter de boire… tranquillement, à ton rythme. J'aimerais autant que ce soit le plus vite possible, crois-moi, mais te rends pas malade à l'avance avec ça… c'est le meilleur moyen de repiquer au truc. Le centre de ta vie, maintenant, c'est la baleine, c'est plus la bière.

Cliff Tsekauwtl ne croyait qu'à moitié à ce qu'il disait, en revanche, il croyait à cette histoire de chasse à la baleine, il en était un partisan plus enthousiaste encore que John Kalchote. Après la première réunion du Conseil tribal où il avait été question de remettre les canoës à l'eau, les deux hommes en avaient discuté longuement ensemble.

L'enthousiasme de John Kalchote était tempéré par sa méfiance à l'encontre des frères Gorch et d'Howard Sykes, il lui semblait qu'ils n'étaient même pas dignes d'avoir eu l'idée, qu'ils allaient la pervertir, se ridiculiser, le ridicule éclabousserait l'ensemble de la communauté, une fois de plus, la honte retomberait sur leurs épaules. A chaque fois, dans les grandes occasions, ils avaient calé, sur la Nisqually River, à Alcatraz, à Wounded Knee. Il n'était pas loin d'être persuadé que les Indiens perdraient toujours, comme dans les westerns. Il aurait été tout à fait ravi si ça avait été des purs et durs, des militants un peu fanatiques comme ceux qu'il avait fréquentés un temps qui s'étaient fixé ce but, en tous les cas, il aurait été plus rassuré si cela n'avait pas été un trio d'alcooliques partis à la recherche de leurs traditions.

Cliff Tsekauwtl ne partageait pas son avis, il croyait sincèrement à une rédemption possible tout en voyant, d'une façon plus cynique, l'avantage qu'il y aurait à ce que la chose soit un succès avec des outsiders semblables. A priori, il ne partait, certes, pas gagnant, mais s'il arrivait à motiver les plus délinquants d'entre les Makahs, il aurait la paix dans la réserve aussi longtemps que cela durerait, il tirerait tout le monde vers le haut. Si ces trois-là lui claquaient dans les doigts, il en trouverait trois autres qui seraient, peut-être, pires. Dès le départ, Cliff Tsekauwtl a considéré la reprise de la chasse à la baleine comme une opération politique qu'il fallait gérer politiquement, comme une partie d'échecs avec ses fous et ses cavaliers. Une partie d'échecs et ses trajectoires incertaines entre les Makahs eux-mêmes, et une autre, encore plus complexe, entre les Makahs et le reste du monde. Dès le départ, Cliff Tsekauwtl a pensé qu'il faudrait qu'il se taise, qu'il faudrait qu'il mente et qu'il passe pour ce qu'il n'était pas. Cette histoire allait déclencher des conflits à n'en plus finir, soulever des passions qui les dépasseraient, et s'il y en avait un qui devait rester pragmatique et garder la tête froide, c'était lui. Les Makahs lui avaient confié leurs intérêts pour trois ans, il défendrait leurs intérêts comme il l'entendait. Dût-il pour cela s'appuyer sur leur folie, leur naïveté et leur ignorance. Quelle que soit l'issue de l'affaire, il faudrait que la communauté en sorte renforcée. C'est à la mesure des oppositions et des difficultés qu'il rencontrerait qu'il serait jugé.

Il se souhaitait les pires.

Les difficultés ne manquaient pas, Stud, Percy et Howard n'étaient même pas d'accord sur le choix de leurs équipiers, quand Stud avait évoqué le nom de Dale, Howard s'y était d'abord vivement opposé et puis l'idée avait fait son chemin petit à petit.

Après tout, pourquoi pas ?

Cela lui permettrait, peut-être, de devenir le père qu'il n'avait pas été, Dale avait un nombre invraisemblable de diplômes de tireur d'élite et aux dernières nouvelles, il fallait un tireur pour doubler le harponneur. Howard avait eu des informations à ce sujet : les nouveaux règlements de la Commission baleinière internationale exigeaient que la mort des cétacés soit la moins cruelle, la plus humaine possible, et le moyen le plus rapide de tuer une baleine de plusieurs tonnes était l'utilisation de fusils qui ressemblaient à des bazookas et crachaient des balles comme des obus, avec une force d'impact d'une tonne et demie, capables de traverser le blindage d'un char d'assaut et de démolir l'épaule du tireur par la même occasion. Quand il avait annoncé la nouvelle à Stud, le géant avait cru à une plaisanterie.

— Tu déconnes ou quoi ? Qu'est-ce que ça veut dire une mort humaine ? C'est des animaux !

— C'est le règlement.

— Rien à foutre de leurs règlements de merde !

— Les choses ont changé, Stud.

— Non, ils sont toujours aussi racistes ! Ça veut dire que si on chasse comme les anciens, on est des sauvages et qu'ils peuvent nous traiter comme des sauvages.

Le géant avait fini par se calmer, une seule chose l'intéressait, avoir l'honneur d'être celui qui porterait le premier coup : le harponneur. C'était le rôle qu'il s'était attribué. Pour ce qui concernait le poste de tireur, Howard n'était plus assez solide pour supporter le recul d'engins de ce calibre et, d'après lui, Percy non plus. De toutes les manières, renseignement pris, le jeune homme préférait ramer.

Juste derrière son frère.

Quand Howard est parti pour Portland dans le but d'en ramener Dale, il n'a prévenu que Stud. Il fallait qu'il se dépêche, les routes auraient vite fait de devenir impraticables pour sa vieille bagnole dont le compteur qui n'avait jamais marché indiquait 83 792 miles. Il a vidé un bidon d'un gallon d'huile dans le carter de sa Chevelle Malibu avant de scotcher sur le tableau de bord un morceau de papier sur lequel était inscrite la dernière adresse connue de Dale. Son téléphone ne répondait pas, il avait dû en changer, à moins qu'il n'ait gardé que son cellulaire, de toutes les manières, Howard craignait que Dale ne lui raccroche au nez, il était parti en claquant la porte et ce qu'il avait à lui demander, il préférait le lui expliquer de vive voix. Ce qui angoissait Howard plus encore que de débarquer chez son fils à l'improviste pour lui demander de tirer sur une baleine avec un bazooka, c'était l'état de sa voiture. Comment la vieille Chevelle allait-elle bien pouvoir supporter les quelques centaines de miles qui séparaient Neah Bay de Portland ? L'idée de ne pas boire pendant tout le trajet, défi qu'il s'était lancé pour compliquer la chose, le rendait encore plus nerveux. Après Olympia, quand il a débouché sur l'Interstate 5, il a failli se faire couper en deux par un convoi de tracteurs Peterbilt et leurs remorques de trente mètres de long, il n'a retrouvé son calme qu'aux environs de Fords Prairie après avoir traversé la rivière Shookumchuck.

Le pot d'échappement de la Chevelle crachait une fumée bleue assez épaisse, mais la régularité de locomotive avec laquelle elle la produisait rassurait Howard. Les segments ne devaient plus servir à grand-chose, les pistons étaient à l'aise dans les cylindres comme des fesses dans un vieux jean, mais le vieux V8 ronronnait doucement en brûlant autant d'huile que d'essence. Indifférent au paysage, Howard gardait les yeux fixés sur la route et sur les voyants dont aucun ne s'était allumé pour l'instant.

Les bleds défilaient les uns après les autres.

Claquato,

Evaline,

Toledo,

Ostrander,

Kelso,

Kalama,

Dollar's Corner.

Il a pris la 205 pour entrer dans Portland par l'est et il s'est arrêté au dernier motel avant de traverser la Columbia, il avait besoin de prendre une douche, de réfléchir et de boire une bonne bière bien fraîche, peut-être deux.

Le lendemain, il se sentait à peu près bien, il n'avait pas bu beaucoup plus de deux bières, il avait bien dormi, il n'avait pas mal à la tête, pour fêter l'événement, il s'est rasé de près avant de refaire les niveaux de la Chevelle. Il avait beau ne pas avoir conduit dans une grande ville depuis belle lurette, il ne s'est pas affolé pour autant en entrant à Portland, malgré le nombre invraisemblable de ponts qui sillonnaient la ville. Il a trouvé assez facilement le quartier de Dale et réussi à se garer sans trop de problèmes un bloc plus bas que l'immeuble où il habitait. En revanche, aucun des locataires, tous noirs, qui lui avaient ouvert leur porte n'avait entendu parler de Dale. Par acquit de conscience, Howard a demandé à l'épicier coréen et au revendeur de télés au coin de la rue, mais aucun d'entre eux ne se souvenait avoir vu traîner Dale dans les parages.

Il a hésité un moment avant de pousser la porte du bar le plus proche en face de l'endroit où il avait garé sa voiture. Il avait juste besoin de réfléchir, repartir aujourd'hui pour Neah Bay était un échec sur toute la ligne, même à ses yeux, c'était renoncer trop vite, mais est-ce qu'il savait vraiment ce qu'il voulait dans la vie ?

Ecrire ? Ça faisait plusieurs mois qu'il n'avait pas écrit une seule ligne et il n'avait jamais rien lu à personne depuis qu'une vieille femme, la cervelle carbonisée par le soleil du désert, lui avait dit qu'il avait du talent.

Après tout, qu'est-ce qu'elle en savait ?

Chasser la baleine ? Il avait des doutes... des baleines, il n'en avait jamais vu, la première qu'il verrait, il foutrait le camp à la nage et il ne savait pas nager.

Alors ?

Hier matin, il avait arrêté de boire, il avait tenu jusqu'au soir avant de s'enfiler une demi-douzaine de bières.

Aujourd'hui, il voulait retrouver son fils et tout ce qu'il trouvait de mieux à faire, c'était d'interroger, sans trop insister, quatre ou cinq personnes avant de se réfugier dans un bar pour réfléchir.

Réfléchir à quoi ?

D'où lui venait cette faiblesse, quand toutes ses hésitations allaient-elles bien vouloir cesser, qu'est-ce qui pourrait les faire cesser ?

Le seul dilemme qui importait n'était-il pas de savoir s'il commençait par une bière ou s'il attaquait directement le bourbon ?

Le Sonic Youth était fréquenté par quelques rares types plus ou moins de l'âge de Dale, les cheveux aussi longs que ceux de Percy et aussi mal peignés.

Les haut-parleurs diffusaient Nirvana et Pearl Jam à fond la caisse. Les pompes à bière luisaient dans la pénombre, il ne connaissait aucune des bières proposées, alors qu'il connaissait toutes par leur nom les bouteilles de bourbon alignées sur des étagères en verre éclairées par des ampoules halogènes. Il en a déduit qu'il aurait plus vite fait de réfléchir à ce qui le préoccupait en buvant un bourbon dont il était familier.

Chercher son fils dans un bar était une idée à la con, mais après tout, Dale ne crachait pas sur une bonne bière de temps en temps et, de toutes les manières, il avait autant de chance de le trouver là que dans un immeuble où personne ne se souvenait de lui. Alors, pourquoi pas ? Le hasard, parfois, fait bien les choses. Il s'est forcé à penser qu'il avait fait tout son possible jusqu'à présent pour éviter les comptoirs et ce que l'on y servait, il pouvait s'accorder une petite pause.

La bonne foi ne l'étouffait pas, il se trouvait toujours de bonnes raisons qu'il trouvait mauvaises le lendemain, mais demain était un autre jour. « On n'a rien sans rien », a-t-il marmonné avant de commander un bourbon à la barmaid qui devait être majeure depuis peu.

D'après ce qui était gravé sur son badge, elle s'appelait Kathleen. Howard n'avait pas tiré définitivement le rideau sur sa vie sexuelle, mais il n'était pas loin de la tournée d'adieux. Il avait fini par perdre l'habitude, il s'en était détaché petit à petit, sans se rendre compte de ce qui arrivait, sans en souffrir outre mesure ni ressentir une réelle frustration. L'alcool ne facilitait pas les choses ou bien les facilitait, c'était selon le point de vue, il ne bandait plus tous les matins, loin de là. De temps en temps, il se masturbait. Comme il n'était pas, à ce sujet, partisan de la facilité, il le faisait en pensant à Jodie Foster, à k.d. lang ou même, lorsqu'il n'était pas très décidé, à Martina Navratilova. Il avait la nette impression que son sexe rapetissait, qu'il flotterait, désormais, entre les parois du vagin d'une femme normalement constituée. Il ne comptait pas pour autant faire un nœud avec et ce n'était pas non plus une raison suffisante pour qu'il n'apprécie pas les jolies filles. Et Kathleen était une sacrément jolie fille. Les gens lui demandaient toujours si elle voulait devenir actrice et elle avait fini par vouloir le devenir ; peut-être qu'à Los Angeles, elle aurait eu une chance d'être remarquée, à Portland, c'était moins évident. Howard s'est demandé si les seins qu'elle lui montrait étaient vrais ou bien faux car, depuis quelques années, il se méfiait, mais il lui semblait aussi se souvenir qu'à l'âge qu'elle devait avoir les seins pouvaient ressembler à ça.

Elle aurait sûrement mal pris que, de but en blanc, il la félicite de sa victoire sur la gravité, alors il a commandé un deuxième bourbon juste pour le plaisir de regarder son décolleté bien en face et tenter de deviner si elle portait ou non un soutien-gorge.

Il pensait que le bénéfice de l'âge lui permettait de regarder les seins des jeunes filles sans qu'elles s'en offusquent.

— Vous connaissez pas un type qui s'appelle Dale par hasard ? lui a-t-il demandé au moment où elle se rendait compte de son manège et prenait l'air offusqué qu'il fallait qu'elle prenne si elle ne voulait pas être prise pour ce qu'elle n'était pas.

— Dale comment ? elle lui a demandé en remontant le haut de son tee-shirt où il était inscrit : « Call my agent ». En Oregon tous les types s'appellent Dale.

— Sykes, Dale Sykes, il s'appelle.

— Vous êtes son père.

— On peut rien vous cacher…

— Il vous ressemble.

— Vous trouvez ? Je trouve pas… Il ressemble plutôt à sa mère, mais si vous le dites… il doit y avoir quelque chose.

— La voix, c'est la voix, vous avez la même voix.

— Comme ça les aveugles peuvent pas nous reconnaître.

— Foutaises !

— On doit avoir les mêmes cordes vocales. Sacrée ressemblance, hein ? J'espère pour lui qu'on a pas le même foie.

Elle a ri, le vieux vicieux était marrant, elle faisait des études de cinéma pour compenser la frustration qu'elle avait de ne pas pouvoir être actrice, et le satyre lui faisait penser à un personnage de David Lynch, le vieux monté sur sa tondeuse à gazon. Pour sa part, Howard a cru se rendre compte qu'elle ne portait pas de soutien-gorge, ce qui rendait la performance d'autant plus épatante.

— C'est épatant, il a repris, rêveur.

— Quoi ? Qu'est-ce qu'il y a d'épatant là-dedans ?

— Des tas de trucs… des tas de trucs vraiment. Tout est épatant à la ville, je devrais venir plus souvent, je devrais sortir plus souvent de ma réserve.

— Vous semblez pas si réservé que ça. Alors… qu'est-ce que vous trouvez épatant ?

— Le plus épatant c'est que je rentre dans un bar, que je demande à la barmaid si elle connaît mon fils et qu'elle me répond que je lui ressemble.

— Vous lui ressemblez pas.

— Vous avez changé d'avis ?

— Non ! Vous lui ressemblez pas, c'est lui qui vous ressemble.

— Nuance… OK ! Mettons… vous le connaissez comment ?

— C'est mon fiancé.

— Ouaouh ! Sacrée nouvelle.

— C'est les autres clients qui l'appelaient comme ça… il venait tous les jours, il s'asseyait sans rien dire, il buvait sa bière et il me regardait… mon jour de congé, il venait pas, le lendemain, il était là, fidèle au rendez-vous. Son petit manège a bien duré un an.

— Il a toujours été timide.

— Pas vous ?

— Ça dépend… pas vraiment. Le bénéfice de l'âge sans doute.

— L'âge explique pas tout.

— Mouais ! Revenons à nos moutons… je suppose qu'à force la promiscuité crée des liens ?

— Vous croyez pas si bien dire. On a même fini par sortir ensemble… deux ou trois semaines, mais ça marchait pas… finalement, je lui plaisais pas tant que ça et moi, il me plaisait pas trop non plus… enfin… pas comme petit ami. Comme admirateur, il était parfait, comme copain, aussi, mais comme amant, rien du tout ! Ça gazait pas…

— Ce sont des choses qui arrivent… on marque dommage ! Et alors, qu'est-ce qui s'est passé ?

— On s'est séparés en bons copains… Il a commencé par plus venir qu'un jour sur deux… et puis plus du tout, il a trouvé un autre job… il a déménagé.

— Vous savez où il habite ?

— Même pas… mais j'ai toujours son numéro de téléphone. C'est marrant, on se voit plus que pendant mon jour de repos… on va au cinéma… voir les Trailblazers se faire dérouiller par les Lakers… des trucs comme ça… C'est une jolie histoire, non ?

— Je sais pas… ça manque un peu de passion peut-être.

— C'est pour ça qu'on a pas réussi à la vendre à Steven Spielberg.

— Ce type est un con ! Vous parliez de quoi… ensemble, je veux dire, vous parliez de quoi ?

— Vous voulez me demander s'il me parlait de vous ?

— Plus ou moins.

— On a eu tout le temps de se raconter nos vies, alors, il a bien dû me parler de vous. Comparé à mon père, vous êtes un exemple.

— Sauf votre respect, votre père doit être un sacré salopard.

— Pire !

— C'est Saddam Hussein !

— J'aimerais autant.

— Bien… Bravo !

C'était tout à fait Dale, il draguait une jolie fille en silence pendant des mois et après, il n'en avait plus rien à foutre. Il ne savait pas davantage ce qu'il voulait qu'il ne le savait lui-même. Ils se ressemblaient sans doute plus qu'il ne se l'était imaginé. Les jumeaux élevés séparément se ressemblent soi-disant davantage que ceux qui sont élevés ensemble.

Il a levé les yeux du fond de son verre où les glaçons achevaient de fondre et il a regardé Kathleen, dans les yeux cette fois, en hochant la tête. Elle le regardait dans les yeux elle aussi, les bras tendus, les mains posées à plat sur le comptoir, la tête légèrement rejetée en arrière en faisant une grimace. Finalement, elle avait un soutien-gorge, un truc en dentelle blanc qui fait de jolis seins un peu trop ronds pour être honnêtes. Comme quoi, même à Portland, tout n'est pas aussi épatant que cela.

— Vous me donneriez son numéro de téléphone ? il lui a demandé en posant son verre sur le dos de la main droite de la jeune fille.

Elle a regardé le verre, elle ne l'a pas repoussé, jusqu'à ce qu'il se réchauffe tout à fait, et puis elle a saisi le verre de son autre main et elle lui a demandé :

— Vous en voulez un autre ?

— Ça dépend, il lui a fait.

— Me dites pas que vous allez vous saouler si je vous dis pas ce que vous voulez savoir.

— Je peux me saouler dans les deux cas, si je gagne, si je perds… j'ai pas besoin d'une raison pour me saouler.

— Vous buvez par plaisir ?

— Par plaisir de parler aux barmaids, même si ce sont souvent des barmen.

— Vous m'avez pas répondu.

— Parce que je connais pas la réponse… je la cherche au fond des verres. Alors ? Ce numéro, vous me le donnez ?

— J'ai comme l'impression qu'on vous a pas donné toutes vos chances dans la vie.

— Soit vous êtes très futée, Kathleen, soit vous vous écoutez parler…

— Vous voulez vraiment que je vous donne ce putain de numéro ?

— En ce moment, c'est la chose que je désire le plus au monde.

— Alors pourquoi être désagréable avec moi ?

— Je suis pas désagréable avec vous, mais vous allez pas me faire chanter non plus, je sais pas chanter.

— OK, elle a fait en se retournant.

Lorsqu'elle lui a ramené son bourbon, elle tenait un sous-verre coincé entre son index et son majeur, qu'elle a posé sur le comptoir. Lorsqu'il l'a retourné comme on retourne une carte au poker, il y avait un numéro de téléphone inscrit au dos.

Il avait raflé la mise.

— A la vôtre ! il a fait dans la direction de Kathleen. J'appelle votre agent demain.

Il a glissé le sous-verre dans la poche de devant de son blouson en jean, il a sorti trois billets de dix qu'il a posés sous le verre plein.

Il lui a fait un clin d'œil, il est descendu de son tabouret et il est sorti du Sonic Youth.

« Indian summer I hate the heat / Got a backstreet lover on the passenger seat / Got a hand in my pocket / So determined / Discreet… I pray / Once upon a time… control / Once upon a time… lose / Once upon a time… love. »

La musique était trop forte pour un type de son âge.

Well, you fight like the devil to
Just keep your head above water
Chained, so whatever you've got that
You can't throw away
And you're shooting through space on this
River of life that you've riding
And it's whirling and sucking you deeper
On down every day.

Kris Kristofferson.

Cinq

Hello darkness my old friend
I've come to talk with you again.

Paul Simon.

En fin d'après-midi, Stud a grimpé sur le siège de son Dodge et il a mis le contact.

Cap sur Spokane.

Si tout allait bien, après avoir contourné la presqu'île, il emprunterait la 5 jusqu'à Tacoma, ensuite il rejoindrait la 90 à Preston, à Cœur d'Alene, il récupérerait Greg Bishop et, à Missoula, Chris Klookshood. Avec ces deux-là dans le canoë, personne n'arriverait à croire que le *Loo Taas* n'avait pas deux Evinrude de 110 chevaux au cul, et pourtant ce serait le cas.

Stud avait toujours eu une confiance exagérée dans le muscle. Depuis son plus jeune âge, il avait été fasciné par le corps des culturistes : Arnold Schwarzenegger, bien sûr, mais aussi les frères Menzer, Frank Zane, Sergio Oliva et tous les autres, ces types étaient, non seulement des surhommes, ce qui crevait les yeux, mais des dieux vivants. Adolescent, bien qu'il ait acheté un banc de musculation Weider par correspondance, il n'avait eu ni le courage ni la ténacité de faire ce qu'il fallait pour obtenir le même résultat : travailler comme un damné, il avait fallu qu'il passe trois ans en prison pour s'y mettre, mais lorsqu'il était adolescent, il avait admiré le corps de Chris, et celui de Greg, qui ressemblait (d'assez loin, d'ailleurs) à celui de ses idoles. L'un comme l'autre avaient quitté la réserve alors qu'ils n'étaient pas encore des hommes faits. Adultes, ils étaient repassés trois ou quatre fois à Neah Bay histoire de vérifier qu'ils n'y étaient pas les bienvenus, et puis ils étaient juste revenus pour les fêtes à la fin du mois d'août (jours de bonheur bête, jours où l'on oublie, jours où l'on a la tête vide) et, finalement, ils avaient décidé de ne plus y remettre les pieds du tout ou alors pour mourir.

A cette époque, malgré l'admiration qu'il continuait à leur porter, Stud n'avait pas été mécontent qu'ils débarrassent le plancher. Tant que Percy volait ce qui traînait, il ne s'était pas trop inquiété, il pensait qu'une fois adulte, cette manie de chaparder lui passerait, mais Percy s'était mis à voler ce qui ne traînait pas et Greg et Chris étaient tout à fait le genre de personnes qu'il ne faut pas fréquenter si vous souffrez de ce syndrome. C'étaient, cependant, les deux seules personnes de la réserve pour lesquelles Stud avait de l'admiration et à qui il faisait confiance. Et puis, après tout, si l'on y réfléchissait bien, ce n'est pas toujours ce que l'on prévoit qui survient, surtout si c'est trop évident : il avait fait un séjour derrière les barreaux alors qu'il n'avait jamais rien volé de sa vie, Percy était toujours passé au travers des mailles du filet.

Tout en longeant le détroit de San Juan de Fuca entre Neah Bay et Port Angeles, il repensait à ce que lui avait dit Cliff Tsekauwtl à propos de son addiction, il n'était pas d'accord avec les arguments du vieil homme. A son avis, si l'on voulait arrêter de boire, il ne fallait même plus accepter une cerise à l'eau-de-vie, aucune négociation n'était possible entre son corps et le poison qu'il vous réclamait. On ne pouvait pas boire d'une façon raisonnable, s'il ne voulait pas finir comme un ivrogne, il était condamné à être sobre. Il y avait, cependant, une chose qui l'avait fait réfléchir parmi celles que Cliff Tsekauwtl lui avait dites : il appartenait désormais à une communauté. Jusqu'à ce qu'il fasse de la prison, il n'avait pas eu l'impression dc faire partie de quoi que ce soit, il avait, certes, toujours su qu'il était indien, s'il l'avait oublié en route, ceux qui ne l'étaient pas n'auraient rien eu de plus empressé que de le lui faire savoir, mais il n'avait jamais pensé qu'il était différent d'un Blanc, d'un Noir ou même d'un Juif. Aujourd'hui, il n'était pas très loin de penser que, non seulement il était indien, mais qu'il lui faudrait le devenir davantage.

Il imaginait qu'il aurait du mal à en convaincre Greg et Chris. Comment les persuader qu'ils étaient indiens alors que non seulement ils avaient fichu le camp de la réserve, mais que la réserve les avait plus ou moins invités à le faire ? Il se souvenait du temps du catéchisme et de la parabole du fils prodigue, mais ce n'était pas une histoire makah, ce Dieu couvert de sang n'était pas le leur.

Tous ceux dont il imaginait qu'ils allaient chasser la baleine avec lui étaient des exclus et de parfaits incapables, aucun d'entre eux n'était un exemple, pas même un brave type honnête et sans histoires. Son frère était un petit voleur qui s'était acheté une chemise rose et la cassette des *Sept Mercenaires* qu'il regardait trois fois par jour pour deviner son destin ; Howard était le pire ivrogne que la terre ait jamais porté, il tenait debout parce que c'était la mode, ses aphorismes faisaient l'admiration de ceux qui ne les comprenaient pas ; Dale, métis d'une pute viet, arborait en permanence un sourire en coin qui ne lui disait rien qui vaille ; Greg et Chris étaient, sans doute, devenus ce que tout le monde pensait qu'ils allaient devenir, des épaves ou bien des gangsters et, pour couronner le tout, lui-même sortait de prison pour coups et blessures. A eux tous, ils formaient une belle bande de hors-la-loi et c'était cette horde sauvage dont il pouvait lui arriver de penser qu'elle allait redonner sa fierté à la communauté en accomplissant un geste considéré comme sacré par leurs ancêtres.

Avant de partir sur leurs canoës, leurs ancêtres se purifiaient, ils ne faisaient plus l'amour à leurs femmes, ils restaient immobiles lorsqu'ils dormaient pour que les esprits ne hantent pas leurs rêves, ils se privaient de nourriture, ils ne buvaient pas d'alcool, ils se baignaient dans les eaux glacées du Pacifique pour s'endurcir et faire sortir de leurs corps et de leurs esprits tout ce qu'il y avait de mauvais en eux. S'ils ne le faisaient pas, ils étaient considérés comme indignes de prendre la mer. S'ils ne faisaient pas comme eux, ils n'en seraient pas dignes davantage, ils saliraient leur mémoire.

Ils avaient peut-être l'apparence de leurs ancêtres, mais ils en avaient seulement l'apparence : leurs maisons étaient surchauffées ; ils ne savaient ni ramer ni plonger, il y avait des machines partout autour d'eux pour leur permettre de ne faire aucun effort ; ils n'avaient même pas besoin d'apprendre à lire l'heure, un tas de cadrans électroniques l'affichaient ; ils se goinfraient de mauvaise nourriture. Ils lui ressemblaient : gras et sucrés. Ils ressemblaient à des porcs, ils n'aimaient pas le poisson ; ils n'en mangeaient pas ; ils buvaient de l'alcool ou du Pepsi Cola pour les plus sobres d'entre eux ; ils regardaient la télévision des heures entières et ils riaient lorsque les Indiens se faisaient exterminer en tournant autour des chariots ; ils écoutaient Jimmy Swaggart le dimanche matin et ils croyaient que les infirmes, filmés au ralenti à la fin de son show, étaient vraiment guéris.

S'ils voulaient réussir, il leur fallait réussir dans les domaines réservés aux Blancs où même les Noirs, sans parler des Jaunes, réussissaient mieux qu'ils ne le faisaient. Il y avait des champions noirs, des stars de cinéma noires, des journalistes, des avocats, des dentistes noirs, des musiciens noirs, des Noirs riches, des Noirs célèbres, une culture noire. Les Noirs jouaient au golf, ils roulaient en Mercedes et ils trouvaient le moyen de se plaindre. Eux, ils radotaient sur Jim Thorpe que les Blancs avaient empoisonné parce qu'il courait plus vite qu'eux avant de le sacrer « athlète du siècle ». Ils avaient tout foiré, ils ne pouvaient se réclamer de personne et de presque rien, on pouvait parler de génocide à leur propos, le premier d'entre tous.

C'était leur seul titre de gloire et ceux qui s'en étaient rendus coupables n'avaient pas même l'ombre d'un remords lorsqu'on l'évoquait.

A leurs yeux, qui étaient les seuls qui voyaient, ils ne valaient pas mieux que les insectes nuisibles qui ravagent les récoltes.

Ils leur avaient offert le maïs, ils leur avaient apporté la chaude-pisse.

Ils étaient les dupes de l'histoire. Des moutons, des pigeons.

Personne.

Rien.

L'immensité de la tâche à accomplir lui apparaissait petit à petit au fur et à mesure qu'il y réfléchissait et que le soleil déclinait sur l'océan à sa gauche. Il effleurerait bientôt la surface grise du Pacifique avant de disparaître de l'autre bord. Leur avenir prenait naissance dans les ténèbres, dans l'ignorance et le remords. Au sein de ces millions de millions de mètres cubes d'eau sombre reposaient tous leurs espoirs et, jusqu'à présent, leurs espoirs avaient été des rêves semblables à ceux des jeunes enfants. Il ne connaissait personne dans la réserve qui ait l'étoffe d'un héros, il ne connaissait que des enfants qui, comme tous les enfants, voulaient devenir des hommes.

Les baleines étaient les créatures monstrueuses qu'il leur faudrait tuer, tout comme les enfants doivent apprivoiser leurs cauchemars pour devenir des hommes.

Les loups-garous n'existent pas, ce sont des songes, il suffit de se réveiller pour que leur existence se dissipe, les baleines, elles, nageaient.

Entre deux eaux.

Invisibles et réelles.

Comme une menace.

L'immense lointain, l'Inexploré, le Liquide, le Sans rivage.

Terreurs inimaginables et fascinantes, Aventures mirifiques, Vie nouvelle.

La nuit venait, une pluie fine avait commencé de tomber, les granges en planches désaffectées se confondaient avec le ciel, il a piqué vers le sud par la 101, laissant le détroit de San Juan de Fuca sur sa gauche, il a dépassé la base sous-marine de Bangor, juste après Potlatch, il s'arrêterait passer la nuit dans la réserve des Skokomish. Il a remis *Crazy Horse* de John Trudell dans le lecteur de cassettes démantibulé du Dodge : « How do we sell our mother / How do we sell the stars / How do we sell the air. » Il ignorait tout ça, il avait besoin, pour connaître les réponses, de la compagnie de ses frères et de celle de Greg et Chris, les plus perdus d'entre tous.

A Cœur d'Alene, tout le monde ou presque connaissait Greg Bishop, tout le monde ou presque savait où il habitait : en lisière de la forêt, au nord-est du lac Hayden, dans une cabane en rondins gigantesques avec un toit à une seule pente recouvert de toile goudronnée qu'il avait construite sans demander l'autorisation. Personne ne s'en approchait, pas même les chasseurs qui évitaient ses alentours immédiats quand ils traquaient le chevreuil.

De temps à autre, au volant de son GMC Sierra, le géant venait faire ses provisions en ville avant de disparaître dans sa tanière. Personne ne savait trop de quoi il vivait et personne n'avait le courage de lui demander quoi que ce soit à propos des coupures neuves de 100 dollars avec lesquelles il réglait ses achats. A vrai dire, Greg Bishop n'adressait la parole à personne. Aucun des habitants de Cœur d'Alene, y compris les caissières du Mini Mart où il avait ses habitudes, ne se souvenait l'avoir entendu prononcer plus de deux phrases articulées à la suite. Sa tronçonneuse faisait plus de bruit que lui, elle était même, maniée par les mains effrayantes de son propriétaire, responsable des scandales réguliers qui secouaient leur paisible communauté.

Lorsque ça lui chantait, Greg Bishop chargeait sa tronçonneuse sur la plate-forme de son GMC et, de nuit, tous feux éteints, prenait la route de Cœur d'Alene. Les habitants de la ville étaient réveillés aux environs de deux heures du matin par les vrombissements de la fameuse tronçonneuse qu'ils avaient fini par considérer comme l'instrument de l'Apocalypse. A l'aube du premier jour, ils avaient pu constater, ébahis, que l'effigie d'Elvis Presley (la plupart des habitants l'avaient d'abord pris pour Dean Martin) nettement plus grande que nature (au bas mot, trois mètres de haut) avait été sculptée dans le tronc d'un arbre. Bien entendu, l'auteur des dégradations avait disparu et lorsqu'il avait refait son apparition, il s'était contenté de ses habituels grognements qui le faisaient comparer à un ours dont il avait, il est vrai, la stature.

Les plus optimistes avaient mis cela sur le compte d'une lubie passagère, ils avaient donc été d'autant plus surpris lorsque Greg Bishop avait remis ça le mois d'après avant de réitérer trois jours plus tard. Face à ces agissements, les habitants de Cœur d'Alene dans leur grande sagesse avaient choisi de se taire, surtout depuis que l'un d'entre eux, plus courageux à moins qu'il n'ait été totalement inconscient, avait demandé au géant ce que cette activité pouvait bien vouloir signifier, et pourquoi Elvis Presley ? Sans hésiter une seule seconde, Greg Bishop lui avait tourné le dos, avait empoigné sa tronçonneuse géante et, pour toute réponse, sectionné, sans mot dire, un lampadaire. Après que celui-ci se fut effondré dans une gerbe d'étincelles, plongeant un quartier entier dans l'obscurité, Greg Bishop avait grogné à l'adresse de son interlocuteur terrorisé : « Une autre question ? »

Cœur d'Alene pouvait donc s'enorgueillir, depuis que le géant s'était installé à sa périphérie, de la plus importante collection d'Elvis Presley sculptés à la tronçonneuse du nord de l'Idaho et même du monde dit civilisé : vingt-sept exemplaires pour être précis, situés quelquefois à plusieurs mètres de hauteur, qui couvraient à peu près toute l'étendue de la carrière du chanteur et la palette chatoyante de ses différentes tenues de scène, depuis sa première apparition à l'Ed Sullivan Show jusqu'à ses derniers concerts à Hawaii.

Au tout début, certains de ses administrés s'étaient ouverts au maire de leurs légitimes inquiétudes et lui avaient demandé ce qu'il comptait faire pour qu'elles cessent, ainsi que la nature des sanctions qu'il comptait prendre à l'égard du vandale qui terrorisait une ville de trente mille habitants en massacrant ses arbres. Les services municipaux s'étaient tout d'abord montrés évasifs, arguant qu'aucune plainte n'avait été déposée par les propriétaires des arbres transformés en Elvis Presley géants, puis, sous la pression de son propre conseil municipal et d'un collectif d'habitants particulièrement remontés, présidés par le directeur de la concession Lexus et la représentante d'une association de protection de la nature, le maire avait fini par se résoudre à rendre visite au forcené, prudemment flanqué de deux policiers en armes. Le maire avait, sans doute, su se montrer convaincant puisque, la nuit même, Greg Bishop avait fait surgir le King dans son costume dit du « Grand Pharaon de Las Vegas » du tronc d'un cèdre de toute beauté qui faisait la fierté des riverains, situé qui plus est à quelques encablures de la mairie, et ce au vu et au su d'une centaine de personnes accourues sur les lieux, un vêtement chaud posé hâtivement sur leurs épaules dont ils retenaient le col d'une main crispée de peur que leurs voisins n'aperçoivent leurs chairs frissonnant sous leurs pyjamas et leurs chemises de nuit.

Quoi qu'il en soit, dans un premier temps, les protestataires se l'étaient tenu pour dit, d'autant plus que le maire avait affirmé, lors d'une réunion publique où le sujet avait été évoqué en dehors de l'ordre du jour qui portait sur l'amélioration de la voirie, que la manie du géant ne lui semblait pas « inconstitutionnelle », qu'elle ne causait qu'un trouble « relatif » à la communauté, qu'elle ne pouvait, en aucun cas, être assimilée à un quelconque acte de « vandalisme » puisque les arbres servaient de support à une intervention « artistique » susceptible de produire une « plus-value symbolique », l'avenir en serait le témoin, ces « œuvres » feraient, il en « faisait le pari », la fierté de la ville comme les tours de Simon Rodia faisaient celle de Watts. D'autre part, toute procédure en cette matière était particulièrement coûteuse, sans compter que pas un seul des arbres ayant supporté cette intervention inédite n'avait crevé, qu'aucun ne semblait avoir de propriétaire connu et qu'aucune plainte n'avait été déposée (oubliant sur ce point de préciser que lesdits propriétaires, au nombre de quinze, au demeurant parfaitement connus des services municipaux, ne s'étaient pas aventurés à déposer plainte par crainte des possibles représailles) et que donc, dans ces conditions, il était préférable d'en rester au statu quo.

Pour sa part, le pasteur anabaptiste avait avancé que si Greg Bishop faisait, sans aucun doute possible, partie du troupeau des « brebis égarées », et aurait quelque difficulté à passer les portes du Paradis (même de profil), ses activités, pour bruyantes et polluantes qu'elles fussent, étaient totalement inoffensives et ne remettaient aucunement en cause les Commandements de l'Eglise. Flanqué de deux policiers volontaires (les précédents ayant fourni un certificat médical), il s'était même risqué à rendre visite au forcené. A l'issue de cette visite il s'était flatté d'avoir obtenu que le géant avance l'horaire de ses activités afin de ne pas déranger les enfants, les malades et les personnes âgées, ce qui s'était, par la suite, partiellement vérifié ; il avait ajouté que, à son avis, Greg Bishop vivait comme un parfait chrétien des origines : dans un dénuement absolu, si l'on exceptait une Chevrolet Impala aux poignées plaquées or, avachie sur ses suspensions.

Lorsque Stud s'est arrêté pour faire le plein à la première station-service Texaco à l'entrée de Cœur d'Alene, il a demandé au pompiste s'il savait où il pouvait trouver Greg Bishop. Le vieil homme l'a regardé bouche bée, les yeux écarquillés comme des soucoupes, sans pouvoir articuler un mot, jusqu'à ce que la salive lui coule sur le menton. Même lors d'Halloween, il n'avait jamais aperçu de créaturc aussi effrayante. Ce dont il s'était toujours douté se confirmait : Greg Bishop était l'un des anges de l'Enfer et le géant tatoué de la tête aux pieds qui se tenait devant lui appartenait, sans nul doute, à la légion qui ne manquerait pas de s'abattre sur Cœur d'Alene comme les Sept Plaies d'Egypte, Greg Bishop n'avait été que le messager de l'Apocalypse, ses comparses ne tarderaient pas à venir le rejoindre et il contemplait le premier d'entre eux en chair (beaucoup) et en os (peu). La légion entière suivrait bientôt, et Cœur d'Alene serait rayé de la carte.

— Vous ne sa-vez pas où il ha-bi-te, c'est ça ? lui a demandé Stud, craignant d'avoir affaire à l'idiot du village.

— C'est pas ça… je réfléchis… vous le connaissez ? il a répondu.

— C'est mon frère… en quelque sorte.

C'était bien ce qu'il avait pressenti, les soupçons du vieil homme se confirmaient, mais qu'est-ce qu'il pouvait bien faire contre ça ? Il avait presque soixante-dix ans, il n'avait jamais été très courageux, plutôt peureux même, il avait passé toute sa vie à entretenir les espaces verts de la ville, ses collègues se foutaient de lui et de sa pusillanimité. Il avait pris ce boulot de pompiste pour améliorer sa retraite et aider sa petite-fille à continuer ses études à l'université dans le Wisconsin, il n'avait jamais eu d'histoires et il ne tenait aucunement à commencer à en avoir alors même que son toubib avait diagnostiqué qu'il souffrait d'un cancer de l'estomac. Depuis qu'il l'avait appris, le vieil homme tenait encore plus qu'auparavant à sa tranquillité : l'opération était programmée pour le début de l'année prochaine, son toubib lui avait promis que tout se passerait bien, dans son cas le pronostic vital était excellent. Ce n'était pas la peine de contrarier son toubib, le docteur Edwards ne lui avait jamais menti, il ne s'était jamais trompé à son propos, il lui avait promis qu'il en avait encore pour dix ans minimum. Et pourquoi, de toutes les manières, refuserait-il d'indiquer au géant tatoué où se trouvait la cabane de Greg Bishop ? Il demanderait à quelqu'un d'autre et trouverait son chemin. S'il refusait de lui répondre, il risquait fort de déclencher sa colère, si ça se trouve, il l'étranglerait sur place avec ses deux mains presque aussi gigantesques que celles de Greg Bishop et il faudrait que sa femme téléphone au toubib pour annuler l'opération et que sa petite-fille arrête ses études.

Tout ce qu'il gagnerait à jouer au héros, en plus des complications à n'en plus finir, ce serait dix ans de moins au compteur, voilà tout. Il a donc expliqué à Stud comment il pouvait se rendre au bord du lac Hayden, il a même été jusqu'à lui faire un plan détaillé au dos d'un prospectus taché d'huile vantant les mérites des pneus Bridgestone. Lorsqu'il le lui a tendu, il a craint qu'il ne s'enflamme au seul contact de la main de la créature démoniaque, mais rien de tel ne s'est produit. Le géant tout droit sorti de l'Enfer a examiné le plan avec soin, il lui a même demandé des précisions sur un ou deux carrefours où sa main avait tremblé davantage, avant de le remercier.

— Vous croyez que je pourrai le trouver à cette heure ? lui a demandé le géant tatoué.

— Je pense, je suis pas sûr, mais il bouge pas trop en ce moment… il est calme, a chevroté le vieil homme.

— Votre promo sur les pneus, vous la faites jusqu'à quand ?

— La fin du mois.

— Je passerai, j'en ai deux presque lisses… les deux autres sont pas bien meilleurs.

— Si vous prenez le train complet, je peux vous faire la vidange avec… gratis, bien sûr, et tous les niveaux.

— J'y penserai. A bientôt !

C'était donc ça, il n'était pas de passage, il comptait s'installer. Il a attendu que le Dodge ait disparu avant de téléphoner au jardinier en chef de la mairie pour lui rapporter ce qu'il venait d'apprendre.

Une heure plus tard, Cœur d'Alene était en ébullition.

Une heure plus tard, Stud garait le Dodge devant ce qui servait de domicile à Greg Bishop.

La porte de la baraque était grande ouverte, Stud est resté sur le seuil, il a appelé, personne n'a répondu, il s'est avancé dans la pénombre, les lattes du plancher mal équarri ont grincé sous son poids. La cabane ne comportait qu'une seule pièce, il y régnait le foutoir ordinaire du célibataire pas trop préoccupé par les travaux ménagers. La vaisselle s'entassait dans l'évier, le lit recouvert d'un duvet qui avait connu des jours meilleurs n'était pas fait, des vêtements en désordre traînaient sur des fauteuils dont on voyait le crin, une tronçonneuse Stihl d'une dimension inusitée, un bidon d'huile et une boîte à outils en tôle d'acier kaki trônaient sur une table qui n'avait pas été débarrassée, les reliefs du repas de la veille, et peut-être même celui de l'avant-veille, souillaient les assiettes en aluminium cabossées, une poignée de couverts était jetée en désordre sur la nappe en toile cirée fatiguée qui camouflait les planches mal ajustées avec lesquelles elle avait été fabriquée, une bouteille de vin d'un gallon entamée était restée débouchée, posée en équilibre au bord de la table. Les rideaux volaient sous l'effet de la brise venue du lac, le soleil s'accrochait dans une toile d'araignée au coin de la fenêtre, une odeur de gibier et de gas-oil flottait dans l'air.

Stud est ressorti, une Impala des années 70 était garée à côté d'un GMC Sierra presque neuf, les quatre pneus dégonflés, elle en semblait d'autant plus basse, le haut des herbes dépassait le niveau de la calandre. Elle était peinte en grenat métallisé avec le toit recouvert de skaï bordeaux, tous ses chromes semblaient être plaqués or, le bouchon du radiateur avait été remplacé par une balle de golf. Stud s'est penché pour regarder à l'intérieur, au travers des vitres fumées, il a pu se rendre compte qu'il manquait la banquette arrière, le levier de vitesses était en forme d'AK 47, un médaillon « TCB » à l'effigie d'Elvis Presley et un chapelet en celluloïd étaient suspendus au rétroviseur. Une voiture de maquereau ! Il s'est redressé, il a fait le tour de la cabane, la banquette de l'Impala était stockée bien au sec sous une bâche en plastique translucide à côté d'un barbecue bricolé avec un fût d'essence scié en deux, d'une petite provision de charbon de bois et de quelques outils. Il y avait aussi une baignoire à l'émail terni au fond de laquelle un savon noir achevait de fondre.

Stud s'est retourné lorsqu'il a entendu un bruit de voix derrière lui, deux petites filles remontaient du fond de la prairie en contrebas, elles étaient en bikini, enroulées dans des serviettes de bain dont on voyait la trame, elles parlaient fort et riaient entre elles, insouciantes comme lorsque l'on est sûr d'être seul.

Avec le vent dans les arbres, les nuages et les oiseaux dans les feuilles, elles faisaient un tableau d'un charme étrange.

Calme et gai.

Apercevant Stud qui avançait dans leur direction, elles se sont arrêtées et elles se sont tues.

La magie a cessé.

Brusquement.

Stud a continué d'avancer vers elles, en ralentissant pour ne pas les effrayer et il leur a demandé si elles savaient où il pouvait bien trouver Greg Bishop. Arrivé à quelques mètres d'elles, il a pu se rendre compte que les deux filles n'étaient pas aussi jeunes qu'il l'avait pensé tout d'abord, elles n'étaient pas très grandes, mais elles avaient déjà des petits nichons durs d'une taille respectable qui essayaient de sortir par tous les moyens du soutien-gorge dont elles avaient noué les bretelles sur leur nuque, et la chair de poule hérissait leur peau pâle qui virait au mauve par endroits.

« Putain, mais quel âge elles peuvent bien avoir ? », s'est demandé Stud qui commençait à avoir la peau des couilles qui frissonnait et sentait son sexe durcir au travers de la toile de son jean.

— Greg Bishop habite bien là ?

— Oui, lui a répondu celle qui semblait la plus âgée.

— Vous savez où je peux le trouver ? C'est lui que je cherche.

— J'sais pas. L'est pas à la maison ?

— Non, j'en viens, y a personne.

— J'sais pas… doit pas être bien loin… l'est jamais très loin.

— Vous êtes qui ? lui a demandé l'autre.

— J'suis un ami… un vieil ami. J'ai besoin de le voir.

— Pour quoi faire ?
— C'est personnel.
— C'est urgent ?
— Pas vraiment.
— Vous pourriez repasser…
— C'est que je suis pas vraiment d'ici.
— Vous êtes d'où alors ?
— De Neah Bay… de là d'où il vient.

Stud s'en rendait bien compte, les jeunes filles avaient peur et c'est vrai qu'il ne devait pas être très rassurant, à leur âge, de se retrouver, à moitié nues, seules en pleine cambrouse, avec un type dans son genre qui matait leurs nichons. Il aurait pu arriver n'importe quoi, personne ne l'aurait su. Stud en était conscient, il essayait de dissimuler à leurs regards son début d'érection et faisait semblant de regarder ailleurs pour ne pas les gêner, mais il ne pouvait pas s'empêcher, de temps à autre, de jeter un coup d'œil sur ce qui l'intéressait.

Des images de viol lui traversaient l'esprit, il se voyait, debout, enfiler la plus grande qui gigotait comme une damnée sur le capot de l'Impala pendant que la plus jeune sanglotait les bras passés autour de ses genoux. « Mets-la-moi tout entière », couinait la première, « Pitié ! Pitié ! C'est mon tour ! », pleurnichait l'autre.

C'était du propre !

— Vous avez quel âge ? a-t-il fini par leur demander pour faire cesser les images qui dansaient derrière ses paupières.

— Madge a quatorze ans, moi, j'm'appelle Sue, j'vais en avoir seize.

Il a pensé : « C'est ça, petite salope, et moi je vais t'en enfourner une grosse comme t'en as jamais vu ! Je vais t'écarter tellement les cuisses que je vais te rentrer les couilles dans ton trou du cul rose ! », juste avant de réaliser ce que venait de lui dire Sue : elles étaient drôlement mineures et lui, rien qu'un pédophile.

Ce qui n'a eu aucun effet.

L'effet voulu, c'est la voix menaçante de Greg qui l'a produit.

— C'que tu fous là, mec ?

Il s'est retourné d'un mouvement vif.

« Voilà l'Ogre ! », il a pensé tout de suite en voyant la silhouette de Greg qui se découpait sur le ciel si clair que l'on aurait dit qu'il vibrait. Il était plus grand et plus large que dans ses souvenirs, il portait un jean avec un revers haut comme la main sur des bottes de travail et une chemise écossaise en laine, il s'était laissé pousser une barbe qui lui descendait jusqu'au sternum, il avait tressé ses cheveux longs et gras, une hache pendait le long de son flanc droit, ses yeux étincelaient de colère. Il avait la terreur entre ses sourcils sombres.

— C'est moi ! Stud.

— Putain ! J't'aurais pas reconnu.

— Moi non plus.

— S'tu fous là ?

— Je te cherche.

— Tu m'as trouvé.

Brandissant sa hache formidable, l'Ogre a grondé en direction des deux filles : « Foutez-moi le camp ! Allez vous habiller ! » Elles ont remonté en vitesse la pente qui menait à la cabane en riant. Greg a laissé retomber sa hache, une bonne moitié de sa lame s'est enfoncée dans une souche à ses pieds.

— Elles sont gentilles, a dit Stud qui ne savait pas quoi dire.

— Sacrées p'tites putes ! lui a répondu Greg en posant la main sur le manche de la hache, qu'elle cesse de vibrer comme une flèche qui a fait mouche. On va s'en jeter un ?

Ils sont remontés ensemble vers la cabane. Les filles s'étaient rhabillées, elles les ont bousculés lorsqu'ils ont passé le seuil avant de détaler en courant, leurs robes à fleurs dansaient sur leurs jambes égratignées. Ils se sont assis de chaque côté de la table, Greg a rempli de vin jusqu'à ras bord deux verres sales.

— Comment t'as trouvé ? a demandé Greg, après avoir vidé son verre et l'avoir rempli à nouveau.

— J'ai demandé mon chemin à Cœur d'Alene.

— M'emmerdent pas trop.

— C'est un coin tranquille.

— M'emmerdent un peu quand même. Alors ?

Stud lui a expliqué le but de sa visite du mieux qu'il a pu en n'omettant aucun détail. Lorsqu'il a eu terminé, Greg l'a regardé et il lui a demandé :

— T'es dingue ?

— C'est toujours l'effet produit au début…

— Te fous de ma gueule ! Crois que j'suis aussi dingue que toi ?

— Non.

— Rapporte combien ?

— J'en sais rien ! Pas grand-chose, je suppose. On verra…

— Personne ferait ça, tuer des baleines pour la Gloire.

— Nous, si.

— Dingue ! Crois que j'vais rappliquer chez ces bouseux pour le plaisir. Ses yeux se sont rétrécis brusquement, il a continué un ton plus bas, vaguement menaçant : ou tu veux rien dire…

— Je t'ai tout dit, je t'assure. Tout ce que je sais.

— Pèse combien une baleine ?

— Vingt tonnes… à peu près, parfois un peu plus, parfois un peu moins.

— A dix dollars le kilo, ça fait 200 000 dollars. Coûte combien un kilo de baleine ?

— Je sais pas, j'y ai pas pensé.

— Me fais pas rigoler.

— Je te jure !

— Me prends pas pour un con ! T'as toujours été un malin.

— C'est pas une affaire de fric… c'est plus important que ça. Quelque chose que tu peux pas acheter… ça n'a pas de prix. La fierté, tout ça…

— Veux m'enfler ! Tout s'achète, tout se vend et ta fierté, tu te torches avec ! Z'êtes combien sur le coup ?

— Pour l'instant, trois, avec Dale ça fera quatre, cinq avec Chris, six avec toi si tu acceptes… mettons sept ou huit. Maximum.

— Va te faire mettre ! Deux cents divisés par huit, vingt-cinq mille… moins les faux frais, mettons vingt mille. Pour vingt mille dollars, j'me lève pas le matin pour mourir le soir.

— Si t'as les moyens de faire autrement.

— T'occupe pas de ça.

Stud a essayé de lui expliquer qu'il se trompait, qu'il n'était pas question d'argent, mais d'autre chose. Lorsqu'il essayait de lui expliquer en quoi consistait cet autre chose, il bégayait et Greg se faisait soupçonneux. Stud s'en est bien rendu compte, malgré les années passées, Greg continuait à l'impressionner, plus tellement sa stature, il était aussi grand et aussi lourd que lui, mais plutôt son laconisme et sa manière de ne jamais changer de ligne. La preuve d'ailleurs, le géant barbu s'entêtait dans son idée : Stud avait trouvé un plan et ne voulait pas lui dire en quoi il consistait ; tout ce qu'il voyait, c'est qu'on lui cachait quelque chose, il y avait un trésor planqué quelque part. Sans nul doute.

Il essayait de comprendre où et ne comprenait pas.

Ils avaient beau être entêtés comme des mules, ils ont fini par se rendre compte que leur conversation ne les mènerait à rien.

— Parlons d'autre chose, a fini par concéder Greg.

— Tu marches pas ?

— Pas tant que j'connais pas la combine.

— Y a pas de combine, Greg, merde !

— Mon œil !

— Dommage ! Tant pis pour toi !

— Comptes rester ici longtemps ?

— Je peux passer la nuit ici ?

— On va s'démerder.

A propos de Greg, il y avait tout un tas de choses que Stud ne comprenait pas, plusieurs fois, au cours de leur conversation, il avait laissé entendre qu'il avait de l'argent, d'où venait-il ? et si cet argent existait, qu'est-ce qu'il pouvait bien fabriquer dans cette bicoque pourrie au fin fond de l'Idaho avec ces deux filles tout juste pubères ? qu'est-ce qu'ils pouvaient bien fricoter ensemble ? D'autres questions le tarabustaient : que foutait cette Impala de maquereau devant la baraque ? Où allait-il dormir ce soir ?... il n'y avait qu'un lit. A quoi donc pouvait servir cette tronçonneuse géante ?

D'où venaient les filles lorsqu'il les avait vues la première fois ? Elles étaient en maillot et le lac était de l'autre côté. Il y avait des signes partout, mais ils étaient épars comme un jeu de cartes jeté dans le désordre, les quelques cartes tombées à l'envers suffisaient à rendre le jeu illisible et il n'y avait aucun lien entre les autres.

D'où venait l'obsession de Greg pour l'argent ? Il ne s'était pas montré très loquace ni à ce propos ni à aucun autre et il ne l'a pas été davantage lorsqu'ils ont arrêté de parler de ce qui avait occasionné leurs retrouvailles.

Pour l'instant, l'Ogre se contentait de fourrager dans le frigo pour préparer leur dîner.

— Reste un cuissot de daim et de la saucisse, ça ira ?

— Parfait.

— Va m'chercher ces deux souillons, qu'elles fassent la vaisselle.

— Où tu crois qu'elles sont passées ?

— Derrière ! Sans doute… si sont pas derrière, gueule !

Stud a fait le tour de la baraque, il n'a pas eu besoin d'aller les chercher très loin ni de gueuler, les deux filles étaient sagement assises dans l'herbe, les jambes écartées, elles jouaient avec des Barbie dans un sale état et des billets de 100 dollars tout neufs. Au début, Stud a cru qu'ils étaient faux tellement il y en avait, mais lorsqu'il s'est rapproché, il a pu se rendre compte qu'ils étaient tout ce qu'il y a de vrai.

— Greg veut vous voir.

— On s'amuse, a pleurniché Madge.

— La vaisselle vous attend.

— On arrive !

Comme par magie, elles ont fait disparaître les billets, rangé leurs Barbie crasseuses et suivi Stud sagement.

La corvée de vaisselle a eu vite fait de se transformer en une bataille rangée. Les fillettes ne semblaient avoir qu'un seul but : détruire tout ce qui était à peu près intact à l'intérieur de la cabane, Greg restait impavide alors qu'elles se battaient avec les casseroles remplies de mousse à ras bord, se poursuivaient autour de la table, les fourchettes brandies dans leurs poings serrés, se jetaient les couteaux au visage, se roulaient par terre en se tirant les cheveux. Un vrai sabbat de sorcières, elles riaient, elles criaient, elles pleuraient et puis elles riaient à nouveau, renversant des litres d'eau grasse sur le plancher, qui le rendaient glissant comme le pont d'un bateau balayé par les vagues.

Déchaînées.

Parfaitement enfantines, parfaitement hystériques, parfaitement infernales.

Dès que l'évier a été vide, qu'elles eurent balayé les assiettes qu'elles avaient cassées, elles dégouttaient, essoufflées, assises à cheval sur les chaises où elles s'étaient laissées tomber, leurs robes retroussées, les cheveux en désordre.

Comme il ne savait pas quoi faire, Stud a mis la table, pour se donner une contenance, il aurait essuyé la vaisselle ou passé l'aspirateur.

— T'emmerde pas de coucher dehors ? lui a demandé Greg en réglant le gaz, ce qui voulait dire clairement que c'était là et nulle part ailleurs, ce dont il s'était douté depuis le début.

— La banquette ! La banquette, il va coucher sur la banquette, chouette, a glapi Madge en battant des mains.

— Va l'aider à s'installer au lieu de rien foutre… tu sais où est le duvet ?

— A sa place !

Stud est sorti, la gamine a glissé sa main dans la sienne, le soleil était couché, l'horizon était phosphorescent, les bruits étaient devenus mystérieux, l'obscurité gagnait sur la terre à toute vitesse. Stud a dégagé la banquette de l'Impala, elle a sauté dessus à pieds joints avant de la recouvrir d'un duvet qui avait beaucoup servi.

— Z'allez être aux oignons, elle a dit. La nuit sera belle. On voit déjà les étoiles. C'est chouette, hein ?

Elle parlait comme une enfant, Stud, à quelques centimètres d'elle, sentait l'odeur de sa peau un peu aigre et celle de ses cheveux comme du maïs chaud qui se mêlaient à celles du charbon de bois et de la tôle rouillée ; le blanc de ses yeux luisait dans l'obscurité qui avait gagné, les étoiles éclataient dans le ciel comme des ampoules à la devanture d'une boutique.

Ils s'étaient tus.

Elle respirait vite.

Il a saisi son poignet, son pouls battait contre l'os aussi vite que celui d'un lapin affolé.

Elle s'est renversée sur la banquette.

Une jambe étendue et l'autre repliée par en dessous, sa robe était relevée jusqu'au milieu de ses cuisses minces où les ronces avaient fait des traces rouges.

— Y aurait de la place pour deux, elle a dit.

Il n'a rien répondu, mais il aurait mieux valu qu'il dise n'importe quoi.

— Quand il va pleuvoir, on entend le train, elle a rajouté dans un souffle.

— M'étonnerait qu'il pleuve.

Il a relâché son poignet qu'il aurait pu briser d'un seul mouvement, son contact lui a manqué à peine son souvenir s'est effacé.

Il s'est relevé en se raclant la gorge.

Madge l'a suivi comme un chiot.

Il y avait des bougies allumées partout dans la cabane qui semblait flotter dans le noir au-dessus de la prairie.

Ils ont mangé le chevreuil et les saucisses en silence.

Les petites filles avaient le menton qui luisait de graisse et le regardaient par en dessous en ricanant, les dents plantées dans la chair saignante. Lorsqu'elles avaient terminé, Greg découpait de larges tranches de chevreuil et les leur tendait au bout d'une longue fourchette, jusqu'à ce qu'il n'y ait plus rien à ronger autour de l'os et plus de jus où tremper le pain.

Greg a roulé deux joints, et ils les ont fumés sur le seuil de la cabane, sans dire un mot.

Tout ce qu'ils avaient dit jusqu'alors semblait oublié, le premier qui aurait dit quelque chose à ce propos aurait perdu.

Les filles avaient éteint les bougies, l'odeur de l'herbe flottait avec la fumée bleue des mèches, elles remuaient vaguement dans le coin où était le lit, on entendait le bruit des draps que l'on froisse, des corps qui s'étirent et celui des conversations secrètes que les parents ne savent jamais.

Greg s'est retourné et a fermé la porte.

Stud a été récupérer une couverture dans le Dodge, il l'a pliée en quatre pour s'en faire un oreiller, il a enlevé ses bottes assis sur la banquette avant de se déshabiller, lorsqu'il a été nu, il s'est glissé dans le duvet.

Cela faisait une paye qu'il n'avait pas dormi à la belle étoile.

C'était le temps idéal pour ça, un peu froid, mais pas trop. Vers quatre ou cinq heures du matin, il serait réveillé, par la fraîcheur, l'humidité, le jour et le vacarme des oiseaux, il faudrait qu'il se concentre pour ne pas avoir froid, que son érection matinale ne le dérange pas trop, qu'il résiste à l'envie de se lever pisser. S'il arrivait à s'arranger avec tout ça, il se rendormirait d'un sommeil léger, celui où l'on peut diriger ses rêves pour qu'ils se confondent avec la réalité.

Il a tendu l'oreille, il entendait des voix qui chuchotaient contre sa tempe, de l'autre côté du mur, dont il ne pouvait saisir le sens. Il s'est concentré pour savoir s'il n'entendait pas le train, mais il n'a rien entendu, il a cru reconnaître l'aboiement d'un chien ou bien celui d'un coyote, mais ce n'était qu'une illusion, la lune était nette comme un accroc, il a appuyé avec ses doigts contre ses paupières fermées pour voir des formes lumineuses s'enchaîner les unes aux autres et oublier sa déception. Le gras du chevreuil tapissait encore l'intérieur de ses joues, il pouvait sentir le goût du vin dans son arrière-gorge, il a souri en pensant qu'il n'avait pas même abordé la question de l'alcool avec son ex-futur acolyte. Ça n'était pas vraiment la peine, les baleines n'avaient qu'à aller se faire foutre ! Elles avaient marqué un point, et même deux. Elles pouvaient continuer à nager, bien à l'abri, sous des tonnes d'eau, ce n'est pas Greg Bishop qui les dérangerait.

Fallait qu'il trouve autre chose ou bien quelqu'un d'autre. Juste avant de sombrer, il s'est demandé quelle tête pouvait bien avoir maintenant Chris Klookshood et s'il avait autant changé que Greg Bishop.

Un bruit, comme celui d'un animal qui se faufile si vite dans l'herbe qu'elle n'a pas le temps de se coucher, l'a réveillé en sursaut, il a pu apercevoir sur sa gauche, du coin de l'œil, une forme claire comme l'aile d'une chouette qui a disparu brusquement, et puis quelque chose s'est glissé contre lui, aussi léger qu'un chat.

— Chut ! Faut pas le réveiller, a fait la voix de Sue dans un souffle chaud contre son oreille.

Il s'est réveillé tout à fait, il a tourné son visage et il s'est retrouvé nez à nez avec celui de la jeune fille qui lui souriait, leurs deux respirations tièdes faisaient la même vapeur.

— S'tu fous là ?

— Devine ? elle lui a répondu en faisant une grimace, roulant des yeux, les sourcils relevés, le cou rentré dans ses épaules haussées.

— Ça va pas, non ? Fous-moi le camp !

— Chut, j'te dis !

Juste pour vérifier, la petite main de Sue a serré le sexe de Stud à sa base, il n'avait pas besoin de ça pour bander comme un cerf. Elle s'est retournée et l'a placé droit et raide là où elle voulait qu'il soit.

— On le fait par-derrière, j'te préviens, j'veux pas perdre mon p'tit bijou.

— J'vais te faire mal, il a chuchoté, le souffle court, dans les cheveux fins de Sue, sur sa nuque.

— T'inquiète ! Greg en a une plus grosse.

— Mais…

— Chut, j'te dis ! Pousse !

Il a poussé. Les os de son bassin ont cogné la chair tendre et ferme, sa queue s'est faufilée jusqu'à disparaître et, presque aussitôt, son jus a jailli dans l'étui.

— Eh bien toi, on peut dire que t'avais envie, lui a dit Sue en se tournant à plat dos. Branle-moi !

Il la branla.

Il l'eut encore, et l'aube le vit la ravoir.

Pour ne pas gémir, Sue mordait ses doigts enfoncés dans sa bouche jusqu'à ce qu'elle ait des spasmes.

Sa salive coulait et le reste.

Quand le petit jour s'est levé tout à fait, elle s'est assise sur le bord de la banquette et puis elle s'est levée vite, ses fesses claires ont dansé hors de la portée de Stud avant de disparaître de sa vue. Le duvet était gluant, Stud a grogné en cherchant une place où sa semence ne lui colle pas au corps, avant de se rendormir comme une brute. Lorsqu'il s'est réveillé, courbatu, endolori, Greg pataugeait dans la baignoire à côté, son ventre et ses genoux émergeaient comme trois îles brunes de l'eau grise.

— Bien dormi ? il lui a fait, en se frottant les aisselles avec ce qui restait du savon noir qui n'était plus qu'un amas gluant.

Pour toute réponse, Stud a grogné.

— Pars quand ? a repris Greg.

— Je sais pas, quelle heure est-il ?

— Dix heures… à peu près.

— Sur le coup de midi, ça me va. J'suis à deux cents miles de Missoula… environ, ouais, midi, ce serait bien.

— Pressé ?

— Non… pas vraiment, j'ai pas de temps à perdre ici non plus.

— Les filles t'aiment bien.

— C'est pas une raison.

— Ah non ?

— C'est toi que je suis venu voir.

— Sue, tu vas lui manquer, j'suis sûr.

— A son âge, on oublie vite…

— L'est pas si jeune.

— Pas très vieille non plus.

— Sûr… pour certains trucs, elle est trop jeune.

— Quels trucs ?

— T'occupe ! Reste un jour ou deux.

— Pour quoi faire ?

— Faut qu'on parle.

— De quoi ?

— Notre affaire…

— Quelle affaire ?

— Baleines !

— T'as changé d'avis.

— Réfléchi.

— Et alors ?

— Vingt Grants, c'est pas rien.

— Je t'ai déjà dit…

— J'sais. J'sais pas combien on peut s'en faire… vingt Grants, c'est pas rien ! Sans compter ce que tu caches, hein ? Ça se trouve, c'est plus… Beaucoup plus… Beaucoup, beaucoup plus… ça change la donne, hein ?

— Tu fais chier, Greg !

— T'occupe ! Dis rien ! Je réfléchis… qu'est-ce que je risque de réfléchir à haute voix avec mon ami Stud qui chasse la baleine pour la Gloire. Tu réfléchis toi, hein, Stud ?

— Ça m'arrive.

— Ouais, j'suis sûr… plus souvent qu'à ton tour. T'es bien là… Reste deux ou trois jours. On fera un tour à Cœur d'Alene, on va se marrer tous les deux… on va leur montrer comment les Indiens s'amusent… Qu'est-ce que t'en dis ?

— J'en dis que je n'ai pas d'obligations.

— Pas d'obligations, c'est juste ! Pendant ce temps, je réfléchis.

— Réfléchis pas trop longtemps.

— Ou la combine me passe sous le nez, hein ! Pas le droit de réfléchir lentement ?

— Comme tu veux, tu réfléchis comme tu veux… à la vitesse que tu veux.

— J'suis pas un rapide, c'est sûr, et toi, j'crois que t'es un rapide.

— Recommence pas les conneries !

— J'recommence pas, je réfléchis…

— C'est ça, réfléchis.

— Tout mon temps comme ça… tu restes deux ou trois jours… tu pars pour Missoula, j'réfléchis, au retour, j'te dis. Ça va comme ça… j'te dis quand tu reviens de Missoula ?

— Aujourd'hui, demain, dans une semaine, dans un mois, ça change rien, pas pour moi… tout ce que je vois c'est que je veux que tu sois avec moi, je te l'ai déjà dit.

— Deux, trois trucs à régler… j'te dis au retour. Ça marche ?

— Ça marche. Qu'est-ce qu'elle fout l'Impala devant la bicoque ? a demandé Stud, pour changer de sujet.

— Le jour où tu m'diras, j'te dirai… chacun ses petits secrets. Pas vrai ?

— J'veux pas te forcer.

— Risque pas.

Greg est sorti du bain, Stud s'est dégagé des plis durcis de son duvet, leurs corps nus se sont défiés comme deux cerfs à l'époque du rut, sans qu'ils s'en rendent compte, comme s'ils leur avaient échappé et puis leur conscience est revenue comme le courant après une panne. Ils se sont habillés en silence, épaule contre épaule.

S'il y avait eu quelqu'un d'intéressé dans le coin, il y avait de la testostérone en promotion.

Les filles avaient disparu, Stud était certain qu'elles n'étaient pas là où des fillettes de leur âge auraient dû être. Il avait la vague impression qu'elles n'étaient pas très loin, il s'est même demandé si elles ne l'observaient pas en cachette ; toute la journée, le soleil a cogné dur, mais il a évité de se balader torse nu. Il s'est occupé du Dodge de son frère toute la matinée, après le déjeuner, qu'ils ont pris tous les deux en silence ou presque, Greg a disparu à son tour. Stud a continué à bricoler, il a même profité du temps qu'il avait devant lui et de celui qu'il faisait pour nettoyer à fond l'intérieur du 4 × 4 et briquer sa carrosserie comme s'il avait voulu vendre le pick-up plus cher qu'il ne valait.

Vers six heures, les filles ont rappliqué, elles avaient les joues rouges comme si elles avaient couru, et toujours le même regard faux et les lèvres en permanence retroussées sur leurs petites dents pointues, elles ricanaient en cachette derrière leurs mains ouvertes, en lui jetant des coups d'œil par en dessous.

Il a fait semblant d'avoir des trucs à ranger dans la malle et dans la boîte à gants pour ne pas croiser le regard de Sue qui cherchait le sien lorsque sa sœur ne la regardait pas. Quelquefois, on aurait dit une vraie femme et sa culpabilité s'évanouissait, mais, par moments, elle n'était qu'une enfant.

Une heure plus tard, Greg s'est pointé à son tour, il avait trois grouses et deux canards sauvages, un mâle et une femelle, suspendus à sa ceinture, qu'il a jetés sans mot dire en travers de la table avec son Beretta AL 391 Urika Standard.

Pendant le repas, les deux hommes ont échangé quelques mots, Greg voulait savoir ce qu'étaient devenus ses anciens amis… Le vent aurait pu souffler la réponse : rien ou pas grand-chose, ce qu'on pensait qu'ils deviendraient. Ils se sont rappelé quelques conneries qu'ils avaient faites ensemble, dont le souvenir les faisait sourire. Au bout de la table, assises l'une contre l'autre, les filles riaient bêtement en se disputant les os du gibier, elles étaient couvertes de gras depuis les coudes jusqu'à la racine des cheveux.

Et puis, Greg a laissé tomber la carcasse qu'il avait broyée avec méthode entre ses dents, il a fixé Stud dans les yeux et il lui a demandé :

— Qu'est-ce que tu penses d'Elvis Presley ?

— Il chante bien.

— C'est tout ?

— Pour un chanteur, c'est déjà pas mal.

— Pas un chanteur. Plus qu'un chanteur… beaucoup plus !

— D'un certain point de vue, c'est plutôt un bon chanteur… comme Sinatra ou Bing Crosby ou le crooner nègre, là, j'arrive jamais à me souvenir son nom…

— Jacky Wilson ?
— Non, pas lui.
— Johnny Mathis ?
— C'est ça ! Le genre dont tout le monde se bat les couilles, sauf à Noël !
— Elvis, c'est plus qu'un chanteur, c'est un dieu !
— Pour ses fans, je suppose.
— Pas fan ?
— Pas vraiment. Rien à branler de ce type !
— Votes républicain ou démocrate ?
— J'ai jamais voté de ma putain de vie... j'vois pas le rapport...
— Vas voir, j'vais te prouver un truc. Te souviens où t'étais quand Kennedy a été tué ?
— Ben... non !
— Me prends pas pour un con, t'étais pas né, hein ?
— Pas encore.
— Me doute... mais tous ceux qui étaient nés à l'époque se souviennent quand ils ont appris qu'il avait été tué. Démocrate ou républicain, blanc ou noir, rien à voir. C'est comme le premier homme sur la Lune ou quand Cassius Clay a battu Liston.
— Et alors ?
— Souviens où t'étais quand t'as appris que Presley était mort ?
— J'étais pas très né non plus.
— Elvis fait partie de ces trucs. De l'histoire... fait partie de l'histoire.
— Si tu le dis.
— Sais pas si j'aime Elvis Presley... pas le problème ! Ecoute jamais ses disques, pas vu trois films où il joue... chaque fois, il est ridicule, quand il boxe, il fait pitié, quand il embrasse une gonzesse, c'est pire ! Envie de lui expliquer comment faire... mais j'lui rends hommage...

— Pourquoi tu rends pas plutôt hommage à Kennedy ?

— Pas né quand il est mort.

— C'est logique.

— Ce soir, on va rendre hommage à Elvis Presley.

— Tu comptes t'y prendre comment ?

— T'inquiète ! Tiens-toi prêt. J'te réveille sur le coup de minuit.

— Il est onze heures.

— Alors, bois un coup. On va y aller ! Toi, c'est les baleines, moi, c'est le King.

— C'est pas très différent dans le fond, si on y réfléchit à deux fois.

— Pas vraiment… des fois, Elvis est plus lourd, des fois, plus léger… à peine.

Les filles s'étaient déshabillées en cachette, faisant tous leurs efforts pour que l'on s'intéresse à ce qu'elles fabriquaient et à ce qu'elles étaient censées dissimuler : leur chair rose sous leurs pyjamas. Elles se roulaient l'une contre l'autre, comme de jeunes animaux, tandis qu'ils continuaient à plaisanter sur la ressemblance qu'il pouvait y avoir entre les baleines et le King, comme deux types qui commencent à être sérieusement bourrés et qui ont tendance à trouver drôles des vannes vaseuses qui ne le sont pas.

Sur la route de Cœur d'Alene, tous feux éteints, à la seule lueur de la pleine lune, Greg a expliqué à Stud le traitement qu'il infligeait depuis quelques mois aux arbres de la région. Il ne savait pas comment l'idée lui était venue, il n'avait pas eu d'apparition, mais quelque chose lui avait dicté un jour la conduite qu'il lui fallait suivre : « Sculpte dans tous les arbres qui t'en semblent dignes l'effigie du King, et que rien d'autre ne te préoccupe ! » Il a évité de confier à Stud la deuxième partie de la proposition, celle qui l'avait convaincu qu'un intérêt supérieur était en jeu : « Ton destin en dépend ! », mais il lui a glissé quelques mots à propos de ses inquiétudes : il y avait des gens qui ne voulaient pas qu'il achève ce pour quoi il avait été distingué entre tous... Le concessionnaire Lexus en particulier lui était hostile et l'aurait volontiers pendu haut et court.

Lorsque Greg a eu choisi le coin de Cœur d'Alene où il allait opérer, Stud (dont l'indulgence était d'autant plus grande qu'il était plongé dans une espèce de coma éthylique) a été tout à fait épaté par la virtuosité de son copain. Assis sur le capot du Sierra, il souriait aux anges en voyant Greg, suspendu à un câble Nylon, entouré par la fumée bleue de l'échappement de sa Stihl monstrueuse. Il se balançait comme un pendule avec la grâce gauche d'un orang-outan, la tronçonneuse volait entre ses mains comme si elle avait été un jouet, la chaîne faisait voler l'écorce en une pluie de copeaux, de temps en temps, elle grinçait et il la dégageait en faisant rugir le moteur. C'était un enchantement de voir apparaître, petit à petit, Elvis Presley là où, quelques minutes plus tôt, il n'y avait rien, comme si le King avait été prisonnier de l'arbre et que Greg l'en libérait à grands coups de chaîne dentée.

Une demi-heure, à peine, après qu'il eut fait démarrer sa tronçonneuse, un vingt-huitième Elvis Presley avait enrichi le patrimoine de la municipalité de Cœur d'Alene et Greg en sueur, couvert de sciure de la tête aux pieds, rangeait son matériel à l'arrière de son pick-up.

— Vu le travail ? Qu'est-ce que t'en dis ? Et encore... j'ai bu !

— Chapeau, mec ! Jamais rien vu de pareil... tu trouves pas qu'il ressemble à Johnny Cash ?

— Tous les vrais héros se ressemblent, mec !

— Peut-être pas Crazy Horse.

— T'es un marrant, mec !

— Si tu le dis…

— Ressemble pas à Cassius Clay, non plus.

— Je te le fais pas dire ! Peut-être que tous les héros qui se ressemblent sont blancs.

— Juste ! Ou que tous les Blancs se ressemblent.

— A moins que tous ceux qui ne sont pas blancs ne soient pas des héros…

— C'est compliqué, mec…

— Si on rentrait ?

— Bonne idée, mec !

Quand Greg a démarré le Sierra, Stud qui avait encore la main posée sur sa portière ouverte lui a demandé :

— Et si on allait dire bonsoir à ton copain de chez Lexus ?

— Bonne idée, mec, a répondu l'Ogre en appuyant à fond sur la pédale de l'accélérateur.

Les pneus du pick-up ont fumé, Stud a grimpé dans la cabine au vol et refermé la portière comme il a pu.

La décoration, sous tous ses aspects, avait toujours été le hobby de Charlene Van Dooren dont l'élégance était vantée par toutes ses partenaires de bridge et les membres du Rotary local au complet. Charlene, par ailleurs épouse légitime de Robert Van Dooren, propriétaire de la concession Lexus de Cœur d'Alene après avoir longtemps dirigé une agence Rent a Wreck en Californie du Nord, avait donc tenu à s'occuper de l'aménagement intérieur du garage de son mari et à en concevoir la décoration florale. L'ensemble était censé sensibiliser les futurs clients au fait qu'en signant un chèque et quelques traites, ils ne faisaient pas seulement l'acquisition d'un véhicule luxueux assez fiable pour être garanti trois ans sans trop de risques pour le vendeur, mais également preuve du plus exquis des raffinements, sous l'apparence triviale d'une tonne et demie de ferraille et de composants électroniques, ils avaient pris une option sur une civilisation entière qui avait produit le rouleau californien, la sauce soja, le mont Fuji, les geishas et le feng shui.

Son mari qui, de son côté, collectionnait les lithographies de Leroy Neiman lui faisait toute confiance. Evidemment, les connaissances de Charlene Van Dooren étaient incomplètes et sa vision du raffinement nippon largement influencée par sa customisation californienne, ce qui rendait quelquefois les résultats approximatifs, pour ne pas dire cocasses.

Ce soir-là, l'ancienne assistante dentaire de Tacoma avait invité deux couples d'amis pour leur faire admirer sa dernière acquisition : une volière en forme de pagode où s'ébattaient une douzaine de perruches ; par un raffinement dont elle était coutumière, elle avait assorti leurs couleurs aux rideaux en chintz de la véranda où la volière avait été installée. Tandis que Greg et Stud avaient garé le pick-up devant la vitrine illuminée de la concession Lexus de Cœur d'Alene et qu'ils hochaient la tête en silence, impressionnés, sans se l'avouer, par les énormes massifs de fleurs rares conçus pour servir d'écrin aux différents modèles du constructeur nippon, Charlene Van Dooren en robe de cocktail parme, après avoir servi les Martini rituels à ses invités, remplissait les mangeoires en porcelaine de sa volière, pour qu'ils apprécient le ramage de ses perruches brésiliennes et leur gracieux ballet autour de ses mains auxquelles elle faisait prendre des postures empruntées à la chorégraphie orientale. Bien que les mains de Charlene aient été constellées des taches dues à une exposition trop intensive au soleil, les invités mâles songeaient, en la voyant s'agiter penchée en avant dans une position avantageuse, qu'elle était pas mal conservée, surtout de l'arrière-train, l'éclat du plumage des perruches mêlé à celui des diamants de Charlene et à sa french manucure faisaient jodler d'extase les invitées femelles sans que cela les empêche de chuchoter entre elles qu'avec une robe en jersey aussi collante leur hôtesse aurait dû mettre un string.

— La différence entre Elvis et les autres, c'est qu'il chante pas des chansons… il chante des hymnes, a dit Greg comme si la contemplation des lumières de la vitrine de la concession Lexus l'avait illuminé.

— Pour les crétins ! En plus, j'vois pas d'arbres dans le coin, j'vois pas où tu vas leur coller ton chanteur pour crétins, lui a répondu Stud.

— Suis un moi-même, Stud… me le rappelle pas trop souvent.

— OK ! C'est pas tout ça… qu'est-ce qu'on fout ?

— On réfléchit.

— A quoi ? On rentre ou on rentre pas ?

— Pressé de rentrer ? C'est ça ?

— Pas plus que ça… mais on va pas regarder une vitrine de garage toute la nuit ?

— Joli toutes ces fleurs, hein ?

— Très !

— Un p'tit coup de tondeuse… tiens ! Un p'tit coup de tondeuse leur ferait du bien !

Greg a desserré le frein à main et fait cirer les pneus du pick-up qui a démarré dans un rugissement formidable.

Madame Van Dooren a demandé à ses invités de passer à table, juste au moment où Greg a eu fini sa série de tête-à-queue sur les massifs que Charlène avait composés suivant les instructions de son professeur coréen d'ikebana.

Les invités se confondaient en compliments à propos du gaspacho à la citrouille et aux fines herbes de la maîtresse de maison quand le téléphone a sonné.

Lorsque Robert Van Dooren a pris connaissance de ce qui venait de se passer, il a serré ses mâchoires avec tant de force qu'il a manqué de dévisser ses implants. Cela ne faisait aucun doute, c'était signé Greg « Elvis » Bishop et ce Pearl Harbor-là, comme le précédent, était une déclaration de guerre en bonne et due forme. Par la suite, Robert « Leroy » Van Dooren l'expliquerait à ses partisans : ce qu'il n'avait pas supporté, plus encore que les dégâts occasionnés à ses biens, avait été de voir son épouse en pleurs devant les restes fumants des pintades rôties au foie gras qu'elle avait prévues pour la suite. Leurs carcasses rabougries avaient rappelé à Charlene les corps des déportés aperçus lors d'un documentaire sur la Deuxième Guerre mondiale qu'elle n'avait pu regarder jusqu'au bout, mais dont elle avait beaucoup parlé à Robert. C'est ce qui avait définitivement décidé le concessionnaire Lexus à porter le fer dans la plaie, tout en essayant de consoler Charlene en larmes, il s'était alors juré, quoi qu'il puisse lui en coûter, d'avoir la peau du vandale qui saccageait sa concession et brisait le cœur de son épouse par la même occasion.

Si Howard avait été là, il aurait pu souffler à Bob : « La civilisation est l'ultime rempart contre la barbarie », mais il n'avait pas été invité, sans compter que les mots, pour lui, n'avaient pas la même signification. S'il ne pouvait pas exprimer ce qu'il ressentait avec autant d'élégance, Bob était persuadé du rôle de rempart qu'il lui faudrait désormais tenir, en tant que rempart, il se sentait chargé d'une double mission : rétablir la civilisation sur ses bases en détruisant les ferments de la barbarie.

Dieu ne pouvait être qu'à ses côtés.

Le pick-up était en route pour le lac Hayden, tous feux éteints.

Avec, dans la cabine décorée des quelques pots de fleurs sauvés du désastre par Stud, deux Indiens hilares.

Un brusque orage avait éclaté entre-temps, rendant l'identification des traces laissées par les pneus de 35 pouces du Sierra impossible.

La barbarie avait le cul bordé de médailles.

Sometimes the only thing to do is turn around
And go back home
When every way there is to turn
Has vanished and is gone
I've used up every trick I had hidden up my sleeve
Think it's time I reconcile with what I had to learn.

Marty Stuart.

Six

Father. I thought you had said that we are all going to live again.

Crow Woman.

On ne se confie bien qu'à ceux que l'on ne connaît pas et Howard et Dale ne se connaissaient pas. Qu'ils aient été père et fils n'y changeait rien.

Un spécialiste n'aurait sûrement pas recommandé la thérapie sauvage qu'ils ont entreprise dans un bar de Portland après qu'Howard eut retrouvé son fils, il aurait eu trop peur des risques qu'elle comportait. S'ils avaient eu affaire à ce genre de professionnel, hypothèse peu probable, le père et le fils auraient pu lui objecter qu'il ne pouvait rien leur arriver de pire que d'être vivants, qu'ils vivaient dans le pire depuis qu'ils étaient nés, alors même qu'ils étaient nés au paradis terrestre : des pins, des séquoias, des cèdres à perte de vue, le ciel par-dessus et les nuages, l'été indien, les vagues, la neige l'hiver sur les montagnes comme du sucre glace et l'océan qui vient cogner sur les plages avec le vent, les biches dans les clairières et le mouvement de leur cou, les bois perdus des dix-cors, les aigles, leur vol, l'éclat des truites jetées sur la berge, l'éclair d'argent du ventre des saumons coho, les bancs de flétans qu'il faut écarter avec la proue du canoë, les mouettes, le chant des oiseaux. Et pourtant, ils avaient été chassés de ce paradis envahi aujourd'hui par les touristes, les campeurs, les randonneurs, par les retraités blancs en camping-cars qui ne les regardaient pas, qui ne respectaient rien, qui ne voyaient que les clichés vantés par les prospectus dont ils avaient fait collection au bureau du tourisme de Port Angeles.

« Neah Bay ? Sans les Indiens, ce serait parfait ! » ; « Tout ce à quoi ils sont bons, c'est gâcher le paysage… » ; « Tu peux pas leur faire confiance, ils sont pires que des nègres ! »

Encore heureux, ces envahisseurs – la dernière vague avant qu'on ne les enterre dans la mer – ne s'aventuraient pas à l'intérieur des terres où les entreprises forestières saccageaient en secret les bois dans le vacarme des tronçonneuses… Des forêts qui avaient mis l'éternité à devenir ce qu'elles étaient finissaient dans des scieries. Pour faire quoi ? Ils l'ignoraient ou, pour certains d'entre eux plus au courant de la réalité, ils ne voulaient pas le savoir… des meubles, des cloisons, de la pâte à papier, des parquets, des poutres, des solives, des lambris, des « œuvres d'art ». Il leur restait les miettes… la moquette et les prospectus jetés par les fenêtres. Le seul rôle qu'on leur permettait de tenir c'était celui de figurants et encore, à Hollywood, les figurants avaient droit à la cantine gratuite et à quelques billets verts à la fin de la journée. Pour trois fois moins, ils passaient des heures, qu'il pleuve ou qu'il vente, plantés au bord des routes, fouettés par le vent des Peterbilt chargés de troncs gigantesques, un à chaque bout du chantier, avec un panneau orange fluorescent sur lequel il y avait marqué « Stop » d'un côté et « Slow » de l'autre.

Quand les voitures passaient à leur niveau, ils leur faisaient bonjour avec la main pour se sentir moins seuls.

Abandonnés.

Tout le baratin sur la nation makah, ils le débitaient comme des automates, sans y croire tandis que les grand-mères, un coussin sous les fesses pour atteindre les pédales, continuaient à sourire gentiment aux étrangers qui leur refusaient la priorité. Il n'y avait pas si longtemps, on leur tirait dessus lorsqu'ils voulaient pêcher le saumon.

Leurs saumons !

Les barrages en amont avaient vidé leurs rivières.

La vérité c'était que les Blancs avaient réduit une nation souveraine, un peuple entier, qui régnait sur des milliers de kilomètres carrés, à quelques centaines d'individus consanguins lorsqu'ils ne s'étaient pas croisés avec les plus pauvres d'entre les Blancs, ceux qui vivaient dans des caravanes dont on ne savait même pas s'ils en avaient le titre de propriété, plantées sur des vérins au milieu des décharges et devant lesquelles flottait en permanence le drapeau américain, ou alors avec les gardes-côtes et les militaires de la base navale qui s'ennuyaient tellement qu'ils baisaient les femmes indiennes lorsqu'ils étaient bourrés.

A l'entrée de Neah Bay, sur la droite, après le panneau de bienvenue, la station des gardes-côtes, entourée d'une clôture, faisait penser à un jeu de construction, quand le soleil perçait, elle semblait phosphorescente. En face, sur la gauche, on avait construit aux Makahs un Musée pour y enfermer les milliers d'objets trouvés dans les fouilles d'Ozette (c'est-à-dire, pour certains, les tuer une deuxième fois) et pour vanter ce qu'ils avaient été… autrefois, lorsqu'ils savaient parler leur langue, honorer leurs dieux, pêcher, fabriquer des hameçons, tresser des paniers si serrés que l'eau ne fuyait pas. Le Musée était plongé dans la pénombre comme si la lumière électrique avait *compris* ce que le Musée était censé célébrer : une veillée funèbre. Ceux qui étaient encore vivants alors qu'ils étaient déjà morts, il suffisait de faire quelques centaines de mètres pour les contempler, ils étaient là, vivants croyaient-ils, au milieu des carcasses rouillées de voitures (le casseur de la Hoko River aurait fait fortune s'il les avait toutes récupérées), des coques de bateau crevées, des panneaux de basket couverts de graffitis et des chiens étendus au milieu de Lincoln Street qui se grattaient les tétines.

On leur avait interdit de boire, ils allaient boire plus loin, la seule chose qu'ils avaient héritée de leurs ancêtres, c'était un foie fragile, ils étaient saouls au bout de trois bières, ça faisait rire les Blancs. Ils rentraient ivres à la réserve, ils avaient beau connaître la route par cœur, ils oubliaient toujours un virage, ils rentraient à pied, abandonnant l'épave de leur voiture achetée d'occasion et à crédit.

Rien n'aurait pu décrire leur désespoir et leur solitude.

La première fois qu'il avait lu *Les Possédés* de Dostoïevski, une idée était venue à Howard, si jamais, un jour, au lieu d'écrire des poèmes, il écrivait un roman, il raconterait leur histoire et il l'appellerait *Les Dépossédés*, de si longue date pour certains qu'ils ne se souvenaient pas même avoir possédé quelque chose. Il avait écrit vingt pages avant de s'apercevoir qu'il n'avait rien à raconter. S'il pouvait, parfois, tenir le vide captif dans un poème, il n'était pas de force à le faire tenir tranquille plus longtemps. Il était trop intelligent pour ne pas voir que son désespoir délayé n'était rien d'autre que de la complaisance, sa noirceur tournait en rond, elle se noyait dans l'impudicité. Le vétéran s'était rendu compte qu'il était incapable de prendre le risque de ne pas sortir intact de ce qu'il écrivait, intact voulant dire identique à lui-même. Saoul, il arrivait à écrire des poèmes, il avait même la nette impression (mais peut-être se trompait-il) que plus il était saoul, meilleurs ils étaient, mais il se doutait bien que pour écrire des romans, s'il ne voulait pas perdre le fil, il fallait être sobre. Il était donc retourné à la poésie, plus facile malgré ce que tout le monde en dit, ça l'arrangeait de croire que c'est quand il ne fait rien qu'un écrivain écrit le mieux, que c'était la folie qui permettait de garder la raison. La facilité lui convenait, il lui aurait, sinon, fallu travailler et cesser de boire ; il préférait que l'inspiration le traverse comme une décharge électrique, une crise d'épilepsie miniature, en un éclair, au comptoir où il y avait toujours deux ou trois types incapables d'aligner une phrase pour admirer les aphorismes qui lui venaient tout seuls. « C'est une forme d'esprit ! », avait-il l'habitude de répondre à ceux qui lui demandaient d'où pouvait bien lui venir ce don. « Pour mettre l'esprit en forme, c'est une autre paire de manches ! », marmonnait-il pour lui-même et il s'insultait ensuite chaque fois qu'il reprenait ce refrain.

La vérité enfouie au fond de son âme, c'est qu'il se méprisait davantage qu'il ne méprisait ses compagnons de beuverie. Il les méprisait de ne rien savoir et de ne rien connaître et de s'en réjouir, il se méprisait de savoir et de connaître, mais de ne rien pouvoir produire qui soit d'une quelconque utilité. Il aurait fallu pour cela qu'il sache davantage, qu'il connaisse tout, mais c'était hors de sa portée, il n'avait pas le courage, pas même celui d'envisager d'aller y voir de plus près.

En face de Dale, c'étaient les mêmes sentiments qui le submergeaient. A peine avaient-ils commencé de parler qu'il s'était mis à se plaindre et il s'était rendu compte, presque au même moment, que son fils non seulement n'avait pas grand-chose à lui dire dont il ne se soit douté, mais qu'il le méprisait aussi. Sur ce point, au moins, ils se ressemblaient. Les thérapeutes seraient sans doute tombés d'accord : c'était une bonne base de discussion. A la place, ils ont préféré s'engueuler avant de pleurer de concert, attablés en face l'un de l'autre au Jiffy's Ice Pop, sans prêter attention aux clients qui les regardaient du coin de l'œil.

Deux Indiens ivres et sentimentaux et déjà saouls.

Pas très propres non plus.

Dale avait gardé ses vêtements de travail, Howard ne s'était pas changé depuis qu'il était parti de Neah Bay.

— Je t'ai attendu des nuits entières, je sursautais au moindre bruit, les voitures qui passaient, je croyais toujours qu'elles allaient s'arrêter et que tu serais au volant et je restais toute la nuit aux aguets, à écouter le bruit des voitures qui approchaient et qui s'éloignaient, le bruit qui allait, le bruit qui venait, le bruit qui s'éloignait et puis plus rien, je restais les yeux grands ouverts dans le noir sur le dos à regarder les lumières des phares au plafond et puis la nuit revenait et l'attente sans fin. Des fois, l'été, je sortais sur la véranda et j'attendais, je voulais tellement fort que tu reviennes que j'en avais mal au crâne, je finissais par m'endormir par terre sur la couverture du chien… avec le chien. Je t'ai attendu avec le chien… il est crevé, je t'ai attendu encore et puis quand tu es revenu, ça faisait au moins deux ans que j'avais renoncé à t'attendre… c'était fini, ça ne m'intéressait plus… que tu sois vivant ou bien mort, ça m'intéressait pas, c'était pareil pour moi. J'avais plus besoin de toi.

— Je suis là, non ?

— Mieux vaut tard que jamais, c'est ça ? Qu'est-ce que ça peut bien me foutre que tu sois là ? Ça fait deux heures que tu me racontes que le Viêtnam c'était autre chose que le Koweït… et alors ? C'est quoi le problème ? Toutes les choses ont leur place, tous les gens ont leur place et toi, tu n'es pas à ta place et moi non plus à t'écouter dérailler.

— Les choses peuvent changer…

— Tu crois que t'as changé ? Tu racontes toujours les mêmes conneries et quand tu racontes pas des conneries, tu t'apitoies sur ton sort au lieu de te préoccuper du sort des autres. C'est le meilleur moyen…

— Je pensais à toi… pas tout le temps, mais je pensais à toi… j'ai pensé à toi, je crois…

— Ouais… tu crois. T'as envoyé deux fois un chèque à grand-mère. Avec le premier, on a rentré le bois pour l'hiver, avec le second, elle m'a acheté un VTT.

— Tu vois !

— Je vois quoi ? J'ai pas eu froid tout un hiver et j'ai fait le tour de la Péninsule en vélo et maintenant tu viens me raconter que je suis ton fils, que tu es mon père… Va te faire foutre, Howard !

— Tu peux me dire ce que tu veux… t'as le droit ! Sans doute, t'as le droit, mais il y a une chose que tu peux pas changer, c'est ce que tu viens de dire, je suis ton père.

— T'as tiré ton coup !

— C'est comme ça que ça se passe.

— Pas seulement.

— Pas seulement…

— Alors ?

— Rien ! Je vais pas te raconter des conneries… on a jamais passé Noël ensemble et tout le machin… la petite maison dans la prairie et Halloween, oublie ! Mais on est deux êtres humains, on peut… peut-être, je dis peut-être, faire autre chose que se jeter des reproches en travers de la gueule.

— J'sais pas.

— J'sais pas si on est des êtres civilisés, mais essayons de faire comme si... ça changera !

— Je suis civilisé... autant que toi ! Je comprends pas ce que tu racontes... je comprends pas ce que tu veux.

— Quand tu le sauras, ce sera pire !

— C'est gai !

Ils ont ri tous les deux et ils ont commandé deux autres bières. A ce moment-là, c'était ce qu'il fallait qu'ils fassent, ils ont eu l'impression d'être, pour la première fois, père et fils. Lorsque la serveuse est repartie, Dale a changé de ton, il a demandé à Howard :

— Pas mal, non ?

— Pas mal, quoi ?

— La serveuse. Elle est jolie, non ?

— Dale, je voudrais que tu saches une chose, j'ai pas touché une seule femme depuis que ta mère est morte.

— Pas possible ?

— C'est vrai. Alors, les serveuses, je te les laisse.

— Ça me va comme ça.

— N'oublie pas un truc... les serveuses sont toutes jolies, elles sont construites pour ça... rien que du positif, hein ?

— On avance... c'est le moins qu'on puisse dire.

— A tâtons, mais à grands pas.

— Ça m'étonnerait pas que ce soit la meilleure méthode pour se casser la gueule !

— Ça m'étonnerait pas non plus... c'est quand on en dit le moins qu'on en dit le plus.

— Qu'est-ce que tu racontes ?

— Faut t'habituer… je peux pas m'empêcher… c'est une forme d'esprit. Fais pas attention.

— OK !

— Pas mal, mais je préfère ta copine du Sonic Youth, a dit Howard en lorgnant la barmaid.

— Kathleen ?

— Ouais.

— On est restés ensemble un moment… un bon moment.

— C'est ce qu'elle m'a dit.

— On voulait se marier.

— C'est ce qu'elle m'a dit.

— Elle t'a dit pourquoi ça s'est pas fait ?

— Non… elle me l'a pas dit.

— Elle fait des études… moi, j'en ai fait aucune, hein ! Avec elle, j'ai été obligé de me mettre au cinoche… Elle était fan… du genre de films que j'aurais jamais été voir… avec Kathleen, c'était ça ou rien. J'sais pas pourquoi, j'étais persuadé que ça marcherait pas…

— Pourquoi ?

— Une idée comme ça ! Je crois qu'il faut se ressembler pour que ça marche.

— Etre différent n'est pas une mauvaise solution non plus. Aimer son semblable ennuie, aimer le contraire irrite !

— Peut-être, lui a répondu Dale en se disant qu'ils étaient le vivant exemple de la réussite de cette théorie foireuse.

— Peut-être…

Le silence est retombé entre eux et les mensonges que l'on dit, ceux que l'on ne relève pas pour rester assis en face l'un de l'autre dans l'état bienveillant que l'alcool peut procurer quand on a trouvé la bonne dose. Le plus difficile étant d'en rester là.

« L'homme est ainsi fait qu'il croit que davantage, c'est mieux », a pensé Howard, ce qui ne l'a pas empêché de commander une autre bière. « Savoir n'est pas pouvoir », a-t-il rajouté en soufflant sur la mousse et en riant tout seul.

Le goût du paradoxe ne le quitterait jamais. Le pire des paradoxes étant qu'il s'obligeait à croire en la pire des chimères alors qu'il ne croyait pas en grand-chose. Ils allaient arrêter le temps, ils retrouveraient le paradis perdu dans l'état où ils l'avaient laissé ; il fallait pour cela une seule chose : persuader son fils de rentrer avec lui là d'où il était parti dans l'idée de ne plus jamais revenir.

Une idée comme une autre pour passer le temps.

Et oublier de mourir par la même occasion.

Lorsque Howard a eu terminé d'expliquer à son fils pourquoi il fallait qu'il retourne chasser la baleine avec lui, Dale lui a demandé :

— T'as jamais été à Las Vegas ?

— Pourquoi tu me demandes ça ?

— Tu y as été ou tu y as pas été ?

— J'ai vu les lumières une fois… dans le désert, on voit les lumières à des centaines de kilomètres, mais j'y ai jamais mis les pieds… je crois que j'ai bien fait, j'y serais encore…

— Moi, j'y ai été… comme des millions de gens… pour voir les lumières, pour croire que j'allais faire sauter la banque avec un quarter…

— Et alors ?

— Et alors ? Dans le meilleur des cas, tu passes un bon moment… dans le pire, tu rentres chez toi avec des dettes pour le restant de tes jours.

— Et alors ?

— Le jackpot, c'est pour les propriétaires des casinos, pas pour les minables comme nous.

— Qui risque rien n'a rien !

— C'est le pire qu'on puisse penser… revenir lessivé et croire qu'on avait une chance… une seule chance. C'est un rêve. Votre histoire de baleine, c'est un rêve. La baleine existe pas… le jackpot non plus, personne l'a jamais vu.

— Le jackpot… j'sais pas, mais la baleine, si ! Quarante mille au bas mot… quarante mille, presque autant que de fans d'Elvis Presley… tu peux pas dire que des millions de fans se trompent, tu peux pas dire que quarante mille baleines n'existent pas, elles existent autant que Las Vegas… suffit d'en tuer une !

— C'est pas ça que je veux dire.

— Qu'est-ce que tu veux dire ?

— Ce que je veux dire, c'est qu'il y a des rêves qui se réalisent pas et celui-là est un rêve de ce genre… comme Las Vegas.

— Le rêve est pas important, ce qui est important, c'est de rêver.

— Les propriétaires des casinos comptent là-dessus.

— On les emmerde !

— T'as peut-être raison.

— Alors, on est d'accord…

— Ecoute, ici, je gagne un peu plus de 20 000 dollars par an, je paye mon loyer, j'ai de quoi boire des coups, aller au cinéma… à Neah Bay, j'ai rien et je vois pas ce que je vais gagner.

— Je peux rien te promettre, Dale, j'suis pas propriétaire de casino… ce que tu vas gagner, j'en sais rien… un peu d'estime de toi, je suppose…

— Super ! Et une caravane dernier cri de 1950 par la même occasion… suffit juste de construire une véranda pour qu'elle ressemble à une vraie maison… super !

— Rien que du bonheur… le bonheur indien !

— T'es dingue !

— On est plusieurs dans ce cas… il en manque plus que trois.

— T'as le choix, je suppose ?

— Les sept mercenaires !

— *Les Sept Samouraïs*, plutôt… tu l'as vu ?

— Non.

— Je l'ai vu avec Kathleen… c'est mieux que l'autre, l'autre est pompé dessus, mais je préfère regarder le mauvais… voilà, c'était ça le problème… Kathleen, c'est le genre à regarder *Les Sept Samouraïs* et moi, je préfère regarder *Les Sept Mercenaires*. Tu vois l'histoire ?

— Avec deux postes de télé, ça peut s'arranger.

— Sauf qu'on regarde pas la même chose… on la regarde pas ensemble.

— Mouais.

— Au fait, pourquoi pas les douze salopards ?

— Douze, ça fait trop, un ou deux suffiront… pour faire bien dans le tableau, un ou deux, c'est parfait… ça devrait suffire… largement.

— Ecoute, j'veux bien faire un tour… pour voir…

— Au poil !

— Je te promets rien… ici, y a des cinémas, des concerts, si je veux manger chinois, je mange chinois, si je veux manger mexicain, je mange mexicain, si je veux manger italien, je mange italien…

— Je peux te faire des spaghettis.

— Conneries ! Là-bas, je sais qu'il y a rien… un magasin qui vend des pelles et des chaussettes… Rien de rien !

— Pas rien, pas grand-chose… j'suis d'accord avec toi.

— Y a un autre truc que t'oublies…

— Quoi ?

— A la rigueur, que toi tu veuilles chasser la baleine, je comprends… toute ta vie, t'as entendu parler de cette putain de baleine…

— Toi aussi.

— Ton grand-père ou ton arrière-grand-père ont peut-être chassé la baleine, tu es indien, pas moi… moi, je suis rien… je suis pas indien, je suis pas viet non plus, je suis rien… un redbone !

— T'es d'ici.

— Et ma mère, d'ailleurs. Pourquoi j'ouvrirais pas plutôt un resto chinois ? Pourquoi je ferais pas des rouleaux de printemps toute la journée pour retrouver mes racines ?

— Depuis quand tu sais faire la cuisine ?

— Depuis que tu sais chasser la baleine.

— T'as été élevé chez les Makahs, t'es un Makah… on est pas regardants sur la provenance.

— C'est comme ça que vous vous faites fourguer n'importe quoi.

— Je sais ce que nous sommes devenus, tout ce que tu peux me dire, je le sais. Seulement, pour une fois, on a l'occasion de devenir quelque chose, de redevenir quelque chose, j'sais pas… des hommes. On aura été des hommes si tu vois ce que je veux dire.

— Je-suis-un-être-hu-main ! Je me sens pas être personne, ça va ! J'habite pas le fin fond de l'Arkansas ou du Mississippi… ici, on me considère comme un Américain, pas comme un Indien ou je sais pas quoi.

— Je vais te dire un truc… c'est ce qu'on te fait croire, c'est ce que j'ai cru, c'est ce que croit tout le monde. Fais une connerie, n'importe laquelle, tu vas voir si tu vas pas redevenir indien… vite fait !

— Possible.

— C'est une bonne occasion de voir ce que tu vaux vraiment. T'es tireur d'élite soi-disant…

— On remet ça ?

— Je plaisante pas… il nous faut un tireur d'élite avec tous les diplômes… les tiens vont les clouer sur place.

— Pourquoi il vous faut un tireur d'élite ?

— La baleine, il faut la tuer humainement. L'homme blanc veut pas que la baleine souffre, la douleur de l'Indien, il s'assoit dessus, mais pas sur celle de la baleine.

— Et les dindes, faut les tuer humainement ?

— Pas encore, mais ça va pas tarder.

— Conneries !

— Tu préfères finir dans un abattoir de dindes ou au grand air ?

— J'en sais rien.

— Le grand air, y a que ça de vrai !

Dale avait fini son verre, il était temps pour Howard de passer au bourbon, mais il s'est retenu de le faire, à la place, il a demandé à son fils :

— On y va ?

— Je sais pas où, mais on y va… lui a répondu Dale.

— Le voyageur qui connaît sa destination reste sur place.

— Et l'Indien qui fait des phrases me fatigue.

— C'est juste une question d'habitude.

Ils sont sortis du Jiffy's Ice Pop.

Ils marchaient à peu près droit.

— Franchement, les arbres te manquaient pas ? a demandé Howard en ouvrant la portière de sa Chevelle et en faisant un geste vers les immeubles alentour.

— Non, mais les cinémas me manquent déjà.

— Dis-toi que tu joues dans un film.
— C'est l'impression que ça me fait.

De temps en temps, les morceaux de la grenade qui lui avaient valu le Purple Heart remontaient jusque sous la peau de son avant-bras, Howard les enlevait avec une lame de rasoir, et comme les morceaux d'acier, ses souvenirs revenaient, de temps en temps, affleurer sa conscience. Le premier Vietnamien qu'il avait tué était si jeune que l'on aurait dit une fille. Il l'avait eu en ligne de mire plus longtemps qu'il n'avait jamais eu aucun animal à la chasse. Tout le temps qu'il avait gardé sa silhouette dans le prolongement du canon de son fusil, ce n'était pas la guerre, aucun d'entre eux ne menaçait l'autre, ce n'était pas le genre de situation dont on se tire en disant « C'était lui ou moi », mais c'était lui qui tenait en joue le jeune homme qui ne se méfiait pas, et c'est lui qui a tiré alors que le jeune homme restait immobile.

Inoffensif.

La situation était claire jusqu'à en être éblouissante, s'il appuyait sur la détente, il tuait le jeune homme en pyjama noir. Il le tuait comme un animal, sauf qu'il n'était pas à la chasse, c'était la guerre, ce n'était pas un animal, mais un homme. Les différences n'étaient pas si évidentes, il avait beau essayer de réfléchir sans perdre de vue sa cible, il n'y arrivait pas ; plus tard, c'était ce qu'il ne comprendrait pas dans les romans, s'il pouvait leur arriver de ne rien faire, lorsqu'ils ne parlaient pas, les personnages *pensaient* toujours quelque chose. Lui, à ce moment-là, ne pensait à rien, ne pouvait penser à rien.

Avant que le monde explose, que le temps reprenne son cours habituel, il n'y avait pas de haine en lui ni de colère, il n'était ni calme ni excité, il avait la bouche sèche bien sûr et, à force de les écarquiller, des larmes se formaient au coin de ses yeux, mais guère plus ; il y avait un peu de vent, du soleil, les feuilles des arbustes bougeaient doucement, les insectes bourdonnaient.

Et puis, le monde a explosé.

Les jambes du jeune homme en noir ont été balayées comme par un souffle invisible ou bien par le bruit. Quand son corps s'est effondré, il a fait des gestes bizarres, un peu comiques, ses bras ont semblé battre l'air comme ceux d'une danseuse maladroite, ses jambes se sont entremêlées comme lorsque l'on trébuche, et puis il est resté couché.

Quand le vacarme a cessé, que le paysage s'est rétabli, quand les insectes ont repris leur bourdonnement sourd, que les ombres ont recommencé à jouer sur les feuilles, que le monde est redevenu le monde, Howard s'est assis sur ses talons près du corps du premier homme qu'il venait de tuer. De sang-froid. Lorsqu'il racontait cet épisode de sa vie, rarement, il n'employait pas le mot « tuer », mais le mot « assassiner ». Tous les autres, il disait qu'il les avait tués alors que certains ne le menaçaient pas davantage, mais pour le premier, il parlerait toujours d'assassinat.

« Le plus dur, c'est le premier homme que l'on tue, la première maison que l'on brûle… après, ça roule ! » C'était ainsi : la guerre, quand tu es dedans, tu la fais, tu n'es pas pour, tu n'es pas contre, tu la fais, c'est tout ! Le reste, c'est du baratin pour les civils. Voilà ce qu'il avait fini par comprendre, à moins que ce ne soit ce qu'il croyait penser qui lui servait à supporter ce qui se passait. Il y en avait parmi eux qui ne le supportaient pas et d'autres, au contraire, qui rechercheraient jusqu'à la fin de leur vie la même émotion sans jamais comprendre pourquoi elle leur serait toujours refusée. Des loups et des moutons et puis tous les autres, parfois loups, parfois moutons, c'est-à-dire ni vraiment loups ni vraiment moutons, sans compter ceux qui n'auraient jamais l'occasion de savoir à quelle catégorie ils appartenaient, qui étaient encore plus nombreux.

L'esprit du jeune homme en noir s'était envolé, il ne restait plus de lui que sa dépouille et ce mystère dont Howard était le seul responsable, le corps du jeune homme ne devait guère peser plus de cinquante kilos, ses poignets et ses chevilles nus où l'on voyait les os saillir étaient de la taille de ceux d'une jeune fille, Howard aurait pu en faire le tour avec sa main, son visage était presque intact, tout au moins le profil qu'Howard pouvait apercevoir, ses paupières translucides à demi closes, le blanc de ses yeux n'était pas encore troublé, il lui a semblé qu'un sourire flottait sur son visage. Les mains d'Howard pendaient entre ses genoux écartés, il grattait doucement la terre avec le bout de ses doigts sans se rendre compte de ce qu'il faisait. Lips était debout à côté de lui, son M 16 posé comme un joug sur ses épaules dans la même attitude que James Dean sur l'affiche de *Géant*.

— Ce qui me ferait un sale effet, c'est les cheveux, il a dit.

Howard a tourné la tête vers lui, en contre-plongée, à contre-jour, le Noir apparaissait gigantesque.

— Pourquoi ? il a fini par lui demander.

— Ils ont les mêmes cheveux que toi.

— J'y avais pas pensé, a répondu Howard après un autre long moment de silence.

— J'sais pas pourquoi, moi ça me soulage qu'ils aient pas les mêmes cheveux que moi… qu'ils puissent pas avoir les mêmes cheveux que moi… que ce soit impossible… y a un truc dont je suis certain, c'est que pas un seul de ces salopards a les mêmes cheveux que moi… j'en suis certain, je suis certain de ça. C'est con, hein ? mais ça m'aide… Ça m'aide de savoir ça, voilà !

— Ils ont pas la même couleur non plus…

— J'ai remarqué, Killer… ça risque pas, mais moi, les cheveux, j'sais pas pourquoi, c'est ce qui m'emmerderait le plus.

Pendant qu'ils parlaient, les mouches avaient commencé à se poser sur le visage du jeune homme en noir, Howard les a chassées d'un geste de la main, un peu de terre a frappé les joues du cadavre, ses cheveux bougeaient doucement sur son front. Soi-disant, les cheveux restent vivants après la mort, soi-disant ils continuent de pousser comme tout ce que l'on peut couper sans avoir mal. En tous les cas, après ce que Lips lui avait dit, il ne lui était plus possible d'avoir le moindre doute : il était *parent* du jeune homme.

Il s'était battu avec Lips lorsqu'il l'avait appelé « Killer » au lieu de « Makah ». Depuis ce jour-là, il avait le nez de travers, mais plus personne ne l'avait jamais appelé « Killer » et pourtant, on l'avait envoyé au Vietnam pour tuer des Indiens et, en bon soldat, il n'avait pas manqué d'obéir.

Le Vietnam, il y pensait souvent, mais les seuls moments où il y *réfléchissait*, c'était lorsqu'il était avec Dale.

Quand ils étaient là-bas, dans la jungle, ils se racontaient tout, ils ne savaient pourtant à peu près rien les uns des autres, peut-être parce qu'ils étaient si jeunes qu'ils étaient tous pareils, ou par Dieu sait quel sortilège exercé par la guerre ; lorsqu'ils reviendraient au pays, ils se souviendraient les uns des autres, mais aucun d'entre eux ne regretterait celui qui avait été son meilleur ami au combat.

Pourquoi ? Alors que ce sont les ignominies commises ensemble qui lient les hommes plus que le reste.

Howard regardait le profil de son fils qui conduisait en silence, il ignorait presque tout de lui, s'il avait des amis, des amis qu'il avait connus à la guerre, dans le désert, et qu'il revoyait, des amis avec lesquels il pouvait parler, qui savaient de quoi il parlait, comprenaient ce qu'il disait avant qu'il ne le dise ou bien s'il était aussi seul qu'il l'était.

Le visage de Dale dans l'ombre de la nuit, il ne le *reconnaissait* pas. Ce n'était ni le sien ni celui de Bao, mais ses cheveux le troublaient, ils auraient dû être les siens ou ceux de sa mère, pourtant, ceux à qui ils lui faisaient penser davantage encore étaient ceux du jeune homme qu'il avait tué, il y avait de cela déjà bien longtemps.

D'une évidente beauté.

Celle de la mort sans doute.

Des cauchemars qui le tenaient éveillé.

Sauf que tout cela était plongé dans la brume et dans les ténèbres.

Quand ils étaient là-bas, les Viets n'étaient nulle part, ils ne les voyaient jamais, c'étaient des fantômes. C'est pour cette raison qu'ils en avaient peur plus que de n'importe qui et de n'importe quoi comme il avait peur aujourd'hui de ce qui n'existait pas. Ils passaient, ils disparaissaient. Ils n'avaient pas d'existence réelle, c'étaient des ombres, des esprits. C'était eux qui les créaient ; pour ceux qui n'étaient pas revenus, la question ne se posait plus, pour ceux qui étaient revenus, la menace continuait, et le silence n'avait pas cessé de gagner.

De tout cela, il ne pouvait s'entretenir avec Dale et pourtant Dale était porteur des mêmes tourments. Ils étaient beaucoup qui, à la guerre, n'avaient pas voulu tuer, qui ne voulaient pas *avoir tué*. Personne n'était là pour punir leur maladresse volontaire et leur lâcheté, ils avaient fermé les yeux pour rater leur cible, tiré à côté ou bien au-dessus.

Pas lui.

Ni son fils, sans doute.

Ils avaient pris le risque d'être des héros.

Comment était-il possible autrement de gagner la guerre ?

Que Dale soit son fils et sorti du corps d'une *ennemie* rendait les choses plus confuses encore. Il n'était ni de lui ni à lui, mais né de tous les courants qui tournoyaient contre son âme comme un tourbillon à l'endroit où les eaux se partagent.

Le merdier épouvantable dans lequel il pataugeait comme dans les marais où il avait manqué disparaître, les contradictions dans lesquelles il se débattait.

Sa vie impossible.

Jusqu'à ce qu'elle cesse.

Et maintenant, le jeune homme qui ne ressemblait ni à son père ni à sa mère, mais plutôt – les ressemblances sont imaginaires – à quelqu'un d'autre dont il avait du mal à se rappeler les traits exacts, il l'avait recruté, comme les politiciens l'avaient recruté pour tuer des Arabes, pour qu'il donne le coup de grâce à la baleine grise dont il ignorait ce qu'elle représentait.

Le cercle se refermait.

Ils n'avaient pas de destin.

Ni l'humanité.

Dieu seul savait ce que la baleine grise que Dale devrait achever représentait pour Stud, pour Percy et pour les Makahs.

Dale conduisait d'une main distraite.

Son profil offert à son père.

C'était certain, lui aussi ne pouvait que se taire, refermé sur son secret. Lui aussi avait tué un innocent et il lui faudrait tuer encore pour retrouver son père et ce qu'il était.

C'était pour cela qu'ils ne pouvaient se parler.

C'était pour cela que les mots butaient entre sa langue et l'arrière de ses dents.

Le sang frappait à ses tempes, ses yeux le brûlaient.

Kalama.

Kelso.

Ostrander.

Toledo.

Kalmiche.

Tard dans la nuit, Howard avait fini par s'endormir.

Skokomish.

Potltach.

Lilliwaup.

Eldo.

Kilcene.

Tôt le matin, la lumière l'a réveillé.

Devant lui, il y avait, à perte de vue, des hectares et des hectares de pins qui défilaient, autant de pins qu'il y en avait eu depuis la création et tout ce qu'il voyait, c'était les millions de tonnes de contreplaqué que les pins produiraient, un jour ou l'autre, qu'ils le veuillent ou pas. De quoi se flinguer de bon matin, à la sortie de ses rêves, à la seule idée que c'était possible.

Il n'allait pas bien, il ne pensait qu'au pire.

L'enfer serait un soulagement.

Quelquefois, il allait même jusqu'à s'inquiéter, sentir sa fin prochaine. Un soir, la table sur laquelle il écrivait avait fait un bruit comme un grincement. Il avait tendu l'oreille, le grincement n'avait pas cessé pour autant, il avait continué jusqu'à ce que la table finisse par lui parler. Il avait confié à un type de Clallam Bay avant de tomber de son tabouret : « C'est pas que la table me parle qui m'a inquiété, c'est les conneries qu'elle racontait ! » D'autres fois, il se demandait pourquoi il avait la bouche pleine de dents juste avant de se rappeler que c'était normal, de les compter avec le bout de sa langue, de les recompter et, une fois arrivé à quatre-vingts, d'avoir des doutes sur la qualité de ce qu'il avait bu la veille.

Les insectes, les lézards, les sauriens, les reptiles finiraient bien, si ça continuait comme ça, à sortir des placards où ils étaient enfermés pour l'instant.

Il n'y en avait plus pour très longtemps.

Et lui non plus, peut-être.

— Bien dormi ? lui a demandé Dale.

— Pas mal… et toi ?

— Pas dormi. Stacker 2 !

— C'est quoi ?

— Ephédrine.

— Tu te drogues maintenant ?

— Ça m'arrive… me tardait que tu te réveilles.

— Pourquoi ?

— Faim !

— Les amphèts c'est plus ce que c'était.

— Tout fout le camp !

Ils ont ri. Tous les deux. Les choses s'arrangeaient.

Ils se sont arrêtés dans le premier boui-boui du bon côté de la route. Ceux qui allaient travailler les ont salués. Ils ont mastiqué tous ensemble au comptoir, le regard perdu sur la liste des prix et les offres exceptionnelles… Café à volonté ! l'Extra au prix du Super !

A peine arrivé à Neah Bay, Dale n'a pas eu le temps de se poser des questions sur l'effet que ça lui faisait de revenir là où il n'avait pas eu l'intention de remettre les pieds, Martin Pawley les attendait depuis la veille avec le fusil qu'il avait mis au point et ses munitions dans une cartouchière qui ressemblait à celles que portent les Mexicains dans les westerns de Sam Peckinpah.

Martin Pawley était très grand et très maigre, âgé d'une petite soixantaine d'années, il portait ses cheveux poivre et sel ramenés en catogan et une barbe rase qui creusait ses joues et faisait ressortir ses pommettes. Il avait l'habitude de se présenter comme le plus grand collectionneur d'outils du monde. « Je suis un fanatique ! », répétait-il souvent à ce propos. Son garage et son atelier étaient couverts du sol au plafond d'étagères métalliques sur lesquelles était rangée une collection hallucinante de scies, perceuses, marteaux, tournevis, clés, boulons, d'écrous et de goupilles, le tout dans un état parfait. Lorsqu'il était adolescent, il avait construit tout seul dans le garage familial un dragster sur une base de Buick Roadmaster achetée à la casse avec son argent de poche. Ensuite, bizarrement, mais il était bizarre par plus d'un aspect, il avait fait des études de vétérinaire à l'université du Maryland, au cours desquelles il avait mis au point un merlin haute tension pour abattre les bœufs avant qu'ils ne se rendent compte de ce qui leur arrivait. Juste avant de s'intéresser à un fusil qui aurait été plus efficace que les armes utilisées jusqu'à présent pour la chasse à la baleine, il avait fait un séjour en Afrique où il avait essayé de perfectionner, à l'usage des nomades, un programme d'insémination artificielle dans un élevage de chameaux. Lorsqu'il avait su, Dieu seul sait comment (c'est vrai qu'il accumulait les magazines de vulgarisation scientifique autant que les modes d'emploi d'outillage), que les Inuits avaient des problèmes avec les harpons explosifs qu'ils utilisaient (souvent les explosifs n'explosaient pas et on pouvait les retrouver plusieurs années plus tard intacts dans le corps des baleines), il s'était penché sur leur problème.

Pour Pawley, il n'y avait rien au monde qui ne puisse être résolu par un outillage adéquat. Il était resté quatre mois enfermé dans son atelier et il en était ressorti avec le prototype d'un fusil qui avait permis à ceux qui l'avaient adopté de diminuer de plus de soixante pour cent le nombre de baleines blessées et perdues.

Martin Pawley n'avait pas d'idées bien arrêtées sur la protection de la nature et les espèces en voie de disparition, encore moins sur la souffrance animale, il laissait ça à d'autres. Les dispositifs qu'il imaginait n'étaient pas destinés à abréger les souffrances des animaux, ils étaient destinés à être efficaces et de fait, ils l'étaient. Lorsqu'on lui avait fait remarquer que son fusil servait à tuer des animaux « intelligents », il avait répondu qu'il n'avait pas la prétention d'être un bienfaiteur de l'humanité, mais un technicien efficace : « Ça suffit à mon bonheur ! », si les baleines étaient si intelligentes que ça, les Esquimaux qui les chassaient sur des kayaks en peau de phoque seraient tous morts de faim.

Martin Pawley n'était pas un sentimental, il était pragmatique et il ne trouvait pas réaliste que les Makahs, alors qu'ils avaient le moyen de faire autrement, en soient réduits à tuer une baleine avec un harpon qui devait atteindre une cible guère plus grande qu'une poule faisane : son cerveau. S'ils procédaient ainsi, ils auraient de grandes chances de rater leur coup, d'être traînés pendant des heures à la surface de l'océan et, pour finir, tout ce qu'ils réussiraient serait perdre leur proie lorsque la ligne casserait. S'ils voulaient harponner la baleine parce que, *symboliquement*, c'était important pour eux de le faire, il n'y voyait pas d'inconvénient, mais il ne voyait que des avantages à ce qu'ils la tuent net avec son fusil. Proprement. Dans ces conditions, à son idée, les amis des animaux ne pourraient rien leur reprocher.

Le raisonnement de Martin Pawley était simpliste et datait d'une autre époque, si les amis des bêtes avaient quelque chose à reprocher aux Makahs, c'était de *tuer* des baleines. La méthode importait peu, ni que les baleines souffrent ou pas. Qu'elles meurent suffisait à les révolter.

Depuis que Cliff Tsekauwtl, au nom du Conseil tribal, avait rendu publique l'intention des Makahs de reprendre la chasse à la baleine, les amis des bêtes s'étaient mobilisés. Individuellement et par le truchement d'un nombre invraisemblable d'associations ayant pour but la protection de l'environnement et la défense des animaux. Le standard du Conseil tribal était submergé par les messages de protestation, deux ou trois manifestations rassemblant quelques dizaines de personnes brandissant des pancartes et scandant des slogans avaient eu lieu, au niveau du cimetière, sur la route menant à Neah Bay. Les colonnes des journaux locaux avaient été envahies par des tribunes libres indignées, s'il fallait en croire leurs auteurs : la baleine était sacrée, la reprise de la chasse un sacrilège. Greenpeace et le Sierra Club ne s'étaient pas déclarés officiellement opposés à la chasse, en revanche le porte-parole des Sea Savers avait déclaré qu'ils étaient fermement décidés à s'opposer à la reprise de la chasse, si les Makahs persistaient dans leur décision, le *Whale Will*, leur navire amiral, ferait immédiatement route vers Neah Bay pour les en empêcher par tous les moyens en leur pouvoir.

Les opposants à la chasse avaient décidé de faire barrage aux Makahs en utilisant toutes les voies d'ordre juridique et administratif. Pour leurs avocats, ces manœuvres étaient destinées à décourager les Indiens plus qu'à leur interdire de reprendre la chasse. Ils n'ignoraient pas que le traité de 1855 était parfaitement valable et que donc les Makahs avaient, en théorie, le *droit* de chasser la baleine grise qui n'était plus classée parmi les espèces protégées par les organismes internationaux. En avançant que la chasse à la baleine était illégale, que les règlements internationaux s'y opposaient et que leur intervention ne faisait que viser à faire respecter le droit, les avocats savaient qu'ils faisaient l'impasse sur quantité de dérogations hypocrites accordées à des fins prétendument scientifiques à des nations comme le Japon et à des exceptions culturelles tolérées par la Commission baleinière internationale. La demande des Makahs pouvait être classée dans cette dernière catégorie.

Les avocats des associations savaient qu'un jour ou l'autre, à moins qu'ils ne trouvent une astuce, le droit des Makahs pourrait être reconnu par les tribunaux, ils espéraient juste qu'entre-temps, devant les difficultés et l'impopularité de la chasse, les Makahs renonceraient ou bien qu'il serait possible de parvenir à un accord avec eux.

Ce n'était qu'une question de rapport de force et il leur était favorable. L'opinion était derrière eux et, s'ils s'entêtaient, les Makahs finiraient par apparaître, aux yeux de tous, comme des brutes sanguinaires. Dans ces conditions, personne ne peut résister. Les Makahs finiraient bien par renoncer.

En réalité, ce raisonnement pouvait se révéler faux, il pouvait s'avérer aussi que plus la pression de l'opinion se ferait forte, plus la communauté makah ferait bloc autour de ses leaders et plus leur intention de reprendre la chasse deviendrait un enjeu essentiel pour chacun d'entre eux.

Jusqu'à ce qu'il leur soit impossible de revenir en arrière.

La situation n'en était pas encore là, mais les Makahs s'étaient déjà familiarisés avec la médiatisation ahurissante dont ils étaient l'objet, ils s'étaient habitués à voir les camions des chaînes de télévision stationnés pour que leurs paraboles transmettent aux quatre coins de la planète les images de Neah Bay, et à ce que les journalistes les interrogent sans répit à propos de ce qui les intriguait et les fascinait à la fois : « Mais comment peut-on être makah ? »

Le temps où n'importe quel Makah pourrait convoquer une réunion de presse sous n'importe quel prétexte n'était pas encore venu.

Cela ne tarderait pas et ils ne se gêneraient pas pour en profiter.

Toujours est-il qu'Howard, Dale et Martin Pawley ont pu jouir d'une relative discrétion pour essayer le fusil que l'ancien vétérinaire avait mis au point. Seule Marion Larsen, une journaliste du *Seattle Times* munie du magnétophone et de l'appareil photo qui ne la quittaient jamais, y assistait. Avec Donovan Thomas pour *Rolling Stone*, elle serait l'une des seules journalistes à suivre les aventures des Makahs depuis le début. A ce petit jeu-là, ils finiraient tous les deux, sans le vouloir, par prendre plus ou moins parti pour les Indiens, la faute en incombant aux liens d'amitié qui n'avaient pas manqué de se tisser entre eux. Donovan Thomas pousserait la conscience professionnelle jusqu'à vivre plusieurs mois dans une cabane abandonnée derrière le

Makah Maiden Motel. Plus âgée, Marion Larsen, avec la tendresse d'une mère envers ceux qu'elle avait fini par considérer comme ses enfants, laisserait de côté l'objectivité qu'elle se vantait de ne jamais oublier.

L'un comme l'autre n'assisteraient pas à l'épilogue.

Pour tester le fusil de Martin Pawley, Dale et Howard avaient bricolé dans une clairière retirée un dispositif improbable : un tunnel constitué de bidons remplis d'eau d'une dizaine de mètres de long perché sur une pile de bidons qui servait de socle, le tout recouvert de bâches en plastique fixées n'importe comment. L'ensemble, censé représenter une baleine, faisait penser à une œuvre d'art contemporain.

Tristesse piteuse pour les uns, émouvante pour les autres, du bricolage approximatif.

Martin Pawley a expliqué au père et au fils le fonctionnement de l'arme, il était simple sinon rudimentaire. Il les a prévenus du danger occasionné par le recul d'une arme de ce calibre, il l'avait réduit autant que faire se peut, mais il restait techniquement impossible à supprimer.

— A toi l'honneur, a fait Howard à son fils.

Dale a mis un genou à terre, il a bien calé la crosse au creux de son épaule. Freinée par les centaines de litres d'eau, la balle n'en a pas moins crevé le quatrième bidon. Ils se sont tous penchés au-dessus de la baleine, tout au moins de ce qui était censé figurer la résistance qu'elle opposerait à la pénétration du projectile. Ils ont fini par récupérer la douille et ils ont ri de son aspect.

A cet instant, ils ne doutaient pas de la réussite de leur entreprise.

Howard a voulu essayer à son tour.

Le fusil lui a échappé des mains et la balle s'est perdue dans la forêt.

Le recul lui a déboîté l'épaule.

Trois semaines plus tard, à peine remis, Howard a voulu remettre ça. Sur une cible vivante cette fois.

Le père et le fils ont jeté leur dévolu sur un lion de mer qui se prélassait sur un rocher.

Howard l'a raté.

La balle tirée par Dale a décapité la bête qui a dégringolé – lamentable – du rocher où elle prenait le soleil. L'eau a rougi à l'endroit où le lion de mer a fini par couler. Howard et Dale, pensifs, ont contemplé la surface de l'océan jusqu'à ce que le sang ne soit plus qu'un souvenir.

Ils sont rentrés – silencieux – à Neah Bay et ils ont rangé le fusil dans l'armoire fermée à clé dans la pièce que le Conseil tribal leur avait attribuée.

Ils n'en ont plus jamais parlé, ni de la honte qui allait avec.

Chacun d'entre eux craignait que l'autre n'ait pas ressenti une honte semblable.

Against the wind
I'm still runnin' against the wind
I'm older now but still runnin' against the wind
Well I'm older and still runnin'
Against the wind.

Bob Seger.

Sept

Dirty air, dirty laundry, dirty money, dirty rain.

Mary Gauthier.

La pièce était plongée dans la pénombre, éclairée seulement par quelques bougies de couleur. La lumière faisait penser à celle dans laquelle baignent certains films des années 70 lorsqu'on les regarde aujourd'hui sur un magnétoscope et dont on se demande si les couleurs ont bien résisté au temps qui passe ou si, à l'époque, l'objectif de la caméra n'avait pas été enduit de vaseline pour produire un effet psychédélique. Le centre de la pièce en contrebas était occupé par un jacuzzi, un homme était assis sur le bord recouvert d'une moquette imitant le gazon. Il était si maigre qu'il paraissait beaucoup plus grand qu'il ne l'était en réalité. Les jambes de son pantalon retroussées, comme un enfant au bord d'un torrent, il faisait aller et venir ses pieds dans l'eau bleutée où la mousse s'était dissipée. Une femme nue, plus de la toute première jeunesse, flottait dans les remous, les bras étendus le long du corps, les mains crispées sur son sexe, ses grands seins mous comme des bouées écartées qui remontaient contre ses aisselles rasées.

L'homme et la femme chuchotaient.

— Fermez les yeux, Barbara… ayez confiance ! Nous avons fait tout ce chemin ensemble… je suis avec vous… mon esprit est avec vous ! Nous sommes sur la voie ! Détendez-vous… n'écoutez pas ce que vous dicte votre corps… n'écoutez pas votre corps maintenant ! Vous allez le quitter… vous évader, quitter cette prison… vous allez retrouver votre corps essentiel !

— J'peux pas ! J'peux pas. Il est là… je ne sens que lui !

— Du calme, Barbara… restez calme… nous avons tout notre temps… l'éternité s'il le faut… l'éternité, Barbara. Le savez-vous ? Oui, bien sûr. Fermez les yeux… vous pouvez fermer les yeux ?

— Oui.

— Très bien, alors fermez les yeux. Qu'est-ce que vous voyez ?

— Rien, je ne vois rien !

— Très bien ! Laissez le grand rien vous envahir. Vous allez vous détendre maintenant… garder les paupières fermées sans les crisper… vous allez vous concentrer sur une partie de votre corps… n'importe laquelle. Choisissez ! Laquelle avez-vous choisie ?

— Mes… mes… je ne peux pas le dire !

— Vous pouvez pas le dire ? Je vais le dire à votre place… les seins, c'est ça ? C'est vos seins que vous avez choisis, Barbara ?

— Oui ! Comment le savez-vous ?

— Je suis celui que vous avez élu, Barbara… celui que vous avez choisi, vous le savez ? Oui… ayez confiance, je suis en communication avec vos méridiens… votre corps astral, je ressens tout ce que vous sentez… nous avons travaillé cette communication les fois précédentes… Souvenez-vous. Laissez-vous aller… là où je veux que vous alliez, nous allons y aller ensemble… au bout du voyage, la lumière viendra ! Retournez à vos seins, Barbara, ce sont mes mots que vous entendez, mais c'est votre corps qui vous parle… Ça y est ?

— Oui.

— Très bien ! Ils sont libres, Barbara, ils flottent, ils sont libres… ils ne vous font pas souffrir, Barbara ?

— Non.

— Très bien ! Maintenant concentrez-vous sur vos épaules… essayez de les sentir… essayez de les dénouer… vos épaules sont libres… elles sont libres comme vos seins… elles sont calmes… vous sentez le calme qui s'installe dans vos épaules ?

— Oui.

— C'est une onde… comme une onde de douceur, elle se propage… vos bras… doucement… pas si vite, Barbara… vos bras, c'est bien ! Doucement… vos coudes maintenant… doucement… vos mains… l'onde est là… elle est douce… elle est tiède… desserrez vos doigts… laissez-vous aller… l'onde est là… Là… très bien ! Vos mains sont libres… bougez-les… doucement… plus doucement… lentement… Voilà ! Très bien… Vous êtes bien ?

— Oui.

— Très bien ! Repliez vos bras… doucement… très doucement… posez vos mains sur vos seins… comme ça, très bien… bien à plat. Ne bougez plus… n'appuyez pas ! Nous allons dénouer le bas de votre corps maintenant… Continuez à fermer les yeux ! Concentrez-vous sur vos doigts de pied… vous les sentez ?

— Oui.

— Chacun d'entre eux ?

— Non… non.

— Ils sont recroquevillés… comme des griffes… comptez-les ! Du côté droit d'abord… un, deux, trois, quatre, cinq ! Les yeux fermés, remuez-les doucement… Ça y est ?

— Je crois, oui.

— Remuez-les doucement… doucement… du côté gauche maintenant… comptez-les, un, deux, trois, quatre, cinq ! Le compte est bon ?

— Oui.

— Gardez vos mains posées sur votre poitrine, Barbara, sans appuyer, sans vous crisper… Bien ! Comme ça… Les doigts écartés, pas trop. Bien ! Revenez à vos pieds… faites-les tourner autour de vos chevilles… des petits cercles… doucement… dans un sens, dans l'autre. Vous êtes bien, Barbara ?

— Oui.

— Très bien… l'onde est tiède, elle remonte le long de vos jambes, le long de vos mollets, elle efface tout… vous la sentez ? Elle remonte doucement, tout doucement… jusqu'à vos genoux… bougez-les doucement ! Très bien. Vos cuisses maintenant…

— Oui !

— Faites-les aller doucement… doucement ! Faites aller doucement vos jambes… des petits battements comme si vous étiez un poisson… dans un atoll… un dauphin… l'eau est bleue, d'un bleu profond, elle se confond avec le ciel, avec la nuit. Oui, comme ça, très bien ! Vous flottez… l'eau est votre amie… vous sentez comme vous flottez ?

— Oui !

— Très bien ! Laissez aller vos jambes comme elles veulent… naturellement… voilà ! Elles s'écartent un peu… doucement… pas trop. Je suis avec vous !

Concentrez-vous sur vos reins maintenant… le bas de votre dos, l'arrière de votre corps… depuis votre cou, vous le sentez ?

— Oui !

— Il est raide… dur… crispé, tout l'arrière de votre corps est crispé… laissez aller le bas de votre dos… n'ayez crainte ! Depuis vos épaules… vos omoplates… faites-les bouger doucement comme les ailes d'un oiseau… laissez-vous aller… comme si vous vouliez vous enfoncer dans le sol… comme si le sommeil vous gagnait… n'ayez pas peur ! Sentez votre corps flotter… il flotte… vous ne pensez plus à rien. Gardez les yeux fermés… je vais mettre un peu de musique… vous allez suivre son rythme… votre corps va suivre les ondes musicales… pas tout de suite… vous allez émerger du silence… pas tout de suite… doucement… lentement… les yeux fermés.

Chris Klookshood s'est relevé doucement, il a posé un CD de relaxation acheté d'occasion chez un disquaire New Age, utilisé d'ordinaire par les dentistes pour les extractions difficiles, tout en se déshabillant lentement et en continuant de chuchoter ses instructions à Barbara qui avait payé trois cents dollars (d'avance) pour six séances de « Découverte de son aura » (la première séance était gratuite). Elle en était à la cinquième, d'ordinaire, Chris Klookshood obtenait de ses clientes qu'elles se mettent nues et il pouvait les regarder sans qu'elles éprouvent une quelconque gêne à partir de la troisième ou de la quatrième séance.

Lorsqu'il a été entièrement nu lui-même, il s'est approché du jacuzzi où le corps de Barbara flottait comme un grand poisson blanc, il est entré dans l'eau avec précaution, que les remous ne trahissent pas sa présence.

— Vos yeux sont fermés… vous êtes ailleurs… vous voyez une plage sous les tropiques… une plage déserte de sable fin, de sable blanc… le soleil chauffe doucement votre peau… vous sentez sa chaleur, vous êtes étendue sur la plage… vous êtes nue… vous êtes bien… vous êtes seule… vos mains bougent doucement sur vos seins… elles vont, elles viennent, le vent caresse votre corps tout entier… vous entendez le bruit des vagues… vous êtes bien… vous passez vos mains sur vos seins… vous caressez vos seins comme le vent vous caresse… vous sentez vos seins.

— Oui !

— Sentez-les bien… ils sont doux… respirez bien… avec la bouche… soufflez bien… un peu plus vite… comme un petit animal ! Prenez le bout de vos seins entre votre pouce et votre index… l'eau porte vos seins… la mer les porte ! Vous les sentez durcir doucement… vous entendez les vagues qui se brisent sur la plage… vos seins deviennent durs entre vos doigts… de plus en plus durs… vous les pincez doucement… Vous vous laissez aller tout entière… vous remuez doucement vos jambes… comme des herbes au fil de l'eau… des algues au gré du courant… de l'eau… de l'eau ! Vos jambes s'écartent doucement… elles s'écartent un peu… doucement… tout doucement, lentement… très lentement… vous êtes bien, vous vous sentez bien… il fait beau… le soleil chauffe votre peau, c'est agréable, il y a un peu de vent, les palmiers s'inclinent sous le vent et vous, vous flottez ! Vos seins sont durs… continuez à les caresser… continuez à les aimer… passez votre paume ouverte sur les bouts ! Vos jambes se dénouent… elles sont dénouées… elles sont libres… la mer et vous ne faites plus qu'un. Où vous irez, j'irai !

Insensiblement, Chris Klookshood s'était approché du corps de Barbara qui flottait dans la pénombre.

Offert.

Sans défense.

C'était là le point crucial, lorsqu'elles sentaient son sexe à l'intérieur du leur, un nombre non négligeable de ses clientes ouvraient les yeux et se débattaient en lui demandant – comme si ces connes ne le savaient pas ? – ce qu'il était en train de fabriquer !

Le traitement avait échoué.

Il débandait illico.

Les autres, il les baisait.

Ce qui était le but de la manœuvre.

Il obtenait de meilleurs résultats avec les femmes d'un certain âge ou alors avec des jeunes folles à lier dont il avait, parfois, du mal à se débarrasser ensuite. Barbara, pour sa part, est restée les yeux obstinément fermés, ses paupières se sont juste froncées lorsqu'il a commencé à bouger en elle. Il a fait coulisser son sexe en essayant de suivre tant bien que mal le rythme de la musique. Elle avait des grains de beauté sur les seins et il n'aimait pas ça, les taches sur le corps des femmes lui faisaient penser à l'impureté et à la mort.

Il avait pris un peu de retard sur la bande-son, la symphonie anesthésiante n'était pas loin du passage où l'extraction proprement dite était censée avoir lieu, le rythme de la musique décroissait ensuite lentement pour accompagner, avec des nappes sonores de synthétiseurs atmosphériques, le soulagement du patient et son retour à la normale.

« Alors ? Vous voyez que ça s'est bien passé ! »

Il n'avait jamais pu saquer ce genre de musique de merde ni ceux qui l'aimaient, mais pour tirer un coup, il n'était pas regardant sur les moyens, il se serait tapé en boucle *Ummagumma*, le double album des Pink Floyd, pour arriver à ses fins. Encore heureux, pour l'occasion, la musique n'avait plus de véritable raison d'être, couverte qu'elle était par les hurlements suraigus de Barbara et, plus modestement, dans un registre plus grave, par ses ahanements. Elle gigotait comme une truite arc-en-ciel au bout de l'hameçon, elle lui avait enfoncé ses faux ongles violets au-dessus des omoplates et se cramponnait à lui comme si elle allait se noyer. Sa tête allait – brusquement – de droite à gauche puis de gauche à droite, ses yeux désormais grands ouverts, les pupilles renversées, étaient égarés, ses jambes avaient crocheté celles de Chris et l'obligeaient à rester en elle si profond qu'à un moment donné, il lui a semblé qu'il cognait contre le col de son utérus.

Elle haletait, hors d'elle, des obscénités au creux de son oreille.

Lorsqu'il a fini par jouir, elle a failli lui arracher le lobe entier de l'oreille droite. « Cette conne se croit dans un film porno ou quoi ? », s'est-il demandé alors que son corps s'engourdissait doucement.

Les yeux exorbités, son rouge à lèvres étalé jusqu'au front, Barbara le dévisageait.

— Baise-moi encore ! Comme une bête ! Baise-moi à fond ! Je veux de la bite !

— La séance est terminée, nous nous revoyons mardi prochain, lui a-t-il répondu du ton le plus calme possible en se demandant pour qui elle le prenait, et comment les psychanalystes pouvaient bien faire dans un cas comme celui-là.

Chris Klookshood était obsédé sexuel depuis son plus jeune âge. Adolescent, il aurait pu se taper n'importe quoi, il ne s'était, d'ailleurs, pas gêné, à défaut, il se branlait jusqu'au sang. Un peu plus tard, il avait attrapé toutes les maladies sexuellement transmissibles possibles et imaginables. Les choses étaient devenues plus dangereuses au début des années 80, mais n'avaient pas diminué son ardeur pour autant, il ne supportait pas le contact du latex ni son odeur, sans compter qu'il avait confiance en sa bonne étoile. Et pourtant, quatre ans auparavant, il avait appris qu'il avait contracté une hépatite C, sans doute à l'époque où il ne crachait pas sur une petite dose de temps à autre lorsque son dealer était en panne de Dilaudid, mais cela n'avait pas calmé ses fureurs génésiques pour autant.

En revanche, il avait abandonné son traitement PEG-interféron Ribavirine au bout du premier mois.

Trop dur à supporter.

Sous l'effet de la bithérapie, il ne pensait qu'à une seule chose, se jeter par la fenêtre la plus proche.

Il n'avait pas besoin de cela pour y penser.

C'est à peu près à cette époque qu'il s'était installé à Missoula et qu'il avait ouvert sous le pseudonyme de Flying Thunderbird ce « cabinet » qui lui permettait non seulement de baiser à l'œil de vieilles hippies de retour de Goa et de jeunes folles, mais d'en tirer de quoi survivre sans trop se fatiguer. L'idée à l'époque lui était venue en tombant sur la bibliothèque d'un couple de retraités de West Riverside pour lequel il faisait quelques menus travaux de jardinage. Ils la tenaient eux-mêmes de leur fille qui avait disparu dans un monastère tibétain, quand Chris leur avait demandé l'autorisation d'emprunter un ouvrage consacré au mystère des derviches tourneurs, ils lui avaient proposé de les débarrasser de la bibliothèque complète. Il s'était plongé dans cette littérature absurde avec délectation et s'était rendu compte très vite des avantages qu'il était possible d'en tirer. Les Indiens étaient universellement méprisés, mais ceux qui les méprisaient leur prêtaient, en retour, des pouvoirs magiques supérieurs à ceux que la technologie leur procurait. Les Blancs dominaient tellement le monde que l'on aurait pu penser que le monde entier leur appartenait, mais ils ne le dominaient pas *complètement*.

Un mystère subsistait.

Ils doutaient.

Il faut reconnaître qu'avec ses longs cheveux très noirs, ses joues creuses et son nez en lame de couteau, Chris Klookshood était très crédible en sorcier dépositaire de savoirs ancestraux, sa maigreur maladive, alors qu'elle était seulement le signe de sa mort prochaine, le rendait même d'autant plus crédible. Il mélangeait à l'usage des crédules différentes bouillies : le yoga himalayen, les pierres censées être magnétiques, les pentagrammes, le Yi-King, sainte Rita, Vishnu, les pyramides d'Egypte, les hymnes rastas, le bouddhisme décaféiné, les tarots, les pendules, les gris-gris et, depuis quelques années, le jacuzzi et l'hypnose.

Jusqu'il y a peu de temps encore la combine fonctionnait du tonnerre, mais – tout a une fin – elle avait fini par s'éventer.

Les clientes se faisaient rares.

Le signe le plus alarmant de cette déroute était, peut-être, qu'il n'avait presque plus d'emmerdes avec les fiancés, maris, partenaires, parents de ses clientes. Cela faisait une éternité qu'il ne s'était pas fait casser la gueule par un type mécontent des traitements qu'il avait prescrits à sa patiente avant de les lui injecter. Il avait eu vent des bruits qui couraient sur son compte et ils n'étaient pas encourageants, le mot « escroc » était de plus en plus clairement prononcé à son propos, et ce par le genre d'individus qui sont les proies toutes désignées desdits escrocs, ce qui ne présageait rien de bon. Pour tout arranger, il lui était arrivé d'avoir quelques défaillances et de se retrouver barbotant dans le jacuzzi de toutes les perversions, la bandaison flasque lorsque ce n'était pas l'esprit ailleurs... il s'était surpris plusieurs fois, lors de ces derniers mois, à se demander : « Qu'est-ce que je fous là, putain de Dieu ? », en tripotant son sexe en semi-érection, le scrotum chatouillé par les remous.

Rêveur et dubitatif. Devant une chatte largement ouverte.

C'était mauvais signe.

Il s'était résolu à consulter, le docteur lui avait prescrit du Viagra, du Cialis, du Levitra et, si cela s'avérait insuffisant, une psychothérapie légère.

Ce qui, dans son cas, était un comble.

Pourquoi pas un massage ayurvédique tant que ce con y était ?

Qu'il ne bande plus à tous les coups et dans tous les cas l'inquiétait bien sûr, mais dans la mesure où, pour l'instant, c'étaient juste des incidents passagers, il avait tendance à faire l'impasse sur le problème, à remettre à plus tard un examen plus approfondi de la chose. En revanche, que son cabinet soit déserté voulait dire que l'argent ne rentrait plus et là il ne s'agissait pas de consulter ou de prendre une pilule bleue, les choses étaient plus sérieuses. En examinant la situation avec calme et bon sens, Chris Klookshood s'était bien rendu compte que, en réalité, il avait épuisé la ressource : il avait niqué toutes les folles du coin et des alentours proches, il aurait beau rétrécir les mailles du filet, il n'attraperait désormais plus que les vraiment dingues et les carrément impossibles à baiser, forcerait-il sur les produits chimiques. Les autres ? Il ne les attraperait jamais.

Il a tenté de diversifier l'offre en proposant à sa clientèle un nouveau produit, l'Eau de Joie, censée agir en applications locales. Son mode de fabrication était de la plus grande des facilités : la future utilisatrice (mais on pouvait concevoir un usage mixte) devait se masturber jusqu'à ce qu'elle obtienne le résultat recherché ; Chris Klookshood se contentait d'assister à la séance en se livrant distraitement au même genre d'activité ; il récupérait ensuite l'eau du jacuzzi et la mettait en bouteilles. Après l'avoir magnétisée (quelques passes suffisaient à ce que la mixture se charge en ions actifs), il revendait les flacons dûment étiquetés aux patientes en leur recommandant une application préalable sur les muqueuses concernées quand la situation leur semblait propice.

L'Eau de Joie, il faut l'avouer, n'avait pas remporté le succès escompté, les résultats n'étaient pas à la hauteur de ses espérances ni, surtout, de celles de sa clientèle, il dut même rembourser un certain nombre de ses clientes victimes d'une mycose vaginale mise (à juste titre) sur le compte d'une hygiène défectueuse de ses installations sanitaires.

Lorsque, au lieu des maris jaloux, les gens à qui il devait de petites sommes ont commencé à le harceler au téléphone puis à le menacer de venir les récupérer, Chris Klookshood s'est résolu à foutre le camp de Missoula. Toutes ses possessions tenaient dans deux valises. Le seul problème étant qu'il ne savait pas où les poser.

Il était fatigué, son foie commençait à lâcher, ses dernières analyses n'étaient pas bonnes, il améliorait régulièrement son score de Métavir, il était las à tel point qu'il envisageait de plus en plus comme une solution possible de se réfugier chez sa mère. Au moins, il n'aurait plus à se préoccuper de rien et il pourrait crever de cirrhose tranquille. Lui qui n'avait jamais tellement bu, comparé à ses copains, trouvait la situation cocasse.

Il a trouvé encore plus cocasse que Stud Gorch frappe à sa porte et lui propose de rentrer à Neah Bay.

Tout le temps que le géant tatoué le baratinait, Chris pensait : chasser la baleine ou baiser des folles dans un jacuzzi pas net, c'est la même limonade. N'importe quoi ! Il n'a élevé aucune objection, il n'a demandé aucune précision, il s'est contenté de hocher la tête d'un air pénétré. Et, en air pénétré, comme tous les escrocs, Chris était un spécialiste. Dans sa situation, de toutes les manières et avec son pedigree, il ne voyait pas quel argument opposer à ceux de Stud. Une fois réfugié à Neah Bay, il verrait bien comment les choses se présenteraient, il aurait tout le temps de se faire porter pâle, n'importe quel toubib lui ferait un certificat : il était *réellement* malade.

Quand il était enfant, sa mère lui parlait de son grand-père qui avait été l'un des derniers Makahs à chasser la baleine. Il se souvenait qu'au cimetière sa tombe était surmontée de ses pagaies clouées en croix. Il était curieux de savoir ce que la vieille femme penserait de cette affaire : retrouver son fils qu'elle n'avait pas vu depuis plus de dix ans pour qu'il lui annonce qu'il posait ses valises et partait chasser la baleine. Ça allait lui faire un choc. Il a demandé de ses nouvelles à Stud qui n'a pas pu lui répondre précisément, la dernière fois qu'il l'avait aperçue, elle faisait la queue pour la distribution de vivres que le Conseil tribal effectuait de temps à autre pour les plus vieux qui en avaient besoin, c'est-à-dire presque tous. « En meilleure forme que toi », n'a pas pu s'empêcher de penser Stud. Il avait été frappé du changement aussitôt qu'il avait aperçu la silhouette efflanquée de Chris se détachant sur fond de capharnaüm New Age, il avait bien perdu vingt kilos. Jamais l'expression « il n'était plus que l'ombre de lui-même » ne lui avait paru aussi juste. Lorsque Stud avait pensé à lui, ce n'était pas seulement parce qu'il lui semblait assez dingue pour être intéressé par une aventure où tout ce que l'on risquait de récolter, dans le meilleur des cas, c'était le ridicule et un bain prolongé dans les eaux du Pacifique, la mort dans le pire, mais parce que du temps où Chris habitait Neah Bay, c'était le meilleur rameur de toute la péninsule. Lorsqu'il y avait des courses, tout le monde se disputait pour l'avoir dans son canoë.

— Tu continues à ramer ? il lui a demandé.

— Où veux-tu que je rame ?

— J'sais pas, y a pas des lacs dans le coin ?

— Pas que je sache... s'il y en avait, ils seraient gelés, de toutes les façons... qu'est-ce que tu veux que je rame ? Pour quoi faire ?

— Va bien falloir que tu t'y remettes.

— Parce que vous comptez faire ça à l'ancienne ?

— Evidemment !

— Evidemment... je suis con ! Pas de problème... Ça s'oublie pas !

— Tu crois que t'auras le même niveau ? T'étais drôlement balèze à l'époque. Putain ! T'étais sacrément bon...

— Sûrement pas... c'est pas possible... sûrement pas le même niveau, j'ai plus la même force... mais la technique, je l'ai toujours, c'est ça qui s'oublie pas.

— On verra bien sur place, hein ?

— C'est tout vu ! Suffit que je m'y remette. Deux, trois jours et je suis au niveau... y avait personne qui pouvait ramer aussi vite que moi.

— Je dis pas, Chris… c'était y a combien déjà ?

— Dix… douze ans, je me souviens plus la dernière fois que j'ai ramé, mais ce dont je me souviens, c'est que j'avais gagné ! Tu flippes ? Tu crois que je peux plus ramer ? C'est ça ?

— C'est pas ça, j'ai pas dit ça… t'as beaucoup maigri…

— J'ai maigri… ouais, j'ai maigri… Dans un canoë, vaut mieux peser dix kilos de moins que dix kilos de trop… si les gros savaient ramer, ça se saurait.

C'était bizarre, tout le temps que Stud lui a raconté son histoire de chasse à la baleine, il l'avait écouté d'une oreille distraite, tout ce qu'il voyait, c'est qu'il allait rentrer à Neah Bay sans débourser un seul cent, alors qu'il venait juste d'envisager cette solution au marasme dans lequel il sombrait. C'était une coïncidence heureuse comme il en arrive de temps en temps, pas grand-chose d'autre, maintenant, il y voyait un signe.

Chasser la baleine ne lui était pas apparu, tout d'abord, comme très réel ni très réaliste, mais depuis que Stud avait mis en doute ses capacités à ramer, quelque chose s'était réveillé en lui, son orgueil, sans doute.

Son invraisemblable orgueil d'enfant.

Quand il était jeune, il avait fait les pires conneries du monde juste parce qu'un copain l'avait mis au défi. « T'es pas capable ! » était la phrase qu'il n'avait jamais pu supporter. A l'époque, il était capable de tout lorsqu'il l'entendait : sauter depuis le toit de sa baraque le soir d'Halloween dans son déguisement de Batman et se casser les deux chevilles, faire du vélo les yeux bandés au milieu de la route, traiter dans un bar un bûcheron qui faisait deux fois sa taille de « tapette ». Il sortait souvent de ces défis imbéciles en sang, les vêtements en lambeaux, mais il ne renonçait jamais et recommençait dès qu'il en avait l'occasion. Adolescent, il s'était calmé, il avait, désormais, un autre but dans la vie : baiser toutes les femmes qu'il pourrait. Ce qui demandait de la concentration, et de ne pas se disperser.

Stud était trop jeune pour se rappeler comment était Chris enfant, mais, sans le faire exprès, il venait d'attacher Chris à son banc de nage, et ce de façon définitive. Il ne renoncerait pas, la baleine n'était pas ce qui lui importait le plus en l'occurrence, chasser la baleine, son grand-père l'avait déjà fait, il n'y avait pas de raison qu'il ne puisse pas le refaire, ce qui lui importait, c'était de montrer que, malade ou en bonne santé, il était le meilleur rameur qui soit jamais monté dans un canoë.

La perspective de sa mort, qu'il pressentait prochaine, ne troublait pas Chris Klookshood outre mesure, il en avait profité autant qu'il avait pu, il n'avait pas vécu l'équivalent de cent vies, mais il avait bien baisé cent fois plus de filles que n'importe qui, des grandes, des petites, des jolies, des moches, des jeunes, des vieilles, des grosses, des maigres. S'il ne bandait désormais plus à tous les coups, c'était, peut-être, qu'il en avait trop baisé, qu'il avait dépensé tout son capital comme un boxeur qui a pris trop de coups et qu'un minable pourra flanquer en l'air. La seule chose qui le préoccupait désormais, c'était de pouvoir montrer ce qu'il valait, une pagaie entre les mains.

Chris Klookshood avait besoin d'une obsession pour rester vivant.

Ce qui préoccupait Stud, c'était la réponse de Greg : allait-il ou non accepter sa proposition ? Serait-il encore là lorsqu'il repasserait à Cœur d'Alene ou bien aurait-il foutu le camp ? Mais ce qui le préoccupait encore davantage, c'était l'état de santé de Chris. En le regardant se pointer avec ses deux valises mal ficelées, il a eu l'impression qu'il allait les laisser tomber, il transpirait à grosses gouttes, on aurait dit un vieil homme. Lorsqu'il lui a passé ses bagages pour qu'il les range dans le coffre du 4 × 4, il était essoufflé comme s'il venait de grimper trois étages en courant, à un moment donné, il s'est même appuyé à la carrosserie du Dodge pour reprendre ses esprits.

— Ça va ?

— Mouais… ça va ! Sont lourdes, ces putes !

Stud qui les avait balancées sans effort au fond du coffre n'a rien dit. Il regardait le profil amaigri de Chris, ses yeux enfoncés dans les orbites, les rides de son cou comme celui d'un dindon et il se disait qu'il avait encore fait une recrue de choix. La seule chose qu'il souhaitait maintenant, c'est que Greg ne lui claque pas dans les doigts, qu'il soit encore là… et les filles aussi, surtout Sue.

A Cœur d'Alene, les choses s'étaient gâtées. En saccageant les massifs qui décoraient la concession Lexus de Robert Van Dooren, Greg Bishop avait franchi la frontière invisible. En Idaho et dans les Etats limitrophes, on ne s'attaque pas impunément à la propriété individuelle ni à ses principes. Bien que sa culpabilité n'ait pas été formellement établie, après tout, le mode opératoire était très différent de celui que Greg Bishop avait toujours employé jusqu'à présent, les soupçons s'étaient portés sur lui de façon naturelle. La venue d'un second Indien qui n'avait pas été identifié jusqu'à présent, mais qui avait été aperçu par le pompiste de la station Exxon quelques jours auparavant, pouvait fort bien expliquer ce changement de registre, en tous les cas, rajoutait un indice supplémentaire au faisceau qui désignait l'homme des bois à la vindicte publique.

Les premiers intéressés, pour leur part, n'avaient aucun doute à ce propos, le couple Van Dooren était persuadé que l'Ogre était responsable du saccage dont ils étaient les victimes et ils avaient trouvé en Elaine Stevens une alliée de poids. Elaine Stevens, soixante-treize ans, mais toujours trente-deux dents, dont la plupart déchaussées et jaunies par ses deux paquets de Chesterfield quotidiens, était présidente d'un nombre effarant d'associations dont plusieurs s'occupaient de protection de l'environnement. Qui plus est, la vieille dame partageait avec Charlene Van Dooren la passion des bonsaïs et de l'art floral japonais, bien que, par ailleurs, elle ait eu quelques préventions contre les décolletés époustouflants et les tenues excentriques qu'arborait trop souvent Charlene. Elle était membre du conseil municipal depuis une éternité et avait toujours été une opposante farouche aux activités artistiques de Greg Bishop qu'elle considérait comme du vandalisme pur et simple, elle avait même parlé à plusieurs reprises à ce sujet de « coups et blessures » infligés à Mère Nature. Jusqu'à présent, sa position avait été minoritaire, mais à la suite des récents événements, elle s'est retrouvée ne plus l'être et le maire a bien senti que, s'il voulait avoir une quelconque chance d'être réélu, il lui fallait changer de politique.

Trois voitures de la police de Cœur d'Alene ont donc pris le chemin du lac Hayden.

Toutes sirènes hurlantes.

Encore heureux, ni Sue ni Madge n'étaient présentes lorsque les flics ont embarqué Greg pour l'interroger. Sommé de s'expliquer sur leur présence et les rapports qu'ils entretenaient, il aurait été bon pour le pénitencier et les filles pour les assistantes sociales.

Hormis sa pratique de la polygamie aggravée d'une indiscutable pédophilie, Greg Bishop avait une foule de choses à se reprocher. Dans sa vie, il avait commis quantité de délits dont il ne se souvenait même plus, auxquels il fallait ajouter un nombre non négligeable de crimes fédéraux, il ne s'est donc pas étonné outre mesure d'être embarqué par les flics. En revanche, lorsqu'ils l'ont informé de la raison de ce déploiement de force, il n'a pas pu s'empêcher de sourire, ce qui a été pris comme un début d'aveu par Willy Mabon, le shérif du comté qui trouvait que la municipalité lui avait fait prendre beaucoup de risques, à lui et à ses hommes, pour quelques pots de fleurs renversés.

— Alors, c'est bien toi ?

— Moi quoi ? a grogné Greg.

— Toi qui as saccagé le parterre de fleurs des Van Dooren ?

— Ça-va-pas-non ? il a articulé en détachant chaque syllabe.

Et, à partir de ce moment-là et malgré les questions que Willy Mabon et ses adjoints ont continué à lui poser, Greg Bishop n'a plus prononcé un seul mot comme il en avait le droit. Il a baissé la tête, il a posé son front entre ses deux mains et il s'est tu.

La cellule paraissait trop étroite pour lui.

Dans ces conditions, l'affaire se présentait mal, garder l'homme des bois en détention ou l'inculper pour ce qui ressemblait à une plaisanterie de lycéen qui a mal tourné apparaissait de plus en plus inconcevable à Willy Mabon et si ce dont il se doutait et dont il avait prévenu ses supérieurs hiérarchiques se vérifiait, il ne fallait pas compter sur Greg Bishop pour avouer quoi que ce soit. Willy Mabon a téléphoné au maire, Milton Little, après tout, c'était cette couille molle qui l'avait collé dans ce merdier, c'était à lui de l'en sortir. Le shérif a été obligé d'insister, mais le maire a fini par se pointer.

Milton Little s'est assis à l'envers sur une chaise comme il avait vu faire au cinéma devant la grille de la cellule où Greg Bishop était toujours prostré, silencieux, et il a réitéré ses accusations. L'Ogre a consenti à lever la tête, il a planté ses yeux dans ceux du maire et il lui a dit d'une voix très basse comme s'il voulait qu'il n'y ait que le maire qui l'entende : « Tout-ça-c'est-des-con-ne-ries-et-vous-le-sa-vez ! », en détachant chaque syllabe, et chacune d'entre elles résonnait à l'intérieur des murs de la cellule comme une menace.

Depuis le début c'était ce que ressentaient jusqu'au malaise le maire, le shérif et tous ceux qui étaient présents dans la pièce : ce type était une menace. Même enfermé, même à leur merci, il gardait sa puissance intacte, il aurait suffi qu'il se lève pour qu'ils reculent tous hors de sa portée alors qu'ils *étaient* hors de sa portée. Ce type était un animal, il leur glaçait le sang, aucun d'entre eux n'aurait été étonné s'il avait appris qu'il était un serial killer et eux, tout ce qu'ils avaient trouvé c'était de le coller en cellule pour une plaisanterie de collégien dont il était, peut-être, innocent.

Milton Little réfléchissait à tout cela et ne trouvait pas le début du commencement d'une solution au problème dont il avait hérité par la faute d'une vieille folle puritaine et d'une hystérique sans doute nymphomane. Inculper Bishop était sûrement la solution la plus évidente, le temps qu'il resterait en prison, il ne pourrait nuire à rien ni à personne, mais l'inculper de quoi au juste ? Et ensuite ? Aucun juge, même le plus abruti, même le plus raciste ne flanquerait Bishop en prison sans la moindre preuve pour une affaire de massif de fleurs retourné, l'avocat le plus crétin obtiendrait sa libération immédiate pour une caution d'un montant ridicule. Pour l'occasion, le shérif ne semblait pas un appui très fiable, les deux hommes ne s'étaient jamais très bien entendus et n'avaient aucune estime l'un envers l'autre. Les Van

Dooren étaient bien gentils, Elaine Stevens aussi, mais ils l'avaient collé dans un merdier épouvantable sans compter qu'il avait désormais engagé les hostilités et que les représailles n'allaient pas manquer de s'abattre sur la cité qu'il administrait et, en premier lieu, évidemment, sur sa personne. Cette fois, il en était persuadé, Bishop ne retournerait pas seulement un massif de fleurs. Il a senti la sueur dégouliner le long de sa colonne vertébrale, il s'est levé de sa chaise, s'est retourné et a fait signe à Willy Mabon de le suivre. Les deux hommes se sont enfermés dans le bureau du shérif.

— Qu'est-ce que vous en pensez ? a demandé le maire au shérif.

— Qu'il a raison.

— Pardon ?

— Que tout ça, c'est des conneries et que vous le savez.

— Tout le monde le sait, tout le monde le sait, bien sûr que tout le monde le sait ! Les gens sensés le savent… Ce que tout le monde sait aussi, c'est que si ce type foutait le camp, ce serait une bénédiction pour tout le monde !

— C'est pas en l'inculpant d'avoir écrasé quatre pieds de pétunias sans preuve que vous allez vous en débarrasser. Croyez-moi !

— Je suis bien d'accord avec vous… c'est ce que je ne fais que répéter depuis le début… Je vous fais tout de même remarquer qu'il reste les Elvis.

— On a fermé les yeux jusqu'ici, je vois pas pourquoi on changerait d'avis aujourd'hui.

— On change d'avis parce que j'ai cette folle d'Elaine Stevens sur le dos, sans compter les Van Dooren, sans compter la moitié du conseil municipal, voilà pourquoi !

— Je ne vois plus qu'une solution.

— Laquelle ?

— Bluffez et puis négociez.

— Qu'est-ce que vous entendez par là ?

— Ecoutez ! Ce n'est pas possible autrement, ce type est un criminel, ça se voit comme le nez au milieu de la figure... il a, Dieu seul le sait, je ne sais combien de crimes sur la conscience... croyez-moi ! Je m'y connais. Faites-moi confiance. S'il croit que vous savez quelque chose à son sujet... que vous soupçonnez quelque chose... que cette convocation n'est qu'un prétexte, s'il pense que vous n'allez plus le lâcher, il va réfléchir. Croyez-moi, je m'y connais, faites-moi confiance. S'il est ici, au bord du Hayden, je veux dire, croyez-moi, c'est pour qu'on lui foute la paix... qu'on l'oublie. S'il comprend qu'il ne sera plus jamais tranquille, qu'on ne va plus le lâcher, il filera sans demander son reste. Croyez-moi, je m'y connais, il ira se faire voir ailleurs, faites-moi confiance !

— Vous croyez ?

— J'en suis persuadé... faites-moi confiance. De toutes les manières, il y a pas grand-chose d'autre à faire. Les prochains jours, on lui met la pression... on le convoque, on le contrôle, on fouille sa cahute, on lui demande ses papiers cinquante fois par jour... on le harcèle, on le laisse pas tranquille une minute.

— On va l'énerver.

— Bien entendu, on va l'énerver, c'est le but. Jusqu'à preuve du contraire, c'est pas lui qui fait la loi. On a encore les moyens de la faire respecter. Faites-moi confiance, croyez-moi !

— A votre avis, il lâche prise, il prend ses cliques et ses claques et il va au diable ?

— Je dis pas qu'on aura pas droit à une surprise ou deux, peut-être quelques Elvis de plus... Ça complétera la collection ! Si ce type, comme je le crois, a des trucs à se reprocher, il n'a aucun intérêt à rester là et à attendre qu'on le foute dedans pour de bon ! Il est pas si abruti qu'il en a l'air. Croyez-moi, faites-moi confiance ! Ou alors, on y va en force, carrément ! Vous me donnez carte blanche et on y va carrément… on fonce !

— Non, non… c'est pas la peine. Qu'il aille au diable, qu'il aille se faire pendre ailleurs ! C'est tout ce que je demande. Je n'ai aucune envie de mettre la ville à feu et à sang, je n'ai aucune envie que Cœur d'Alene se retrouve à la une des journaux, je n'ai aucune envie de jouer au héros ni que vous y jouiez vous-même.

— Alors, faites comme je vous dis, croyez-moi !

Le raisonnement du shérif était le bon, en réalité depuis qu'il avait pénétré dans la cellule où il était toujours enfermé en attendant que Milton Little et Willy Mabon décident de son sort, Greg Bishop avait décidé de foutre le camp de Cœur d'Alene. Il procédait toujours de cette manière, à la moindre alerte un peu sérieuse, il cavalait. Dans un premier temps, sa présence était suffisamment impressionnante pour sidérer ses interlocuteurs, mais aussitôt l'effet de surprise dissipé, il se comportait comme un animal craintif. C'était à cette seule prudence qu'il devait d'être toujours en liberté. Il n'avait aucunement envie de changer de comportement, il n'avait aucunement envie de voir les autorités de Cœur d'Alene ou d'ailleurs mettre leur nez dans ses affaires. Il était persuadé qu'ils n'avaient rien contre lui, que cette arrestation était un prétexte, mais il savait qu'il ne leur faudrait pas chercher bien longtemps – Sue et Madge – pour trouver quelque chose, quelque chose d'un peu plus sérieux que cette plaisanterie d'ivrogne qui avait mal tourné.

Les Van Dooren ne l'emporteraient pas au paradis, mais il allait foutre le camp d'ici en moins de temps encore qu'ils ne l'imaginaient. Il réglait ce qu'il avait à régler sur place et il levait le camp.

Longtemps après, Milton Little raconterait à qui voudrait bien l'entendre comment il était entré seul dans la cellule de Greg Bishop et comment il l'avait persuadé, les yeux dans les yeux, de quitter la ville. Comment Greg Bishop avait demandé cinq jours de répit et promis de lever le camp sans faire d'histoires et comment il avait accepté par pure bonté d'âme. Il oublierait de préciser que, tout le temps que durerait leur face-à-face, Willy Mabon était présent dans la pièce, et trois de ses adjoints, tous armés d'un Beretta 8 000 Cougar, ce qui leur aurait permis, au cas où cela se serait révélé nécessaire, de cribler le corps de Greg Bishop de pas moins de soixante balles de 9 millimètres.

Greg Bishop a tenu sa promesse, il a rassemblé ses affaires et il s'est débarrassé de ce dont il devait se débarrasser.

Lorsque Stud et Chris se sont pointés, il les attendait en fumant, assis sur le capot de son GMC chargé jusqu'à la gueule.

— Je viens, il a dit avant que Stud ne lui demande quoi que ce soit.

— Au poil ! Les filles sont où ?

— Si on te le demande, tu diras que t'en sais rien.

Le ton employé par Greg était sans appel, Stud se l'est tenu pour dit.

— Qu'est-ce que tu as fait de l'Impala ? il a demandé pour changer de sujet.

— Cadeau !

L'Ogre les a informés de leur emploi du temps : ils attelaient le Dodge au Sierra, ils se reposaient quelques heures, ils dînaient – le repas était prêt... des restes –, lorsque la nuit serait tombée, ils faisaient un détour par Cœur d'Alene où il avait une affaire à régler et ils mettaient aussitôt le cap sur Neah Bay et les baleines.

Il était le plus impatient des trois, et il avait une bonne raison de l'être.

Tout le temps que Stud et Greg attelaient le Dodge, Chris les a regardés en transpirant sans rien faire.

Lorsque la nuit est tombée, leur étrange attelage s'est ébranlé. Greg avait posé entre eux une carabine Johannsen Magnum-Safari, le genre d'arme utilisée en Afrique pour le gros gibier.

— Tu comptes chasser le rhinocéros ? lui a demandé Stud.

— Une sorte, a grogné Greg.

Chris sommeillait dans son coin, le visage appuyé sur la vitre, à la lueur des cadrans, on aurait dit qu'il était déjà mort. Arrivé dans les environs de Cœur d'Alene, Stud a reconnu le chemin qu'ils prenaient, celui de la concession Lexus. Une fois arrivé sur le parking, Greg a manœuvré de façon que le Sierra se retrouve face à la route, la calandre tournée vers l'ouest, il a empoigné la carabine et il est descendu. Il s'est accoudé au capot et il a tiré les quatre cartouches .416 Rigby de la Johannsen. Chaque cartouche blindée pesait un peu plus de vingt-six grammes et demi et sortait du canon de la carabine à la vitesse de sept cent dix mètres à la seconde, à cent mètres de distance elle parcourait encore plus de six cent trente mètres à la seconde, une seule d'entre elles aurait pu arrêter la charge d'un éléphant furieux. La vitrine de la concession Lexus n'y a pas résisté, ni les quelques modèles d'exposition malheureusement sur la trajectoire du projectile, le vacarme produit a couvert l'écho des quatre détonations. Greg est remonté dans le Sierra, il a rangé avec soin la carabine sous le siège et il a démarré en faisant fumer les pneus.

— Pas cher payé, il a fait en direction des deux autres.

— Si tu le dis, lui a répondu Chris avant de se rendormir.

Stud a brisé le silence quelques minutes après :

— La prochaine fois, tu me le dis, je te prêterai mon bazooka !

— Savais pas que t'en avais un, lui a répondu Greg.

Et Stud a bien vu qu'il ne plaisantait pas.

Robert Van Dooren a été réveillé cinq minutes après que le forfait eut été accompli. Tout en s'habillant à la hâte pour constater les dégâts par lui-même, il a téléphoné à Milton Little. En arrière-plan Charlene, en déshabillé mauve, se tordait les mains tout en pleurant à chaudes larmes. Le maire a demandé au concessionnaire Lexus quelques détails, avant d'essayer, en vain, de le calmer puis de raccrocher après l'avoir assuré qu'il faisait le nécessaire, c'est-à-dire écarteler Greg Bishop dès le lendemain sur le perron de la mairie avant de brûler son corps en public.

Milton Little a été se verser un verre de whisky et rassurer sa femme qui lui demandait ce qui se passait d'une voix inquiète, avant d'appeler Willy Mabon.

— Ça y est ! a dit le maire, à peine le shérif a-t-il eu décroché.

— Il est parti ?

— J'en sais rien… enfin, j'en sais rien, je suppose… il a descendu la vitrine des Van Dooren !

— Bien !

— Comment ça, bien ?

— C'est tout ?

— C'est déjà pas mal, si vous aviez eu Van Dooren au téléphone, vous trouveriez que c'est beaucoup…

— C'est normal, la vitrine est à lui.

— Il hurle !

— C'est pas une surprise non plus, je m'y connais ! Il est assuré ?

— J'en sais rien. Sans doute.

— S'il est assuré, faites-moi confiance, je m'y connais, il a une vitrine neuve après-demain, s'il est pas assuré, ça lui fera les pieds, croyez-moi !

— Vous voulez dire par là que vous comptez ne rien faire ?

— Qu'est-ce que vous croyez ? De toutes les manières, faites-moi confiance, ils ont déjà passé la frontière… et moi, j'ai sommeil !

Et Willy Mabon a raccroché. A peine Milton Little a-t-il entendu la tonalité qu'il a pensé qu'il avait oublié de signaler au shérif les autres dégâts : quatre véhicules haut de gamme désormais inutilisables et puis, il a réfléchi : si Van Dooren était assuré pour sa vitrine, il devait l'être pour les voitures. S'il ne l'était pas, il était négligent et la négligence se paye toujours.

Lorsqu'il s'est recouché, sa femme lui a demandé d'une voix ensommeillée si ça allait.

— Tout va bien ! Crois-moi, fais-moi confiance, je m'y connais, il lui a répondu en imitant l'accent sudiste de Willy Mabon.

Et il a éclaté de rire en éteignant la lumière.

Lorsque le Sierra a passé la frontière, le shérif et le maire de Cœur d'Alene dormaient déjà du sommeil du juste.

Sing your death song, and die like a hero going home.

Chief Aupumut.

Huit

The same water
That the dinosaurs drank
Is the same water
That the Persians fleets sank in
The very water that moistened the primor-
[dial ooze
Is now hammering on my metal porch roof.

Vic Chesnutt.

Aucune fille n'avait jamais invité Percy au restaurant, il n'avait même jamais été au restaurant de sa vie. Il y a seulement quelques jours, il n'aurait pas imaginé que ce soit possible, mais depuis son départ de Neah Bay, le monde marchait cul par-dessus tête ; peut-être depuis que Stud avait été libéré.

Il avait beau redoubler de précautions, l'existence lui semblait de plus en plus compliquée et il avait bien conscience de ne pas être suffisamment armé pour la comprendre. Pour une fois, il ne couchait pas avec une prostituée à vingt dollars, mais avec une Blanche qui avait fait des études, et en plus, elle avait l'air de trouver ça tout à fait à son goût. Il ne savait pas aligner trois phrases sensées à la suite et elle lui avait confié qu'elle trouvait ce qu'il disait « intéressant ». Elle lui parlait de ses sentiments, il ignorait s'il en éprouvait un seul et il ne connaissait pas les mots pour les exprimer. Frances avait tout un tas de formules pour expliquer ce qu'elle ressentait, aucune ne se ressemblait et chacune ajoutait quelque chose à la précédente.

Il l'admirait pour cela.

Sans le lui dire.

Elle se serait, sinon, foutu de lui.

Par moments, il se demandait si le Grand Esprit lui-même ne l'avait pas visité, mais il paniquait à l'idée de manger au restaurant où le Grand Esprit ne lui serait d'aucune utilité pour faire bonne figure, ne pas renverser son verre, ne pas faire de bruit en mangeant et se servir des bons couverts.

Il y en avait trois paires alignées sur la nappe en tissu blanc, ils brillaient d'un éclat inquiétant, et Frances (à l'arrière-plan) le regardait en souriant.

Il avait sincèrement honte de son ignorance. Il avait tort bien sûr, quand on veut être sûr de plaire, on devrait toujours être ignorant. Si on ne l'est pas, de quoi l'autre peut-il bien se flatter ?

Il n'avait jamais su très bien lire et il ne connaissait pas la moitié des mots ni ce qu'ils désignaient, il avait du mal à déchiffrer la carte.

— Qu'est-ce que tu prends en entrée ? lui a demandé Frances.

— J'sais pas… j'ai pas choisi… qu'est-ce que tu prends toi ?

— J'hésite… les moules au curry ou peut-être les huîtres au poivre de Sechuan avec de la crème au basilic frais.

— C'est quoi le curry ?

— Tu sais pas ce que c'est ? Vraiment ?

— …

— C'est une épice, une épice indienne… indienne d'Inde, je veux dire.

— J'avais compris.

— Tu veux des moules au curry ?

— Pourquoi pas…

— Je prends les huîtres, alors.

— Te gêne pas pour moi.

— Et après ?

— Après ?

— Tu prends quoi ?

— J'sais pas.

— Tu n'as pas faim ? Je t'invite au restaurant et tu n'as pas faim… c'est un échec complet, elle lui a dit en faisant semblant de pleurer, le visage entre ses mains.

— C'est pas ça. Franchement, j'ai jamais bouffé un seul de ces putains de trucs à la con !

— C'est tout l'intérêt du restaurant, les trucs à la con.

— Toutes les fourchettes, c'est pour quoi faire ? J'ai pas besoin de trois putains de fourchettes.

— Ne t'inquiète pas, le maître d'hôtel va se charger de tout ça. Tu te sers des couverts qui sont à l'extérieur, c'est tout. Ils sont en argent… t'as vu ça ? Ils sont en argent… super, non ? Je voudrais bien les mêmes. Alors, qu'est-ce que tu prends ?

— Un truc à la con avec du saumon… au moins, j'sais à quoi ça ressemble.

— Je vais prendre le poulet au vinaigre de cidre.

— Du poulet avec du vinaigre ?

— Pourquoi pas ? Soyons fous ! On prend du vin blanc ?

Percy s'est contenté d'un hochement de tête qui pouvait être pris pour un assentiment. S'il lui avait dit qu'il n'avait jamais bu de vin blanc de sa vie, leur histoire se serait terminée là, elle aurait plié sa serviette et elle l'aurait congédié.

Lorsque le maître d'hôtel est venu prendre l'assiette de présentation, il a failli l'en empêcher, mais il s'est retenu après avoir vu Frances le laisser faire.

Ce n'était pas la peine d'aggraver son cas en se battant avec un maître d'hôtel pour une assiette dont il n'était pas propriétaire.

De toutes les manières, la fin approchait, il n'avait plus d'argent, il avait plus ou moins rempli la mission qu'on lui avait confiée, demain il repartait à Neah Bay. Lorsqu'il y réfléchissait, il se demandait si ce qu'il avait filmé pourrait se révéler d'une quelconque utilité pour la suite des opérations. Toutes proportions gardées, c'était comme s'il avait appris à chasser l'ours en visitant un zoo. Les pêcheurs de Neah Bay devaient en savoir davantage sur les habitudes des baleines qu'il n'en apprendrait jamais à les observer depuis une plateforme prévue pour les touristes à Caméscope. Il s'était usé les yeux à fixer l'océan et il se demandait encore s'il avait aperçu une seule baleine grise, celles qu'il avait cru reconnaître lui avaient semblé affreuses.

La fin de leur histoire s'approchait, Frances devait bien en être consciente elle aussi, ce repas n'était-il pas le moyen de le lui signifier ?

Une espèce de cérémonie d'adieux ?

Elle le regardait se battre avec ses moules au curry et elle ne pouvait s'empêcher de le trouver émouvant, le grand guerrier aux prises avec la haute civilisation : la pince à sucre, les couverts à poisson et la fourchette à escargots ! Elle trouvait ça craquant ! Comme il était adroit de ses mains, il ne s'en sortait pas trop mal, mais une ride qu'elle ne lui avait jamais vue barrait son front, il se concentrait ou bien il était contrarié. Elle faisait tous ses efforts pour ne pas qu'il se sente trop gêné, elle parlait de tout et de rien.

Pour alléger l'atmosphère, elle se moquait de leurs voisins de table :

— C'est pas sa femme, je suis sûre, c'est sa secrétaire… sa femme est partie à San Juan avec les enfants… il s'est dit : « Cette fois, c'est ma chance, je la saoule et je la saute ! »

Elle se moquait du maître d'hôtel qui avait une tache sur sa chemise (et qui avait regardé Percy avec condescendance lorsqu'ils étaient entrés). Elle se moquait de tout et de n'importe quoi pour qu'il ne pense pas qu'elle pourrait se moquer de lui, en se demandant si sa tactique était très intelligente, il allait finir par penser qu'elle était une de ces pestes qui lit *Cosmopolitan* et connaît toutes les plaisanteries qu'il faut connaître.

— C'est sa femme, alors, ou c'est sa secrétaire ? Qu'est-ce que tu en penses ?

— Rien. S'il veut sauter les deux…

— T'es pas drôle !

— C'est fort, ce truc. Le curry, là… c'est fort !

— J'aime pas trop ça… à une époque, ma mère en mettait partout, même dans la tarte aux pommes, depuis j'ai un problème avec la cuisine indienne. C'est quoi le plat typique des Makahs ?

— Le hamburger.

— Arrête ! Vous avez bien une recette traditionnelle, tous les peuples ont une recette traditionnelle…

— Pas nous.

— Je croyais que vous étiez pêcheurs.

— On pêche, mais on mange pas de poisson… Le poisson, maintenant, c'est pour les touristes.

— Quelquefois, à force de manger toujours la même chose, on se lasse.

— On mange des hamburgers à longueur de temps…

— Vous pêchez quoi à Neah Bay ?

— De tout… surtout du flétan… y a du gibier aussi… des cerfs, des daims, des lapins, des écureuils… un tas de trucs.

— Vous chassez l'écureuil ? Je vois quelqu'un chasser l'écureuil, j'appelle la police !

— Quand on chasse, on chasse, sinon, on chasse pas.

— C'est bon l'écureuil ? elle lui a demandé en faisant une grimace.

— Pas mauvais…

En réalité, il disait ça pour l'emmerder, il n'avait jamais beaucoup aimé l'écureuil, même en ragoût avec beaucoup de pommes de terre. Il y avait des gens qui disaient que les femelles avaient un goût plus fort que les mâles, il n'avait jamais senti la différence.

— Et le reste du temps ? elle lui a demandé.

— Le reste du temps, on s'emmerde… notre activité principale, c'est s'emmerder. Nos ancêtres avaient pas le temps de s'emmerder, j'suppose… la vie était dure… nous, on a rien à faire… alors, on s'emmerde.

— Alors toi, tu t'emmerdes ?

— Comme les copains, tout le temps. Enfin… presque tout le temps. Sauf en forêt quelquefois… ou avec mon frère.

— Et là, tu t'emmerdes ?

— Ben non, j'suis avec toi… avec toi, j'm'emmerde pas.

— C'est une déclaration d'amour ?

— Si tu veux.

— Je peux le prendre comme ça ?

— Tu le prends comme tu veux.

— Chouette ! L'Indien est amoureux.

— J'ai pas dit ça !

— Si, tu l'as dit.

— Pas comme ça.

Elle avait cru le voir rougir…

« Le Peau-Rouge rougit ! C'est un comble ! »

Par certains côtés, c'était lui la jeune fille. C'était facile de le surprendre, c'était facile de le choquer. Sa fraîcheur la changeait de tous les types qu'elle avait connus, cyniques ou faisant tous leurs efforts pour l'être. Il avait beau nier toujours, il était sincère et Frances aimait la sincérité. De fil en aiguille, l'air de rien elle était, peut-être, en train de tomber amoureuse d'un type qui n'aurait pas dû être son genre. Le pire des traquenards. Et la pire des phrases à prononcer dans ces cas-là, elle n'a pu s'empêcher de la dire :

— Tu penses à quoi ?

— A rien.

— Tu penses pas à nous deux ?

— J'sais pas.

— Tu es le type le plus encourageant que je connaisse.

— J'suis comme j'suis.

— Change pas, c'est comme ça que je t'aime.

Il n'a pas cillé. Qu'elle lui ait dit qu'elle l'aimait ne l'a pas fait ciller, même si sa déclaration pouvait être prise pour une plaisanterie, une phrase dite d'un ton léger, en passant, comme si l'on n'y attachait aucune importance. Des fois, il rougissait comme une vierge et d'autres fois, on aurait dit qu'il pouvait tout encaisser sans broncher. Il ne cessait de la surprendre et il n'y a rien de mieux pour attacher une fille que pas grand-chose ne surprend.

Elle avait vécu tout un tas d'événements qui auraient pu la déséquilibrer, une enfance entre une mère à demi folle et un père qui sautait les voisines dans les vapeurs d'encens lorsqu'il n'était pas en balade avec des serpents dans la malle et sa planche à clous attachée sur le toit en vinyle de sa Mercury Grand Marquis ; une adolescence où une véritable ménagerie avait défilé dans la chambre à coucher de sa mère dont elle n'ignorait rien des préférences sexuelles depuis qu'elle avait eu dix ans, leurs voyages foireux et tout le reste, mais, malgré cela, elle était restée la fille la plus équilibrée de la terre et la plus rationnelle. Il n'empêche qu'elle était comme les autres, elle aimait le vertige. Elle ne cherchait pas à provoquer ce genre de situation, elle n'aimait pas se mettre en danger, mais pour une fois elle s'est dit que ce type était le danger dont elle avait besoin et elle a décidé qu'elle aimait ça.

Il y avait un autre truc qui lui plaisait en Percy, c'est qu'il la baisait comme elle aimait être baisée. Il était doux lorsqu'il fallait l'être, mais il pouvait être violent, il ne prenait pas toutes les précautions que d'autres, dont on aurait dit qu'ils avaient appris à faire l'amour dans un manuel d'éducation sexuelle ou devant un film porno, prenaient. Il faisait tout ce qu'il fallait lorsqu'il fallait le faire. Cash et dans le bon ordre. Elle avait été d'autant plus surprise lorsqu'il lui avait dit que dans la vie, il s'emmerdait, lorsqu'il faisait l'amour, en tous les cas, il n'avait pas l'air de s'emmerder. Faire l'amour avec lui était tout sauf emmerdant, ce n'est pas la dernière nuit qu'ils auraient dû passer ensemble qui la ferait changer d'avis.

Lorsqu'elle s'est réveillée, la première chose qu'elle a aperçue, c'était Percy qui se recoiffait devant la glace du lavabo et la deuxième, les couverts en argent alignés sur la table de chevet.

— Percy ?

— Quoi ?

— Qu'est-ce que peuvent bien fabriquer ces couverts sur la table de chevet ?

— Cadeau !

Comme seule réponse, elle a grogné en s'asseyant et en remontant le drap qui avait découvert ses seins.

— Ils te plaisaient, a repris Percy.

— C'est pas une raison pour les voler…

— Donne-m'en une autre…

— Ce que je dis, c'est que ce n'était pas la peine de les voler pour moi.

— J'les ai pas volés.

— Quoi ? Ils sont arrivés là par hasard ?

— J'les ai pris.

— C'est une nuance intéressante, Percy, je te vois bien expliquer ce genre de nuance à la police.

— Qu'ils aillent se faire foutre !

— Percy, je ne peux pas les accepter.

— Ils te plaisent plus ?

— C'est pas le problème… tu les as volés, enfin… pris.

— Si ça te fait pas plaisir, les prends pas.

— Ça me fait très plaisir… très plaisir que tu y aies pensé, mais… pas comme ça.

Par moments, cette fille était trop compliquée pour lui, elle avait envie de ces couverts, il les lui offrait, où pouvait bien se situer le putain de problème ? Il est revenu vers le lit, il a pris les couverts et il les a jetés dans la poubelle en plastique sous le lavabo.

— Percy, qu'est-ce que tu fabriques ?

— T'en veux pas…

Elle croyait qu'il était en colère ou bien qu'il était vexé, il n'était ni l'un ni l'autre. Ce genre de problème n'était pas difficile à résoudre pour lui puisqu'il suffisait de le faire disparaître pour ne plus y penser.

— Nom d'un chien, Percy ! Tu me tues…

— J'suis un tueur !

Il s'est retourné vers elle en faisant une grimace et un geste de la main qui voulait dire que le débat était clos.

Dans quel merdier elle s'était fourrée ? Elle était amoureuse d'un Indien, et pas plus tard qu'une semaine après avoir fait sa connaissance, elle se rendait compte que c'était un voleur de chevaux.

— Percy ?

— Quoi ?

— Je peux te demander un truc ?

— Vas-y !

— Tu te mets pas en colère, d'accord ?

— On verra.

— Tu… tu as déjà été en prison ?

— Quoi ?

— Je te demande si tu as déjà été en prison ?

— Jamais.

— Ça veut pas dire que tu n'as pas fait des trucs qui auraient pu te conduire en prison… Tu aurais pu y aller ?

— Pas vu, pas pris !

Elle réfléchissait, si on pouvait appeler ça comme ça. Elle n'avait pas envie de le perdre, elle ignorait s'il avait envie de rester avec elle et elle pouvait toujours attendre pour qu'il le lui dise, elle ne savait rien de lui, la seule chose qu'elle savait, c'est qu'elle avait envie qu'ils restent ensemble. Quoi qu'il lui en coûte. Elle avait déjà mis sa pudeur de côté six nuits durant et sa morale depuis tout à l'heure en allant chercher les couverts dans la poubelle et en l'embrassant comme on embrasse un enfant pour lui montrer que l'on n'est plus fâché contre lui, elle pouvait bien aller plus loin encore et perdre toute dignité.

— Percy ?
— Ouais.
— Qu'est-ce que tu dirais si je te suivais ?
— Si quoi ?
— Si je te suivais… si je venais avec toi à Neah Bay. Ce serait plus pratique pour toi… j'ai une voiture.
— C'est pas possible.
— Comment ça, ce n'est pas possible ?
— C'est pas un endroit pour toi.
— Pourquoi ce n'est pas un endroit pour moi… qu'est-ce que tu en sais ? C'est un endroit pour toi… si on est ensemble, c'est aussi un endroit pour moi. Non ?
— Non.
— Mais pourquoi, Percy ?
— J'veux pas que tu voies où j'vis.
— C'est si terrible ?
— C'est pas terrible, c'est juste que c'est pas un endroit pour une fille comme toi.
— Je suis seul juge, Percy, je suis assez grande pour savoir les endroits où je peux aller… les endroits où je veux aller.
— J't'aurai prévenue.
— Alors, on y va ? Je peux venir ? Ça te fait plaisir ?
— J'peux pas te dire ! Viens pas te plaindre si ça se passe mal.
— Si ça se passe mal, tu vas pas m'attacher au poteau de torture… Je peux toujours m'en aller, non ?
— Sûr ! Rappelle-toi juste que j'voulais pas que tu viennes.
— Tu me trouves collante ?
— Non. C'est pas ça… j'suis content que tu viennes… j'crois juste que tu seras pas contente de voir où j'vis.

— L'amour est aveugle !
— C'est Howard qui dit ça.
— C'est qui, Howard ?
— Un ami.
— Il me plaira ?
— J'sais pas. Il est bizarre... il lit des bouquins.
— Moi aussi.
— Toi, c'est normal.
— Peut-être que nous lisons les mêmes.
— Peut-être qu'il les lit pas pareil.

Elle le fatiguait, elle n'arrêtait pas de lui poser des questions, elle le harcelait et les hommes n'aiment pas qu'on les harcèle, ils racontent quand ils ont envie de raconter, il y a toujours un moment où ils racontent, mais c'est le moment qu'ils ont choisi. Il suffit d'avoir la patience ou, peut-être, la délicatesse. Elle essayait déjà de le retenir prisonnier et c'était le seul moyen qu'elle avait de lui prouver l'intérêt qu'elle lui portait.

La vie est décidément mal faite.

Il ne montrait aucun agacement, à sa place, elle aurait été agacée, si un type avait agi ainsi avec elle, elle lui aurait dit d'aller se faire foutre ! Peut-être était-il plus patient qu'elle ne l'était, ou bien cette patience était son seul moyen de lui dire qu'elle ne lui était pas indifférente.

Elle réfléchissait à cent à l'heure et toutes ses pensées s'entrecroisaient comme si elle avait lancé deux programmes en même temps. Et encore, elle maîtrisait un ordinateur davantage qu'elle ne maîtrisait ses propres réflexions à cet instant. Elle n'avait pas assez de mémoire vive disponible pour traiter les informations contradictoires qui affluaient dans son cerveau.

« Reconstruis le bureau ! », s'est-elle murmuré à mi-voix.

— Qu'est-ce que tu dis ?
— Rien ! Je reconstruis le bureau…
— Quoi ?
— Rien, je vais me doucher…
— Profites-en, à Neah Bay, l'eau est sale.
— De l'eau… sale ?
— L'Indien est capable de tout.

Elle s'en doutait… surtout du pire, mais que l'eau puisse être sale, elle avait des doutes. Elle avait remarqué que Percy avait tendance à exagérer.

Avant qu'ils montent dans sa Porsche, elle lui a tendu les clés.

— C'est pas une boîte automatique ? il lui a demandé en s'installant au volant.
— Non.
— T'as payé ça combien ?
— 60 000 dollars.
— 60 000 dollars et pas de boîte auto ?
— C'est allemand.
— M'étonne pas qu'ils aient perdu la guerre.

Il n'a pas mis longtemps à s'habituer au maniement de la boîte, la première fois qu'il a doublé un Mack en moins de trois secondes, il a souri.

— La fille, c'était sa secrétaire, il lui a dit.
— Quelle fille ? De quelle fille tu parles ?
— La fille au restaurant, c'était sa secrétaire.
— Comment tu le sais ?
— Il avait enlevé son alliance, j'ai vu la trace.
— Ouaaouh ! Tu crois qu'il l'a baisée ?
— Peut-être bien.

A quelques miles de Port Angeles, elle lui a demandé :

— Ça t'ennuie pas si on fait un tour au cimetière ?
— Où ça ?

— Au cimetière… Raymond Carver est enterré ici.
— C'est quelqu'un de ta famille ?
— Non… un écrivain, celui que je préfère.
— Tu veux aller sur la tombe d'un écrivain ?
— Ça te surprend qu'on aime quelqu'un parce qu'il écrit des choses que tu aimes ?
— J'sais pas, j'lis pas.
— Si tu lisais, ça ne t'étonnerait pas… c'est plus qu'un parent pour moi… il m'a fait comprendre davantage de choses ! Tu comprends ?
— Oui.
— Et qu'on veuille aller sur sa tombe, tu comprends ?
— C'est où ?
— 3127, 18th Street West, ils disent qu'il faut prendre Lincoln Street… après c'est pas indiqué.
— Comment tu sais qu'il est enterré là ?
— C'est écrit sur mon guide. Des fois, ça sert de lire…

Ils s'y sont repris à deux fois avant de trouver le cimetière qui s'étalait sur plus d'un hectare, à droite de la 101, derrière l'aéroport.

La petite baraque en bois du gardien était fermée, sur une pancarte, il était spécifié : Les visites sont autorisées du lever au coucher du soleil. Il n'y avait pas de clôture.

Une fois qu'elle a eu claqué sa portière, Frances s'est demandé comment elle allait bien pouvoir trouver la tombe de Raymond Carver au milieu de toutes les autres, mais Percy l'a trouvée du premier coup : deux dalles de granit gris, une pour Ray, l'autre qui attend Tess Gallagher. Entre les deux, un vase en verre et quelques cailloux, à gauche, un banc et une petite boîte en fer peinte en noir pour laisser les messages.

Elle a détaché une page de son Filofax et elle a écrit : « Je n'ai jamais écrit de poèmes de ma vie, ma mère en écrivait d'épouvantables, c'est sans doute pour cela que je n'en écris toujours pas. Ça ne fait rien, je suis dans un poème dont je ne connais pas la fin, Ray n'est plus là pour la deviner. Il me manque. Je serais désolée de cela si je n'étais pas heureuse de ne rien savoir. » Elle a signé la feuille, l'a pliée et glissée à l'abri de la pluie, bien au fond de la boîte.

Percy fumait en regardant l'océan.

— Il buvait, l'écrivain ? il lui a demandé lorsqu'elle a eu terminé.

— On peut dire ça, oui… il buvait, mais il ne faisait pas que ça, il écrivait surtout.

— A Neah Bay, y a un paquet d'écrivains qui n'écrivent pas, mais pour le reste, ils se défendent.

— C'est un bon début, mais ça ne suffit pas.

— C'est pour ça qu'au cimetière de Neah Bay, y a pas d'écrivain.

— Sans doute… il n'est pas trop tard pour que l'un d'entre vous s'y mette.

Ils sont restés assis, l'un contre l'autre, sur le petit banc de granit gris, un cargo blanc et rouge était à l'ancre à quelques kilomètres de la côte. Lorsqu'ils se sont levés, Percy lui a dit :

— Le type à côté, il s'appelle Bird.

— Oui, et alors ?

— Peut-être qu'il savait mieux voler que ton écrivain…

— Ça m'étonnerait, Ray savait voler et, en plus, il savait apprendre à voler aux autres.

— Fortiche, le type !

Lorsqu'ils sont remontés dans la Porsche qu'ils avaient laissée sur le parking à côté de la bicoque du gardien, Percy a constaté :

— Fait nuit !

— Tu veux qu'on passe la soirée à Port Angeles ? lui a proposé Frances.

— Pourquoi pas…

— Neah Bay est encore loin ?

— Deux à trois heures, ça dépend de l'état de la route.

— Alors, on reste là ?

— Si tu veux…

— Tu préfères ?

— J'aime autant.

Ils ont retenu une chambre au Flagstone Motel sur East First Street. Ils ont demandé une chambre fumeur. Elle aimait la façon qu'il avait de fumer en mordant le filtre de sa cigarette. Le patron leur a donné la chambre 308, la baie vitrée donnait sur les montagnes, l'enseigne au néon vert et la drôle de piscine enfermée dans une baraque en Onduline translucide.

Frances a voulu nager dans la piscine, il n'avait pas de maillot de bain, il l'a regardée depuis le bord faire des longueurs, assis sur un fauteuil en plastique blanc. Il n'avait jamais vu une fille aussi bien foutue de sa vie.

Ils sont remontés dans leur chambre, Frances a pris une douche, ils ont écouté les sirènes des bateaux.

— On achète quelque chose au Safeway ?

— Je t'invite au resto, elle lui a répondu.

Ils ont été dîner au Bella Italia, Frances a appris à Percy à manger les spaghettis avec une fourchette et une cuillère. Il a trouvé la méthode excellente, à tel point qu'il a commandé un autre plat de spaghettis, rien que pour lui montrer qu'il avait compris le coup.

— La prochaine fois, je te montre comment on se sert des baguettes.

— Ça, j'sais, il lui a répondu.

Le soir, il a senti qu'elle était troublée, il l'a prise dans ses bras pour qu'elle s'endorme.

Elle l'a trouvé infiniment délicat.

Contre l'écrivain, il ne se sentait pas de force, il n'essayait jamais de se battre contre plus fort que lui.

Stud était fait pour ça.

Le lendemain matin, elle a tenu à lui offrir *Where I'm Calling From*, la libraire avait racheté le fonds deux ans auparavant. Quand Frances lui a posé des questions sur Carver, la jeune femme a su lui dire que la bibliothèque de prêt portait le nom de l'écrivain, en revanche, elle ignorait où se trouvait la maison où il avait vécu les dernières années de sa vie. Si Frances avait pu faire le pèlerinage qu'elle s'était promis de faire, elle se serait rendu compte que la maison entourée d'une barrière blanche était en vente chez Coldwell Banker Uptown Realty (417-2799) pour le montant exact de ses économies : 335 000 dollars.

Ils ont repris la Porsche. Juste avant le croisement de la 101 et de la 112, monté sur une remorque orange, le panneau lumineux clignotait :

Réserve Makah Neah Bay Pas d'eau potable

— J'te l'avais dit, a fait Percy.
— C'est souvent comme ça ?
— Ça arrive !
— Vous faites comment dans ces cas-là ?
— On se débrouille…

Peut-être que, finalement, il n'exagérait pas tant que cela ou peut-être qu'il vivait dans un monde où l'exagération était banale.

Il faisait vrombir le moteur de la Porsche. Ils ont ri en pensant à Rocky, le patron du Flagstone, tout ce qu'il aimait, c'était laisser le comptoir à sa femme, enfiler un anorak et aller promener son chien, un bâtard d'épagneul.

— Tu crois qu'il l'aime encore ?

— Il est pourri son chien.

— Je voulais dire sa femme, tu crois qu'il l'aime encore ?

— J'sais pas… pourquoi pas ?

Ils ont ri encore en pensant au patron du restaurant italien qui avait un catogan et une barbiche.

— Il ressemble au patron du restaurant dans *La Belle et le Clochard*.

— Pas vu, il a répondu.

— Tu n'avais pas la télé quand tu étais gamin ?

— Si, ça m'intéressait pas.

Sur ce point, il n'avait pas changé. Ce n'était pas son genre.

Au lieu de tourner à droite vers Neah Bay, il a continué sur la 101. Les arbres étaient tellement hauts qu'il a dû allumer les phares, le soleil du matin n'arrivait pas à percer l'écran formé par la canopée.

A la sortie d'un virage, il lui a dit : « Regarde ! » Le virage suivant, le lac Crescent leur est apparu, à droite de la route, enfermé comme une flaque de mercure entre les montagnes couvertes par les pins.

Elle est restée longtemps muette, le souffle coupé, contemplant le fjord, ses eaux si calmes, les nuages s'accrochaient à la cime des pins qui se reflétaient sous la surface du lac.

Le ciel n'était pas de force, il ne pouvait pas lutter.

— Elles sont noires… les eaux sont noires.

Il s'est arrêté sur le bas-côté. Un petit chemin de gravier gris menait à une crique encombrée de bois flottés, d'algues et de rochers. Frances a trébuché, il lui a donné la main pour l'aider à descendre.

— Incroyable, elle est noire et au bord, elle est si transparente.

— C'est la profondeur qui fait ça. Elle est là depuis toujours.

— Fabuleux, c'est fabuleux !

— C'est plein de poissons… pire qu'un élevage.

Sur la route, les caravanes et les motor-homes passaient hérissés de VTT et de kayaks, et les camions aux calandres chromées, leurs remorques géantes chargées de billes de bois. Une fois les Peterbilt disparus dans les virages, le silence se refermait sur eux comme l'eau sur le corps d'un noyé.

Le temps avait disparu et l'importance qu'elle se prêtait.

— Tu crois qu'elle est froide ?

— J'sais pas. Jamais vu quelqu'un se baigner.

Elle s'est approchée du bord, lorsqu'elle s'est penchée en avant pour toucher la surface de l'eau du bout des doigts, son pied a glissé sur un rocher et elle s'est retrouvée avec de l'eau jusqu'à la cheville.

— Elle n'est pas si froide, elle lui a dit en riant.

— Jamais vu quelqu'un se baigner !

— Je suis sûre que je pourrais.

— J'resterais au bord faire payer ceux qui matent.

— On fait ça ! la sirène et les vieux vicieux… avec tous les retraités, on va se faire une fortune.

— On y va ?

Ils sont remontés dans la Porsche, elle s'est déchaussée, il a mis le chauffage à fond pour qu'elle n'ait pas froid, mais deux minutes après, il a été obligé de baisser une vitre pour ne pas qu'ils étouffent. A chaque virage, le paysage devenait plus stupéfiant, au fur et à mesure qu'ils avançaient vers le fond du lac, l'émerveillement de Frances se faisait plus grand jusqu'à ce qu'elle ne puisse plus que se taire.

Ils roulaient dans la beauté, elle ne semblait pas avoir de limite.

— Neah Bay, c'est aussi beau ? elle lui a demandé, longtemps après.

— C'est un autre genre…

— Je suis sûre que tu me caches quelque chose.

— On peut rien cacher… sinon, on le cacherait.

— Je suis sûre que tu veux me faire une surprise…

— Pour une surprise, tu vas avoir une surprise.

— Je suis sûre que monsieur l'Indien veut garder ça pour lui tout seul.

Il a hoché la tête et rétrogradé pour entendre le bruit du moteur de la Porsche qu'il aimait.

Qu'est-ce qu'il pouvait y faire si elle ne voulait rien entendre ?

A son avis, elle était folle, mais elle était aussi jolie qu'elle était folle et il n'en revenait toujours pas qu'elle soit avec lui.

Après avoir roulé quelques kilomètres encore, il a tourné à gauche juste avant le lac Aldwell et il s'est enfoncé sur la route qui croise la Elwha River et mène au Parc national.

— T'as pas un ticket ? il lui a fait.

— Un ticket de quoi ?

— N'importe quoi… un morceau de papier.

— Comment tu veux que je trouve ça, je ne suis pas magicienne.

— Merde ! il a fait en freinant.

Il s'est garé sur le bas-côté, il a fouillé dans leurs bagages, il a trouvé l'une des savonnettes du Flagstone (« Savon boudiné à la Française ») qu'il avait prise avec les serviettes et le dentifrice. Il avait fallu qu'elle se fâche et le menace de ne plus le laisser conduire pour qu'il n'embarque pas la lampe de chevet en cuivre et le four à micro-ondes. Il a défait soigneusement l'emballage de la savonnette, il l'a découpé avant de le coincer sous le rétroviseur.

— Ça ira comme ça, il lui a fait.

— Qu'est-ce que tu fabriques ?

— Ça me ferait mal aux seins de payer quinze dollars pour regarder le paysage.

— Mais je peux payer.

— T'occupe, c'est des voleurs.

Arrivé à la hauteur de la guérite du garde, Percy a montré le bout de papier d'un signe de tête, le garde lui a fait signe de passer.

— Qu'est-ce que j't'avais dit ?

— C'est n'importe quoi, Percy. Pour quinze dollars, tu risques combien d'amende ?

— J'en sais rien.

Il ne volait pas seulement des chevaux, il volait aussi des cacahuètes.

Ils se sont garés au bout de la piste et ils ont pénétré dans la forêt en se tenant par la main. Les pins étaient hauts comme des immeubles de dix étages, dans les ravins, les troncs des arbres morts étaient jetés comme par une main géante qui aurait joué au mikado. Il pleuvait doucement, les fougères brillaient dans la pénombre verte, le brouillard les enveloppait et l'odeur des pins aussi forte que celle des inhalations que sa mère lui faisait respirer lorsqu'elle était malade. De temps en temps, ils croisaient des randonneurs enveloppés dans leurs vêtements de sport luisants de rosée.

— Regarde !

— Quoi ?

— Teddy.

Il lui a montré un daim qui les regardait, ses pattes plantées sur la pente au bord du chemin, le daim a hésité un moment avant de se remettre à brouter.

— Pan ! a fait Percy en le mettant en joue avec un fusil imaginaire.

Le daim a relevé la tête, une seconde plus tard, il n'était plus là.

— C'est incroyable !

— Y en a des milliers… c'est des rats, foutent tout en l'air !

Quand la route était écroulée, Frances se faisait peur en se penchant au-dessus des à-pics si profonds que l'on n'en voyait pas le sol, juste la cime des arbres cent mètres plus bas. Percy lui a encore montré deux daims qui broutaient, paisibles, au bord d'un fossé. Ça ressemblait de plus en plus à un autre monde, peut-être au paradis terrestre, aux dessins des brochures distribuées par les Témoins de Jéhovah. Ils ont traversé deux ponts en bois jetés au-dessus d'un torrent en contrebas. Ils ont remonté ce qui n'était plus qu'un sentier, l'eau qui coulait laissait sur les pierres des traces grises et d'autres d'un vert presque phosphorescent. Une brume s'en élevait, une odeur inconnue semblait en provenir.

— Qu'est-ce que c'est ? elle lui a demandé.

— Tu vas voir.

Ils ont grimpé encore, jusqu'à ce qu'ils butent sur des troncs d'arbre couchés qui retenaient une mare, une vapeur flottait au-dessus de la surface, l'odeur de soufre était si forte qu'elle lui a coupé la respiration.

Percy s'était accroupi au bord de la mare, il lui a dit : « Touche ! », elle a effleuré l'eau du bout des doigts.

Elle était chaude.

Quand ils ont repris la voiture, ils ont encore aperçu des daims sur le bord de la route. A chaque fois, Percy les mettait en joue en imitant le bruit d'un coup de feu comme les enfants lorsqu'ils jouent à la guerre… « Pow ! Pow ! »

— Qu'est-ce que ces pauvres bêtes t'ont fait ?

— Rien !

— Pourquoi tu leur tires dessus ?

— J'leur tire pas dessus.

— Si !

— Trop risqué… les gardes sont pas très loin.

— Tu veux dire que si tu avais une arme, si les gardes n'étaient pas si près, tu leur tirerais dessus ?

— Ben ouais !

— Elles ne t'ont rien fait.

— Sûr que non… c'est des bêtes.

— Alors, pourquoi les tuer ?

— T'es végétarienne ?

— Non, ma mère oui… pas moi.

— Alors…

— Alors quoi ?

— La viande que tu manges, faut tuer des animaux pour que tu la manges… non ?

— Oui… mais je n'aime pas ça, c'est tout ! Je n'aime pas qu'on tue des animaux.

— Y a des gens qui le font à ta place.

Par certains côtés, Frances était une jeune fille américaine ordinaire, elle prenait deux douches par jour, trois lorsqu'elle avait ses règles ; elle utilisait un déodorant et un pain dermatologique pour sa toilette intime ; tous les matins, elle passait sur son corps et son visage une crème hydratante sans parfum et se démaquillait avec soin avant de se coucher. Elle se lavait les dents après chaque repas pendant trois minutes chrono ; elle avait eu un appareil dentaire pour aligner ses dents dans un ordre impeccable et un traitement pour les blanchir. Elle nageait régulièrement, elle faisait du jogging le week-end, elle essayait de se nourrir sainement, elle aimait les robes d'Armani et de DKNY et n'achetait que des vêtements de marque. Elle trouvait stupide de se faire gonfler les lèvres ou les seins, mais envisageait un lifting à quarante ans. Elle avait tendance à beaucoup sourire et longtemps ; bien qu'elle ne soit pas hystérique, il lui arrivait de sauter sur place en frappant dans ses mains et en poussant des petits cris lorsqu'elle était contente. Elle avait eu une orque en peluche qu'elle avait jetée à dix-huit ans ; à l'université, elle avait été cheerleader une saison complète avant de tomber amoureuse d'un type à lunettes qui détestait le football et se prenait pour l'intellectuel qu'il n'était pas. Elle ne fumait pas, elle buvait du Diet Coke, quelquefois un mojito ou bien un verre de vin blanc au restaurant.

A la puberté, elle avait été fan de Cure, de Kiss et même de Sigue Sigue Spoutnik pour emmerder sa mère. Elle votait démocrate, elle ne pensait pas être raciste, elle n'allait pas à l'église, mais elle croyait en Dieu, elle ne voulait pas d'enfant, mais elle les aimait et ne pouvait pas se retenir de passer sa main dans leurs cheveux lorsqu'ils lui plaisaient. La misère l'affligeait, mais elle ne se considérait pas comme une activiste, encore moins comme une gauchiste. Elle aimait les animaux. L'enfance qui avait été la sienne l'avait endurcie, elle n'était ni naïve ni idéaliste ; elle ne se laissait pas impressionner par les discours, elle se méfiait des idées générales, mais elle était curieuse. Elle n'avait pas d'ambition démesurée, mais elle aimait gagner de l'argent et le dépenser. Elle était bon public, au cinéma elle pleurait au moment exact prévu par le réalisateur ou bien elle riait fort.

La plupart des gens qui la connaissaient la trouvaient sympathique et intelligente (ce qu'elle était), les filles s'en méfiaient un peu parce qu'elle était trop jolie et qu'il pouvait arriver que leurs copains soient du même avis qu'elles. Elle n'était pas réputée pour avoir beaucoup d'humour, elle se vexait facilement, elle était rancunière et pouvait se montrer garce.

Moyennant tout cela, qu'elle savait, et le reste, qu'elle ignorait, elle était assez lucide pour savoir qu'avec Percy ça finirait mal, mais elle avait envie d'essayer autre chose. Qu'elle le veuille ou non, son imaginaire avait été façonné par Hollywood, les romances, Katharine Hepburn et Spencer Tracy, les idylles contrariées et les happy ends. Elle se demandait en permanence comment faire pour que leur histoire d'amour soit possible, et elle ne voyait pas comment. Elle avait toujours assumé ses choix et elle n'envisageait pas de cesser de le faire dans ce cas précis, mais elle priait Dieu de ne pas s'être *trop* trompée.

Elle a sursauté quand Percy lui a demandé :

— Tu rêves ?

— Non... je réfléchissais.

— A quoi ?

— A tout ça... (Elle a montré le paysage d'un vague geste de la main.)

— Tu veux qu'on aille voir l'océan au cap Alava ?

— C'est loin d'ici ?

— Une heure de route, deux peut-être.

— C'est loin de Neah Bay ?

— Pas très... on ira demain...

— Tu n'es pas pressé, hein ?

— Pas vraiment...

— Cap sur Alava !

Ils se sont garés sur le parking juste à côté de la baraque des gardes. Lorsqu'elle s'en est inquiétée, Percy l'a rassurée, d'après lui, les gardes avaient autre chose à faire que vérifier les permis sur les parkings.

Ils se sont enfoncés sur la piste en direction de Cap Alava. Les arbres, les sous-bois, les buissons, tout faisait penser à un reportage du National Geographic, il y avait des fleurs partout, des lupins violets, des lys jaunes, des œillets, des chardons rouges comme elle n'en avait jamais vu. Le soleil brillait et lorsque le sentier descendait, ils se retrouvaient perdus dans la brume avant que le soleil ne revienne, une odeur d'amande amère les submergeait. Quelquefois, ils apercevaient le ciel, il y avait le bruit des oiseaux, celui des cascades sur les rochers entre les troncs d'arbre recouverts de mousses et de lichens. La piste était faite de rondins de cèdre comme un escalier qui ne cessait jamais de descendre et de remonter. De temps en temps, ils se retrouvaient à la lisière d'une clairière, la brume flottait au-dessus des pins, ils se renfonçaient à l'abri des arbres. Ils croisaient quelques rares campeurs qui leur souriaient, des retraités barbus et leurs femmes qui se plaignaient des distances, des jeunes aussi, des scouts attardés ou des travailleurs sociaux.

Suivant ce qui était indiqué sur la pancarte au début du parcours balisé, la plage était à un peu plus de trois miles, mais il a semblé à Frances que le chemin était beaucoup plus long.

— C'est encore loin ?

— T'entends pas l'océan ?

Elle a eu beau s'arrêter pour tendre l'oreille, elle n'a rien entendu si ce n'est un pivert. Ils ont continué à monter et descendre les marches en bois qui n'en finissaient pas de sinuer entre les arbres géants. Dix minutes plus tard, il lui a semblé entendre le bruit des vagues, cent mètres plus loin, elle a cru apercevoir l'océan dans une trouée, l'odeur de l'air avait changé. Les marches ont disparu, le chemin en pente est devenu glissant, elle a donné la main à Percy pour ne pas trébucher.

L'océan était plongé dans le brouillard, la plage était jonchée d'algues séchées, de cailloux et de bois flottés gigantesques. Des corbeaux sautillaient dans les algues, sur les quelques rochers que l'on pouvait apercevoir, des mouettes et des goélands étaient posés. Elle a cru reconnaître des grèbes, des cormorans et un héron, mais elle n'était pas sûre, elle était légèrement myope et se refusait à porter des lunettes. Percy lui a dit leur nom, comme elle n'en connaissait aucun, elle a eu l'impression qu'il les inventait au fur et à mesure.

— Droite ou gauche ? il lui a demandé.

— Comme tu veux.

— A droite, c'est Neah Bay… après la réserve des Ozettes, c'est Neah Bay.

— Alors, à gauche.

— Non, non… à droite !

Ils ont longé la plage de sable gris, leurs pieds s'enfonçaient dans les algues épaisses comme des câbles, qui faisaient penser à des spermatozoïdes géants avec un flagelle de plusieurs mètres de long gros comme l'avant-bras.

Les oiseaux criaient.

Elle a ramassé quelques pierres, leurs formes étaient presque parfaites, elle lui en a donné une en forme de cœur, il lui en a trouvé une qui ressemblait à un œuf.

Elle a pensé : « Tout un symbole ! », avant de se dire que c'était juste deux pierres un peu plus parfaites que les autres.

Rien de plus.

A leur droite, un peu sur la hauteur, il y avait une cabane verte en mauvais état et une baraque carrée en planches noircies avec un toit plat.

— Qu'est-ce que c'est ? lui a demandé Frances.

— Rien.

Ils se sont assis sur un tronc et ils ont regardé les vagues en s'embrassant.

— On verra pas de baleines aujourd'hui.

— On voit des baleines ?

— Souvent.

— Je veux les voir.

— Pas aujourd'hui… peut-être des phoques.

— Demain ?

— On verra…

Elle n'était pas capricieuse, elle était volontaire et croyait que la volonté peut faire advenir ce sur quoi elle se concentre. Pour cela, les Makahs avaient des danses et des chants qui duraient, sans relâche, des jours et des nuits entiers, par expérience Percy savait que l'envie de voir le gibier ne le faisait pas apparaître, à moins qu'il ne cause un accident de chasse : « Putain, je croyais que c'était un cerf, j'te jure ! C'est une fois que j'ai tiré que je me suis rendu compte que c'était mon beau-frère ! » « Ton beau-frère, t'avais des excuses… ta sœur c'est une sacrée salope ! », avait répondu Stud au type qui leur avait raconté cette histoire dans un bar de Clallam Bay.

— Demain, il fait beau ! Je le veux, a repris Frances.

— Ça m'étonnerait.

Sur le chemin du retour, ils ont buté sur un troupeau de daims qui broutaient dans une clairière. Ils étaient si près qu'ils auraient pu les caresser s'ils avaient tendu la main. Avant de remonter la dune en direction de la piste, elle a vu un serpent jaune et noir se faufiler sous un buisson et elle s'est appuyée plus fort contre Percy.

Ils ont dormi à Clallam Bay et le troisième jour, la Porsche est entrée à Neah Bay.

Jusque-là, Frances avait seulement vu le paysage américain typique, celui dans lequel il suffit de planter sa caméra et de filmer au hasard pour obtenir un plan à couper le souffle. Elle n'avait jamais été dans l'Arkansas ou dans l'Ohio, mais elle supposait que c'était partout pareil : les classes moyennes bien rangées dans leurs lotissements avec les maisons comme celles d'un jeu de construction… la télé allumée dans toutes les pièces, Halloween, la dinde dans le four, la pelouse, les voitures garées devant, fiston les nettoie le samedi et papa lui donne un dollar s'il est content (il est toujours content), les fleurs, les haies bien taillées, les flamants roses en plâtre, l'échelle en aluminium pour nettoyer les gouttières l'automne venu ; les pauvres serrés bien au chaud dans leurs caravanes ou à l'abri dans leur mobile home avec le drapeau qui flotte par-dessus tout ça…

Quelquefois les maisons étaient en mauvais état, la grange ou le garage auraient mérité que l'on s'en occupe sérieusement, quelquefois, il aurait fallu débarrasser les épaves du champ où elles finissaient de rouiller, quelquefois, il lui arrivait de penser à Steinbeck ou à Caldwell en apercevant une masure effondrée et parfois, il aurait fallu tout raser, mais rien ne l'avait jamais surprise, c'était toujours l'espace américain et l'espoir forcené d'un avenir meilleur pour ses habitants. Il suffisait de rouler un peu pour retrouver les jolies maisons en bois peintes de toutes les couleurs avec une parabole aussi grande qu'un radar, plantée sur la pelouse tondue tous les week-ends par John ou Peter.

Il suffisait de se retrousser les manches et d'empoigner les planches, le marteau et les clous pour tout reconstruire.

Jusqu'alors, elle avait pensé que Percy exagérait, que Neah Bay ne pouvait pas être fondamentalement différent de ce qu'elle connaissait. Elle croyait qu'il avait honte de lui montrer où il vivait parce qu'elle avait une

Porsche à 60 000 dollars, cinq fois plus sur un compte rémunéré, et qu'il n'habitait pas Bel Air ni Park Avenue, rien de plus.

Elle s'était imaginé le pire du Bronx ou de Watts pour ne pas être surprise et elle a été surprise quand même.

De chaque côté des trottoirs défoncés, elle découvrait des maisons en ruine dont la peinture s'écaillait. Visiblement, elles étaient habitées, s'il fallait en croire le nombre de carcasses rouillées abandonnées sur ce qui tenait lieu de pelouse, vu leur âge, elles étaient même habitées depuis longtemps. Elle a cru reconnaître une De Soto des années 50, elle n'y connaissait rien en voitures, mais sa mère en avait eu une, sur l'aile avant de la De Soto, il y avait une boîte à outils rouillée, comme si son propriétaire avait voulu la réparer avant d'y renoncer. Des chiens galeux de race incertaine se grattaient les puces jusqu'à ce que leur ventre rose saigne.

Tout était sale, vieux, ruiné, rien ne tenait debout. Le terrain de basket semblait avoir été victime d'un tremblement de terre de forte magnitude, les panneaux penchaient sous un angle inquiétant, si les lois de la gravité existaient, ils auraient déjà dû s'être écroulés depuis la guerre de Corée. Les seules voitures qu'ils ont croisées roulaient au ralenti, leur pot d'échappement invariablement crevé, il y avait des filets jetés n'importe où en paquets et des bateaux sans moteur à la coque sale couchés sur le côté. Autour des murs s'accumulaient les pneus séchés par le soleil, les bidons décolorés en plastique, les fûts de gas-oil, les jouets en plastique des enfants, les vélos sans selle auxquels manquaient les jantes, tout ce qui, ailleurs, aurait été jeté aux ordures.

La Porsche roulait au ralenti pour éviter les chiens et les nids-de-poule. Une vieille femme au volant d'une Pontiac Catalina, qui avait été neuve quarante ans auparavant, les a laissés passer en leur souriant, on aurait pu enfoncer son poing dans les trous qu'avait fait la rouille aux portières. Neah Bay ressemblait davantage à un campement de gitans sédentarisés ou aux taudis du tiers-monde filmés pour émouvoir les généreux donateurs des associations caritatives qu'à une ville américaine.

— Bienvenue chez moi ! lui a fait Percy lorsqu'il a pensé qu'elle s'était rendu compte qu'elle ne savait pas tout, qu'elle n'avait rien vu et qu'elle avait déjà décidé de ne pas rester.

Elle n'a rien pu lui répondre, elle était suffoquée, elle se retenait de pleurer, elle savait que si elle se laissait aller, elle ne pourrait plus s'arrêter. Elle était d'autant plus bouleversée qu'elle avait encore le cœur empli des paysages qu'ils avaient traversés les derniers jours. Ainsi, pensait-elle, l'enfer peut donc se trouver juste à côté du paradis. A l'ouest d'Eden ! Elle se l'est reproché aussitôt, ce n'était pas le moment d'être grandiloquent, il s'agissait d'être réaliste : elle était amoureuse d'un type qui était né là, qui y vivait encore et il fallait qu'elle trouve une solution. Elle était choquée par la négligence et la résignation davantage que par la misère et comme elle croyait que rien ne pouvait s'opposer à sa volonté, elle n'a pas douté qu'elle s'en sortirait.

Et lui avec.

Jusqu'à présent rien ne lui avait jamais résisté.

— Bienvenue à la maison ! il lui a fait en garant la Porsche devant une bicoque qui n'était pas pire que les autres, mais pas mieux non plus, loin s'en faut.

Le toit gondolait, le châssis des fenêtres était faussé, le porche était envahi par les ronces, les gonds de la porte d'entrée avaient été remplacés par deux lanières taillées dans un pneu. L'intérieur était assorti au reste, mais surprenant tout de même pour Frances qui aimait acheter des magazines de décoration et se retrouvait devoir vivre dans une poubelle éclairée par une guirlande de Noël de guingois qui clignotait derrière le poste de télévision.

— Fais pas attention, c'est le bordel ! l'a prévenue Percy en enlevant ses bottes.

— Percy, c'est pas le bordel, c'est pire que ça… je n'ai jamais vu un merdier pareil !

— Va falloir t'habituer, chérie.

Elle a éclaté en sanglots. Elle hoquetait si fort que cela ressemblait plutôt à une crise de nerfs, si ce n'est que tout le temps qu'elle sanglotait, elle a cherché en vain un endroit où elle pourrait bien s'asseoir sans risquer de salir son pantalon Ralph Lauren.

Percy la regardait sans savoir que faire, il était gêné de sa réaction. Jusqu'à présent, elle lui avait semblé être une fille courageuse, fière, orgueilleuse sans doute et peut-être même vaniteuse, et elle craquait pour un truc pareil. Il se sentait à la fois déçu et humilié. Bien sûr, son intérieur n'était pas le genre d'intérieur que l'on prend en photo pour les magazines (serait-ce *Nest*), mais il ne vivait pas dans un magazine. Il était célibataire, il était indien, tout ce qu'il demandait à une maison, c'était de le tenir au sec. Pas davantage. Le toit fuyait bien en deux ou trois endroits, mais rien de grave. Il réparerait ça demain, peut-être, s'il avait le temps.

— Je m'excuse, lui a fait Frances… c'est rien ! Ça va passer… c'est le choc.

— T'es choquée ?

— Franchement, Percy, ce n'est pas vraiment l'endroit où une jeune fille aurait rêvé de passer sa lune de miel.

— L'amour est aveugle…

— Jusque dans une certaine mesure, Percy… jusque dans une certaine mesure. Mais la fée du logis va arranger tout ça… Fais-moi confiance !

Et Frances a essayé d'arranger ce qu'elle pouvait avec toute l'énergie dont elle était capable. Elle n'en manquait pas, mais au fur et à mesure qu'elle nettoyait, elle découvrait des gisements inédits de crasse, au fur et à mesure qu'elle rangeait, le désordre semblait s'étendre.

La volonté avait ses limites, quarante-huit heures plus tard, elle n'était toujours pas venue à bout de sa tâche.

Et alors qu'elle commençait à y voir un peu plus clair, elle a trouvé un daim que Percy avait jeté en travers de la table de la cuisine, le sang de la bête faisait une flaque noire sur la moquette usée jusqu'à la trame, sa peau séchait sur le fil à linge de ce que Percy appelait pompeusement la salle de bains, Frances avait toujours trouvé que le réduit ressemblait davantage à des toilettes publiques. L'odeur fade du sang lui a donné la nausée, elle s'est assise sur le canapé qu'elle avait recouvert d'une couverture achetée au Washburn, les sanglots l'ont reprise.

En guise d'excuses, Percy lui a expliqué qu'il ne pouvait pas écorcher le daim dehors, il se serait sinon toujours trouvé un malfaisant pour le dénoncer aux flics. Il semblait tellement heureux de lui faire goûter un gigot de daim qu'elle a séché ses larmes et qu'elle lui a souri bravement.

— Howard et Dale viennent dîner, il lui a annoncé.

— Mais je n'ai rien préparé.

— T'inquiète, j'ferai cuire l'arrière du daim… on va s'régaler !

Elle s'est précipitée au Washburn acheter des crevettes congelées, de la sauce toute faite, des pommes de terre, de la crème et de quoi faire un gâteau au chocolat. Toute la journée, elle s'est activée pour cuisiner les crevettes et le gâteau. Elle n'avait jamais été une très bonne cuisinière, mais elle a eu l'impression de ne pas s'en être trop mal sortie. Elle a nettoyé la table du salon et mis le couvert, elle a eu du mal à trouver deux assiettes qui ne soient pas dépareillées et des verres qui ne soient pas ébréchés, mais elle était heureuse et impatiente de faire la connaissance d'Howard et de son fils.

Ils étaient moins grands qu'elle et ne devaient guère peser davantage. Le plus jeune avait la capuche de son sweat-shirt Gap rabattue sur les yeux et les mains enfoncées dans son jean baggy, le plus vieux sentait à tel point l'alcool que Frances s'est demandé à quelle distance du four il s'enflammerait spontanément. Le père et le fils avaient les bras encombrés d'un échafaudage invraisemblable de cartons de bières.

— Miller ! Le champagne des bières, a fait Howard en se débarrassant de son chargement sans se préoccuper de ce que le couvert était mis.

— Budweiser, la reine des bières, a répondu Dale en posant ses cartons sur le canapé.

— Bonsoir, je suis Frances, l'amie de Percy.

— La nouvelle amie, a précisé Howard en éventrant les cartons de bière avec un couteau de chasse.

Au ton qu'il avait employé, on ne pouvait pas décider s'il lui demandait si elle était sa « nouvelle » amie ou s'il constatait que Percy avait ajouté une nouvelle amie à une longue liste d' « anciennes » amies. Frances a fait comme si de rien n'était, elle s'est adressée poliment au vétéran : « Je suppose que vous êtes Howard ? », avant de rajouter tout aussi poliment : « Percy m'a beaucoup parlé de vous. »

— Shadow parle maintenant ? Il a fait des progrès…

Frances détestait ne pas savoir sur quel pied danser et Howard avait l'air d'être le genre de personne dont on ne sait jamais s'il faut prendre ou non au sérieux ce qu'il dit. Pour ajouter à sa gêne, Dale, avachi sur le canapé, la regardait par en dessous, sa capuche toujours rabattue sur les yeux.

— Il m'a dit que vous lisiez, a-t-elle bravement tenté pour relancer la conversation.

— Exact ! Je suis le seul Indien qui lise.

— Il doit bien y en avoir quelques-uns tout de même.

— Ceux qui ont appris… ça fait pas lourd. Et encore, ceux qui savent lire, ils lisent quoi ? Les panneaux indicateurs, à la rigueur… et encore, ils comprennent pas toujours ce qu'il y a écrit dessus.

— Vitesse limite 55 miles, a fait Dale qui avait voulu devenir pilote de stock-car à quinze ans, ce qui l'avait conduit assez rapidement à l'hôpital de Forks.

— J'avais bien compris qu'il s'agissait de livres.

— J'avais bien compris que vous aviez compris… Ça m'arrive !

— Et vous lisez quoi ? a demandé Frances qui commençait à en avoir plein le dos du jeune, du vieux et de leur méfiance sarcastique.

— A peu près tout ce qui est imprimé, mais surtout les écrivains russes… Tolstoï, Dostoïevski, Gogol aussi.

Tout se liguait contre elle, elle n'avait jamais pu terminer *Guerre et Paix*, elle s'était endormie cent fois en essayant de lire *Les Frères Karamazov* et elle ignorait ce que pouvait bien avoir écrit Gogol… peut-être du théâtre ? Elle essayait de se souvenir quel livre écrit par un Russe elle avait bien pu lire, mais aucun nom ne lui est venu à l'esprit sinon celui de Soljenitsyne qu'elle avait aperçu à la télé (elle avait trouvé qu'il avait une tête de fou), mais qu'elle n'avait pas lu non plus. Elle n'aimait pas les gros livres et, inconsciemment, elle avait assimilé la littérature russe aux œuvres en plusieurs tomes écrites pour les myopes. En désespoir de cause, elle s'est rabattue sur un sujet qu'elle connaissait à peu près.

— Vous savez que Raymond Carver est enterré à Port Angeles ? Percy a trouvé sa tombe du premier coup.

— Raymond qui ? a demandé Howard.

— Carver, Raymond Carver.

— Ça me dit rien. Vous êtes de sa famille ?

— Non, c'est un écrivain.

— Connais pas.

— Vous n'avez pas vu le film d'Altman, *Short Cuts* ?

— Je vais jamais au cinéma.

— C'est le film avec Tom Hanks ? a demandé Dale, sortant de sa torpeur pour l'occasion.

— Oui… Tom Hanks joue dedans et Jack Lemmon aussi…

— Le type qui fait la tapette avec Marilyn ? les a interrompus Howard.

— Dans *Certains l'aiment chaud,* ouais, a fait Dale.

— Vous l'avez vu ? a demandé Frances.

— Lequel, le film avec Marilyn ?

— Non, celui avec Jack Lemmon.

— Mais il joue avec Marilyn… je croyais qu'on était d'accord là-dessus.

— *Short Cuts* ?

— *Short Cuts*, non ! Pourquoi ?

— Parce que c'est tiré des nouvelles de Raymond Carver, elle a dit, affolée par le tour que prenait la conversation.

— Y a une des sœurs Arquette qui joue dedans, a dit Dale.

— Et Tom Waits, aussi, a rajouté Frances.

— Le chanteur avec la voix à la con ? leur a demandé Howard.

— Ouais, lui a répondu Dale en finissant sa bière.

— C'est gai ! Ce type ferait fuir une bande de coyotes.

Tom Waits était l'un des chanteurs préférés de Frances, elle avait tous ses disques classés entre Caetano Veloso et Dionne Warwick, mais elle a préféré se taire. Après tout, elle n'avait jamais réussi à lire Tolstoï et ce type y était arrivé.

Percy est entré à ce moment-là, il a jeté un livre en direction d'Howard qui, surpris, l'a laissé échapper.

— C'est quoi ? il a fait en le ramassant.

— Un bouquin pour toi… Carver !

— On parlait de lui, a dit Howard tout en feuilletant *Where I'm Calling From*.

— Frances l'adore, on a été sur sa tombe à Port Angeles.

Frances était choquée par le geste de Percy, elle lui offrait un livre et tout ce qu'il trouvait bon de faire, c'était de ne pas le lire et de l'offrir à son ami. Qu'il n'ait aucun sens de la propriété lui plaisait, mais sa désinvolture la laissait interloquée, et qu'il puisse donner un cadeau qu'elle lui avait fait la choquait davantage encore.

— On passe à table, il a continué.

Ils se sont assis, Frances leur a servi les crevettes qu'elle avait préparées. Ils se sont contentés de les manger avec les doigts en sifflant bière sur bière. Ce n'était pas le genre de personnes dont il fallait attendre des compliments et Frances ne détestait pas les compliments.

— Alors, ces baleines ? a demandé Howard à Percy.

— On pourra regarder les films. J'sais pas si ça peut servir.

— De quelles baleines vous parlez ? a demandé Frances.

— Il vous a pas dit ?

— Dit quoi ?

— On a décidé de chasser la baleine… de recommencer à chasser la baleine.

— Comme dans *Moby Dick* ?

— Comme dans *Moby Dick*, c'est ça ! Mais pour de bon… et notre baleine n'est pas blanche, elle est grise.

— Wouaouh ! Pourquoi tu ne m'en as pas parlé ?

— C'est vrai, pourquoi tu lui en as pas parlé ?

— J'sais pas !

Confusément, Percy pensait que cette affaire était une affaire d'Indiens, que c'était un secret entre eux, il pensait aussi que Frances ne serait pas d'accord. Bien sûr, elle lui avait dit qu'elle n'était pas végétarienne et qu'elle ne croyait pas à toutes ces sornettes sur l'écologie, mais elle lui avait dit, aussi, qu'elle n'aimait pas que l'on tue les animaux et, comme animal, la baleine se posait un peu là.

— Vous chassez la baleine ?

— A vrai dire, on va la chasser… nos ancêtres la chassaient… nous, on recommence, lui a précisé Howard qui se rendait bien compte que, dit comme ça, ce n'était pas très brillant et même un peu piteux.

— On recommence, mais on recommence humainement, si vous voyez ce que je veux dire, est intervenu Dale qui préférait prévenir les objections de la jeune fille.

Le fils de Howard était certain qu'elle aurait des objections à n'en plus finir. Il connaissait ce genre de filles, il avait même tendance à en tomber amoureux bien que ça ne lui réussisse pas.

— Humainement, ça veut dire quoi ?

— En fait, ça veut dire qu'au lieu de la harponner jusqu'à ce qu'elle meure, on la harponne, après, on la tue… avec un fusil. Et c'est moi qui tire… j'suis tireur d'élite, faut un tireur d'élite pour tuer une baleine, un type qui serait pas tireur d'élite risquerait la manquer !

— C'est dégueulasse !

— Ça veut dire quoi dégueulasse ?

— Je ne sais pas… je n'avais pas réalisé… pour moi, c'était un peu comme dans les livres…

— On est pas dans les livres, chérie, on est dans la vie, lui a fait Percy en lui touchant le bras pour que les tremblements qui la gagnaient cessent.

— Pourquoi vous faites ça ? Qu'est-ce que peut bien vous avoir fait cette baleine ?

— Elle nous a rien fait ! elle est là, c'est tout… Nous, on est là, la baleine est là, on la tue… c'est pas compliqué.

— On la tue et on la mange, a dit Howard en roulant des yeux.

— Vous la mangez ?

— Qu'est-ce que tu veux qu'on en fasse ? Qu'on l'empaille ? lui a demandé Percy avant de roter sa bière.

Percy rotait beaucoup. Et il pétait aussi.

— Je ne comprends pas.

— Ce qu'on comprend pas, il faut le taire, a proféré Howard qui s'était retenu jusque-là.

— Pardon ?

— Quand on comprend pas, on comprend pas… c'est ça que ça veut dire, il a précisé.

Percy s'est levé de table, il a dit en direction d'Howard :

— Explique-lui… peut-être qu'il faudra qu'on explique… j'vais chercher le gigot, il a rajouté, les bras ballants, une bière dans la main droite, l'air préoccupé par la tournure que prenaient les événements.

— C'est ça… explique-lui, je vais chercher le gigot, l'a imité Howard. Qu'est-ce que vous voulez savoir ? il a demandé à Frances en la fixant de ses yeux rétrécis.

— Je ne sais pas… pourquoi vous voulez faire ça ? Personne ne chasse plus la baleine… c'est interdit !

— C'est pas interdit… en 1855, on a vendu notre territoire contre une poignée de haricots… 700 000 acres, 30 000 dollars payables sur vingt ans et le droit de ramasser les baies, les racines, mais aussi celui de pêcher et de chasser la baleine… le droit de pas mourir de faim !

— Une affaire ! a poursuivi Dale en rigolant.

— Ça fait plus de cent ans, l'a interrompu Frances.

— Ça ferait mille ans, ça changerait rien au problème… un deal est un deal est un deal.

— Quelquefois, un droit tombe en désuétude.

— En quoi ? a demandé Dale en rotant, bien décidé à ne pas tomber amoureux de celle-là qui lui en rappelait trop une autre qui lui avait brisé le cœur.

— Un droit peut devenir caduc si on ne l'exerce pas.

— Ca, quoi ?

— Fais pas l'andouille, a fait Howard à l'intention de son fils. Caduc, obsolète, comme vous l'entendez. Je comprends tous les mots que vous dites, a continué Howard à destination de Frances.

Le vétéran avait une nette tendance à la paranoïa en ce qui concernait les rapports entre les Indiens et les Blancs et cette jeune fille trop jolie pour être honnête avait l'air de n'éviter aucun des clichés concernant les Indiens, y compris la bienveillance un peu condescendante pratiquée par ceux qui se disent être leurs amis. Lorsqu'il l'écoutait, il se sentait pousser des plumes sur la tête. Elle pouvait toujours faire la maligne avec son écrivain à la mords-moi le nœud, ses mots recherchés et ses objections d'ordre juridique, tout ce qu'il voyait, c'est qu'elle n'avait pas lu Dostoïevski et qu'elle avait beau rester courtoise, tout ce qu'elle disait sous-entendait que les Indiens étaient des sauvages. Elle était trop polie pour le formuler de la sorte, mais elle pensait qu'il n'y avait qu'une civilisation sur terre qui vaille la peine d'être appelée comme ça… la civilisation qui avait produit entre autres : Domino Pizza, Kentucky Fried Chicken, le napalm, Bob Hope, Tiny Tim, Perry Como, Connie Francis, Pepsi Cola, la soupe Campbell à la tomate et George W. Bush.

— La baleine n'est pas une espèce protégée ? lui a demandé Frances.

— Et pourquoi c'est une espèce protégée ? Je vais vous l'expliquer… nos ancêtres ont chassé la baleine depuis la nuit des temps lorsqu'elles passaient devant nos côtes pour se reproduire en Basse-Californie… Lorsqu'ils se sont rendu compte de ça, les Blancs les ont attendues en bas pour les massacrer comme des nouveau-nés dans une maternité… et ils les ont massacrées ! Comme ils ont massacré le bison, comme ils massacrent tout ce qu'ils touchent. A tel point que les Makahs ont arrêté de chasser. Pour que les Blancs arrêtent, il a fallu des lois. Les Blancs ont besoin des lois… sans lois, ils ne savent pas se tenir. Ils peuvent pas se dire… y a plus assez de baleines, on arrête les frais ! Il faut un juge pour leur répéter ce que la nature leur a déjà dit.

— Donc, c'est bien une espèce en voie de disparition ?

— Quand on a cessé de les chasser, les baleines ont continué à se reproduire et comme elles n'étaient plus chassées, elles se sont multipliées… « Croissez et multipliez ! », elles ont suivi les ordres du Seigneur, à la lettre. Aujourd'hui, le stock est le même qu'avant… quand les Makahs chassaient la baleine. Y a des baleines, on a le droit de les chasser, donc on recommence. C'est logique !

— J'ignore si les autorités vont trouver cette logique très logique.

— Peut-être pas… ils respectent la loi lorsqu'elle s'applique à leur avantage, si elle s'applique… à nous, par exemple, ils ont tendance à passer outre.

— Et alors ?

— Alors, on va faire en sorte de faire respecter nos droits… les Inuits chassent la baleine, les Russes aussi, les Japonais, les Norvégiens, des Blancs, des Jaunes… tout le monde ! Pourquoi on serait les seuls dont on ne respecte pas les droits ?

— A priori, il n'y a pas de raison, mais les choses ont changé, la situation a évolué…

— C'est sûr ! Quand il a fallu massacrer les baleines, les Blancs étaient en première ligne, maintenant, ils adorent la baleine… ils la protègent… ils l'aiment d'amour. Qu'est-ce que vous croyez ? Qu'on déteste la baleine, qu'on la hait, que c'est pour ça qu'on veut la chasser ?

— Non… ce n'est pas ce que je veux dire.

— Alors le dites pas. Tu détestais ce daim ? a demandé Howard en se tournant vers Percy qui était revenu depuis quelques minutes et qui écoutait le vétéran en se disant qu'il parlait aussi bien qu'un homme politique.

— Non, pourquoi ?

— Tu as tué cette pauvre bête !

— Ben oui.

— Si ça se trouve, c'était le dernier.

— Tu t'fous de ma gueule ! Y en a des milliers, ils bouffent tous les semis, ils défoncent les clôtures, c'est une plaie !

— Shadow est chasseur… il sait combien il y a de daims dans la forêt… s'il y en avait plus, il ne chasserait plus parce qu'il sait qu'il en mangerait plus. Moi, je suis pas chasseur… je suis incapable de dire s'il y en a ou s'il y en a pas. J'exagère, faudrait être aveugle pour pas les voir, en tous les cas, c'est pas à moi de dire si Shadow peut tuer un daim ou pas. Les baleines, c'est pareil ! C'est pas à des types qui ont vu des baleines qu'à la télé de nous dire si on peut les chasser ou pas. La nature nous donne les choses, à nous de savoir ce que nous pouvons prendre.

— Vu comme ça, ça me semble juste, lui a répondu Frances, mais qu'est-ce que vous allez faire des baleines que vous allez chasser ?

— On va les bouffer ! Ça nous changera des burgers et des tacos, a dit Dale.

— Les Indiens sont obèses… jamais il y avait eu d'obèses chez les Indiens, maintenant, c'est chez nous qu'il y en a le plus, on est bouffés par le diabète. Pourquoi ? Parce qu'on se gave de saloperies… on pêche plus, on chasse plus, on a juste à payer à la caisse du supermarché pour s'empiffrer de merde.

Percy les a servis. Pendant quelques minutes, ils ont mastiqué en silence la viande du daim, son sang mêlé à sa graisse coulait sur le menton des hommes, Frances a fait une grimace qui voulait dire qu'elle n'avait jamais mangé quelque chose d'aussi bon.

Howard s'est tourné vers Percy et lui a demandé en grondant :

— Pourquoi tu as tué cette pauvre bête ?

— Pour qu'on la mange, patate !

— Alors, maintenant… on peut parler d'autre chose. Parlez-moi de ce Raymond… Carver, pourquoi vous l'aimez ?

— Ça ne va pas beaucoup intéresser Percy, a objecté Frances.

— Ça lui fera pas de mal d'écouter parler de littérature… peut-être que ça lui donnera envie de lire, lui a répondu Howard en lui clignant de l'œil.

Ils ont parlé ensemble tard dans la nuit, de littérature, de cinéma, surtout avec Dale qui en connaissait un rayon, et d'autres choses encore sans importance. Howard a même fini par ne plus faire attention à ce que disait Frances pour se concentrer sur ses seins et son sourire qui valaient mieux que ce qu'elle disait.

Dale s'était endormi sur le canapé, une canette en équilibre sur le nombril.

Percy semblait heureux et Frances heureuse de le voir heureux.

A l'aube du troisième jour, ses gencives saignaient.

We don't want a bigger piece of cake, we want a different cake.

Winona LaDuke.

Neuf

Our ancestors were strong and wise
Someday we will be strong and wise
And walk in peace
A day will come
We will all walk in peace.

Marvin Helper.

Tant qu'il s'agissait d'arguments juridiques spécieux, les Makahs s'en foutaient; tant qu'il s'agissait d'articles dans les journaux les décrivant comme des barbares assoiffés de sang, les Makahs s'en foutaient; tant que ce n'étaient que des messages de haine et des menaces de mort sur le répondeur du Conseil tribal, les Makahs s'en foutaient; tant que c'était des vieilles hippies en K-way les traitant de tapettes avec un mégaphone, les Makahs s'en foutaient…

La vie continuait et rien ne changeait dans leurs vies sinon qu'un jour ou l'autre, ils allaient chasser la baleine.

Bientôt.

Lorsqu'ils seraient prêts à le faire.

Mais quand le *Whale Will* a jeté l'ancre en face de Neah Bay, ils ont compris que la guerre était déclarée.

Leur seul horizon, c'était l'océan et le bateau barrait l'horizon. Maintenant, ils étaient acculés.

Comme des chiens.

Ils ne pouvaient plus que mordre.

— S'ils veulent se battre, ils vont nous trouver, a grincé Stud, les poings serrés dans les poches de sa veste de survêtement.

— La hache de guerre est déterrée ! a grogné Howard.

— Un harpon dans le cul ! a grondé Greg.

Percy fixait le bateau d'un air rêveur par-dessus ses lunettes d'aviateur, Chris, accroupi sur ses talons, jouait avec des coquilles de bernacle comme avec des dés.

Les choses sérieuses avaient commencé.

Et lorsqu'il s'agissait de choses sérieuses pour Howard, Greg, Chris et les frères Gorch, il n'était pas question de réfléchir, de méditer ou de se purifier, mais d'aller se saouler la gueule.

Et c'est ce qu'ils ont fait.

Cela faisait deux mois maintenant qu'ils s'entraînaient ensemble trois fois par semaine sur les eaux du Détroit, qu'ils essayaient de moins boire ou de ne plus boire du tout, mais il y avait toujours une raison de recommencer. Stud travaillait dans les bois, il tronçonnait ce qu'il restait du tronc des cèdres abattus par les forestiers pour le revendre ; de temps en temps, Greg lui donnait un coup de main, mais l'Ogre passait la plupart de son temps à graver des baleines sur des planches de récupération tout en jetant des regards mélancoliques à sa tronçonneuse ; Howard avait recommencé à peindre des motifs psychédéliques sur du velours noir qu'il mettait en vente dans les mêmes boutiques pour touristes ; Chris ne faisait pas grand-chose ; Percy filait le parfait amour avec Frances sur les bords du lac Crescent et Dale travaillait à droite à gauche sur des chantiers de construction, il s'était trouvé une fiancée blanche et passait ses week-ends avec elle à Victoria ; cela n'avait pas grande importance dans la mesure où son rôle consistait juste à donner le coup de grâce à la baleine depuis le bateau d'accompagnement.

Quand Howard lui a téléphoné quelques jours plus tard pour l'informer de l'arrivée du *Whale Will*, le jeune homme lui a répondu : « Fallait s'en douter, non ? » Effectivement, il fallait s'en douter. Seulement, lorsque quelque chose arrive, c'est toujours différent de lorsque l'on se *doutait* qu'elle allait arriver. Dale n'était pas très sensible aux nuances de cet ordre, il était d'une génération qui ne s'étonnait de rien alors que rien d'étonnant ne lui était jamais arrivé si ce n'est une guerre sans aucun mort, qui avait duré quatre jours. Toutes les différences entre générations intriguaient Howard, lorsqu'il s'agissait de son fils, elles l'agaçaient.

Greg a fait vrombir le V8 de son GMC Sierra et klaxonné trois fois, c'était le signal : ils ont tous rappliqué ; Howard a grimpé à côté de lui, les frères Gorch et Chris se sont installés sur la banquette arrière. Greg s'était découvert un faible pour la tequila et la bière mexicaine et lorsqu'il fallait qu'ils « réfléchissent », ils avaient pris leurs habitudes au Rincón del Montero, un restaurant de Forks tenu par un couple de chicanos, où les boissons étaient bon marché, et qui fermait tard.

Ils n'ont commencé à « réfléchir » qu'une fois installés dans une des stalles en acajou verni au fond du restaurant. En réalité, ils riaient bêtement en se bousculant et en se soufflant la mousse de leurs bières au visage.

Trois tournées plus tard, le gérant Jaime Sanchez a prévenu Ana Elena, son épouse bien-aimée : la soirée risquait d'être longue, et agitée.

C'est le moment qu'a choisi Greg pour grogner :

— La solution, c'est couler leur rafiot !

Ils sont restés interloqués un bon moment avant de se demander comment faire et quand.

Greg pensait que demain serait déjà trop tard, Howard avait des doutes sur l'efficacité de la méthode, mais ils souriaient tous dans le vague à l'idée du bateau des écologistes s'enfonçant dans les eaux glacées du Détroit, les amis des bêtes en gilets de sauvetage fluorescents qui appelaient à l'aide et eux, debout dans le canoë, qui leur frappaient sur la tête à coups d'aviron jusqu'à ce qu'ils se noient.

Greg en a profité pour remettre ça avec son idée fixe, à son avis, les membres du Conseil tribal se foutaient de leur gueule.

— C'est les rois... quand faut faire les pauvres Indiens, tu peux compter sur eux, c'est les rois... pour prendre du pognon et le garder, c'est les rois, j'suis sûr, il a dit en tirant sur sa barbe.

Chris partageait son analyse.

— J'sais pas vous, vous êtes peut-être riches, mais moi, j'ai pas un rond, je vis chez ma mère comme si j'avais treize ans... je regarde *Flipper le dauphin* à la télé.

— Traditions ou pas, nos ancêtres, ce qu'ils mangeaient pas, ils le vendaient... pourraient faire un effort !

— J'crois surtout que ces enfoirés nous prennent pour des cons, a continué Chris. Si ça se trouve, c'est comme pour les arbres... j'les coupe, je touche du pognon, j'les coupe pas, je touche du pognon !

— Vous voyez le mal partout, les a interrompus Stud.

— Le mal est partout, c'est son rôle ! Sans ça, ce serait pas le mal ! lui a rétorqué Howard.

— C'est combien les niaks ? en a profité pour leur demander Greg.

— Une baleine, au prix où les Japs l'achètent… à quatre-vingts dollars le kilo, ça fait un million de dollars, a précisé Chris.

— Un million de dollars, a répété Percy, rêveur.

— Ouais, mon pote ! Une baleine, c'est un million, deux, c'est deux millions, trois, c'est trois millions… dix, c'est dix millions de dollars !

— Evidemment, a sifflé Stud entre ses dents.

— Ça change tout, a marmonné Howard, avant de rajouter, l'heure est grave, si l'on passait à l'eau-de-feu ?

— L'heure est plutôt aux réjouissances, a ricané Chris.

— C'est pas une raison pour pas passer à l'eau-de-feu…

— Sûr.

Ils ont commandé trois tequilas, Percy n'aimait pas ça et Chris faisait attention à son foie, il voulait bien traiter les quakers de buveurs de thé, mais il en était devenu un lui-même.

Depuis qu'il était rentré à Neah Bay, deux choses avaient changé dans la vie du « Flying Thunderbird », la première, la plus étonnante : son obsession l'avait quitté, la seconde, sa santé s'était améliorée de façon spectaculaire. Il n'y avait aucun rapport entre les deux, mais Chris était persuadé du contraire. Il ne bandait plus tous les matins, pour ne pas perdre la main, il se masturbait deux à trois fois par semaine, mais c'était par acquit de conscience.

Au début, ce changement l'avait troublé, c'était comme s'il s'était réveillé dans la peau d'un autre ; il aurait dû se sentir frustré, il se sentait libéré. D'autant plus qu'il allait mieux, il était moins fatigué, il avait retrouvé l'appétit, il dormait bien, il essayait de ne pas trop boire. Il pensait quelquefois, en riant tout seul : « Je suis sur la voie de la Rédemption », avant de rajouter à voix basse : « Merci Seigneur ! Faites que ça continue ! »

Le sens de sa vie avait changé d'axe comme une porte qui claque. Tout ce qu'il avait été chercher dans le corps des femmes – toujours remis –, il avait cessé de le vouloir. Une seule chose, aussi inaccessible, lui importait : ramer en cadence avec des gens dont aucun n'avait idée de ce que pouvait être l'idée de cadence, tuer un animal dont aucun ne pouvait imaginer comment il allait se comporter le moment venu. Les choses de son corps étaient comme l'eau, celles de son âme comme la fumée, sa vie, un songe et le souvenir qu'il laisserait, oublié avant même d'être connu. Seul restait ce vers quoi son corps et son âme tendaient : la baleine. Tout ce qui faisait qu'il était encore vivant et qu'il voulait encore vivre, qu'il était encore un homme. Un homme qui voulait devenir un homme. Ou bien le rester.

Quand il avait poussé la porte de la maison où sa mère vivait, rien n'avait changé, toujours les mêmes meubles qui semblaient sortis tout droit d'un dépôt-vente disposés de la même manière et la lumière toujours allumée en plein jour. Sa mère n'avait pas changé non plus, quelque chose de sombre, d'étrange, d'inquiétant, planait encore sur elle et sur sa maison, bien qu'elle n'ait été qu'une femme et la descendante de ces gens que les ancêtres de la ville avaient de bonnes raisons (ou le croyaient du moins) de haïr et de craindre. Il avait changé sans doute encore davantage, puisqu'en l'apercevant sa mère avait fait un geste de la tête comme quelqu'un qui a oublié ses lunettes.

— Chris ? elle avait demandé après un silence qui avait duré quelques secondes, mais qui lui avait paru très long. Après tout, une mère est censée reconnaître ses petits…

— Oui, il avait répondu sans avancer pour ne pas la troubler davantage.

Ils étaient restés ainsi tous les deux, les bras ballants, à se demander ce qu'il serait bon de faire et ce qu'il ne fallait surtout pas faire.

La suite en dépendrait.

— T'as faim ? avait fini par se décider à lui demander Martha.

— Ça peut aller.

— Assieds-toi, alors.

Elle s'était affairée dans la cuisine pendant qu'il suspendait sa veste au dossier de la chaise qu'elle lui avait montrée d'un vague geste de sa main déformée par l'arthrose. Lui faire à manger était la seule chose qu'elle avait trouvée pour dissimuler son émotion et aussi pour se rendre utile. Toute sa vie, Martha Klookshood n'avait pensé qu'à se rendre utile, de préférence envers ceux qui n'en avaient rien à faire ou qui étaient réputés pour ne pas avoir la reconnaissance du ventre.

Tous les dimanches matin, son mari l'avait battue comme plâtre lorsqu'elle revenait de l'église.

Quand il en avait fini avec elle, il passait aux enfants : quatre filles et un garçon. Ça lui prenait deux ou trois heures pour leur mettre la main dessus et les corriger sans hâte avec sa ceinture dont il tenait la boucle serrée à l'intérieur de son poing. « J'sais pas, mais vous savez », leur disait-il en guise d'explication, explication qu'ils s'étaient toujours bien gardés de lui demander de peur d'avoir droit à une double dose. Il sortait ensuite, traversait la route et corrigeait sa maîtresse et les deux enfants qu'il lui avait faits, cette corvée occupait toute sa matinée du dimanche, l'après-midi étant consacrée à la sieste.

Les jours ouvrables, sa femme, sa maîtresse et ses sept enfants pouvaient faire tout ce qui leur passait par la tête, la correction dominicale n'avait rien à voir avec leur attitude de la semaine, elle n'était pas proportionnelle à ses contrariétés non plus, elle était immuable comme une routine. Jusqu'à ce qu'un samedi matin il déboucle sa ceinture et agisse avec eux comme il agissait d'ordinaire le jour du Seigneur. La nuit suivante, personne n'avait fermé l'œil, mais le lendemain, leur bourreau hebdomadaire avait disparu.

Pour ne plus jamais réapparaître.

— Moi, j'sais pas, mais lui, il doit savoir !

C'était la seule explication qu'avait trouvée sa maîtresse et elle avait satisfait tous les autres.

Après son départ, Martha s'était débrouillée comme elle avait pu avec ses cinq enfants, plutôt mieux d'ailleurs que lorsqu'elle avait une autre bouche inutile à nourrir. Elle avait travaillé comme cuisinière tout le temps qu'elle avait pu supporter de rester debout douze heures de rang alors qu'elle avait une mauvaise circulation. Aujourd'hui encore, elle n'hésitait pas à se faire engager pour la saison dans les restaurants qui voulaient bien d'elle, sa seule exigence étant que ses patrons la laissent s'étendre, de temps en temps, les jambes en l'air derrière les fourneaux.

Faire la cuisine était la manière qu'elle avait trouvée pour se rendre utile, sa façon de s'excuser d'être sur terre. Alors, quand son fils est revenu après ne lui avoir donné aucune nouvelle depuis son départ, il y avait de cela plus de dix ans, tout ce qu'elle a trouvé à faire, une fois la première surprise passée (il avait tellement maigri qu'elle ne l'avait pas reconnu de suite), a été de se précipiter sur ses casseroles. Comme toutes les bonnes cuisinières, elle était capable d'improviser un bon repas avec des restes et il y avait toujours quelque chose au fond du frigo qu'elle pouvait faire réchauffer au cas où elle n'aurait pas eu le temps.

Elle est revenue de la cuisine, séparée du salon par une cloison gauchie en contreplaqué brut, avec du flétan, des pommes de terre sautées et une part de tarte aux canneberges.

Elle s'est assise en face de Chris et elle a attendu.

Il avait oublié sa façon de faire, il était incapable de savoir si elle attendait qu'il lui parle ou alors qu'il commence à manger.

— Les filles sont plus là ? il lui a demandé, la bouche pleine.

— Elles sont parties… ça fait longtemps.

— Où ça ?

— June et Patsy sont mariées toutes les deux… June travaille à la fabrique de bottes de Spokane, Patsy vit dans l'Oregon, du côté d'Albany, elle s'occupe de ses enfants… elles passent des fois… pas souvent, elles ont du boulot ! Doris, j'sais pas, la dernière fois que je l'ai eue au téléphone, elle travaillait comme serveuse à Memphis.

— Pute, tu veux dire ?

— Dis pas ça !

— Toutes les filles qui téléphonent à leur mère pour leur dire qu'elles sont serveuses, c'est pour leur dire qu'elles sont putes.

— Dis pas ça !

— Mets-toi à leur place… je suce des bites pour gagner ma vie, c'est dur à dire à sa mère !

— T'as pas changé.

— C'est la vie qui a pas changé ! Et Rosanne ?

— C'est celle qui est la plus près…. Elle est au cimetière !

— Quoi faire ?

— Elle est morte. Elle a eu un accident, elle est restée dans le coma et puis elle est morte. Soi-disant, elle a pas souffert. C'est les docteurs qui me l'ont dit.

— Qu'est-ce qu'ils en savent ? Personne sait ça…

— Ça change rien de toutes les façons.

Chris n'aimait pas l'idée que sa sœur préférée ait souffert. Il avait proposé à June, Patsy et Doris des trucs dont aucun adulte n'aurait pu se douter qu'ils puissent traverser la tête d'un enfant, mais la seule qui avait marché dans sa combine, c'était Rosanne. Ce n'était pas la plus jolie des quatre, pas même la plus docile, mais c'était la seule que le sexe intriguait autant que lui. S'il avait traité Doris de « pute », c'était comme l'on se venge quand l'occasion se présente enfin, c'était celle qu'il préférait, mais elle n'avait jamais accepté quoi que ce soit de ce qu'il lui avait proposé, il aurait adoré qu'elle accepte de lui faire ce que Rosanne lui faisait, mais il n'y avait pas eu moyen de la convaincre.

Depuis ce temps-là, Chris n'était pas regardant sur le physique de ses partenaires, il avait du goût pour les femmes laides, elles étaient plus salopes, la curiosité y était souvent pour quelque chose, et la frustration.

Les deux ensemble, c'était parfait.

— T'as pas faim ? lui a demandé Martha qui était assise en face de lui, les deux poings fermés sur ses genoux écartés.

— Pas trop… je pensais aux filles.
— Mange !

Martha avait deux moyens de ne pas penser : faire à manger et manger. Malgré toute la bonne volonté qu'elle mettait à faire à manger aux autres, elle était seule. Son mari était parti et puis ses enfants l'avaient quittée, les uns après les autres. Le départ de son mari avait été un soulagement, que ses enfants la quittent, un déchirement. Elle avait gardé leurs vêtements au grenier. De temps à autre, comme elle l'aurait fait d'un album de photographies, si elle en avait eu un, elle ouvrait les malles où ils étaient rangés et pleurait en regardant leurs petites robes, leurs petits pantalons, leurs petites chaussures, toutes les choses déjà ruinées qu'ils portaient lorsqu'ils étaient enfants, qui lui apparaissaient aussi belles que des reliques peuvent l'être, simplement parce qu'elles ont été. Elle se rappelait combien elle avait aimé les toucher et les nourrir, ils étaient les merveilles d'entre toutes les merveilles, elle aurait pu mourir pour eux, quelquefois, lorsqu'elle les regardait jouer, elle était obligée de se retenir pour ne pas s'évanouir.

Lorsqu'ils étaient nés, elle l'avait juré devant Dieu : jamais personne ne leur ferait du mal, elle avait oublié de prier pour demander qu'ils ne lui en fassent pas à elle et elle avait payé cher sa négligence et sa distraction, ils l'avaient fait souffrir les uns après les autres jusqu'à ce qu'elle n'en puisse plus. A tel point que rien, désormais, n'aurait pu la surprendre les concernant. Elle avait gardé du temps d'avant cette faiblesse qui la faisait pleurer à peine prenait-elle entre ses mains leurs vêtements. Elle n'avait pas abandonné ses enfants puisqu'elle n'avait pas abandonné leur souvenir, mais le temps les lui avait fait abandonner parce que ce n'était pas possible autrement. Au fur et à mesure que la mort se rapproche, on oublie ses enfants et l'on ne pense plus qu'à soi jusqu'à s'évanouir à son tour.

De temps en temps, elle parlait d'eux avec sa voisine. Elle n'avait jamais pu porter la main sur ses enfants, sa voisine lui disait que c'était pour ça qu'ils étaient devenus ce qu'ils étaient devenus. Elle l'écoutait sans broncher, elle était toute prête à admettre qu'elle avait raison, mais elle avait bien vu que les enfants de la voisine étaient partis eux aussi alors qu'elle les battait comme plâtre et qu'ils n'étaient pas devenus grand-chose de mieux que les siens. Le problème n'était pas là, ni la solution. Ce qui était un comble, en revanche, c'est que la seule personne à laquelle elle pouvait demander son avis, sinon se confier, était l'ancienne maîtresse de son mari.

— Tu comptes rester longtemps ?

— J'sais pas… le temps de me refaire une santé.

— Tu comptes faire quoi ? Y a pas grand-chose pour toi ici.

Les gens étaient gentils et sa mère avec. Il y avait de cela dix ans, on lui avait fait comprendre qu'il n'y avait rien pour lui ici et que ce serait pas mal s'il allait voir ailleurs. Au lieu de dire aux gens ce pour quoi ils ne sont pas faits, on ferait mieux de leur dire ce pour quoi ils sont faits.

Tout le monde gagnerait du temps.

Chris ne comptait pas être reçu par la fanfare municipale et les pom-pom girls, tout ce qu'il demandait, c'était qu'on lui redonne sa chance. Tout le monde a droit à une deuxième chance, même si l'on ne revient jamais. C'est la loi. Il ne savait pas très bien où cette histoire de baleine pourrait le mener, il verrait comment les choses s'organiseraient lorsqu'il serait sur l'eau. Il lui tardait juste de voir comment il allait se comporter une pagaie à la main, et comment son corps réagirait.

Tout ce qu'il avait dit à Stud pour se vanter, il n'y croyait pas davantage qu'à ce qu'il disait aux folles pour les baiser. Et puis, petit à petit, ses sensations reviendraient, au fur et à mesure que l'angle d'attaque de sa pagaie se rapprocherait de la perfection, que sa pagaie se confondrait avec la surface de l'océan, son corps s'apaiserait.

Il aurait retrouvé sa place dans le monde.

Sa place était là, sur la ligne qui séparait le ciel de l'océan.

— Chasser la baleine ! J'suis là pour chasser la baleine.

— Tout le monde en parle… tout le monde parle plus que de ça !

— J'suis là… j'suis là pour ça… j'suis l'un d'entre ceux-là.

— J'savais pas.

— Maintenant, tu sais. Je suis l'un de ceux qui vont chasser.

— C'est bien ! J'suis contente… j'suis contente que tu sois l'un de ceux-là… Mange !

Il avait mangé.

Ce repas-là et puis le suivant et puis un autre encore et tout ce qu'il mangeait, l'air qu'il respirait, chaque coup de pagaie qu'il donnait l'éloignaient de la mort.

Depuis qu'il était revenu à Neah Bay, lorsqu'il n'entraînait pas l'équipage et qu'il ne regardait pas le docteur Spock se faire greffer un cerveau supplémentaire, étendu sur le canapé de sa mère, il discutait avec Greg, assis sur le bac à fleurs devant le Washburn. Ils se sentaient proches l'un de l'autre comme deux parias peuvent l'être.

Greg l'amusait avec son obsession du complot, les conversations les plus anodines tournaient systématiquement à l'interrogatoire. Lorsqu'il obtenait des informations qui lui semblaient confirmer les hypothèses qu'il avait échafaudées, il ramait comme un chef ; lorsqu'il n'avait pas obtenu ce qu'il escomptait, le canoë n'avait pas le même rendement. Chris savait où Greg en était de ses investigations à la seule vitesse du *Loo Taas*, mais quand Greg était *très* contrarié, lorsqu'il était furieux, l'effet produit s'inversait, toute sa frustration concentrée dans ses muscles explosait littéralement. Dès les premiers coups de pagaie, l'avant du *Loo Taas* décollait dans un ruban d'écume, Chris regardait les deltoïdes de Greg portés au rouge, sa peau tendue à se rompre en se retenant de rire, il le savait, la séance serait bonne, les autres seraient obligés de suivre la cadence et les buveurs de thé auraient des courbatures le restant de la semaine.

Chris n'était pas leur chef, il n'avait aucune autorité sur eux, ni physique ni intellectuelle, encore moins morale. Il n'était pas le plus fort, le matin, lorsqu'il se réveillait, il avait des courbatures dans tout le corps comme s'il avait eu la fièvre, ni le plus malin, sa seule intelligence lui avait servi à baiser des femmes qui ne demandaient pas mieux, mais sur un bateau il était celui qui s'y connaissait le mieux, celui qui pouvait manipuler, si cela lui semblait nécessaire, chacun d'entre eux ou l'équipage entier. Lorsqu'ils avaient une pagaie à la main, il savait comment ils allaient, il savait comment faire pour qu'ils aillent mieux et comment faire pour qu'ils rament ensemble. Déjà, avoir deux mâles dominants comme Greg et Stud dans le même bateau aurait pu décourager n'importe quel chef de nage moins expérimenté qu'il ne l'était, mais ce n'était qu'une des données qu'il devait gérer ; il y avait des paresseux, des colériques, des je-m'en-foutistes et de trop bons élèves, des costauds et d'autres qui l'étaient moins et avec toutes ces différences, tous ces antagonismes, ces histoires personnelles dont aucune ne ressemblait à celle du voisin, il lui fallait faire un équipage.

Son pouvoir s'évanouissait aussitôt qu'il mettait le pied à terre. Le reste ne le regardait pas, dans une certaine mesure, il s'en moquait ; il savait qu'il n'en avait plus pour très longtemps. Il n'avait pas voulu reprendre son traitement comme on le lui avait conseillé ; s'il l'avait fait, il aurait été trop fatigué pour ramer ; lorsqu'il aurait l'occasion de le recommencer, ce serait sûrement trop tard, ses atteintes hépatiques seraient trop étendues pour ne pas être irréversibles.

« L'homme qui n'espère rien est un terrible optimiste », a dit Howard en jetant quelques pièces sur la table du Rincón del Montero pour mettre fin à leur discussion sur le meilleur moyen de couler le *Whale Will*.

Lorsqu'il a vu les cinq Indiens titubants quitter son bar, Jaime Sanchez a poussé un soupir de soulagement, il a rajouté à destination de son épouse : « Ferme tout et éteins les lumières avant que ces Eskimos changent d'avis ! » Ana Elena s'est hâtée de faire ce qu'il disait.

Toute la route entre Forks et Neah Bay, les Eskimos se sont tus, Percy s'est endormi, il s'est réveillé quand Greg a coupé le contact de son pick-up. Le Sierra était garé à l'aplomb du *Whale Will*, Howard, Stud, Chris sont descendus, ils ont regardé les lumières à bord du bateau des écologistes ; on devinait à peine la banderole qu'ils avaient accrochée tout le long de la lice : « Arrêtons le massacre des baleines ».

— On a même pas commencé, bande de tapettes ! a ricané Chris.

Stud et Howard s'étaient éloignés, ils marchaient le long de la plage.

— Ce que je sais, c'est qu'ils sont pas chez eux et qu'on va se battre. T'es d'accord ? a demandé Stud au vétéran.

— Ce qui est important, c'est de gagner... cette fois, il faut gagner. C'est tout. Se battre, je connais. Ce que je voudrais, une fois au moins, c'est gagner... Voir l'effet produit.

— L'effet produit d'être blanc ?

— J'ai lu un truc sur Miles Davis... le type qui jouait de la trompette. On lui demandait son vœu le plus cher... tu sais ce qu'il répond ?

— J'sais pas... un poumon de rab !

— Pas du tout ! Un sacré nègre pourtant Miles Davis, pas plus nègre que lui, pas plus fier d'être noir et tu sais ce qu'il répond... « Etre blanc ! ». Son vœu le plus cher, c'était d'être blanc !

— Putain !

— Tu l'as dit ! Il voulait être blanc pas pour plus être noir, pas pour être blanc non plus, il voulait être blanc pour qu'on lui foute enfin la paix ! Qu'on lui laisse faire ce qu'il avait envie de faire... même si c'était souffler dans son bugle comme un nègre !

— J'sais pas pourquoi j'te dis ça, mais en taule, la première fois que j'ai été chez le coiffeur, quand j'ai vu le fauteuil, j'ai cru que c'était la chaise électrique, a repris Stud.

— J'ai pas peur de la mort, c'est déjà fait, lui a répondu Howard en lui touchant le coude.

Le sens de ce qu'ils disaient n'avait aucune importance, la seule chose qui importait c'est qu'ils aient l'impression de se parler et de se comprendre. Les effets de l'alcool se dissipaient, bientôt ils ne se comprendraient plus aussi bien.

La lune semblait absurde, à quelques mètres d'eux.

Greg et Chris marchaient épaule contre épaule, personne n'aurait pu entendre ce qu'ils complotaient dans leur coin.

— S'il faut couler leur putain de rafiot à un moment ou à un autre, tu peux compter sur moi, a chuchoté Chris à l'oreille de Greg.

— Bientôt, lui a répondu l'Ogre.

— Je marche avec toi…

La porte du GMC ouverte, Percy souriait dans son sommeil, le cou dans une drôle de position.

A bord du *Whale Will*, tout le monde dormait à poings fermés sauf l'homme de veille qui, en l'occurrence, était une femme : Elena Simmons, qui faisait office de second. Elle était aussi, accessoirement, la maîtresse du colonel Saul Holmes, le fameux éco-terroriste, comme il se définissait lui-même, et sa plus proche collaboratrice.

Dès qu'elle avait vu le colonel à la télévision, alors qu'elle n'avait que treize ans et qu'elle portait encore un appareil dentaire, Elena avait su que le colonel était l'homme de sa vie.

Le colonel Saul Holmes avait déjà les cheveux blancs et il portait autour du front le bandana rouge qui le rendait reconnaissable entre mille, il se tenait à l'avant d'un bateau pneumatique, les deux jambes écartées, une corde à la main reliée à l'anneau de proue, cambré en arrière, il chevauchait son Zodiac comme un cow-boy un cheval de rodéo. Le hors-bord rebondissait de vague en vague, à chaque choc, il se cabrait dans l'écume et le colonel, le bras droit levé, continuait à montrer le poing aux matelots massés sur le pont du navire-usine japonais qu'il harcelait depuis des semaines. Ce jour-là, lui et son équipe empêchaient les chasseurs de récupérer le cachalot qu'ils venaient de harponner. Quand l'on ne voyait pas le colonel faire du rodéo sur les vagues, les jambes écartées et le poing levé, ce qui était un spectacle particulièrement télévisuel, on pouvait apercevoir, en arrière-plan, le cachalot mortellement blessé qui dérivait entre deux eaux et la surface de l'océan rougie de son sang alentour.

Insupportable !

Le spectacle était insupportable à toutes les âmes sensibles et même à celles qui ne l'étaient pas, mais à qui l'estomac manquait, a fortiori à une jeune fille de treize ans, les hormones en vrac, et qui aimait les animaux à la folie. Elena avait un hamster, deux chats que son père avait fait castrer pour ne pas qu'ils pissent partout (et qui continuaient à le faire), un chien fatigué du train arrière et un couple de canaris déplumés, si ses parents avaient été plus compréhensifs, elle en aurait eu davantage, mais son père trouvait que sa chambre sentait trop mauvais pour lui donner la permission d'agrandir sa ménagerie. Lorsqu'il lui reprochait l'odeur qui régnait dans sa chambre, par ailleurs encombrée de peluches, elle avait pour habitude de lui répondre que la maison entière sentait la vieille pipe et que, par sa faute, une famille entière d'innocents serait bientôt décimée par le cancer du fumeur.

Tandis qu'elle fixait l'écran du poste de télévision, les deux poings serrés contre ses lèvres pour ne pas hurler d'horreur (la tache de sang ne devait pas faire loin d'un hectare), son frère aîné s'était assis sur le canapé du salon tout en mastiquant un sandwich à la banane et au beurre de cacahuète qu'il faisait passer à grands coups de Sprite.

— Qui c'est ce cow-boy, le fils du commandant Cousteau ? il lui avait demandé, la bouche pleine.

— C'est l'homme de ma vie, lui a-t-elle répondu sans se retourner, le colonel Holmes.

— J'espère qu'il sait nager.

— Evidemment, c'est un dieu !

— Tu peux pas changer de chaîne ?

— Pas question !

Son frère s'était levé sans faire d'histoires, il était d'un tempérament plutôt placide et savait qu'il était inutile de s'opposer de front à sa sœur si l'on ne voulait pas déclencher des crises d'hystérie incontrôlables mais, au dîner, alors que sa mère servait la salade d'avocats au crabe (Elena triait avec soin les miettes du crustacé qu'elle alignait sur le bord de son assiette pour ne pas participer au génocide des crabes royaux du Kamchatka dont elle avait récemment appris l'existence), il avait dit :

— Vous savez pas la nouvelle ? Elena est amoureuse.

— C'est vrai ? lui avait demandé sa mère.

— C'est qui ? avait fait son père, déçu et satisfait à la fois que sa fille ne soit plus une enfant. Déçu comme tous les pères se doivent de l'être, satisfait dans la mesure où il supposait qu'il pourrait enfin demander à sa fille de se débarrasser de sa ménagerie.

— Un cow-boy ! Un cow-boy… mais il fait du cheval sur les vagues.

— Du surf ?

— Non, non, un vrai cow-boy, tout le portrait de Willie Nelson, sauf que c'est le fils du commandant Cousteau.

— Il dit n'importe quoi, c'est le colonel Saul Holmes, il sauve les orques et les dauphins. Il a sauvé plus de soixante mille phoques en les peignant en rouge... pour que leur fourrure soit inutilisable !

— T'es sûre que la peinture, c'est très bon pour les phoques ?

— Il s'y connaît, c'est un héros ! Il sauve les baleines aussi...

— Tu préfères pas plutôt tomber amoureuse de John Travolta, par exemple ?

— Travolta ne sauve pas les animaux !

— Tu es libre de faire ce que tu veux, Elena, mais j'exige une seule chose de toi... je t'interdis de ramener un phoque à la maison ! Encore moins une orque, la piscine n'y résisterait pas !

Son père croyait être drôle. Aux yeux d'Elena, il ne l'avait jamais été. En réalité, elle n'avait jamais eu le sens de l'humour et en grandissant les choses ne s'étaient pas arrangées, elle avait tendance à tout prendre au sérieux et quelquefois au tragique. Son père s'obligeait à être drôle pour la soulager, il n'avait aucun goût particulier pour l'ironie, mais il avait toujours trouvé Elena trop sérieuse. Il avait attendu qu'elle fasse sa puberté avec impatience contrairement à la majorité des pères puisque, d'ordinaire, cette gravité exagérée disparaît quand les garçons deviennent une préoccupation essentielle, mais quelquefois des passions enfantines restent des passions à l'âge adulte. Ce serait le cas d'Elena, son père et son humour forcé n'y avaient rien pu faire. Elle avait été une enfant émotive, une adolescente concernée par les grandes causes, jeune fille, elle s'était impliquée très tôt dans les causes humanitaires et dans la défense des animaux.

Elle ne renonçait jamais.

Et l'une des choses à laquelle Elena n'aurait renoncé pour rien au monde était de rencontrer son idole. Sous le prétexte d'un mémoire sur les dauphins, sa route avait croisé celle de Saul Holmes ; une fois qu'elle l'a eu rencontré, son but avoué a été de se marier avec lui. Ce n'était pas encore le cas, mais cela faisait plusieurs années qu'elle était la compagne du colonel Saul Holmes, et son bras droit.

Le colonel Holmes n'était pas plus colonel que l'imprésario d'Elvis Presley ne l'avait été. Sa biographie non autorisée aurait été aussi intéressante que celle du colonel Parker et les zones d'ombre sûrement aussi nombreuses, mais sa légende était tellement au point que les journalistes n'avaient plus qu'à la reproduire telle quelle pour captiver leurs lecteurs, ils rajoutaient quelquefois deux ou trois exploits de leur invention pour avoir le plaisir de voir le colonel les reprendre ultérieurement à son compte. A l'en croire, il avait été le premier à informer Brigitte Bardot du massacre des bébés phoques, il laissait planer un silence lourd de sous-entendus sur les relations qu'il avait entretenues sur la banquise avec la vedette française ; il disait avoir été l'ami intime de Marlon Brando qui désirait même tourner un film sur sa vie ; il avait, soi-disant, été condamné à mort plusieurs fois et au moins à deux reprises à la prison à perpétuité par des gouvernements dont il avait contrarié la politique ; sa tête était mise à prix par les industriels de la fourrure, et d'autres choses encore qui faisaient de lui aux yeux du public un guerrier-hors-la-loi-au-service-du-bien.

Il disait être l'un des fondateurs de Greenpeace et s'en être séparé quand l'association écologiste s'était opposée à ses méthodes radicales et parfois violentes, d'après lui par crainte de le voir prendre la tête du mouvement et le faire changer de politique.

Il n'hésitait pas à s'opposer par la force aux navires-usines japonais, aux chalutiers russes, à détruire les filets dérivants, à éperonner tous les navires qui se dressaient sur sa route, toutes les méthodes lui semblaient bonnes pourvu qu'elles soient efficaces, c'est-à-dire filmées et que, de préférence, les caméras se souviennent de son bon profil : le gauche, qu'il présentait aussitôt que la lumière rouge était allumée, après avoir vérifié que son bandana était bien en place.

Il avait compris que les médias raffolaient de sa cause, mais aussi du style qui était le sien. Le moindre reportage sur l'une des opérations où il les convoquait pouvait se transformer en western ou en film de pirates ; pour peu que l'opposition à ses interventions soit, elle aussi, violente, que les baleiniers essaient d'éloigner les bateaux du colonel à grands coups de lances à incendie ou menacent de les couler avec leurs canons lance-harpons, le colonel passait aux yeux du public à la fois pour un héros qui part désarmé à l'abordage de navires gigantesques sur une coque de noix, comme Don Quichotte à l'assaut des moulins à vent, et pour un martyr de la cause des animaux. La dramaturgie de ce genre de reportages ressemblait à celle d'un Fort Alamo où les méchants auraient été calfeutrés bien à l'abri et dont les bons auraient fait le siège. Ce qui était aussi inversé, en ces circonstances, c'était la légalité : ceux qui étaient dans leur droit, aussi absurde cela pouvait-il sembler, se retrouvaient dans le rôle des pirates et les opposants à ce droit dans celui de rebelles au grand cœur agissant dans l'intérêt d'un droit supérieur dont personne ne savait exactement en quoi il consistait.

Le bandana rouge autour de ses cheveux blancs lui servait de logo comme le bonnet rouge avait été celui du commandant Cousteau, mais Saul Holmes avait également compris que l'origine de son dévouement à la cause des animaux devait plonger ses racines dans le mythe. C'était ce récit des origines qu'il ne manquait jamais de rappeler en préalable à toutes les interviews qu'il donnait : lorsqu'il avait eu vingt ans, il était un opposant déterminé à la guerre du Viêtnam, un militant acharné des droits civiques et un défenseur de la première heure de la cause indienne. Il s'était rendu à Wounded Knee aussitôt qu'il avait su que les Indiens étaient assaillis par les fédéraux, il avait réussi, de nuit, à s'introduire à l'intérieur du campement des derniers insurgés où il avait servi de médecin jusqu'à la fin du siège.

Le colonel Saul Holmes avait tenu à revenir sur cet épisode avant que le *Whale Will* fasse route pour Neah Bay. Il savait que les Indiens ne manqueraient pas d'évoquer le racisme à leur endroit. C'était de bonne guerre. Le colonel n'a pas manqué de s'en dédouaner d'entrée en rappelant qu'il avait toujours été un ami des Indiens, un admirateur des Oglalas qui avaient sauvé le bison et qui lui avaient donné un nom indien : « Buffalo Blanc », pour le remercier de son dévouement. C'est même à Wounded Knee que la révélation lui avait été faite : un bison lui était apparu alors qu'il se purifiait dans un *sweat lodge*, le bison lui avait fait comprendre qu'il ne devait pas gaspiller son énergie, qu'il devait se concentrer sur une cause et que cette cause était celle de la baleine qui était à l'Océan ce que le bison avait été à la Grande Prairie. Il avait insisté tout au long de sa première conférence sur le danger du racisme à rebours, qui consisterait à concéder aux

Indiens des droits au-dessus des lois que devaient respecter les autres citoyens.

Lorsque Cliff Tsekauwtl avait eu connaissance de la teneur des propos de Holmes, il avait demandé à John Kalchote s'il se souvenait d'un certain Buffalo Blanc qui aurait soigné les insurgés de Wounded Knee.

— Ce type est un imposteur et un mythomane, il a jamais mis les pieds à Wounded Knee ! Même Angela Davis a pas pu rentrer ! lui avait répondu John. A Wounded Knee, les Blancs tiraient sur les Indiens, ils les soignaient pas !

Le colonel Saul Holmes n'avait, peut-être, jamais mis les pieds à Wounded Knee comme il s'en vantait, mais son bateau avait jeté l'ancre à quelques encablures de Neah Bay et ses Zodiac ont commencé à suivre le *Loo Taas* comme une ombre l'aurait fait.

Une ombre malfaisante.

Ou comme des chiens harcelant un cerf blessé.

La pression était sur les Makahs.

Un jour ou l'autre, si les gardes-côtes ne s'en mêlaient pas, ça allait péter.

Ce printemps-là, comme d'habitude pourtant, la neige commençait à fondre sur les sommets, les buissons de framboises étaient en fleur, les saumons coho remontaient les rivières tandis que les baleines grises avaient entrepris leur long voyage de la Basse-Californie vers l'Alaska, mais ce printemps n'était pas comme les autres : la Commission baleinière internationale, l'organisme chargé de réglementer la chasse à la baleine, tenait ses assises à Victoria et Cliff Tsekauwtl a pensé que ce serait une bonne chose d'inviter ses représentants à Neah Bay.

Parmi les trente-neuf Etats faisant partie de la CBI, il y avait des nations que n'importe qui aurait eu du mal à situer sur un planisphère : Antigua et Barbuda, les îles Féroé, Saint Kitts et Nevis, toutes soupçonnées d'être à la solde des nations pour qui la chasse est une industrie. Sans avoir la moindre idée du guêpier dans lequel ils fonçaient la tête la première, les Makahs se réjouissaient d'accueillir les représentants de la CBI; leur aspect, pourtant, était bien fait pour conforter dans leurs a priori les opposants locaux à la reprise de la chasse : les Scandinaves faisaient penser à des barbares vikings, les Maoris à d'épouvantables sauvages. Sans compter que certaines des pratiques dont ils se vantaient en toute innocence étaient bien faites pour répandre la terreur dans le rang des amis des bêtes.

En guise de bienvenue, les Makahs convoquèrent tout ce joli monde dans une clairière isolée près de Soosh Beach, pour leur faire une démonstration du fusil, signe de leur fierté et de leur force retrouvées. Howard a ouvert avec solennité la valise en aluminium où il était rangé, il l'a montré à la foule et l'a tendu à Dale comme il l'aurait fait d'une offrande. Le vétéran a ensuite expliqué que le bruit de la détonation pouvait endommager les tympans fragiles et même ceux qui ne l'étaient pas, il a donc conseillé à tous les membres de l'assemblée de se boucher les oreilles. Pour éviter ce risque, Dale était équipé d'un casque antibruit orange posé par-dessus sa casquette des Detroit Pistons portée à l'envers. Avec son pantalon baggy, son sweat-shirt camouflage XXL, ses Air Jordan et sa chaîne en or, le jeune homme ressemblait davantage à un fan de hip-hop qu'à un véritable chasseur. Il a mis un genou à terre, la cible, une énorme souche de cèdre rouge, avait été disposée à vingt mètres de lui.

Howard a demandé le silence.

Dale a appuyé sur la détente… rien !

Il a extrait la balle qui avait la taille d'un petit obus, et il l'a replacée soigneusement dans le magasin, il a appuyé une deuxième fois sur la détente, et… toujours rien !

Howard et Percy se sont approchés.

— Ces cons vont se faire péter la gueule ! a marmonné entre ses dents William Zandt qui se serait bien dispensé d'assister à la démonstration si ses fonctions de porte-parole du Conseil tribal ne l'avaient pas obligé à le faire.

— Bon débarras ! lui a rétorqué Hank Hazzle. Revêtu de sa plus belle veste à franges, il contemplait la scène en secouant la tête d'un air vaguement méprisant. Tu vois le spectacle avec une baleine ? il a rajouté.

— Je préfère pas imaginer !

— Tout ce que je vois, c'est qu'avec cette bande de bras cassés, on va se ridiculiser.

— Pas plus qu'en se déguisant en cow-boy, lui a rétorqué William Zandt qui n'aimait pas Hank Hazzle outre mesure.

L'un après l'autre, Howard et Percy ont actionné le mécanisme de l'arme, ils ont replacé la balle à plusieurs reprises avant de rendre le fusil à Dale.

Le fan d'Eminem a appuyé une troisième fois sur la gâchette.

La balle a été se ficher dans la souche dans un vacarme assourdissant.

Tout le monde a applaudi avant d'aller constater les dégâts causés par l'impact et débattre de l'effet possible sur une baleine.

Les rares journalistes convoqués pour l'occasion en ont profité pour demander leurs impressions à quelques délégués de la CBI. Le représentant islandais, qui dépassait tout le monde d'une tête et arborait la barbe de

Billy Gibbons, le guitariste de ZZ Top, a mis l'accent sur les différences entre la chasse pratiquée par les Islandais et celle que voulaient pratiquer les Makahs : « Chez nous, c'est un boulot comme un autre… y a rien de religieux là-dedans, on va à la chasse comme on irait à l'usine ! » Pour sa part, le représentant des îles Féroé qui ne parlait pas anglais et à qui l'on demandait si le problème de la langue ne le gênait pas trop a répondu, par le biais de son interprète : « On a pas besoin de parler la même langue pour communiquer, on aime le sang ! »

Sa provocation a détendu l'atmosphère et fait sauter les inhibitions des autres chasseurs qui n'en demandaient pas tant. Les plaisanteries sur le compte des opposants à la chasse ont commencé à courir dans les rangs de l'assemblée. Un Néo-Zélandais a fait s'esclaffer tout le monde en racontant que les membres de la SPA diffusaient de la musique sur les plages où des baleines s'étaient échouées pour atténuer leurs souffrances.

— Et alors ? lui a demandé Stud.

— Les baleines savent pas danser, a répondu le Néo-Zélandais.

— Conneries ! a conclu Stud.

Howard a demandé à Phil Brown de raconter ce qui lui était arrivé lorsqu'il avait pris une baleine dans ses filets à la fin des années 80. Phil Brown n'aimait pas trop parler, mais le vieil homme était l'un des seuls Makahs à pouvoir se vanter d'avoir capturé non pas une, mais deux baleines au filet à l'embouchure de la Waatch.

— La première que j'ai attrapée, elle était morte…

— Et alors ? lui a demandé Howard qui connaissait l'histoire par cœur.

— On l'a remorquée jusqu'à la plage, mais les gardes nous ont interdit d'y toucher…

— Et alors ?

— Et alors, ils l'ont enlevée en hélicoptère…

— Et alors ? l'a relancé Howard.

— Ils l'ont fait brûler plus loin sur la plage dans un trou qu'ils ont creusé.

— Ça t'a rapporté combien ?

— Rien du tout, ça m'a coûté dix mille dollars !

— Combien ?

— Dix mille dollars… ils m'ont collé une amende de dix mille dollars parce que j'avais remorqué une baleine crevée. T'imagines, si elle avait été vivante, pour combien ils m'en auraient mis ? Et j'en pêche une autre aussitôt…

— Une autre ?

— Parfaitement… le lendemain du jour où ils m'ont collé l'amende.

— Et alors ?

— Et alors, déjà que j'avais pas dix mille dollars… t'imagines vingt mille… j'ai découpé mon filet… qu'elle coule la salope !

— Et les dix mille dollars ?

— Je les ai jamais payés… Même en photo, j'ai jamais vu dix mille dollars, mais le filet, le filet, il était foutu…

— Et alors ?

— J'ai bien été obligé d'en racheter un autre !

Pendant que Phil Brown racontait son histoire en prenant tout son temps, Greg Bishop vérifiait le cours de la baleine au pays du Soleil-Levant auprès du représentant japonais. Quand celui-ci, qui paraissait minuscule à côté de Greg, le lui a dit, le géant a sifflé entre ses dents et cligné de l'œil en direction de Stud, les deux pouces en l'air.

Le lendemain, tous les délégués ont assisté à une démonstration de canoë. Stud avait tenu à embarquer son harpon afin que personne n'oublie qu'un jour ou l'autre il ne s'agirait pas simplement de ramer. Comme d'habitude, Chris Klookshood, le chef de nage, avait pris place à la poupe du *Loo Taas*. Sous ses instructions, l'équipage avait fait de gros progrès, mais ce qui était le plus incroyable, c'était la métamorphose de Chris : il suffisait qu'il embarque à bord du *Loo Taas* pour se transformer du tout au tout. Une pagaie à la main, il n'était plus le type mal en point qu'il était dans la vie quotidienne, mais le meilleur d'entre tous. La puissance de Greg Bishop et celle de Stud Gorch faisaient aussi merveille, par instants, le canoë semblait déjauger comme un voilier qui part au planing. Les deux rameurs que le Conseil tribal avait imposés étaient désormais parfaitement intégrés aux autres.

Les anciens avaient tenu à ce que Rick Thomson et Charles Daniel intègrent le groupe initial. Les deux jeunes gens descendaient de deux familles parmi les plus influentes de Neah Bay, leurs aïeux avaient été des chasseurs de baleine réputés. Charles Daniel était connu dans toute la communauté pour les chants hérités de ses ancêtres, Rick Thomson était un danseur renommé, ils étaient l'un et l'autre connus pour leur attachement à la culture makah et leur sobriété. En intégrant les deux jeunes gens à l'équipage, le Conseil rééquilibrait ce qui pouvait l'être, les descendants des anciens chefs ayant admis avec difficulté que leurs voix n'aient pas eu plus d'importance que celles des fils et petits-fils d'esclaves. D'ores et déjà, Rick et Charles constituaient la caution morale et culturelle de l'opération, et Cliff Tsekauwtl nourrissait même à leur égard une arrière-pensée qu'il tenait secrète : il voulait en faire les leaders de l'équipage, tout au moins aux yeux des journalistes, tout en craignant que les jeunes gens ne soient pas de taille à résister aux sollicitations des autres ivrognes.

Chris et les autres les avaient baptisés « Les Quakers » et n'avaient pas manqué de les accabler de plaisanteries douteuses, avant de ne plus y faire attention ; il n'en restait pas moins que deux clans coexistaient désormais au sein de l'équipage : les descendants des deux partis face à face avec leurs fantômes réciproques, et toujours séparés par le spectre du même sang versé, la vieille horreur, la colère et la peur. Personne, en tous les cas, n'aurait pu l'imaginer en voyant le *Loo Taas* fendre les vagues et l'équipage ramer en cadence.

Comme un seul homme et sous l'impulsion de l'un des plus déshérités d'entre eux.

Tout le monde a été impressionné par leur performance, d'après Chris, ils étaient prêts à affronter les meilleurs équipages des autres tribus, il était certain que le *Loo Taas* était plus rapide que n'importe quel autre canoë. « C'est la technique qui compte ! Pas la force », n'arrêtait-il de répéter lorsqu'on l'interrogeait à ce propos.

Tandis que l'équipage se rhabillait en riant, les délégués japonais n'ont cessé de les prendre en photo, surtout Dale avec le fusil et Stud brandissant son harpon, Frances, rayonnante de fierté, a embrassé le torse dégoulinant de sueur de Percy. L'ambiance était joyeuse et bon enfant, seul le délégué islandais a émis quelques inquiétudes à propos de la démonstration. « En Islande, on chasse des baleines plus petites avec des bateaux plus gros… c'est déjà pas de la rigolade. Je leur souhaite bien du plaisir ! », mais aucun des rameurs n'a relevé son propos.

Le soir, les Makahs avaient préparé une réception pour célébrer la venue des délégués de la CBI. La fête avait lieu dans la salle communale de Neah Bay, dans les anciens bâtiments de la base militaire abandonnée depuis la fin de la guerre froide. Les femmes l'avaient décorée de leur mieux, elles avaient fait tout leur possible pour la rendre accueillante, installé de grandes tables recouvertes de nappes en papier sur lesquelles elles avaient disposé des assiettes en carton et des couverts en plastique, préparé le repas dans la petite cuisine attenante : du poisson, des pommes de terre et un punch aux fruits en guise d'apéritif. Les enfants couraient entre les tables en criant et en riant comme pour la kermesse de fin d'année du collège. Madame Onishi, l'un des membres de la délégation japonaise, auteur d'un livre de cuisine sur les mille et une façons d'accommoder la baleine, avait tenu à préparer un plat traditionnel nippon avec du flétan cru.

A la fin du repas, Rick Thomson, avec Charles Daniel au chant, a interprété la danse du masque. Au premier rang, les anciens chantaient en chœur : « Wa' nu nukwinay ke su o'ye », accompagnés par les tambours makahs.

Madame Onishi écoutait religieusement en souriant, les mains posées bien à plat sur les plis de son kimono de cérémonie, Percy filmait la scène avec un Caméscope et les tambours redoublaient.

Jusqu'au vertige.

Quand les tambours se sont tus, quand la voix de Charles Daniel a cessé de psalmodier : « Wa' nu nukwinay ke su o'ye », quand Rick Thomson, dissimulé sous une couverture rouge et blanche, a disparu, la salle a applaudi à tout rompre. Quand les applaudissements ont cessé de résonner sous le toit en tôle ondulée de la salle communale, Cliff Tsekauwtl a pris la parole d'une voix forte, il brandissait une plume d'aigle.

— Je vous remercie tous d'être ici, à Neah Bay. C'était un honneur pour la nation makah de vous accueillir. Nous savons que vous êtes tous là pour fêter ce qui nous réunit, la baleine ! Voici venir pour les Makahs le temps d'oublier leurs divisions et leurs querelles, voici venu le temps de remercier ceux qui sont venus de loin pour nous rendre visite. Nos ancêtres nous ont toujours protégés, nos ancêtres nous protégeront pour l'éternité. Bientôt nos rivages seront de nouveau à nous, bientôt les baleines reviendront et les baleines nous appartiennent !

Quand Cliff Tsekauwtl a eu fini son discours, il a été chaleureusement applaudi et les membres de l'assemblée ont distribué aux membres du Conseil tribal, aux vieillards et aux invités quelques petites coupures en guise d'hommage et de remerciements. C'était tout ce qui restait du potlatch qui avait structuré autrefois leur espace social avant d'être interdit par les Blancs.

La fête a repris, les jeunes ont dansé tard dans la nuit sur les Bee Gees et sur Donna Summer. Madame Onishi les a regardés gesticuler sans cesser de sourire, elle n'a pas bougé de sa chaise en plastique jusqu'à ce que les lumières s'éteignent.

Le lendemain, Greg et Chris se sont retrouvés près du Cape Motel dont le distributeur de Pepsi Cola était le point de ralliement de l'équipage avant les entraînements.

— T'as une sale gueule, a constaté Greg.

— Je crois que c'est le truc de la Japonaise qui m'a barbouillé. Et toi, ça va ?

— Impeccable… Pas bouffé !

Les autres ne s'étaient pas réveillés, le punch aux fruits avait été fatal aux « Quakers » qui ne buvaient jamais, ils avaient dégueulé toute la nuit tripes et boyaux.

L'entraînement a été annulé.

Did you ever get the blues
Where dream and reality collided
And you feel
Through the hole in your soul
Finding yourself
Looking for something you lost
And you don't know what it is.

John Trudell.

Dix

I remember weekend trips to Juan de Fuca
[bay
I didn't really want to go
But the calmness and the freedom of the Strait
Why I left it I don't know?
There are hours made for waiting
I'm a slave emancipating
A nice, quiet cabin in the woods
Would turn the maybes into coulds
And surely then I'd feel alright
And I could go on with my life
I'll buy a pick-up, pack it up and watch
The sun go down
Behind the mountains and hills green
And listen only to the river and the roar
A northern summer is my dream.

Christian Kjellvander.

Frances s'était habituée à Neah Bay depuis qu'elle habitait sur les bords du lac Crescent.

Quand elle se rappelait la première fois qu'elle avait découvert les maisons en ruine, les épaves abandonnées, les Indiens qui titubaient et les chiens galeux, elle se rendait compte qu'elle avait eu peur. Maintenant qu'elle avait apprivoisé sa peur, les choses lui semblaient moins déprimantes et Neah Bay moins sordide. Elle avait fini par ne plus se formaliser de ce qui l'avait tant choquée, elle trouvait même certains aspects de la ville amusants (les godasses lancées sur les fils électriques et qui pendaient de façon comique) et même charmants. Elle aurait eu la même réaction de rejet dans un pays du tiers-monde, mais l'effet produit était d'autant plus violent que Neah Bay n'était ni en Afrique ni au Brésil, mais en Amérique, la plus grande puissance du monde et la plus riche.

Peut-être fallait-il en déduire que Neah Bay n'était pas en Amérique, mais tout au bout.

Là où l'Amérique s'arrête.

Les Makahs n'avaient pas le temps de s'occuper d'architecture et de design. Avec les choses, ils étaient désinvoltes, ils auraient pu revendiquer cette désinvolture comme une attitude qui ne manquait pas d'élégance, mais ils n'en avaient aucune conscience, ils étaient juste négligents. Quand leur voiture était foutue, elle restait sur place, les pneus dégonflés, jusqu'à ce que ses essieux s'enfoncent dans la boue et les mauvaises herbes à côté du bateau amoché, la coque couverte de mousse, garé sur sa remorque détruite en plein milieu de ce qui tenait lieu de jardin et qui n'était juste qu'un débarras à ciel ouvert. Tout autour de leurs bicoques, les filets en Nylon vert traînaient en désordre avec les jouets hors d'usage des enfants, les groupes frigorifiques démantibulés, les bidons en plastique de nettoyant industriel, les chauffe-eau hors d'usage, les sacs flasques d'engrais et de pesticides, les pièces détachées rouillées, les os à moitié rongés par les chiens errants.

Sauf qu'ils étaient plus pauvres, ceux qui n'étaient pas pêcheurs faisaient pareil, ils laissaient tout traîner :

les tessons, les plâtras, les débris, les rogatons, les ordures, les cendres.

Le monde des choses n'était pas le leur et les choses ne voulaient pas dire grand-chose pour eux.

C'étaient des choses.

Si l'on cherchait bien, il y avait quelques maisons en bon état dont on pouvait supposer l'intérieur bien tenu, l'église luthérienne faisait penser à un jouet que l'on offre aux enfants pour Noël, l'école était toute neuve, les équipements sportifs et la Marina aussi… des raisons de ne pas désespérer ! De toutes les manières, pour oublier Neah Bay, il suffisait de faire quelques centaines de mètres ou de regarder la mer en tournant le dos au champ de ruines, à moins que, comme Frances, on choisisse d'habiter à quelques dizaines de miles.

Les premiers temps, elle avait été choquée par la façon dont les gens se comportaient, par leur résignation, mais si l'on réfléchissait un tant soit peu, la plupart de ceux qui vivaient ici étaient pauvres, les trois quarts étaient au chômage, ils vivaient tous plus ou moins des subventions du gouvernement. Quand les politiciens se réveillaient, ils essayaient de les enfouir sous des palettes de briques de lait qu'ils ne buvaient pas, les jeunes Makahs s'en servaient de cibles. Ils étaient coupés de tout, relégués au fin fond du trou-du-cul du monde, tout au bout d'une mauvaise route rendue souvent impraticable par les intempéries, sans même un dentiste s'ils avaient une carie ou les gencives qui saignaient. Frances s'était imaginé que les Makahs ressembleraient tous à Percy, mais il était l'un des seuls jolis garçons de la réserve, les autres étaient gros, laids, sans charme. La misère se lisait sur leurs visages et sur leurs corps, le diabète les rongeait, les obèses étaient légion, les estropiés aussi, les bigles, les édentés idem. Ils menaient une vie rude où tout leur était hostile et leurs corps en portaient les stigmates. La grâce de l'enfance les abandonnait très tôt, les adolescentes étaient déformées par l'oisiveté, l'ennui ou les grossesses précoces. Il y avait seulement les enfants pour mettre un peu de joie et de gaieté dans le paysage, ils grandissaient à la va-comme-je-te-pousse, sauvages, insouciants et libres comme l'air. Très vite, Frances s'est rendu compte que, là aussi, comme pour tout ce qui concernait la propriété, les valeurs des Indiens étaient inverses de celles de l'Amérique blanche, plus les enfants faisaient de conneries, plus leurs parents étaient fiers d'eux, ils pensaient que c'était une preuve de vitalité qu'il fallait encourager et les enfants, de leur côté, ne se privaient pas d'exercer la liberté qu'on leur accordait.

N'importe qui aurait fait la même chose à leur place.

Frances avait, surtout, appris à aimer les femmes de Neah Bay, timides, modestes, craintives presque jusqu'à, parfois, apparaître juste comme des silhouettes furtives, en arrière-plan. Elles étaient effacées, mais aussi douces et pleines de bonne volonté, elles essayaient de faire leur possible pour rendre la vie supportable et ranger ce que les hommes laissaient traîner après l'avoir cassé.

Les femmes et les enfants lui avaient rendu Neah Bay supportable.

Le fait de ne pas être obligée d'y vivre n'y était pas pour rien non plus.

Frances avait loué la maison d'un professeur d'université natif de l'Oregon qui avait été nommé en Europe pour trois ans dans le cadre d'un programme d'échange et de recherches. Le loyer était correct, la seule chose qui intéressait son propriétaire était que la maison soit occupée durant ses trois années d'absence. Il lui avait laissé son bateau sous une bâche dans le garage, mais il l'avait suppliée de ne pas toucher à son équipement de pêche : ses cannes Mickey Finn et ses moulinets Hardy et, surtout, de prendre soin de sa collection de mouches, il en avait davantage que le catalogue Orvis ne pouvait en proposer. Frances l'avait assuré qu'elle veillerait sur sa collection comme si elle lui appartenait.

Elle travaillait pour Merril & Ring, la plus grosse compagnie de bois de la Péninsule qui, par une coïncidence heureuse, venait juste de changer de logiciel comptable pour adopter celui dont elle était spécialiste.

Percy, régulièrement, venait passer quelques jours avec elle et de temps en temps elle lui rendait visite à Neah Bay. Elle avait revendu sa Porsche et acheté un Toyota Toundra.

Elle avait forci, elle ne se maquillait presque plus et cela faisait une éternité qu'elle n'avait pas mis les pieds chez une manucure. Elle avait laissé tomber le fitness, elle faisait du jogging dans les bois et s'était acheté un VTT Cannondale avec lequel elle faisait le tour du lac quand les routes étaient praticables. Percy essayait de lui apprendre ce qu'il savait des plantes et des animaux, mais ça ne l'intéressait pas vraiment. Il connaissait au moins douze espèces d'écureuils, plusieurs mois après son arrivée, elle ne pouvait toujours pas distinguer une aigrette d'un héron. Il l'intriguait bien davantage de savoir pourquoi Howard appelait Percy « Shadow ».

Lorsqu'ils revenaient de leurs expéditions, en général trempés de la tête aux pieds, ils allumaient un feu dans la cheminée, elle prenait un bouquin, quand Percy commençait à tourner en rond, c'était le signal, elle arrêtait de lire et ils allaient se coucher.

Elle avait vécu trois ans avec deux types différents et quatre ans avec son mari. Elle n'avait rien de particulier à leur reprocher, mais, très vite, elle s'était ennuyée. Avec Percy, elle ne s'ennuyait jamais, il ne parlait pas beaucoup et ils n'avaient pas grand-chose en commun, mais elle ne s'ennuyait pas. Elle envisageait sans aucune appréhension de passer le restant de sa vie à courir les bois et à regarder le soleil se coucher sur le lac Crescent pourvu que ce soit avec Percy.

Peut-être arriverait-elle un jour à lui faire lire un livre, sinon, tant pis, elle lui raconterait l'histoire pour l'endormir.

Comme s'il avait été un enfant. Un enfant vigoureux.

Howard lui avait rendu *Where I'm Calling From* en lui disant : « Il est fort… on dirait qu'il écrit pas, mais il fait que ça… on dirait qu'il parle de rien, mais il parle de tout ce dont il faut parler ! » Elle avait été heureuse d'enterrer la hache de guerre avec le vétéran et de trouver ce terrain d'entente avec lui. Elle lui avait prêté les autres nouvelles de Carver qu'elle avait retrouvées dans sa bibliothèque jusqu'à ce que Howard lui fasse comprendre que Carver n'était pas un auteur dont il avait envie de lire *tous* les livres. Elle lui avait demandé si Faulkner, à son avis, était un auteur dans ce genre et il lui avait répondu oui.

— C'est une autre catégorie, hein ! Il boxe pas en poids léger. Vous avez pas de la poésie ? il lui avait demandé.

— Un peu… pas beaucoup, je crois.

Par crainte de sa réaction, elle avait volontairement oublié de lui proposer *At Night the Salmon Move* et *Ultramarine* qui étaient rangés dans sa bibliothèque.

— Prenez ce qui vous fait envie.

— Vous écrivez ?

— Non, pourquoi ?

— En général ceux qui lisent peuvent pas s'empêcher de tenter le coup… pour voir !

— Non… ça ne m'est jamais venu à l'idée… il faut du talent, je suppose, et je suppose que je ne l'ai pas… je laisse ça aux spécialistes. Et vous, vous écrivez ?

— Non. Enfin… si, sur des pancartes… A vendre saumon fumé, ce genre-là.

— Pas mal ! De la poésie pure…

— Je me défends !

Elle avait eu l'impression ce jour-là qu'Howard était tout près de lui dire quelque chose d'important, mais il ne l'avait pas fait. Il ne buvait plus depuis une semaine et ses mains tremblaient en permanence. Elle avait failli lui proposer un whisky avant de se rappeler la promesse qu'il s'était faite.

— J'aime pas trop ces whiskys écossais, il a repris. Trop sophistiqués… on a l'impression qu'ils sont pas faits pour se saouler.

Elle avait remarqué que, de temps en temps, Howard avait deux ou trois longueurs d'avance sur n'importe qui dans une conversation, d'autres fois les aphorismes qu'il enfilait comme des perles la fatiguaient, mais elle aimait Howard et elle pensait qu'Howard l'aimait aussi, en tous les cas, il aimait lui parler. A qui d'autre aurait-il bien pu parler de poésie à Neah Bay ?

— Je bois rarement. J'aime les étiquettes, elles me font rêver.

— C'est pas les étiquettes qui me font rêver.

— Je suppose… pour un type qui aime la littérature, c'est un comble !

Pour toute réponse, il avait ricané. Elle avait beau être brune, il était d'accord avec Stud, à l'intérieur, elle était blonde.

Juste à ce moment-là, Frances s'est rendu compte qu'Howard regardait ses seins depuis un bon quart d'heure.

C'était ce qu'il préférait chez elle, il avait longtemps hésité entre ses seins et ses dents, mais ses dents étaient comme ses jambes, trop parfaites, on sentait la technique derrière alors que ses seins étaient émouvants. Ni trop gros ni trop petits, comparés à ceux d'une toute jeune fille, ils n'étaient pas aussi fermes, ils bougeaient doucement lorsqu'elle ne portait pas de soutien-gorge.

C'était la saison idéale pour les cueillir.

Il n'a pas pu s'empêcher de sourire à l'idée de la tête qu'elle ferait s'il lui demandait de lui montrer ses seins.

— Vous pensez à quoi ? elle lui a demandé en remarquant son sourire.

— Une plaisanterie d'ivrogne.

— Dites.

— Je bois plus.

Percy la tenait au courant des tentatives de son frère et d'Howard pour ne plus boire et des efforts qu'ils faisaient pour pagayer tous ensemble. De temps à autre, parce que cela faisait plaisir à Percy, elle allait les voir s'entraîner. Depuis la première soirée qu'elle avait passée à Neah Bay, elle s'était renseignée sur Google à propos des baleines grises, ce que lui en avait dit Howard s'était révélé exact à peu de chose près, les baleines grises qui avaient failli disparaître du Pacifique étaient désormais si peu menacées qu'elles avaient été rayées de la liste des espèces en voie de disparition depuis déjà plusieurs années. Frances se l'était tenu pour dit et n'était pas allée chercher plus loin. Elle n'avait jamais remis le sujet sur le tapis, la chasse à la baleine lui apparaissait un peu comme une activité locale à l'usage des mecs, comme la boxe ou le base-ball partout ailleurs, le genre d'os qu'il faut laisser ronger aux hommes sous peine de les voir devenir neurasthéniques.

Quand les choses sont devenues sérieuses, quand l'opposition à la chasse a commencé à devenir bruyante, quand les médias ont commencé à relayer le discours des écologistes, elle a été contrariée dans un premier temps pour Percy et toute l'équipe, mais il lui a été impossible de rester sourde à tout ce qu'elle entendait et à tout ce qu'elle lisait. Il lui fallait bien se situer quelque part et elle n'avait jamais réellement pris parti dans sa vie, tout au moins formellement. Elle avait des opinions qui lui semblaient justes, elle les défendait avec énergie quand l'occasion se présentait, mais elle ne s'était jamais engagée pour ou contre quelque chose, l'exemple de sa mère qui ne pouvait s'empêcher de signer n'importe quelle pétition dans le but de faire libérer n'importe quel activiste (en réalité maquereau et dealer de coke) soupçonné de meurtre l'avait vaccinée une fois pour toutes contre ce genre de position de principe.

La première fois que sa mère lui a téléphoné pour lui demander si elle était au courant du génocide qui allait se perpétrer à une heure de voiture de la maison qu'elle louait, elle a évité de lui signaler que non seulement elle était parfaitement au courant, mais surtout, qu'elle couchait avec l'un des acteurs du génocide.

Celui qui était du mauvais côté du harpon.

Que sa mère, a priori, soit pour les baleines ne l'étonnait pas outre mesure, elle était toujours du côté des plus pauvres, des plus faibles, des opprimés, contre les riches, les puissants, les oppresseurs, elle haïssait les machos et les chasseurs qui étaient les pires de tous. A la simple vue de Dale en treillis brandissant le fusil monstrueux qui devait, soi-disant, abréger les souffrances de la baleine, elle aurait immédiatement hurlé au fascisme et pensé que le jeune homme ne pouvait pas être autre chose que le genre de type qui pilotait son Hummer à toute berzingue pour oublier ses frustrations et sa petite bite : un porc !

Si sa mère qui avait toujours été pour les minorités par le simple fait qu'elles étaient minoritaires se retrouvait être l'ennemie des Indiens dont elle était, a priori, l'alliée naturelle, les Indiens étaient dans la merde.

Et dans la merde, les Makahs s'y enfonçaient chaque jour davantage.

Les jours qui avaient suivi la réunion de la CBI, la presse s'est déchaînée contre les Makahs. La Ligue des droits de l'homme et la Société protectrice des animaux y voyaient la preuve que les Makahs étaient au sein d'une conspiration internationale dont le seul but était de contourner l'interdiction de la chasse à la baleine. Leurs dirigeants portèrent plainte auprès du Département du commerce et ce dernier prévint les Makahs qu'ils feraient l'objet de sanctions sévères s'ils recommençaient. Devant ce tollé, Cliff Tsekauwtl s'était senti obligé de se fendre d'un communiqué de presse dans lequel il déclarait en substance : « L'hospitalité est dans la nature des Makahs, nous avons été heureux de recevoir les chasseurs de baleines du monde entier parce que nous sommes des chasseurs de baleines nous aussi, mais nous ne les inviterons plus. On nous a demandé de ne plus avoir affaire à eux et nous obéirons. »

Son communiqué de presse qui était censé calmer le jeu et apaiser les esprits n'a rien calmé du tout.

Pire, les Makahs n'ont pas compris que leur chef doive s'humilier pour s'excuser de leur comportement.

Pire encore, les choses ont commencé à mal tourner au sein du Conseil tribal lui-même.

Depuis qu'il avait été question du fusil, John Kalchote critiquait à mots couverts la façon dont l'affaire s'était engagée sous la direction de Cliff Tsekauwtl. Pour lui, la chasse ne pouvait pas avoir lieu autrement que dans le respect de la tradition : six ou sept hommes dans un canoë avec un harpon et rien d'autre.

Lorsqu'il lui a posé la question publiquement, Cliff Tsekauwtl lui a répondu :

— Je suis pas Hank Hazzle, tu le sais ?

— Je le sais.

— Je pense pas comme lui que les traditions sont mortes ni qu'elles puissent rien nous apprendre, tu le sais ?

— Je le sais.

— Je pense pas non plus que nous puissions ignorer le monde dans lequel nous vivons. La réalité existe, John… tu le sais ?

— Je le sais.

— Je suis obligé de faire avec. C'est même mon rôle, tu le sais ?

— Je le sais, mais ce que je sais, c'est que tu réponds pas à ma question.

— Tu fais semblant de rien comprendre ou tu comprends rien ? lui a demandé William Zandt qui s'était tu jusqu'à présent, désolé que son vieux copain soit obligé de s'expliquer au sein de la communauté après avoir été obligé de s'excuser à l'extérieur.

— Il comprend rien, il a jamais rien compris, a tranché Hank Hazzle.

— Hank, s'il te plaît, ferme-la un moment si tu veux pas qu'on y soit encore demain matin, lui a demandé Phil Brown.

— Continue, Cliff, a dit William Zandt. Explique-lui…

— Puisqu'il a besoin qu'on lui explique…

— Merde ! Hank… ferme-la !

— On a hérité d'une situation donnée, on veut reprendre la chasse, a dit Cliff Tsekauwtl. OK ! tout le monde ici est d'accord là-dessus, tout le monde trouve ça formidable… ça fait soixante-dix ans qu'on a arrêté l'affaire, OK ? En soixante-dix ans, les règlements ont changé, OK ? Ils nous imposent leur putain de fusil, OK ? Maintenant, qu'est-ce qu'on fait ? On leur dit d'aller se torcher avec leurs règlements… c'est ça que tu veux ?

— C'est une chasse traditionnelle, elle est différente des autres chasses, y a pas de raison de l'assimiler aux chasses industrielles.

— Faut être réaliste, John, on a déjà du mal à faire admettre sa légitimité et toi, pour simplifier les choses, tu veux faire admettre qu'elle est différente des autres ?

— C'est la vérité. La chasse à la baleine est interdite, je te fais remarquer… pour tout le monde, sauf exception à la règle et que la chasse soit traditionnelle c'est l'exception… si elle était purement commerciale, elle serait indéfendable !

— Indéfendable à tes yeux, pas aux miens. Je vois pas pourquoi le commerce serait indéfendable, l'a interrompu Hank Hazzle. Nos ancêtres faisaient du commerce…

— John, traditionnelle, commerciale, industrielle, artisanale, c'est plus le problème, a repris Cliff Tsekauwtl. On a hérité d'une situation donnée, d'un rapport de force donné, il faut faire avec si l'on veut avoir une petite chance de réussir. Tout le monde ou presque est contre nous, les politiques, les avocats, les écologistes, les journalistes… les Blancs, si tu préfères les appeler comme ça… t'en meurs d'envie, je me trompe ?

— C'est leur couleur.

— OK ! Tous les Blancs ou presque sont contre la chasse, si l'on veut avoir une seule chance de faire valoir nos droits, il faut en passer par un certain nombre de concessions… le fusil en est une. C'est la condition, c'est le fusil ou rien du tout. Qu'est-ce que tu préfères ?

— Je préfère rien faire que faire quelque chose qui veut rien dire !

— C'est ton droit, lui a répondu William Zandt qui voyait que Cliff Tsekauwtl, qui n'avait pas beaucoup dormi ces derniers jours, perdait pied. Mieux vaut rien que l'imparfait ! C'est grand, c'est beau, je sais pas ce que ça peut donner, mais c'est beau. Dans ces conditions, on arrête tout ! Mais tu iras dire à tous ceux qui s'entraînent dur, à tous les gosses qui parlent plus que de ça, aux autres tribus qui nous soutiennent, les Squamish, les Tulalip, les Quileutes, tu iras leur dire, on arrête les frais parce que c'était pas comme ça au bon vieux temps ! C'est toi qui iras leur expliquer tes raisons. Compte pas sur moi !

— Je te souhaite bonne chance ! a conclu Phil Brown.

— On parle pas de la même chose, a insisté Cliff Tsekauwtl… tu parles d'absolu dans l'absolu, moi, je parle de la réalité dans la réalité. Je fais en sorte de rendre quelque chose possible, tu fais tout pour le rendre impossible.

— Laissez-moi vous dire à tous que j'ai un peu plus d'expérience que vous de ce genre de situations. Hier, c'était le fusil, aujourd'hui, c'est les excuses pour avoir accueilli qui on voulait accueillir, demain, ce sera autre chose encore, jusqu'à ce que tout ça veuille plus rien dire. C'est toujours comme ça que ça se passe.

John Kalchote ne croyait pas si bien dire, les avocats des adversaires de la chasse avaient trouvé dans les textes un moyen de bloquer sa reprise : l'autorisation de la chasse était liée aux pratiques culturelles anciennes, encore fallait-il que ces pratiques n'aient pas été *interrompues*.

Et les Makahs avaient cessé de chasser la baleine depuis plus de soixante-dix ans.

Le paradoxe soigneusement dissimulé étant qu'ils avaient arrêté de chasser la baleine parce qu'elle était chassée à l'excès non pas par eux, mais par l'industrie baleinière américaine qui faisait de véritables massacres des baleines grises lorsqu'elles mettaient bas dans les lagons de Basse-Californie, et maintenant que le stock de baleines grises était reconstitué, on leur objectait le fait qu'ils avaient arrêté de la chasser.

Phil Brown n'avait pas tort lorsqu'il disait que c'était la même histoire que de lui coller une amende de dix mille dollars pour avoir remorqué une baleine *morte* qui s'était prise dans ses filets sous prétexte que c'était une espèce protégée, et John Kalchote avait raison sur le fond : quoi qu'ils fassent, ils feraient mal. Cliff Tsekauwtl ne mésestimait aucun des avis qui lui étaient hostiles, il n'était pas loin de penser que l'ancien militant des causes indiennes toujours perdues avait raison, mais il savait aussi qu'en raisonnant ainsi, les Makahs échoueraient toujours et il n'avait pas envie qu'ils échouent sans avoir essayé de réussir.

Au moins une fois.

Cliff Tsekauwtl n'ignorait rien de la situation, il n'ignorait même pas que Hank Hazzle complotait dans son dos pour être élu à la présidence du Conseil tribal où il n'aurait de cesse de négocier l'arrêt de la chasse à la baleine contre des installations sportives flambant neuves ou bien l'ouverture d'un crédit pour la construction d'un casino, il savait aussi que, au cas où les négociations échoueraient de ce côté-là, Hazzle avait déjà pris contact avec une société japonaise pour mettre sur pied le moyen de commercialiser les baleines attribuées aux Makahs.

Il n'aurait pas été inquiet s'il avait su que Greg Bishop essayait de faire la même chose, il pensait que l'Ogre était tout à fait incapable de mener une négociation de ce genre. En revanche, il aurait été plus inquiet s'il avait su que le FBI était à la recherche du plus puissant rameur makah.

S'il avait su pour quelles raisons Greg Bishop était recherché, il aurait, sans doute, démissionné dans l'heure.

Et été se pendre.

Une nouvelle lui a pourtant redonné de l'espoir, les autorités internationales avaient fini par rendre leur verdict : il était attribué aux Makahs un quota de cinq baleines par an au titre des chasses dites « aborigènes », ce qui signifiait que son produit ne pouvait faire l'objet d'un quelconque négoce.

Les baleines pêchées, il allait falloir qu'ils les mangent.

Comme il fallait s'y attendre, le Conseil tribal s'est félicité du résultat, les écologistes ont exprimé leur indignation, et si Greenpeace a certifié ne pas vouloir s'opposer à cette décision, d'autres organisations ont durci leur discours, dont le colonel Saul Holmes s'est naturellement retrouvé être le porte-parole.

Dès le lendemain de l'annonce de la décision favorable aux Makahs, il a convoqué une conférence de presse.

En préambule, il a réfuté les procès d'intention que certains lui faisaient : il n'était pas raciste, il n'avait rien contre les Makahs en tant que tels, il avait toujours été un ami des Indiens, son histoire personnelle était là pour le prouver.

Le colonel Saul Holmes s'est ensuite appliqué à démontrer que la reprise de la chasse n'avait rien de culturel, le progrès rendait obsolètes toutes les utilisations traditionnelles de la baleine, cela faisait une éternité que l'on ne s'éclairait plus à l'huile de baleine, les femmes ne portaient plus de corsets, on n'extrayait plus l'insuline de leur pancréas et l'on ne fixait plus les parfums avec l'ambre gris. La chasse que voulaient entreprendre les Makahs n'avait aujourd'hui plus aucune raison d'être, culturelle ou non.

Elle ne se justifiait en rien.

Après cette introduction, il a laissé la parole à Elena Simmons.

Comme tous les autres membres de l'équipage qui se tenaient debout, les bras croisés, derrière la table de conférence, elle portait un tee-shirt bleu marine frappé du logo des Sea Savers. Il se dégageait des jeunes gens une impression bizarre qui créait un malaise dont on ne savait à quoi il tenait exactement, peut-être à leur étrange ressemblance qu'accentuait l'uniforme ; un mauvais esprit aurait pu les soupçonner d'appartenir à une milice ou bien à une secte.

La jeune femme a repris les arguments du colonel d'une voix qui tremblait d'émotion, à tel point que les journalistes se demandaient si elle n'allait pas éclater en sanglots.

Pour terminer sur une note dramatique, elle a brandi une balle semblable à celle du fusil que devaient utiliser les Makahs.

— Voilà avec quoi les Makahs vont assassiner les baleines ! Est-ce que vous pouvez me dire ce qu'il y a de culturel là-dedans ?

Comme il a senti l'assistance tout acquise à leur cause, le colonel a renchéri.

— Tant que Dieu me prêtera la force, je serai entre le criminel et sa victime. Dieu est au-dessus des lois des hommes, mais la vie, elle aussi, est au-dessus des lois des hommes, elle est sacrée. Nous savons tous ce que la mort fait des baleines, mais sommes-nous conscients de ce que la mort des baleines fait de nous ? Des assassins ! Des meurtriers ! Des génocidaires ! Les baleines et les dauphins ne se tuent pas les uns les autres, c'est une leçon qu'ils nous donnent, une leçon d'humanité ! Les baleines et les dauphins sont plus intelligents que nous ne le sommes. Leur intelligence est une intelligence étrangère aux valeurs de notre intelligence, une intelligence qui n'a rien à voir avec la technologie dont notre intelligence dépend. Au lieu de dépenser des milliards et des milliards de dollars pour découvrir dans l'espace une forme d'intelligence semblable à la nôtre, nous ferions mieux de concentrer nos efforts sur la possibilité de communiquer avec les différentes formes d'intelligence présentes dans l'océan. Tous ces tueurs de baleines ne sont rien d'autre que des brutes meurtrières, des tueurs en série. Leurs mains sont rouges du sang de créatures innocentes, sensibles, intelligentes et organisées socialement dont ils planifient la disparition de la surface de la terre et des profondeurs de l'océan. La douleur de leurs milliers de victimes est notre guide, à moi et à mon équipage, partout où nos forces pourront nous porter, nous n'aurons de repos, moi et mon équipage, tant qu'ils n'auront pas disparu à leur tour de la surface de la terre et de celle de l'océan.

Après des discours de ce genre, il était difficile à un journaliste d'élever la plus petite objection sans passer pour le pire des salopards.

Et personne n'aime passer pour un salopard.

Sauf, pour l'occasion, Marion Larsen et Donovan Thomas. L'un comme l'autre suivaient l'affaire depuis le début, ils étaient arrivés à Neah Bay bien avant que Saul Holmes jette l'ancre en face de la Marina, ils ne savaient pas tout, mais ils savaient beaucoup de choses. L'un comme l'autre avaient de la sympathie pour les Makahs en général et pour les membres de l'équipage du *Loo Taas* en particulier. Ils les fréquentaient depuis assez longtemps pour le savoir : ce n'était pas des monstres assoiffés de sang, et pour être choqués que l'on puisse les présenter de la sorte. Aucun d'entre eux n'était un ange, certains étaient même de sales cons et peut-être pire encore, mais il y avait en eux quelque chose que Marion Larsen trouvait émouvant et qui fascinait Donovan Thomas.

Alors qu'il était encore à l'université, le jeune homme avait passé tout un hiver à surveiller des œufs de saumon dans le Montana, tout cela parce qu'il avait lu *Indian Creek* de Robert Fromm et aimé son livre à la folie. Il était arrivé à Neah Bay dès qu'il avait entendu parler de la décision des Makahs, dans sa vieille Volkswagen avec son matériel de camping jeté en désordre sur la banquette arrière et un exemplaire tout neuf de *Moby Dick*. Il avait d'abord loué une chambre au Cape Motel avant de demander au Conseil tribal l'autorisation de s'installer dans une cabane abandonnée derrière le Washburn. Cliff Tsekauwtl avait été très étonné par sa demande, à ses yeux, un journaliste blanc devait avoir assez d'argent pour se payer le Cape Motel et ne pas être assez fou pour dormir dans une cabane en ruine, mais Donovan Thomas a insisté et Cliff Tsekauwtl avait fini par lui donner l'autorisation.

Le lendemain de son installation, Percy, qui lui avait prêté deux CD de Redbone *(Potlatch* et *The Witch Queen of New Orleans)*, était passé le voir. La cabane en assez mauvais état n'était pas beaucoup plus grande qu'une tente, elle puait le moisi et la bière éventée à plein nez, Donovan l'avait nettoyée de façon sommaire, il avait rangé son matériel de camping dans un coin, installé un lit de camp, une chaise et une table sur laquelle il mangeait et écrivait à la lueur d'une lampe Coleman dont la mèche était mal réglée.

— T'es sûr que ça va aller ? lui a demandé Percy qui savait à quelle fin les jeunes Makahs se servaient de la cabane et avait remarqué que le vent s'engouffrait par le châssis faussé de l'unique fenêtre.

— Ne t'inquiète pas, c'était pire dans le Montana.

— A cause de la neige ?

— De la neige et du reste… J'ai tes disques.

— Qu'est-ce que t'en penses ? Chouette, hein ?

— Ouais… pas mal.

Donovan ne savait pas très bien mentir, il s'est demandé si Percy, devant ses explications embarrassées, n'allait pas se rendre compte qu'il n'avait pas trouvé les deux disques très fameux, mais l'Indien ne lui a rien dit. Une seule chose avait impressionné le journaliste : l'intro de « Chant : 13th Hour » avec les chœurs traditionnels et le tambour de « Last Walking Bear » derrière, le reste lui avait semblé terriblement démodé avec des guitares à la con et des textes débiles (« Nobody cries when Maggie dies / Oh ! Oh ! Oh ! Oh ! Oh ! Oh ! /

Boom ! Boom ! Boom ! / Boom poor Maggie ! »). Il comprenait l'enthousiasme de Percy, il n'y avait pas beaucoup de groupes de rock indiens et le batteur était de Neah Bay, mais il trouvait ça vraiment mauvais. Il s'était dit qu'à défaut d'un disque de Buffy Sainte Marie il pourrait offrir à Percy *Bone Days* de John Trudell, avant de se raviser, il avait appris que l'on peut se disputer à propos de ses goûts plus que du reste.

Petit à petit, les gens de Neah Bay s'étaient habitués à la présence du jeune homme, tout le monde le connaissait et il connaissait tout le monde, il était toujours courtois et ne demandait pas mieux que de rendre service à qui le lui demandait. Il était à tel point obsédé par cette histoire qu'il était descendu avec sa vieille Volkswagen jusqu'à Baja au Mexique pour voir les lagons découverts par Charles Scammon, un baleinier du XIXe siècle, découverte qui avait sonné le départ du massacre. Aujourd'hui, à Guerrero Negro, le gouvernement mexicain et Mitsubishi exploitaient dix millions de tonnes de sel par jour à destination du Japon et quelques organismes proposaient aux touristes d'aller prendre les baleines en photo. Sur toute la côte, les baleines étaient devenues des attractions pour touristes qui rapportaient des millions de dollars.

Donovan Thomas avait pris plusieurs centaines de pages de notes dont il ne savait trop quoi faire, mais dont il se disait qu'un jour il pourrait se servir pour écrire un livre. Son exemplaire de *Moby Dick* était dans un état désastreux, la couverture était ruinée, les pages couvertes d'annotations faisaient le triple de leur volume initial et avaient une fâcheuse tendance à se répandre sur le sol toutes les fois qu'il voulait consulter un passage précis ; il lui fallait alors tout ramasser avant de reclasser les folios comme faire se peut.

Il avait fait la connaissance de Frances avec laquelle il avait des conversations sans fin sur les significations cachées de *Moby Dick*, les coïncidences étranges entre les descriptions de Melville et ce qui se passait à Neah Bay ; il accompagnait souvent Percy dans ses balades en forêt et lorsqu'il voulait que quelque chose se sache, Howard l'appelait toujours en priorité.

Les Makahs ne lui faisaient pas entièrement confiance, mais il était le journaliste dont ils se méfiaient le moins.

Donovan Thomas détestait le manichéisme, la démagogie et, surtout, la façon qu'avait Saul Holmes d'articuler comme s'il prêchait. Non seulement le colonel ne répondait jamais aux questions qu'on lui posait, mais il scandait ses phrases comme un prêcheur. Deux ans auparavant, Thomas avait fait une série de reportages dans le Delta sur des évangélistes, plus ou moins impliqués dans des affaires de mœurs, eux aussi noyaient le poisson dans des torrents de pathos. Donovan Thomas avait une raison plus personnelle de détester ce genre de personnages, ils avaient l'habitude de le traiter de haut comme s'il avait été un petit morveux ou un simple d'esprit ; il avait beau faire beaucoup plus jeune que son âge, Donovan Thomas n'était plus étudiant depuis belle lurette, il détestait l'arrogance messianique du colonel, et être traité avec condescendance.

Il a essayé à plusieurs reprises au cours de cette fameuse conférence de presse de mettre le colonel en face de ses contradictions, de rendre son délire paranoïaque visible pour tous ceux qui l'écoutaient, mais à chaque fois la rhétorique bombastique de Saul Holmes l'a débordé, roulant ses objections dans des périodes écumantes où surnageaient comme des poignards acérés des mots comme « fusiforme », « meurtre », « Apocalypse », « écocide ». Malgré la colère qui montait en lui, Donovan Thomas a fini par se taire, il savait que ce genre de personnages ne change jamais de ligne, que c'était cela qui les rendait dangereux, fascinants aussi, sans doute, s'il fallait en croire ses collègues qui écoutaient bouche bée les délires millénaristes du colonel.

A l'exception notable de Marion Larsen, emmitouflée comme d'ordinairc dans son anorak Patagonia, son appareil photo suspendu autour du cou, son éternel bob en toile jean enfoncé jusqu'à ses grosses lunettes à montures d'écaille, un petit sourire flottant sur ses lèvres.

— Amen ! a fait Donovan Thomas quand Saul Holmes a mis fin à son homélie.

Les journalistes avaient tous applaudi le colonel comme s'il s'était agi d'un show et rien ne le rendait plus furieux que de voir ses collègues se faire avoir de cette manière. Intimidés par le discours pompeux du colonel, ils finissaient par intérioriser le raisonnement qui voudrait que n'importe quel animal l'emporte sur l'homme, que la Nature sans l'humanité serait un Eden, que celui qu'il faut harponner c'est l'Indien réel, et non pas la baleine abstraite. Ces hyperboles exaspéraient Donovan Thomas, il était persuadé en outre, sans pouvoir le prouver bien sûr, que si le colonel avait été vétérinaire, les animaux s'en seraient méfiés.

— N'est-il pas fort, notre Edward Abbey nautique ? lui a glissé Marion Larsen en se levant à son tour.

— C'est un dingue, c'est tout, Abbey était dingue, mais il avait du talent.

— C'est surtout un malin ! Il a convaincu tout le monde, il n'y a que cela qui ait de l'importance pour lui… Si ça se trouve, il ne croit pas un seul mot de ce qu'il dit.

— Pour débiter ces conneries d'un air inspiré, faut y croire… s'il était cynique, il exploserait en plein vol.

— La petite Simmons, je suis d'accord, c'est une psychopathe, les baleines lui parlent par télépathie, mais pas Holmes, il a quelque chose à vendre et il le vend comme un politicien. Il communique… on appelle comme ça ce genre d'opération, non ?

— Ce que je trouve lamentable, c'est que nous sommes deux douzaines à écouter des trucs ahurissants, les moules et les hommes c'est du pareil au même, les baleines sont toutes des prix Nobel, les pêcheurs à la mouche sont des tueurs en série, les navires baleiniers se nourrissent par l'anus, tout ce ramassis d'invraisemblables inepties, et que personne ne bronche.

— C'est l'avantage de ceux qui sont charismatiques sur ceux qui ne le sont pas.

— C'est le danger ! Le danger ! Charles Manson était charismatique… Hitler était charismatique.

— Nous n'en sommes pas encore là, Donovan ! En tous les cas, nos Indiens sont mal partis avec un type comme lui. Si l'opinion publique le soutient et elle le soutiendra puisqu'elle marche à l'émotion plus qu'à la raison… les Makahs ne font pas le poids… loin de là ! Ce n'est pas votre avis ?

A la simple idée d'un débat télévisé entre Percy Gorch et le colonel Holmes, Donovan Thomas a pouffé de rire.

Il n'y avait pas plus différents que Donovan Thomas et Marion Larsen, ils n'avaient ni le même âge, ni la même expérience, pas les mêmes admirations, la même culture ni la même façon de concevoir leur métier, pas même une opinion identique sur ce que pouvait bien signifier cette histoire mais, pourtant, ils se sentaient proches l'un de l'autre et tombaient d'accord sur presque tout. Donovan Thomas appréciait la lucidité de Marion Larsen, sa manière faussement détachée de rendre compte de ce qu'elle voyait, son objectivité feinte et son humour. Il aurait aimé pouvoir écrire un article comme celui qu'elle avait publié lorsque les organisations internationales avaient décrété que les Makahs auraient le droit de chasser les baleines « résidentes », mais pas les baleines « migrantes ». Elle avait titré son article : « Comment peut-on tuer une baleine dont on connaît le prénom ? » Marion Larsen retrouvait dans le jeune homme l'enthousiasme qui avait été le sien à ses débuts, et l'appréciait pour cela.

Leur complicité venait de ce qu'ils aimaient les Makahs et qu'ils voulaient plus que tout, sans doute d'une manière égoïste, que les Makahs aillent au bout de leur histoire, même s'ils pressentaient qu'elle finirait mal, pire encore qu'elle ne changerait rien à leur existence et qu'eux-mêmes en sortiraient plus amers et plus désenchantés qu'ils n'y étaient entrés.

Ils partageaient tous les deux l'idée romantique et très littéraire qu'il n'y a que les perdants qui soient intéressants.

Depuis le temps qu'il allait et venait dans le coin, Donovan Thomas connaissait la route qui menait à Neah Bay par cœur, à tel point qu'il avait l'impression que sa Cox aurait pris les virages toute seule et qu'elle l'aurait conduit jusque derrière Backtrack Road, dans la cabane où il vivait en toute sécurité. Que la forêt fasse comme des tunnels l'émerveillait toujours autant, il passait de la lumière à l'ombre, et puis à la lumière de nouveau quand la route s'élargissait ou que la forêt reculait. Il n'y avait qu'une seule route, partagée par deux lignes jaunes tout du long, pour se rendre à Neah

Bay, c'est ce qui rendait la situation des Makahs si particulière, ils étaient coincés dans un cul-de-sac. S'ils n'avaient pas de casino comme les Navajos ou les Zunis, mais un bingo ridicule fréquenté par les vieilles femmes de la tribu qui jouaient des clopinettes, c'était parce que personne n'aurait eu l'idée de pousser jusqu'à Neah Bay pour jouer aux bandits manchots. Neah Bay était une impasse, le seul moyen d'en fuir était de se jeter à l'eau.

Donovan Thomas chantonnait, les deux pouces passés en crochet sur le bas du volant : « Ils l'ont dans l'os / Dans le dos / Dans l'os / Ils l'ont dans le dos. » Le moteur de sa Cox accompagnait ses improvisations du teuf-teuf régulier de son quatre cylindres à plat. Ce n'était pas une voiture pour la région, il n'en avait pas aperçu une seule dans tout l'Etat de Washington, mais il n'avait pas envie de changer *toutes* ses habitudes sous prétexte qu'il était coincé ici en attendant le bon vouloir des baleines grises, des autorités internationales, des amis des bêtes, de l'opinion publique qui comptait les coups, sans oublier les Makahs qui se débattaient comme des beaux diables au milieu de ce pandémonium. Certains d'entre eux avaient pris l'habitude de convoquer les journalistes pour leur faire des déclarations ahurissantes ; ils y prenaient le plaisir pervers que l'on prend enfant à faire semblant de jeter un morceau de bois et à voir son chien partir comme une balle.

Et lui, comme un brave labrador, marchait à tous les coups dans la combine en se disant que courir lui ferait, de toute façon, le plus grand bien.

Il a cessé de fredonner sa petite chanson, il a mis *Surrealistic Pillow* de Jefferson Airplane, les hurlements kitsch de Grace Slick lui changeraient les idées,

Donovan Thomas adorait la musique des années 70, surtout Jimi Hendrix et les Doors, au début, c'était ce qui l'avait rapproché de Marion Larsen, il aimait qu'elle lui raconte les grands festivals où elle avait traîné ces années-là (quand elle portait des lunettes rondes et montrait ses seins à tout le monde). En règle générale, il aimait la musique bruyante un tantinet grandiloquente : MC 5, les Stooges, Green On Red, Led Zeppelin, Roky Erickson, Bob Seger et le Silver Bullet Band, Creedence Clearwater Revival, il préférait Jerry Lee Lewis à Elvis Presley, Little Richard à Roy Orbison, les Rolling Stones aux Beatles, cela l'amenait à commettre des fautes de goût impardonnables, il préférait, par exemple, la version de *Me and Bobby McGee* de Janis Joplin à celle de Kris Kristofferson.

Après la pancarte signalant la réserve et les nombreux règlements qu'il fallait y respecter et que tout le monde mettait un point d'honneur à transgresser, Donovan Thomas a mis sa Cox au point mort. Le jeu consistant à aller le plus loin possible en roue libre, la plupart du temps, il arrivait jusqu'au portail de la caserne des gardes-côtes. Cette fois, il a réussi à se garer en souplesse sur le parking du Washburn, trois cents mètres plus loin. Son exploit l'a mis de bonne humeur, il a frappé dans ses mains avant de couper le contact, Grace Slick s'est tue, « Ta gueule baba ! », il a hurlé.

Sous l'auvent, juste à côté des portes du magasin, Percy Gorch discutait avec un jeune garçon que Donovan n'avait jamais vu jusque-là. Il n'était pas très grand et devait peser beaucoup plus de cent kilos, on voyait ses seins pointus par les emmanchures de son tee-shirt sale. A intervalles réguliers, il plongeait son pinceau dans un pot à ses pieds tout en hochant la tête en écoutant ce que lui disait Percy jusqu'à ce que toute la peinture ait goutté sur ses Converse dont il avait coupé le bout pour donner de l'aisance à ses orteils.

Avant de pousser la porte du magasin, Donovan a effleuré l'épaule de Percy, histoire de lui signaler sa présence.

— Ça va ? il lui a demandé.

— Ça va, lui a répondu Percy en se tournant vers lui, ses lunettes d'aviateur sur le bout du nez.

— Demain la baleine ?

— Après-demain, sûr !

— Impeccable.

— J'ai un truc à te demander.

— Il faut que je fasse trois courses… ça peut attendre jusque-là ?

— J't'attends.

Le jeune garçon obèse avait refermé le pot de peinture. Il a souri à Donovan, « J'ai fini ! »

— C'est bien, lui a dit Donovan comme s'il avait été son contremaître avant de filer au fond du magasin chercher du bacon dans les congélateurs.

« S'ils pêchent aussi bien qu'ils peignent, ils sont mal barrés », a pensé le jeune homme en attendant que la caissière ait fini de réparer l'un de ses faux ongles vernis aux couleurs du drapeau américain. Le pire c'est que, d'après ce qu'il avait vu, il n'était pas très loin de la vérité.

Il avait assisté à deux ou trois séances de démonstration de lancer de harpon sur le leurre que les Makahs avaient confectionné avec de vieux filets et des caisses en polystyrène, à chaque fois, Stud s'était montré si maladroit que tous ceux qui avaient été convoqués pour l'occasion n'osaient pas se regarder en face de crainte de lire dans les yeux de leur plus proche voisin la même gêne, de peur aussi d'éclater de rire. Le même silence désolé qui suit une plaisanterie qui ne fait rire personne s'était, à chaque fois, propagé, de proche en proche, jusqu'aux derniers rangs de l'assistance. Certains, les yeux baissés, faisaient semblant de ne rien avoir remarqué, d'autres ricanaient bêtement, les commissures des lèvres relevées dans un rictus crispé et Marion Larsen hochait la tête avec bienveillance comme une mère qui assiste à la première tentative infructueuse d'un enfant pour se dresser sur ses jambes.

Quand Stud se battait, il était vexé s'il n'en prenait pas plein la gueule, il prenait cela pour du mépris de la part de celui avec qui il se battait. Encore heureux, il y avait toujours un moment où se faire dérouiller l'énervait plus encore que ce qui avait provoqué la bagarre. En général, c'était le moment où il écrabouillait la cervelle de son adversaire contre les parois de son crâne. S'il avait été un boxeur, il aurait ressemblé à Chuck Wepner, le poids lourd qui a inspiré le personnage de Rocky à Sylvester Stallone. L'aîné des Gorch était fait pour être harponneur comme Chuck, surnommé le « Saigneur de Bayonne » (le bled dont il était natif) à cause de sa propension à saigner lorsqu'il regardait un combat à la télévision, pour être champion du monde poids lourd, ou une otarie nourrie à la banane pour être étoile au Bolchoï.

Que Stud ait choisi depuis le début le rôle du harponneur, et qu'il ne soit pas question de lui proposer autre chose sans risquer de déclencher les effets de son courroux, compromettait sérieusement les chances de réussite des Makahs. Si l'on exceptait Percy qui admirait tellement son frère qu'il l'aurait cru capable de terrasser une baleine à mains nues, les autres membres de l'équipage étaient bien conscients du problème et maintenant que la perspective de harponner une baleine pour de bon se rapprochait jusqu'à devenir *presque* réelle, ils craignaient pour leurs vies. Ils ignoraient tout des réactions d'une baleine blessée, mais ils s'en doutaient un peu. Aucun d'entre eux n'avait envie de se retrouver dans les eaux glacées du Pacifique aux prises avec un animal rendu fou de douleur et pesant trente tonnes. Si cela survenait, dans les ténèbres, avant que l'eau glacée du Pacifique n'emplisse leurs poumons et qu'ils meurent noyés, ils ne pourraient compter que sur la précision du tir de Dale et ils n'avaient pas confiance non plus en l'adresse du fils de Howard.

Quand Donovan Thomas est ressorti du Washburn avec son sac en papier kraft à bout de bras, le jeune garçon obèse avait disparu, Percy, accroupi sur ses talons, contemplait d'un air pensif la flaque de peinture qu'il avait laissée.

— Je t'offre un Pepsi ? lui a demandé Donovan.

— Merci, j'attends Frances… on va au cinéma ce soir, a répondu Percy en se relevant.

— Vous allez voir quoi ?

— J'sais pas. Moi, tu sais, au cinoche, c'est pas compliqué, dix minutes après qu'ils ont éteint la lumière, j'dors… le film, j'm'en tamponne !

— Tu voulais me demander quelque chose ?

— T'as bien dit que t'avais fait du sport à l'université ?

— J'étais dans l'équipe de natation… cent mètres brasse, mon record tient toujours. Ça t'épate, hein ?

— J'croyais que tu faisais du bateau…

— Aussi…

Ils ont traversé le parking, Percy hochait la tête en mordillant les montures de ses lunettes, Donovan a posé son sac sur le toit de sa Cox avant de lui demander :

— C'est ça que tu voulais savoir, si j'avais fait de l'aviron ?

— Pas que ça… c'est délicat à dire.

— Vas-y ! Tu me fais pas confiance ou quoi ?

— C'est pas ça… franchement, c'est difficile. Jure que tu fermes ta gueule.

— Percy, c'est mon métier de l'ouvrir.

— Jure-le quand même !

— OK, je le jure !

— Voilà… y a que toi qui le sais… le Conseil tribal, ils ont dcs doutes… sur l'équipage… ils sont pas sûrs qu'on soit les bons, si tu vois ce que j'veux dire.

— Pas vraiment.

— Ils trouvent qu'on représente pas bien la communauté et puis, ils disent qu'on est pas bons.

— Je vous trouve de mieux en mieux… le harpon, c'est pas encore ça, mais la rame, ça vient au poil !

— Sans doute, c'est l'autre raison. Stud sort de prison, ça fait pas bien dans le tableau… Howard, il boit, les autres, c'est pas mieux… tu comprends ?

— Ils ont qui d'autre à proposer ?

— Ils ont un autre équipage… avec Charles Daniel et Rick Thomson.

— Mais ils rament avec vous.

— Justement, maintenant, ils rameraient avec les cinq autres. Tu verrais leur tronche, tu comprendrais le coup de suite… ils boivent du thé, ils fument pas, ils vont à la messe, ils font du sport, tu vois le truc ?

— Parfaitement. Qu'est-ce qu'en disent les autres ?

— Ils sont tous furax… sauf Dale qui s'en fout, mais les autres sont furax.

— Qu'est-ce que vous comptez faire ?

— Howard a négocié un truc avec le Conseil…

— Qu'est-ce qu'il a négocié ?

— Justement, c'est de ça que j'voulais te parler… On va faire un match…. notre bateau contre le leur.

Celui qui gagne chassera la baleine. Tout ce qu'ils veulent, c'est nous baiser la gueule !

— J'ai bien compris.

— On est dans la merde !

— Vous n'avez pas perdu, avec Chris, vous n'avez pas perdu.

— On est six.

— Et alors ?

— Ils sont sept.

— C'est pas juste.

— Tu l'as dit… c'est pas juste, mais juste ou pas, ils en ont rien à foutre. C'est eux qui font les règles.

— Vous pouvez pas trouver un type ? Ça doit bien se trouver un type qui sait ramer, non ?

— Justement. C'est ce que j'fais… J'cherche un type qui sait ramer.

— Tu en as trouvé un ?

— C'est de ça que je te parle depuis dix minutes au cas où tu t'en serais pas rendu compte.

— Pardon ?

— T'as bien dit que t'avais fait de l'aviron.

— Putain, Percy ! C'est pas vrai ? Tu te rends compte de ce que tu me demandes ?

— T'étais bon ou t'étais pas bon ?

— C'est pas le problème, Percy.

— T'étais bon ou pas ?

— Plutôt bon, mais c'était il y a longtemps… j'étais au top à l'époque… C'était un huit barré… c'est pas la même technique, je suppose… je n'ai jamais tenu une pagaie de ma vie, tu comprends ?

— J'comprends tout ce que tu veux, et toi tu comprends qu'on est dans la merde ?

— Bien sûr que je comprends, mais de toutes les façons, c'est même pas le problème.

— C'est quoi le problème ?

— Percy, je suis pas makah !

— Dale non plus ! C'est écrit nulle part que les rameurs doivent tous être makahs… Ils font leur règlement, on peut faire le nôtre.

— Percy… je n'ai pas l'intention de me retrouver à chasser la baleine avec vous. C'est clair ?

— C'est pas le deal ! Tu rames avec nous le temps qu'on explose ces enfoirés, après on se démerde… peut-être même qu'on sera obligés de reprendre les deux traîtres ! Tu nous dépannes, c'est tout… juste pour la course.

Donovan Thomas réfléchissait : comment allait-il bien pouvoir refuser la proposition de Percy sans se couper de l'une de ses sources d'information, quand le Toundra de Frances est venu se garer à côté de sa Cox. La jeune femme est descendue du 4 × 4, elle a embrassé Percy avant de se tourner vers Donovan.

— Il vous a expliqué le problème ? elle lui a demandé.

— On était en train d'en parler.

— Il vous a eu ?

— J'ai pas dit oui.

— T'as pas dit non.

— Il n'a pas l'air comme ça, mais quand il veut quelque chose, il arrive assez bien à ses fins.

— C'est OK ?

— Je vais réfléchir.

— C'est un truc, faut pas réfléchir.

— Oxford contre Cambridge vu de l'intérieur, ça peut faire un bon papier, lui a glissé Frances avant de démarrer son Toundra.

— Si tu veux, je rajoute un truc, lui a fait Percy en grimpant sur le siège du passager.

— Quoi ? il n'a pas pu s'empêcher de demander.

— Frances t'invite au cinéma ce soir, lui a répondu Percy en lui faisant un clin d'œil.

Amoureux d'elle comme il l'était, il ne pouvait pas refuser.

Yellow the color of your skin
Black was the color of your hair
Your earthly days have passed you by
Where Oh where Oh where
Did you go when they took your bones
Did you go when they took your bones
and ran.

Marissa Nadler.

Onze

One of the grandest illusion in America is that we are getting better and better.

Jim Harrison.

Quand la mère de Frances lui a téléphoné pour lui dire qu'elle avait pris une chambre au Lake Crescent Lodge, la jeune femme a su que Dieu lui envoyait une épreuve et que si son amour résistait à la présence de sa mère, Percy était, pour de bon, l'homme de sa vie.

— Tu devineras jamais ce que je vois depuis ma fenêtre, lui a dit sa mère.

— Un daim qui broute, je suppose ?

— Comment tu le sais ?

— Les daims, ici, c'est un peu comme les pigeons à Venise, maman, il n'y a plus que les touristes qui les remarquent.

— Qu'il est joli ! Il me regarde…

— C'est ce que tu crois, ce sont des plaies… ils défoncent les clôtures, ils détruisent les semis.

— Frances, qu'est-ce que tu racontes ?

— La même chose que les gens qui vivent ici toute l'année, maman… ils sont jolis à voir, beaucoup plus jolis que des rats, mais ce sont des rats quand même. Ils sont nuisibles.

— Comment peux-tu dire une chose pareille, comment un animal aussi ravissant pourrait-il être nuisible ?

— Je t'expliquerai si tu veux. Tu comptes rester longtemps ?

— Tu es déjà pressée de me voir partir ?

— Non, non, ce n'est pas ça, juste une affaire d'organisation, maman… tu vas pas rester au motel, je suppose… j'ai suffisamment de place pour te loger.

— Je voudrais pas te déranger.

— Tu ne me déranges pas, maman, j'habite à moins d'un mile.

— Je sais.

— Comment tu le sais ?

— Tu es connue dans le coin, tu es très populaire même, la fille avec l'Indien… Moi aussi, par la même occasion, la mère de la fille avec l'Indien… tu vois le genre ?

— Parfaitement… tu es habituée, non ? Ça ne devrait pas te choquer.

— Mais ça me choque pas, Frances, je serais mal placée… les Indiens, je suis une authentique spécialiste… des Indiens d'Inde, je veux dire, les autres, j'ai toujours eu de l'intérêt pour leur culture, tu le sais aussi… tu te rappelles l'Arizona ?

— Là-dessus, je sais que je peux compter sur toi, maman. Pourquoi tu ne m'as pas prévenue ? Tu pouvais téléphoner…

— C'est ce que je fais !

— La semaine dernière, je veux dire… pour me prévenir. Tu aurais pu venir directement.

— Je voulais te faire la surprise, figure-toi… et puis dans l'obscurité, j'ai été infoutue de trouver où tu habitais.

— Pourquoi tu n'as pas téléphoné ?

— Je suis arrivée tard, ça pouvait attendre aujourd'hui, c'était pas la peine de te déranger non plus.

— On est rentrés tard nous aussi… tu aurais pu. Enfin… Tu ne m'as pas répondu, tu comptes rester longtemps ?

— Ça dépendra comment les affaires se présentent.

— Tu es ici pour affaires ?

— Non, pas pour affaires, les affaires et moi, tu sais… jc suis là pour l'affaire, a dit sa mère en insistant sur le dernier mot.

— Laquelle ?

— Tu vas pas me dire que t'es pas au courant. Bien placée comme tu es. Allez… devine ! Tu devines pas ?

— Non, je t'assure, je ne vois pas de quoi tu parles.

— Les baleines, ça te dit rien ?

— Ah, les baleines !

— Evidemment, qu'est-ce que tu veux que ce soit d'autre ? On parle que de ça.

— Cette affaire-là…

— Tu vas pas me dire que t'es pas au courant.

— Si. Si, bien sûr…

— Un génocide pareil, ce serait difficile, non ?

— Bien sûr ! Ecoute, tu pourras en parler aux intéressés si tu le désires. Ce sera le mieux.

— Tu vas pas me dire que tu fréquentes ces assassins ?

— Je crains bien que si, maman. Je suis pas sûre non plus que ce soient réellement des assassins.

— Parce qu'assassiner des animaux sans défense, tu appelles ça comment ? C'est pas de l'assassinat, peut-être ?

— Ecoute, maman, on va pas discuter de ça au téléphone… c'est un peu compliqué… Quand je peux venir te prendre ?

— Tout de suite si tu veux, je suis prête.

Frances n'en doutait pas, elle voyait même le tableau, sa mère fumant des beedies dans le vestibule du Lake Crescent Lodge, en anorak et jupe longue, ses sacs autour d'elle comme si elle avait été SDF.

Percy remontait du sous-sol, des bûches plein les bras. Il portait un vieux jeans trop grand de deux ou trois tailles qui glissait sur ses hanches, une chemise en laine à carreaux rouges et noirs ouverte sur un tee-shirt où l'on voyait des traînées de cambouis, il n'avait pas fermé ses chaussures de chantier et manquait s'entraver sur ses lacets raidis par le froid à chaque marche.

Il chantonnait.

« Chante beau merle, tu ne chanteras plus très longtemps ! »

Arrivé en haut de l'escalier, il lui a souri et Frances s'est rendu compte, tout d'un coup, que son incisive en or se remarquait beaucoup plus depuis la dernière fois qu'elle l'avait aperçue, il y avait une heure à peine. Ses cheveux bleus luisants de graisse lui tombaient en désordre devant les yeux, mais il lui a semblé que, même si l'on était de la plus parfaite mauvaise foi, on ne pouvait que le trouver beau. Seule l'incisive était à revoir, et encore, pour les délicats qui l'auraient trouvée d'une vulgarité trop brutale.

Elle était certaine que ce matin il ne s'était pas douché et qu'il ne se doucherait pas non plus ce soir après avoir bricolé toute la journée. Il ne se lavait presque jamais et il sentait bon ou, plutôt, Frances trouvait qu'il sentait bon, mais elle en était certaine, sa mère trouverait qu'il puait. C'était une fanatique des odeurs corporelles, elle se lavait au moins trois ou quatre fois par jour, elle se frictionnait ensuite avec l'énergie du désespoir avec un gant de crin, lorsqu'elle ressortait de la salle de bains, elle avait la peau écarlate. Elle se désinfectait les mains en permanence à l'alcool à 90 °, elle était une adepte forcenée des déodorants, bougies parfumées, bombes désodorisantes, antiseptiques et de tout ce qui était vendu dans le but d'exterminer les miasmes et stériliser les organismes malfaisants en suspension dans l'atmosphère. Le moindre relent, la plus petite trace de transpiration lui déclenchaient des allergies. Une terrible maniaque, sauf en ce qui concernait ses infâmes clopes.

Frances est passée dans sa chambre pour enfiler un tee-shirt propre et brosser ses cheveux avant de les réunir en queue-de-cheval. Lorsqu'elle est revenue au salon, en se demandant si elle n'aurait pas dû changer de sous-vêtements par la même occasion, Percy avait ramené une deuxième tournée de bûches. Il était accroupi à côté de la cheminée, son jeans tombait sur ses hanches et l'on voyait le début de sa raie du cul.

Au lieu de lui dire : « Putain, tu pourrais pas faire attention, merde ! », elle s'est entendue prononcer la phrase fatale : « Ma mère est arrivée. »

Percy s'est relevé, il a passé sa main droite pleine de résine dans ses cheveux avant de remonter son jeans et de renifler en faisant une grimace. Pour finir, il s'est essuyé les mains sur les cuisses, ce qui a eu pour effet de faire redescendre son jeans plus bas qu'il n'était avant qu'il le remonte. Il s'est laissé tomber sur le canapé et les mains passées sous la nuque, il lui a demandé :

— Tu veux que je m'en aille ?

— Pourquoi tu dis ça ?

— J'sais pas… peut-être que t'as envie d'être avec elle.

— Pas vraiment si tu veux le savoir. De toute manière, c'est avec toi que je suis, non ?

— Sûr. C'est ta mère quand même…

— On ne peut pas revenir là-dessus.

— Elle est là pour longtemps ?

— J'espère que non.
— C'est ta mère.
— Ça va, je sais… je n'ai pas besoin de toi pour le savoir.
— Sûr.
— Quand tu la connaîtras, tu seras pressé qu'elle parte.
— Moi, oui… j'suis même emmerdé qu'elle soit là… j'suis pas son fils non plus.
— Percy, tu n'as jamais pensé que les parents étaient plus emmerdants pour leurs enfants que pour les autres ?
— J'sais pas.

Il l'agaçait. Evidemment, tout le monde ne pouvait pas avoir la chance d'avoir perdu ses parents dans des circonstances dramatiques et de faire, en prime, partie d'une minorité visible victime de discrimination. Elle n'avait jamais supporté ce genre de chantage, mais, en l'occurrence, elle était injuste et elle le savait, Percy ne s'était jamais réclamé du fait d'être indien pour s'excuser de quoi que ce soit, d'ailleurs, il ne s'excusait jamais de rien. Il ne pratiquait pas la politesse, il ne l'avait pas apprise. Ce qui rendait surprenante la délicatesse dont il pouvait faire preuve à certains moments, délicatesse d'autant plus inattendue qu'il était, le plus souvent, d'une franche brutalité. Il n'empêche qu'il venait de lui demander si elle voulait qu'il la laisse seule avec sa mère comme s'il avait eu peur de les déranger, ce qui n'empêchait pas qu'elle était incapable de savoir s'il en avait *réellement* quelque chose à faire. Il avait la politesse innée des chats et une tendance à disparaître sans bruit à la moindre alerte comme s'il avait été craintif.

Il attendait qu'elle lui réponde, assis sur le canapé, les mains croisées derrière la nuque, les jambes étendues, ses chaussures de chantier posées sur la table basse à côté d'un journal froissé dont il avait utilisé le supplément culturel pour allumer le feu, les yeux dans le vague, il regardait les flammes danser dans la cheminée devant laquelle ils avaient souvent fait l'amour. Il avait deviné qu'elle ne lui avait pas répondu, et c'est vrai qu'elle réfléchissait à la manière de se tirer de ce bourbier. Comment allait-elle bien pouvoir lui annoncer que sa mère faisait partie des manifestants qui traitaient les Makahs de tueurs et de tapettes tous les jours maintenant depuis plus d'un mois, sur la route qui menait à Neah Bay, à la hauteur du cimetière où reposaient leurs ancêtres, sans se rendre compte qu'ils ne faisaient pas que les insulter, mais qu'ils profanaient aussi ce qu'ils avaient de plus sacré ? Est-ce qu'elle le prévenait tout de suite ? Est-ce qu'elle laissait se déclencher les hostilités d'entrée de jeu ? Ou bien est-ce qu'elle essayait d'éviter le conflit à toute force ?

Et jusqu'à quand pourrait-elle mentir ?

Et où se situait-elle ?

Etait-elle arbitre ou bien partisan ?

Et de quel parti ?

— Et merde ! elle a fini par lâcher.

Au lieu de l'aider, Percy n'a pas bougé. Trop content d'être le problème et la solution, trop content qu'elle soit obligée de se déterminer par elle-même.

Toute seule.

— Attends-moi là, elle lui a dit avant de se pencher pour l'embrasser. Et va te doucher, elle a rajouté avant de cueillir entre son pouce et son index un morceau d'écorce coincé dans les cheveux de Percy.

— J'suis propre, il lui a répondu.

— C'est ça. On verra bien, elle a fait en faisant sauter les clés du Toundra dans sa main.

Pour se passer les nerfs, tout le trajet jusqu'au Lake Crescent Lodge, elle a conduit son 4 × 4 vite et brutalement comme si le volant, les pédales étaient ses ennemis personnels et la route aussi par la même occasion. Les pneus crissaient dans les virages, ce qui n'a eu pour effet que de l'énerver davantage.

Dans le hall du motel, Clarice était en grande conversation avec la réceptionniste, la fumée des clous de girofle semblait sortir de ses cheveux roux bouclés coiffés dans le style de ceux d'Angela Davis à la bonne époque, on aurait dit qu'un feu de broussaille y couvait.

Elle n'avait pas changé, quelques kilos supplémentaires peut-être, et quelques rides autour de ses yeux bleus. Ce n'était pas, de toutes les façons, son apparence qui l'inquiétait, mais plutôt les catastrophes qu'elle ne manquait pas de déclencher.

Elles se sont embrassées.

— Tu es sûre que je te dérange pas ? Tu sais, je peux rester ici… je suis bien, je me suis fait une copine, hein, Ruth ? a demandé Clarice à la réceptionniste qui a hoché la tête en signe d'assentiment vague. Il y a des daims dans tout le parc.

— Il y en a partout, je t'ai dit, dans trois jours, tu ne les remarqueras même plus.

— Comment peut-on être blasée à ce point ?

— Je ne suis pas blasée, maman, mais franchement… les daims !

— Eh bien quoi, les daims ?

— Je ne sais pas.

« Et voilà, elle fait la gueule ! »

Clarice n'avait jamais rien eu à reprocher à sa fille, elle avait été un bébé sage comme une image que ses voisines toutes munies de poupons braillards lui enviaient, une enfant calme et appliquée dont les professeurs ne cessaient de faire l'éloge, une adolescente sans problème (et sans la plus petite trace d'acné). Sa fille avait toujours fait preuve d'une indulgence amusée envers le genre de vie qu'elle menait (ces excursions absurdes, ces produits dont elle ne connaissait pas les effets qui la laissaient abrutie, hébétée des heures entières, les jambes écartées sur le canapé du salon, ces dérives sans but et tous ces crétins qui l'avaient sautée sans l'ombre d'un remords) et qu'elle lui faisait mener par la même occasion. Frances ne lui avait jamais fait le plus petit reproche, même à propos des hurlements que les crétins lui arrachaient malgré elle, et Dieu sait qu'il aurait été justifié de le faire ! Lorsqu'elle en avait eu l'opportunité, sa fille avait quitté le foyer sans que ce soit l'occasion d'une crise ou d'une réelle rupture et, pourtant, il suffisait qu'elles soient en présence l'une de l'autre pour que l'atmosphère se charge d'une électricité particulière qui faisait craindre l'approche d'un désastre. Dans le fond, et malgré les différentes cures parapsychologiques auxquelles Clarice s'était contrainte, elle ne s'était jamais avoué que le seul reproche sérieux qu'elle pouvait adresser à sa fille était juste qu'elle soit sa fille, donc, évidemment, plus jeune qu'elle et, pour tout arranger, beaucoup plus jolie qu'elle ne l'avait jamais été. Assez jolie pour que cela lui soit aussi naturel que respirer ou bien marcher. Jolie comme elle aurait rêvé d'être. Le genre de chose que l'on ne peut pardonner à personne lorsque, comme Clarice, on a des problèmes à ce sujet.

— Tous tes bagages sont là ? lui a demandé Frances en montrant ses sacoches mexicaines abandonnées à côté du canapé, qui lui ont fait penser à une meute de chiens au repos, certains le ventre flasque, d'autres obèses, mais au lieu de mordre, sur un seul geste de sa mère, ils allaient cracher leur lot d'ustensiles malfaisants : gris-gris, encens, mandalas tibétains, dentelles, éventails, bijoux « ethniques », brûle-parfums, flacons de vitamines et pipe à eau, sans compter la bibliothèque absurde qui ne la quittait pas.

— Les miens, oui, il manque ceux d'Helga.

— De qui ?

— Helga, mon amie.

— Tu aurais pu me prévenir que tu étais avec une copine.

— C'est pas ma copine, c'est mon amie.

— Peu importe. J'aurais fait sa chambre, c'est tout.

— Tu comprends pas bien, c'est mon amie, je te dis.

— Je sais, maman, je ne suis pas idiote, tu viens de me le dire.

— Mon amie. Je vis avec elle… s'il faut te mettre les points sur les i, Frances, je couche avec elle.

— Ah !

« C'est tout ce que ça te fait ? »

Elle venait de lui annoncer qu'elle était lesbienne (« Depuis deux ans maintenant, comme le temps passe ! ») et tout ce qu'elle trouvait à dire, c'était : « Ah ! » Comment fallait-il lui dire : « Je suce des chattes, je me fais mettre un gode dans le cul et je prends mon fade comme je l'ai jamais pris avec des bites ! » pour qu'elle daigne sursauter ?

Frances n'était pas normale ou alors elle prenait des anxiolytiques, à moins que son père, en secret, ne lui ait appris à léviter, ce n'était pas possible autrement ou alors, c'était plus probable, elle avait du sang de navet dans les veines, ou l'indifférence avait noyé son cœur une fois pour toutes. Quoi qu'il en soit, le résultat était le même, elle n'avait vraiment rien à faire de ce que sa mère fabriquait. Tout ce qu'elle voyait, sans doute, c'est qu'elle n'aurait pas d'autre lit à faire, et une paire de draps de moins à nettoyer…

Clarice se posait toujours des questions invraisemblables à propos de ce que l'on pouvait penser d'elle et, comme beaucoup de gens de sa génération, elle avait tendance à s'accorder bien plus d'importance qu'on ne lui en portait en réalité. Beaucoup de ceux qui la connaissaient la trouvaient très banale et n'avaient rien à faire de ce qu'elle pensait. Elle faisait tous ses efforts pour qu'on la considère comme une excentrique et aurait donc été très déçue si elle avait appris qu'on la considérait juste comme une emmerdeuse ordinaire qui ne se rend pas compte que les années King-Kennedy, celles des droits civiques où les nègres se baladaient avec des fusils et des coupes de cheveux insensées, étaient terminées, que ces gens-là étaient morts, qu'ils étaient oubliés, eux et tout ce qu'ils signifiaient, s'ils avaient jamais signifié quoi que ce soit ; de tout ça, il ne restait plus que les chansons des Beatles orchestrées *différemment* pour servir de fond sonore aux galeries commerciales et aux salles d'attente des chiropracteurs. Reagan était passé par-dessus, et la famille Bush ensuite pour achever le travail. Elle était le prototype de la vieille tante marginale, dont chaque famille possède au moins un exemplaire, qui n'a rien compris au film en militant pour le sénateur Dukakis, celle que l'on hésite à accabler de sa commisération, qui agace plus qu'elle ne choque et finira pauvre et gâteuse pour continuer de les emmerder jusqu'à la fin.

Sur ces entrefaites, Helga a poussé la porte d'entrée du Lake Crescent Lodge. Comme d'habitude, elle s'était levée à cinq heures et demie du matin et elle avait été marcher une heure ou deux, les coudes au corps en respirant à fond. Lorsqu'elle était revenue de sa promenade, elle avait apporté son petit déjeuner au lit à Clarice, avant de se doucher (froid), de se rhabiller (sport) et de potasser ses cours de sophrologie. Aujourd'hui, elle avait trouvé le paysage si agréable qu'elle avait été s'asseoir au bord du lac regarder le vol des canards sauvages dont les ailes frôlaient la surface de l'eau.

Jusqu'à en perdre la notion du temps.

Helga a marché droit vers Frances de son pas décidé de randonneuse émérite, elle l'a prise dans ses bras et l'a embrassée vigoureusement sur les deux joues.

— Bonjour ! Je suis Helga, l'amie de Clarice, vous êtes Frances, je suppose ? Je m'excuse de mon retard.

— Ne vous excusez pas, vous n'êtes pas en retard, je ne vous attendais pas, lui a répondu Frances. On peut y aller ? elle a continué en empoignant deux sacoches au hasard. Vous me suivez…

Frances a roulé doucement pour ne pas semer le break Subaru du couple de lesbiennes (« Lesbienne, ma mère est lesbienne ! Il ne manquait plus que ça ! ») qui avait connu des jours meilleurs vers le milieu des années 80 ; elle a garé son Toundra devant le garage en faisant attention à laisser suffisamment d'espace pour que sa mère puisse se garer sur le plat, par crainte que le frein à main du break lâche et que le Subaru finisse dans le lac (« C'est bien son genre ! »). Quand sa mère et Helga sont descendues de leur guimbarde, Frances a remarqué que Helga avait les yeux rougis. La compagne de sa mère (« Mais comment allait-elle bien pouvoir la présenter à Percy ? La compagne de ma mère ? Ma belle-mère ? La maîtresse de ma mère ? Son amante ? ») leur a tourné le dos, elle a fait quelques pas sur le sentier qui menait au lac et son regard embué a semblé se perdre dans la contemplation de l'autre rive que l'on apercevait à peine derrière les nuages si bas qu'ils se confondaient avec la brume.

— Quelque chose ne va pas ? a chuchoté Frances à l'oreille de sa mère comme si Helga avait pu les entendre.

— C'est ta faute !

— Ma faute, comment ça ?

— Helga est très sensible… d'une sensibilité exacerbée…

— C'est très bien, mais cela n'explique rien.

— Tu trouves ? Ce que tu lui as dit l'a bouleversée.

— Que je lui dise bonjour l'a bouleversée ?

— Fais pas l'idiote ! Tu sais très bien ce qui a pu provoquer ce genre de réaction. Tout le monde est pas aussi insensible que toi.

— Ecoute, maman, je ne vois absolument pas de quoi tu parles, un point c'est tout.

— Ou peut-être qu'Helga est pas habituée à ton genre d'humour, elle est hollandaise, tu sais !

— Qu'est-ce que tu racontes ?

— Tu te rappelles pas ce que tu as dit à Helga ? Vraiment pas ? Tu es incroyable !

— Ecoute, si tu veux le garder pour toi, garde-le pour toi.

— « Je vous attendais pas », c'est délicat, non ?

— Comment ça ?

— Tu lui as dit : « Je vous attendais pas », oui ou non ?

— Sans doute, je ne me souviens pas… je ne l'attendais pas.

— Et tu vois pas ce qu'il peut y avoir de blessant dans ta réflexion ?

— Franchement, non ! Je ne l'attendais pas, c'est la vérité. La responsable, c'est toi. Si tu m'avais prévenue, il n'y aurait aucune raison… Je comprends qu'elle ait mal pris ce que je lui ai dit, mais c'est un malentendu, il n'y avait rien de blessant, rien de volontairement blessant. Tu lui as expliqué, j'espère ?

— Je lui ai expliqué ton sens de l'humour particulier. Si tu veux lui expliquer autre chose ou même t'excuser, tu peux le faire, il y a pas de problème !

— Je trouve, si ! a fait Frances en lui tournant le dos et en grimpant quatre à quatre les escaliers qui menaient à la terrasse et à la porte d'entrée du bungalow.

Pour un début, ça commençait à faire beaucoup.

Elle a jeté les clés du Toundra sur la table basse du salon, le feu de bois brûlait encore, elle a eu néanmoins l'impression que la maison était déserte. Elle a appelé, mais personne ne lui a répondu. Percy devait être au garage ou bien il avait été pêcher sur le lac, à moins qu'il n'ait été faire un tour en forêt.

Elle a aperçu du coin de l'œil sa mère et Helga qui entraient dans le salon en se tenant par la main. « Putain, et elles se tiennent par la main ! D'ici qu'elles se roulent des pelles, il n'y a pas loin », a-t-elle pensé en se demandant quelle pourrait bien être la réaction de Percy ou bien, encore mieux, celle de Stud, devant un spectacle de ce genre. La sonnerie de son téléphone portable a joué les premières mesures de *Born to Be Wild* avant qu'elle puisse seulement imaginer ce qu'elles pourraient être. Elle a fait signe de la main aux deux femmes de s'installer et, avant de prendre la communication, elle a eu la brusque vision de sa mère et de sa « compagne » scalpées se vidant de leur sang au bord du lac Crescent.

C'était Percy.

La communication était mauvaise, il l'appelait depuis le portable d'Howard, ils étaient en route pour Port Angeles où Stud avait des ennuis. « Rien de grave ! » Il répondait à ses questions de façon évasive avec sa voix des mauvais jours. Il la rappellerait lorsque la batterie du portable serait rechargée, tout ce qu'il voulait, c'était la prévenir… qu'elle ne s'inquiète pas. Il l'embrassait… La communication a fini par être coupée. Elle s'est doutée que c'était lui qui avait appuyé sur le bouton rouge.

La veille de ce jour-là, Greg et Stud étaient allés à Port Angeles pour faire fabriquer des pointes de harpon en acier. Traditionnellement, les pointes de harpon sont faites en coquillage, mais Greg avait persuadé Stud que des pointes en acier seraient plus efficaces ; ils n'en étaient plus à un détail près, il avait repéré un atelier à Port Angeles qui pourrait leur en fabriquer une douzaine. Lorsqu'ils sont arrivés sur place, le rideau métallique était baissé, l'atelier rouvrait deux heures plus tard. Ils ont décidé d'attendre, mais au bout de une heure à fumer des cigarettes assis sur le marchepied du Sierra, ils en ont eu marre.

— Pas soif ? a demandé Greg le premier.

— Un peu, lui a répondu Stud.

Et c'est comme ça que tout a commencé.

Ils sont rentrés dans le premier bar qu'ils ont trouvé. Stud est sorti du 4 × 4 avec son harpon de sept pieds de long à la main. Cela faisait deux mois maintenant qu'ils étaient inséparables, il le trimbalait partout comme s'il avait été un sceptre. Pour se foutre de lui, Chris Klookshood l'appelait « Sa Majesté Stud Premier » !

— Tu crois que t'as l'air malin avec tes pagaies ? lui rétorquait Stud.

— Je m'en occupe, je dors pas avec !

— Tu ferais mieux.

— J'ai couché avec tout ce avec quoi un homme peut coucher, mec ! Mais jamais avec des pagaies.

— Tu sais pas ce que tu perds !

— Je couche pas avec parce que je les respecte, fais gaffe de pas te coincer la bite avec.

— Y a pas de danger.

— Fais gaffe quand même, les rois, on finit toujours par leur couper quelque chose !

— Il risque rien, il sait même pas où est sa bite, disait Percy.

— C'est normal, hein ! Elle n'est jamais au même endroit… pas comme la tienne !

C'était ce genre de plaisanteries qu'ils faisaient lorsqu'ils amarraient le canoë après avoir ramé. Ils rigolaient tous ensemble et après, lorsqu'ils écopaient, étendus à plat ventre sur le ponton, ils se jetaient de l'eau au visage et finissaient par se battre à grands coups de pagaie jusqu'à se faire mal. Pour chacun d'entre eux, même pour Howard qui était beaucoup plus vieux qu'ils ne l'étaient, même pour ceux qui avaient oublié ce temps-là ou qui ne voulaient pas s'en souvenir, cette affaire avait le goût de l'enfance, des histoires que l'on se raconte la nuit pour se faire peur, la tête sous les draps, des monstres qui dorment sous le lit, des courses dans la forêt à en perdre le souffle.

Greg et Stud se sont assis au comptoir, Stud a posé son harpon, juste à côté de lui, la pointe en l'air en faisant attention à ce qu'il ne glisse pas. Ils prenaient la place de trois ou quatre types normaux, mais ils ne gênaient personne puisqu'ils étaient seuls au comptoir et qu'il n'y avait pas grand monde dans les box du fond, éclairés à peine par les néons Budweiser. La radio jouait en sourdine, la télé retransmettait un match de hockey entre deux équipes inconnues, le barman avait coupé le son.

Un bar ordinaire dans une ville ordinaire, un jour ordinaire.

Howard avait l'habitude de dire : « Le moyen le plus sûr d'être emmerdé dans la vie, c'est de faire peur à tout le monde. » Ils ne comprenaient pas toujours ce qu'il voulait dire, mais ils avaient tous remarqué qu'il avait souvent raison.

Ils l'ont vérifié une fois encore.

Le barman s'est approché en traînant un chiffon sur le comptoir, histoire de faire deux choses en même temps.

— Ugh ! il a fait à l'adresse de Greg et Stud, la main qui tenait le chiffon levée.

Greg l'a regardé comme s'il n'existait pas, Stud a tendu la main en direction de son harpon.

« J'ai eu peur qu'il tombe ! » C'est l'explication qu'il donnerait à ceux qui lui demanderaient pourquoi il avait fait ça et personne ne le croirait jamais. Au fur et à mesure qu'il insistait, jurant que son geste n'avait pas voulu être une menace, ses interlocuteurs grimaçaient d'un air entendu avant de s'écarter de lui en ricanant.

Le barman ne l'a pas cru davantage, qui a plongé sa main droite sous le comptoir. Avant qu'il n'en sorte le Glock 26 qu'il avait acheté récemment et dont il était si fier : « Soupèse-moi ça… une livre ! Peut-être moins… Qu'est-ce que t'en dis ? », Greg avait saisi la tête du type entre ses deux mains comme les mâchoires d'un étau.

Stud a bien vu que les pieds du barman avaient décollé du sol.

Il avait beau gigoter, Greg le tenait si fermement que le type ne pouvait pas échapper à son étreinte.

Quand le barman a arrêté de se débattre, Greg s'est penché vers lui comme s'il voulait l'embrasser. Quand il a relâché sa prise, le barman s'est mis à hurler en portant ses deux mains à son oreille. Il en manquait un bon morceau, le sang coulait entre ses doigts crispés. Greg continuait à le regarder comme s'il essayait d'apercevoir quelque chose qui se serait trouvé *derrière* lui.

Il mastiquait.

— Quel goût ça a ? lui a demandé Stud.

— Aucun.

Et il a avalé l'oreille du barman.

Comme si de rien n'était.

Comme s'il avait été normal qu'il avale ce qu'il venait de manger.

— Quand t'es invité, faut pas faire le difficile, a dit Stud en descendant de son tabouret après avoir empoigné son harpon.

Les flics les ont arrêtés deux heures plus tard. Ils venaient juste de négocier la fabrication d'une douzaine de pointes de harpon contre la même quantité de saumons Humpback d'élevage.

Greg a refusé de donner le coup de téléphone autorisé.

— Connais personne, il a grogné à destination du flic qui lui avait fait la proposition, avant de se taire et d'adopter sa position habituelle dans ces cas-là, la tête baissée, le front entre les mains, les coudes sur les genoux.

Un bloc.

Muet.

Stud a téléphoné à Howard, il a expliqué leur situation et le vétéran s'est arrangé pour rassembler le montant de leur caution. Cliff Tsekauwtl a refusé de lui avancer l'argent sous prétexte que le Conseil tribal ne pouvait approuver des agissements de la sorte, c'est John Kalchote qui lui a avancé la somme.

Tout en comptant et recomptant les billets, comme s'il les regrettait, le vieil homme secouait la tête en répétant : « Etre indien, c'est coûteux ! », mais Howard voyait bien qu'il était content de ce qu'avaient fait Greg et Stud, que ça lui rappelait le bon vieux temps.

— Tu peux me raconter encore comment ça s'est passé, Howard ?

— J'y étais pas, hein !

— Ça fait rien, raconte comme Stud te l'a raconté.

Et Howard lui racontait.

Il lui a raconté à trois reprises. En faisant attention de ne pas changer un seul mot, de crainte que l'ancêtre lui demande de tout recommencer à zéro.

Chaque fois qu'il avait terminé, John Kalchote souriait.

— Ugh !

Il levait sa main droite ouverte à hauteur de son visage où ses rides se faisaient plus profondes, avant de se marrer carrément.

— Ugh... le type lui a dit Ugh ! Tu peux me raconter encore ? Exactement...

— Ecoute John, cette fois, faut que j'y aille... ils sont en cabane.

— Ugh... Ugh ! Je viendrais bien avec toi, Howard, mais j'ai mal au dos. Quand ils reviennent, tu me les envoies, hein ?

— J'sais pas s'ils auront le fric, John.

— L'argent, je m'en fous, Howard ! Pour qu'ils me racontent comment ça s'est passé.

— Ils te rembourseront...

— Etre indien, c'est coûteux.

— Je leur dirai.

— Ugh !

Howard a téléphoné chez Frances après avoir constaté que Percy n'était pas chez lui. Il était allé vérifier par acquit de conscience, mais il savait qu'en dehors des entraînements, le plus jeune des frères Gorch passait la plupart de son temps chez sa copine blanche. Howard n'appréciait pas Frances outre mesure, mais si on lui avait demandé pourquoi, il aurait été bien en peine de trouver un argument sérieux, hormis le fait qu'elle était blanche et qu'il s'en méfiait pour ça. Lui-même aurait admis que ce genre de préjugé était tout simplement stupide, il s'était fait baiser la gueule par des Indiens plus souvent que par des Blancs et il n'y avait pas de raison que cela cesse. Il n'avait rien d'objectif à reprocher à la jeune femme et il lui arrivait de reconnaître qu'elle semblait convenir à Percy, en tous les cas, elle lui foutait une paix royale. Ce qui, d'ordinaire, n'était pas le cas des représentantes du sexe féminin, à son avis de veuf de longue date, elles n'étaient qu'une bande d'emmerdeuses. « Elles sont faites pour être mariées, pas nous ! », c'était l'alpha et l'omega de sa philosophie à propos des rapports entre les hommes et les femmes, elles pouvaient bien être de toutes les couleurs, cela ne faisait pas de différence. Les seules connaissances qu'il avait à leur propos, il les tenait de Ronnie « Lips » Lipner qui parlait systématiquement de cul lorsque ça allait péter autour d'eux.

Dans ces moments-là, tous les bruits de la jungle cessaient d'un seul coup comme si quelqu'un avait appuyé sur un interrupteur géant. Dans le silence qui suivait, on pouvait écouter tout ce que l'on n'entend pas d'ordinaire : la sève qui coule dans les feuilles, les racines qui poussent, le travail silencieux des insectes, les courants d'air. Howard ne supportait pas davantage que les autres ce silence et la menace qu'il représentait, il faisait jouer le levier d'armement de son M 16 d'automatique à manuel pour faire venir les Viets, et le mieux c'est que ça réussissait presque toujours. Chacun d'entre eux avait ses manies pour faire survenir ce à quoi ils allaient avoir droit et d'autres pour le faire cesser.

Les remarques de Lips ne lui avaient jamais semblé se rapporter à une quelconque réalité, mais plutôt être destinées à l'aider à supporter ce qui allait arriver. Quoi qu'il en soit, d'après Lips, qui avait été un peu proxénète avant d'être mobilisé, pour obtenir un résultat satisfaisant, il fallait alterner coups de queue et coups de pied au cul.

— Trop fatigant pour moi, avait l'habitude de lui répondre Howard.

— Faut savoir ce qu'on veut, mec !

Le géant noir n'avait jamais eu l'occasion de préciser sa pensée. Il aurait toute l'occasion d'affiner sa technique lorsqu'il serait rendu à la vie civile, quelquefois Howard pensait qu'il aurait dû l'écouter davantage, au moins en ce qui concernait les coups de pied au cul.

Percy l'attendait accroupi dans l'herbe du talus au bord du chemin qui descendait vers la maison de Frances. Il l'a reconnu de loin, les rayons du soleil se reflétaient dans les verres de ses lunettes au mercure. Quand Percy s'est assis à côté de lui, il a cherché une cigarette dans la poche de sa veste en jean et il lui a demandé ce qui était arrivé exactement.

Howard le lui a expliqué.

— Il aurait pu m'appeler.

— Il était sûr de me trouver.

— J'suis son frère.

— Depuis que t'habites plus Neah Bay…

— J'habite Neah Bay, l'a coupé le jeune homme.

— A Neah Bay et puis ici aussi.

— Aussi…

Ils se sont tus, Percy a rallumé une cigarette au mégot de la précédente. Howard savait que les choses avaient changé entre Stud et « Shadow ». Il ne leur avait jamais parlé de rien et aucun des frères ne s'était confié à lui, ce n'était pas leur genre ni à l'un ni à l'autre, mais Howard savait que Stud n'aimait pas Frances, pas pour les mêmes raisons que les siennes qui n'en étaient pas vraiment, mais il ne l'aimait pas non plus. Stud n'était pas plus macho qu'un amateur de rodéo texan, il n'était pas jaloux de Frances, il ne se méfiait pas d'elle, il n'en avait pas peur, mais il était persuadé qu'elle ne faisait pas partie de son monde (qu'elle soit une femme n'entrait pas en ligne de compte, en ce sens-là, il n'était pas réellement misogyne) et qu'elle n'en ferait jamais partie. Jamais… pas plus qu'un Blanc ne peut jouer du blues ou un chameau passer par le chas d'une aiguille. Il était certain qu'il y avait deux mondes et que ces deux mondes étaient en guerre, même si depuis longtemps il y avait un vainqueur et un perdant. Tant qu'il y aurait quelqu'un pour se battre, le monde de ceux qui avaient perdu ne disparaîtrait pas tout à fait. Stud n'aurait jamais été jusqu'à dire que son frère avait trahi, mais en réalité il pensait que Percy avait déposé les armes aux pieds d'une fille blanche qu'il n'aimait pas.

Que son frère se perde ou qu'il perde son frère, cela signifiait la même chose : un type de moins pour se battre.

Lorsqu'il broyait du noir, il avait même des doutes à propos d'Howard, le simple fait qu'il lise le rendait suspect à ses yeux.

S'il avait su qu'il écrivait, il ne lui aurait même pas adressé la parole.

— Frances est au courant ?

— Elle peut pas être au courant, elle est pas là.

— Elle est où ?

— Chercher sa mère… elle a été chercher sa mère.

— Tu l'as prévenue ?

— De quoi ?

— J'sais pas… de tout ça… pour ton frère ?

— J'ai laissé un message.

— Tu la connais sa mère ?

— Non.

— Tu sais ce qu'elle fait ?
— Non.
— Elle reste longtemps ?
— J'sais pas.
— Tu sais pourquoi elle est là ?
— Non. Comme les autres, j'suppose… prendre des daims en photo.

Howard se rendait bien compte que ses manœuvres de diversion échouaient, après un long silence, il s'est résolu à aborder le problème qui préoccupait Percy.

— Encore heureux, ton frère a rien fait.
— S'il avait rien fait, serait pas en taule.
— Il a rien fait, j'te dis… c'est Greg !
— Avec ses antécédents, c'est emmerdant. C'est emmerdant quand même…
— Je suppose comme tu dis, je suppose que c'est emmerdant… Ça va pas faire de bien à la cause.
— La cause… la cause… quelle cause ? Tu y crois toi à la cause ?
— Pas toi ?
— Tout ce que j'vois, c'est que si le juge veut le recoller en taule pour les trois ans qui lui restent à faire, il a une bonne raison de le faire.
— Il a rien fait, putain ! C'est ce con de Greg !
— Il était avec lui… le juge dira qu'il fallait pas traîner avec un cannibale.
— T'inquiète pas trop, Shadow.

Howard se rendait bien compte que c'était une conversation stupide, que quoi qu'il dise il ne pourrait pas empêcher Percy de penser au pire et il n'était pas loin de lui donner raison. Il y avait un risque et ils ne le maîtrisaient pas, la décision finale, c'est le juge qui la prendrait, Stud retournerait en prison ou bien il lui ferait confiance une fois encore, un point c'est tout. Raisonnablement, il y avait de quoi s'inquiéter. La seule chose qui pourrait faire pencher la balance dans le bon sens, c'est ce que fabriquait Stud dans la vie.

— C'est important la baleine… pour Stud, j'veux dire, a repris Howard, continuant son raisonnement à haute voix.

— Qu'est-ce que tu racontes ? Le juge, la baleine, il s'en fout ! Et même, s'il trouve que c'est un truc de sauvages comme les trois quarts des Blancs, il le fout au trou sans l'écouter.

— C'est ce qui le tient… je veux dire, il chasse la baleine, il fait pas le con, il a un but dans la vie… le juge sera sensible à ça, Shadow, les juges sont sensibles à ça… si le Conseil tribal met la pression, c'est bon, on lui foutra la paix. J'suis sûr de ça !

— Tu rêves, Howard ! T'es pas si con, tu sais bien que la baleine, c'est mal parti pour nous…

— Qu'est-ce que tu racontes ?

— Si tu veux mon avis… C'est plié !

— Explique, Shadow… vas-y, explique !

— J'suis pas très malin, Howard, j'sais pas expliquer… c'est ce que tout le monde dit, Howard, que j'suis pas très malin… j'suis peut-être pas très malin, mais j'écoute… j'écoute tout le monde, j'écoute ce que dit Frances… ce qu'on entend à la télé, et ce que j'peux te dire, c'est que c'est mal parti.

— Vas-y ! Continue, Shadow… je t'écoute.

— Ça merde, tu vois bien que ça merde, merde ! Au début, y avait que nous… maintenant, c'est même pas sûr, ils nous ont collé les autres dans les pattes.

— On va gagner.

— T'en sais rien. Et même si on gagne, c'est la merde ! Chacun pour soi dans son coin… J'le sens, j'le sens quand j'écoute ce que les gens disent… comment la télé parle de nous… j'crois qu'on est plus ensemble.

— Qu'est-ce que tu racontes ?

— C'est pt'être pas ça... pt'être que nous, on est encore ensemble, mais les autres sont plus avec nous.

— C'est pour ça qu'il faut gagner cette putain de course, Shadow... quand on aura gagné, tout le monde sera avec nous.

— C'est drôle, Howard, t'es drôlement malin, t'es le plus malin de nous tous, t'es le type le plus malin que je connaisse... franchement ! et t'es pas plus malin que ça... Ouvre les yeux, le truc est cassé, putain ! Tu pourras toujours le recoller, il sera toujours cassé. Vaudrait mieux qu'on perde même... on a déjà perdu de toute façon, alors ? Vaudrait mieux qu'on perde pour de bon. Les autres, au moins... ils y croient encore !

— C'est peut-être pas le commencement de la fin, Shadow, plutôt la fin du commencement.

Percy l'a regardé en faisant une grimace qui signifiait qu'à partir de maintenant, il se foutait de ce qu'il pouvait dire, qu'en définitive, il n'était rien d'autre qu'un vieux con.

Howard n'aurait jamais dû être vivant, il n'était pas assez doué pour cela. Quant à se tuer, l'idée l'avait effleuré parfois, mais il était trop paresseux pour s'y résoudre, sans compter sa maladresse dont il se méfiait. Un soir, il en avait parlé avec Stud qui lui demandait s'il avait peur de tomber à l'eau et de se noyer si la baleine renversait le canoë. Il lui avait répondu :

— J'ai pas besoin de ma vie, tu comprends ça, mec ? Je vais pas me tuer, j'ai pas envie, mais je vais pas me sortir de devant quelque chose qui peut me tuer... tu comprends ?

— Je comprends que t'es dingue, oui, ça je le comprends, lui avait dit le frère de Percy.

Ce soir-là, il avait aussi confié à Stud que la période préférée de sa vie, c'était le Viêtnam. Il aurait tout donné pour y retourner ou que ça recommence, lorsqu'il y pensait c'était pour regretter ce temps-là plus que pour se vanter de ses états de service. Il ne pouvait le dire à personne, mais il avait adoré ça. Stud l'avait écouté avant de laisser tomber : « Si t'as rien trouvé sur toi à la guerre, c'est pas en chassant la baleine que tu vas le découvrir ! »

Après tout ce qu'il avait traversé, Howard était à la fois furieux et surpris de se trouver plus de raisons de vivre que Percy qui avait l'âge de son fils et n'avait même pas fait la guerre. Ils étaient, tous les deux, plus désenchantés qu'il ne l'était lui-même, qui avait tant de raisons de ne croire en rien. A côté d'eux, il se faisait l'effet d'un adolescent crédule, à moins qu'en vieillissant ne lui soit venue l'envie d'être admiré, qui ne l'avait jamais effleuré jusque-là.

Souvent, il observait Dale à la dérobée, il essayait de forcer son secret, mais il ne le comprenait pas plus lorsqu'il le dévisageait que lorsqu'il discutait avec lui. En définitive, ce qui le frappait chez Dale ou chez Percy, c'est qu'ils étaient transparents, un peu comme s'ils avaient été vides, leur intérieur était vide ou, plutôt, inoccupé, comme un appartement désert où l'on ne peut apercevoir les traces du dernier locataire qu'au travers de ce qu'a laissé la compagnie de nettoyage. Lorsqu'il y réfléchissait davantage, il se disait que ce devait être une question de génération à moins que leur sang indien se soit dilué. Dans quoi ? Il n'en savait rien, peut-être dans le Pepsi Cola... Ils n'étaient plus indiens alors que les gens de son âge, même s'ils s'en défendaient, même s'ils professaient le contraire, l'étaient encore. N'être rien ni personne n'était pas un problème pour les jeunes, faire quelque chose ou son contraire n'avait aucune importance, il leur suffisait de continuer d'avancer sans en avoir la volonté, de réussir sans l'avoir décidé vraiment et, tant qu'à faire, de prendre du bon temps. Avant ? Les autres ? Ils ne s'en préoccupaient d'aucune façon ! Ils n'avaient ni passé ni avenir, pas plus que d'amis véritables.

C'était donc eux, la fameuse 7e génération.

Lire sur le visage des Viets, c'était comme lire sur du vent et Howard ne lisait rien non plus sur le visage de son fils ou sur celui de Percy. Il a regardé le jeune homme du coin de l'œil, il avait plié ses jambes pour caler ses bottes à talons biseautés sur la planche de bord, il fumait en regardant la route au travers de ses lunettes noires.

Il souriait.

— A quoi tu penses, Shadow ? il lui a demandé, surpris de le voir sourire.

— J'pense à la gueule de John Kalchote quand il va voir un Blanc dans le canoë.

— Qu'est-ce que tu racontes ?

— J'ai trouvé le rameur qui nous manque.

— C'est qui ?

— Donovan Thomas.

— Le journaliste ?

— Lui-même.

Howard en avait connu des tas comme lui du côté de Khe Sanh, ils étaient là parce qu'ils croyaient que, dans la vie, il faut tout voir, à moins qu'ils n'aient souffert du syndrome Hemingway (scotch cul sec et couilles sur la table), mais aucun d'entre eux n'avait jamais compris qu'ils étaient responsables de ce qu'ils voyaient. Howard pensait que celui-là n'était pas différent des autres.

— Première nouvelle… Tu peux m'expliquer, Shadow !

— Manquait un rameur, non ? Donovan a fait de l'aviron à l'université, il est balèze, c'est tout, voilà !

— Tu crois que les autres seront d'accord ?

— Ceux qui veulent gagner, sûrement. Les autres, on en a rien à foutre ! Ecoute, faut savoir c'qu'on veut. On veut gagner, non ? On parle que de ça… gagner, gagner ! Ils essaient de nous baiser la gueule, on leur baise la gueule. Dale est OK ! Normal, hein ?

— Pourquoi normal ?

— Dale est à moitié indien… Donovan, pas du tout ! Quand c'est parti…

— J'avais pas pensé à ça.

— T'es pas si malin que ça, Howard. Tu devrais boire un peu, j'dis pas te mettre minable, mais un verre ou deux…

— Sans doute… on se voit toujours plus beau que son miroir, Shadow.

— Moi, j'me regarde jamais.

— Les autres le connaissent même pas.

— C'est pas vrai… Et puis même ?

— Il vaut mieux un diable que l'on connaît qu'un ange qu'on ignore.

— Arrête tes conneries, Sitting Bull, vaut mieux un Blanc qui sait ramer qu'un Indien qui sait pas tenir une pagaie.

— C'est une affaire makah, Shadow.

— Déconne pas ! C'est quoi un Makah ? Toi ? Ce que tu crois ? Cliff Tsekauwtl ? Ce qu'il croit ? C'est pas la même chose, non ? Et ça s'appelle Makah ? Sur le bateau, y a que Chris qui descend des chasseurs de baleines, nous, on était des esclaves ou on est métis.

— On est pas blancs non plus !

— Pas possible ! On est indiens, super ! Tellement indiens qu'on préfère perdre.

— Contre des Indiens, Shadow.

— Merde, Howard ! Y a que contre Forks que les Red Devils peuvent gagner, contre une équipe blanche, ils peuvent que perdre ! Tu m'emmerdes avec les

Indiens. Donovan veut bien nous aider, il est sympa, il est jeune, il est balèze, il aime Redbone, il sait ramer. Il nous aide, Howard, il est pas obligé. Qu'est-ce que tu veux de mieux ?

— S'il pouvait se planter une plume dans le cul, je serais pas contre, a répondu Howard avant d'éclater de rire.

— T'es dingue, Howard ! a conclu Percy, après avoir dévisagé le vétéran pour savoir si sa proposition était sérieuse.

— Etre indien, c'est coûteux, lui a fait Howard en frappant de sa main droite ouverte la poche où il avait rangé les dollars.

Et le fou rire les a pris.

Quand ils sont arrivés à Port Angeles, il aurait fallu qu'ils se calment, mais Howard a garé sa voiture tellement mal que le fou rire les a secoués jusqu'à ce qu'ils en pleurent.

— Putain, arrête Howard ! Les flics vont croire qu'on a fumé.

— Allons boire un coup !

— T'es sûr ?

— Juste une bière, Shadow… histoire de se calmer.

Une bière n'a pas suffi, deux non plus et trois pas davantage.

C'est comme ça que John Kalchote a été obligé de payer leur caution à eux aussi, juste avant qu'ils ne soient transférés tous les quatre au pénitencier de Clallam Bay.

Quand ils sont rentrés de Port Angeles, la première chose qu'ils ont faite a été d'aller remercier leur bienfaiteur. Ils s'efforçaient d'arborer la mine de circonstance, mains jointes, tête basse, mais la première chose que le vieil homme leur a dite pour qu'ils ne se sentent pas coupables, c'est : « Etre indien, c'est coûteux ! »

Percy s'est retourné pour que le vieil homme ne le voie pas pouffer, Stud se mordait les joues.

— Il faut dépenser jeune l'argent qu'on n'aura pas vieux, a proféré Howard d'une voix solennelle.

Le fou rire les a repris comme s'ils avaient été des gamins.

John Kalchote est resté interloqué un moment sans comprendre ce qui avait bien pu déclencher un tel accès d'hilarité.

Il ne s'est pas vexé pour autant, cela faisait un moment qu'il ne comprenait plus rien aux jeunes générations. Aucun d'entre eux ne savait où pouvait bien être Wounded Knee, ce qui s'était passé à Alcatraz, ce que signifiait FAIR ou bien AIM, les raisons pour lesquelles Leonard Peltier était emprisonné, ni même qui était Ira Hayes, le jeune journaliste dans sa cabane savait davantage de choses qu'eux et il était blanc.

Le monde à l'envers !

Et puis John Kalchote a souri à cette idée, un monde qui marchait à l'envers n'était pas pour lui déplaire, avant d'aller chercher ce qu'il lui restait d'herbe.

— Ugh ! il leur a fait avant de rouler le premier joint.

Au moins, comme ça, ils auraient une bonne raison.

Like a true nature child
We were born, born to be wild
We can climb so high
I never wanna die
Born to be wild.

Mars Bonfire.

Douze

I don't care what's right or wrong. I dont try to understand.
Let the devil take tomorrow. Lord, tonight, I need a friend.

Kris Kristofferson.

Cliff Tsekauwtl voyait se rapprocher avec angoisse la date des élections au Conseil tribal. Il pensait ne pas avoir beaucoup de chances d'être réélu, il lui fallait donc terminer ce qu'il avait entrepris sous peine de ne jamais le voir se réaliser. Et, bien évidemment, la reprise de la chasse à la baleine était la première de ses préoccupations.

La belle unanimité des premiers jours n'était plus qu'un lointain souvenir. Très vite, les rancunes sordides, les querelles anciennes, les luttes d'intérêts, les convoitises en avaient eu raison. Tous les jours, il devait arbitrer des rivalités nouvelles, des conflits inimaginables ; tous les jours, il devait refuser la candidature d'une douzaine de membres de la tribu qui se trouvaient plus légitimes que l'équipage du *Loo Taas* ; tous les jours, il devait avancer des pions, en reculer d'autres, se montrer diplomate et pour cela mentir sans relâche.

Promettre ce qu'il savait ne pas pouvoir tenir.

Se montrer conciliant.

Faire preuve d'autorité.

Camper sur des positions qu'il savait condamnées à l'avance.

Partir à l'assaut d'autres qui étaient déjà prises.

Rassurer.

Ordonner.

Trancher dans le vif.

S'arracher les cheveux.

Et il commençait à en avoir plus qu'assez.

Au lieu de souder la communauté, la reprise de la chasse n'avait fait que réveiller les vieux démons de la désunion, tapis dans l'ombre depuis plus d'un demi-siècle.

Tout cela au vu et au su du *monde* entier.

Il y avait des camions surmontés de paraboles gigantesques garés sur le parking de la Marina, une douzaine de chaînes de télévision transmettaient tous les jours les derniers développements de ce qui était devenu l'affaire du siècle. Lorsque William Zandt, le porte-parole officiel de la tribu, n'était pas disponible, les journalistes arrêtaient dans la rue n'importe qui ; moyennant quelques billets verts, les pires ivrognes de la tribu s'étaient spécialisés dans ce genre d'interventions et ils ne se privaient pas de faire des déclarations ahurissantes reprises par des journalistes incapables de voir la différence entre communiqués officiels et délires éthyliques.

Cela n'avait, d'ailleurs, aucune importance. Personne n'écoutait personne.

Une employée du collège, Roberta Simpson, s'était déclarée opposée à la chasse à la baleine et elle avait solennellement invité Saul Holmes et son équipage à dîner ; avant que les choses s'enveniment vraiment, l'avis général était qu'elle faisait la maline et que, s'ils voulaient avoir quelque chose à se mettre sous la dent, il faudrait que les écologistes amènent leur panier.

Deux alcooliques notoires se réclamaient de Lance Kalappa qui avait vécu à la fin du siècle dernier et qui était considéré par les Makahs comme un prophète pour avoir prédit l'invention des sous-marins, que l'homme marcherait sur la lune et qu'aucun Makah ne serait jamais tué à la guerre. En ce qui concernait l'avenir, ses deux héritiers autoproclamés professaient des opinions radicalement opposées : d'après l'un, les baleines réduiraient en pièces tous ceux qui auraient l'audace de s'approcher d'elles ; d'après l'autre, elles assureraient la prospérité définitive de la tribu. Ils s'accusaient mutuellement de mythomanie et n'hésitaient pas à se battre comme des chiffonniers à peine étaient-ils en présence l'un de l'autre. Nathan Brittles avait eu à plusieurs reprises toutes les peines du monde à les séparer avant de les coller en cellule, où ils finissaient de régler leurs comptes. Ils en ressortaient en sang.

De sa propre initiative, Cliff Tsekauwtl avait imposé la présence de Charles Daniel et celle de Rick Thomson dans le canoë afin que l'équipage soit un peu plus présentable. Sous la pression des anciens chefs soucieux de voir reconnaître leurs anciens privilèges, il avait organisé une compétition entre deux équipes pour déterminer laquelle aurait l'honneur de tuer la première baleine, et il se sentait coupable envers Howard et les frères Gorch, même s'il n'avait aucune confiance en eux ni en leur réussite.

Les organismes internationaux avaient laissé tomber les objections concernant le fait que la chasse ait été interrompue depuis plus d'un demi-siècle, mais ils venaient d'imposer de nouvelles règles auxquelles devaient se soumettre tous les membres de l'équipage. Chacun d'entre eux devait savoir faire la planche, nager, pagayer et barrer dans l'océan, mais, surtout, n'être sous l'emprise d'aucune substance considérée comme toxique y compris l'alcool, et se soumettre aux contrôles nécessaires. Il avait semblé à Cliff Tsekauwtl que, dans ces conditions, il fallait renoncer à l'ancien équipage, qu'il valait mieux parier sur les buveurs de thé même s'il ne les portait pas tous dans son cœur. La raison voulait qu'il en décide ainsi, cela ne l'empêchait pas d'avoir mauvaise conscience.

De toutes les manières, Cliff Tsekauwtl n'avait désormais qu'un seul but, que l'équipage, n'importe lequel, arrive à tuer *une* baleine, même si c'était la seule qu'ils tueraient jamais. Il était persuadé que cela mettrait fin à tout ce boxon.

Quelquefois, lorsque l'équipage du *Loo Taas* s'entraînait sur les eaux du Détroit, ils étaient tellement entourés de bateaux où se bousculaient au coude à coude une bande de photographes et de cameramen vociférants qu'il leur était impossible de le faire sérieusement. Une équipe de cinéma avait débarqué de Hambourg dans le but de tourner un documentaire sur les chasseurs, les huit chevaliers teutoniques qui la composaient avoisinaient tous les deux mètres, entre leurs mains, les caméras, les projecteurs et tous leurs pesants accessoires semblaient être des jouets d'enfant. Ils portaient leurs cheveux blonds retenus en catogan, traînaient jusqu'au petit jour dans les bars alentour où ils engloutissaient des quantités effroyables de bière ; ils semblaient disposer d'un budget sans limites et distribuaient leurs billets verts sans sourciller pour peu qu'on le leur demande poliment. La seule chose qui leur importait encore davantage que de se saouler, c'était de filmer le lever et le coucher du soleil ou bien la course des nuages dans le ciel, ils ne cessaient de s'extasier sur la beauté de la nature.

Pour couronner le tout, un écrivain français rôdait dans les environs, soi-disant dans le but d'écrire un romanquête. Il parlait un anglais si désastreux que personne ne comprenait ce qu'il disait et, a fortiori, ce qu'il pouvait bien vouloir ; il avait fini par plier bagage sans demander son reste, persuadé que ce qu'il imaginerait serait plus réel que ce qu'il avait aperçu.

Neah Bay ressemblait de plus en plus à un asile d'aliénés.

Et Cliff Tsekauwtl ne voyait pas le moyen de calmer le jeu.

— Si tu veux mon avis, tout barre en couilles ! lui avait déclaré William Zandt, un jour qu'ils prenaient leur petit déjeuner ensemble au Makah Maiden Café.

— Tu vois le moyen de faire autrement ?

— Franchement ? Non.

— Peut-être que l'hiver les découragera…

— Pas tous… Y en a, c'est de véritables sangsues.

— Le sang, pourtant, on l'a pas encore vu.

— Tant que le sang n'est pas versé, tout ce bordel veut rien dire !

— T'es devenu sanguinaire, William ?

— Au contraire, moi, le bordel, j'aime bien ça !

— Tu dois te régaler.

— Pas tant que ça, Cliff, mais franchement, j'aime bien voir tous ces cons suspendus à mes lèvres pour me poser toujours les mêmes questions et j'aime bien leur répondre toujours la même chose, demain sera un autre jour !

Le plus préoccupant restait cependant la pression exercée par les partisans de Saul Holmes. Les Makahs avaient dû faire appel plusieurs fois aux gardes-côtes pour que les Zodiac des Sea Savers se tiennent à distance réglementaire des canoës. Les incidents se multipliaient et, un jour ou l'autre, il y aurait du grabuge, surtout avec les équipiers du *Loo Taas*. Sur terre, les manifestants ne relâchaient pas la pression non plus et tous les week-ends, ils revenaient brandir leurs banderoles en face du cimetière et distribuer leurs tracts incendiaires décrivant les Makahs comme une horde de tueurs sanguinaires et cupides. Jusqu'à présent, Cliff Tsekauwtl avait réussi à éviter tout débordement, mais les plus jeunes parmi les Makahs commençaient à s'échauffer, on lui avait rapporté plusieurs conversations où étaient promis les pires sévices au premier écologiste qui franchirait le pas, c'est-à-dire le premier qui leur tomberait sous la main ; certains, pourtant, inconscients du danger, n'hésitaient pas à sillonner les rues de Neah Bay où ils engageaient la conversation avec tous les habitants qui voulaient bien écouter leurs arguments.

Les Makahs avaient surnommé l'un d'entre eux « Touch Down ». Le vieil hippy, rescapé de Woodstock et d'Altamont, avait imaginé un compromis censé pouvoir apaiser tout conflit. Debout sur une caisse en bois, sur le parvis de la Marina, il n'avait de cesse d'exposer sa martingale – *Peace and love !* – aux Makahs hilares. Il voulait étendre à la chasse à la baleine la technique du *take and release* que pratiquaient les pêcheurs à la mouche. L'équipage du *Loo Taas* se serait donc approché de la baleine tout comme leurs ancêtres le faisaient, et en prenant les mêmes risques, une fois l'animal à leur portée, ils l'auraient touché avec une perche symbolisant le harpon ancestral et seraient ensuite rentrés à Neah Bay fêter l'événement à grand renfort de bière et de marijuana. Touch Down était inoffensif, il ne comprenait pas que les Indiens soient imperméables au symbolisme dont il les croyait familiers, il était très déçu par le prosaïsme de leurs objections ; d'après la plupart de ses interlocuteurs, ce que l'on pouvait se permettre avec une truite ou même un saumon présentait des risques non négligeables avec une baleine, fût-elle de petite taille et de bonne composition, mais Touch Down restait calme, poli et d'une patience infinie, ce qui plaisait aux Makahs.

L'un d'entre eux lui avait expliqué que les Cheyennes s'étaient fait massacrer par les Blancs en jouant au ballon prisonnier et que, depuis cette époque, les Indiens se méfiaient du symbolique, surtout lorsque c'était un Blanc qui leur en recommandait la pratique. Touch Down, ravi de trouver un interlocuteur au fait des mœurs anciennes, l'avait invité à prendre un thé au J. J's Pizza.

— Les mauvaises vibrations sont dissipées, frère !

— On sait jamais, Touch Down. Avec les vibrations, on sait jamais !

— Faut faire confiance à son karma.

— Une baleine, crois-moi, Touch Down, ça déclenche des vibrations mahousses !

— Je te crois, frère ! A la dimension du karma sidéral.

— Des vibrations mahousses… sacrément mahousses. De quoi noyer un sacré karma.

— Tu fumes ? avait fini par l'interrompre Touch Down.

— Pas de refus !

De ce côté-là, Touch Down était équipé, ce qui le rendait très populaire auprès des jeunes de Neah Bay et des alentours. Sa réserve d'herbe épuisée, le vieux baba, déçu, avait fini par renoncer à convertir les Makahs au *take and release*, un matin, il était reparti en direction de San Francisco dans son vieux van Volkswagen recouvert de jouets en plastique.

Les Makahs demandaient d'un ton de plus en plus insistant aux amis des bêtes pour quelles raisons ils n'allaient pas manifester devant les McDo qui pullulaient sur toute l'étendue de leur territoire au lieu de les emmerder. Ils continuaient d'engloutir, sans remords, des milliers de tonnes de bœuf, alors que pas une seule baleine n'avait encore été harponnée.

Le ton montait.

Les Makahs ont fini par se lasser de répondre aux insultes par des plaisanteries, après avoir invité les écologistes à manifester devant les fast-foods, ils leur ont carrément intimé l'ordre de foutre le camp de Neah Bay, s'ils ne voulaient pas finir enduits de goudron et décorés de plumes de canard. Lorsque les arrestations de Greg et Stud puis celles d'Howard et de Percy ont été connues, les écologistes ont durci le ton à leur tour. Cela sans compter Saul Holmes qui versait de l'huile sur le feu, ses Zodiac faisaient des incursions de plus en plus près de la plage.

Les Makahs étaient pris entre deux feux, les manifestants qui bloquaient la route menant à Neah Bay et les Zodiac des Sea Savers qui faisaient rugir leurs moteurs hors-bord.

Ils étaient comme des animaux, coincés dans leur accul.

Cliff Tsekauwtl n'avait pas apprécié l'attitude de John Kalchote et il n'avait pas manqué de le lui faire savoir. Si l'ancien activiste n'avait pas payé la caution des quatre délinquants, ils seraient restés en prison et, faute de combattants, il n'y aurait même pas eu besoin d'organiser cette compétition ridicule entre deux équipages pour savoir qui aurait l'honneur de représenter la tribu. Cliff Tsekauwtl la trouvait d'autant plus absurde qu'elle rendait patents les conflits au sein de la tribu.

— Quand un chien est coincé, il mord, s'est défendu John Kalchote.

— Sauf qu'ils étaient pas coincés.

— En réalité, si. Tu peux pas dire le contraire, Cliff, ils ont pris les devants, c'est tout !

— Ça s'appelle un faux départ…

— T'es bien gentil, ça peut même s'appeler cannibalisme, n'ayons pas peur des mots ! l'a coupé William Zandt.

— On est pas des cannibales ni des chiens, d'ailleurs, on court pas un cent mètres non plus… un peu plus tôt, un peu plus tard, c'est vrai qu'on y aurait eu droit et si ça continue on y aura encore droit, les a interrompus Phil Brown qui n'avait pas prononcé un aussi long discours depuis une éternité.

— Alors, qu'est-ce qu'on fait ?

— On est dans la merde à cause de cette kermesse à la con, en a profité pour déclarer Hank Hazzle.

— Ta gueule ! lui a répondu John Kalchote.

— Ou il te bouffe l'oreille, a dit Cliff Tsekauwtl en clignant de l'œil à l'ancien militant qui lui a souri en retour.

— Etre indien, c'est dangereux, il a rajouté à l'attention de Hank Hazzle.

C'était reparti pour un tour.

Les néons sont restés allumés toute la nuit dans la salle du Conseil. Ils ont fini par se mettre tous plus ou moins d'accord, il fallait que la course entre les deux canoës ait lieu le plus tôt possible, et prier le Grand Esprit pour que ce soient les buveurs de thé qui la gagnent.

Ceux qui n'en buvaient pas étaient bien décidés à ne pas les laisser faire.

Depuis qu'il dormait à Neah Bay, Donovan Thomas faisait souvent le même rêve : il était appelé sur une scène pour y recevoir une récompense officielle, il remerciait le jury et le public en énumérant une liste de noms qu'il ne connaissait pas et puis, au-dessus de sa tête, un filet s'ouvrait et des tonnes de krill s'en échappaient jusqu'à l'ensevelir.

L'odeur pestilentielle le faisait suffoquer jusqu'à ce qu'il se réveille en sursaut.

Tout au moins en partie. Il n'y avait plus d'images sous ses paupières, il aurait pu se croire de retour dans le monde réel, mais il ne réussissait pas à s'y établir ni à replonger dans le monde des rêves ; il était inondé d'une sueur épaisse comme de la gélatine. Lorsqu'il finissait par se réveiller tout à fait, il n'était pas en sueur comme il l'aurait pensé, mais il avait la gorge sèche et son cœur battait à tout rompre.

Les rayons du soleil au travers des vitres sales de la cabane faisaient des auréoles qui dansaient au plafond. Pour seule décoration, il avait punaisé sur les murs une carte détaillée de l'Etat de Washington et l'affiche en couleurs d'une baleine en plongée.

Cela faisait maintenant des mois qu'il était coincé entre ces quatre murs en planches, lorsqu'il avait fini d'écrire ses notes et de relire une fois encore un passage de *Moby Dick* (« Qui pouvait bien être Achab à Neah Bay ? Les Makahs n'échouaient-ils pas parce qu'il leur manquait un vrai capitaine ? »), il n'avait, pour se distraire, que les journaux qu'il n'avait pas jetés lorsqu'il avait nettoyé la cabane, leurs pages froissées donnaient des nouvelles de gens morts depuis longtemps entre des publicités de médicaments qui ne guérissaient plus rien et des annonces pour du bétail qui avait déjà été digéré.

Il attendait depuis des mois que quelque chose se passe et il ne se passait rien, il en arrivait à se demander, parfois, si les Makahs n'avaient pas monté une gigantesque escroquerie. Peut-être qu'en réalité ils n'avaient aucunement l'intention de chasser la baleine, mais qu'ils avaient trouvé ce moyen pour se rendre intéressants, exister comme tout le monde rêve d'exister aujourd'hui et, accessoirement, toucher quelques subventions pour aménager une salle de musculation ou acheter un camion de pompiers rouge vif dont ils avaient envie, mais nul besoin. Ce cirque invraisemblable n'était peut-être qu'une plaisanterie, mais tout le monde continuait à faire semblant de croire que la baleine était réelle. Il n'empêche, tant qu'elle ne serait pas drossée sur la plage avant d'être débitée en morceaux, tout cela pourrait se ramener à un rêve les yeux ouverts, une plaisanterie trop longue qui finirait par décourager, avant sa chute, tous ceux qui l'écoutaient.

C'était, sans doute, pour un scénario de ce genre qu'il recevait ce qui pouvait être un Oscar ou le prix Pulitzer devant un parterre d'inconnus, sans compter plusieurs tonnes de krill puant sur la gueule en guise de récompense.

Ce matin-là, Donovan Thomas avait trop faim pour continuer à rêvasser sur son lit de camp, ce n'était pas un matin comme les autres, Percy Gorch passait le prendre dans moins d'une heure pour sa première séance d'entraînement. Peut-être que lorsqu'il aurait des courbatures à ne plus pouvoir bouger et les mains criblées d'ampoules, il ne douterait plus de la réalité de tout ce cirque.

Une fois sorti de son duvet, le froid l'a saisi, la buée s'échappait de sa bouche et de ses narines comme un jet de vapeur, il faisait assez humide à l'intérieur de la cabane pour qu'il ne doute plus être Jonas dans les entrailles de la baleine, ni que les rêves ne lui valaient rien.

Il a sautillé en chaussettes jusqu'au petit réchaud sur lequel il s'est préparé un thé. En attendant que l'eau bouille, il a dévoré un paquet de biscuits à la noix de coco et deux saucisses froides ; il a avalé son thé brûlant ; il s'est habillé ; il a enfoncé son bonnet en laine jusqu'aux yeux et il est sorti sur le pas de la porte de sa cabane vérifier si le paysage n'avait pas disparu.

Il habitait ici, et maintenant il ramait avec les Indiens, il n'y en avait plus pour très longtemps avant qu'il soit l'un des leurs.

Il rêvassait à son intégration quand Percy lui a fait des appels de phares depuis son nouveau 4 × 4. Le jeune homme était très fier du Nissan Patrol châssis court qu'il avait acheté, la première fois qu'il avait aperçu le journaliste, il s'était arrêté pour le lui faire admirer. « Il grimpe aux arbres ! Tu verrais ça, il grimpe aux arbres ! », il lui avait dit sans descendre de son siège. Effectivement, depuis 1986, le Nissan avait dû monter plus d'une fois aux arbres avant d'en retomber aussi souvent, il gardait quelques traces de ces allers-retours, mais le moteur avait l'air de bien tourner.

— T'es prêt, Cochise ? lui a demandé Percy.

— Je prends mon blouson et j'arrive. Tu veux un thé ?

— C'est bon. C'est le grand jour, Cochise.

— Tu sais ce que je t'ai dit…

— Pas de problème, Cochise, tu rames et tu dégages.

— Les autres en disent quoi ?

— Ça leur a fait un drôle d'effet au début… certains étaient pas très chauds.

— Qui ça ?

— Tu te doutes… les plus vieux… Howard, Greg… Dale, ça le fait marrer.

— Et ton frère ?

— Il t'aime bien. Si tu rames bien, il va t'adorer.

Les cinq autres les attendaient sur le bord du ponton où le *Loo Taas* était amarré. Dale était assis sur un tas de combinaisons isothermes, Greg et Stud essayaient de se faire mal à grands coups de pagaies comme ils avaient vu faire dans un film de Bruce Lee, Chris rangeait un câble, Howard fumait en regardant le large.

Quand Stud lui a serré la main, il l'a gardée prisonnière, Donovan a essayé de se dégager, mais Stud le tenait fermement.

— C'est Chico, il a fait, la tête tournée vers son frère.

— Qui ça ? lui a répondu Percy.

— Chico ! Dans *Les Sept Mercenaires…* celui qui arrive en dernier, le petit jeune… Chico, il s'appelle.

— C'est l'inverse, non ? lui a suggéré Donovan qui avait vu le film adolescent, mais qui s'en souvenait fort bien.

— Comment, l'inverse ?

— Chico, il est mexicain, les autres, non. Il veut à toute force faire partie de la bande et à la fin, il reste au village.

— T'as raison, Chico, t'es de seconde main, mais on fera comme si… tu veux que je te dise un truc ?

— Vas-y !

— T'es pas pareil quand même, c'est ça le truc, Chico, il est pas pareil que les autres.

— C'est sûr.

— Et puis, je vais te dire, j'suis content que ce soit toi… j'aurais pas aimé que ce soit un putain de Mexicain.

— Merci.

— Pas de quoi. Jamais vu un chicano ramer !

Chris l'a pris à part, il lui a montré le mouvement de base et il lui a expliqué deux ou trois trucs.

— Tu montes juste devant moi, je te dirai ce qui va pas. T'écoutes, après, on verra si tu restes à cette place.

— J'aimerais autant.

— C'est moi qui décide. Ça dépendra de comment ça vient, de ta puissance, de ton coup de pagaie. Le plus important pour moi, c'est que le canoë soit équilibré.

— OK !

— T'inquiète pas si ça vient pas de suite, mais force pas. Pour le moment, laisse aller, réfléchis pas trop, mais, surtout, force pas. C'est tout ce que je te demande. C'est l'eau qui doit t'aider… rappelle-toi bien, laisse-la tranquille… Fous-lui la paix et ça ira ! J'suis sûr que ça ira si tu comprends ça.

— On verra.

— Y a intérêt. On a pas beaucoup de temps pour faire de toi un rameur.

— Je serai jamais indien.

— J'ai pas dit makah, j'ai dit rameur.

Ils ont ramé un peu plus de trois heures dans le Détroit avant que Chris ne donne l'ordre de rentrer. Lorsqu'ils sont remontés sur le ponton, il a pris Donovan à part.

— Quand Greg rame à droite, tu rames à gauche… juste derrière lui. C'est bien ! Très bien même. On va plier les buveurs de thé, il a rajouté à l'intention des autres.

— J't'avais dit que c'était une bonne idée, a fait Percy.

— Si tu cherches pas l'inespéré, tu le trouveras pas.

— Ça faisait longtemps, Howard !

— Chez les muets, les aveugles sont sourds.

— T'en as d'autres ?

— Si tu payes à boire.

— OK !

— On y va !

— Pas question, a rugi Stud en brandissant le harpon vers le ciel.

— T'as pas soif ?

— C'est pas la question… faut se purifier.

— Merde !

— Quoi ? a demandé Donovan Thomas qui redoutait ce qui se tramait.

— Faut que Chico se purifie aussi, a continué Stud en clignant de l'œil en direction de son frère.

— Quoi ? a répété Donovan qui n'avait pas signé pour participer aux liturgies indigènes dont il ignorait tout, sinon qu'il n'avait sûrement rien à gagner à y participer.

— Faut que tu te purifies… tu rames, tu te purifies.

— Va y avoir un problème sinon, lui a fait Howard en posant sa main sur son épaule. Après avoir appris à voler, il faut apprendre à être pendu.

— J'ai rien volé.

— C'est une image. Tant qu'il y a de la superstition y a de l'espoir, si tu préfères.

— Ça consiste en quoi ? il a fini par demander.

Il a compris qu'il n'y avait pas d'échappatoire possible. Le seul à n'avoir rien dit, comme d'habitude, c'était Greg, mais son silence était plus convaincant que n'importe quel discours.

— Sauna et puis bain dans l'océan.

— Je vais m'attraper la mort, a tenté d'objecter le journaliste.

— T'as déjà vu l'un de nous enrhumé ? lui a demandé Howard.

— Demain, tu nous diras merci… t'auras pas une seule courbature, rien !

— C'est excellent pour la santé, a insisté Chris. Regarde-moi, depuis que je me purifie, je suis en plein boum.

— T'étais pas frais pourtant quand t'es arrivé… tu tenais pas debout.

— Debout, si… c'est couché que j'avais du mal !

Ils ont rigolé en se bourrant de coups de poing. Donovan était bêtement ravi de l'ambiance qui régnait et de voir qu'ils le traitaient comme ils auraient traité n'importe lequel d'entre eux, il n'y en avait plus pour tellement longtemps avant qu'ils le bourrent de coups de poing à son tour, mais il continuait à hésiter à propos du bain dans l'océan, il avait essayé de s'y tremper les pieds trois mois plus tôt, un jour où le soleil cognait dur et, bien qu'il ne soit pas particulièrement frileux, il y avait renoncé. C'était comme se rouler dans la neige et, en cette saison, ce devait être pire. Ses côtes verraient plus tard si elles pouvaient tenir le choc sous les crochets de Greg et de Stud, mais pour l'instant, il s'agissait de parer au plus pressé s'il ne voulait pas s'attraper une pneumonie.

Il a encore tenté de négocier.

— Je suis pas makah, y a pas de raison.

— T'es pas makah, mais le canoë, lui, il l'est.

— Le canoë, dans l'océan, il s'y baigne en permanence.

— Tous ceux qui montent à son bord doivent se purifier. C'est la règle. Y a pas d'exception, a insisté

Chris. Dale est métis, il rame, il se purifie comme les autres, il se baigne pas dans l'océan la moitié du temps, il se baigne comme les autres. T'es blanc, tu rames, tu te purifies comme les autres, comme nous. C'est la règle.

— T'es pas fier ? lui a demandé Percy. C'est une preuve de confiance, non ?

— C'est la seule ?

— La seule.

— C'est sûr ? Le sauna et le bain…

— Le sauna et le bain. Les prières, c'est pas pour toi.

— T'auras quelque chose à raconter.

— Et tu pourras baiser qui tu veux, ça nous regarde pas, a rajouté Chris.

— OK !

— On y va.

Une fois de plus, Donovan a été bêtement rassuré par le fait que leur *sweat lodge* fonctionne sur le même principe que tous les saunas du monde, il était davantage gêné de constater que, bien que pas très velu, il ressemblait à un singe comparé aux autres, mais personne ne lui a fait une quelconque réflexion à ce propos. Les plaisanteries avaient cessé, ils ne riaient plus comme une équipe victorieuse dans un vestiaire, leurs lèvres bougeaient comme s'ils récitaient des prières. Chris versait de l'eau sur les pierres de temps à autre lorsqu'il le jugeait utile, ils dissipaient la vapeur produite avec un bouquet de branches dont ils se frictionnaient ensuite, ils n'ont pas mis longtemps à dégouliner de sueur.

Avant d'entrer dans la cabane qui abritait le sauna, ils lui avaient montré l'endroit où ils se baignaient. La cabane retirée à l'abri des regards était construite comme une maison traditionnelle makah, un long rectangle avec des murs en planches de cèdre tout comme le toit plat. Ils faisaient leurs ablutions rituelles dans une espèce de baignoire naturelle à fond plat délimitée par des rochers, suffisamment profonde pour se tenir debout de l'eau jusqu'aux épaules, distante de quelques mètres de la cabane, on y descendait par un sentier étroit bordé d'arbustes.

Au bout d'une demi-heure, l'air était si brûlant que Donovan avait l'impression que, bientôt, il ne pourrait même plus respirer.

— Tu peux y aller, c'est bon, lui a dit Chris.

— Je vous attends, a répondu le journaliste.

— C'est bon pour toi, ça va ! lui a rétorqué Stud en lui donnant une bourrade qui a failli lui briser la clavicule.

— On va prier maintenant, on te rejoint après, a précisé Chris. Laisse-nous.

Donovan Thomas est sorti, il a descendu le sentier qui menait à la baignoire en courant et en tenant un bouquet de branches devant son sexe de peur que quelqu'un l'aperçoive. Précaution inutile, il fumait tellement que personne n'aurait rien vu, juste un nuage qui fuyait à ras de terre.

Les premiers temps, il n'a pas senti la morsure du froid et puis, très vite, d'un seul coup, il lui a semblé que son sang se retirait de tout son corps, que des milliers de lames de rasoir entaillaient sa peau. Il a tenté de s'ébrouer pour éviter de s'engourdir, mais il ne pouvait pas faire un seul mouvement, il était bloqué comme s'il s'était transformé en pain de glace, il respirait à petits coups comme un enfant qui retient ses sanglots.

Juste avant de s'évanouir, il a entendu les Makahs descendre le sentier en courant, ils riaient à gorge déployée et poussaient des cris de guerre ou ce qui pouvait y ressembler. Ils ont plongé dans l'eau en hurlant de tout leur souffle. Revenu à lui, Donovan a bien pu voir qu'ils avaient tous enfilé leurs combinaisons de plongée.

— Enfoiré ! il a crié à l'oreille de Percy qui lui clignait de l'œil, les deux pouces dressés.

— Enfoiré ? Qu'est-ce qui te prend ?

— En-foi-ré ! il a tenté d'articuler encore, il lui semblait que le froid avait enfoncé ses côtes, ses poumons devaient ressembler à deux sorbets roses pas plus gros qu'un poing de bébé, son cœur couvert de givre s'était arrêté depuis longtemps. Vous êtes en combi, il a encore réussi à exhaler comme un mort son dernier souffle.

— Quelqu'un t'a demandé de plonger à poil ? lui a demandé Chris en ricanant.

— S'pèce d'exhibitionniste, a grogné Stud.

— Vicieux, a repris Dale.

Les autres crétins n'arrêtaient pas de frapper la surface de l'eau glacée de leurs mains ouvertes, de se bousculer en riant aux éclats comme des enfants qui voient la mer pour la première fois. Lorsqu'il est sorti de la baignoire, Donovan a cru qu'il allait mourir sur place, incapable qu'il était de mettre un pied devant l'autre, à un moment donné, il a même pensé sérieusement qu'il était déjà mort.

— Le Visage pâle a voulu faire l'Inuit !

— Et le Visage pâle s'est transformé en Häagen-Dazs !

— C'est la magie du Visage pâle !

— Le Visage pâle n'a pas de bite !

— Elle est tombée !

— Le Visage pâle n'a pas de couilles non plus !

— Elles sont remontées !

— Tu crois qu'elles redescendront ?

— Ça m'étonnerait !

— Pour quoi faire, elles redescendraient ?

— C'est la magie du Visage pâle.

Donovan a réussi à remonter vers la cabane sans écouter leurs plaisanteries vaseuses, il s'est précipité sur la première serviette qui lui est tombée sous la main pour se frictionner en claquant des dents si fort qu'il s'attendait à ce que leurs racines se détachent de ses gencives.

Quand les Makahs sont revenus dans leurs combinaisons en néoprène, il s'était rhabillé, mais il continuait à claquer des dents assis sur un banc.

— Bois un coup, lui a proposé Howard en lui tendant une petite bouteille plate dont il avait dévissé le bouchon métallique.

Il a bu quelques gorgées de bourbon, il a eu l'impression que, sous l'effet de l'alcool, son cœur repartait, le froid se dissipait à mesure que son sang recommençait à circuler. Il a bu de nouveau quelques gorgées avant de rendre la flasque à Howard qui a essuyé le goulot avec l'intérieur de son poignet avant de la passer à Stud. Lorsqu'ils ont eu fini de boire, la bouteille de bourbon était vide. Les Makahs se sont tous rhabillés en riant et en se bousculant.

— Bande de salauds ! leur a dit Donovan. Vous me baiserez pas deux fois.

— Une fois suffit, Visage pâle !

— Bien à fond, une fois suffit, a renchéri Chris.

— L'Indien est resté simple, un rien le réjouit, lui a dit Howard.

— Bande de salauds, a répété le journaliste avant d'éclater de rire à son tour. C'est ça que vous appelez se purifier ?

— On a pas grand-chose à purifier, Visage pâle.

— On est purs depuis longtemps.

— Depuis toujours. On a toujours été purs, Stud.

— On a pas souvent l'occasion de pas l'être, faut dire.

— C'est juste une précaution… la prudence est la mère de la vaisselle, a conclu Howard.

Ils sont allés récupérer leurs voitures garées derrière la cabane. Howard a déniché une autre flasque dans la boîte à gants du Sierra de Greg. Ils l'ont vidée en parlant de la pluie et du beau temps, de la vague de froid qui était annoncée, des creux qui se formaient maintenant pour dépasser un mètre et qui rendaient l'éventualité de la chasse de plus en plus problématique. Bientôt, ils ne pourraient même plus ramer dans l'océan, il faudrait qu'ils continuent à s'entraîner à l'abri dans les eaux plus calmes du Détroit et qu'ils attendent la fin de l'hiver pour recommencer leur quête.

D'ici là, il faudrait qu'ils gagnent la course. S'ils avaient un mois devant eux et si tout se présentait aussi bien qu'aujourd'hui, Chris leur a confié qu'il avait bon espoir, Donovan Thomas était peut-être blanc, mais il ramait aussi bien qu'un Indien. Ils allaient humilier ces mormons buveurs de thé, ils n'auraient plus ensuite qu'à se saouler à leur santé. La perspective les enchantait.

— Tu viens manger avec nous ? a brusquement demandé Chris à Donovan Thomas.

Lorsqu'il était satisfait de leur séance d'entraînement, Chris amenait l'équipage dîner chez sa mère, il a pensé que ce serait une bonne chose si le journaliste partageait leur repas, qu'il ramerait encore mieux s'il avait l'impression de partager quelque chose avec eux. La vieille femme adorait leur faire à manger, c'étaient les seuls moments où elle sortait du mutisme maussade dans lequel elle sombrait chaque jour davantage. Toute cette effervescence autour de la chasse l'avait rendue inexplicablement dépressive, elle passait de plus en plus de temps au grenier, assise sur ses talons, à regarder les vêtements de ses enfants qu'elle étalait devant elle sur le plancher, elle les repassait de sa main en pleurant, avant de les ranger de nouveau jusqu'au lendemain. Lorsqu'elle y réfléchissait, elle avait tendance à croire que toute l'énergie gagnée par Chris, c'était elle qui la lui donnait, mais tout ce qu'elle lui donnait, et elle ne voyait pas le moyen de faire autrement, elle le perdait.

Martha Klookshood se mourait de langueur pour que son fils unique ressuscite.

Lorsqu'elle donnait une raison à sa tristesse, elle était moins triste et lorsqu'elle faisait à manger à l'équipage, elle était de nouveau joyeuse.

Donovan Thomas a accepté de bon cœur, il savait qu'il ne serait jamais comme eux, qu'ils ne seraient jamais amis, mais il était content de voir que ramer ensemble les avait rapprochés davantage que des discussions sans fin, qu'il n'était plus pour eux tout à fait un étranger. C'était le même genre de camaraderie sans suite qu'éprouvent les sportifs d'une même équipe les uns pour les autres ou bien celle de parfaits inconnus qui ne partagent aucune valeur, qui ne se reverront jamais, qui n'essaieront pas même de le faire sous peine d'être déçus, liés à un moment de leur existence par un accident ou un événement inhabituel. Une camaraderie virile, pas très profonde, mais réelle.

Peut-être qu'au fond, se disait Donovan Thomas, à moitié saoul, bercé par le bruit de l'échappement de sa Cox, tout bien réfléchi, ce que l'on appelait l'amour ou l'amitié, à défaut d'avoir un mot plus précis pour les désigner, n'allait pas beaucoup plus loin et n'amenait pas davantage de satisfaction. Tout ce qui comptait, c'était de profiter de ces moments privilégiés, sans tenter de les provoquer si l'on voulait qu'ils se renouvellent, de ne pas réfléchir lorsque l'on était heureux.

— Pourquoi vous m'avez pas prévenue ? a demandé la mère de Chris lorsqu'ils sont entrés chez elle en se bousculant et en parlant fort comme d'ordinaire, juste avant de se précipiter à la cuisine pour sortir du réfrigérateur ce qu'elle avait préparé en priant qu'ils viennent.

— Ça t'ennuie pas, Martha ? lui a demandé Howard qui l'avait suivie pour se laver les mains.

Le vétéran aimait bien Martha, c'était la seule femme de la tribu qui avait proposé à Bao de lui apprendre à cuisiner. Sans succès d'ailleurs, la femme d'Howard n'avait pas cessé de se lamenter à propos de la gastronomie makah. « Vous êtes des sauvages ! », c'était la seule chose que Bao disait quand le sujet venait sur le tapis, ce qui ne l'empêchait pas de se goinfrer de hamburgers, sans vergogne.

— Tu plaisantes, j'espère, Howard. Reste pas dans mes jambes, va t'asseoir avec les autres, elle lui a répondu en s'essuyant les mains sur son tablier.

Ils ont ri, bu et mangé tard dans la nuit. Donovan leur a raconté l'hiver qu'il avait passé seul dans le Montana, la seule chose dont il pensait qu'elle pouvait les rapprocher. Il a, surtout, écouté leurs histoires à eux, ils étaient intarissables, ils n'ignoraient rien les uns des autres et ne s'épargnaient pas, mais ce qui a frappé le journaliste, c'est qu'ils racontaient des histoires du temps où l'on parlait une langue dont ils ne connaissaient plus que quelques mots ; ce qui était d'autant plus surprenant que maintenant l'administration les encourageait à le faire. Quand Donovan le leur a fait remarquer, Howard lui a répondu : « On est des hommes, pas les histoires qu'on raconte ! » Les Indiens ont ri et l'ont applaudi, Donovan s'est tu, mais il a pensé qu'ils n'auraient pas dû rire et qu'il n'aurait pas dû se taire, la réponse d'Howard était juste une phrase creuse qui les impressionnait parce qu'ils ne réfléchissaient pas à son sens, qu'ils ne se rendaient pas compte qu'elle ne voulait rien dire. Le jeune homme croyait qu'être un homme, c'était aussi raconter des histoires et habiter sa langue. Il était de plus en plus persuadé que tous ceux qui étaient assis à cette table faisaient partie des générations perdues, à cheval entre deux cultures, le cul entre deux chaises.

Dépossédés de tout ce qu'ils avaient qui n'était rien.

Chasser la baleine était la seule alternative pour récupérer un peu d'eux-mêmes et de leur fierté, c'est pour cela qu'elle intéressait tellement le journaliste qui rêvait en secret d'être romancier : c'était un combat perdu d'avance et pour toujours. Un bon sujet pour demander une avance à un éditeur et le moyen de se casser la gueule en beauté s'il foirait le coup.

De toutes les manières, il y aurait toujours quelque chose à faire pour interdire aux jeunes de parler. De cela, l'administration saurait bien se charger. On pouvait compter sur elle.

Pour l'instant, ils applaudissaient les aphorismes d'Howard comme on applaudit un panier à trois points à la dernière seconde d'un match où l'on est mené de deux, ils riaient aux éclats en se frappant sur les cuisses, se bousculant jusqu'à se faire dégringoler de leurs chaises.

Quand, la soirée terminée, Percy est sorti dans la nuit et qu'il a voulu ouvrir la porte de son Nissan, à peine avait-il réussi à introduire la clé dans la serrure qu'il est tombé à la renverse.

Ivre mort.

« Coma éthylique », aurait diagnostiqué Nathan Brittles qui en connaissait un rayon.

Stud, Greg, Howard et Dale venaient juste de repartir en faisant cirer leurs pneus et en klaxonnant pour en faire profiter les voisins… qu'ils soient au courant qu'ils avaient passé une bonne soirée et qu'ils les emmerdaient ! A la lueur d'une lampe torche dont les piles faiblissaient, Chris, sa mère et Donovan se sont penchés sur le corps de Percy qu'ils distinguaient mal, ils ont, néanmoins, fini par constater qu'il était étendu sur le dos, les bras en croix.

Et qu'il ronflait comme un bienheureux.

Le ciel au-dessus d'eux ne savait plus quoi faire des étoiles.

— Qu'est-ce qu'on en fait ? a demandé Donovan.

— On peut pas le laisser ici, il va s'attraper la mort, s'est inquiétée Martha.

— T'occupe, lui a répondu son fils. On va le rentrer, il cuvera sur le canapé, il repartira demain matin… à mon avis, avec un bon mal de crâne ! Tu m'aides ? il a demandé au journaliste en empoignant les chevilles de Percy.

Que Donovan le soulève par les épaules a suffi à sortir le plus jeune des Gorch de sa torpeur.

— S'que vous faites ? il a réussi à articuler d'un ton pâteux.

— On rentre te coucher… t'es bourré !

— J'suis pas bourré…

— C'est bien imité, Percy, franchement, j'me suis fait baiser.

— Faut que j'rentre… j'ai promis à Frances que j'rentrais.

— On va la prévenir, tu rentreras demain.

— Nan… j'veux rentrer.

— Reste dormir une heure ou deux, tu vas te planter.

— Nan… j'veux rentrer.

— Putain, tu fais chier, Percy !

— J'veux rentrer.

— Tu l'as déjà dit.

— J'veux rentrer.

— Merde !

— Je peux le ramener, a proposé Donovan.

— Tu sais où il habite ? Ça t'emmerde pas ?

— Non, pourquoi ?

Pour apercevoir la jeune femme un seul instant, Donovan Thomas aurait fait le trajet à pied, à reculons si elle le lui avait demandé.

— Je t'accompagne. On te ramène, a dit Chris à l'intention de Percy.

— J'peux conduire…

— C'est ça. Et moi, je peux voler. Tu peux rien du tout. Fais pas chier ! Tu veux rentrer, OK, on te ramène. Si tu veux pas, je t'assomme !

— T'y arriveras pas…

— Avec une pagaie, ça m'étonnerait que je te rate. Tu veux essayer ?

— Va pas te tuer, a insisté Martha.

— C'est ce que tu vas faire si tu conduis, a tenté de le raisonner Donovan, comme si un type bourré pouvait être raisonnable.

— J'ai pas peur… ça m'est déjà arrivé.

— Raison de plus pour pas recommencer, t'as vu l'état dans lequel t'es revenu ?

— Impeccabe… j'suis rev'nu impeccabe.

— J'te crois. Tu peux te lever ?

— Pas de probème…

En mobilisant toute l'énergie dont il était capable, Percy a réussi à s'asseoir, il s'est frotté le visage avec ses mains ouvertes, mais lorsqu'il a tenté de se mettre debout, il n'a réussi qu'à tituber comme Trevor Berbick à la deuxième reprise de son combat contre Mike Tyson. Comme il n'y avait pas de cordes, il a fallu que Percy se retienne à Donovan pour ne pas retourner au tapis une fois pour toutes.

— Ça va… j'y suis, il a constaté, dépité.

Il a passé ses deux bras autour des épaules de l'Indien et du journaliste qui l'ont soutenu jusqu'à la

Volkswagen. Il se laissait aller, comme une poupée de son, il ne prenait même pas la peine de faire semblant de marcher ni de soulever les pieds, la pointe de ses bottes raclait le sol. Chris et Donovan ont réussi à l'asseoir de guingois sur le siège du passager et à boucler la ceinture de sécurité pour qu'il ne vienne pas s'écraser sur la planche de bord. Sa tête pendait, ses cheveux sur les yeux comme un rideau, il avait déjà sombré dans un sommeil sans rêve entrecoupé de hoquets.

Il bavait.

— Il s'en tient une bonne.

— Il a beaucoup bu, non ? a demandé Donovan qui croyait connaître la réponse.

— Beaucoup, j'sais pas, trop, j'en suis sûr, lui a rétorqué Chris en se glissant sur la banquette arrière de la Cox encombrée de journaux et de livres.

Le journaliste a démarré, la tête de Percy dodelinait, les phares de la Cox faisaient fuir les ombres de la nuit qui se refermait derrière la fumée que crachait son pot d'échappement. Donovan a échangé quelques phrases avec Chris et puis l'Indien s'est endormi, le laissant seul, les yeux brûlants, son visage éclairé faiblement par la lumière du compteur.

Chris s'est réveillé alors qu'ils étaient presque arrivés sur les bords du lac Crescent.

— J'peux fumer ?

— Vas-y.

— Quelle heure il est ?

— Un peu plus de cinq heures.

— Elle va gueuler.

— Je sais pas. Sans doute.

— Il cuve toujours l'autre ivrogne ?

— Je crois, il lui a répondu, après avoir jeté un coup d'œil rapide sur sa droite.

— J'aime pas les femmes qui gueulent, même quand je baise, j'aime pas qu'elles gueulent.

— Je suppose que ça veut dire que tu leur fais de l'effet.

— J'suis pas sûr… j'crois que ça veut dire qu'elles se racontent un truc.

— Tu crois ?

— J'suis sûr. Les femmes, j'suis un spécialiste… dans ma vie, j'ai baisé davantage que j'ai ramé. C'est pour te dire que j'en ai baisé un tas… plus de mille.

— Impressionnant !

— J'te le fais pas dire… j'en connais un rayon, eh bien… je crois que celles qui gueulent pas, elles jouissent… en douce. J'crois même que celles qui se retiennent, c'est celles qui jouissent le plus.

— Si elles font pas de bruit, c'est pas bon signe non plus.

— J'dis pas rester comme une planche et la fermer, j'dis gueuler, c'est différent.

— Sûr.

— Si j'te le dis. C'est comme remuer… celles qui se battent avec toi comme un chiffonnier ou celles qui font une séance d'aérobic, celles qui te taillent pas une pipe, qui font des pompes ! C'est pas bon non plus… elles se racontent un truc, elles croient que c'est ça qui faut faire. Elles croient qu'elles te font plaisir, des couilles ! Elles se débarrassent.

— T'as une copine ? Pour tes expériences, je veux dire…

— A Neah Bay ?

— Oui.

— Non. J'crois que ça m'intéresse plus… qu'elles gueulent ou qu'elles gueulent pas… j'crois que j'ai fait le tour.

— T'as de la chance.

— J'sais pas. Sans doute… T'as lu tout ça ? il a demandé en faisant un geste vers les livres et les journaux qu'il avait écartés pour s'asseoir.

— C'est mon métier.

— Ton métier, c'est écrire.

— On peut pas écrire si on lit pas.

— T'es sûr ?

— Je crois.

— OK !

— Elle a dû s'inquiéter.

— Quoi ?

— Frances, elle a dû s'inquiéter.

— Ah, ouais ! Frances… Tu crois qu'elle va gueuler ?

— Mets-toi à sa place.

— A propos… quand elle baise, tu crois qu'elle gueule ?

— Faudrait plutôt le demander à Percy, Chris, c'est lui le mieux placé pour le savoir.

— Le réveille pas pour ça, j'm'en fous ! C'était pour parler.

— Je m'en doute.

— C'est une drôle d'histoire quand même.

— Quoi ?

— Percy et la fille là… Frances, c'est une drôle d'histoire.

— Pourquoi ?

— J'sais pas.

— Parce qu'elle est blanche, c'est ce que tu veux dire ?

— Non. C'est pas ça… des Indiens et des Blanches, des Blancs et des Indiennes, y en a des tas… ça va, ça vient. Non… cet Indien-là avec cette Blanche-là… j'sais pas.

— Que l'on parle ensemble, c'est bizarre aussi? C'est ce qui doit s'appeler les rapports humains, non?

— C'est pas pareil!

— Pourquoi?

— On couche pas ensemble, Visage pâle, lui a répondu Chris en éclatant de rire, avant de reprendre : Les hommes, ils peuvent se parler, les femmes, elles se parlent entre elles sans doute, j'en sais rien… j'suis pas une femme, mais les hommes et les femmes, s'ils se parlaient, ça se saurait.

— Tu crois que les hommes et les femmes ne se parlent pas, c'est ça?

— T'as déjà parlé à une femme, toi?

— Evidemment. Plusieurs fois même…

— J'dis pas lui demander si elle veut baiser, j'dis parler.

— Je crois.

— J'suis pas sûr que tu te colles pas le doigt dans l'œil.

Ils étaient arrivés. Donovan a mis sa Cox au point mort pour ne pas réveiller Frances, il croyait qu'elle lui serait reconnaissante de ce qu'il avait fait, après tout, il venait de sauver d'une mort certaine le type dont elle était amoureuse et, en plus, en toute discrétion. La brume nette comme une lame flottait au ras de la surface du lac. Si ce n'avait été quelques canards qui s'ébrouaient sur la rive, le silence aurait été complet, le jour n'allait pas tarder. Une lumière était allumée dans le salon, on pouvait apercevoir sa lueur au travers des rideaux de la baie donnant sur le lac.

— Elle va gueuler. J'te dis qu'elle va gueuler… j'en suis sûr, a dit Chris en secouant le dossier de Percy pour le réveiller.

Donovan a ouvert la portière de la Cox, le froid s'est engouffré dans l'habitacle avec la vivacité d'un animal.

Chris s'est glissé vers l'avant, alors qu'il était courbé, en déséquilibre, sa tête touchant le plafonnier, une jambe qui avait déjà enjambé le marchepied de la Volkswagen, il s'est rattrapé à l'épaule de Percy et il l'a secouée brutalement. Le jeune homme a fini par ouvrir les yeux, il a regardé autour de lui, l'air hébété, lorsque son regard a fini par se rétablir et sa conscience avec, il s'est frotté le visage de bas en haut avec sa main gauche ouverte tandis qu'il repoussait ses cheveux de la droite, il a baissé la tête, il est resté un moment prostré, en se grattant l'arrière du crâne, ensuite, il a rejeté sa tête en arrière, ses cheveux ont fait sur le plafond le même bruit que des balais sur la peau d'une caisse claire, il s'est repeigné, il a posé ses mains à plat sur ses cuisses et puis il a défait la ceinture de sécurité, il s'est extrait de la Cox avec difficulté et il s'est mis debout, les genoux légèrement pliés, les deux coudes posés sur le toit de la voiture. Il a fait cela si lentement que l'on aurait dit un film au ralenti.

— Ça va ? lui a demandé Chris qui sautait sur place en frappant ses mains l'une contre l'autre pour se réchauffer.

— Mmmm !

— Tu peux marcher ?

— Mm ! Ça va aller… a répondu Percy en faisant plusieurs fois le geste absurde qui consiste à secouer la tête pour éclaircir ses idées.

— T'es sûr ?

— J'sais pas. Putain !

Chris s'est approché de lui, il soufflait dans ses doigts. La buée sortait par sa bouche et par ses narines.

— T'en tenais une bonne…

— J'me doute… putain, elle va gueuler !

— Qu'est-ce que je te disais, a fait Chris à l'intention du journaliste qui regardait le lac, assis sur ses talons.

— Quoi ? lui a demandé Donovan.

— Elle va gueuler. Je le savais… c'est le genre qui gueule.

— Fais pas chier, Chris ! lui a répondu le journaliste en lançant une pierre en direction du lac. On y va, il a rajouté.

Quand Chris s'est adressé à lui, il était en train de se demander si c'était une aussi bonne idée que ça de ramener Percy après une nuit de beuverie. Lorsqu'elle y repenserait, Frances allait obligatoirement l'associer à l'affaire, si ça se trouve elle croirait qu'il était saoul lui-même et il était si fatigué qu'elle pourrait le croire, ses actions avec elle n'allaient pas remonter, une vague de colère l'a pris, il aurait mieux fait de laisser ce con se planter. Consoler sa veuve aurait été un bien meilleur plan.

Les trois hommes ont remonté le chemin qui menait à l'escalier desservant le salon. Percy a poussé la porte, assise en tailleur sur le tapis, devant la cheminée, Helga méditait à la lueur des lampes qu'elle avait recouvertes de foulards indiens.

— C'que vous foutez là ? a grogné Percy en découvrant la quinquagénaire batave assise en tailleur sur son tapis de méditation au centre de la peau d'ours sur laquelle il avait fait l'amour avec Frances une bonne douzaine de fois.

— Elle essaie de garer son Samsara dans son Nirvana, lui a chuchoté Chris à l'oreille. Je m'y connais…

— Qu'est-ce que tu racontes ?

— Chut ! Faut la laisser atterrir… en douceur… Crois-moi, j'suis un spécialiste… j'en ai baisé un tas de cette marque.

— Putain, Chris, elle est drôlement d'occase.

— Howard serait là, il te dirait que c'est dans les vieux pots qu'on fait les meilleures soupes.

Sur ces entrefaites, Frances est entrée dans la pièce, elle était pieds nus, en jeans et en tee-shirt, elle avait coiffé ses cheveux en queue-de-cheval. Au premier coup d'œil, on ne pouvait pas décider si elle venait juste de se réveiller ou bien si elle avait attendu Percy toute la nuit.

Dans la gêne générale, il y a eu comme un étrange ballet, sans paroles, sans musique, sans rien : Chris s'est faufilé comme un chat par la porte avant de disparaître dans l'escalier ; Helga s'est levée, elle est restée immobile, les bras ballants, ne sachant plus ce qu'elle devait faire avec son tapis de méditation roulé sous le bras, et puis elle a quitté la pièce elle aussi, et rejoint Chris au bord du lac ; au lieu d'aller vers Frances et de l'embrasser, Percy s'est laissé tomber sur le canapé, il s'est repris à plusieurs fois avant de poser ses bottes dont le bout était râpé sur la table basse ; la jeune fille, les bras levés, n'arrêtait pas de faire et défaire sa queue-de-cheval ; Donovan est resté au centre de la pièce, sans rien dire non plus. Le silence a continué jusqu'à ce que la mère de Frances fasse son apparition dans une djellaba achetée à Marrakech par-dessus laquelle elle avait enfilé un gilet afghan.

— Helga est où ? elle a demandé à sa fille.

— Je ne sais pas… elle est sortie, je crois, lui a répondu Frances, comme si la question de sa mère l'importunait.

— Oui, oui… elle est sortie, a confirmé Donovan en désignant la porte par laquelle Chris avait disparu sur la pointe des pieds puis Helga.

La mère de Frances, la main tendue, tous voiles dehors, s'est dirigée vers Donovan.

— Bonjour, je suis Clarice, la mère de Frances.

— Enchanté, lui a répondu le journaliste. Donovan Thomas, je suis un ami de Frances… enfin, je crois.

— Je suppose donc que vous êtes Percy, elle a fait en se retournant vers le canapé où le jeune Makah se concentrait pour recouvrer ses esprits.

— Tout à fait, lui a confirmé Donovan, en faisant un geste d'impuissance en direction de Frances. « Putain, mais de quoi je me mêle, on dirait un majordome ! »

Percy s'est levé, ignorant la main tendue de Clarice, il a croisé la mère de Frances au milieu de la pièce comme si elle n'avait pas existé.

— Vais m'doucher, il a grommelé à l'intention de Frances.

— Je crois que ce sera une bonne chose, lui a fait Clarice en le regardant disparaître dans le couloir.

— Qu'est-ce qui s'est passé ? a demandé Frances à Donovan.

— C'est ma faute ! On a fêté mon premier entraînement avec les Makahs chez Chris… on a trop bu, Percy voulait à tout prix rentrer…

— J'avais préparé un dîner pour lui présenter ma mère et sa copine…

— C'est pour ça… il voulait rentrer à tout prix, mais il était pas très en état… nous non plus, mais ça allait… alors, on l'a ramené… Je suis désolé !

— Il n'y a pas de quoi. Merci… en tous les cas, merci. Tu veux prendre un café ?

— Non… non, je crois qu'on va y aller. Chris m'attend. C'est mieux.

— Asseyez-vous donc, je vais le faire, a proposé Clarice… un café turc, vous aimez ça, j'espère ? Ou alors un thé à la menthe… Je vais faire les deux. Vous prenez du sucre ?

— Merci. Vraiment… on va y aller.

Clarice a disparu sans écouter sa réponse, Donovan s'est approché de Frances, maladroitement, il l'a prise dans ses bras. Vus de près, les traits de son visage étaient moins fermes que d'ordinaire, comme ceux d'un enfant réveillé par surprise, son odeur était différente aussi : la sueur acide de la nuit et les draps refroidis. Il lui a semblé un instant qu'elle se laissait aller contre lui, comme si d'avoir été *abandonnée* avait fait tomber ses défenses, annulé une partie de la distance qu'il y avait toujours eu entre eux, il a été troublé de cette intimité accidentelle, surpris aussi de l'audace qui avait été la sienne.

Il avait maintenant un espace pour rêver qu'elle lui avait cédé.

Dans les escaliers, il a croisé Helga qui reniflait en pleurant. Chris l'attendait en contrebas, il fumait, assis sur le pare-chocs de la Cox, la fumée de ses Camel lui sortait des narines comme deux cônes furieux.

— Tu fais pleurer les femmes maintenant ? il a demandé à Chris, une fois la Cox démarrée.

— Si tu veux les baiser, y a deux solutions… les faire rire ou les faire pleurer.

— Tu crois ?

— J'en suis sûr… c'est les deux trucs qui leur font baisser la garde.

— Tu as des vues sur Helga ?

— Elle s'appelle Helga ?

— Oui, Helga ! T'as des vues sur elle ?

— Ça va pas ! Elle est gouine. T'as pas remarqué ?

— Non…

— T'es aveugle ou quoi ? C'est marqué au fer rouge. La mère de Frances…

— Clarice.

— Elle s'appelle Clarice ?

— Oui.

— Clarice, j'dis pas… elle est gouine chez les gouines, avec les mecs, ça va, ça vient. C'est le genre qui sait pas où elle habite… un coup chez l'un, un coup chez l'autre, elle squatte ! Mais celle-là, comment elle s'appelle ?

— Helga.

— C'est ça, Helga ! Eh bien, Helga, c'est pure race, tu peux y aller ! Tu peux toujours courir pour l'attraper. J't'en file mon billet…

— T'es sûr ?

— Si je te le dis. J'suis un spécialiste, putain ! Tu me crois pas ou quoi ?

— Si. Si… bien sûr !

— De toute façon, elle serait pas gouine, ça changerait rien… elle est branque… tu peux pas imaginer le paquet de conneries qu'elle m'a sorties.

— Vas-y, raconte.

— Tu vas pas me croire.

— Dis toujours.

— D'abord, elle me les a brisées avec la clope, et puis elle m'a branché sur les baleines… les orques, les phoques, les dauphins… la ménagerie complète ! L'aquarium qui déborde… le mieux, c'est qu'elle a fait l'amour avec un dauphin… T'imagines ?

— Je croyais qu'elle était gouine ?

— Elle est dingue surtout… avant d'être gouine, elle est dingue. Ou alors, une bite de dauphin, ça lui fait pas le même effet qu'une bite de chrétien, faut croire !

— Ou peut-être qu'une bite de mec après une bite de dauphin, ça fait plus rien.

— Faut croire… faut croire que ça flotte !

— Dingue…

— Si je te le dis… tu vois le tableau ? Cette vieille folle et un dauphin assez cinglé pour se taper une gouine… C'est le monde à l'envers, non ?

— Tu me passes une clope, s'il te plaît ?

— Tu fumes ?

— De temps en temps… pour les grandes occasions.

Chris a allumé une de ses cigarettes et l'a passée à Donovan qui a aspiré à fond la première bouffée. Depuis le temps qu'il n'avait pas fumé, une Camel lui a fait autant d'effet que de l'herbe.

— Une dingue ! a répété Chris, songeur. Tu sais pourquoi elle pleurait ?

— Je sais pas… tu lui as demandé pourquoi elle était hétérosexuelle dans l'eau ?

— Tu parles ! C'est dingue, j'te dis… tu vas pas me croire.

— Vas-y, raconte !

— Y avait deux canards au bord du lac, enfin… deux canards, non… un canard et une cane, un couple de malards…

— Des canards sauvages ?

— Ouais, c'est ça… comme y en a des tas dans le coin.

— Et alors ?

— Alors ? Alors, le canard voulait attraper la cane. Le canard, à part le crapaud, y a pas plus obsédé avec sa bite en tire-bouchon. Et cette conne se met dans la tête de les séparer…

— Mets-toi à sa place.

— C'est pas ce que tu crois… si elle avait pas supporté qu'un canard se tape une cane, à la rigueur… pourquoi pas ? J'ai l'esprit large… pour le cul, j'ai l'esprit plutôt large. Non, non, cette conne s'était mis dans la tête de les séparer, tu sais pourquoi ?

— Ben, non.

— Parce qu'ils étaient pas de la même race !

— C'est pas vrai ?

— Si j'te le dis…

— C’est pour ça qu’elle pleurait ?
— Pour ça ou parce que je l’ai traitée de connasse.
— Evidemment…
— On est bien barrés avec des folles comme ça, j’te le dis, on est bien barrés…
— Je crains même que vous soyez foutus, lui a dit Donovan en écrasant sa Camel dans le cendrier.
— Et le pire, j’vais te dire ce que c’est…
— Vas-y, c’est quoi ?
— Le pire, c’est qu’on va se le faire foutre dans le cul par des gouines !

Donovan a évité de le relancer, à propos des gays, Chris était intarissable, le journaliste s’est donc tu jusqu’à ce que, en vue de Neah Bay, il mette la Cox au point mort. Il a craint un instant que le changement de niveau sonore incite Chris à reprendre le fil de la conversation, mais cela n’a pas été le cas.

Ils avaient beau être, l’un blanc, l’autre indien, ils étaient bien d’accord : il n’y avait plus qu’à fermer sa gueule et tirer le rideau.

Et qu’ils soient d’accord tous les deux n’était pas un bon présage.

Yeah, call him drunken Ira Hayes, but his lands they’re still a dry
An his ghost is alive thirsty in the ditch where Ira died.

Peter La Farge.

Treize

To live outside the law, you must be honest.

Bob Dylan.

Tous les matins, il lui fallait rester étendu sans bouger, les mâchoires serrées, les yeux exorbités, le corps tendu comme un arc, reposant sur l'arrière de son crâne et sur ses talons, les tendons prêts à se rompre, jusqu'à ce qu'il ne puisse plus tenir la position, qu'il se laisse retomber, et que son sang cesse de bouillir. Ses rêves pourtant auraient dû suffire, noyés qu'ils étaient sous des flots d'hémoglobine, ensevelis sous les cadavres étranglés, les crânes ouverts, les os brisés.

Cela faisait trop longtemps qu'il se retenait, dès qu'il ouvrait un œil, il lui venait des envies de massacre.

Ce matin-là, Greg Bishop a repoussé ses draps trempés de mauvaise sueur, il a empoigné sa tronçonneuse, un jerrycan et il les a jetés sur la banquette avant de son GMC Sierra.

Ramer comme une brute ne lui suffisait pas, peut-être que lancer le harpon aurait pu venir à bout de sa frustration, mais c'était Stud qui en était chargé, et même si, parfois, il était persuadé qu'il aurait pu le remplacer avantageusement, il avait toujours respecté le rôle de l'aîné des frères Gorch, seul un vacarme à se faire exploser les tympans pouvait le calmer.

Sa passion maniaque pour Elvis Presley l'avait repris.

Trois heures plus tard, assis contre le tronc d'un pin Douglas, un pack de bière contre sa hanche, la paume de sa main gauche posée sur la lame de sa tronçonneuse dont la fumée bleue n'était pas encore dissipée, il contemplait le résultat, et le résultat était doux à ses yeux : le profil de médaille du King se découpait sur le ciel gris de l'Etat de Washington. Greg Bishop était redevenu lui-même, ses soucis (mais comment allait-il bien pouvoir s'y prendre pour vendre un bon prix une baleine de trente tonnes à des gens dont il ne parlait pas même la langue ?), ses remords (pas si nombreux si on les rapportait aux crimes qu'il avait commis) avaient disparu, ses muscles ne tremblaient plus sous sa peau comme ceux d'un pitt-bull avant le combat, seules les articulations de sa mâchoire restaient un peu douloureuses. Il lui suffisait pour obtenir ce résultat de peu de chose : contempler le profil du King en reniflant l'odeur de sa tronçonneuse encore chaude et, de temps en temps, flatter la lame de sa main ouverte comme il aurait flatté l'encolure d'un animal. Il n'était pas plus stupide à ses yeux d'avoir de l'affection pour une tronçonneuse que pour un cheval.

Tout bien considéré, il ne demandait, en définitive, pas grand-chose à la vie : une liasse de billets de cent dollars neufs dans sa poche, une petite fille de temps en temps pour calmer ses ardeurs, avec des petits nichons et une chatte rose, un pick-up V8, et faire vrombir sa tronçonneuse à intervalles réguliers là où il l'entendait. Il était d'autant plus furieux de ne pouvoir réaliser tous ses désirs qu'il les croyait modestes.

Greg Bishop bâti pour un destin grandiose était fait pour d'autres temps, où la démesure avait encore cours, l'époque des tyrans et des héros.

Le monde était trop petit pour lui et la baleine à peine assez grande.

Il a craché trois fois entre ses genoux écartés pour se débarrasser des restes de sa frustration. Le temps était venu de reprendre ses activités artistiques et de proposer ses services à ceux qui sauraient enfin les apprécier.

En premier lieu, le Musée.

Greg Bishop aurait été fort surpris s'il avait appris qu'à Cœur d'Alene, le même jour, à peu près à la même heure, Elaine Stevens refermait la portière avant de sa Lexus, et mettait le cap sur Neah Bay. Il aurait été encore plus surpris si on lui avait dit qu'Elaine Stevens était une adversaire à sa mesure.

Ce qui était pourtant le cas.

La vieille dame ne s'était jamais remise de ne pas avoir pu s'engager dans l'armée durant la Seconde Guerre mondiale (trop jeune) ni durant celle du Viêtnam (trop âgée), mais elle avait gagné autant de médailles que le général Ridgway durant celle de Corée. Les premières années de leur mariage, elle avait accompagné son mari, amateur de safaris, en Afrique de l'Ouest aussi longtemps que la goutte ne l'avait pas cloué dans un fauteuil, elle avait foudroyé un vieil éléphant mâle et plusieurs rhinocéros sans broncher ; c'est seulement à la suite de la mort (infarctus) de Reginald Stuart, confit dans le gin depuis plus de trente ans, qu'elle avait changé du tout au tout, elle s'était séparée des massacres qui décoraient leur salon, débarrassée de ses manteaux de fourrure, et avait adopté la démarche inverse : il n'y avait plus désormais, sur toute la surface du globe, une seule espèce en voie de disparition à l'abri de sa sollicitude fanatique. Elle mettait à les défendre la même énergie téméraire qu'elle avait mise à exterminer sans vergogne les grands fauves du Kenya.

Ses petits yeux bleu pâle étaient étrangement fixes, elle ne cillait jamais (elle n'avait pas de cils) et personne ne pouvait soutenir longtemps son regard ; un couteau de cuisine à la main, elle avait mis en fuite deux pauvres types qui avaient eu la mauvaise idée de vouloir la cambrioler en les menaçant de les étriper sur place et, à soixante ans bien sonnés, dans une station-service de l'Iowa, elle avait à moitié assommé avec ses béquilles un chauffeur routier qui lui avait reproché de conduire un pied dans le plâtre. A plus de soixante-dix ans, elle continuait à n'avoir peur de personne et rien ne pouvait l'impressionner.

En dehors de cela, Elaine Stevens professait à haute et intelligible voix des opinions ouvertement réactionnaires, elle était luthérienne, créationniste, républicaine, persuadée que Dieu avait créé le monde en six jours et s'était reposé le septième, que les races étaient inégales et que les Kennedy (excepté Rose dont elle affirmait à ses partenaires de bridge qu'elle était le seul mâle de la famille et donc la seule créature digne d'intérêt) n'avaient été qu'une bande de mafieux catholiques qui avaient donné le signal du relâchement des mœurs et laissé la chienlit s'installer sur toute l'étendue du territoire en permettant aux minorités d'exercer leurs droits civiques.

Depuis quelques mois, les différentes organisations de défense de l'environnement dont elle était membre bienfaitrice l'inondaient de courriers dramatiques à propos de Neah Bay et du massacre qui ne manquerait pas de s'y produire un jour ou l'autre si on laissait faire les natifs du lieu. Le dernier message qu'elle avait reçu en provenance de la Doris Day Animal League était particulièrement pressant et l'avait définitivement convaincue, sa place était là où les choses se passaient : à Neah Bay.

Elle avait toujours admiré Doris Day, surtout ses films des années 60, avec un faible marqué pour *Confidences sur l'oreiller* (elle admirait aussi son partenaire, Rock Hudson, dont elle était amoureuse en secret à l'époque et dont elle n'avait jamais admis ensuite qu'il puisse être homosexuel, elle affirmait d'ailleurs, contre toute évidence, qu'il était mort d'une leucémie) ; elle connaissait par cœur les chansons de l'actrice (*Whatever Will Be, Will Be* ; *Bewitched* ; *Love me or Leave me* ; *Ya-Ya-Rolly-Polly*, etc.) ; elle l'admirait encore davantage pour son engagement en faveur de la cause animale et elle était l'un des principaux soutiens financiers de son association comme d'une douzaine d'autres de moindre importance.

Au fur et à mesure que les tracts à propos de la reprise de la chasse à la baleine s'empilaient sur son bureau, elle se sentait des fourmis dans les jambes, des frissons parcouraient sa vieille carcasse et les deux paquets de Chesterfield qu'elle fumait tous les jours depuis son séjour à l'université (Vassar) ne suffisaient pas à lui calmer les nerfs. Lorsqu'elle n'a plus pu tenir en place (elle se réveillait en sursaut trois fois par nuit et il lui était venu des tics qu'elle ne se connaissait pas), elle a fait ses bagages en moins d'un quart d'heure, bien décidée à ne pas revenir à Cœur d'Alene tant que ces « putains de sauvages dégénérés » n'auraient pas renoncé à massacrer d'innocents cétacés.

Lorsqu'Elaine Stevens, après une nuit d'hôtel à Seattle, a garé sa Lexus devant le perron de la maison de Roberta Simpson, cela faisait maintenant plusieurs heures que la vieille Indienne pleurait. Elaine Stevens était la première personne que Roberta Simpson voyait depuis qu'elle avait découvert son chien pendu dans la remise attenante à sa maison.

Elaine Stevens était raciste, elle ne s'en cachait pas et l'affirmait haut et fort chaque fois que le sujet venait sur le tapis, par goût de la provocation, elle ne détestait pas professer ce genre d'opinions lorsqu'il lui semblait avoir affaire à des interlocuteurs dont elle pressentait qu'ils étaient libéraux, mais elle faisait partie de cette catégorie assez banale de racistes qui ne le sont pas réellement dans la vie quotidienne.

Lorsqu'elle avait voyagé en Afrique, elle avait porté une indulgence amusée aux indigènes et même de l'intérêt pour leurs souffrances qu'elle avait essayé de soulager dans la mesure de son possible (sulfamides à haute dose, pénicilline en injection, sans compter le débridage énergique de quelques abcès au bistouri de campagne) ; elle se montrait d'habitude bienveillante envers ceux qui sont victimes du racisme ordinaire, elle avait toujours traité avec la plus grande humanité ses domestiques mexicains, prêté sans intérêts une assez forte somme à un couple noir pour qu'ils envoient leur fille à l'université et jamais réclamé le solde sans éprouver une quelconque rancune à leur égard ; elle prenait, toutes les fois que l'occasion s'en présentait, fait et cause pour les enfants maltraités, peu importaient leurs origines ; son premier mouvement était toujours l'exact contraire de celui que l'on aurait pu imaginer. C'est donc avec la plus grande simplicité qu'elle a pris Roberta Simpson dans ses bras maigres couverts de taches de son et dont les triceps pendaient, pour la consoler. C'est avec la même simplicité biblique, lorsque Roberta Simpson, entre deux sanglots, lui a fait part de ses soupçons, qu'elle a juré d'avoir la peau de ces « putains d'enculés de sauvages dégénérés », sans penser un seul instant que Roberta était l'une d'entre eux et aurait pu se sentir offensée.

Cela faisait deux semaines maintenant que la situation s'était dégradée à Neah Bay, l'atmosphère était électrique, même si l'on n'était pas particulièrement sensible, on pouvait sentir que le conflit avait atteint un point de non-retour, quelque chose allait survenir qui ferait éclater les nuages qui s'amoncelaient. Il le fallait. Les opposants à la chasse recevaient de plus en plus d'appui de l'opinion publique ; les organisations les plus étranges (« Beauté sans cruauté », « Féministes pour les animaux », « Antifourrure », « Juifs pour le droit des animaux ») avaient rejoint les organisations écologistes classiques qui, par là même, s'autorisaient à radicaliser leur propos ; le Dalaï Lama avait remis une statuette d'Hayagriva (un bouddha à tête de cheval) au colonel Saul Holmes qui se sentait d'autant plus investi d'une mission d'ordre divin ; un membre des « Gays contre la vivisection » avait entrepris, par solidarité avec les baleines, une grève de trithérapie : tant que les Makahs ne renonceraient pas à leur projet, il se laisserait mourir ; des écoliers makahs avaient été insultés avant d'être pris à partie à Forks, alors qu'ils montaient dans un bus de ramassage scolaire.

Et le chien de Roberta Simpson venait d'être pendu.

Les membres de l'équipage du *Loo Taas* réagissaient de manières très différentes au climat malsain qui s'était installé à Neah Bay, aussi variées que les couleurs du spectre et sans guère plus de nuances : Dale continuait à maintenir avec le projet une distance qui confinait à l'indifférence ; Percy semblait chaque jour moins assuré dans ses convictions et, parmi ses partenaires, il courait une rumeur comme quoi, un jour ou l'autre, il les laisserait tomber, peut-être même pour rejoindre l'autre camp; Howard et Stud passaient des nuits blanches et les petits matins qui vont avec adossés à des murailles de packs de bière en s'interrogeant sur l'éventualité d'arrêter de boire, avec tout le sérieux dont sont capables deux alcooliques convaincus qu'ils arrêteront demain pour peu qu'ils le désirent vraiment; Greg et Chris exprimaient sur le mode brutal qui leur était habituel leur franche hostilité à l'égard de tout ce qui était opposé à leur volonté, promettant simultanément, et d'un ton de plus en plus péremptoire au fur et à mesure que la nuit tombait : un génocide, ou ce qui s'en rapprochait le plus, de préférence accompagné d'atroces souffrances, aux homosexuels (« Qu'il crève cet enculé… et la gueule ouverte ! », « Bon débarras, y en a rien à branler ! »), la mort précédée de tortures raffinées au Dalaï Lama (« De quoi y se mêle le niak ? », « Va voir ce qu'il va voir, ce con ! »), et l'extermination systématique des agresseurs des écoliers makahs (« Le premier que j'attrape, il y a droit ! », « Putain, le deuxième, pareil, je le décapite ! ») et de leur parentèle (« Qu'ils crèvent jusqu'à la septième génération ! »), tout en exprimant ouvertement leur désir de sodomiser à sec tous ceux qui auraient le malheur de se trouver sur leur chemin ou, pire, de barrer leur route (« J'encule les enculés ! », « Moi, pareil, je les encule aussi ! »).

Ce qui aurait dû sembler plus inquiétant aux observateurs attentifs, c'est qu'ils sombraient de temps à autre dans le mutisme abruti des comploteurs d'opérette et de ceux qui ne le sont pas. Et qu'ils avaient les moyens de leurs ambitions.

La folie qui était la leur.

La paranoïa.

Ils n'avaient plus confiance les uns dans les autres. Quand Howard apprendrait que le chien de Roberta Simpson avait été pendu, il soupçonnerait tout de suite Greg Bishop sans avoir le courage de lui demander si c'était bien lui l'auteur de ce geste imbécile ; toutes les fois qu'Howard avait une entrevue avec l'un des membres du Conseil tribal, les autres avaient des doutes sur les informations qu'il leur rapportait ; Chris avait traité Dale de « redbone » à plusieurs reprises, même entre Stud et Percy, l'ambiance s'alourdissait, le plus âgé reprochant au plus jeune, à mots de moins en moins couverts, de passer plus de temps à filer le parfait amour au bord du lac Crescent qu'à ramer avec eux.

La seule chose qui les liait encore, c'étaient les longues séances d'entraînement sur le *Loo Taas* avec Donovan Thomas quand Chris n'annulait pas la séance parce que l'un ou plusieurs d'entre eux étaient absents ou dans l'incapacité physique d'embarquer, à moins que le plan d'eau soit tellement envahi par une armada de bateaux de toutes tailles et de toutes provenances qu'il leur était impossible de naviguer sans risquer d'en couler un ou de se faire couler eux-mêmes. Alors que tout les opposait dans la vie, que leurs destins adoptaient des trajectoires de plus en plus divergentes, qu'ils n'étaient plus d'accord sur rien, pas davantage sur ce qu'ils désiraient que sur la manière de l'obtenir, ils ramaient de mieux en mieux, tutoyant la perfection de si près que nombre de ceux qui les regardaient pensaient qu'ils l'avaient atteinte depuis longtemps déjà. Ils avaient compris, une fois pour toutes, qu'il ne s'agissait pas de freiner la coque avec l'appui de la pagaie sur l'eau, ce qui propulsait freinait, et souplesse et fluidité voulaient dire vitesse alors que force et puissance ne signifiaient rien.

Ils ne faisaient plus qu'un avec lui.

Lorsqu'un matin Howard leur a dit que ce ne serait pas à bord du *Loo Taas* qu'ils disputeraient la compétition contre les buveurs de thé, ils lui ont demandé de répéter plusieurs fois avant de comprendre qu'il ne plaisantait pas. Stud et Percy, en combinaisons isothermes, se battaient à coups de pagaie sur le ponton comme ils avaient vu faire dans un film coréen que leur avait prêté Dale, lorsqu'ils ont entendu la nouvelle, ils se sont figés sur place une jambe en l'air dans une attitude comique ; dans le fond du *Loo Taas*, la pluie de la nuit comme une flaque de mercure bougeait doucement sous l'effet du courant.

Comme toujours dans ces cas-là, ils se sont entassés dans le pick-up de Greg et ils ont mis le cap sur le Rincón de Montero de Forks où Ana Elena et Jaime Sanchez s'étaient habitués à leurs débordements et veillaient à ce que, chaque fois qu'ils « réservaient » la salle, personne ne les dérange. Une fois ou deux un ivrogne égaré avait poussé par mégarde la porte du bar, Greg Bishop lui avait fait comprendre, primo : qu'il s'agissait d'un club privé, deuxio : qu'il n'était pas invité et tertio, s'il ne débarrassait pas le plancher fissa, il aurait affaire à lui avant que Stud Gorch, ici présent, ne l'épingle au mur avec son harpon comme il aurait fait d'un papillon de collection. Les étourdis n'insistaient pas, ceux qui se seraient fait tirer l'oreille l'auraient regretté.

Si l'on exceptait Donovan Thomas qui avait décliné l'invitation, l'équipage était au complet, Dale n'avait pas hésité à faire le voyage de Victoria dans la journée (il est vrai qu'il venait de se faire virer de son boulot ; il avait saccagé la chambre à coucher d'une maison Fleetwood, tous les accessoires en carton compris, parce que sa copine lui avait annoncé qu'elle avait d'autres ambitions que de passer sa vie avec un métis d'Indien gardien de maisons témoins). Après s'être fait raconter trois fois comment Cliff Tsekauwtl avait annoncé la nouvelle à Howard, quels prétextes il avait invoqués et en quels termes exacts il les avait exprimés, ils ont laissé libre cours à leur colère sur tous les modes acceptables par un patron de rade pas trop inquiet pour son matériel, juste avant de sombrer dans un mutisme inquiétant. Jaime Sanchez se souvenait d'un silence semblable, en Californie, juste avant qu'une tornade ne ravage le verger où il se brisait le dos à ramasser des oranges pour trois dollars de l'heure, alors qu'il n'avait pas encore sa carte verte.

Le prétexte invoqué par Cliff Tsekauwtl : la présence de Donovan Thomas, était tellement tirée par les cheveux qu'il a fait pousser des hurlements à Greg Bishop qui, pourtant, n'avait jamais réellement admis la présence du journaliste dans le canoë.

— S'fout de notre gueule, cet enculé !

— Il est pas makah, le canoë, il peut pas ramer dessus… soi-disant.

— Soi-disant, mon cul ! C'est un enculé !

— Ils veulent pas qu'on gagne… ils emploient tous les moyens en leur pouvoir, c'est de bonne guerre.

— Ils ont bien vu qu'avec le Blanc, on est imbattables.

La situation était claire, il leur fallait ramer sur un autre canoë tenu en réserve, le *Shoo Yoult*. Chris le connaissait bien, il n'avait qu'un seul défaut, comme le canoë exposé au Museum d'histoire naturelle de New York, il était construit à l'envers, la proue était travaillée dans la partie du tronc où l'on doit travailler la poupe, et inversement bien sûr.

— Ça n'a l'air de rien, mais ça glisse moins bien, leur a expliqué Chris qui avait couru sur le *Shoo Yoult*, il y a longtemps. Si c'est serré, ça peut suffire !

— Des enculés, j'te dis, a répété Greg.

— Qu'est-ce qu'on fait alors ? a demandé Stud.

— Qu'est-ce que tu veux faire ? On peut pas faire grand-chose… on rame sur le *Shoo Yoult.*

— Et pourquoi pas sur une bûche de Noël ?

— C'est un peu ça…

— Enculé !

— J'ai une solution, a fait Percy, alors que le silence était retombé entre eux une fois encore et que Jaime Sanchez avait prévenu son épouse de se tenir prête à faire ses bagages.

— Dis toujours ! lui a fait son frère, que les solutions de Percy n'avaient jamais convaincu puisque, en général, elles entraînaient une série de problèmes supplémentaires dont il devait se débrouiller, ensuite, comme il le pouvait.

En se battant.

— Les buveurs de thé rament sur le *Loo Taas*…

— Ben, oui.

— Et nous, faut qu'on rame sur le *Loo Taas*…

— Ben, oui.

— Donc, le problème, c'est qu'y a qu'un *Loo Taas*…

— Ben, oui.

— Il en manque un…

— C'est ça.

— Y a deux équipages pour un bateau, c'est ça ?

— Tu vas nous casser les couilles longtemps ? lui a demandé Chris, qui commençait à perdre patience. On a pas que ça à foutre !

— Si y avait deux bateaux, ça irait, a continué Percy, ménageant ses effets.

— Tu te fous de notre gueule ?

— Pas du tout… si y en avait deux, ça irait, oui ou merde ?

— Ben, oui, le problème, tu l'as dit, c'est qu'y en a qu'un.

— Non.

— Comment ça, non ?

— Y en a deux.

— Qu'est-ce que tu déconnes ?

— Le type qui l'a fait, Bill Reid… quand il a recommencé à fabriquer des canoës, ça faisait longtemps que personne savait plus faire… alors, il a pris un modèle.

— Ouais… et alors ?

— Et alors, y a le *Loo Taas* et y a le modèle.

— Ouais… et alors ?

— Si on avait le modèle, on aurait le *Loo Taas*…

— Seulement, on l'a pas.

— Si on savait où il était, on l'aurait…

— Le problème, c'est qu'on sait pas où il est.

— Moi, j'sais.

— Où ça ? Vas-y, putain ! Accouche.

— …

— Si tu le dis pas, je t'étrangle, l'a menacé Greg en se penchant en travers de la table jusqu'à ce que son front touche celui de Percy.

— Pas loin…

— Où ça, on te demande ?

— A Neah Bay…

— Qu'est-ce que tu déconnes ? Où ça ? lui a demandé Greg en se laissant retomber sur la banquette.

— A Neah Bay, j'te dis et j'te répète…

— Où ça à Neah Bay ?

— Devine…

— Ça suffit, merde, Percy, accouche !

— Au Musée.

— Putain ! Merde, c'est vrai !

— Pourquoi j'y ai pas pensé ? a fait Howard en se frappant le front à plusieurs reprises.

Ils se sont félicités mutuellement, ils ont ri en tombant dans les bras les uns des autres, ils ont frappé dans la paume de leurs mains ouvertes comme s'ils avaient marqué un panier à trois points, jusqu'à ne plus pouvoir refermer leurs doigts, et ils ont commandé une tournée à Jaime qui avait refait son apparition, surpris que la tornade l'ait épargné.

Tous, sauf Dale, le regard perdu à la surface de son verre où les bulles venaient exploser.

— Vous pouvez me dire ce que ça change au problème ? Vous pouvez me dire à quoi ça nous avance ? il a demandé lorsque les autres membres de l'équipage se sont calmés.

— Comment ça ? lui a demandé son père.

— Qu'il existe un autre canoë que le *Loo Taas*... à quoi ça nous avance ? Vous croyez pas que le Musée va nous le prêter, si ? Parce que si vous croyez ça, vous êtes dingues !

La consternation les a envahis aussi vite que l'excitation les avait saisis.

— Y a un problème, a constaté Howard.

— Y a toujours une solution, a dit Percy.

— Laquelle ? lui a demandé son frère qui sentait les ennuis pointer le nez.

— Si le Musée veut pas nous le prêter... on peut toujours le voler.

— T'es dingue ! a laissé tomber Stud, en se détournant de lui.

La messe était dite, il savait qu'il ne fallait pas marcher dans les plans pourris, à plus forte raison s'ils venaient de Percy.

— On le vole, on le repeint et le tour est joué, a insisté Percy.

— Tu peux nous dire comment tu comptes t'y prendre ? lui a demandé Chris.

— C'est pas un problème. J'ai toujours volé ce dont j'avais besoin. Si j'ai besoin d'un canoë, j'vois pas qui va m'empêcher de voler un canoë.

Il y avait deux choses chez Percy qui agaçaient Frances au plus haut point : lorsqu'il mangeait, il tenait sa fourchette serrée dans son poing comme un crétin, et il n'avait aucun sens de la propriété. Elle aimait tout le reste, même son incisive en or, qu'il rote, qu'il pète (parfois, il reniflait l'odeur de ses pets sous les draps), et qu'il rentre bourré ne la dérangeait pas outre mesure. Tout ce que sa mère avait bien pu dire à ce sujet lorsque Donovan Thomas et Chris Klookshood l'avaient ramené ivre mort avait glissé sur elle comme la pluie sur les plumes d'un canard.

Ce matin-là, lorsqu'elle était remontée à l'étage, elle avait pu constater que ce salaud avait pissé partout sauf dans la cuvette, et elle s'est surprise à regarder les giclures sur le mur avec un sourire niais, pour un peu elle les aurait trouvées artistiques. Percy s'était endormi comme une brute, tout habillé, à plat ventre en travers du lit, ronflant comme une tondeuse à gazon mal réglée ; elle s'était approchée de lui doucement, à genoux, assise sur ses fesses, elle a regardé longtemps sa nuque où sous ses cheveux perlait la sueur, cet espace de peau qui l'avait émue depuis le premier jour, elle a eu l'envie brusque qu'il la prenne dans ses bras, mais elle s'est retenue, elle a passé sa main gauche dans ses cheveux tout en se caressant de l'autre main, elle s'est empêché de jouir trop vite et de gémir trop fort pour ne pas le réveiller, mais surtout pour garder un nœud de frustration au creux de son ventre dur comme un poing fermé.

Elle s'était séparée de son mari parce qu'elle ne voulait pas d'enfant et ce matin-là, elle a ressenti pour la première fois ce qu'elle a cru être le désir d'en avoir un. Elle s'est étendue contre lui, elle a posé ses jambes sur les siennes et plongé le nez dans les plis de sa chemise qui sentait la résine et la fumée.

Elle s'est endormie une heure ou deux avant de redescendre au salon où Clarice et Helga l'attendaient assises en tailleur sur le canapé, raides comme un juge et son assesseur. Tout ce qu'elles avaient à lui dire, elle le savait déjà, aussi saugrenu que cela pouvait sembler venant d'elles, c'était ce que n'importe quels parents disent lorsqu'ils se rendent compte qu'ils sont devenus inutiles, qu'ils ont perdu leur enfant une fois pour toutes et tout ce qu'ils pourront dire n'aura aucun effet sinon, peut-être, celui de se rassurer, qu'il est trop tard pour autre chose, que la distance qui s'est creusée, ils ne pourront jamais la combler. Sans compter que Clarice et Helga formaient un tribunal pas très légitime.

Frances n'avait en aucune façon l'intention d'avoir une conversation de ce genre avec sa mère, surtout pas en présence d'Helga qui lui semblait plus déséquilibrée encore, ou plutôt plus fragile. Clarice traversait l'existence sans rien y comprendre et sans en tirer la moindre leçon, rien que sa façon de ranger ses armoires aurait rendu nerveux un moine bouddhiste, mais rien ne pouvait l'atteindre ni, surtout, l'affecter. Quand Frances réfléchissait à cela, à vrai dire rarement, elle en arrivait toujours à la même conclusion : sa mère était d'une solidité à toute épreuve, elle était bâtie comme les pionniers devaient l'être, avec la même intelligence bornée, la même volonté impossible à décourager. Clarice était une espèce de colosse, une force qui va... jusqu'à l'autre côté de la colline et encore et encore, jusqu'à ce qu'une nouvelle terre promise apparaisse, qui se révélerait plus tard être le même enfer.

Frances croyait que, en définitive, si elle menait la vie qui était la sienne ce n'était pas seulement parce que sa mère l'avait découragée une fois pour toutes des expériences marginales, mais parce qu'elle était consciente de ne pas être assez solide pour les supporter sans dommage. Le destin est bizarre qui finit par vous rattraper, vous finissez toujours par ressembler à celui de vos parents dont vous vous sentez le plus éloigné. Par l'effet des caprices de la fatalité, elle se retrouvait aujourd'hui amoureuse d'un Indien sans revenus dont la seule vocation était la kleptomanie, mieux encore, alors que l'idée ne lui avait jamais traversé l'esprit auparavant, elle voulait un enfant de lui.

Le genre de folie à laquelle, a priori, Clarice était habituée.

Frances a regardé l'étrange comité d'accueil que faisaient sa mère et sa copine, assises bien droites, dans la position du lotus sur *son* canapé et elle a éclaté de rire.

— Tu vas bien ? lui a demandé Clarice.

Elle s'est mise à rire comme une folle, pas seulement parce qu'elle trouvait étrange la sollicitude de sa mère, mais parce que pendant ce temps, sa mère se taisait et qu'elle pouvait réfléchir à ce qu'elle allait bien pouvoir lui répondre de sensé au lieu d'agir n'importe comment.

— Très bien, a-t-elle réussi à articuler, consciente que ça n'allait vraiment pas suffire à rassurer Clarice.

— Tu es sûre ?

— Certaine.

Pour une fois, enfin, elle était la fille de sa mère et non l'inverse, pour une fois, elle était moins raisonnable qu'elle, la situation devait sembler étrange à Clarice, Frances en était bien consciente, mais il allait falloir qu'elle s'y fasse : sa fille était dingue.

— Je suis enceinte.

Elle avait dit ça sans réfléchir, pour prononcer le mot magique : « enceinte », plutôt que pour mettre fin à un débat sans queue ni tête, le résultat a dépassé toutes ses espérances : les deux hippies sont restées interloquées, bouche bée, les bras ballants, le regard mal assuré de ceux qui ne comprennent pas très bien ce qui leur arrive sinon que c'est une catastrophe. Au bout d'un long moment d'hébétude, sa mère a réussi à balbutier :

— Pa-pa-pardon ?

— Tu as bien entendu, maman, je suis enceinte. Toi, tu es lesbienne, moi je suis enceinte, chacun son truc !

— De qui ?

— De qui veux-tu ? Du joli garçon qui ronfle dans la chambre au-dessus complètement bourré. Tout va bien, non ?

— De combien ?

— Peu importe, maman.

— Il est…

— Indien, j'avais remarqué ! Si je ne me trompe pas, tu ne t'es pas gênée pour faire un enfant avec un type qui n'avait pas non plus la couleur réglementaire. Vrai ou pas ?

— Ouououi…

— Alors, écoute-moi bien, maman, tu restes ici avec Helga tout le temps que tu veux, tu prends tout ce dont tu as besoin dans le frigo, si vous voulez aller vous balader, les clés du 4 × 4 sont dans le cendrier, tu fais comme chez toi comme d'habitude, ne te gêne surtout pas, mais moi, je vais te dire une bonne chose : je remonte dans ma chambre, je me fais baiser par mon chasseur de baleines jusqu'à demain après-midi sans discontinuer et je ne descendrai pas de cette chambre sans être enceinte, si je ne le suis pas encore. OK ?

— Mais tu…
— Y a pas de mais.
— Mais…
— Ta gueule, maman ! Ta gueule la gouine à maman !
— Tu es ivre, a protesté Clarice tout en prenant dans ses bras Helga qui avait éclaté en sanglots.
— Je n'ai pas bu une goutte d'alcool depuis une éternité, tu le sais très bien.
— Regarde dans quel état tu as mis Helga…
— Sa vocation c'est pleurer, la tienne c'est de la consoler. Vous vous êtes trouvées et bien trouvées !
— Frances !
— Tu as tout ton temps, maman, je te l'ai dit, cochon qui s'en dédit ! Vous restez aussi longtemps que vous voulez, mais ici, c'est chez moi, alors vous me foutez la paix et moi, je vous emmerde ! Compris ?
— Ce que j'ai compris, Frances, c'est que tu as changé… énormément… et pas en bien.
— Il y a des pizzas dans le congélateur. Ciao les filles ! Bonne bourre !

Elle était remontée dans leur chambre, et elle en était redescendue seulement le lendemain après-midi comme elle l'avait dit, mais lorsqu'elle avait poussé la porte de la cuisine pour leur préparer un plateau-repas, elle avait eu la surprise de constater que sa mère était toujours là et qu'Helga était consolée.

Pire, elles lui souriaient. Comme si rien ne s'était passé.

Percy était apparu sur ces entrefaites, les cheveux en bataille. Lorsqu'elles avaient entrepris, à peine était-il installé devant ses pancakes et ses Cocoa Puffs, de le persuader que la chasse à la baleine pouvait être assimilée à un crime contre l'humanité, le jeune homme avait pris sa veste en jean accrochée au dossier de sa chaise et disparu sans demander son reste, laissant Frances seule face à un bombardement idéologique qui n'avait pas cessé depuis. Sa mère mettait dans chacun de ses actes une attention fiévreuse qui faisait toujours craindre une catastrophe imminente, Frances le savait et elle avait appris à s'en méfier très tôt, mais lorsqu'elle y réfléchissait à tête reposée, hors de la présence de Percy, Frances n'était pas loin de partager l'avis des deux lesbiennes blanches protectrices de l'environnement : tuer une baleine était absurde et inutilement cruel.

Par certains côtés, elle était même mieux placée que Clarice et Helga pour évaluer la cruauté des Makahs, sa position en la matière n'était pas idéologique ou plutôt elle n'était pas seulement idéologique : elle connaissait les protagonistes de l'affaire depuis un bon moment maintenant et elle ne pratiquait pas le politiquement correct. Stud et Greg lui étaient toujours apparus comme les plus inquiétants des six, avec la prudence qui la caractérisait, elle s'était toujours arrangée pour ne jamais se retrouver en tête à tête avec l'un d'entre eux, elle était certaine qu'ils étaient capables de pire encore que de tuer un chien ou de bouffer l'oreille d'un barman, mais elle n'avait pas confiance davantage en Chris, en Dale ou même en Howard.

Elle avait beau être amoureuse de Percy, elle ne lui faisait pas entièrement confiance non plus, le garage débordait de trucs volés, elle en était sûre. Des trucs sans grande valeur comme en chipent les gamins, lorsqu'il ne volait pas tout ce qui traînait dans les environs proches, les VTT par exemple, qu'il accumulait dissimulés derrière une bâche en plastique alors qu'il ne savait pas en faire. Il y avait une semaine à peine, l'une de ses voisines lui avait demandé si, par hasard, elle n'avait pas trouvé le vélo de son fils aîné, qui avait disparu ; Frances lui avait demandé de le lui décrire alors qu'elle aurait parfaitement pu le faire à sa place (un Giant vert foncé, triple plateau, équipé en Dura Ace, selle Italia rouge) puisqu'il était le dernier de la collection de Percy qui en comptait pas moins d'une vingtaine.

Elle s'engueulait régulièrement à ce propos avec le jeune homme qui lui opposait à chaque fois un argument imparable : il ne « volait » pas, il « trouvait » et tout ce qu'il trouvait était censé lui appartenir, le monde des objets comme la nature était un magasin dans lequel on pouvait piocher sans demander l'autorisation à quiconque. Quand Frances faisait valoir le danger qu'il y avait pour lui, mais aussi pour elle, d'être en possession d'objets « trouvés » que la police, pour sa part, considérerait comme « volés », il ne jugeait pas même bon de lui répondre. Il riait.

D'une façon bizarre, elle ne trouvait pas moralement répréhensible que Percy veuille tuer une baleine, mais elle ne supportait pas qu'il vole le VTT du fils de sa voisine et qu'il tienne sa fourchette dans son poing serré l'agaçait davantage que son acharnement à vouloir tuer une créature innocente. Elle avait même l'impression que cette histoire de chasse à la baleine lui interdisait d'être voleur à plein temps, alors dans ces conditions la mort de la baleine, aussi cruelle, inutile, dérisoire soit-elle, lui semblait de peu d'importance. Elle n'arrivait même pas à croire à son existence et lorsqu'elle y arrivait par un terrible effort de volonté, la baleine grise, bien trop laide pour être une rivale, lui apparaissait plutôt comme une alliée.

De la même façon, mais d'une manière beaucoup plus pragmatique, Percy considérait Frances comme une alliée très utile, et personne n'aurait pu se douter qu'une spécialiste de l'informatique blanche abritait, dans la maison qu'elle louait à un professeur d'université blanc, un canoë traditionnel makah, celui-là même qui avait été volé au Musée.

Lorsqu'il avait proposé l'opération, Percy avait trouvé un soutien inattendu en la personne de Greg. Quand l'Ogre avait été offrir ses services à la conservatrice du Musée, elle ne s'était pas seulement contentée de bâiller tout le long de leur entretien, elle l'avait écourté en lui déclarant poliment, mais fermement, que l'idée d'ériger deux totems représentant le King à l'entrée du Musée ne correspondait en rien à la politique culturelle qu'il était censé mener. Qui plus est, comme il aurait dû le remarquer avant de venir l'importuner, ce dernier était déjà propriétaire de deux totems makahs parfaitement traditionnels (bien que sculptés récemment par des artistes canadiens, puisqu'il lui avait été, à l'époque, impossible de trouver un Makah capable de sculpter sur une planche ne serait-ce qu'un dauphin qui ne ressemble pas à un saumon) et, pour finir, il lui semblait que la figure d'Elvis Presley n'appartenait d'aucune manière au panthéon des divinités makahs.

Greg détestait que l'on aille contre ce qu'il proposait, surtout s'il avait fait l'effort d'être aimable. Comme il était en outre extrêmement rancunier, il a tout de suite vu dans le vol du canoë une vengeance à la hauteur de sa contrariété, cette connasse toujours en balade dans les universités blanches allait voir ce qu'il en coûtait d'opposer une fin de non-recevoir à un guerrier-makah-héritier-des-valeurs-ancestrales.

Dale, qui avait quelques notions d'électricité (il avait travaillé dans une entreprise de réfrigération), avait été chargé d'examiner le système d'alarme utilisé par le

Musée. D'après lui, il était plutôt rudimentaire, il se faisait fort de le neutraliser sans difficulté. Howard avait mis le plan au point : Dale et Percy se laisseraient enfermer dans le Musée, ils resteraient planqués jusque après la dernière ronde des gardiens, il faudrait ensuite que l'autre équipe force la porte d'entrée de l'extérieur, qu'ils installent ensemble le canoë sur une remorque attelée au pick-up de Stud et qu'ils le mettent à l'abri… dans le garage de Frances.

Le Musée, bien que relativement isolé à l'écart de la ville, était séparé de la route par une pelouse pas très large, il était situé juste en face de la station des gardes-côtes, le seul danger pourrait venir de là et des quelques impondérables qu'il serait bien temps de découvrir ; Howard et Dale avaient participé à des opérations commandos bien plus complexes et bien plus risquées. Tous les autres étaient excités comme des adolescents à la seule idée de participer à ce qu'ils considéraient comme une excellente plaisanterie. Que la mère de Frances et sa copine habitent en ce moment chez Frances était la seule inconnue qui inquiétait Stud, mais aucun d'entre eux ne connaissait un endroit plus sûr pour planquer un canoë de dix mètres de long.

Dale est arrivé à court-circuiter le système d'alarme avec autant de facilité qu'il l'avait dit, mais il s'est révélé incapable de neutraliser les détecteurs de fumée. Les deux jeunes gens n'ont plus pensé qu'à en griller une. De crainte de voir débarquer les pompiers, après avoir erré dans les couloirs, ils sont restés assis à l'abri dans la maison traditionnelle reconstituée qui était l'attraction principale du Musée. Ils se sont d'abord demandé s'ils se souvenaient de la première fois qu'ils avaient fumé, ils sont ensuite passés à leurs marques de cigarettes préférées, à la première fille avec laquelle ils étaient allés jusqu'au bout (la Péninsule était petite, elles étaient cousines). Puis ils ont commencé à se raconter des histoires qui sont devenues de plus en plus inquiétantes dans le silence et la pénombre, et franchement angoissantes quand la nuit est tombée tout à fait. « J'crois pas aux fantômes, mais j'en ai peur », a confié Percy à Dale quand le fils d'Howard lui a demandé s'il se sentait en sécurité (lui-même n'était pas rassuré).

Les deux jeunes gens se sont levés du banc sur lequel ils étaient assis, mais dans l'obscurité les objets enfermés dans les vitrines les effrayaient sans qu'ils osent se l'avouer, ils se seraient crus transportés dans une mauvaise série télévisée et ils craignaient qu'il ne leur arrive la même chose qu'aux héros de ce genre de téléfilms qui finissaient, en règle générale, assassinés par un monstre quelconque après s'être vainement débattus dans d'atroces souffrances, noyés dans des hectolitres d'hémoglobine. Ils ont d'abord exploré les bureaux du personnel à l'étage, ils ont ouvert les tiroirs, feuilleté les dossiers, Dale s'est retenu d'allumer un ordinateur et de se brancher sur son site de rencontres habituel, mais Percy a insisté pour qu'ils se branchent sur un site porno.

Au bout d'une heure, ils en ont eu marre de tomber sur des portails payants chaque fois que les choses devenaient sérieuses, sans compter que le PC du Musée n'était pas de la toute première jeunesse et qu'il ramait lamentablement lorsqu'il ne plantait pas. Percy est tout de même resté dubitatif longtemps après que Dale eut éteint l'ordinateur, il n'aurait jamais cru que ce genre de trucs était possible et surtout disponible aussi facilement pour un usager pas très expert. Frances qui était une spécialiste devait être à même d'explorer des territoires bien plus secrets, si elle ne l'avait déjà fait, ce qui aurait pu expliquer ses initiatives parfois surprenantes. Elle était la seule fille qui lui avait demandé de l'attacher. Quand il a confié la chose à Dale, le fils d'Howard lui a demandé :

— Attachée, comment ?

— Avec ses bas.

— Putain !

— Tu l'as dit.

— C'était bien ?

— Pas mal.

— Putain ! On croirait pas à la voir comme ça…

— Franchement, c'est toujours bien… avec elle, c'est toujours bien… franchement.

— Ça fait rien… attachée, merde !

— Tu l'as dit.

— Vous l'avez refait ?

— Non, non… une fois, c'est tout.

— Putain !

Dale était d'autant plus épaté par ce que lui racontait Percy qu'il était obsédé par tous les fantasmes ordinaires d'un type qui a appris le sexe en regardant des films porno une main enfoncée dans son jean, un doigt de l'autre posé sur la télécommande de peur de se faire surprendre, sa grand-mère n'aurait pas apprécié. Il était d'autant plus admiratif qu'il était réservé et qu'il collectionnait les histoires d'amour malheureuses. Sa timidité l'a empêché de demander à Percy d'autres détails sur ses ébats avec Frances. Comme ils s'emmerdaient tous les deux et qu'ils n'avaient plus grand-chose à se dire, ils sont redescendus au rez-de-chaussée.

Ils sont allés pisser un coup dans les toilettes pour passer le temps, ils se sont ensuite risqués à jeter un coup d'œil au travers des vitres du magasin, la pelouse était déserte, la lune cachée derrière les nuages. Dale a pu dissuader Percy de fracturer la caisse, mais il n'a pas pu l'empêcher de piquer quelques livres et deux écharpes en polaire pour Frances.

— C'est pour qu'elle attrape pas froid quand j'l'attache, il a fait au fils d'Howard en lui clignant de l'œil.

L'ouverture des portes avait été programmée à trois heures et demie du matin, d'après Howard, c'était l'heure où tout le monde dormait, même les ivrognes, même les insomniaques, à plus forte raison les gardes-côtes, toujours d'après le vétéran, la seule difficulté était de ne pas s'endormir soi-même.

A trois heures et demie pile, le pick-up de Greg s'est garé en marche arrière contre la porte d'entrée du Musée, il a reculé doucement jusqu'à ce que ses vantaux cèdent. Ils ont eu l'impression que le bruit produit avait été assourdissant ; ils ont attendu un moment, immobiles, mais rien ne s'est produit, aucune lumière ne s'est allumée du côté de la station des gardes-côtes. Tout était calme. Greg et Stud sont descendus du Sierra, ils l'ont poussé en avant pour dégager la remorque qui avait servi de bélier, et pour que les battants de la porte puissent jouer librement.

Percy et Dale sont sortis du Musée, Percy en a profité pour allumer une cigarette, Howard a frappé son avant-bras de sa main ouverte.

— Ça va pas, non ? lui a demandé Chris qui était descendu à son tour de la banquette arrière du Sierra.

— Merde, ça fait presque douze heures que j'suis enfermé là-dedans.

— Tu préfères être enfermé douze ans ? lui a rétorqué Chris.

— Une clope, ça se voit à trois kilomètres, éteins ça, lui a ordonné Howard.

— Fais chier, merde ! a grogné Percy en écrasant sa clope sous le talon de ses bottes.

— On y va, a repris Howard en chuchotant.

Chris est resté faire le guet pendant que les autres faisaient rouler le canoë sur les rondins qu'ils avaient prévus pour ne pas avoir à le porter. L'attacher sur la remorque et le dissimuler sous une bâche a été l'affaire de quelques minutes, Greg a démarré son Sierra, il a repris l'allée qui menait de l'entrée du Musée à la route, mais au lieu de tourner à droite vers Clallam Bay, il a freiné, coupé le contact, éteint les phares du pick-up.

— Qu'est-ce que tu fous ? lui a demandé Stud, tassé contre Howard sur le siège avant.

— T'occupe. Cinq minutes, a fait Greg avant de disparaître dans l'obscurité.

— Qu'est-ce qu'il fout ce con ? a demandé Howard.

— J'en sais rien, lui a répondu Stud.

Percy, Dale et Chris se sont retournés pour essayer de l'apercevoir par la lunette arrière, mais la nuit était trop noire pour qu'ils distinguent quoi que ce soit. Deux minutes plus tard, le bruit caractéristique d'une tronçonneuse en action les a renseignés sur ce que pouvait bien fabriquer Greg. Ils ont tous regardé dans la direction indiquée par le bruit juste avant de voir s'affaler le premier totem, suivi quelque temps après par le deuxième. Ils ont assisté au spectacle, tassés les uns sur les autres, le nez collé aux vitres comme des enfants devant leur premier feu d'artifice.

Greg a couru dans leur direction, courbé en deux, sa tronçonneuse à la main, il est remonté dans le Sierra juste au moment où la première lumière s'allumait du côté de la caserne des gardes-côtes. Le pick-up a démarré sur les chapeaux de roue, Chris a cru voir deux gardes-côtes en pyjama traverser la route en courant, mais le premier virage les a dissimulés à sa vue. Greg a rallumé ses phares et ralenti pour prendre le second virage.

— Prochaine fois que cette connasse bâillera, mettra sa main devant sa bouche, il a laissé tomber.

— La politesse est au respect ce que les nichons sont aux femmes, a rajouté Howard.

— Tu trouves malin de réveiller une caserne à quatre heures du mat'? a demandé Stud.

— Ça leur fera les pieds à cette bande de feignasses, a conclu Chris avant qu'ils n'éclatent tous de rire.

Greg a appuyé sur son Klaxon, il jouait les premières notes du *Star-Spangled Banner*.

— J'emmerde l'Amérique, a laissé tomber l'Ogre.

— Et les Américains, a rajouté Stud.

— Blancs, a précisé Howard.

T'is the star-spangled banner : O, long may it wave
O'er the land of the free and the home of the brave !

Hymne national des Etats-Unis.

Quatorze

You take a walk
I'll be your side
You take my life
I'll give you mine
And you... you give me something
To cry about.

Mary Margaret O'Hara.

La femme de Nathan Brittles avait toujours détesté Neah Bay, elle trouvait que c'était un village sans intérêt, un bled paumé sans même un cinéma ni une boîte de nuit pour se changer les idées ; elle aurait aimé que ses filles puissent voir les derniers films sortis pour s'habituer à rouler des pelles aux vedettes et qu'elles puissent exprimer leur talent ailleurs qu'entre la table de leur cuisine et le Frigidaire. Elle savait que tout un tas de vedettes qu'elle avait aimées quand elle était jeune sortaient de bleds pourris (Patsy Cline de Gore en Virginie ; Loretta Lynn de Butcher Hollow au Kentucky ; Tammy Wynette d'Itawamba County dans le Mississippi ; Dolly Parton de Locust Ridge dans le Tennessee ; Emmylou Harris de Birmingham en Alabama ; Wanda Jackson de Maud en Oklahoma ; Patsy Montana de Jesseville en Arkansas), mais elle se doutait que dans l'échelle des bleds improbables, Neah Bay tenait la corde.

L'imprésario le plus consciencieux, le tenancier de bastringue le plus curieux ne programmeraient jamais ce coin-là dans leurs tournées de prospection, et encore si, par hasard, ils s'y retrouvaient coincés, par une tempête de neige ou, plus probablement, par une inondation, il n'y aurait aucun endroit adéquat où ils pourraient apprécier les talents pourtant exceptionnels des deux filles Brittles, si l'on exceptait leur salle de séjour transformée par ses soins en karaoké.

Elle tannait son mari à longueur de journée pour qu'il demande sa mutation dans une réserve pas trop éloignée de Las Vegas. Vegas lui semblait l'endroit idéal pour que ses vœux aient quelque chance d'être exaucés mais Nathan Brittles, pour justifier son immobilisme, faisait perpétuellement valoir la tranquillité qui régnait dans la réserve makah, d'après lui les Navajos étaient aussi alcooliques que les Makahs, mais préféraient le crystal à la bière, ce qui les rendait bien plus querelleurs.

Elle n'avait jamais rien eu à lui opposer (elle imaginait qu'une réserve pas très éloignée de Vegas, avec casino et peut-être même lupanars, devait regorger d'apprenties vedettes, de filles dépravées prêtes à n'importe quoi pour devenir la nouvelle Madonna ou la nouvelle Beyonce alors que ces poufiasses n'arrivaient pas même à la cheville de Kate et Rebecca). D'après ses informations toutes issues des émissions de télévision grand public et des magazines bon marché dont elle faisait un usage immodéré, ce genre de réserve devait forcément aussi regorger de personnages peu recommandables ; les affaires criminelles devaient y être légion avec coups de feu échangés, prises d'otages, viols sordides, cadavres mutilés, kidnappings et, quelquefois, mort du policier de service transpercé par une volée de plomb de fort calibre tout comme dans les séries dont elle était une grande consommatrice.

Malgré l'intérêt plus grand encore qu'elle portait à ses filles et les ambitions qu'elle nourrissait à leur propos, elle était très attachée à son mari et il faut bien reconnaître qu'elle ne souhaitait nullement la mort violente de Nathan Brittles ; qui plus est, elle se rendait bien compte que le brave homme avec son mal de dos chronique était loin de pouvoir endosser le rôle de Mel Gibson ou même celui de Danny Glover (arthrose et minorité obligent) dans *L'Arme fatale*.

Seulement, depuis que l'histoire et les médias avaient rattrapé Neah Bay, les arguments de son mari étaient de moins en moins convaincants, quand les choses se sont accélérées, ils sont même devenus carrément irrecevables. Et quand Nathan Brittles a été réveillé à cinq heures du matin pour se rendre au Musée afin de constater qu'il avait été cambriolé, les deux totems qui signalaient sa présence sectionnés à leur base, que les auteurs du cambriolage avaient non seulement dérobé un dictionnaire anglais/makah, un recueil de poésie, deux écharpes en polaire et un canoë de dix mètres de long, mais également compissé les toilettes et consulté une demi-douzaine de sites pornographiques (Big Boobs ; Anal Fantasy ; Horny Magic ; Kinky Karaté ; Black Beef Noodles), elle lui a fait promettre, alors qu'il bouclait son ceinturon où était suspendu le Smith & Wesson Dist. C. Mag. réglementaire, d'avoir une conversation plus approfondie que d'ordinaire sur la possibilité de mettre le cap au sud.

Nathan Brittles, furieux de la tournure prise par les événements (il n'en démordait pas, le début des emmerdements remontait au jour où il avait arrêté Howard Sykes et les deux frères Gorch, soi-disant en train de procéder à un rituel ancestral, entièrement à poil), a branché la sirène de sa Ford de service, il n'y avait aucune raison qu'il n'emmerde pas les autres alors qu'on n'arrêtait pas de l'emmerder depuis bientôt six mois, c'est-à-dire depuis que trois crétins alcooliques avaient décidé de chasser la baleine et que, de façon inexplicable à ses yeux, le Conseil tribal, sans compter la communauté dans sa grande majorité, les avait soutenus dans cette entreprise saugrenue. Nathan Brittles avait toujours essayé d'exercer son métier avec humanité, modération et bienveillance, sur les parquets, sous les paniers, il avait toujours été un joueur correct, mais il ne fallait pas non plus lui marcher sur les pieds ni lui mettre les doigts dans les yeux si l'on voulait finir le match en bon état.

Si on le cherchait, on allait le trouver.

Lorsqu'il est arrivé sur place, sa fureur a décuplé, alors qu'il aurait dû être le premier concerné, il avait été le dernier prévenu. Autour des deux totems couchés sur le sol, il a reconnu les membres du Conseil tribal au grand complet, la conservatrice du Musée et son assistant, trois ou quatre gardes-côtes en pyjama dont il ne se rappelait plus les noms, mais aussi Charles Daniel et Rick Thomson, les nouveaux leaders du *Loo Taas*, le jeune journaliste qui dormait dans la cabane où les jeunes Makahs fumaient leur premier joint et prenaient leur première cuite il y a de cela peu de temps; pire encore, Amy Twain, la standardiste du poste de police, et le patron du Makha Maiden Café en grande conversation complétaient le tableau. Il n'aurait plus manqué que deux ou trois agents du FBI et il aurait pu retourner se coucher.

Inutile.

En interrogeant les uns et les autres, Nathan Brittles a pu reconstituer ce qui s'était passé avec plus ou moins d'exactitude : après avoir neutralisé le système d'alarme, les voleurs s'étaient laissé enfermer dans le Musée, certainement pendant plusieurs heures, en avaient profité pour commettre quelques menus larcins, leur séjour avait été assez long pour qu'ils consultent une demi-douzaine de sites pornographiques sur l'ordinateur de la conservatrice aux alentours de une heure de matin, l'horloge de l'ordinateur était là pour le confirmer; leurs complices les avaient rejoints ensuite, sûrement vers trois ou quatre heures, c'est à ce moment-là que les portes du Musée avaient été forcées avec un pare-chocs bizarrement trop bas pour être celui d'un pick-up; avant de quitter les lieux, les auteurs de ces différents actes de malveillance avaient sectionné au moyen d'une tronçonneuse les deux totems avant de prendre la fuite. Le but de l'opération semblait être le vol du canoë, aucune vitrine n'avait été brisée, des objets de grande valeur avaient été ignorés.

Chacune des personnes présentes avait une explication et une liste de coupables, qui allait de Saul Holmes à l'équipe cinématographique allemande aperçue ce soir-là dans un état d'ébriété avancée.

— Comme tous les autres soirs! a fait remarquer le patron du Makah Maiden Café, qui ne tenait pas à perdre leur clientèle.

Nathan Brittles a interrogé les uns et les autres, mais il a eu la nette impression que tout le monde mentait avec assurance et s'efforçait, en réalité, de ne pas livrer le fond de sa pensée ou même de couvrir les coupables. L'opinion de Nathan Brittles était faite, il ne pouvait s'agir que d'Howard Sykes, des frères Gorch et de leur horde sauvage. Lorsqu'il s'est recouché après s'être débarrassé de son uniforme, sa femme lui a demandé ce qui s'était passé. Il lui a tout raconté avec exactitude, mais lorsqu'elle lui a demandé qui, à son avis, avait fait le coup, Nathan Brittles, à son propre étonnement, s'est entendu répéter le discours mensonger dont il savait que toutes les personnes sur place l'élaboraient au fur et à mesure à la seule destination de Donovan Thomas.

— A mon avis, il y a deux pistes à exploiter, l'équipe des cinéastes allemands et l'équipage du *Whale Will*.

— Pourquoi ils auraient fait ça ? elle lui a demandé avec une voix que le sommeil gagnait à nouveau.

— Les écolos, c'est clair, c'est une tentative de déstabilisation de la communauté, les autres, j'sais pas trop... peut-être une plaisanterie d'ivrognes qui a mal tourné.

— Tu crois ?

— L'enquête nous en apprendra davantage.

— Ça devient dangereux...

— Y a pas mort d'homme.

— Pour l'instant.

— C'est inhabituel, c'est sûr... mais y a pas de quoi fouetter un chat.

— Tu trouves ?

— Dors ! J'ai sommeil.

— Je m'inquiète pour Kate et Rebecca.

— Y a pas de quoi, j'te dis. Dors !

Nathan Brittles s'est retourné pour bien lui signaler que le sujet était clos, qu'il la voyait venir et qu'il n'avait aucunement l'intention de se laisser entraîner là où elle le voulait. Il a fait semblant de dormir jusqu'à ce que la respiration de sa femme devienne profonde et régulière. Il avait assez d'emmerdements avec ce qui se passait en ce moment à Neah Bay sans y rajouter les fantasmes puérils de sa femme et les rêves absurdes de ses filles, ces connes étaient autant faites pour devenir

Shakira que les frères Gorch pour passer de la petite délinquance locale aux crimes fédéraux. A son avis, le seul de la bande qui avait l'envergure pour le faire, c'était Greg Bishop qui, comme par hasard, était le seul virtuose de la tronçonneuse du secteur. A vrai dire, il ne savait pas si ses soupçons ne relevaient pas eux aussi du fantasme, d'un tout autre genre que ceux de sa femme, mais fantasme tout de même.

Nathan Brittles n'était pas spécialement craintif, il était même plutôt courageux, mais il avait une peur panique de Greg Bishop, il avait pour cette raison tendance à le tenir pour responsable de tous les actes de délinquance de quelque importance commis sur toute l'étendue de la Péninsule, et à l'en craindre d'autant plus. Il en avait peur comme les enfants ont peur de l'Ogre, une peur irraisonnée qui confinait à la panique, le plus terrible c'est que Greg Bishop avait été l'un de ses admirateurs lorsqu'il jouait au basket et chaque fois qu'il le rencontrait, l'Ogre tenait à tout prix à lui parler de ce temps-là et des nouveaux joueurs dont aucun, à son avis, n'avait le talent de Nathan Brittles ni, surtout, son courage. Il lui rappelait à chaque fois un match que, pour sa part, le flic préférait oublier et qui s'était terminé par une bataille rangée où Nathan Brittles s'était montré particulièrement efficace, assommant le pivot de l'équipe adverse et l'un des arbitres de touche pour faire bonne mesure avec la table officielle brandie à bout de bras. Nathan Brittles, quant à lui, croyait se souvenir d'une mêlée plutôt confuse, tandis que Greg Bishop, devenu bizarrement prolixe, lui rappelait ses exploits comme s'ils avaient été ceux de Terminator.

— Putain, Nathan, qu'est-ce que tu leur avais mis ! Deux pour le prix d'un t'en avais assommé… M'en souviens comme si c'était hier. Putain le bordel ! Bing !

Bang ! Les deux au tapis… raides morts. Qu'est-ce que tu m'as fait rigoler. T'avais des couilles, ça on peut le dire, t'avais drôlement des couilles, Nathan ! Une sacrée paire…

Et disant cela, Greg Bishop n'arrêtait pas de soupeser les siennes au travers de son jean au cas où il se serait fait mal comprendre et Nathan sentait la sueur lui couler le long de la raie des fesses.

Depuis que sa mère et sa copine habitaient chez elle, Frances fermait son garage à clé de peur que l'une d'entre elles n'y mette son nez par inadvertance. Elle y mettait le sien le moins souvent possible, lorsqu'elle le faisait, c'était mue par la même angoisse qui pousse parfois les mères à fouiller de fond en comble la chambre de leurs enfants. Quand elle s'est aperçue qu'il était encombré d'un canoë qui ne pouvait être que celui volé au Musée, son sang n'a fait qu'un tour et elle a décidé de s'en expliquer avec Percy.

Lorsqu'elle se disait : « Il faut que je lui parle », elle se voyait tout de suite dans le rôle absurde de la mère qui va faire la morale après s'être rendu compte que son enfant fume alors qu'elle a fumé pendant sa grossesse et n'a jamais arrêté. Elle se détestait d'autant plus d'agir ainsi, néanmoins, les choses lui semblaient devenir de plus en plus graves : Stud (qui lui portait la même considération qu'il aurait portée à une serviette hygiénique usagée sur un parking) et Greg (qui ne lui avait jamais dit bonjour) avaient été arrêtés par la police de Port Angeles après que ce dernier eut arraché l'oreille d'un barman qui ne lui avait rien fait, il passerait bientôt en jugement à ce propos ; Howard et Percy accourus à leur secours avaient passé une journée en prison pour ivresse sur la voie publique ; le chien de

Roberta Simpson avait été pendu ; l'ambiance à Neah Bay devenait de plus en plus violente, il n'y en avait plus pour très longtemps avant que l'on y assiste à une bataille rangée, et maintenant, pour tout arranger, Percy et ses copains avaient cambriolé le Musée et rien trouvé de mieux que de planquer leur butin dans *son* garage… Percy lui avait même proposé un jeu sexuel crétin où ils auraient utilisé les deux écharpes en polaire qu'il avait chapardées !

Si la police découvrait le pot aux roses et elle ne doutait pas qu'elle le fasse, abrutis comme ils étaient les Greg et compagnie n'auraient pas manqué de laisser des indices de leur forfait depuis le Musée jusqu'à *son* garage comme le Petit Poucet avait semé des cailloux blancs dans la forêt, elle serait inculpée de recel. Une seule chose l'étonnait : comment ces débiles braillards avaient-ils bien pu faire pour planquer le canoë dans le garage à son insu ?

Un jour où Percy avait refait son apparition (depuis que sa mère était installée à demeure, il ne faisait plus que de brefs séjours, furtivement, en règle générale après le coucher du soleil et il lui arrivait de repartir en plein milieu de la nuit), sans doute pour s'occuper de Dieu sait quoi à propos du canoë, Frances a attendu sagement que sa mère et sa copine soient parties se balader pour lui dire ce qu'elle avait sur le cœur. Percy ne s'est pas fait prier pour expliquer la provenance et la présence du canoë dans le garage. D'après lui, c'était le dernier endroit où la police viendrait le chercher, il ne fallait pas qu'elle s'inquiète, Howard était d'accord avec lui et Howard n'était pas la moitié d'un con. Non seulement c'était une garantie qui semblait tout ce qu'il y a de plus insuffisante à Frances : pour être le dernier endroit auquel penserait la police, ce n'en était pas moins un endroit susceptible d'être perquisitionné comme n'importe quel autre, mais, circonstance aggravante, il ne lui semblait pas avoir été consultée. Tout ce qu'elle voyait, c'est qu'ils l'utilisaient sans son accord.

Percy n'a rien nié de ce qu'elle avançait : s'il le lui avait demandé, elle aurait refusé, il la connaissait, il ne voyait donc pas pourquoi il aurait formulé une demande qui avait toutes les chances d'être refusée. Il trouvait ça tout à fait logique. Tout ce qu'il disait était d'ailleurs parfaitement logique, le problème pour Frances étant qu'aucun de ses arguments n'avait de rapport avec ce que l'on aurait pu appeler « sens moral » et, pire, qu'il ne tenait aucun compte de ses valeurs à elle dont il ne semblait pas même pouvoir imaginer qu'elles existent. Rien d'autre n'avait d'importance à ses yeux, excepté la réalisation de ses désirs les plus immédiats. Comme un enfant, supposait-elle d'après les vagues notions théoriques de psychologie acquises à l'université (elle avait pris psychologie comme unité de valeur en troisième année non pas parce que cela l'intéressait, elle faisait confiance sur ce point à son expérience, mais parce que l'examen était considéré comme l'un des plus faciles à obtenir).

Elle n'était pas particulièrement effrayée (un peu tout de même) à l'idée d'avoir affaire à la justice pour la première fois de sa vie, elle l'était davantage d'avoir sérieusement envisagé, il y avait de cela quelques jours à peine, de faire un enfant avec un enfant.

Au bout de plusieurs heures de discussion au cours desquelles Frances est passée du fou rire aux larmes, de l'accablement à l'hystérie et Percy du mutisme têtu aux éclats de voix menaçants, ils ont décidé de ne rien décider sans toutefois se réconcilier sur l'oreiller comme d'ordinaire lorsqu'il leur arrivait de se chamailler. Le plan de Percy et de ses petits copains suivait son cours, ils allaient maquiller le canoë du Musée en *Shoo Yoult* et disputer la course avec lui, durant cette période le vrai *Shoo Yoult* resterait à l'abri dans le garage. Lorsqu'ils auraient gagné la course (Percy ne doutait en aucune manière de l'issue victorieuse et refusait d'envisager ne serait-ce que l'hypothèse d'une défaite), ils remettraient le canoë du Musée en état (comment se transformeraient-ils en restaurateurs d'élite, la question restait en suspens... comme d'habitude, ils verraient bien !) et le ramèneraient au Musée. Ainsi, comme il fallait le démontrer, il ne s'agissait pas d'un vol, mais d'un emprunt momentané motivé, qui plus est, par des circonstances exceptionnelles et à ce titre tout à fait admissible et même recommandé. La seule concession faite par Percy a été l'assurance donnée à Frances que tout cela serait exécuté dans la plus grande des discrétions et le plus rapidement possible.

Le jeune homme croyait avoir remporté la partie, il venait de la perdre. Par moments, au cours de la conversation, Frances avait envie de lui dire : « Mais ouvre donc les yeux, crétin ! Regarde ce que tu es en train de perdre et contre quel tas de merde tu l'échanges », mais elle se disait aussitôt : « Ce n'est pas la peine de poser le problème ainsi. » A ses yeux, il était tout à fait incapable d'apprécier les termes du marché. Peut-être d'ailleurs, après tout, ce que Percy allait perdre était de peu d'importance comparé à ce qu'il pensait pouvoir gagner en échange.

Ce qui rendait Frances triste à en mourir ce n'était pas seulement la fin de leur histoire, c'était de le regarder désormais comme un étranger. Elle s'était détachée de lui aussi vite qu'elle s'y était attachée. Il n'était plus désormais question d'envisager l'avenir avec lui, il n'était rien de mieux qu'un collègue de bureau, un partenaire commercial que l'on manipule pour en tirer le meilleur : ce qu'il peut vous rapporter. Elle avait en la circonstance l'avantage (ou du moins le croyait-elle) de celui qui *sait*. Elle pleurait sur son sort et elle se haïssait de savoir que son histoire personnelle continuerait alors que celle de Percy s'enfoncerait une fois pour toutes dans l'échec. Elle se trouvait méprisable d'agir ainsi avec celui qu'elle avait tant aimé. Elle posait sur lui le même regard apitoyé que l'on pose sur un animal au zoo. Elle se consolait en se disant qu'elle se trompait peut-être, qui était-elle pour décider que son système de valeurs était le bon alors qu'il était juste celui qui avait le plus habituellement cours ?

Pour qui se prenait-elle ?

Le lendemain, lorsqu'elle est revenue de sa balade quotidienne avec Helga, alors que Percy s'affairait avec toute la bande dans le garage sous leurs pieds, Clarice a été surprise que sa fille les embrasse pour la première fois depuis qu'elles étaient arrivées et leur demande si elles voulaient qu'elle leur prépare un thé.

Nathan Brittles n'avait pas seulement le cambriolage du Musée sur le dos, il avait aussi l'affaire Roberta Simpson à gérer, son chien pendu et tout ce qui allait avec. Après avoir pleuré son chien dans les bras d'Elaine Stevens et l'avoir enterré dans son jardin, la vieille femme a repris son combat, c'était celui des Sea Savers, dont elle devenait un renfort inespéré. Considérée comme un traître par la communauté makah, même par ceux qui n'étaient pas entièrement d'accord avec la reprise de la chasse, elle était devenue le porte-drapeau des opposants. « Sa peau est rouge, mais son cœur est blanc », disait-on d'elle, ce qui ne l'empêchait pas de ne jamais se départir de son doux sourire. Elle était l'antithèse parfaite de Stud Gorch et de ses tatouages effrayants : une gentille petite vieille, les yeux écarquillés derrière les verres comme des culs de bouteille de ses lunettes. Le portrait-robot de la victime, de l'Indienne inoffensive, de la servante dévouée, la vieille gouvernante qui fait partie de la famille depuis toujours, du moins le croit-elle.

Saul Holmes avait tout de suite compris les avantages qu'il pouvait tirer de Roberta (« C'est Dieu qui nous l'envoie, c'est la cliente parfaite. On les tient ! », avait-il confié à Elena Simmons), il se montrait sans cesse avec elle, il n'y avait pas une seule photographie publiée dans la presse où ils ne posaient l'un à côté de l'autre.

Conscient du danger que cela représentait, Cliff Tsekauwtl l'avait convoquée à un entretien avec le Conseil tribal au grand complet, mais Roberta Simpson n'était pas seulement une gentille petite vieille, c'était aussi une sacrée tête de pioche, à la fin de l'entretien, elle n'avait pas cédé d'un pouce, elle avait même profité de l'occasion pour leur annoncer qu'elle n'avait pas renoncé à son idée d'inviter Saul Holmes, Elena Simmons et leur équipe à dîner chez elle, en plein centre de Neah Bay, au beau milieu de la réserve.

Pour faire céder la vieille femme, le Conseil tribal a réagi de la façon la plus maladroite possible, non seulement il lui a formellement interdit de mettre son projet à exécution, mais il l'a licenciée de son poste au collège et il a rendu ces deux décisions publiques. Les réactions n'ont pas manqué de se faire entendre, elles étaient toutes négatives, Roberta Simpson apparaissant aux yeux de chacun comme une victime, Saul Holmes a eu beau jeu de les monter en épingle auprès des journalistes, faisant valoir les atteintes à la démocratie dont elles étaient l'évidente démonstration, faisant, par la même occasion, endosser aux Makahs des habits qui étaient un peu grands pour eux.

— On nous reproche de ne pas respecter la loi, mais ce sont les Makahs qui ne respectent pas les lois, il n'y a qu'une loi et les Makahs ne la respectent pas, ce sont eux qui sont des hors-la-loi, pas les Sea Savers, n'arrêtait-il pas de marteler aux journalistes convoqués pour l'occasion. Neah Bay est aux Etats-Unis et les Makahs veulent nous interdire de mettre les pieds dans notre propre pays, la terre de la liberté et de ses héros. Ce sont des menaces et nous n'y céderons pas, nous sommes en démocratie, nous sommes dans un pays libre et chacun d'entre nous a le droit d'aller où bon lui semble, ajoutait-il lorsqu'on lui demandait ce qu'il comptait faire. Nous sommes libres d'aller à Neah Bay comme nous avons le droit d'aller partout ailleurs, nous avons été invités par Roberta Simpson à Neah Bay et nous répondrons à son invitation quoi qu'il puisse se passer. Personne ne pourra nous en empêcher ! Nous ne sommes pas en Corée du Nord, nous ne sommes pas en Iran, nous sommes aux Etats-Unis. Comment appelez-vous un gouvernement qui prive de son travail une vieille femme qui va se retrouver désormais sans ressources parce qu'elle désire inviter ceux dont elle partage les opinions ? Eh bien moi, j'appelle ce genre de gouvernement un gouvernement totalitaire. Il n'y a pas d'autre mot pour le qualifier. Les Makahs veulent assassiner les baleines soi-disant au nom des traditions, mais les baleines sont une tradition d'une tout autre portée que la tradition de la chasse à la baleine, les baleines étaient là avant les Makahs, elles nageaient librement dans l'Océan avant que les Makahs ne foulent la terre, mais les Makahs ne veulent pas seulement assassiner les baleines, les Makahs veulent priver de leur travail et de leur liberté tous ceux qui s'y opposent. Les Makahs viennent de montrer leur véritable visage, il est horrible à voir.

Et les journalistes présents avaient tous en tête, lorsqu'ils écoutaient Saul Holmes parler des chasseurs de baleines, le visage effrayant de Stud défiguré par ses tatouages (qu'ils aient été faits en prison, après sa condamnation pour une agression sauvage, n'arrangeait pas son cas), mais aussi l'incisive en or de son frère, la barbe de Greg, les cheveux longs de Chris et sa maigreur inquiétante, Dale qu'ils n'avaient jamais aperçu sans son fusil monstrueux, son père qui semblait perpétuellement ivre ; lorsqu'ils se les représentaient, les poils de leurs avant-bras se hérissaient et leurs testicules se rétractaient jusqu'au scrotum.

Les jours suivants, poursuivant un avantage qu'il pressentait décisif, Saul Holmes allait monter une véritable entreprise de relations publiques, invitant Roberta Simpson à Baja au Mexique et faisant diffuser une photo où l'on pouvait voir la vieille femme caresser une baleine, penchée sur la lice d'un Boston Whaler, affublée d'une casquette des Sea Savers et d'un gilet de sauvetage orange fluo trop grand pour elle.

— Leur peau est si douce, comme celle d'un bébé, déclarerait-elle de sa petite voix, lorsqu'on lui demanderait quel effet cela lui avait fait de caresser une baleine.

— Ça ressemble plutôt à un œuf dur, avait dit Phil Brown, lorsqu'il l'avait su.

Tout ce temps-là les médias continuaient d'avoir les yeux braqués sur Neah Bay où régnaient la mélancolie des chantiers dont on ignore si ce sont des chantiers de construction ou bien de démolition lorsque les ouvriers les ont quittés, mais aussi l'électricité créée par la violence trop longtemps contenue et l'espoir malsain de la voir éclater.

Quand l'atmosphère se délite, les journalistes ressentent ce que l'on pourrait appeler un « désir d'intrigue ». Ceux qui étaient encore sur place le ressentaient de plus en plus, jusqu'à vouloir le créer à tout prix, quitte à mettre de l'huile sur le feu. La situation leur échappait et la lassitude les gagnait, ils assistaient tous les jours au point-presse où William Zandt leur annonçait avec un petit sourire que ce jour-là, comme le jour d'avant et, sans nul doute, le jour d'après, les équipages ne chasseraient pas la baleine, sous les motifs les plus divers : « Le temps n'est pas propice », « Les vagues sont trop formées », « Les Sea Savers nous empêchent de chasser », « Les baleines ne sont pas au rendez-vous », « Les gardes-côtes ne peuvent pas assurer notre sécurité », « Un incident technique imprévisible vient d'avoir lieu », « Le vent s'est levé », « Il y a plus de journalistes que de chasseurs », « Il pleut ». En revanche, s'ils le désiraient, ils pourraient assister à l'entraînement du *Shoo Yoult* ou plutôt à celui du *Loo Taas* qui aurait, sans doute, l'honneur de tuer la première baleine.

Le porte-parole des Makahs leur annonçait ce non-événement avec ponctualité, du ton le plus solennel possible démenti par son sourire ironique. La grande majorité des journalistes étaient persuadés, à juste titre d'ailleurs, que William Zandt se foutait de leur gueule, qu'il prenait un plaisir de moins en moins dissimulé à jouer avec leurs nerfs en racontant n'importe quoi ; cela les avait amusés au début, mais plus beaucoup maintenant.

Certaines chaînes de télévision avaient d'ores et déjà rapatrié leurs équipes, leurs rédactions persuadées qu'il serait bien temps de dépêcher un envoyé spécial quand il se passerait vraiment quelque chose. Les journalistes des organes de presse qui étaient restés sur place tournaient en rond à se morfondre, emmitouflés dans des habits de terre-neuvas. A l'heure des comptes rendus quotidiens, on pouvait voir leurs visages prendre une expression grave et préoccupée comme si un cyclone venait de ravager les côtes, puis lorsqu'ils en avaient terminé, marquer tous les signes du soulagement – « Encore un jour de passé ! Encore un jour de gagné ! » – et reprendre l'allure, à la fois pénétrée de son importance et décontractée, des grands reporters en mission spéciale au fin fond d'une zone ravagée par les conflits sans précédent dont ils sont les familiers.

Quand Roberta Simpson, de retour de Baja, a informé tout Neah Bay qu'elle invitait Saul Holmes, Elena Simmons et trois membres de l'équipage du *Whale Will* à partager son repas le mercredi suivant, sa déclaration a fait sensation. Tous les journalistes ont reniflé l'aubaine comme les requins reniflent le sang, il n'y avait plus une seule chambre d'hôtel à louer dans les environs, les photographes fourbissaient leurs téléobjectifs, les antennes se dépliaient sur le toit des camions-studios, les paraboles cherchaient l'angle le meilleur pour transmettre les images du débarquement des Sea Savers, et les reporters ne cessaient d'aller et de venir, l'oreille collée à leur téléphone cellulaire.

Le matin du jour prévu, si l'on exceptait Donovan Thomas et Marion Larsen, aucun journaliste n'a assisté à la conférence de presse de William Zandt, ils étaient tous à pied d'œuvre autour de la Marina, bien trop occupés à se disputer la meilleure place. Ce mercredi matin, le porte-parole des Makahs a pourtant annoncé qu'il était exclu que les Sea Savers posent un seul pied sur le sol de la réserve, la police tribale et les gardes-côtes s'y opposeraient. Tout serait fait pour empêcher leur débarquement, une provocation dont personne n'avait rien de bon à attendre ; Roberta Simpson était une pauvre innocente manipulée ; les Sea Savers seraient les seuls et uniques responsables des incidents qui ne manqueraient pas de se produire avec les jeunes Makahs devenus incontrôlables. Le Conseil tribal ne pouvait donner tort à ces derniers ni condamner leur attitude dans la mesure où il s'agissait d'une véritable déclaration de guerre, les Indiens étaient les agressés et les soi-disant écologistes, les agresseurs ; les Makahs avaient toujours été un peuple pacifique, si des incidents avaient lieu, il s'agirait de légitime défense.

A l'heure dite, Roberta Simpson entourée d'une meute de photographes attendait ses invités devant le môle où il était possible aux Zodiac des Sea Savers d'aborder, malgré la bousculade et l'effervescence qui régnait, elle ne se départait pas de son calme et de son éternel sourire. Les jeunes Makahs étaient rassemblés en surplomb, ils avaient fait provision de pierres et de tout ce qu'ils avaient trouvé pouvant servir de projectile, ils hurlaient et s'encourageaient les uns les autres, donnant les signes de l'excitation la plus alarmante. Tous les Zodiac des Sea Savers avaient été mis à l'eau, ils ne cessaient de faire des allers-retours le long des flancs du *Whale Will*, sur lesquels avaient été dépliées des banderoles où on pouvait lire des slogans hostiles à la reprise de la chasse ; Saul Holmes, Elena Simmons et les trois autres invités avaient pris place sur l'un d'entre eux.

Les moteurs hors-bord des Zodiac auxquels s'était joint un jet-ski tournaient à plein régime, les gardes-côtes leur demandaient au mégaphone de renoncer à leur projet, les jeunes Makahs gesticulaient en hurlant des insultes et en leur montrant le poing, certains d'entre eux allumaient des fumigènes, les plus déterminés avaient des frondes, les journalistes se bousculaient, la foule devenait de plus en plus nombreuse, Nathan Brittles attendait la suite des événements à la lisière des vagues, les poings sur les hanches.

La situation faisait penser à l'attaque du fort dans les westerns, sauf que, de façon curieuse, c'étaient les Indiens les assiégés et les cow-boys qui tournoyaient en poussant des cris de guerre. Comme toujours dans ces cas-là, il fallait que les choses se déclenchent pour de bon. Le Zodiac sur lequel avaient pris place Saul Holmes, Elena Simmons et les trois autres Sea Savers invités par Roberta Simpson, bien plus maniable que le bateau des gardes-côtes, s'est détaché de la flotille des autres bateaux pneumatiques. Saul Holmes se tenait debout, cambré, à sa proue, ses cheveux blancs retenus par son éternel bandana flottaient comme le drapeau des Sea Savers, une tête de mort souriante sur fond bleu marine qui claquait joyeusement au vent du Détroit. Saul Holmes avait choisi par provocation de reprendre l'emblème des pirates lorsqu'il avait décidé de remettre au goût du jour l'abordage des navires-usines japonais.

Le pilote du Zodiac a coupé son moteur à une dizaine de mètres de la rampe de béton qui menait au rivage, le bateau a continué sur son erre. Les quelques gardes-côtes restés à terre se sont dirigés vers eux pour les refouler, pataugeant dans l'eau jusqu'à mi-cuisse, ils ont parlementé avec les trois Sea Savers qui avaient sauté à l'eau. Il restait dans le Zodiac le pilote, sans doute prêt à remettre les gaz, et Elena Simmons, accrochée à la corde qui courait le long du plat-bord pour ne pas tomber à l'eau. Il y avait quelque chose de cocasse à contempler depuis la rive les gardes-côtes en train de parlementer avec les écologistes qui ne gesticulaient pas moins, dans l'eau jusqu'à la ceinture, tout habillés, autour d'un bateau pneumatique secoué par les vagues sur lequel une jeune fille essayait de ne pas tomber à l'eau. Il s'est ensuivi une bousculade confuse au cours de laquelle l'un des Sea Savers a échappé aux gardes-côtes avant de se diriger vers l'embarcadère, gêné par les vagues et par ses vêtements.

C'est le moment que Nathan Brittles a choisi pour intervenir. Lorsqu'il faisait du basket, l'une de ses qualités principales était sa faculté de lire à la perfection les trajectoires de ses adversaires pour les couper.

— Vas voir c'qu'y va prendre, a fait Greg Bishop à Chris Klookshood en lui décochant un coup de coude dans les côtes.

— Tu crois ? a pu lui répondre Chris, bien qu'il ait eu le souffle coupé.

— Va morfler la tapette !

— T'es sûr ?

— Vas voir c'que vas voir.

Pendant ce temps, les jeunes Makahs ne cessaient de vociférer en balançant tout ce qui leur tombait sous la main en direction des écologistes et les gardes-côtes avaient réussi à faire remonter les Sea Savers dans leur Zodiac, dont le moteur tournait toujours au ralenti, laissant celui qui leur avait échappé en otage.

Le Sea Saver isolé a essayé de feinter Nathan Brittles, le policier a fait semblant de se laisser embarquer par la manœuvre, mais à peine l'écologiste l'a-t-il eu dépassé que la main droite du policier s'est abattue sur son col de toute la force de ses cent kilos. Le Sea Saver a trébuché sous le choc, dans le même mouvement, les bottes de Nathan Brittles ont glissé sur le béton humide de la rampe d'accès et les deux hommes se sont effondrés sur le sol, Nathan Brittles à plat ventre sur le dos de l'écologiste. Quand le policier a relevé le membre de l'équipage du *Whale Will* tout en continuant de le tenir agrippé fermement par le col de son ciré, la foule a pu voir que son visage était couvert de sang.

Il s'était ouvert le front sur le béton.

La foule a grondé de plus belle en apercevant le sang comme si Nathan Brittles l'avait fait exprès, qu'il les avait vengés par ce seul geste de toutes leurs humiliations.

— T'avais dit, a fait Greg.

— Bien joué, a reconnu Chris.

— Va le massacrer.

— Vaudrait mieux pas.

— C'te tapette !

— Tapette ou pas tapette, vaudrait mieux pas.

— Ferait les pieds…

— Que tu crois.

Le Zodiac de Saul Holmes avait remis les gaz en direction du *Whale Will*, sa retraite a été saluée comme de droit par les hurlements de joie des jeunes Makahs qui se croyaient victorieux par le simple fait que les envahisseurs avaient été repoussés, qu'ils n'avaient pas foulé le sol de la réserve ; le jet-ski était échoué à quelques encablures, moteur explosé. Nathan Brittles et celui qu'il avait arrêté ont tenté de remonter la rampe, le policier tenant l'écologiste immobilisé par une clé au bras et, pour faire bonne mesure, l'étranglant de son bras droit replié. Leur progression était ralentie par une foule nombreuse et menaçante, lorsqu'ils ont pu reprendre leur marche en avant, ils l'ont fait entre une haie de Makahs, le visage déformé par la haine et la colère, qui se refermait aussitôt derrière eux.

Nathan Brittles a été obligé de relâcher sa prise pour faire signe à la foule de s'écarter. Un nombre invraisemblable de photographes et de cameramen se bousculaient en marchant à reculons pour immortaliser la scène. Jusqu'à ce que Nathan Brittles embarque le membre de l'équipage du *Whale Will* après l'avoir menotté et fait asseoir sur le siège arrière, prenant garde à ce qu'il n'aggrave pas sa blessure sur les montants du toit de la Ford de service.

Tout ce temps, Roberta Simpson, en pleurs, bousculée de toutes parts, se tenait à leurs côtés, sa main posée sur le bras de son invité dont les cheveux longs tombaient en désordre devant son visage en sang.

Sur toutes les photos, il fait irrésistiblement penser au Christ au Golgotha.

Une fois de plus, les Makahs avaient perdu la bataille des images, tout cela parce que Nathan Brittles avait trébuché, entraînant dans sa chute le type du *Whale Will*, et qu'une foule déchaînée les avait accompagnés sans se soucier d'être filmée.

Par sa nature même, la télévision produit des évidences, ce que l'on y voit *est* la réalité, il était évident pour ceux qui la regardaient que les Indiens n'étaient qu'une bande de délinquants alcoolisés dont la violence était le seul moyen d'expression et il s'en était fallu de peu pour que l'on assiste à un lynchage en règle. C'était oublier qu'un policier indien avait permis au marin du *Whale Will* de ne pas être brutalisé par ceux dont il venait de violer le territoire.

Les journalistes de la presse écrite leur ont emboîté le pas, hurlant avec les loups ; Marion Larsen et Donovan Thomas ont bien essayé, sans grand succès et sans beaucoup d'écho, de produire le doute nécessaire à la réflexion en relativisant l'importance de ce qui s'était passé : un type qui n'avait pas grand-chose à faire là s'était blessé en tombant. Parler d'émeute au sujet de ce charivari était hors de propos, il n'y avait pas de quoi fouetter un chat, même si l'attitude des spectateurs n'avait pas été très charitable à l'égard de l'écologiste arrêté par Nathan Brittles.

En ce qui les concernait, les membres du Conseil tribal se sont rapidement rendu compte qu'ils venaient encore de perdre une manche dans le combat qui les opposait aux adversaires de la chasse. L'opinion avait basculé, les Indiens avaient épuisé la quasi-totalité de leur capital sympathie, le pire étant que leurs représentants ne voyaient pas comment le restaurer, tout ce qu'ils pourraient déclarer ne serait d'aucun poids face à la vérité des images.

Marion Larsen et Donovan Thomas étaient les seuls sur lesquels ils pouvaient compter en la circonstance, mais les deux journalistes ne pouvaient pas inverser la tendance ni même introduire un semblant de complexité dans l'affrontement du bien et du mal auquel se résumait désormais celui des partisans de la chasse et leurs opposants. Ce qu'ils écrivaient était noyé dans le flux du discours dominant et si Donovan Thomas restait encore enthousiaste et persuadé de l'utilité de sa tâche, Marion Larsen avait fait état de sa lassitude à son jeune confrère, depuis quelque temps déjà, elle envisageait de quitter Neah Bay, elle avait changé d'avis à propos de l'importance de son rôle et de sa pertinence, à son avis, il fallait que les Indiens se retrouvent seuls face à leur destin, si jamais ils devaient réussir dans leur entreprise ce serait en dehors du regard des journalistes.

Saul Holmes a eu beau jeu d'attiser le conflit en brandissant la photo de son marin, le regard hagard, le visage ensanglanté, entravé par un Indien qui le dominait d'une tête et consolé par une vieille femme en pleurs. Pendant ce temps, les jeunes Makahs se relayaient en face du poste de police pour insulter et menacer de mort *leur* prisonnier, certains d'entre eux avaient encore leurs frondes et semblaient tout à fait disposés à s'en servir. Nathan Brittles était obligé de les disperser régulièrement, mais ils se reformaient à peine avait-il refermé la porte de son bureau. Pour mettre fin à cette situation, Nathan Brittles a fini par le libérer.

Cliff Tsekauwtl sentait la situation lui échapper, au sein même du Conseil tribal ses décisions étaient critiquées de plus en plus souvent, il arrivait même que Phil Brown, pourtant peu loquace, se range au côté de Hank Hazzle qui avait été jusque-là le seul véritable opposant à leur projet ; William Zandt se contentait de lui faire part de ses inquiétudes sans vraiment lui proposer d'alternative tandis que John Kalchote continuait à s'époumoner en plaidant pour une radicalisation de leur combat. Le vétéran des luttes indiennes voyait la situation comme un affrontement de la nature de ceux auxquels il avait participé, il était partisan de la fuite en avant alors que Cliff Tsekauwtl pensait qu'il était plus habile de faire le gros dos et d'allumer des contre-feux. Cliff Tsekauwtl a fini par décider d'avancer la date prévue pour la régate entre le *Loo Taas* et le *Shoo Yoult* et d'y inviter quelques journalistes triés sur le volet.

— Ça les calmera, a-t-il dit pour expliquer sa décision.

— Je sais pas si ce sera suffisant, lui a répondu William Zandt.

— Si tu penses que donner des gages aux Blancs en se réfugiant dans le folklore va arranger la situation, tu te trompes, lui a opposé John Kalchote, en frappant du poing sur la table.

— Tu préfères enlever Saul Holmes et l'attacher au poteau de torture ? lui a demandé Cliff Tsekauwtl.

— Les preneurs d'otages sont mieux considérés que nous.

— C'est pas une solution et tu le sais bien.

— On peut pas perpétuellement nier notre existence, on peut pas perpétuellement nier nos aspirations, on peut pas perpétuellement nier notre culture.

— On peut les détruire.

— On détruit pas des ruines.

— Et d'abord, qui c'est on ?

— Le Gouvernement.

— C'est pas le Gouvernement qui nous nie, c'est les temps que nous vivons et il y a rien à faire contre ça.

— Tout ce que vous voulez, c'est exister comme des reliques, on aura pas à se plaindre quand nos réserves seront utilisées comme des décharges, a éclaté Hank Hazzle.

— Faut que j'y aille, a lâché Phil Brown en se levant de la chaise sur laquelle il sommeillait.

La discorde menaçait plus que jamais.

En dehors du fait que la télévision est l'instrument rêvé du manichéisme, même en couleurs, elle permet de voir le monde en noir et blanc (en rouge et vert en ce qui concernait ce qui se passait à Neah Bay), elle allait jouer au moins deux mauvais tours supplémentaires aux Makahs : c'est quand elle aperçut, au milieu des visages déformés par la haine, celui de Percy crachant au visage ensanglanté du Sea Saver arrêté par Nathan Brittles que Frances décida de rompre une fois pour toutes avec le jeune homme juste après qu'il eut fini de bricoler dans son garage avec ses acolytes un canöe volé, et c'est en apercevant Greg Bishop qu'Elaine Stevens crut reconnaître celui qui, quelques mois auparavant, avait semé la terreur à Cœur d'Alene, défiguré son patrimoine arboricole, saccagé la concession Lexus de ses amis Van Dooren.

Et pire encore.

And there's danger on the ocean where the salt sea waves split high

And there's danger on the battlefield where the shells of bullets fly

And there's danger in the open world where men fight to be free

And for me the greatest danger was in society.

Bob Dylan.

Quinze

You have to lose
You have to lose
You have to learn how to die
If you wanna be alive.

Jeff Tweedy.

Toutes les autorités, qu'elles soient constituées ou non, avaient été invitées à assister à la course entre le *Loo Taas* et le *Shoo Yoult*, à son issue, il serait enfin décidé quel équipage aurait l'honneur de tuer la première baleine. Un jury chargé de déterminer si la course se déroulait selon les règles édictées par le Conseil tribal et acceptées par tous avait été constitué, ses membres devaient aussi juger l'ordre d'arrivée au cas où les deux canoës finiraient sur la même ligne.

Quand les membres du Conseil tribal se sont rendu compte que Donovan Thomas, un bandana blanc autour du front, ramait pour le *Shoo Yoult*, il s'est ensuivi un débat sans fin pour déterminer s'il avait ou non le droit de le faire. Pour les uns, il était absolument exclu qu'un rameur blanc participe à la compétition, pour les autres le capitaine de l'équipage était le seul maître à bord et si Chris Klookshood l'avait choisi, il était hors de question de l'en empêcher.

Les arguments les plus spécieux étaient utilisés à tour de rôle par les deux camps jusqu'à ce que soient avancés des arguments plus spécieux encore, dont celui de la pureté de la race. Comme d'ordinaire, la ligne de partage passait entre partisans de la stricte orthodoxie et ceux d'une ouverture aux apports extérieurs, ce qui n'a pas manqué d'entraîner les uns et les autres sur le terrain glissant de leur propre pureté raciale. Là encore, les arguments des uns et des autres étaient loin d'être déterminants, et la ligne de partage si floue que l'on pouvait trouver des partisans de l'ouverture dont les origines ne pouvaient pas être mises en doute et des bâtards avérés partisans d'une absolue ségrégation.

Après que les uns et les autres se furent accusés des pires turpitudes et des origines les moins avouables, croisement avec des batraciens et des canidés galeux y compris, il a bien fallu prendre une décision, les vagues sur le Détroit étaient de plus en plus formées, si cela continuait on ne pourrait pas mettre un canoë à l'eau avant le printemps prochain. Les membres du Conseil tribal ont fini par décider qu'en définitive, si l'équipage du *Loo Taas* ne voyait aucune objection à ce que Donovan Thomas rame contre eux, il n'y avait pas de raison de s'opposer à leur volonté, compromis qui a semblé acceptable à tous.

Les membres du *Loo Taas* se sont retirés à l'écart afin de se consulter, lorsqu'ils sont revenus annoncer leur décision, il aurait été difficile pour un observateur de bonne foi (aucun n'était présent sur les lieux) de savoir s'ils avaient accepté la présence de Donovan Thomas parce qu'ils pensaient qu'un rameur de la couleur et du gabarit du journaliste, qui plus est muni de lunettes, ne devait pas être un adversaire bien redoutable ou s'ils avaient cédé à l'angoisse pouvant gagner n'importe quel individu raisonnable à qui Stud Gorch et Greg Bishop auraient adressé des signes sans équivoque, particulièrement menaçants.

Sur les conseils de John Kalchote, l'équipage du *Loo Taas* était torse nu et les rameurs arboraient tous le chapeau pointu traditionnel en écorce. Quand Hank Hazzle les avait vus dans cet attirail, il avait glissé à Phil Brown, sur l'influence duquel il comptait pour être élu à la tête du prochain Conseil tribal :

— On dirait des cartes postales.

— On verra sur l'eau, lui avait répondu Phil Brown, laconique comme à son habitude.

Les membres du *Loo Taas* étaient tous jeunes et propres comme des sous neufs, l'un d'entre eux était le sosie de Pete Sampras, ils avaient moins poussé de fonte que Stud et Greg, mais ils étaient costauds et contents de l'être, ils défiaient Chris et les autres pour les intimider comme ils avaient vu faire Hulk Hogan à la télévision. Ils étaient persuadés de gagner et c'est vrai qu'un bookmaker les aurait donnés gagnants à 10 contre 1.

Leurs adversaires étaient beaucoup moins homogènes en âge et en gabarit, pour rajouter à l'impression défavorable qu'ils donnaient, ils étaient habillés un peu n'importe comment : Dale, comme à son habitude, était déguisé en clone d'Eminem, chaîne en or autour du cou comprise, Stud portait ses éternels pantalons camouflage, Howard était si dépenaillé que l'on aurait dit un clochard, le Blanc était en bermuda avec un haut de survêtement de chez Abercrombie et Fitch. La disparité de leurs couvre-chefs dénotait la troupe de mercenaires réunie au gré du hasard… Stud portait la casquette de base-ball sur laquelle était brodé : Indigène, qu'il ne quittait jamais, même pour dormir, Dale arborait une casquette au logo des Red Hot Chili Peppers, Percy était tête nue, Chris avait tressé ses longs cheveux, Howard avait un bonnet en laine enfoncé jusqu'aux yeux et le journaliste portait un bandana immaculé. Si l'on exceptait la stature imposante de Greg et celle de Stud, Howard et Chris étaient maigres comme des clous, cela sans compter que le vétéran n'était plus de la toute première jeunesse et que Chris ne semblait pas beaucoup plus jeune que lui, Percy et Dale n'étaient pas très épais et leurs adversaires étaient persuadés que Donovan Thomas, plus costaud qu'ils ne l'auraient cru tout d'abord, ne savait pas ramer.

Leurs manœuvres d'intimidation terminées, ils se sont échauffés soigneusement avant de se réunir pour prier. Pour sa part, Chris avait décidé que ce n'était pas la peine que ses rameurs s'échauffent. « On aura le temps sur l'eau, crois-moi », il avait répondu à Donovan Thomas qui lui avait demandé pourquoi ils ne le faisaient pas.

— Chapeau pointu, tête de cul ! a grommelé Stud.

— T'occupe pas, c'est du flan ! lui a fait Chris en passant son bras autour des épaules du géant.

— Torse nu, face de cocu ! a continué l'aîné des Gorch.

Ses deltoïdes tremblaient sous l'effet de la colère, Chris y voyait un bon signe, tout ce qu'il souhaitait c'est que Greg soit dans le même état d'esprit, mais pas au point de casser leurs pagaies sur le crâne de leurs adversaires ou dans les vagues.

— Celui qui croit gagner ne sait pas qu'il va perdre, a laissé tomber Howard de son ton habituel, ce qui a fait craindre à Chris que le vétéran ait bu autant que de coutume.

— Restez concentrés, vous occupez pas du reste, a rajouté Chris en éloignant doucement, mais fermement Stud du cercle des mormons.

Le chef de nage les avait tous réunis la veille au Makah Maiden Café pour leur expliquer la tactique qu'ils devraient appliquer quoi qu'il arrive : la sienne. Il avait décidé de laisser le *Loo Taas* prendre de l'avance au départ. « Ils vont vouloir flamber, ça va leur faire mal aux bras, c'est tout », ensuite, ils calqueraient leur course sur celle du *Loo Taas*, ils accéléreraient seulement dans les tout derniers kilomètres.

— Ça va aller… vous inquiétez pas, il a dit en soufflant sur son thé.

— J'ai le trac, leur avait confié Donovan Thomas.

— La peur n'est pas si mauvaise conseillère qu'on le croit… celui qui n'a pas peur de la mer est le premier à se noyer, lui a dit Howard pour le rassurer.

— On est les plus forts, c'est tout, a rajouté Stud en cognant la table du poing. On va écrabouiller ces mormons !

— Le sentiment de nos forces les décuple, a conclu Howard.

— On a le meilleur canoë, leur a rappelé Percy.

— Croise les doigts que personne le reconnaisse.

— On l'a repeint…

— Nathan Brittles est pas aveugle, Shadow.

— On boit pas, on se couche tôt, on y pense pas, furent les dernières instructions de Chris avant qu'ils ne se séparent.

Pour sa part, repeint ou pas, Chris aurait pu reconnaître le canoë du Musée les yeux fermés rien qu'en faisant glisser sa main sur ses flancs. Curieusement, il ne s'en inquiétait pas, tout ce qui l'excitait c'était de gagner contre meilleur qu'eux. Il comptait pour cela sur la puissance de Greg et sur celle de Stud qui ramaient chacun d'un côté tantôt à droite, tantôt à gauche, sur la technique de Donovan Thomas et la sienne. En ce qui concernait les autres, il comptait surtout sur leur frustration, il savait que plus leurs adversaires les mépriseraient, plus grande serait leur rage de vaincre.

Quand il avait fini d'évaluer les chances qu'ils avaient de gagner, il priait.

Le parcours imposé par le Conseil tribal était long et difficile, il durerait plusieurs heures, dont la plupart en pleine mer ; les canoës partiraient de Neah Bay pour y revenir après avoir doublé Tattoosh Island, l'arrivée serait jugée en face de la Marina où était donné le départ.

Comme Chris l'avait prévu, le *Loo Taas* est parti à fond pour impressionner les spectateurs massés sur la plage. « Ça commence bien, il a pensé, ils sont cons comme des jeunes chiens. » Quand le canoë de Charles Daniel et de Rick Thomson, ses anciens rameurs passés à l'ennemi, a pris deux cents mètres d'avance, il s'est penché vers Donovan Thomas qu'il avait choisi de faire ramer juste devant lui et il lui a dit : « On les lâche plus, fais passer ! » Chris a senti un sursaut dans ses reins comme s'ils avaient rétrogradé, mais en réalité, le *Shoo Yoult* avait accéléré. Les minutes suivantes, l'écart s'est stabilisé à trois cents mètres et n'a plus bougé pendant les kilomètres qui ont suivi.

— Ça va les déstabiliser ces cons, a glissé Chris à Donovan Thomas dont il était de plus en plus persuadé qu'il était le meilleur rameur du lot, lui-même compris.

Et c'est vrai que l'inquiétude avait commencé à s'installer au sein de l'équipage du *Loo Taas*, Charles Daniel se retournait de plus en plus souvent pour vérifier l'écart qui séparait les deux canoës, l'espace entre eux restait désespérément le même, tout comme si une corde invisible les avait reliés. Le rythme de ses rameurs a commencé à devenir moins régulier, les moins bons ne pouvant pas suivre le rythme des meilleurs, déséquilibrant l'ensemble. L'écart a légèrement diminué, Charles Daniel a fait l'erreur de demander à ses rameurs d'accélérer, ce qui a rendu leur rythme plus heurté encore.

Sur les bateaux d'appoint, les commentaires allaient bon train à propos de l'évolution de la situation et le plus surprenant était que, alors que le *Loo Taas* était toujours largement en tête et ne semblait pas pouvoir être rejoint, ses supporters s'inquiétaient davantage qu'ils n'auraient dû au vu de l'écart entre les deux canoës. William Zandt a bien résumé l'état d'esprit de son camp en grinçant entre ses dents :

— Ces enfoirés jouent au chat et à la souris !

— C'est loin d'être fini, lui a fait remarquer Phil Brown.

— Ils ont du mauvais sang à se faire, ces enfoirés ont plus d'un tour dans leur sac.

— Ils sont plus vieux, ils vont craquer sur la fin.

— Crois pas ça, ils savent souffrir.

— Et les autres ?

— Les autres ? Ils vont souffrir aujourd'hui pour la première fois…

Si Howard avait été là, il aurait pu conclure à sa manière : « Tant qu'on perd, on existe ! », mais le vétéran essayait pour l'instant de suivre tant bien que mal le rythme donné par Chris.

Le *Shoo Yoult* continuait à filer avec le *Loo Taas* en point de mire, le *Shoo Yoult* ou plutôt le canoë maquillé pour y ressembler par Chris, Percy et toute la bande, dans le secret du garage de Frances. Il avait fallu empêcher Greg de graver un portrait d'Elvis Presley comme figure de proue, le géant s'était contenté de le faire sur sa pagaie.

Chris et son équipage continuaient à calquer, sans se désunir, leur course sur celle de leurs devanciers ; quand leurs adversaires accéléraient, ils accéléraient, quand leurs adversaires ralentissaient, ils ralentissaient, mais sans les à-coups de plus en plus caractéristiques de la nage du *Loo Taas*. A mi-parcours, l'écart était toujours stable, seulement Chris a fait prendre au *Shoo Yoult* une route au plus près des récifs de Soosh Island, il connaissait cet endroit par cœur pour s'y être entraîné lorsqu'il était jeune et lorsque les deux canoës ont attaqué le chemin du retour, une centaine de mètres seulement les séparait, Chris en a profité pour faire ralentir la cadence de ses rameurs.

— Ils craquent, a dit Phil Brown à William Zandt.

— Je crois surtout que ces enfoirés se reposent, lui a répondu Phil Brown.

Et il avait raison.

Jusqu'à présent, le temps avait été couvert, mais beau, un quart d'heure après qu'ils eurent viré pour attaquer la dernière partie du parcours, la pluie s'est mise à tomber.

— Au poil ! a dit Chris à Donovan Thomas, en riant. Le froid va rouiller ces cons de nudistes.

Chris avait interdit à Stud de se mettre torse nu pour impressionner leurs adversaires. « A un moment ou à un autre, tu seras peut-être content d'avoir un K-Way », « Tu pourras toujours te foutre à poil quand on aura gagné », il avait rajouté. Il avait placé Dale et Percy, les deux éléments les plus faibles, au centre du canoë, il leur a hurlé d'écoper à tour de rôle quand il leur en donnerait l'ordre, ils pourraient comme cela se reposer chacun leur tour.

L'affolement commençait à gagner le *Loo Taas*, non seulement l'écart entre les deux canoës restait toujours identique, mais Charles Daniel venait de se rendre compte qu'ils n'avaient pas embarqué d'écope et qu'il n'y avait rien à bord pouvant en faire office, si ce n'est leurs ridicules chapeaux en écorce. L'eau ne ferait qu'alourdir le canoë au fur et à mesure que la pluie continuerait à tomber, et il n'y avait aucune raison qu'elle s'arrête, l'horizon était complètement bouché, aucune éclaircie n'était en vue. Elle tombait froide et drue et les muscles des rameurs du *Loo Taas* commençaient à se tétaniser.

Une demi-heure plus tard, saisi de crampes, le premier d'entre eux a lâché sa pagaie suivi, presque aussitôt, par un autre, puis par un troisième et enfin par Charles Daniel lui-même. Les deux équipages étaient au large de Koitlah Point, il restait encore un peu plus de quatre kilomètres à franchir et le *Loo Taas* était presque arrêté, ballotté par les vagues et les courants. Chris a mis un petit moment à comprendre ce qui se passait à son bord, il avait décidé d'économiser ses rameurs le plus longtemps possible, Dale et Percy avaient beau se reposer à tour de rôle, ils lui jetaient de temps en temps des regards dont il comprenait bien ce qu'ils signifiaient : ils étaient vidés ; il avait décidé d'attaquer à seulement trois kilomètres de la ligne d'arrivée en espérant que cela serait suffisant. Lorsqu'il a compris le drame qui se jouait à bord du *Loo Taas*, il a hurlé : « Ils sont cuits, on les tient ! On rame… un bon rythme, un peu en dessous. Souple ! Souple ! » Lorsqu'ils sont arrivés tout près du *Loo Taas*, il a rajouté : « Quand on les passe, on ferme sa gueule… on les regarde même pas. Ça va les clouer ! » Et lorsqu'ils ont doublé le *Loo Taas* à la dérive, ils ont tourné la tête dans la direction opposée, ruinant définitivement le moral des équipiers de Charles Daniel.

Les deux derniers kilomètres ont été une promenade de santé. Ils riaient en ramant.

Ils ont ri davantage encore quand ils ont aperçu la tête que faisaient les membres du Conseil tribal qui les attendaient sur le bord. Cliff Tsekauwtl n'a pas pu faire autrement que les féliciter, ils lui ont serré la main en souriant. Le *Loo Taas* a fini la course remorqué par le *Sun Star*, le chalutier sur lequel avaient embarqué William Zandt et Phil Brown. Son équipage a mis pied à terre une demi-heure après les vainqueurs.

Stud s'était mis torse nu pour les accueillir.

— Plus grands sont nos rêves, plus nos cauchemars sont terribles, a glissé Howard à Charles Daniel en larmes.

Cliff Tsekauwtl est allé serrer la main des équipiers du *Loo Taas*.

— C'est un miracle… une résurrection, il leur a dit pour les consoler !

— Y a déjà assez de merveilleux dans la raison pour aller chercher des raisons au merveilleux, leur a soufflé Howard qui avait retrouvé ses esprits.

— De quoi tu te mêles ? lui a demandé William Zandt qui ne supportait pas l'idée de voir cette bande d'alcooliques et de délinquants représenter la communauté.

— Quelquefois, je me sens plus proche de mes ennemis que de mes amis, surtout quand je me bats avec eux, lui a répliqué le vétéran.

Dale et Percy récupéraient, assis le dos contre les flancs du canoë en se partageant les canettes de Pepsi que Frances leur avait offertes avant de s'éclipser sous prétexte qu'elle avait rendez-vous avec sa mère à l'Ocean View Resort de La Push ; non loin de là, Greg et Stud s'envoyaient des bourrades à renverser un ours pour se congratuler.

Nathan Brittles s'est approché d'eux.

Il a passé sa main sur la lice du *Shoo Yoult*.

— C'est un beau canoë, il leur a fait. Franchement, un beau canoë... déparerait pas un Musée, il a rajouté en souriant aux deux géants qui avaient arrêté de se taper dessus.

— Le Musée transforme l'œuvre en objet, a dit Howard qui était venu vers eux lorsqu'il avait vu le policier rôder autour du canoë. Mais l'inverse est vrai, il a rajouté plus bas à sa seule intention.

— T'en es où avec cette histoire de Musée ? a demandé Dale à Nathan Brittles.

— J'suis sûr que ça va s'arranger dans pas longtemps, il lui a répondu tout en regardant Greg et Stud et en tapotant la gaine de son Smith & Wesson Dist. C. Mag.

— T'as une idée de qui a fait le coup ?

— Des types de l'Est sans doute... des spécialistes, si tout se passe comme je le crois, ça m'étonnerait que je mette la main dessus, a continué Nathan Brittles avant de leur tourner le dos et de s'éloigner en boitant.

— Cet enfoiré sait tout, a dit Stud quand le policier a été assez loin pour qu'il ne puisse pas l'entendre.

— Bon mec ! Fermera sa gueule, lui a répondu Greg.

— J'avais jamais remarqué qu'il boitait.

— Qu'est-ce que ça veut dire « déparerait » ? a demandé Percy.

Dale le lui a expliqué.

— Merde ! a fait Percy quand il a eu compris.

Quand l'équipage du *Shoo Yoult* est remonté vers le parking de la Marina au milieu d'une véritable haie d'honneur, Elaine Stevens, une visière pailletée de chez Escada plantée sur sa permanente laquée, a longtemps marché aux côtés de Greg Bishop. Lorsqu'elle a été certaine de l'avoir reconnu, elle est remontée dans sa Lexus, et elle est rentrée à son hôtel donner plusieurs coups de téléphone longue distance.

Maintenant que le canoë volé au Musée n'encombrait plus son garage, Frances s'était promis d'avoir une explication avec Percy. Définitive. Depuis qu'elle avait décidé de rompre, tout un tas de choses l'agaçaient chez lui : il ne supportait pas la musique qu'elle écoutait, elle aimait les trucs de fille : Jeff Buckley, Nick Drake, Richard et Linda Thompson, Leonard Cohen, les Cowboy Junkies et Patti Smith qu'elle croyait être un truc de garçon ; lorsqu'elle branchait le lecteur du salon pour les écouter, chaque fois, Percy baissait le son jusqu'à ce qu'il soit inaudible, avant d'éjecter le CD en douce pour le remplacer par un de ses éternels albums de Redbone. Elle détestait Redbone, le groupe des frères Vegas lui sortait par les oreilles. Elle en avait parlé un jour avec Donovan Thomas et ils avaient ri ensemble de ce qu'ils avaient appelé le « goût de chiottes de Percy ». Il ne s'embarrassait même pas de ces précautions quand sa mère écoutait du blues (sa dernière passion, Clarice ne jurait plus que par Fred McDowell, Blind Lemon Jefferson et Clarence « Gatemouth » Brown), il coupait carrément le son en jetant un regard noir à Clarice et Helga terrorisées.

Ils ne faisaient plus l'amour aussi souvent et plusieurs fois Frances avait prétexté pour cela des raisons qu'elle n'avait jamais invoquées, même aux pires moments de son mariage, et qui lui faisaient honte lorsqu'elle lui tournait le dos avant d'essayer de s'endormir, cramponnée au bord de leur lit, son tee-shirt coincé entre ses cuisses crispées. Elle se sentait aussi coupable de cette comédie absurde que si elle l'avait trompé. Plusieurs fois, elle lui avait conseillé de se doucher avant de se coucher, d'arrêter de pisser à côté de la cuvette et elle ne pouvait pas s'empêcher de lui demander d'un ton hystérique de tenir sa fourchette autrement, à peine l'avait-il empoignée.

Elle ne l'aimait plus et elle tournait et retournait dans sa tête les moyens de le lui annoncer, alors que le moment de le faire lui tardait.

Après la victoire de son équipe, le jeune homme n'a pas dessaoulé de trois jours, c'était bien le moins qu'il puisse faire… elle pouvait encore le comprendre. Lorsqu'il est rentré, comme un chat en maraude revenu rôder autour de son bol de lait (et c'était elle son bol de lait…), Frances a attendu qu'ils soient seuls. Ce qui l'embêtait, ce n'était pas de lui dire qu'elle ne l'aimait plus et qu'il fallait qu'ils se séparent, elle avait décidé d'être franche avec lui à ce propos, elle avait même réussi à se persuader qu'il était de taille à l'entendre, que ce serait un soulagement pour eux deux, mais plutôt de lui demander de virer tout ce qu'il avait accumulé dans son garage, cause déclarée de leur rupture. Elle était habituée à faire le ménage sur les ordinateurs de ses clients, mais il suffisait pour cela de peu de chose, quelques clics de souris, elle était beaucoup moins à l'aise avec les objets (surtout volés) et leur accumulation ; lorsqu'elle déménageait, elle ne savait jamais par où commencer.

Quand elle a eu vidé son sac, Percy lui a dit : « Je m'en doutais ! » Elle n'a pas eu la générosité de le laisser avoir le dernier mot, et elle se l'est tout de suite reproché, au lieu de cela, elle lui a rétorqué : « Savoir sans connaître, connaître sans savoir, c'est quand même ta spécialité » ! Elle le pensait vraiment, mais c'était aussi l'une des raisons pour lesquelles elle était tombée amoureuse de lui.

— Tu m'aimes pas, tu veux me débarrasser de mes défauts, si tu m'aimais, tu me comprendrais… tu comprends ? il lui a répondu.

Elle garderait toujours présent à l'esprit ce que le jeune homme lui avait dit, elle penserait, longtemps après leur séparation, que c'était la chose la plus juste qu'on lui ait jamais dite à propos de l'amour lorsque l'amour commence à s'évanouir.

Quel besoin avait-elle eu de relancer la conversation et quel besoin avait-elle de vouloir gagner à tout prix ? Elle se le demanderait souvent lorsqu'elle serait de nouveau amoureuse (ce qui ne tarderait pas, à son grand étonnement, d'ailleurs). A l'époque, pourtant, elle savait déjà qu'une rupture n'est pas une finale du Grand Chelem et elle n'avait jamais été une joueuse de tennis exceptionnelle.

— Je comprends que si je ne t'aime plus c'est parce que tu fais n'importe quoi, elle a répondu à son objection qui avait eu la force d'un retour de service de Pete Sampras et les mêmes effets dévastateurs, alors que sa relance était aussi floue et cotonneuse que celle d'un junior issu des qualifications. En réalité, elle naviguait à trois mètres de la balle.

— Si j'savais ce que j'fais, j'pourrais rien faire.

Elle avait voulu se battre avec lui et elle se rendait bien compte qu'elle n'était pas de force, alors qu'elle était censée être la plus intelligente des deux.

— De toute façon, tu n'aimes pas les filles, tu préfères tes copains, elle lui a objecté tout en se disant qu'elle était vraiment minable.

— T'as tort. J'aime les filles… j'aime les filles parce qu'elles peuvent me briser le cœur… mais qu'elles peuvent pas me faire souffrir, il lui a rétorqué avant de lui tourner le dos et de quitter la pièce.

Elle est restée seule dans le salon, assise sur le canapé, elle pleurait sur elle-même tandis qu'elle entendait Percy fourrager dans les pièces à côté sans savoir s'il était furieux ou bien désespéré. Le reste du temps, il n'arrivait même pas à aligner trois phrases ne ressemblant à rien et il suffisait qu'elle le quitte pour qu'il la pulvérise. Non, elle n'avait rien compris ! Et elle avait été trop vaniteuse pour le lui dire. Elle se retenait d'aller le retrouver et de lui dire qu'elle s'était trompée, qu'il fallait tout oublier et qu'elle l'aimait toujours.

Clarice et Helga sont rentrées sur ces entrefaites.

— Tu veux un thé ? lui a demandé sa mère en se débarrassant de son anorak.

— Volontiers, elle lui a répondu.

Quand sa mère est revenue avec le plateau sur lequel elle avait disposé la théière, les tasses, le sucre, les biscuits, les cuillères et les serviettes en papier, Percy a fait irruption dans le salon.

Il était nu.

Il avait accroché à sa peau la collection de mouches du propriétaire.

Une goutte de sang perlait à tous les endroits où les hameçons avaient percé sa peau.

Clarice a laissé tomber le plateau qui s'est fracassé sur le tapis devant le canapé, Helga a caché ses yeux avec ses mains ouvertes et Frances a éclaté en sanglots.

A la mi-janvier, lorsqu'elle quitterait les rives du lac Crescent pour Atlanta où elle avait trouvé un job de consultante payé un peu moins de 100 000 dollars par an, dans un cabinet immobilier, avant de prendre l'avion à Seattle, Frances passerait au cimetière de Port Angeles. Dans la petite boîte en fer sur la tombe de Raymond Carver, elle glisserait une feuille de papier sur laquelle elle avait écrit : « J'ai vu une Saab qui avait été rouge / Abandonnée au bord de la Lyre River / Les eaux noires du lac Crescent / Le cri des mouettes / La sirène des cargos / A Port Angeles / Et les étoiles blanches qui flottent / Sur tout ça / Quand tout est possible / Avant de perdre son amour / A Neah Bay. »

Une fois qu'elle a eu glissé la feuille de papier dans l'ouverture de la boîte noire, elle s'est demandé si Howard ne l'aurait pas trouvée complaisante : elle, et, par la même occasion, les quelques lignes qu'elle avait écrites pour prendre congé d'eux.

Quand Percy était rentré à Neah Bay, Stud l'avait soigné et balancé les mouches aux ordures.

Le lendemain, en guise de consolation, Howard avait dit à Percy : « Les gens, au départ, ils sont pas racistes, ils le deviennent… enfin ! On croit qu'ils le deviennent, en fait, ils l'étaient déjà. »

Pour une fois, ce que lui disait Howard ne lui avait pas semblé juste, il était en colère après Frances, mais pas suffisamment pour se persuader qu'elle était raciste alors qu'il savait qu'elle ne l'était pas.

Il s'était toujours douté que ça finirait mal. C'était bien suffisant. Ce n'était pas la peine de chercher des torts à l'un ou à l'autre…

De temps à autre, un désir pour elle le reprenait, comme une envie de boire lorsque l'on a décidé d'être sobre, sauf qu'il suffit pour se passer l'envie de sortir acheter un pack de bière, et de repiquer au truc le lendemain. Dans son lit, il glissait sa main sur le côté pour toucher son corps, par réflexe, comme le type qui a arrêté de fumer tapote la poche de sa chemise pour vérifier si ses cigarettes sont là ; les draps étaient froids là où elle aurait dû être, il continuait à être surpris.

Et puis, la douleur et les regrets étaient passés.

Il avait d'autres préoccupations.

Le surlendemain de leur rupture, trois types en costumes noirs, chemises blanches et pinces à cravate en or avaient poussé la porte du bureau de la Police tribale de Neah Bay. Nathan Brittles était de permanence, il rangeait le dossier concernant le vol du canoë du Musée : l'affaire était close, l'embarcation avait été retrouvée la veille sur la pelouse devant l'entrée du Musée. La conservatrice avait vérifié qu'il n'avait pas été abîmé, d'après elle, à première vue, ce ne semblait pas être le cas, Nathan Brittles a remarqué quelques traces de peinture sur l'un des bancs, il les a fait sauter avec l'ongle de son index.

Nathan Brittles a levé la tête, il a regardé les trois types qui se tenaient devant lui, épaule contre épaule et il a aussitôt pensé que ces trois types allaient lui causer des ennuis, du genre de ceux qu'un shérif des environs de Las Vegas doit affronter tous les jours. Il n'en avait jamais vu, sauf dans les films que regardait sa femme, mais ces trois types ressemblaient à des agents du FBI.

En fait, si l'on se fiait aux plaques qu'ils lui ont montrées, ils appartenaient bel et bien au FBI. Le plus petit d'entre eux qui lui faisait penser à John Belushi dans les Blues Brothers (sans le chapeau et les lunettes noires) lui a expliqué la raison de leur visite. Elle tenait en un seul nom : Greg Bishop.

— Vous connaissez cet homme ? lui a demandé le plus grand, en lui montrant une photo en noir et blanc extraite d'un film vidéo de surveillance, malgré la mauvaise qualité de la photo, le géant était reconnaissable entre mille.

— Oui.

— Il s'appelle bien Greg Bishop.

— Oui.

— Vous savez où nous pouvons le trouver?

— A priori, oui. Qu'est-ce que vous lui voulez?

— On peut s'asseoir?

— Je vous en prie.

Deux mois après que Greg Bishop eut quitté Cœur d'Alene (Idaho), le propriétaire du terrain sur lequel il avait, en toute illégalité, construit un abri rudimentaire avait décidé de céder ces quarante hectares dont il ne savait que faire à la société McComb, Barnes & Levinson. La société McComb, Barnes & Levinson, dont le siège se trouvait à San Francisco (Californie), projetait de bâtir à cet endroit un lodge et d'aménager les rives du plan d'eau qui s'y trouvait pour les amateurs de pêche et de canotage. La société Affordable Landscapes de Spokane (Washington) avait procédé tout d'abord à la destruction de l'abri où avait vécu Greg Bishop et qu'il avait abandonné précipitamment; lorsqu'ils avaient dragué l'étang avant de stabiliser ses rives, un de leurs engins avait ramené à la surface une Chevrolet Impala Convertible de 1960. A l'intérieur de la Chevrolet, ils avaient découvert deux corps qui avaient été identifiés ultérieurement comme étant ceux de Sue et Madge Rowlands disparues de leur domicile de Bountiful (Utah) dans la banlieue de Salt Lake City. La semaine précédant leur rapt, l'agence Federal Express de Tooele (Utah) située à quelques miles au sud-ouest de Bountiful avait été attaquée – butin : 138 000 dollars en billets neufs de 100 dollars – par un individu que le directeur de l'agence avait formellement reconnu comme étant Greg Bishop. Celui-ci était donc, jusqu'à ce que soit vérifiée son implication dans d'autres crimes ou délits de moindre importance, soupçonné de meurtre, enlèvement, attentat à la pudeur sur mineures, vol à main armée, violation de propriété et dégradation volontaire du bien d'autrui, et à ce titre passible, si toutes les charges relevées contre lui étaient retenues par le juge, de la peine de mort et de plusieurs centaines d'années de prison.

Ce qui justifiait largement leur présence.

Quand l'agent du FBI a eu terminé son petit laïus, Nathan Brittles lui a demandé :

— Vous êtes sûrs de ce que vous avancez ?

— Nous avons l'air de plaisanter ?

Ils n'en avaient pas l'air. Ils étaient aussi sympathiques qu'un serpent à sonnette, surtout celui qui ne disait rien.

— C'est incroyable…

— Sauf votre respect, shérif, ce type a la plus belle tête d'assassin que j'ai jamais vue, lui a dit le grand.

— D'ordinaire, les assassins ont rarement des têtes d'assassins, ils ressemblent plutôt à mon voisin de palier… à vous ou à moi, sinon le boulot serait trop facile, a rajouté le petit gros pour ménager la susceptibilité de Nathan Brittles.

Il connaissait les Indiens, ils se sentaient insultés à la moindre allusion à leur race. Comme les nègres, les chicanos et les chinetoques. En plus, il lui trouvait une vague ressemblance avec le type qu'ils recherchaient… c'était peut-être son cousin ! Il avait toujours eu des difficultés avec les minorités, à ses yeux, les métèques se ressemblaient tous, mais depuis le temps qu'il travaillait pour le FBI, il avait appris à ménager leur susceptibilité à la con.

De son côté, Nathan Brittles avait compris que ces trois types le méprisaient à double titre, il était shérif dans un bled paumé et ils faisaient partie du FBI, il était indien et ils étaient blancs.

— Vous nous montrez où on peut le trouver ? a repris le petit gros.

— Vous allez l'arrêter ? a demandé Nathan Brittles en se levant avec difficulté. Ça faisait une semaine qu'il se traînait une sciatique tenace.

— Non, Grand Chef, on va lui souhaiter un joyeux Noël, lui a répondu celui qui n'avait rien dit jusqu'à présent, dont Nathan Brittles avait immédiatement su qu'il était le plus raciste des trois.

— Et bonne année par la même occasion, a rajouté le petit gros.

— Excusez-moi ! C'était une question stupide…

— C'est rien, lui a dit le grand, avant de lui tourner le dos.

Ils sont sortis tous les quatre sur le parking du poste de police de Neah Bay où les agents du FBI avaient garé leur Buick noire à côté de la voiture de patrouille de Nathan Brittles. Aussi malins soient-ils, les trois hommes en noir avaient besoin du policier makah pour trouver l'endroit où habitait Greg Bishop, ils auraient pu se renseigner auprès des habitants de Neah Bay, mais dans un aussi petit bled, même en prenant toutes les précautions possibles, ils n'auraient pu empêcher la rumeur de se répandre : trois types avec des gueules de flics sont à la recherche de Greg, qu'ils soient les seuls Blancs de la réserve compliquerait encore leur tâche. Comme à son habitude, Greg s'était installé dans un coin perdu, à l'abri de la curiosité de tous. Pour le trouver, il fallait quitter Neah Bay par Keitlah Point Road, quand la route finissait, prendre sur la gauche une piste tout juste carrossable jusqu'au bord d'une anse de la Closset où, il y a de cela presque un an, il avait installé une caravane flambant neuve.

Un pneu arrière de la Buick des agents du FBI a rendu l'âme sur la piste, il a fallu que Nathan Brittles les attende pendant qu'ils changeaient la roue. La caravane de Greg Bishop ne semblait plus aussi neuve, il l'avait dissimulée sous un filet de camouflage, son GMC Sierra n'était pas là.

Les quatre hommes ont fait le tour de son petit domaine, ils ont frappé à la porte de la caravane, ils se sont assuré que Greg n'était pas à l'intérieur en jetant un regard au travers des fenêtres rendues opaques par le sel. Ils ont attendu son retour, assis sur le tronc abattu d'un pin Douglas, aucun des quatre n'était très loquace, ils n'avaient plus rien à se dire et ils ne fumaient pas ; pour que la gêne entre eux ne s'installe pas jusqu'à se transformer en malaise, Nathan Brittles leur a demandé des précisions supplémentaires sur les agissements criminels de Greg. Le plus petit a répété son laïus à la virgule près, sans omettre un détail, pas même les précisions géographiques, mais sans en ajouter un seul. Quand il a eu terminé, il a demandé à Nathan Brittles :

— Il dort chez lui tous les soirs ?

— Pas toujours, lui a répondu le shérif.

— On va faire un tour en ville ? a proposé le plus grand.

— Pourquoi pas ? On reviendra.

— Vous savez d'où lui vient cette passion pour Elvis Presley ? lui a demandé le plus grand, qui avait un faible pour Roy Orbison.

— Non.

— Vous êtes pas curieux.

— Tous les goûts sont dans la nature.

— Surtout les mauvais.

Tout le temps de leur conversation, Percy les a écoutés, dissimulé derrière les buissons. Cet après-midi-là, il était allé chasser le cerf sur les pentes du Bahocus, il était revenu bredouille. Il a attendu cinq minutes que le bruit des deux voitures s'éloigne avant de remonter dans son Nissan, qu'il avait garé dans une clairière en aval de la caravane de Greg, et de partir à sa recherche. Il savait où le trouver, il a eu beaucoup de mal à se retenir d'accélérer pour ne pas rattraper les voitures des flics, tout ce temps-là, il a prié pour qu'ils ne dénichent pas l'Ogre avant qu'il le prévienne. La seule chose qui le rassurait était que la nuit venait de tomber. Une fois arrivé à Neah Bay, il a retrouvé le trafic avec soulagement. Avant de mettre le cap sur Forks, il s'est arrêté pour prévenir son frère. Stud regardait un épisode de *Green Acres* à la télévision en sirotant une Miller Lite.

— Amène-toi, il lui a fait.

— Fous-moi la paix, j'adore Gabor, lui a répondu son frère en se grattant le nombril.

— Déconne pas, ça urge !

Percy lui a résumé ce qu'il avait entendu. « Merde ! », a fait Stud en remontant la fermeture éclair de son jean, « Quel con ! », il a rajouté en guise de jugement moral, avant de demander à son frère s'il savait où trouver Greg.

— Ouais.

— Où ça ?

— Au Rincón.

Depuis qu'il était séparé de Frances, Percy noyait son chagrin dans tous les bars des environs où il pouvait lui arriver de croiser l'une de ses anciennes copines, il avait aperçu Greg et Chris chaque fois qu'il avait fini chez les Sanchez, les deux proscrits semblaient y avoir pris un abonnement.

Tout le trajet jusqu'à Forks, Stud a secoué la tête en faisant la grimace, de temps en temps, il grognait : « Merde ! », et puis deux minutes après : « Quel con ! », Percy fixait la route sans rien dire. Lorsque les deux frères sont entrés au Rincón del Montero, ils ont tout de suite repéré Greg et Chris dans un des box du fond, ils étaient en grande conversation devant une bouteille de tequila Cuervo Black Medallion, deux verres vides et une carte détaillée de la région.

— Tu bois ? a demandé Percy à Chris.

— Je risque plus rien, lui a répondu le capitaine du canoë.

Percy, comme les autres, ignorait tout de l'état de santé de Chris, mais il avait remarqué qu'il ne buvait pas ou alors rarement, c'était la raison de son étonnement et de sa question stupide, sans compter qu'il préférait que Stud mette Greg au courant plutôt que lui. Il n'avait jamais su trop quoi dire au géant, ni comment, et il craignait ses réactions, on en veut souvent sans raison à ceux qui vous annoncent une mauvaise nouvelle comme s'ils en étaient responsables.

Il n'y avait que Greg à savoir que Chris avait une hépatite – le Flying Thunderbird n'avait jamais rien dit à personne, même pas à sa mère –, il était aussi au courant de l'évolution de la maladie de son copain ; les derniers examens étaient formels, Chris avait sauté de l'hépatite au cancer sans passer par la case cirrhose. C'est de cela qu'ils discutaient ensemble tous les jours, jusque tard dans la nuit. Au stade où Chris en était, il n'y avait plus qu'une seule solution : la greffe du foie, et si l'on imaginait qu'il puisse trouver un chirurgien qui veuille tenter le coup, ça lui coûterait cher, très cher. Ils discutaient donc tous les deux du moyen de trouver l'argent nécessaire à l'intervention, le magot de

Greg avait presque entièrement fondu, Chris était fauché, sa mère aussi, et aucun d'entre eux ne comptait sur la vente de la baleine pour rassembler la somme nécessaire. Il fallait trouver autre chose et il n'y avait pas beaucoup de moyens légaux pour ce faire.

— Foutez là ? a demandé l'Ogre en tournant vers les deux frères un regard rendu trouble par l'alcool.

Stud et Percy Gorch se sont assis, ils ont attendu que Jaime Sanchez leur apporte deux verres et Stud lui a résumé la teneur de la conversation surprise par son frère.

— Enfoirés ! a grogné Greg, quand il a eu fini.

— Qu'est-ce que tu vas faire ? lui a demandé Stud.

— Sais pas…

— Si tu restes dans le coin, ils vont te trouver.

— Me trouveront ailleurs.

— Si tu restes, ils vont te trouver maintenant, si tu cavales, c'est pas sûr.

— Plus envie de cavaler.

— T'as envie de passer à la chaise ? lui a demandé Stud.

— Si tu restes planqué, ils vont peut-être finir par se lasser, a rajouté Percy.

— Les enfoirés se lassent jamais…

— Alors ?

— Vais voir…

— On va se démerder… on se démerdera tous les deux, a fini par laisser tomber Chris qui était resté silencieux.

— Tous les deux ? T'as pas confiance en nous ? lui a demandé Stud, surpris de sa réaction.

— C'est pas ça, mais moins y aura de gens à savoir où on est, moins y aura de risques.

— Oubliez pas, savez rien, savez pas où on est, a proféré Greg avec une nuance menaçante dans la voix.

— Tu nous prends pour qui ?

— Ce qui est dit est dit, a précisé Greg en caressant sa barbe.

— Fais pas cette tête, Stud ! Buvez un coup et rentrez chez vous. Vous avez fait ce que vous aviez à faire, a rajouté Chris.

— Merci, leur a fait Greg en levant son verre.

— Santé, a dit Chris.

— Santé !

— Santé !

Les frères Gorch se sont levés, Greg leur a serré la main, Chris leur a fait une grimace et le signe de la victoire avec l'index et le majeur écartés.

Lorsqu'ils ont repris le chemin de Neah Bay, Percy a brisé le silence le premier.

— Tu crois que les flics vont nous interroger ?

— Evidemment.

— Pourquoi ?

— C'est logique, non ? On le connaît…

— Qu'est-ce qu'on va leur dire ?

— Qu'est-ce que tu veux qu'on leur dise ? On sait rien.

— Sûr.

— On sait rien, on sait pas où il est passé, ça fait trois jours qu'on l'a pas vu.

— J'sais rien, ça fait trois jours que j'l'ai pas vu, a répété Percy. Tu crois qu'on le reverra ? il a rajouté.

— Ça m'étonnerait.

— Et pour la baleine, on fait comment ?

— Y a toujours les mormons… Cliff Tsekauwtl va être ravi !

— Sûr.

Les jours suivants, les types du FBI flanqués de Nathan Brittles (il avait parfois l'impression de servir de guide à un groupe de touristes) sont retournés plusieurs fois sur les rives de la Closset. Ils ont même attendu une nuit entière que Greg revienne, dormant à tour de rôle dans leur voiture, mais Greg n'est pas réapparu. Un matin, pendant qu'il se repeignait et qu'il rentrait les pans de sa chemise dans son pantalon froissé, le plus petit a énoncé comme un constat d'évidence :

— On le reverra pas.

— Comment tu crois qu'il a su ? lui a demandé le plus grand.

— On pourrait peut-être demander au Grand Chef ? a murmuré celui qui parlait moins que les autres.

— Ça m'étonnerait qu'il sache quoi que ce soit… c'est pas le genre. On va traîner en ville, y a plus que ça…

Le lendemain après-midi, les agents du FBI ont interrogé Howard et les frères Gorch, pour faire bonne mesure, ils ont aussi interrogé la mère de Chris lorsqu'ils ont su que le Flying Thunderbird lui aussi manquait à l'appel. Ils n'ont rien appris. Quand ils ont eu fini leurs interrogatoires, le plus grand a demandé au plus petit :

— Tu crois qu'ils savent quelque chose ?

— J'en sais rien.

— Un de ces enfoirés a bien dû le prévenir. C'est pas possible autrement.

— Je vois pas qui…

— Grand Chef ?

— Ça m'étonnerait, je te dis. Peut-être qu'il a senti le coup venir… comme à Cœur d'Alene. Ces putains d'Indiens ont le nez fin.

Dans toute la réserve, tout le monde était désormais au courant de ce qui se passait, la chasse à la baleine était passée au second plan, ces choses-là étaient bien plus passionnantes, elles ressemblaient davantage à celles que l'on voit à la télévision. Lorsqu'il a été mis au courant, Jaime Sanchez a téléphoné à Nathan Brittles pour lui dire qu'il n'avait pas vu Greg Bishop et Chris Klookshood depuis cinq jours, alors qu'ils étaient là tous les soirs depuis presque trois semaines. Le dernier jour où il les avait vus, comme d'habitude, ils avaient bu de la tequila jusqu'à trois heures du matin avant de lever le camp et de ne plus remettre les pieds au Rincón ; ce soir-là les frères Gorch avaient bu avec eux, mais ils étaient partis plus tôt, vers minuit à peu près. Nathan Brittles a informé les agents du FBI de ce que lui avait dit Jaime Sanchez, mais il ne leur a pas parlé des frères Gorch.

Il tenait à s'en occuper lui-même.

Entre-temps, les hommes en noir avaient appris qu'une demi-douzaine de plaintes avaient été déposées contre Chris « Flying Thunderbird » Klookshood pour viols, attentats à la pudeur et escroquerie à Missoula (Montana).

— Font un beau couple, avait dit le plus grand, lorsqu'il l'avait appris.

— Qui se ressemble, s'assemble, lui a rétorqué le plus petit.

— Quand c'est qu'on coffre le Grand Chef? a demandé le serpent à sonnette.

— Qu'est-ce que t'as contre ce type ?

— Il m'énerve à tout le temps fermer sa gueule.

— T'es gonflé !

— Je crois surtout qu'il se fout de la nôtre…

— Possible.

Sur ces entrefaites, le Sierra de Greg a été retrouvé un matin sur le parking du Red Ranch Inn, à Seqquim, comme par hasard, la Ford Taurus d'un client avait été volée dans la nuit sur le parking du motel. Tout semblait clair, Greg Bishop et Chris Klookshood avaient pris le large, ce n'était plus la peine de perdre leur temps à Neah Bay à interroger des Indiens abrutis, ni la trace des fugitifs en les laissant prendre trop d'avance. Le plus grand et le plus petit sont passés prévenir Nathan Brittles, le serpent à sonnette les a attendus au volant de la Buick.

— Votre copain manque à l'appel, a constaté Nathan Brittles. Vous croyez pouvoir arrêter Greg Bishop à tous les deux ? il leur a demandé, en souriant.

— Vous inquiétez pas pour ça, lui a répondu le plus grand en tapotant sa veste à l'emplacement de son Beretta 92 Stock.

— J'suis pas inquiet.

Avant de prendre congé, les deux agents ont informé Nathan Brittles des derniers développements de l'affaire. Une heure plus tard, le shérif frappait à la porte des frères Gorch. Ils regardaient la télé en sirotant des bières. Un après-midi comme un autre pour des athlètes de haut niveau…

— Vous pouvez me dire où est Greg ? leur a demandé Nathan Brittles d'entrée, en supposant que la brutalité de sa question pourrait les déstabiliser.

— J'sais pas, lui a répondu Stud, en écarquillant les yeux.

— J'sais pas, a répété Percy.

— Vous foutez pas de ma gueule, vous le savez ! J'suis pas blanc…

— On se fout pas de ta gueule… on sait pas où il est.

— Vous êtes les derniers à l'avoir vu, lui et Chris.

— Peut-être… j'en sais rien.

— Vous avez pris un verre avec eux dans ce bastringue mexicain de Forks, après que ces agents du FBI soient arrivés, oui ou non ?

— Et alors ?

— Et alors, vous avez déclaré que vous n'aviez pas vu Greg, oui ou non ?

— On a eu la trouille… on a eu la trouille, c'est tout.

— La trouille de quoi ?

— J'sais pas… des histoires… j'en ai déjà assez. La trouille, quoi !

— Qu'est-ce que vous vous êtes dit ?

— J'sais pas ! On a parlé de la chasse… tout ça.

— Vous ne lui avez pas plutôt dit qu'il avait le FBI au cul ?

— On savait pas…

— Comment on aurait pu savoir ? lui a demandé Percy qui s'était tu jusque-là.

« Comment ? » Justement, « comment ? », Nathan Brittles n'arrivait pas à comprendre « comment ». Il les a regardés à tour de rôle et il a décidé de les croire ou bien de leur faire confiance tout en sachant qu'il n'aurait pas dû. Après tout, ces deux-là avaient peut-être réellement eu la trouille, comme les enfants ont la trouille et qu'étaient-ils d'autre, en définitive, que deux gosses qui buvaient de la bière ?

— Je vais vous dire une bonne chose, continuez à avoir la trouille, si je découvre quelque chose, vous aurez une bonne raison de l'avoir et toi de retourner d'où tu viens avec ton frère pour te tenir compagnie. Compris ?

— Compris.

— Tu veux une bière ? lui a demandé Percy.

— T'es malade ou quoi ? lui a dit Stud.

Nathan Brittles leur a tourné le dos, il a claqué la porte si fort que l'une des lanières qui servait de gond a cédé. Soit ils étaient encore plus cons qu'ils en avaient l'air, soit ils se foutaient de sa gueule.

Comment ?

Il a senti une décharge électrique à l'arrière de la cuisse qui a remonté jusqu'à la fesse. Sa sciatique l'avait repris.

Quand la Taurus a débouché du parking du Red Ranch Inn, avec Greg au volant, l'Ogre a demandé à Chris : « A gauche ou à droite ? » A droite, ils descendraient vers le Sud, à gauche, ils retournaient à Neah Bay.

— Pour moi, c'est à gauche, a répondu Chris.

— Pourquoi pas ?

Greg a tourné à gauche.

Les deux hommes se sont débarrassés de la Taurus en la jetant dans le lac Hobuck. Dans le vague espoir que l'un des membres de l'équipage aurait l'idée d'y passer, ils ont dormi deux nuits près du cap Alava, dans la cabane verte où les Makahs venaient prier en secret les ossements de baleine qu'ils avaient disposés le long de cordages récupérés sur la plage, mais ils n'ont aperçu personne. Pour passer la nuit au sec, ils ont étendu des branches de hickory pour s'isoler du sable humide.

Une fois leurs provisions épuisées, ils ont remonté à pied la rive gauche de la Waatch depuis son embouchure jusqu'à ce qu'ils retrouvent Cape Flattery Road. Ils ont attendu que la nuit tombe pour entrer dans Neah Bay, ils avaient décidé de ne se réfugier ni chez les frères Gorch, ni chez Howard, encore moins chez la mère de Chris, en partie parce qu'ils n'avaient confiance en personne, en partie pour ne pas les mêler à une affaire qui ne regardait qu'eux. Ils ont cherché sur l'embarcadère un bateau sur lequel ils pourraient passer la nuit à l'abri. Ils ont fini par fracturer la porte de la cabine du *Sonny Boy*.

Il ne leur restait plus que deux sachets de biscuits, un paquet entamé de Parliament et une demi-bouteille de mauvais cognac.

Ils ont regardé les lumières de Neah Bay par un hublot et ils ont essayé d'apercevoir la côte canadienne de l'autre côté du Détroit, le temps était relativement clair, la mer assez calme, mais ils n'ont pas pu distinguer la bande plus sombre qu'elle trace à l'horizon. Leur plan, qui n'en était pas vraiment un, ne semblait pas aussi mauvais que leurs poursuivants l'auraient escompté; les agents du FBI avaient sûrement pensé qu'ils avaient mis le cap sur le Sud, qu'ils ne seraient pas assez dingues pour venir se jeter dans leurs bras ou ceux de Nathan Brittles en retournant à Neah Bay, en tous les cas, jusqu'à présent, il fonctionnait à merveille. Personne n'avait envisagé qu'ils se réfugient au Canada où ils pourraient échapper aux recherches tout comme les déserteurs de l'armée américaine l'avaient fait pendant la guerre du Viêtnam. Ils ne débarqueraient pas en terre inconnue, Dale travaillait du côté de Victoria, le fils d'Howard pourrait les aider les premiers temps. Il n'était pas question pour eux de refaire leur vie là-bas, l'un comme l'autre n'envisageaient jamais l'avenir, Chris encore moins depuis qu'il savait qu'il était condamné à plus ou moins brève échéance, mais tous les éléments du puzzle s'emboîtaient à la perfection pour faciliter leur fuite.

Ils n'étaient déjà plus des fugitifs.

Ils ont décidé de dormir quelques heures avant de tenter la traversée. En ligne droite, la distance séparant

Neah Bay de Sombrio Point au Canada est tout juste de trente kilomètres, avec un bateau aussi sûr que le *Sonny Boy*, ils pouvaient envisager que leur entreprise serait couronnée de succès sans grande difficulté. Ils ont estimé la durée de la traversée à deux ou trois heures, pas davantage ; ils traverseraient au petit matin la frontière entre le Canada et les Etats-Unis, au milieu du Détroit, et ils atteindraient la presqu'île de Vancouver, où ils seraient définitivement à l'abri, une heure plus tard.

A quatre heures du matin, Chris qui n'avait pas fermé l'œil a secoué Greg qui dormait à poings fermés.

— On y va !

— …

Ces dernières vingt-quatre heures, ils n'avaient pas échangé plus de trois phrases. Lorsque l'un prenait une décision, l'autre ne la discutait jamais.

Ils se sont partagé le cognac qui leur restait.

Greg a jeté la bouteille vide sur la couchette où il avait dormi.

Les deux hommes ont essayé de faire démarrer le *Sonny Boy*, mais aucun n'y est parvenu. Ils sont redescendus sur l'embarcadère, le vent s'était levé, les vagues étaient formées, ils ont fini par jeter leur dévolu sur un Boston Whaler équipé de deux moteurs Volvo Penta de 110 chevaux. Il avait la réputation d'être le bateau le plus rapide de toute la flotille de pêche makah, leur entreprise en serait d'autant moins risquée.

Ils sont montés à bord ; ils ont enfilé les cirés jaunes qu'ils ont trouvés dans une malle pour se protéger de la pluie qui avait commencé de tomber ; ils ont vérifié le réservoir, il était presque plein. Tout allait bien. Après quelques tentatives infructueuses, Greg a réussi à démarrer les deux moteurs ; ce n'était pas beaucoup plus compliqué qu'une tronçonneuse. Chris a défait l'amarre et il s'est assis à côté de Greg. Lorsqu'ils ont eu longé l'embarcadère au ralenti, Greg a mis les gaz, le Boston Whaler a déjaugé.

Sur la gauche, ils pouvaient apercevoir la silhouette du *Whale Will* qui émergeait de la brume. Greg a gardé le cap au nord un moment avant de virer doucement jusqu'à ce que la proue du hors-bord soit dans l'axe du navire des écologistes.

Trois cents mètres à peine séparaient le Boston Whaler du *Whale Will*.

— On y va, il a dit, sans même se tourner vers Chris.

— Pourquoi pas ? lui a répondu Chris en souriant.

Greg a tourné la poignée des gaz à fond.

Leurs deux rires ont rebondi à la surface de l'eau, couverts par le vacarme infernal des deux moteurs hors-bord.

Lorsque l'on vient de Port Angeles, deux kilomètres avant la pancarte qui annonce la réserve makah, le cimetière indien se situe sur la gauche. C'est une prairie en pente de deux cents mètres de long sur un peu moins de cent mètres de profondeur bordée par la forêt où les écureuils jouent. Il n'est pas clôturé, on y accède par quelques marches, les tombes disposées au hasard sont de simples rectangles de terre, les familles y déposent en hommage des jouets, des figurines en plastique, des guirlandes de Noël, des peluches vite détrempées, un ballon de basket dégonflé, des flotteurs, des mobiles miteux faits avec des os récupérés sur la plage, parfois une pagaie, un moulin à vent en celluloïd, des plumes souillées ; ils tracent la forme tremblée d'un cœur avec des coquillages ; ils gravent maladroitement, sur des planches de cèdre, le nom de leurs morts.

Il se dégage du cimetière une impression étrange et indéfinissable, les rares visiteurs ne peuvent, parfois, retenir un sourire en découvrant ces ex-voto de fortune. Pourtant, aussi piteux soient-ils, ils sont plus émouvants que certains monuments sculptés dans le marbre et le granit, les morts y sont présents, et le souvenir de ce qu'ils ont pu être du temps où ils étaient vivants, davantage que si leur nom était gravé dans le bronze.

C'est en face du cimetière que les opposants à la chasse se réunissaient tous les jours depuis que les Makahs avaient décidé de renouer avec leurs traditions ancestrales comme ils en avaient le droit. Depuis les affrontements entre les jeunes Makahs et les écologistes à Neah Bay, la manifestation était encadrée par un important dispositif policier, mais à cause des récents événements, le gouverneur avait fait appel à la Garde nationale. En plus de leur Smith & Wesson Security Special 4", les policiers étaient munis du Taser X 26 et les gardes nationaux de leur fusil réglementaire.

C'est là qu'Howard et Dale Sykes, Stud et Percy Gorch et Martha Klookshood ont enterré, côte à côte, Greg Bishop et Chris Klookshood. Quand ils ont eu fini de prier et que Stud a planté sa tronçonneuse sur la tombe de Greg en guise de stèle, des cris venus de la route en contrebas ont retenti : « Makahs assassins ! »

Stud s'est penché sur la tombe de Greg, il a empoigné la tronçonneuse, il s'est retourné vers les manifestants encadrés par les policiers et les gardes nationaux, et il l'a brandie au-dessus de sa tête.

— On y va ? il a demandé aux trois autres.

— Quand on fait pas couler assez de sang, on est un sauvage, lui a répondu Howard.

Stud a démarré la tronçonneuse.

Les quatre Indiens, épaule contre épaule, ont descendu doucement la pente qui les menait à la route en faisant attention de pas marcher sur les tombes.

Laissant Martha Klookshood pleurer sur la tombe de son fils unique.

Noël approchait.

Il pleuvait.

Et maintenant, voici venir l'hiver indien.

You are the ancestors, you are the land
That you save
To honor the future generations
You must honor the stolen graves.

Pura Fé.

Paris-Port Angeles et retour
19 décembre 2005 – 26 juin 2007

BANDE-SON

Chuck Berry, *Bio* (Chess)
Clarence « Gatemouth » Brown, *The Blues Ain't Nothing* (Black & Blue)
Greg Brown, *Dream Café* (Sky Ranch)
J.J. Cale, *Grasshopper* (Mercury)
Johnny Cash, *At Folsom Prison* (Legacy)
Johnny Cash, *At Saint Quentin* (Legacy)
Johnny Cash, *The Man Comes Around* (American Recordings)
Rosanne Cash, *Black Cadillac* (Capitol)
The Charlie Daniels Band, *Midnight Wind* (Epic)
Vic Chesnutt, *Ghetto Bells* (New West)
Leonard Cohen, *I'm Your Man* (Columbia)
Cowboy Junkies, *The Trinity Session* (RCA)
Karen Dalton, *It's so Hard to Tell Who's Going to Love You The Best* (Megaphone)
Neil Diamond, *12 Songs* (Sony BMG)
Bob Dylan, *Love and Theft* (Sony Music)
Bob Dylan, *Modern Times* (Sony Music)
Bob Dylan, *Self Portrait* (Columbia)
Steve Earle, *Live From Austin* (New West)
John Fogerty, *The Long Road Home* (Fantasy)

Mary Gauthier, *Filth & Fire* (Munich)
José Gonzalez, *Veneer* (Peacefrog)
Green On Red, *Here Come the Snakes* (Belle Sound)
Merle Haggard, *Live From Austin* (New West)
Emmylou Harris, *Blue Kentucky Girl* (Rhino)
Lee Hazlewood, *For Every Solution's There's a Problem* (City Slang)
Skip James, *Devil Got my Woman* (Vanguard)
Blind Lemon Jefferson, *The Essential Recordings* (Indigo)
Jefferson Airplane, *Surrealistic Pillow* (RCA)
Waylon Jennings, *16 Biggest Hits* (RCA)
Marti Jones, *Any Kind of Lie* (RCA)
Christian Kjellvander, *Faya* (V 2)
Christian Kjellvander, *Introducing the Past* (V 2)
Kris Kristofferson, *A Moment of Forever* (Justice)
Kris Kristofferson, *The Best of Kris Kristofferson* (Sony)
Kris Kristofferson, *Third World Warrior* (Oh Boys Records)
Kris Kristofferson, *This Old Road* (New West)
k.d. lang, *Ingenue* (Sire Records)
Jerry Lee Lewis, *Jerry Lee's Greatest !* (Sun)
Lonesome Spurs, *Lonesome Spurs* (Rock-A-Billy Records)
Fred Mc Dowell, *Shake'em on Down* (Blue Boar)
Willie Nelson, *The Essential Willie Nelson* (Columbia)
Willie Nelson, *Greatest Hits (& Some That Will Be)* (Columbia)
Willie Nelson, *Red Headed Stranger* (Columbia)
John Jacob Niles, *An Evening With* (Tradition Years)
Mary Margaret O'Hara, *Miss America* (Virgin)
Gram Parsons, *GP* (Rhino)
Gram Parsons, *Grievous Angel* (Rhino)
Dolly Parton, *The Essential* (Sony Music)
Elvis Presley, *Elvis Country* (RCA)
Pura Fé, *Tuscarora Nation Blues* (Dixie Frog)
Redbone, *Potlatch* (Repertoire)
Redbone, *The Witch Queen of New Orleans* (Repertoire)

Marty Robbins, *All-Time Greatest Hits* (Columbia)
Tom Russell, *Hotwalker* (Hightone)
Tom Russell, *Indians, Cowboys, Horses, Dogs* (Hightone)
Tom Russell, *Love & Fear* (Hightone)
Tom Russell, *Modern Art* (Hightone)
Buffy Sainte-Marie, *Best of the Vanguard Years* (Vanguard)
Buffy Sainte-Marie, *Coincidence and Likely Stories* (Ensign)
Pete Seeger, *American Industrial Ballads... And More* (Not Now Music)
Bob Seger & the Silver Bullet Band, « *Live* » *Bullet* (Capitol)
Marty Stuart, *Badlands* (Universal South Records)
Marty Stuart, *The Pilgrim* (MCA Nashville)
Richard and Linda Thompson, *I Want to See the Bright Lights Tonight* (Island)
Richard and Linda Thompson, *Shoot out the Lights* (Hannibal)
Randy Travis, *Inspirational Journey* (Warner Bros)
John Trudell, *Bone Days* (Fargo)
John Trudell & Bad Dog, *Live à FIP* (Fargo)
Townes Van Zandt, *Texas Troubadour* (Charly)
Porter Wagoner, *Wagonmaster* (Anty –)
Tom Waits, *Swordfishtrombones* (Island)
Ben Weaver, *Stories Under Nails* (Fargo)
Tony Joe White, *Live From Austin* (New West)
Wilco, *Yankee Hotel Foxtrot* (Nonesuch)
Hank Williams, *48 Original Recordings* (Prism Leisure)
Lucinda Williams, *Happy Woman Blues* (Smithsonian Folkways)
Lucinda Williams, *West* (Lost Highway)
Link Wray, *Link Wray* (Universal)
Link Wray, *Rumble !* (Rhino)
Dwight Yoakam, *Buenas Noches From a Lonely Room* (Reprise)
Dwight Yoakam, *Hillbilly deLuxe* (Reprise)

Neil Young, *Harvest* (Reprise)
Neil Young, *Tonight's the Night* (Reprise)
Various Artists, *American Indian Dances* (Folkways)
Various Artists, *Anthology of American Folk Music* (Smithsonian Folkways)
Various Artists, *The Best of Broadside 1962-1988* (Smithsonian Folkways)
Various Artists, *Heartworn Highways* (Hacktone)
Various Artists, *Les triomphes de la Country Music* (Habana)

Tous mes remerciements vont, bien sûr, à mon « équipe d'assistance » : Dominique Castéran, Anne-Marie Catois, Marianne Faurobert et Elsa Gribinski, qui m'ont relu avec attention et pertinence, mais aussi à Olivier Nora qui est à l'initiative de ce livre sans oublier, évidemment, Isabelle Moeglin, la réalisatrice du reportage « Les Indiens-Pacifique », diffusé par Thalassa le 7 mai 1999 ; c'est en le regardant que j'ai eu connaissance de l'existence des Makahs, de leur projet de chasser la baleine, des oppositions qu'ils rencontraient, et l'impression que je pouvais faire quelque chose de tout cela... un livre pour changer, puisque je ne sais pas faire grand-chose de mieux.

J'aurais dû (je ne l'ai pas fait et je m'en excuse) remercier avant tous les autres, et plus que tous les autres, Robert Sullivan, auteur de *A Whale Hunt* (A Touchstone Book published by Simon & Schuster), qui a été mon guide pour tout ce qui concerne les faits, à qui il m'est arrivé de m'identifier et qui a prêté certains de ses traits au seul Indien blanc de ce livre.

Les grands espaces dans Le Livre de Poche

Joseph Boyden

Le Chemin des âmes n° 30959

1919. Niska, une vieille Indienne, attend sur un quai de gare dans l'Ontario le retour d'Elijah, qui a survécu à la guerre. C'est Xavier, son neveu qu'elle croyait mort, qui descend du train. À bord du canoë qui les ramène chez eux, tandis qu'elle essaie de le maintenir en vie, Xavier revit les heures sombres de son passé.

Louise Erdrich

La Chorale des maîtres bouchers n° 30809

1918. De retour du front, Fidelis Waldvogel, un soldat allemand, tente sa chance en Amérique. Il s'installe dans le Dakota du Nord où le rejoignent sa femme et son fils et décide d'y ouvrir une boucherie et de fonder une chorale, en souvenir de celle des maîtres bouchers où chantait son père.

Dernier rapport sur les miracles à Little No Horse n° 31400

Une réserve indienne du Dakota du Nord. Damien, un prêtre quasi centenaire, y vit. Il a été témoin de nombreux événements, ordinaires et extraordinaires, qu'il a fidèlement rapportés aux papes successifs sans que cela suscite la moindre réaction. Et lorsque enfin le Vatican lui envoie un émissaire, il hésite à révéler l'incroyable vérité…

JACK LONDON

L'Appel de la forêt n° 6247

Enlevé à la douceur de la maison du juge Miller, Buck est confronté aux réalités du Grand Nord et à la rude condition d'un chien de traîneau. En butte à la cruauté des hommes et à la rivalité de ses congénères, il subira un apprentissage implacable, effectuera des courses harassantes, livrera de terribles combats. Il vivra aussi un compagnonnage quasi mystique avec un nouveau maître.

Croc-Blanc n° 3918

L'histoire d'un louveteau qui vient petit à petit à la civilisation et se fait chien. La vie âpre des animaux sauvages et des chasseurs de l'Alaska peinte avec force et vérité. London s'est inspiré des souvenirs de son séjour dans le Grand Nord.

Le Silence blanc et autres nouvelles n° 31276

Cinq nouvelles dans lesquelles Jack London dépeint la vie dans le Grand Nord canadien, cette « dernière frontière » de l'Ouest, où hommes et bêtes tentent de survivre, où Blancs et Indiens cohabitent difficilement jusqu'à ce que le « silence blanc » se referme sur eux.

ANNIE PROULX

Les Crimes de l'accordéon n° 30599

À la fin du XIXe siècle, un Sicilien débarque à La Nouvelle-Orléans, accompagné de son fils et d'un magnifique accordéon de sa fabrication. Passant de main en main, l'instrument devient le héros du livre. Il accompagne les aventures et tribulations des émigrants du melting-pot.

Nouvelles histoires du Wyoming nº 31402

Au cœur de l'Ouest américain, des personnages isolés, tourmentés, qui avancent coûte que coûte sur une route dont ils sont à la fois les héros et les prisonniers. Un voyage jusqu'à l'ultime frontière d'un monde presque disparu, et jusqu'aux dernières franges de l'âme des hommes.

Les Pieds dans la boue nº 31399

L'histoire d'amour de deux cow-boys, brutalement brisée par l'intolérance, l'obsession viscérale d'un garçon malaimé pour le rodéo, l'obstination d'un vieux bonhomme qui veut revoir le ranch de son enfance, la solitude d'une jeune fille qui parle aux tracteurs, la folle équipée de trois femmes prêtes à tout…

Un as dans la manche nº 30802

Abandonné par ses parents, Bob Dollar est élevé par l'oncle Tam, un brocanteur. À vingt-quatre ans, il est engagé par une porcherie industrielle, la « Mondiale de la Couenne », qui l'envoie au fin fond du Texas pour repérer les terrains à racheter à des veuves désespérées par les odeurs pestilentielles, à des fermiers découragés par la pollution des nappes phréatiques, à des héritiers pressés de fuir l'aridité de ces immenses plaines.

Russell Rowland

Grands espaces nº 31405

Saison après saison, les Arbuckle luttent pour la survie de leur ranch du Montana. Un jour d'automne 1916, George, l'aîné, se noie. Quelque temps plus tard, Katie, l'une des filles, périt à son tour. Refusant la fatalité, Blake Arbuckle se laisse gagner par le soupçon : et si c'était Jack, son second frère, le responsable de ces deux disparitions ?

Guy Clarence Vanderhaegue

La Dernière Traversée nº 30880

1871. À la demande de leur père, deux jeunes Anglais partent pour l'Amérique rechercher leur frère, disparu dans les territoires sauvages du Nord-Ouest. L'un, peintre raté, est guidé par l'amour fraternel ; l'autre, officier en disgrâce, y voit l'occasion d'une aventure dangereuse et exaltante. Mais aucun des deux ne soupçonne l'issue de cette quête.

Veqet

Peaux de phoque nº 30374

Peaux de phoque : c'est le surnom qui désigne les pauvres, ceux qui n'ont pas les moyens de dormir sous une peau de renne, dans la région de la Tchoukotka, à la pointe de la péninsule sibérienne. Tynenne, Alaloïnyn et leurs trois garçons connaissent la misère.

Melanie Wallace

Sauvages nº 31406

L'Ouest américain, au lendemain de la guerre de Sécession. Échouée au milieu de nulle part, une maigre garnison de soldats attend une relève qui ne vient pas. À sa tête, le major Robert Cutter, mélancolique et tourmenté. Mais la torpeur du désert est bientôt troublée par l'apparition de deux femmes, arrachées aux Indiens lors d'une sanglante expédition. La première rescapée raconte l'horreur de quatre années de captivité. L'autre ne dit pas un mot, reste à l'écart, maudit en secret l'enfant qui pousse dans ses entrailles.

Du même auteur :

LÈVE TON GAUCHE, Ramsay, 1984.
TIENS-TOI DROIT, Seghers, 1991.
EXPOS 92, E.S.B.A.M., 1992.
LÈVE TON GAUCHE (réédition) suivi de P.S., Gallimard, 1996.
L'INTRODUCTION DE L'ESTHÉTIQUE, L'Harmattan, 1996.
MAL DE PÈRE, Flammarion, 1996.
MIKE TYSON, UN CAUCHEMAR AMÉRICAIN, Grasset, 1999.
LE DÉSIR DE GUERRE, le cherche-midi éditeur, 1999.
ASSEZ !, Sens & Tonka, 2000.
FILS DE SULTAN, Mille et une nuits, 2002.
RING, Grasset, 2004.
CONTES DE LA LITTÉRATURE ORDINAIRE, Mille et une nuits, 2004.
COPIÉ / COLLÉ, Mamco, 2005.
ET MON FILS AVEC MOI N'APPRENDRA QU'À PLEURER, Grasset, 2005.
HYPERMAN, Bourin Éditeur, 2006.

Composition réalisée par ASIATYPE

Achevé d'imprimer en Espagne en mai 2009 par
LITOGRAFIA ROSÉS S.A.
08850 Gava
Dépôt légal 1re publication : juin 2009
Librairie Générale Française – 31, rue de Fleurus
75278 Paris Cedex 06

31/2640/6